JN267978

魂と風景の
イギリス小説

岡田愛子

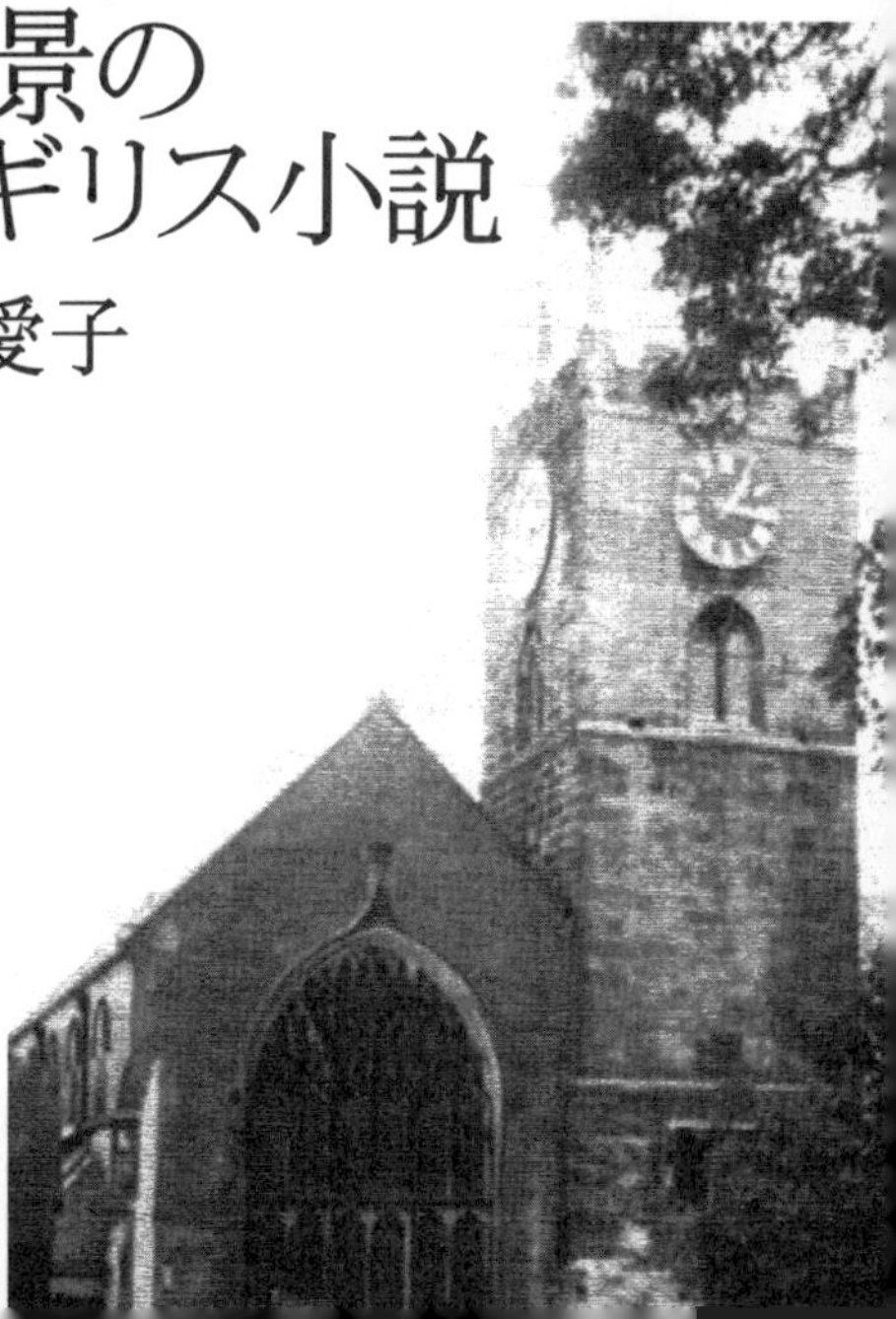

南雲堂

ありし日の岡田愛子（東京大学在学中）

魂と風景のイギリス小説　目次

＊

III　付録

I　イギリス文学

エミリ・ブロンテの『嵐ヶ丘』成立

1　小説を書くまで

ブロンテ姉妹がはっきりと出版を目的とした小説のいわば競作にとりかかったのは、一八四五年秋、姉妹三人が自分たちの詩集を出版して世に問う決心をし、その編集を終了して間もない頃だったと思われる。それまで四年余りにわたって姉妹の希望をつなぐ糸だった自分たちの学校を持つ計画も徒労に終わり、さし当たって家事以外何の仕事もなくなってしまったこの秋、エミリの詩を発見したのをきっかけにそれまで抑えに抑えられていたシャーロットの文筆の夢は炎と燃え上がって、たちまちのうちに妹たちを詩集の出版へ、さらに小説の競作へと誘い込んだのだった。売れるためには小説でなければならない、売れる小説を書いてそれで身を立てよう、というのが彼女たちの出発点における了解事項であった。アングリアやゴンダルのようなまったくの空想の土地に住む王侯貴族の物語はもう卒業だ、現実の社会を背景にした写実的な小説でなければならない、筋もサスペンスを持たせた面白いものにしなければならない、できれば紆余曲折のあとに男女が結ばれるハッピー・エンドの恋物語がよい、というようなことも、おそらく三人の間で話し合われたに違いない。

その前提条件は、シャーロットやアンにとっては、自分の関心事と根本的に抵触するものではなかった。まずアンにはすでに書き始めている小説があった。一番末の子供であることと肉体が虚弱であることのために常に一家の保護の対象になり易かった彼女は、その立場に甘えることを嫌って、けっきょく他人のもとで働いた期間が計五年間と、姉妹の中ではいちばん長かった。誤った価値観や意志の弱さで自分たちの生活を狂わせていく人びとの中にあって、ひたすら孤立を強いられているのが彼女にとっての現実であった。しかし彼女はいたずらに孤独の餌食にはならず、そういう人びとを地道に観察し、分析研究を重ねていて、それがすでにその後短期間のうちに二つの小説となって発表されるほどに充実していたのである。現に彼女は『アグネス・グレイ』の最初の何章かをすでに書き上げていて、それが姉妹の競作の決意を素早いものにするひとつの要因となったのは確かである。しかも彼女は恋の体験にもこと欠かなかった。相手の牧師補ウェイトマンのあっけない急死であまりにもはかなく終わった恋だったが、彼女は自分の体験と観察と恋と切望の忠実な報告書をハッピー・エンドの恋物語にするためには、ただ恋の結末さえ変えればよかったのである。

シャーロットのほうは、それ以前にすでに小説を書き始めたり構想を温めていたりしたとは思えない。彼女はそれまで、過去において桂冠詩人サウジーやブリュッセルの恩師エジェなどによって再三繰り返された「作家になりたいなどという考えを起こしてはいけない」という忠告に従って、彼女独特の誠心誠意で文筆の道を断念し、もっぱら自分の学校を持つために努力することに努力して来ていたからである。またすぐその後を追って書かれた『ジェイン・エア』ではあれだけまとまった構成力と読者の心にひしひしと迫る筆力を発揮したのに、処女作『教授』では主人公ウィリアム・グリムワースの語り口にアングリアもののレポーター、チャールズ卿（シャーロットは少女時代、こういう仮空の人物が見聞きして書いているという体裁で物語を書いていた）の客気ある小生意気な態度が色濃く残っていて、内容はすでに後の作品と通じるものではあるが、何よりもまず再びものを書くことに正々堂々と打ち込める歓喜に勇み立っている気配がうかがえるからである。しかし、彼女にはいかに狭いと指摘されようとも、周知のように社会の中での生活と恋の体験があったし、ひとたび小説を書くとなれば、そういう自分の生活の中に、アン同様、すぐにでも題材を求めることができたのである。

だがエミリの場合は事情が違っていた。というのは彼女はその時点でまだ自分のゴンダル物語の真只中にいて、姉や妹のように現実の社会の中に根を下ろした生活というものを持っていなかったからである。実際エミリは、家を離れて生活した期間が姉や妹に比べてはるかに短かった。シャーロットは計八年足らず、アンは計七年余りなのに対し、エミリはロー・ヒルの学校で教えた期間がかりに一年半だったとしても、合計三年にしかならない。まず六歳の時（一八二四年十一月上旬〜翌年五月末日）に姉三人の通っていたカウァン・ブリッジの寄宿学校に遅れて入学して、そこに最年少の生徒として止まること七ヶ月。次に十七歳の時（一八三五年七月末〜十月）にロー・ヘッドの生徒として三ヶ月。次は十九歳の時（一八三七年七月〜?・）[1]ロー・ヒルで教えること半年ないし一年半。最後が二十三歳の時（一八四二年二月上旬〜十一月上旬）姉と共にブリュッセルに留学すること九ヶ月。以上四回がすべてで、その間、姉や妹のように友人や勤め先の家族と共に旅行するというようなこともなかった。要するに彼女はきわめて短期間にわたって断片的に、しかもほんの数回しか家を離れていないのである。

そしてもちろん、それは単なる分量の問題ではない。教師として働くことになったシャーロットが同伴することを許された学費免除の生徒として、エミリがロー・ヘッドに入学したのは一八三五年夏。それが事実上、彼女にとっての社会参加の初体験であったが、その時彼女はたちまちのうちに強度のホーム・シックにかかり、ひどく健康を害って、三ヶ月後には彼女の生命に危険を感じた姉によってホワースの牧師館に送り返される羽目になった。その時から、エミリが外界に対する適応性を大きく欠いていることは証明されていたのである。その事実を考えると、彼女がその後、当時の尺度から言っても労働条件のひどく悪かったロー・ヒルで一定期間働き続けることができたのも、またブリュッセルで九ヶ月も勉強を続けたのもむしろ不思議だが、それは彼女独特の意志の力の勝利の結果であった。エミリの勉強は（過去に学校で多くを学んでいる）自分の勉強と比べてはるかに大変だが、ロー・ヘッドでの挫折を二度と繰り返さない決意で猛烈に頑張っている、という意味のことをシャーロットがブリュッセルから友人に書き送っているが、姉のこの妹に対する解説はしばしば的を外れていても、この場合は正しいようだ。

エミリがロー・ヘッドで挫折した一八三五年というのは、それまで牧師館で四人揃っていわば活気ある孤独を熱狂的に楽しんでいたブロンテ姉弟妹の、社会への挑戦と挫折の繰り返しが始まった年である。その出発点でのあまりにもあっけない敗北の屈辱をエミリと分け合ったのはブランウェルだった。唯一の、しかも才能豊かな男児として一家の期待を一身に担った彼は、その年、画家として身を立てるべくロンドンのロイヤル・アカデミーに入学する手筈であり、そしてそのためにシャーロットが働きに出たのであったが、何故か入学を果たさず、お金だけは使い果たし、かわりに汚名と屈辱を背負って、すごすごと牧師館に舞い戻って来ていた。大都会へ出て有能な人びとと競争していくことに急におじけづいて逃走したということだったらしいが、一家の天才児はいわば一夜のうちに一家のろくでなしと化し、父親の厳しい非難と自らの激しい屈辱感と、それでもなお消し難い天才意識とのはざまで、彼はその後の二年余りを酒とギャンブルとバイロンまがいの世に容れられぬ嘆きとで過ごすことになる。彼はその後、立ち直る努力をしなかったわけではない。立ち直ったかと見えた時もなかったわけではなかった。しかし結局は周知のようにその後の彼の生涯は人格崩壊完了への道程となるのであって、それが姉妹の十年間にわたる離散と苦闘を条件づけたのである。

エミリは、働き続ける姉とも自分と交替で就学した妹とも切り離され、生涯で初めてこのような兄と二人だけで牧師館の夜を過ごす中で、自分自身も世間と断絶された詩人だという、むしろ自負につながる自覚を養っていたらしい。詩はもちろん大分以前から書き始めていたに違いないが、現存している彼女の詩はその頃以降のものである。ただひとつ彼女とブランウェルを両極に区別したのは、彼女の自分自身に対する厳しさと強靭な意志の力であった。エミリはとっさのことであっという間に敗北に追い込まれた自分を恕さなかった。彼女は特に兄が自分の目の前で、いとおしくはあるが希望の持てない存在であることを証明しつつある時、そして姉や妹がそれぞれの生活の道を求めて苦闘に耐えている時、いくら家に残って家事を担当するという大義名分があるとは言え、自分だけが牧師館で安閑としていることには耐えられなかったのである。是非とも必要だったとは思えない時期にあえてロー・ヒルで教えることを選んだのは、自分に与えられた運命を敢然と耐え忍ぶ中で自己を保持しなければならないと決意を固めた、自分自身への挑戦の意味が大きかったのである。次のブリュッセル留学の件も話は単純明快である。自分たちの学校を持つということは姉妹が自活するための、可能な限界内の最善の道である。シャーロットがその計画を精神的に推し進めて、そのためにはまず自分たちがじゅうぶんな資格を誇れる教育を受けるべきだと主張して留学に同行を求めた時、エミリは快く賛同して、しかも断乎やり遂げる以外なかった。

彼女は寄宿学校での生活をシャーロットのように全身を投入して生きることはしない。彼女のようにそこで苦しみもがいたり、そこから歓喜を得たりはしない。それはエミリにとっては生活というよりも、まったく感情を殺してただ意志の力ひとつでなし遂げた苦行だったように思える。したがってその苦行が必要とは認められなくなった時、彼女はもはや家を離れようとはしなかった。故郷の牧師館の一応は主婦の役目を勤めていた伯母の死の知らせが留学中の姉妹のもとに届いたのは、一八四二年十月のことである。それまですでに当初は半年の予定だったものが一年に延長されていた留学は、さらにもう一年延長される計画になっており、エミリもそれに異論を唱えてはいなかったのだが、十一月に急遽帰国した後、彼女は人知れぬ憧れの糸に引かれて再度ブリュッセルに戻って行く姉に同道することはしなかった。

伯母の死と父の衰え始めた健康、特に視力は、娘たちのうちの誰か一人が主婦として家に残ることを絶対必要とした。そして体力と実務的才能を要する家事を担当するのはエミリの特権でもあり、責任でもあった。伯母が思いがけず姉妹に遺産を残してくれたことも大きな意味があった。一人あたり三百五十ポンド程度というその遺産は、一生をそれに頼って生活していけるような金額とはほど遠かったが、百七十ポンドとも二百ポンドとも言われているブロンテ氏の年収の倍ほどには相当し、姉妹を差し当たって何が何でも働かなければならない危機から、そして特に家にいるエミリを、自分が稼がないで姉や妹に働かせているという良心の呵責から解放したのであった。

実際この伯母の死後一八四五年夏まで、ブロンテ伝の中の苦難のきわまった時代を、エミリはただ一人別世界に安住していたように見える。シャーロットがさらに一年間の留学を続けたあと、恩師エジェへの募る思慕に苦しめられながらも、自分たちの学校を持つというこの時点ではすでに見通しの暗くなっていた計画にあくまで取り組み、アンが黙々とロビンソン家で働き続け、やや立ち直ったかと見えたブランウェルがアンの紹介で同じ家庭の男児の家庭教師をしながら、その家の女主人と不倫の恋に陥って自らの墓穴を掘っている間、エミリはどっかりと牧師館に居を構えて、今や老齢のために女中としては大して役に立たなくなって里帰りしていたタビーを呼び戻し、ペットの数を増やし、アイロンかけ、パン焼きを一手に引き受け、タビーを相手に台所でせっせとじゃがいもをむいていた。その間の彼女の生活に関するエピソードとしては、以下のようなものが当時の目撃者によって記録されている。いつも台所で傍に立てかけてあるドイツ語の本をのぞき込みながら粉を練っていたこと。自分の視力が弱って身辺警護に不安を感じ始めたブロンテ氏が娘にピストルの射撃訓練を施す決心をし、彼女は家事の合間に実にいそいそと従順に父親の呼び出しに応じて腕を上げ、父親を大いに満足させていたこと。愛犬キーパーがよその猛犬と喧嘩をして咬みつき合い、誰も両者を引き離すことができなかった時、通報を受けて駆けつけた彼女が、人びとが息を飲んで見守るさなかキーパーの首にさっと手をかけ、その鼻先に持って来たコショウを振りかけて事件を解決したこと。これらはいずれも、彼女が有能で頼りになる働き手だったことを物語っている。そしておそらく夜は、暖炉の傍でキーパーの背に手を置き、読書にふけったり、詩を書きつけたりする姿が見受けられたことだろう。彼女は孤独ではあったが、姉や妹たちのように他人の作った世界、他人の作った尺度の中で日々神経をすりへらさないで済む場を確保していた。

いずれにしても一八四五年七月三十日の誕生日、四年後にアンと一緒に開いて読むことを目的にエミリが書きつけた日記は、この時一家が置かれた絶望的な状態からはとうてい想像できないような、異常なほどの天真爛漫さに満ちている。その約二ヶ月前には、アンが教え子の不行跡と同僚ブランウェルの狂った恋とを扱いかねて、四年余りも辛抱し続けたロビンソン家の家庭教師の職を辞して家に帰って来ていた。そして七月の二十日頃までには、ついに女主人との不倫の関係を発見されたブランウェルが、主人から激怒と軽蔑に満ちた解雇と絶縁の通告を受け取っていた。それが事実上、彼の人格崩壊の仕上げとなり、その後彼が生活をすっかり乱したまま家に居続けたことが、姉妹の学校の見通しを完全に断ち切ったのであるから、誰しも明るい気分ではいられなかったはずなのだ。現にシャーロットは絶望と焦燥に責めさいなまれ、アンも久々に我が家に住むことになった喜びの中でも、もはやゴンダル遊びに熱意を示そうとはしないで、じっと来し方行く末に不安な思いを馳せている。

ところが、エミリの日記は、「ゴンダル人どもは未だもって生き生きと盛んです。私は現在第一次戦争の話を書いています。……私たち（エミリとアン）は奴らが私たちを楽しませてくれる限り、あくまでつかまえておくつもりです」と、アンの心境の変化にも気付かずに相も変わらぬゴンダル熱を告白し、学校の件は「今では私は学校など全然欲しくありません。そして私たちの誰もたいして欲しがってはおりません。私たちには目下の必要に応えるお金はじゅうぶんあるし、増える可能性(2)もあるのですから」と片付けている。自分がその日記を書きつけている間にもアイロンかけやじゃがいもむきが追いかけてくるさまなどの記述も、それをいとう気配はみじんもなく、「私は自分としてはすっかり満足です……ただほかの人たちも皆、私と同じぐらいに心地よく、意気消沈しないでいられたらと願うのみです。そうすれば私たちも一応住める世界を持つことになると思うのです」

とまで言っているのである。

この明るさはひとつには、シャーロットやアンにとっては家にいるということはその気楽さは別として、ただ無為に時を過ごすこととしてしか自覚できなかったのに比べて、エミリは家事という重い労働を有能にやってのけているということからくる安心感に由来しているに違いない。また何年間にもわたって、たまの休暇にしか会えなかった従順で聡明な妹アンと一緒に住めることになった喜びが、この時点のエミリの明るさを増しているのも確かであろう。しかし、その根底を支えているのは彼女が幼い頃から培った人生態度なのである。

エミリについて残っているいちばん幼い頃のエピソードは父親との問答だ。ギャスケル夫人がブロンテ氏から直接聞いた所によれば、彼はある時自分の子供たちの資質を探るために、当時六人とも生存していた子供たち全員に、一人一人異なった質問をして答えを求めた。五歳だったエミリは、「ブランウェルが悪い子だった時にはどうしたらよいか？」という問いに対して、「言ってきかせてやりなさい、それでもきかなかったら鞭で打ってやりなさい」と答えたという。他の子供たちの回答もそれぞれ我々の知る性格にぴったりで、あまりにもよく出来過ぎており、どこまで実際あったこととして信用してよいのか分からない思いがするが、その他のエピソードなどとも考え合わせて、エミリは幼い頃から意志と決断のはっきりした、甘えや言い訳を最も好まない子供だったようである。『嵐ケ丘』の中で、ネリーは、幼いキャサリンは父親に悪い子だと拒絶されると最初は泣いたものだったが、そのうちにただ笑って済ませるだけになった、と言い、幼いヒースクリフは不平を言わない子供だった、と言っているが、それはほとんど著者自身についての記述に違いない。

ブロンテ家の女児は幼い頃から父親と伯母の厳しい躾けのもとで孤独を味わって来たのは、姉も妹も変わらない。また彼女たちが長いこと孤独の中で結束して生きて来たあまりにも知的で夢想的な世界が、彼女たちを俗世間の中で生きにくいように育て上げたのも、姉についても妹についても事実である。ただ、シャーロットが外界の不正、不当、圧迫に対しあくまで抗議し、あくまで自らが正しくあることによって外界の承認を得ることを求めたのに対し、エミリは思い切りのよい決断で外界を無視し、自分一人のイマジネーションの世界を自分一人で構築して、その中に住むことを選んだ。

So hopeless is the world without,
The world within I doubly prize ;
Thy world where guile and hate and doubt
And cold suspicion never rise;
Where thou and I and Liberty
Have undisputed Sovereignty...
(Hatfield 174, September 3, 1844.)

(外界は何とも希望がない、それだけに私は心の世界を倍して賛える、奸計も憎しみも疑惑も、そして冷たい疑いも決して生じることのないあなたの世界、あなたと私と「自由」とが抗争の余地のない至上権を持っている世界……)

牧師館で日常の仕事が日々果てしなく彼女の時間と労力を奪うために追いかけて来ても、自分を裁いたり強制したりする外界との直接の衝突からは護られて、時にはムーアを散歩し、ゴンダルの土地に遊び、詩を書いて自らのヴィジョンを深める自由を得ていたエミリは、たしかにある程度までの充足感を持っていたのだと思う。

このようなエミリが小説を書いて出版しようという話にどのように反応したかは、果てしなく興味の惹かれる所である。それまで最も親しいアンにさえ見せずひそかに書きため、一部を清書までしていた詩をシャーロットに無断で読まれた時、エミリは激しい怒りを示した。それを出版するまでにこぎつけたのは姉の熱意であったが、その過程で妹の側にどのような心境の変化があったのだろうか。自分の詩に対する姉の激賞が、彼女の世の無理解に対する警戒心を緩めたのかもしれない。ブランウェルは精神的に脱落していたが、十年ぶりで全員牧師館に揃ってあれこれ語り合う中で、その間ごく間遠で孤独な慰めであった筆が、「使ってくれ」とにわかに抑え難い叫び声をあげ始めたのかもしれない。またアンが書き始めているものがある、と言い、シャーロットが自分も書ける、と言うのを聞き、仲間うちの気楽さから自分一人の世界を乱さないための用心を忘れて、自分だって、と敢然と挑戦する気になったのかもしれない。いずれにしてもエミリは、小説の執筆には姉や妹に負けない情熱で取りかかったようだ。もちろん彼女は『嵐ケ丘』の構想を以前から抱いていたとは思えない。また姉や妹のように自分の体験をある程度そのままの形で作品の主人公に託し、寄宿学校の教師の苦悩や家庭教師の孤独な観察などを――あるいはそれが彼女には量的に体験不足というのなら、片田舎の牧師館に住む教養ある娘の孤独を――訴えるという着想を持っていない。彼女の想像力はそういう日常の生活の形態を超越した所に、すでにしっかり定着していたからである。彼女はいっさいを創り出さなければならない。それにもかかわらず、彼女は短期間のうちに文章にゆるみがなく、構成のきっちりと整った小説を書き上げたのである。

2 小説の成立過程と諸問題

一

『嵐ケ丘』とゴンダル物語との関連はつとに多く語られている。十年以上にもわたって発展させられて来たその物語の世界は、すでにきわめて大きなスケールの上にかなり細部までしっかりと構成されていたに違いないし、エミリ・ブロンテが『嵐ケ丘』の執筆に取りかかる直前までその世界に自らの詩心を注いでいたであろうことは、先に引用した日記からも明白であり、ゴンダル系の詩の最後の大作“Julian M. and A. G. Rochelle”(The Prisoner)が一八四五年十月九日という遅い日付を持っていることも、さらにその事実を裏付けている。エミリが小説の筆を執るに当たって、それまでゴンダルに注いだ詩情をそのまま小説に注いだと考えるのは当然であり、それは結果から見ても紛れもない事実である。

しかしゴンダル物語を『嵐ケ丘』の起源と呼んでそのプロットに深入りすることは、かえって無用な混乱を招くだけである。たしかにキャサリンは二人の恋人を持ったという点で、何人もの恋人を持ったゴンダルの女王オーガスタに似ているし、やさしく温和なエドガーはオーガスタの初期の恋人、あるいは夫のアルフレッド卿を思い起こさせる。ヒースクリフは同じくオーガスタの恋人ないし夫のたくましい王者ジュリアス・ブレンザイダに相当するようにも思え、“dark boy”ないし“child of dust”のイメージともよく重なり合う部分がある。しかし逆に似ていない面もあるし、もしR・アルコナというのがロジナで(それは多分そうだろう)オーガスタと同一人物ならば、彼女はむしろヒースクリフに似ていると言うべきかもしれないし、いずれにしても現在はその大部分を推量に頼らなければならない世界のプロットをいくらまさぐってみても、そこから『嵐ケ丘』が出て来るものではない。『嵐ケ丘』が似ているのはエミリの詩の世界全体と、そこに盛り込まれたヴィジョンであって、ゴンダルの具体的な細部ではない。登場人物や総合的雰囲気が似ていることがあるならば、それは一方が起点で他方が到達点というような関係にあるのではなく、どちらも同一ヴィジョンの産物だからなのである。

そもそもゴンダルに関して我々の手に残されているのは断片的な詩だけである。散文も書かれていたようだが現存していない。そして残されている詩も、筋の動きを示す叙事的なものはきわめて少なく、その大半が一定の情況下における人物の心情をうたった抒情詩である。我々が現在ストーリーをある程度まで再現できるのも、おおかた人物の置かれた情況によってである。もともとゴンダルとは奇妙な世界だ。太平洋上の島ということは分かっていて、地名も人名も異国的だが、自然条件は大きな湖がある点を除いてはエミリの親しんだホワース周辺のものに酷似していて、人物たちはヘザーやシダやブルーベルを目の前にして自分の想いを歌にしている。そしてそれはエミリの感覚がじかにとらえた自然であり、想いなのである。ゴンダルを価値あらしめているのはそういう詩である。そしてその詩を力強くしているのはプロットでは決してなく、その自然感覚に裏づけられた人間の生と死に関するヴィジョンの深さなのだ。

エミリは清書した詩に関する限り、自分自身の抒情詩とゴンダルのものとを別冊にして区別しているが、それはおそらく発想の起点が異なるということではなくて、むしろ現在の自分の想いをゴンダルの人びとに託すことで、その詩にくっきりとしたドラマチックな輪郭を与えることを楽しんだということであり、またそうしながら、ゴンダルの世界をいつの日か完結した歌物語にまとめ上げることを夢見ていたということだったのであろう。その区別は後日彼女の生涯に関する途方もない憶測を制するのにはじゅうぶん役立つことになったが、抒情詩は名儀上誰のものであろうと、本質的にはその区別の必要のない性質のものが多いのである。たとえば一八三九年四月十七日の詩は、R・グレネデンなる人物（ほかの詩にも出て来る人物でジュリアスの敵側の一人らしい）が「戦いに破れて家に帰って来たが、自分たちの家と平和を守ってくれた兄（あるいは弟）のアーサーはそのために命を落として、もう永久に帰って来ない」という情況下の淋しさを歌っているが、エミリはその前にロー・ヒルで苦しい体験をしており、九日前の四月八日にはアンが一家のうちの先頭を切って、初めて他家の家庭教師として家を出ているという事情を知れば、筆者にはグレネデンもアーサーも死も戦争も、エミリ自身の素顔を隠す単なる仮面に過ぎないと思える。「犬たちも元気がなく、鋭い口笛で呼んでもぐずついている」という描写などは、主人の姿を見失ってしょげかえっているアンの愛犬フロッシーの姿を彷彿とさせるではないか。

このようにゴンダルとアンが簡単に恋人とも兄弟ともなり、何十マイルかの別離が死別となり、寄宿学校で働くことが旗をひるがえした戦闘となりうる世界なのである。『嵐ケ丘』の中でネリーが、自分がエドガーのような美男子でもなく、お金持ちでもないのを悲しむ少年ヒースクリフを慰めて、「あんたのお父さんは支那の皇帝だったかも知れないし、お母さんはインドの女王様だったかも知れないじゃないの。……わたしだったら自分の生まれについて高く考えるわねえ。そうやって自分は本当は身分が高いんだ、って考えていれば、ちっぽけな百姓の圧迫なんか、勇気を持って堂々と我慢していけると思うけどね」(第七章) と言っているが、ゴンダルはエミリがそのような忠告に従って作った遊び部屋、入れかわり立ちかわりいろいろな人物になって自由に歌ったり踊ったり、泣いたり叫んだりすることができる遊び部屋だったと言えるかもしれない。

二

いずれにしてもエミリは、ゴンダルの世界を自分の心の必要に応じて無限に拡大することができた。人物たちも王侯や貴族に仕立て上げて、思う存分大がかりなスケールで行動させることができた。細部を埋め尽くす必要はなかったし、ましてや一定期限内に完成する必要はなかったからである。しかし小説を書くと決心し、とにかくまとめ上げなければならない、細部も埋めなければならない、という条件に縛られた時、エミリは話のスケールを縮小し、土台を姉や妹と同様身近な所に求める以外なかった。舞台は当然自分のよく知っているヨークシャーのホワース近辺の自然でしかあり得ない。そしてそこに住む人物たちも、とにかくもまずヨークシャーの荒野に住む人間らしくしなければならなかったのだから、そこでエミリが活用したのは当然彼女のもっともよく知っている土地の人びとであり、土地に伝わる昔話や噂話であった。

当時のヨークシャーの田舎はその地形のために外部との交流が少なく、閉鎖的、後進的であり、人びとも剛直で荒々しく、一時代も前に属するような噂話がまことしやかに語り伝えられ信じられ、同時代でも都会の人びとにはとうてい信じられないような奇行蛮行も無数にあったという。その土地柄や言い伝えの数々はギャスケル夫人によって『シャーロット・ブロンテ伝』の中に詳しく描写・報告されているが、誰々の亡霊が夜出歩いているというような話はごくありふれたものだったし、多額な年収がありながら自分の由緒ある立派な家を荒れ放題にし、他人が彼の家に近付くと銃でその人の足を狙い撃ったというような地主や、闘鶏が大好きで自分が病床についてからも目の前でやらせ、さらに容態が重くなって体を動かせなくなると、仰向いたままで見られるように周囲に鏡を張らせ、そうやって闘鶏を見ながら息を引き取ったという地主もいた。ブロンテ家の子供たちはそのような話を見聞きして育っている。特に女中のタビーは昔話の宝庫であり、早くから彼女と一緒に台所で時を過ごすことの多かったエミリは、タビーの最も熱心な聴き手だった。そして大人になってからも、タビーを通してであろうとなかろうと、彼女の日常をとり囲んでいるのはそのような話であった。その数々を知れば知るほどに、『嵐ケ丘』の第一章で、ロックウッドが初めて対面した不愛想な地主は、著者があまりにもよく知っているありふれたヨークシャーの地主だったことが分かる。

それが『嵐ケ丘』のひとつの世界だ。エミリは細部において実にどっかりとヨークシャーに腰を据えた。そしてそこでまず見事な成功をおさめている。自然の把え方、描写の素晴らしさ、召使い階層の傍役たちの何とも言えない本物らしさ。ネリーは言うに及ばず、やや通り一遍のジョーゼフでさえも、しわだらけの顔で口をへの字に曲げてわめき散らしたり、牛の乳を搾ったり、石灰を荷車に積んだり、小作人に対して威張り散らしたりしている姿は目に見えるようである。

そのような人物の扱いでエミリの筆の確かさは揺るぐことがない。ほんのちょっとした動作、特に何か日常的な仕事をするさまを一言描いたりほのめかしたりすることが、ちょうど光ひとつ風ひとつがエミリの自然にあやしい魅力を与えるのと同じように、彼らをリアルにする。著者が実際に彼らの生活感覚を肌で知っており、何よりもその特徴を示す言行の選択眼において優れているからである。

決して単にヨークシャー的である所に止まっておらず、同時代の読者にはこの世に属するとさえ信じてもらえなかったヒースクリフでさえ、キャサリンや復讐に関係ない所でなら、傍役たちとまったく同じほどにありありと姿を思い浮かべることができるヨークシャーの地主である。彼は不愛想で疑い深くて、がっちり取るものは取ると公言実行し、自分の犬が客人を襲っても、襲われるようなことをしたほうが悪いとばかり平然としている剛直で粗野な人物だが、一方、朝は四時に起き、羊の世話をし、領地を見回り、自分の貸家の長所短所も詳しく知り尽くし、自分の大事な借家人が病気で寝込んだ時には猟の獲物を贈り届け、彼を見舞って一時間も世話話さえし、また復讐の事業に当たっている最中でも、怒りの発作から我にかえると自分が乱暴を働いた相手に手早くお茶を入れて出すような身軽さをそなえている。彼はごついが細心でまめな働き手なのである。ギャスケル夫人は『伝記』の調査のためにホワースへ行った時、その道すがら、大怪我をして動脈を切り、血だらけになって泣き叫んでいる少年の横で、その少年の兄が「どうせ助からないのだから騒いでも無駄」とばかりにのんびりパイプをふかしていたのに出会って仰天したが、そんなことは理も当然というような土地柄だったから、ヒースクリフは地主としてはただヨークシャー的なだけで、そのうちではむしろまともな地主だったとさえ言える。

三

ただ彼はその中におさまっていることが許されなかったのだ。そしてそれはもちろん、著者エミリが単にヨークシャーの生活の報告者になる意図は毛頭なかったからである。彼女は自分の小説をもうひとつのゴンダル年代記にする。つまり小説の主役たちは、何よりも著者がその時点で到達した愛と別離、生と死のヴィジョンを演じて見せなくてはならない。それが『嵐ケ丘』のもうひとつの、そしてより本質的な世界である。ただエミリは、ゴンダルにおけるように時間や空間を際限なく駆使し、果てしなくプロットをふくらませる自由は放棄しなければならなかった。そしてその結果として、彼女は二人の主役たちを大いにヨークシャー化しながら、一方で彼らに自分の心の葛藤と苦悩とをかなり性急になまのままの形で演じさせなければならなかった。その意味では、『嵐ヶ丘』は『ジェイン・エア』に負けないほど自己告白的な小説になっているのである。

　主役たち、もちろんそれはヒースクリフとキャサリンだが、二人のうちでは傍役のほうの後者は、著者にとって形象化は容易だったに違いない。自分というモデルに密着しているだけで、大して作り出す必要はなかったからである。

　エミリは幼い頃から周囲に振り回されない自己の世界を確立する構えを見せたが、だからといって孤独な子供時代から彼女一人が無傷で逃れ出たとはとうてい思えない。彼女がキャサリンのように「ひどいことをされても笑って済ませて、決して怒り狂ったりしないで」いられる「半分野蛮で元気で自由な」（第十二章）子供でいられたとすれば、それは彼女がムーアの中に他の人びとの見出し得ない至上の喜びを見出す天性をそなえていたからである。そしてその分だけ彼女はムーアを離れては生きられない存在になっていったはずだ。外界を遮断しただけに自分の生存にかかわる問題いっさいを自分の内部に沈潜させていかざるをえなかった彼女が、ムーアで不思議な霊的交感や魂の解放されていく歓喜を味わったのを我々は知っているし、ムーアと切り離された時が彼女の挫折と苦悩の始まりだったことも知っている。

　ところが挫折の初体験の八ヶ月ほど後から始まっている彼女の（現存の）詩は、実に興味深い動きを示している。早くも孤独と苦痛、自分の暗い運命の認識といったテーマが見えるなかに、あかたもムーアを走り回る自分を反省し否定するかのような口吻を見せる時もあるのだ。

All day I've toiled, but not with pain,
In learning's golden mine;
And now at eventide again

The moonbeams softly shine...

Oh may I never lose the peace
That lulls me gently now,...
True to myself, and true to all,
May I be healthful still,
And turn away from passion's call,
And curb my own wild will.
(Hatfield 10)

（一日中苦役しました、学問の金鉱の中で、けれど苦痛を覚えずに、そしてまた夕べがやって来て、月光がやわらかく光っている……ああ今やさしく私を寝かしつけてくれるこの平和を、どうか失うことがないように……自分自身に、そしてみんなに真実に生きて、どうかいつも健全でいられますように、そして激情の呼び声をしりぞけ、私自身の荒々しい意志を撓めることができますように。）

この詩は日付がないが一八三七年前半のもののようである。この時エミリは明らかにロー・ヘッドでの挫折を肝に銘じ、社会の中でやっていけない不面目の解消を目ざして猛勉強をしていたのであろう。そしてそこにひときの充足と安心と幸福とを感じたのであったろう。彼女がその何ヶ月後かにロー・ヒルへと教えに出かけていった時には、まだこの詩のムードは残っていたに違いない。それ以後の詩の中では、社会は不正で偽りに満ち、彼女をそこに追放されている、あるいはその土牢に閉じ込められている身の上に置くものとして決定的な敵対者になり、時がたつにつれて対立は深まる一方だが、行動の面では彼女はさらにもう一回、ブリュッセルで猛勉強をするわけである。そしてその留学時代を締めくくる詩には、前に引用した詩の悲しいあとがきとして読める部分がある。

"The Vanished day ? It leaves a sense
Of labour hardly done;
Of little gained with vast expense —
A sense of grief alone !"

"Time stands before the door of Death,
Upbraiding bitterly;
And Conscience, with exhaustless breath,
Pours black reproach on me;"

"And though I think that Conscience lies,
And Time should Fate condemn;
Still, weak Repentance clouds my eyes,
And makes me yield to them !"...

"'Tis true, this arm has hotly striven,
Has dared what few would dare;
Much have I done, and freely given,

Yet little learnt to bear !"...
(Hatfield 155, October 23, 1842)

(消え去った日? それは苛酷な労働の感覚、膨大な出費でほとんど何も得なかったという感覚、歎きの感覚のみを残します、〝時〟は〝死〟の扉の前に立って、ひどく叱りつけて来ます、そして〝良心〟は息も吐かせず、黒い非難を私に浴びせかせます、そして私は〝良心〟は嘘を吐いていると思うし、〝時〟は〝運命〟をこそ咎めるべきだと思うのに、それでも弱い〝悔悛〟が私の目を曇らせ、私を彼らに譲歩させてしまうのです……そうです、この腕は苛烈に闘って来ました、めったに人のしないことに立ち向かって来ました、私は多くをなし遂げました、けれども耐えることをさっぱり学べなかった!……)

キャサリンの裏切りと苦悩と死は、エミリ自身の長引いた社会との交渉の痛恨の思いに満ちた決算報告書なのである。幼いヒースクリフとキャサリンのスラッシュクロス・グレンジとの接触は、エミリと社会との接触である。少年の「あんな身分と取り替えてもらいたくないや」(第六章)という反応もエミリ自身のものだったが、学問の金鉱で働き、充足し、かりそめにもムーアを、あるいはムーアと交わる自分を退けようとしたほうの自分の愚かさを、グレンジでちやほやされて心変わりするキャサリンに演じさせたのである。一方で、「うまく言えないけれどお前だって誰だって、自分を超える自分の存在というものがある、いや、あるはずだと考えるでしょう?」(第九章)から始まって「私はヒースクリフなの!」に至る、エミリの "No Coward Soul Is Mine" のパラフレーズのような告白をしておきながら、そしてそもそもエドガーとの婚約の報告を「私、とっても不幸なの」という言葉で切り出しておきながら、他方では「ヒースクリフと結婚すれば私は身分が下がってしまうでしょう」と分別ありげに言って、キャサリンは決定的な誤りを犯す。虚栄心からエドガーを選び、彼の妻でありながらヒースクリフの我がものとしておけると虫のいい錯覚をして、自分を自分の生命の根源から切り離してしまい、けっきょく、彼女は自分の肉体を“dungeon”、わが身を自分の属していた世界からの“exile”と呼んで死んで行くしかない。その間の彼女の苦悩は著者が家を離れるごとに味わった苦しみそのものであり、彼女の裏切りとそれによる死は、著者がかりそめにも社会やら学問やらに色気を出して付き合い続けようとした自分自身に対する痛恨の断罪なのである。

だから著者はキャサリンを我侭でそれ故に愚かな女として性格付けている。彼女は自分自身と恋人とを裏切ったばかりでなく、その後も自分の誤りに気付かず、その結果生じた自分の苦しみを夫のせいにし、ヒースクリフのせいにし、何故自分が変わってしまって何でもないことに血が煮えくりかえるほど腹が立つのか、と哀れにもいぶかるばかりである。死際に「(何ものも)ぼくたちを引き離しはしなかったはずだ。あなたが、そして自分の意志で、それをやったんだ」とヒースクリフに指摘されても、きげんを直して和解を求めるだけで、それをじゅうぶんに理解することはできない。ただ彼女の愛と苦悩の深さ、そして自分自身の生命の源から自らを断ち切ったが故に死んでいくしかないという事実だけが、果てしなく真実なのである。そしてこのような性格付けは小説のプロットにもよく合致している。彼女はけっきょく明確な役割を明確に、しかもヨークシャー的に演じているると言える。不自然なのは彼女がエミリにして初めて作れたような詩を、時々簡単に自分のせりふとしてしゃべることぐらいである。

四

問題があるのはヒースクリフである。というのは彼の中では本来同一の起点から出ていないものが、力業でひとつのものにまとめ上げられているからである。再度小説の構想の出発点に戻って、エミリが自分の主人公に関して具体的に何をいちばん初めに着想したかはもちろん分からない。が、ネリーの話の初めの部分のいかにも土地の農家らしい日常性に満ち満ちた安定感といい、そして何より二人連れ立ってヒースを走りまわる子供たちの、いかにも人びとの純朴な感受性に訴える、ほとんど純真さの象徴のような印象的な姿といい、まず荒野で遊ぶ二人の子供がこの小説のひとつの出発点になっているのはほとんど間違いないだろう。そしてこの少年のほうは誰しもが疑い得ないように、ゴンダルの中の"dark boy"である。天使あるいはそれに類するものに暗い運命を哀れまれているこの不幸な少年についての詩は、ごく初期から何回も書かれているにもかかわらず、ゴンダル物語の中での彼の正体や役割はまったく不明である。女王オーガスタの暗殺者ダグラスではないか、と見るむきもあるが、それはまったくの推量の域を出ない。筆者には、もちろんこれも推量どころか印象の域を出ないのだが、この少年はゴンダルのぎらぎらしたプロットにはどこか合致しない素直な独自性をそなえているように思えてならない。そしていつまでも少年でいるように見える。ジェラン女史によればタビーがブロンテ家の子供たちに話して聴かせた〝話〟の中には荒野の丘の上で遊ぶ孤児の話もあったというが、この少年はもともとはホワースのムーアに育ったのではなかっただろうか。とにかく出生地はどこであれ、この少年のイメージがなかば自分の代役、なかば自分の哀れみの対象として、早いうちから遅くまでエミリの脳裏に焼きついていたことは間違いない。彼は早くも一八三七年七月の詩でくっきりとその姿を描き出され、一八四五年五月二十七日の詩で永遠の運命の少年になるまでの間にも、何回か(特にHatfield 99, 153)それらしい姿が同情ある目によってじっと見守られていて、そのように繰り返し見つめられている人物はゴンダルの中でも他にはいないのである。少年の頃のヒースクリフは、プロットに従ってヒンドリーから仔馬を取り上げたり、ばかにむずかしい言葉遣いで復讐を口走ったりするが、その他の部分では読者の共感と哀れみをそそる純真さを見せており、それはさらわれていったゴンダルの異郷からようやく故郷のムーアへ連れ戻され、そこで生活を与えられて、天国から突き落とされたキャサリンのように生気を帯びる少年のいとおしさに、著者が彼をプロットで牛耳る手をゆるめたためではなかっただろうか。

とにかくも著者は自分がじっと目を注いで来た少年を主人公に設定し、彼の何年も前から定められた運命に従って、彼を愛させ、別離に苦しませ、そのような自分の運命に逆らって闘わせるつもりだ。ちょうどゴンダルの中で彼以外の多くの役者たちがそうして来たように。ゴンダルの世界の中では多くの人びとが愛するものの喪失に苦しんでいて、おそらく彼らのうちの多くがそのために滅びていった。キャサリンもヒンドリーもエドガーも、その滅び方の典型的な例を示していると言えるかもしれない。しかし一方、その苦しみに打ちひしがれることを拒否して次々に新しい闘いに挑んでいく人の数が多いのもゴンダルの特徴である。実際のところゴンダルは愛と死別の世界であるのと同じほどに、あくことなき戦闘の世界なのである。本来の自分の権利と思われるものの回復を求めて王国の奪取を計ったり、そのために自分の権利が脅かされた反対勢力が暗殺計画をめぐらしたり、愛する者のために故国の命を捧げたり、ともかくも敵と味方に別れた力と力のぶつかり合いは果てしなく続いていくのである。エミリは自分の体験をそのような戦闘のイメージに託して独自の人生の解釈を掘り下げていった。勇ましく戦場に赴くが、あえなく敵の刃のもとに倒れたり、土牢の中で虜囚の身を歎いたりするような連想は、たとえば寄宿学校での生活の苦しみからごく直接的に生まれて来たのであろう。そしてそこに踏み止まる頑張りの中から、忍耐と不屈の戦いのイメージが生まれて来る。その代表的な戦い手が「土の中に冷たく」の絶唱を残したR・アルコーナ（Rはロジナにちがいなく、ロジナはゴンダルの女王A・G・Aと同一人物と推定されている）である。

Sweet Love of youth, forgive if I forget thee
While the World's tide is bearing me along:
Sterner desires and darker hopes beset me,

Hopes which obscure but cannot do thee wrong.

No other Sun has lightened up my heaven;
No other Star has ever shone for me : ...

But when the days of golden dreams had perished
And even Despair was powerless to destroy,
Then did I learn how existence could be cherished,
Strengthened and fed without the aid of joy;

Then did I check the tears of useless passion,
Weaned my young soul from yearning after thine;
Sternly denied its burning wish to hasten
Down to that tomb already more than mine !

And even yet, I dare not let it languish,
Dare not indulge in Memory's rapturous pain;
Once drinking deep of that divinest anguish,
How could I seek the empty world again ?
(Hatfield 182, March 3, 1845)

（若き日の私のいとしい恋人よ、この世の潮が私を運んでいく間あなたのことを忘れても恕して下さい、より険しい願望とより暗い希望が私をとり囲んでいます、あなたの影を薄くはしてもあなたに害を与えることなどありえない希望が。あなた以外の太陽が私の天国を照らしたことはなかった、あなた以外の星が私のために輝いたこともなかった……けれども黄金の夢の日々が消え果て、そして〝絶望〟さえも破壊しつくす力がない時、その時私は知りました、存在が喜びの助けなしに維持され強化され培われていくのを、その時私は役にも立たぬ激情の涙を流さないことにしました、私の若い魂を乳離れさせてあなたの魂に焦がれるのを止めさせました、もうすでに自分の墓以上に自分のものとなっているあなたの墓に急ぎたがる燃える願いを厳しく拒絶しました、そして今でも私は自分の魂を悩み暮らすに任せられません、思い出の苦痛の激しい快感に酔う勇気はありません、その神聖な苦悩をひとたび深く飲み込んだら、どうしてこの空虚な世界に戻っていけましょう？）

この女性は喪失の悲しみに直面してそのままずるずると衰える弱さを持たず、世の中で闘うことの中に、ヒースクリフがキャサリンの死に接して「ぼくの体が丈夫なのが残念だ」（第十五章）と歎いたその死ねない体が生きていくためのエネルギーを求めて来たのだ。ゴンダルの戦闘は大体においてそのような意味を持っている。自分がすでに「自分の墓以上に自分のもの」となっている恋人の墓の中に入ってしまっているのだから、世界そのものは“empty”だ。それと知りながらなおそこで戦うことが、みじめに屈することを拒否して、とにかくも対立する敵と戦い抜くことが王侯の名にふさわしい人びとの宿命なのである。特にこのR・アルコーナの詩には、敗北という絶対条件から始まった戦いに勝って来たというニュアンスがあり、それだけに戦い全体の空しさを増幅させて伝える響きがある。これはエミリがブリュッセルでの「激しい戦闘」を切り抜けて生還して来てから深めた心境だったに違いない。エミリは“dark boy”にこのような戦闘の哲学を演じさせようとする。

それはそれで一貫している。『嵐ケ丘』はその中でもネリーやロックウッドが再三“Heathcliff's history”と言及しているように、ヒースクリフの一代記である。そしてそれは彼の闘いの記録でもある。ところが彼を具体的にどう闘わせるかに第一の問題が生じているように思われる。ヨークシャーで主人公に戦争をさせたり、敵の王子や王女を土牢に閉じ込めたりするわけにいかなかった（もっともそれは第二の世代を嵐ケ丘の一室に監禁したりする所にその面影を止めている）。エミリは、彼を他ならぬヒースクリフに仕立て上げるに当たって、ひとつの土地に伝わる〝話〟にかなり直接的にモデルを求めた。それはエミリが働いていたロー・ヒルの学校の建物の初代の所有者ジャック・シャープなる人物にまつわる実話で、関係者による詳しい記録（ウォーカー一家の日記）が残っており、ジェラン女史が伝記の中でこまごまと報告しているものだが、その〝話〟の似ていい方はきわめて重要な意味を持つように思われるので、ここでそのあらましを語らなければならない。

ことの始まりは十八世紀の前半にさかのぼる。その頃ロー・ヒル（建物の名前）はまだなかったが、現在地のすぐ近くのウォータークロー館にジョン・ウォーカーという羊毛輸出商人が住んでいた。彼には二人の息子があったが一人は若死にし、一人は大学にいって商売という点では頼りにできなくなったので、今は孤児となっている甥のジャック・シャープを養子待遇にして家に入れ、彼を大いに偏愛し甘やかした。その結果、ジャック・シャープはやがて一家を全面的に牛耳るようになり、老ウォーカー氏はついに家を仕事ぐるみ乗っ取られた形で別の土地に移り住み、シャープの繁栄を横目にそこで空しく死を迎える。その時、実の息子はまだ独身でヨークで学問的な生活をしていたが、当然親の家屋敷等の財産の相続権を主張した。がシャープはとり合わない。若いウォーカー氏はきわめて温厚な人で、それでもそのままシャープと交友関係を保ったが、間もなく激しい恋愛をし、その相手の親が結婚を許す条件として家屋敷を持つことを求めたので、ついに厳しくシャープに立ち退きを迫った。

抵抗する手段のないシャープは止むを得ずすぐ近くにロー・ヒルを建ててそこに移り住んだが、立ち退きに当たって家具いっさいを破壊して腹いせをした。次に彼は派手な暮らしぶりをし、移り住んで来た新ウォーカー一家に対等の付き合いを迫ったが、それを教養もプライドも高く経済観念も発達していた若夫人に拒まれると、新たに巧妙な復讐をはかった。ウォーカー氏のいとこのサム・ステッドという若者を彼に無断で自分の徒弟にし、徹底的に酒とギャンブルを教え込んで堕落させたのである。だがシャープも過大な出費などのために間もなく事実上の破産に追い込まれ、サムはウォーカー氏が引き取る。その親切に対する返礼としてサムがしたのは、ウォーカー家の小さい子供たちを互いに喧嘩させ、彼らに罵りの言葉を教え込むことであった。その間ウォーカー氏は、自分の家計を困窮に陥し入れ、妻の土地を売却することまでして、二度にわたってジャック・シャープの破産を救おうとしている。しかし彼の商売はアメリカの独立戦争の影響のもとに決定的打撃を受けて、シャープはついにロンドンに逃亡し二度と戻らなかった。ウォーカー家ではその後、幼児期からサムの教育のよろしきを得た一人息子が酒浸りになって死んだ――

とだいたい以上のような話であるが、エミリがロー・ヒルで働いていた時には二代目のウォーカー氏の娘がまだウォータークロー館に住んでいて、ロー・ヒルの学校長とも親交があった。このような話は新参者がまず耳にするたぐいのものである。もちろんエミリも滞在のごく初期からこの話を聴き知っていたことだろう。彼女がそれに大きな興味を示し、ジャック・シャープを「悪者」ヒースクリフの手本にしたことは誰の目にもあまりにも明白だろう。そして実際ネリーは、ロックウッドの“Do you know anything of his (Heathcliff's) history ?”という問いに対して、開口一番“It's a cuckoo's, sir—”と答えている。養子が養家を乗っ取り、その家の子孫に災いを及ぼす話、というのが、ストーリーとしては『嵐ケ丘』のひとつの明確な出発点だった。(3)

もちろんエミリは彼女の小説を単なるジャック・シャープの物語にはしなかった。彼の話にいみじくも欠けているのは愛と彼を悪業にかりたてるじゅうぶんな動機だが、エミリはその不足分を十二分に供給している。しかし彼女は愛を知らぬ単なる性悪男の行為を、自分の運命の少年がヨークシャーで闘う形態として、ほとんど喜んで借用したのである。どこか知らぬ国の王侯の権力争いならば、その過程で示される残虐さも情け容赦のなさも、実際はどのように低俗で卑劣であろうと、その内容をこと細かに説明しない限り、むしろ厳粛な人間の生存権と意志のぶつかり合いとしてシンボリックにとらえることができる。しかし、それが農家の乗っ取りだったり、途方もない結婚の無理強いだったり、特に子供に罵りの言葉ばかりを教え込んでその堕落を喜ぶなどというような行為は、たちが悪い上にスケールが卑小過ぎて、闘いと呼ぶにはあまりにもふさわしくない。それを当然承知の上でエミリは、ヒースクリフにそのような行為をこれでもかこれでもかとばかりに遂行させることをあえて選んだのである。その熱心さは、最初の読者の反応がそうであったように、本当に人びとを驚かせ、怯えさせるような怪奇小説を書くことが当初の目的だったのではないかと思いたくなるほどである。実際、彼女は当時『ブラックウェル誌』上をにぎわした怪奇趣味一杯の小説の愛読者だったわけであり、たとえば墓を暴く場面など、直接そこからヒントを得たのではないかと思うことができる作品も現在ではいくつか探し出されているし、彼女がその方面の効果もかなり楽しんでいたのは否定できないような気がする。さもなければ、ヒースクリフの人間ならぬものを連想させる顔付きや彼が性悪であることを、あれほどまでに事ある毎に強調する必要はなかったように思うし、特にリントン少年の虐待にあれだけページを費やすこともなかったように思えるからである。もちろんエミリは単に怪奇趣味に引きずられたのではなく、それを逆手にとって自分の思想の根本を表明しようとしたのだが、主人公をひたすら悪行に励ませたことでその事業をあえて非常に困難なものにしたのである。

五

というのは、そうすることによって著者はふたつのこと（もちろん無関係ではないが）をヒースクリフ一人に託す結果になったからである。ひとつは“dark boy”本来の役割、言いかえればエミリ自身の闘いを闘い抜く役割、もうひとつは、彼女の善悪と闘いの理論を表明する役割である。

エミリの詩に表明された喪失感の苦しみと苦闘は互いに重なり合って複雑になってはいるが、筆者は三つの段階を追って変化して来ていると思う。第一が単純な喪失感で、それは生活の上でロー・ヒルに働きに出てホワースを離れた苦痛とか、アンの不在とかにかなり直接的に結びつくものである。キャサリンに託されているのはこの種の苦悩なのだ。第二はおそらくブリュッセルでの体験の時に頂点に達した「喜びの助けなしに」生きていくための苦闘である。この段階では喪失感は詩の直接の題材というよりは底流になっていて、基本的ムードは闘いであり、その空しさから来る絶望感であり、死によってもたらされる休息への憧れである。そして最後が、これがきわめて特徴的なのだが、失ったものを取り戻そうとして取り戻せない焦燥と苦悩なのである。

この最後のものについてやや詳しく説明するならば、その発展過程はごく初期の詩からかなり明確にたどることができる。エミリがかくもその喪失を歎いている対象は荒野に遍在する「自分自身以上に自分」である霊的な存在との交感から得る歓喜であろうが、話を単純化するためにそれを彼女の恋人「霊」(=彼)と呼ぶならば、最初期の段階では、「霊」との別離の苦悩は単純に空間的な問題で、再会によって解消するものであった。だがじきにキャサリンの裏切りに象徴されるような彼を退けようとする動きが始まる。そして一方、これもキャサリンが死の直前のヒースクリフとの再会の時、背を向けている彼を見て「あの人が私の傍に来ようとしないなんて不思議ね。私は来たいんだと思っていたわ。いとしいヒースクリフ!……私の所へいらっしゃいよ」(第十五章)と言った、そのせりふに代弁されているような、「霊」が自分と交わろうとしないことに対する当惑、不安、焦燥も、その後を追って間もなく始まっている。

これらの感情はもちろんきっちりと段階を追ってはおらず、しばらくの間「霊」との別離を苦しみ、再会を喜び、彼を退けようとし、来ようとしない彼を呼ぶ詩が入れ替わり立ち替わりするが、社会の中に生きようとして苦闘を繰り返すうちに、いつしか彼が呼んでも来なくなる。二心を改め、ホワースを離れず、彼を退けようとせず、ひたすら彼を呼ぶのに彼は来ないのである。

O Innocence, that cannot live
With heart-wrung anguish long ——
Dear childhood's Innocence, forgive,
For I have done thee wrong !
(Hatfield 153, May 17, 1842)

(おお、心をよじる苦悩と共には生き続けられない純真さ、子供の頃のいとしい純真さよ、恕して下さい、私はお前にひどいことをしました!)

これはゴンダルの無名の人物の叫びだが、この決定的な喪失感と激しい悔恨は、大人になり社会の荒波にもまれるうちにムーアの散歩の中でさえ孤独の苦しみから逃れられなくなったエミリ自身の心の叫びでなくて何であろう。おそらくブリュッセルから戻ってもう二度と家を離れない見通しを立てた時、エミリは改めて "forgive, for I have done thee wrong !" と叫んで、全力をあげて「霊」の回復に手を尽くしたのだ。そして彼女の闘いの相手はもはや外界から「霊」に転じて、彼をとらえることの至難さに苦しんでいたのである。

この第二、第三段階のエミリを演ずるのがヒースクリフの主要な役割である。やや順序を乱し、前の章とこの章とで分散して第二、第三段階のことを語っているようだが、それはエミリの発想の順番の問題でもあったように思う。乱暴な言い方かも知れないが、エミリは "dark boy" のゴンダル的な戦闘をジャック・シャープの行動と結びつけ、そこで怪奇趣味を満足させた。そして最後に第三段階の自分を種明かしに持って来た、ということである。それはそれでほとんどじゅうぶんに成功している。ヒースクリフの悪行が作品全体に充満している印象を与えるように意図して書かれているが、種明かしをされたあとで振り返ってみると、たとえば彼のひどい暴力行為と見えたものは、彼の苦悩の極限状態の中で相手に挑発されて初めて起こっており、グレンジでのエドガーとの対決の場面のように、彼のほうは実は暴力を使っていないことさえある。また、ヘアトンは彼によって生命を救われたのだし、父親の家屋敷や財産も彼によって奪われることがなかったらとうにギャンブルのために他人の手に渡ってしまっていて、ヘアトンはまったくの宿無しになっていたはずだった。ヒンドリーは、キャサリンも言ったように、別にヒースクリフが何も手出しする前から救いようがなくなっていたし、「本性にふさわしく殿様みたいに酔っ払って」(第十七章) 死ねたのはむしろ彼に宿と酒を与えたヒースクリフのおかげだった。イザベラやリントン(少年)はさすが「おかげ」はこうむってはいないが、前者は自分から犠牲になり飛び込んで行ったのだし、後者は自分自身の肉体と性格の中に早死にする宿命を持っていた。また彼らを嫌ったヒースクリフが彼らの存在を耐え忍び、彼らに対して暴力を振るわないように用心することが、どれほど強い意志の力を必要としていたかもよく説明されている。彼が最後に「私は何も悪いことはしてこなかった」(第三十四章) と言う時、そこには理屈を抜きにした説得力があると同時に、彼が最終的には世間的にいっても大して悪い結果をもたらしておらず、むしろヘアトンと小キャサリンの幸福を準備しただけだったことになるための計算は行き届いているのである。そしてそこに「ああ、何と長い闘いだ! 終わって欲しいものだ」という闘いの中のヒースクリフの苦悩の絶大さが改めて浮かび上がって来るのである。このあたりはエミリは自信を持った技巧家で、まさしく目的を達している。

しかしエミリは、ヒースクリフが悪ではないと言おうとはしていないだろう。そして彼の悪さ、つまり彼が物語の中心部分で、キャサリンの死の場面を除いてはもっぱら普通の人間の感覚にはおぞましいと感じられる仕事に励んでいることは、彼の愛というものの実体を分かりにくくするのに大いに力を貸している。それほどまでに愛し、失った愛を生死の境を無視してまで追い求めることにそれほどまで集中している人間が、いかなる目的であろうとそれを断じて遂行する意志の力はそれ自体崇高なものなのだが、その意志の力をあんなにも劣悪な行為のためにそれほどまでに行使できるものだろうか、という素朴な疑問が最後まで残る。しかも二十年間にもわたって！　よくある話とも言えるが、いっさいの度合が強過ぎる。

そもそも彼がキャサリンを愛していることに実感をもって納得できるのは少年時代だけである。嵐ケ丘を出奔して帰って来たあとの彼の愛は、悪業に関係ない所でも実体がない。その点キャサリンのほうは分かる。彼女はエドガーとヒースクリフの両方を所有したがっていたのだから、それが可能となったかに見えた時は単純に喜べたはずだし、熱病にかかった後も、彼女の愛は子供時代や嵐ケ丘への憧れと渾然と融合していて、さぞ恋しかろうとうなずかせるものがある。しかし、ヒースクリフはひたすらキャサリンを愛しているものという決まりがあるだけのようである。キャサリンがイザベラに向かって「あの人は獰猛で無慈悲で狼みたいな男なんです。私はあの人に向かって『あの敵でもこの敵でも、彼らに害を与えるのは度量が狭かったり残酷だったりするから止めて下さい』とは決して言いません。『彼らがひどい目にあうのは私が嫌だから止めて』と言うんです」（第十章）と説明し、また熱病の床の中で枕の中から羽を抜き出しながら「この羽はヒースで拾ったの。あの小鳥は撃たれたんじゃないわ――わたしたちは冬その巣が小さな骸骨で一杯なのを見たっけ。ヒースクリフがその上に罠をかけて置いたの。だから親鳥は恐くて近寄れないわ。その後で私はあの子に約束させたんだったわ、決してたげりは撃たないって。そして撃たなかったわ」（第十二章）とうわ言のように回想するのを聞く時、筆者はヒースクリフにはエミリの愛犬キーパーのイメージが入っているのではないかと思った。キーパーなら獰猛で頑固で、ただエミリに対してだけは絶対忠実だったはずである。ヒースクリフがしばしば犬のように歯をむき出して呻ったりするのはなるほどもっともだった。だが犬には憎む女を妻にするというような自分の感覚に反することに精を出す意志の力はないし、これにヨークシャーの地主のイメージを加えてみても、やはりヒースクリフの愛の実体は分からない。そもそも彼はどんな感覚で他人の妻である恋人に会いにいそいそとグレンジへ出向いて行ったのだろうか？　もちろん彼は恋人の病気を案じ、その死に狂乱して悲しみはするが、実際に彼の愛は日常感覚的なレベルでの説明を与えられていない。相手がまだ存在する場合の愛のほうはキャサリンに任せて、彼は愛の完全な喪失後を演じる役割を振り当てられているのだから、それもやむをえなかったのかもしれない。

しかしとにかく、キャサリンにはエミリ、ヒンドリーにはブランウェルという生身の人間のモデルがあったのに対して、彼にはそれがないために、本来ヒースクリフは恋する男としてのまとまった実体を持ちにくいが、そこへさらに性悪行為を演じなければならなかったのは、彼一人にはほとんど過重な重荷になりかねなかった。エミリがその危険を犯してまで言おうとしたこと、それが筆者の言うヒースクリフに負わされた第二の役割だが、それはこういうことだ——愛は人間の善悪には関係のない、もっと存在の根源にかかわる問題であること、愛を喪失した後の生はただ闘いであること、その闘いの中では同じく善も悪もなく、ただ強いほうが勝つということ、そして最後に死が善悪はもちろん勝ち負けの区別も一掃して、いっさいを同じ休息の中に置くということ。

—And even for that Spirit, Seer,
I've watched and sought my lifetime long;
Sought Him in Heaven, Hell, Earth and Air,
An endless search— and always wrong!

Had I but seen his glorious eye
Once light the clouds that 'wilder me,
I ne'er had raised this coward cry

To cease to think and cease to be—…

Oh let me die, that power and will
Their cruel strife may close,
And vanquished Good, victorious Ill
Be lost in one repose.

(Hatfield 181, February 3, 1845)

(私はその霊を求めて一生目を見張り探し求めて来ました、天国に、地獄に、地上に、空中に、彼を探し求めて来ました、果てしもなく——そしていつも見つからなかった、彼の輝かしい眼が一度でも、私をうろたえさせる雲を照らすのを見ることができたなら、私は考えるのを止め存在するのを止めたいというような卑怯な叫びを上げはしなかったでしょう……ああ、私を死なせて下さい、力と意志とがその残酷な闘いを閉じるように、そして征服された善と勝ち誇る悪とがともに同じ休息の中に消えていくように)

ヒースクリフがこの詩の "I" に相当するのか、"vanquished Good" に相当するのか、"victorious Ill" に相当するのかは不明である。おそらくそのすべてに相当するのだろうが。またこの小説の結論も分からない。ヒースクリフはついにキャサリンの魂をとらえたことになっている。またこの小説の執筆中に著者が書いた詩は "No Coward Soul Is Mine" のみであったから、その自分の生命を包み込む永遠の生命に対する信仰告白と小説の結論は一致すべきもののように思う。しかしエミリは何重もの手続きをふんで断定を避けている。ロックウッドは「この静かなる土の下に眠る人びとにとって静かならぬ眠りがあろうなどといったい誰が想像したりできるだろう、と私は思った」と小説を結んでいるが、ネリーはヒースクリフとキャサリンの亡霊が出歩く噂を語る。単に人が噂するのではなく、子供が見て彼の羊が先に進まなくなる、というのだから、エミリはけっきょく出歩いていない、とは主張していないだろう。だから出歩くとしてみて、さてそれがどういう意味なのかもはっきりしない。筆者がこの作品の総体から受ける印象は著者の信仰告白やヒースクリフの死顔に浮かんでいたという歓喜の微笑にもかかわらず、"There is not room for Death" ではなく "(all will be) *lost* in one repose" だ。あえて言うなら著者の意図はどうであれ、彼女の本当に信じられる所は後者にあったのだと思う。

以上にわかに結論を急ぐ結果になったが、『嵐ケ丘』の難解さは要するにヒースクリフに集中している。それは著者が彼の中に多くのイメージや思想、特に詩の中ではかならずしも深く掘り下げていなかった善悪の問題までも投入して、強引にひとつの人物に作り上げたためだ。そのために彼は人間として実体がとらえにくいし、また結論部分ではおそらく著者の意図と本心の間にずれがあって、結局『嵐ケ丘』は多くの問題を謎のまま放置する結果に終わっている。しかし、これほど謎を残しながら、これだけ深い愛と離別、生と死のヴィジョンを鮮やかに描き出している小説はほかに見当たらないと思うのである。

『嵐ケ丘』を読み返す

「視点」小説の先駆

1　放浪者『嵐ケ丘』

『嵐ケ丘』ほどその解釈の歴史が多様性をきわめている小説はほかに見当たりそうもない。時代が時にその著者を野蛮で偏狭な変人と決めつけ、時にバイロン風の自我の主張と社会への反逆の旗手として褒めそやしたのは当然であったとしても、そしてまた、著者の伝記に関する無責任な臆測から出た兄ブランウェル著者説、同性愛説等の類のものはまったく問題にする必要がないにしても（もっとも後者はモームを通じてまだ有害な後遺症を残しているのだが）、著者エミリ・ブロンテの伝記、特に彼女の詩の題材に含まれる謎が不十分ながら一応解明され、この作品の文学的、風土的背景や連想される事項との関連づけなどもほとんど語り尽くされたかと見えた後になってまで、「新解釈」は止まるところを知らず発表され続けているのである。しかもそれらが、今世紀の最初の三分の一ほどの期間にわたって、伝記に関する無知識や深層心理学の濫用の上に乱舞した無数の怪論と同じほどに短命な珍説を含んでいるのはどういうことだろう。

「ホワース牧師館のように多くの死に絶えた学説の亡霊に憑きまとわれている所が、天才が本当に落ち着ける場所であることはないと思う」(1)とC・デイ・ルイスは概嘆せざるをえなかったが、それはとりもなおさず、エミリ・ブロンテがキャシーの亡霊のように宿なしで荒野の上をさ迷っている姿を想わせる。彼女は研究者の心の窓を叩く。しかし相手の不実を知ってか、「入れて下さい、入れて下さい」とは言わないようだ。一方、家の中のにせのヒースクリフは、ノックの音を聞きつけるや否や「ついにつかまえたぞ!」と叫ぶ。しかし窓を開けてみれば、そこにはもう風しかない。エミリは、二十年どころではなく百二十年以上もの間放浪し続けて、決して入って来ようとはしないのだ——。これは情けないパロディーだが、いずれにも怪論珍説の数々は、少なくともひとつの事実を物語っている。つまりエミリ・ブロンテという人物、ないし『嵐ケ丘』という作品は、それらを絶えず招き寄せるだけのとらえ難さを内蔵し続けて来たということである。

一八四七年十月十六日、『嵐ケ丘』が『ジェイン・エア』の爆発的な成功の後を受けてようやく世に出た時、それが無理解と酷評とにさらされたということは、著者のその一年余り後の急逝をいっそう悲劇的にするものとして常に強調されて来たことである。同年十二月二十五日付『アシニアム』誌（*Athenaeum*）は、この本を「不愉快な物語」（a disagreeable story）と呼んだ。続いて翌年一月十五日付『ダグラス・ジェロルド週刊紙』（*Douglas Jerold's Weekly Newspaper*）は、「読者はショックを受け、嫌気がさし、ほとんど胸くそが悪くなる」（... the reader is shocked, disgusted, almost sickened...）と評した。そして出版からちょうど一年後、小説がアメリカへ渡ると、『ノース・アメリカン・レヴュー』（*North American Review*）の十月号は、ただちに「この小説を受け止めた爆発的な嫌悪感」（...the burst of dislike with which the novel was received...）という言葉を叩きつけた。この最後のものは、十一月二十二日（おそらく海を渡り出版社の手をへて、ちょうどホワースにたどり着いたのだろうが）、死を四週間後（十二月十九日）に控えて衰弱し切っているエミリに、姉のシャーロットが読み聴かせ、彼女の「半ば面白がり、半ば軽蔑した微笑み」(2)を誘った、というエピソードによって最も悪名が高いが、これら三人の批評家たちがそれぞれ“disagreeable”“disgusted”“the burst of dislike”というような言葉であらわに示した嫌悪の感情には、たしかに何の理解も同情も込められてはいなかったのである。

しかし同時に、たとえばこの『ノース・アメリカン・レヴュー』は、Heathcliffとあるべき所をHeathcote、また著者の名Mr. Ellis BellをMr. Acton Bell(3)と書き誤るなど、その外観から言っても、真面目な抗議よりは「半ば面白がり、半ば軽蔑した微笑み」に値するような性質の批評であったこと、そしてこの書評さえ著者の「尋常ではない才能」(uncommon talents)を認めていたということは、今日、強調されなければならない。実際のところ、初期の悪感情に基づいた書評の中でも、著者の才能や内に秘められた力を認めていないものはほとんど見当たらない。その上、『ダグラス・ジェロルド週刊紙』が、“disgusted”と顔をそむけたのとちょうど日付を同じくして、『ブリタニア』誌(*Britannia*)が「キャサリンの死に際してのヒースクリフの苦悶はほとんど崇高の域にまで達している」(4)とまで認めている事実がある。さらにその一週間後一月二十二日には、『アトラス』誌(*Atlas*)が「これ以上自然に感じられる不自然な物語は未だかつて読者の目に触れたことがない……この小説の中の、ほんの二、三マイル四方にも及ばぬ世界の中で進行している人間の堕落の数々は想像を絶するものではあるが、本当らしさは実にみごとに保たれている」(5)と論評した。とすれば、宣伝されている酷評に次ぐ酷評とは、振りかえって見れば、実は作品に充満する一種の凶暴な雰囲気、あるいはヒースクリフの復讐行為のおぞましさに対して、人びとが素直な反応を示したという事実に過ぎないのではないだろうか。筆者にはそれが極度に不当であるとは思えないばかりか、後日の怪論続出には、はるかにまさっているように思われる。

「こんな小説の著者は頑迷で野蛮な人間に相違ない」とする批評に対して、常にエミリの弁護者として闘い続けたのは姉シャーロットだったが、彼女自身、エミリがヒースクリフのような人物を造り出したことにはとうてい賛成できなかった。一八五〇年、『嵐ケ丘』が再版される運びになった時、シャーロットはテキストに手を加え、序文の中で次のように述べている(6)。つまり、ヘアトンとネリー・ディーンに対するいくらか人間らしい感情を除けば、ヒースクリフは「人間の形をしてはいるがそれを動かしているのは悪魔の生命であり、食屍鬼《グール》とも悪鬼《アフリート》とも言うべき存在だ。ヒースクリフのような人物を創造することが正しいか、あるいは好ましいかどうか私は知らない。が私にはそうは思えない」(7)と。シャーロットの少女時代の夢の王国アングリアの世界では、無慈悲な主人公が弱者を苦しめたことがなかったのだろうか？　悪魔主義に憧れる心を体験し、そして、弟ブランウェルの堕落の後では妹エミリを頼り、愛し、尊敬さえし、彼女の死に日夜懊悩し、自分の小説『シャーリー』の中で彼女のかくあるはずだった姿を永遠化しようと試みさえした（残念ながら成功しているとは言えないが）シャーロットさえヒースクリフをおぞましいと感じたならば、そして同じ序文の中でそれをエミリの「天才」と「人間を扱い切る力量の不足」とを理由に弁解せざるを得なかった(8)とするならば、バイロンや『ブラックウッド』誌の時代は去って、読者がオースティンやディケンズの小説に親しんで来た時代、同年にサッカレーの『虚栄の市』が出ている時に、批評家たちがヒースクリフを冷たく却下したのは無理もなかったのである。

今日の読者はヒースクリフに対して当時の人びとのような拒否反応は示さない。しかし初めて『嵐ケ丘』を読んだ時に、彼の無目的な残虐行為に“shocked, disgusted, and almost sickened”と感じない読者がいるとすれば、その人は本当に、出版当時の人びとがエリス・ベルがそうだとして想い描いた「頑迷で野蛮な」人間なのではないだろうか。数あるうちでも、彼のイザベルとの結婚、息子リントンに加える虐待、死にかけている息子と若いキャサリンの結婚の無理強いなどは、我々の日常的な感受性が容易に和解できる性質のものではないはずだ。それでもなお我々が拒絶しないのは、我々はシャーロットのように牧師の娘でもなく、ヴィクトリア朝の道徳主義の中に生きているわけでもないから、この作品の中に描かれている風景や主人公たちの告白などの中に、美しく力強い、そして荘厳な詩を読み取って、それに引きつけられる自由を、より大幅に行使するからである。

だが拒絶しないことが理解したということにはならないという問題が残っている。作品の中の詩の美しさ故に、あるいは結論的に示される形而上的な内容の深さの故に、自分の感受性を逆なでにするような場面や行為をただ大目に見るのであれば、我々はたとえば『ブリタニア』の書評家の理解を一歩も出ていないことになる。彼はすでに引用したように、キャサリンの死に際してのヒースクリフの苦悶をほとんど崇高なものとして認めたほか、この作品とドイツのゴシック小説との近似性に言及するかたわらその独創性を認め、さらに、『アトラス』の書評家と同様に、ありそうもないことが自然に存在しうるものとして描かれていることを称讃しているのだが、それにもかかわらず彼の文が今日の研究者によって無差別的に無理解な酷評の仲間入りをさせられているのは、おそらく彼が次のような見解を持っていた故に違いない。正直のところ、筆者が『ブリタニア』の書評に首をかしげるのはこの点だけだからである。

The scenes of brutality are unnecessarily long and unnecessarily frequent; and as an imaginative writer the author has to learn the first principles of his art.
（野蛮な行為を描いた場面が不必要に長く、また不必要に頻出する。著者は作家として、自分の芸術の最初の基本を学ばなければならない。）

はたして残酷な場面の多くは不必要だったのであろうか？　そしてそれを作品の中に導入したのは著者の作家としての力量不足だったのであろうか？　後にも触れるように、後世の批評家たちはさまざまな形でこの反証を試みて来たわけだが、それは今もってじゅうぶん成功したとは言えない。というのは、それは残酷な場面が少なくとも著者にとって自分の考えを表明するために必要だったとするだけでは充分ではなく、また彼女の小説家としての技量を高く評価してそれを証明するだけでも充分ではなく、その両者の相互関係、つまり著者が何を言おうとしたか、そのためにどのような工夫をし、どのような手段を用いたか、そして意図と結果がどこまで一致しているかということを、総合的に突き止めなければならないからである。

『嵐ケ丘』を時間をかけて読むゆとりを与えられ、著者に関してもこの作品以外に多くの（膨大であるべき遺稿の消滅はあまりにも残念だが）知識を持つ我々は、その利点を、幹が見えなくなるほどに「解釈」の枝葉を繁らせることではなく、出版当時の「酷評」にまじめな反論を試みることに使わなければならないと思う。そしてそれを試みることが筆者の「再考」の目的である。

2　エレン・ディーン

手はじめとして筆者がまず検討したいのは、著者が話の進行係としてエレン・ディーンとロックウッドという二人の語り手を採用したことである。『嵐ケ丘』の世界が、年代的にも地理的にも、そして筋の運びと大きくかかわりを持つ当時の（というのはこの作品が書かれた時よりほぼ半世紀前ということだが）英国の相続法の面からも、いかに緻密かつ正確に構成されているかは、C・P・サンガーの論文に(9)によって余す所なく立証されてからすでに久しい。そして我々は、出版当時の批評家たちの判定やシャーロットの再三の主張にもかかわらず、エミリ・ブロンテが自分の書いたものが読者に与える効果について無自覚で無計算だったとはもはや信じていない。ところが二人の語り手に関しては、まだ評価が必ずしも一定していないばかりか、特にロックウッドに関しては、ただ筋を混乱させるだけの場違いな狂言まわしという否定的な評価が優勢である。しかし、サンガーが立証し得たような構成力を有する作家が、特別の意図もなく、ただ便利だからとか、その場の思いつきなどで、二人の語り手を採用したなどということはありえない。著者は他ならぬエレン・ディーンとロックウッドを二人とも必要としたのである。そして二人を必要としたということは、二人に与えた役割が異なるということでなければならない。

主要な語り手はもちろん物語の中心部を語るエレン・ディーンである。そして著者のその選択は意図したものであった。その意図の存在と内容は、著者が彼女をどう位置づけ、どう性格づけたかということから、自ずから明白になると思う。

*

ネリーが（これから一貫してこう呼ぼう、初めからディーン夫人ではなかったわけだから）中心部の語り手となる資格は、当然のことながら彼女が主人公たちの生活を最もよく知っているということによって与えられている。彼女はヒンドリーと乳姉弟で、ヒースクリフとキャサリンのほぼ八歳の年長である。幼い頃から奉公人としてワザリング・ハイツに住み、彼らと生活を共にしていた彼女は、彼らの生活と行動様式をよく知っており、老アンショー夫妻が相次いで世を去った後は、主家の二人の子供たちのただ一人の保護者であった。さらにその後、生後すぐ母親を失ったヘアトンを彼が五歳ぐらいになるまで「牛乳にお砂糖を入れて養って、昼も夜も面倒を見て」（第八章）育てたのも彼女だったし、キャサリン・リントンを「泣き人形のような赤ん坊」（第十七章）時代から育て、その後ながく彼女の母親代わりをつとめたのも、また彼女であった。『嵐ケ丘』では自分に割り当てられた役目が終わった人物は、老アンショー夫妻、老リントン夫妻、ヒンドリー、イザベラ、エドガー、リントン・ヒースクリフと順を追って死に、いわば次々と片づけられていくが、ネリーは片づけられることのない四人の主要人物（キャサリン・アンショーは早々に死ぬけれども、彼女の亡霊は生きている。これは片づけられた死者たちとは大差がある）全員を彼らの幼少時からよく知っていて、事実上、彼らの育ての親なのである。

このようにしてネリーは、四人の主人公たちの生活に最も密着した存在として彼らの言動を語る資格と権利とを正当に所有するわけだが、ここで大切なのは、彼女が決して単なる傍観者ではなく、むしろ主人公たちの行動に常にかかわりを持つ存在でありながら、彼らの演じるドラマには何ら本質的に立ち入ってはいないということである。この彼女の立場は、彼女が主人公たちの使用人であることによって可能にされている。彼女と主人公たちは、生活の場所は同じでも生活の原則が違っているのだ。たとえば部屋を片づけろ、と命令するのが主人の仕事だとすれば、彼女の仕事は片づけることだ。そして給料を払うのは主人だ。ワザリング・ハイツで夫に死なれた後のキャサリン二世が誰にもまして無一文だということを力説して、女中のジラーがネリーに「あんたは貯めているでしょう、あたしもその方向に精一杯励んでいますしね」（第三十章）と言ったが、その言葉が象徴的に示しているように、ネリーにはまず自分自身の生活があり立場があるのである。彼女は、だから主人公たちと同じレベルに立って彼らと一緒に苦しんだり争ったりすることはない。同情したり怒ったりあわてたりして、彼らにじゅうぶん対応し、コミットした行動をとるが、それはあくまで世間をよく知っている正常な生活者、闊達で活力の旺盛な奉公人としてなのである。かくしてネリーは、「事実」を内側からよく知っていながら、なお距離を保ってそれを語ることができる語り手になる。ネリーを「巻き込まれていず、正常な」(10)人間としたのはD・セシル卿だったが、この点は繰り返し強調されなければならない。

しかし巻き込まれなかっただけでは、まだネリーのような語り手は生まれない。そこに彼女の性格づけの問題が残っている。すでに正常とか闊達とかと筆者は言い、その点は以前からあまり論議の余地はないと思うのだが、十数年前に、ネリーのことを「英文学中のこの上ない悪人のうちの一人」(11)と呼んだハフレーという人物がいた。彼がその説をとなえた論文は読めば読むほど法外で信じられないしろものだが、彼はその中で、たとえばキャサリン一世がエドガーとの婚約とそれにかかわる悩みを告白した時にも、ネリーがヒースクリフが聞いていることを知らせさえすれば若い二人の離別の悲劇は起こらなかったはずだとか、キャサリン一世の病気をエドガーに告げなかったから取り返しがつかないことになったとか、ネリーさえ別の行動をとっていれば結果は異なったはずだ、というケースをことごとく数え上げ、それらの中にことごとく彼女の裏切りと悪だくみを認める。また、エドガーのような生まれでなかったことを悲しむ少年ヒースクリフに対して、あなただって立派になれる、ひがんだりしてはいけない、と慰めた後、「もし私があなただったら自分の生まれは高貴だったと空想するわ」(第七章)と励ましたセリフや、ロックウッドに向かって、自分はけっこう本をたくさん読んでいる、「貧乏人の娘としてはまあ最上でしょう」(第七章)と言ったセリフなどの中に、ネリーの鬱屈した飽くことのない出世欲を読み取る。そして、その他にも、「ヒースクリフは好かない」「キャシーは我侭な娘」などの短いコメントをむやみに多く引用しながら、このワザリング・ハイツに属する二人が幼い頃からいかに一貫してネリーの悪意と邪悪さと嫉妬などに侵犯されたかを力説し、悲劇はいっさい彼女の悪意ある介入の結果だ、と結論しているのである。

このハフレー氏の自らの性悪に基づいているとしか思えない文学的盲目ぶりにひとつひとつ反論する代わりに、筆者はまず、ネリーは『嵐ケ丘』の筋の運びの中で、それほどまでに重要な人物としての扱いを受けているのだろうか、と問いたい。もし彼女がワザリング・ハイツとスラシュクロス・グレンジにまたがる小さな世界の中で繰り広げられた大悲劇に全責任を負うほどの重要人物なら、たとえばヒースクリフの堕落はじゅうぶん原因づけられているのに、彼女の性悪(そうだったとして)のほうはまったく原因づけられていないのは、いったいどうしたことなのだろう。

ネリーの生活については、彼女がアンショー家とリントン家の奉公人であること以外は何も説明されていない。彼女の母親はヒンドリーの乳母だったというが、その後その母親はどうなって、ネリーはどういう形でハイツに住み始めたのか？ 彼女が作品中、年代的にはじめて「エレン・ディーン」と呼ばれるのは、グレンジでキャサリンが病気になった時だが(第十二章、呼び手はエドガー)、ディーン氏とはいつ結婚したのか？ 娘時代の姓は何というのか？ 彼女はキャサリン二世に自分の乳を与えたのではないかと思われるが(第四章でネリーは、"I nursed her..."と言っているだけだが、赤ん坊が七ヶ月の未熟児だったこと、ヘアトンの場合のように

「牛乳」で、という断わりがついていないこと、赤ん坊が生まれる前にネリーが必ずしもグレンジで忙しく立ち働いている必要のない期間が二ヶ月あることなどから、そう取りたい。なお、ヘアトンの場合に使われている動詞は"feed"と"take care of"だが、自分の子は、そして夫のディーン氏はどうなったのか? そして彼女はロックウッドに「私は厳しい訓練に耐えて参りましたから、分別も身につきました」(第七章"I have undergone sharp discipline, which has taught me wisdom; ...")と述懐しているが、その"sharp discipline"と言うのはどういうことなのであろうか? 奉公の苦労だけだったとは思えないのだが——

著者がネリーをドラマに本質的に参加した人物として意図していないのは、この点からも明白だと思われる。また、かりに彼女が悪意をもって介入したとして、ヒースクリフやキャサリンは、この本に描かれている彼女の言動ぐらいで性質がねじ曲げられたり、自らの内部に発しない悲劇に手放しで引きずり込まれたりするような軟弱な性格なのだろうか。そんなひ弱な、ものの拍子のもてあそびもののような人物にも、またそんなトリックだけで生じるような悲劇にも、エミリ・ブロンテは興味がなかったはずである。ヒースクリフがキャサリンの告白を聴こうと聴くまいと、キャサリンが結婚の相手にエドガーを選んだことで運命的な悲劇はもうスタートを切ったのだし、ネリーが病気をエドガーに知らせようと知らせまいと、自らの内にあるヒースクリフとエドガーの対立の中で、自分の身体が属しているエドガーの方をすでに切り捨ててしまったキャサリンは破滅する以外なかったし、ネリーが手引きをしようとしまいと、ヒースクリフはスラシュクロス・グレンジの病室に乗り込んで行ったのである。

とはいえ、ハフレー氏が邪悪な介入として数えあげたネリーの行為は、ひとつひとつ彼女の性格を示してはいる。その多くは、まず彼女が誠意ある実際家の奉公人だったことを示している。自分の主人の妹がよからぬ目的を抱く主人の敵に誘惑されそうになっていることを主人に忠告するのが悪い奉公人なのだろうか? いずれにしてもヒースクリフが乗り込んで来るのが分かっていて、それを食い止める手段のない時、その騒ぎとショックを少しでも和らげようとしてキャサリンに手紙を渡すのは、やむをえない判断ではないだろうか？

エミリ・ブロンテに次のようなエピソードがある。一八四七年秋、阿片に酔いしれて昼間から寝ていた兄ブランウェルの部屋のカーテンが燃えているのを、その前を通りかかったエミリが発見した。他の人たちがまだあわてふためくだけだった間に、エミリは電光石火の早さで台所から水を汲んで来、それを寝具にかけ、ブランウェルをベッドからほうり出し、カーテンを引きずり下して消火した。そしてそれを一人でやってのけたあと彼女が言った言葉は、「パパに言ってはだめよ」だったという。ハフレー氏は、この際エミリは、実際的判断力を行使したのでもなく、行動力を発揮したのでもなく、老齢で病弱な父親を思いやったのでもなく、息子の堕落ぶりと家財の一部の損失を父親から隠す、という裏切り行為を働いただけなのだ、と判定するかもしれないが、少なくとも同種の行動をとったエミリは、ネリーのいわゆる裏切り行為の多くを、実際家の適宜な判断と考えたことは確かだろう。

他の「裏切り行為」は、おおかたネリーがヨークシャーの人だったということを示している。ヨークシャーという土地柄については次のロックウッドの章で詳しく扱いたいが、ネリーは自分の意見と判断と感情をはっきりと持っている。そしてそれを隠さない。それに自信を持っており、妙な取り繕いはいっさい必要と認めないからである。ヒースクリフやキャサリンに「ひねくれ者」「我侭娘」のコメントを加えるのは、彼女にとって当然すぎる。もし令嬢だったら自分自身が親に甘えていたい娘時代から、親代わりになって世話をしなければならなかった言うことをきかない子供たちに、彼女がしばしばへきえきすることがなかったとしたらそのほうが不思議だ。特にネリーは我侭と身勝手が大嫌いである。だから彼女は身勝手の化身のようなリントン・ヒースクリフに対しては本当に残酷な言葉を叩きつけもする。実際に死にかけている少年を「ちっぽけな死にかけの猿」（第二十章）と罵るのだ。しかし死にかけていようといまいと、人の愛情を搾取して瞞し、恩人を窮地に陥し入れ、自分が安全になったと思った瞬間に横柄な態度に出るような少年には、そしてその被害者が自分の大切なお嬢さんで自分の責任問題にもなっている時、ネリーは怒りと軽蔑を浴びせかけることを辞さない。ネリーは相手よりも内容に反応するのだ。だから明らかに彼女が好意を抱いているエドガーもネリーの鋭い舌鋒は逃れられない。何故キャサリンの病気を知らせなかったのか、キャサリンの性格を知っていたはずなのにかえって彼女が気を悪くするように仕向けたのだ、とエドガーに厳しく咎められると、彼女は叫ぶ、「奥様のご気性が頑固で横暴なのは存じておりました、けれどもその激しい御気性をあなた様が助長なさりたいとは存じませんでしたよ！」（第十二章）と。この場面も、前述のリントン少年の場合も、自分の立場が脅かされるといっそう攻勢に出ているのはいかにも田舎の元気のよい家政婦を感じさせて、V・S・プリチェットが、ネリーは「自動的に戦闘位置につく」(12)と言ったのももっともだと思わせる。だが、ここでリントン家のことをよく言い過ぎるとしてネリーのワザリング・ハイツ的なものに対する敵意を強調したハフレー氏の論に思いいたると、それはリントン家的なものがネリーの反発を買うほどに挑発的なエネルギーを持っていなかっただけだ、ということにもなる。

ところでジョーゼフも召使いとして主人公たちとかなり生活を共にしており、また、紛れもないヨークシャー人でもあった。しかし彼は決して『嵐ケ丘』の語り手にはなれない。この作品の際立った対照性はよく指摘されることだが、この二人の奉公人たちも見事でユーモラスな対照をなしている。最後のロックウッドの訪問の際に、ジョーゼフが罵声を浴びせて台所を出ていき、ネリーが歌を歌いながらブドウ酒を注ぐ場面が二人の姿を象徴的に語っているように、ジョーゼフは、ネリーにすでに認められた、いわば大地にどっしりと根をおろした生活者としての健全な生活感覚を持っていない。彼は結局、最後の最後までワザリング・ハイツに住まなければならない、いわば観察し教化されることを拒否する精神である。

それに対して、ネリーの最後の、そして最も重要な特色は、人間や人生を見抜く目の確かさと、愛を根底に置いた受容の精神である。彼女は見るべきものを見る、感じるべきものを感じる、そして個々の段階ではじゅうぶん頑固ではあるが、決してジョーゼフのように頑固なものの考え方に凝り固まることはない。彼女はキャサリンの我侭を嫌う。そして婚約の告白の場面のように、キャサリンの考え方の身勝手さと彼女の理屈の無理を見抜く目を持ち、それを彼女に向かって指摘することをはばからない。しかし幼い彼女が、自分が愛され許されていると信じ切って天真爛漫に抱きついて来てキス攻めにする可愛らしさにネリーは勝てない。また、ネリーは復讐を口走る少年ヒースクリフの性悪を嫌うが、自尊心を傷つけられ悔しさ一杯の中でせめて身だしなみを整えようとする（第七章）いじらしい少年の心根には同情する。復讐を着々と進めるヒースクリフを敵として憎むが、たとえばキャサリンを失った時の彼の苦悩の深さと純粋さは見落とさない。

彼女はリントン・ヒースクリフに対して、彼が死にかけている時ですら軽蔑しか覚えない。彼女は、醜く卑怯で身勝手で、愛の精神をまったく知らないばかりか、他人の愛を恥の意識もなく踏みにじり、他人の不幸を喜ぶような人物には、事情がどうであれまったく同情できないからである。そして彼女はロックウッドにもそう宣言してはばからない。が、しかし、彼女は父親ヒースクリフに対する恐怖心がどれだけ強くこの少年を支配し、彼の醜い精神を助長しているかを見落とさないし、野原でのランデヴーで、キャサリン二世に、彼が彼女を求める気持ちが薄れたと図星を指された時、自分が助かるためには何が何でも彼女の心を失えない少年が、なお父親の幻覚に脅えながら彼女の言葉を必死に否定した、その少年の「両眼から涙が溢れ出た」（第二十六章）ことを語り落とさない。そして家に同行してくれとキャサリンに死にもの狂いでしがみつく少年の頼みには、さすが拒否し切れない（第二十七章）。いずれにしてもネリーがほとんど全然同情を覚えることのできなかったこのリントン少年が、たった一人愛情を抱く力がなかった人物だったのは象徴的である。（この作品で愛情ということがいかに一貫した中心テーマになっているかは後章で詳しく扱いたい。）

ネリーはエドガーの温和さの味方である。しかしその温和さが、妹イザベラや甥のリントン少年など、自分が保護すべき者たちをあまりにもあっさりと敵の手に委ねる無気力につながる時、ネリーは落胆せざるを得ない。

そして彼女は、エドガーのエゴイズムもはっきり見抜いているのである。

Well, we *must* be for ourselves in the long run ; the mild and generous are only more justly selfish than the domineering ; and it 〔happy life of Edgar and Catherine〕 ended when circumstances caused each to feel that the one's interest was not the chief consideration in the other's thoughts. (Chapter 10)

（そう、結局のところ私どもはみな自己本位にならざるを得ないのでございます。温和で寛大な人も、身勝手ということにかけては、横柄な人よりも正当な理由があるというだけのことですわ。ええ、お二人の幸福は終わりになりました。情況が変わって、お互いに相手が自分の幸せを何よりも大切に考えてくれるわけではない、と感じ取らざるを得ないような事態が到来した時に、終わってしまったのでございます。）

これはネリーの観察眼の確かさを代表する言葉だ。彼女がこのような優れたモラリストになりえたのは、彼女が彼女の言う"sharp discipline"から学んだ知恵と、彼女に人間の諸活動に関して幅広い知識を与えた読書（「私は多分あなたが想像なさる以上に本を読んでおりますのよ、ロックウッドさん」第七章）が、彼女の生来豊かな感受性と闊達な精神を教化し、鍛えたからであろう。

田舎の召使いとしての健全な生活覚感と活発な感受性をそなえ、同時にこのようなモラリストでもあるネリーは、結局過度の愛や憎しみに振りまわされることもなく、センチメンタルにもならず、固定的見解にしがみつくこともなく、物事をあるがまま、流動するがままに感じ、また見ることができ、それらを感じ見たままに語ることができる。彼女は物語中の人物としては、日々の事件に対応していかなければならない生活者として便宜的な嘘を吐くが、語り手としてはあくまで正直だ。何故なら彼女は、騒音と狂乱に満ちた物語も忍び寄る明日も、結局の所あるがままに受け容れるからである。

ここで不幸なハフレー氏にもう一度登場して頂くと、彼が「ついでながら言っておくが、エミリ・ブロンテのように強度に無口で人と交わらなかった人は、(ネリーのような) 社交的なおしゃべり女を嫌悪していたに相違ない」[13]と言ったのは、二重に誤っている。エミリが実際にネリーのような人物を嫌うどころでなかったということに関連して、ここでタビー (Tabby) という愛称によってブロンテ姉妹の研究家にも忘れ難い存在になっているブロンテ家の女中、タビサ・アイクロイド (Tabitha Aykroid) を思い出しておかなければならない。ブロンテ家では一八二一年九月に夫人が七歳の長女を頭に六人の幼い子供たちを残して世を去った後、一八二三年から夫人の姉のミス・エリザベス・ブランウェルがホワースにやって来て、その後約二十年間主婦の座につくことになるが、その伯母が子供たちにとって、どちらかと言えば『ジェイン・エア』のリード夫人のモデルになったと言われるような存在であったのに対して、実際に子供たちの母親代わりをつとめたのがこのタビーであった。彼女がブロンテ家へやって来たのは一八二四年、エミリが六歳になった頃である。が、その年の七月から十一月にかけて、長女マライアから順にエリザベス、シャーロット、エミリの四人の女の子たちがかの名高いカウアン・ブリッジの寄宿学校に入学して、その間に上の二人の女の子が相次いで死に、驚いたブロンテ氏が残ったシャーロットとエミリを退学させ、家へ連れ戻したのが一八二五年六月一日であったから、本当のタビー時代の幕明けはこの日からだったと言えようか。その時タビーはすでに六十歳に近い未亡人だったが、その後、彼女は子供たちの成長期を通してブロンテ家の炉ばたに温かい火を灯し続けたのであった。

The sharpness of her tongue, and her wholesale disciplinary methods were only equalled by her warm heart and generous nature. In her the children gained what no stepmother could ever have given them: disinterested devotion, which as years passed and she became a burden rather than asset in the home, they returned tenfold.

(彼女の毒舌ぶりや遠慮なく叱りつけるやり口も一級品なら、彼女の暖かい心と寛大な性質もまた一級品だった。子供たちは彼女から、どんな継母も与えることができないもの——無私の献身——を与えられた。そして、彼女が晩年家庭の助けであるよりも重荷になった時、子供たちはその献身を十倍にして彼女に報いたのであった。」(14)

W・ジェリン女史によってこのように描写されたタビーは、ネリーの中に数々の面影を止めている。ヒースクリフやキャサリン、そして後に小キャサリンを容赦なく叱ったりしながら親身に世話をするネリーは、まさにタビーそのままだ。エミリが、愛犬キーパーのベッドの中にもぐり込む悪い癖をなおそうとして素手でキーパーをさんざん殴りつけ、そのあと、自分の腫れ上がった手のことはおかまいなしにキーパーの介抱に専心した、というエピソードは有名だが、その時キーパーが悪い癖をなおさない限りもう彼を家に入れない、とエミリに迫ったのはタビーだったのである。また父親ブロンテ氏が大切にしている樹にエミリが登って、その枝を折ってしまった時、青ざめた子供たちに助けを求められて、折れ目に煤をぬってそれを目立たなくするよう助言したのも、タビーであった。この枝を折ったエピソードは、その後、結局子供たちは一切を父親に告白してしまった、という、子供たちの正直さを伝える話になっているが、タビーがネリーのように、実際家としての〝工作〟を子供たちに示唆する人物だったことをも物語っている。

そしてこのタビーを誰よりも大切にしたのがエミリだったのである。タビーは子供たちに公平だったが特にエミリのことを心にかけていたようだ、とジェリン女史は言っているが、幼いエミリが他の子供たちの誰よりもタビー派だったことは、筆者にはじゅうぶんなづける。ブランウェルは男子としていろいろと条件を異にするので、この際は考慮外にするとして、シャーロットやアンが伯母の厳しいしつけに強い影響を受けたのに対し、エミリにはその痕跡が認められない、とは伝記家たちが一貫して主張する所である。そして実際、シャーロットのジェイン・エアは、リード夫人の圧迫に苦しみ抜いた。それに対してエミリのキャシー・アンショーは、「いや、キャシー、私はお前を可愛く思うことができない……むこうへ行ってお祈りをして、神様のお恕しを乞いなさい、お前のお母様と私とは、お前を育てたことを後悔しなければならないことになりそうだ！」と父親に叱られると、「初めのうちは彼女は泣いたものでした。けれども、やがていつでもはねつけられているうちに彼女は無感覚になって、（ネリーが）過ちをお詫びしてお恕しを乞いなさい、と言っても、ただ笑っているのでした」（第五章）と描写されている。キャシーはエミリではないとしても、エミリはキャシーと似た形で伯母の圧迫から独立をはかり、キャシーのようにヒースの生い繁る荒野に解放を求めたのであろう。そしてそのエミリの散歩に、キャサリン・リントンのお伴をするネリーのように、付き添って行ったのがタビーであった。

エミリがシャーロットやアンとは違って家を離れることがほとんどなかったことも、彼女とタビーとのつながりの大きさを暗示している。タビーは台所で、荒野で、子供たちに無数の昔話をして聴かせたというが、幼少時にカウアン・ブリッジの生徒だった七ヶ月（一八二四年十一月〜一八二五年五月）と、十七歳になりたての頃ロー・ヘッドで過ごしたほんの三カ月足らず（一八三五年七月〜十月）の期間を除いては学齢期の就学体験を持たなかったエミリにとっては、タビーの毒舌、彼女の献身、彼女の生活の知恵、彼女が話して聴かせた昔話が、そのまま生きた学校だったはずだからである。

が、とにかく、我々がエミリのタビーに対する強い愛着を確実に知ることができるのは、あるひとつの事件以後エミリがタビーに対してとった行動からである。一八三六年クリスマスの直前、タビーは足を怪我してまったく使いものにならないばかりか命も危ぶまれる状態に陥り、伯母は彼女を彼女の親類に引き取らせることに決めた。その時エミリは、ちょうど休暇で帰宅していたシャーロットとアンと共に、タビーを世話するのは自分たちしかない、と主張し、それが聴き容れられないと、姉妹は三人そろって丸一日のハンストを行なった。その結果タビーはブロンテ家に止まることが許されるが、このエピソードが特にエミリのタビーに対する愛情を物語っていると言えるのは、シャーロットとアンは休暇明けには学校に戻り、実際に今までタビーがやっていた家事労働とそれに加えて寝込んでいるタビーの世話とを一手に引き受けたのは、家に残ったエミリに他ならなかったからである。

このエピソードは病気のネリーを親身に世話するキャサリン・リントンを連想させるが、エミリのタビーに対する思いはさらにもう一回証明される。きっかけは不明だが、タビーはその約三年後、一八三九年に結局とうとうブロンテ家を出て、妹の小屋に引き取られた。そして翌一八四二年十月、ブロンテ姉妹の伯母が世を去った。その時エミリーはシャーロットと共にブラッセルズに留学中で、折しもその留学をあと半年延長することが決まっていたが、訃報に接して帰宅したエミリは、シャーロット一人をまた留学先に戻らせて、自分は伯母に代わって家政の面倒を見るために家に残った。そして彼女が第一にした仕事が、タビーをブロンテ家に呼び戻すことだったのである。

そしてそれが、エミリのタビーに対する思いやりばかりでなく、彼女がタビーを必要としていた、ということをも示していたことにも注目しなければならない。「まだタビーを家に置いているのをとても嬉しく思います。それは彼女に対する慈悲の行為ですし、それが報いられることがないとは思いません。だって彼女は本当に忠実ですし、折りがあればいつでも、最善を尽くして奉仕してくれるでしょうから。それに彼女はエミリの相手になってくれるでしょう。彼女なしではエミリは本当に淋しいだろうと思います」[15]とシャーロットはブラッセルズから父親宛に書いているが、エミリに関する姉としてのこの判断は、当たっているもののように思う。ワザリング・ハイツに戻ったネリーとの再会を喜ぶキャサリン二世や、そのネリーに一緒にいてくれと頼む死の近づいたヒースクリフのイメージが、このエミリに重なるからである。

ところでシャーロットはネリーを「真の情け深さと家庭的忠誠の見本」[16]と呼んだ。それだけでは伝統的に善良でやさしい婦人を想わせるという点で不充分な評と言わなければならないが、タビーとの関連を考えると、シャーロットの評はもっともと思えて来る。タビーの真心を知り、その毒舌に馴らされて来たシャーロットには、ネリーの小言や小さな策略などは善良さとやさしさに当然付随するものと感じられたのであろう。

いずれにしても結局のところ、ネリーの原型はこのタビーであり、著者エミリが、語り手ネリーに対して、両キャサリンやヒースクリフが置いたような信頼を置いたことは否定できない。そしてエミリがタビーの昔話の熱心な聴き手だったことは、ネリーが語る話や彼女のコメントに、読者が素直に耳を傾けるべく著者が予期していることを裏づけていると思う。実際にタビーがブロンテ家の子供たちに語り聴かせた話の中には、幼い頃のヒースクリフやキャサリンのイメージに通ずるような孤児たちの話もあった。しかし、ネリーはタビーではない。タビーはもちろん『嵐ケ丘』の話は知らなかったし、知っていたとしても、ネリーほどに物語を総合的に語り切れるだけの教養は多分なかったであろう。エミリはそのタビーに読書をさせ、彼女の荒々しさを矯正し、彼女の方言のなまりを取り除き、そして彼女に人生観察を適切に表現する能力を与えて、ネリーという理想的な語り手を造り出したのであった。タビーとネリーという語尾の韻、エミリおよび彼女のペンネーム「エリス」とエレンの綴り字の類似などは、単なる偶然の結果だったであろうか？　エミリは人物としてはネリーではないが、もし主人公たち（特にキャサリン一世）がエミリの苦悩を代弁しているとすれば、モラリスト・ネリーは、エミリーの人生観察を多分に代弁しているといえる。

＊

ネリーが何故エミリ・ブロンテにとって『嵐ケ丘』という物語を托すための理想的な語り手であったか、それには一般的にすぐれた語り手に共通する意味と、ネリーに固有の意味とがある。それは互いに重なり合って区分の線をはっきりと引くことはできないが、そして特に一般に共通する利点についてはおおかたすでに触れたことであるが、それをまとめてこの章を結ぶこととする。

まずネリーは、作中の登場人物としては主人公たちの生活に密着し、彼らの演ずるドラマに彼女なりにコミットしてはいるが、主人公たちの年長の奉公人という立場から一種の独立した別枠の生活基準を与えられているため、彼女は主人公たちの主観にのめり込んだり巻き込まれたりすることもなく、自分が体験したり目撃したりした事実をきわめて正確に語り継ぐことができる。そしてある程度の教養もあり、心広く慈愛に富んだ性格を持った、健康で素朴な生活人であるため、強い主観的な解釈で事実をねじ曲げたりすることもなく、そのつど泣いたり驚いたり憤ったりしながら、一切をあるがままに受け容れ、全体を流れとしてとらえ、流れとして語ることができる。その結果、全体を読み終わった読者は、『嵐ケ丘』の悲劇は、召使いネリーのありとあらゆる努力や細工なども含めて、時が来れば幕が引かれ、役者たちが舞台から退いていく、あの騒音と憤激に満ちた一幕だったということ、そしてそれがたとえ何も意味しないとしても、それは人生の否定できない、そしてどうすることもできないひとつの現実だったということを、つくづく思い知らされるのである。そして、それがどうしようもないということ、および、どうしようもない現実にさえなおひとつの終わりがあり、苦悩し荒れ狂う魂にとっての休息がある、と感じさせられることによって、我々は静かな諦念と安らぎとを覚えることができるのである。『嵐ケ丘』の世界とギリシャ悲劇の世界との類似性は指摘されてからすでに久しいが、そこで問題になる運命論や汎神論的な宇宙観については後章に譲るとして、ネリーはまことにすぐれたコーラスでもある。筆者は、同じくすぐれたコーラス役として名高いフォークナーの『騒音と怒り』のディルシーの先祖はこのネリーだったかもしれないと思う。

ネリーにはさらにもうひとつ、右のような役回りを果たし得る性格と一見逆のようでいて、結果としてはその彼女の役どころをいっそう著者エミリの目的どおりに演じさせる、ほとんどネリーに固有と思われる特徴がある。それは彼女が、単なる傍観者ではなく、いかにもドラマに一応参加した人物として、召使いネリーの主観を決して制御しない点である。彼女は健全な生活感覚の持ち主として、そして主人公たちを世話し、彼らの生活をいわば後始末していかなければならない立場の人間として、主人公たちを容赦なく叱り、「我侭で横柄」「性悪」などの批判の言葉を使いたいだけ使っている。そして、それが主人公たちを、読者の前にとことんまで冷徹に突き放して見せる効果を生んでいるのである。たとえば、ヒースクリフに関しても、「蛇のような」「狂犬のような」「悪魔のような」というような比喩や、「歯をむき出し」「野獣のように吠え」「この悪人」「ぞっとした」などの表現が、それを使うネリーにとってはほとんど習慣的で必ずしも絶対的な否認を含んではいないにもかかわらず、どれだけ彼に対する拒絶的な感情を読者の心の中に植えつけているか、はかり知れないものがある。だから、他の多くの部分でヒースクリフはただ「彼」とか「言った」とか普通に描写されてはいても、そしてネリーが時には「あの人も人間ですよ、もっと慈悲深い気持ちになっておあげなさい」（第十七章）などとヒースクリフを弁護することがあっても、読者は決してヒースクリフの心理にのめり込み、彼の肩を持つ気分に誘われないばかりか、むしろいつまでも首を横に振り続けるのである。

これは結局、著者エミリ・ブロンテが、主人公たちを弁護したり、彼らのために弁解したりすることを、つまり彼らの苦悩に対する読者の感傷的な同情を惹くことをあくまで拒否しているということである。そのために彼女はネリーに何回でも小言を繰り返させている。ついでながら、エミリは情報の保留というテクニックを使う場合にも、もうほとんど取り返しがつかないと思われるほどまでにヒースクリフを不利な立場に追い込む。その最も顕著な例は第十七章の、キャサリンの死の直後どこからともなく帰宅したヒースクリフとヒンドリーとの間で演じられる暴力沙汰のシーンである。これがヒースクリフに対して激しい憎悪を抱く当然の権利があるイザベラによって語られているのは、これもまた意味深いのだが、とにかくこの部分まで読み進んで来た読者は、ヒースクリフのわけの分からない狂暴さにつくづく嫌気がさす。そしてほとんど全面的にイザベラの判断に味方する。終わりまで読んだ時、読者ははじめて、イザベラはネリーや他の二次的な語り手（ネリーへの報告者）たちと同様嘘は吐かないが、判断や解釈において著しく誤っていることを確信することができ、またヒースクリフがその晩キャサリンの墓を暴き、彼女の霊を追っていたのだということを知らされるのだが、その種明かしは、その後ヒースクリフの第二の世代に対するまったく我慢のできないような残酷な行為の後（第二十九章）にまで引き延ばされる。読者の我慢が完全に限界に達した瞬間に持ち出されるこの種明かしは実に見事なタイミングを得てはいるものの、その時には読者の心はすでにかりそめにもヒースクリフを肯定することはできなくなっていて、新情報にも、ただヒースクリフの苦悩の深さに呆然と目を見張るだけである。そして、これもエミリの意図だったのである。

これはいずれ後章の課題になるが、『嵐ケ丘』という作品は著者エミリ・ブロンテ自身の苦悩の表明の書だと言える。それなのになお、エミリは念入りに同情を拒んでいる。あたかも人びとが、彼女の声に誘導されて安易に「分かる、分かる」などとうなずくのを恐れているかのように。これは姉シャーロットが生涯に完成した四つの小説のうち三つまでを一人称で書いて、それをいわば激しい自我の主張の書にしたのとは好対象をなしている。そのシャーロットによって「男性よりも強く、子供よりも純真で、彼女の天性はまったく独立していた。ひどい点は、彼女が他者に対しては同情に満ちあふれていたのに、自分自身に対しては何の哀れみも持たなかったことだ」(17)と描写されたエミリにとっては、むき出しの自己主張も一種の弱さの徴しだったのである。そういう彼女の信念は、彼女の詩からも幾らか窺えるように、おそらくともすれば理解を得ようとして、あるいはこの世の幸福を得ようとして何度も挫折した中で、彼女の自尊心が彼女自身のために築きあげた城壁だったのであろう。彼女は自分の小説のほぼ全体をネリーに語らせることによって、あくまでその城壁を張りめぐらせ続け、それでもなお近寄ろうとする人びとにだけ、自らの苦悩とそしてほとんど凄絶な諦念ともいうべき悟りとを、わずかに垣間見させたのであった。その中でヒースクリフやキャサリンの幾つかの告白的な場面だけが、ネリーの監督をあざ笑うように高い調子になっているのは、エミリがゴンダルの詩を書き続けた名残りであろうか……

もちろんエミリは、プルーストやヘンリ・ジェイムズやフォークナーなどのテクニックは持っていない。ネリーは決して心理解剖家ではなくあくまで田舎の奉公人だし、また語り手として特殊な観点を打ち出したり嘘を吐いたりして、読者に謎解きを強いるようなことはしない。まったくのところ、この小説には嘘という要素が完全に欠けている。その意味でこれは本当に「子供よりも純真」で、かつ古風な作品である。しかしまだ視点というようなことがおよそ小説家たちの工夫の対象にはなっていなかった時代において、ネリーのような人物に自らの物語を托したこと、そして彼女の手をかりて爆発しようとする激情を抑えに抑え、ついにほとんどベートーヴェンのカルテットを想わせるような効果を最後的に醸し出したことは、驚くべき創意であると同時に、エミリ・ブロンテのこの小説を書く基本姿勢の並々ならぬ厳しさと、それにじゅうぶん釣り合う彼女の技量とを物語っていると筆者は思う。

小説家ジョージ・エリオットの誕生

1　はじめに

メアリ・アン・エヴァンズがジョージ・エリオットという男性のペン・ネームを用いて、初めての小説「エイモス・バートン師の哀しい運命」の執筆に取りかかったのは、一八五六年九月二十三日(1)、彼女が三十六歳と十ヶ月を数えた時だった。数ヶ月前から構想を温めていた彼女はそれを一気に仕上げる。そして、ジョージ・ヘンリー・ルイスの仲介によって、早くも十一月中旬にはジョン・ブラックウッドが素早くその原稿に興味を示し、翌年の一月と二月と二回に分けて『ブラックウッド誌』に掲載することを約束する。と同時にメアリ・アンは次の作品の執筆に取りかかり、結局、一八五七年の『ブラックウッド誌』は、「エイモス・バートン」の前半が一月号の巻頭を飾って以来十一月号まで、計十一回にわたって、ルイスの友人というだけで正体は不明の新進作家、ジョージ・エリオット(2)の三つの中篇小説を連載することになった。その間、支払われた原稿料は合計二百六十三ポンド、無名の新人のものとしては破格の厚遇であった。

そしてその三篇が翌年早々『牧師の生活の諸風景』の題のもとに単行本として出版され、さらにその翌年、一八五九年二月、長篇小説『アダム・ビード』が世に出るに及んで、ジョージ・エリオットの名が一躍文壇の中央におどり出たのは周知のとおりだ。が、そのすみやかなデビューと成功とは裏腹に、メアリ・アンが小説に筆を染めるまでに費やした歳月の長さと、はじめの三つの中篇で示した段階を追った長篇小説作家への歩みは、一見思われる以上に彼女の小説の本質と、その後の彼女の創作姿勢を説明するものを含んでいる。

そもそも小説ばやりの時代にあって、ものを書く仕事に早くから携わり、いったん筆を執った後は、ほとんど休むことなしに大作を発表し続けたような才能を持ちながら、何故三十七歳近くになるまで小説に手を染めなかったのか。あるいは何故、そんな年齢になって突然精力的に書き始めたのか。その事情を知ることが第一作「エイモス・バートン」の性質を正確に理解することになると思うし、その第一作が手早く売れ、好評を博したあと、第二作、第三作で牧師もののシリーズを続けながら、急速に第一作の世界をはみ出して行った実態を知ることは、その後『アダム・ビード』から『ダニエル・ディロンダ』まで七篇の長篇小説を書いたジョージ・エリオットという作家の本質と、それらの小説のたどった歩みとを理解するための、大きな指針になると思う。

2　小説を書く夢

何故小説を書くことになったか、メアリ・アンはあたかも彼女自身それを説明する必要を感じていたかのように、「私はどのようにして小説を書くに至ったか」[3]と題した自伝的小文を日記の中に残している。それは一八五七年十二月、その年雑誌に連載された三つの中篇が単行本になる話がまとまった時、小説を書くようになったきっかけ、三篇の執筆中のルイスやブラックウッドとのやりとりなどを整理して記録したものだが、今ここで筆者の興味を惹くのは、筆を執るに至るまでを語った最初の一ページである。「いつの日か自分が小説を書くことになるかもしれない、というのが、私がむかし漠然と抱き続けていた夢だった」という文章で始まるその部分の内容は、簡単に言えば、しかし実際はたったひとつの序章を書いただけで、その後すっかり夢を失っていたが、ドイツ滞在中にたまたまその断片をルイスに読んで聞かせたことがあって、彼がそれを賞賛し小説を書くことを勧めた、そしてその勧めは帰国後さらに熱を加えたが、延ばし延ばしにしていたところ、テンビーに滞在中にある日突然、「エイモス・バートン師の哀しい運命」という題で小説を書くことを思い立った、というものである。

それは一見、たしかに"How……"という題のとおり、表面的に「どのようないきさつがあって」書くに至ったかが記してあるだけの文章のようである。しかも「将来小説を書くことができるなどという希望はいっさい失っていた」とか、「私はいつも、自分には、構成においても会話においても、ドラマティックに盛り上げる力が欠けていると思っていた」とかいう表現が目立ち、一方、ルイスの励ましや褒め言葉がひとつひとつ大切そうに、言ったとおりに記録されているのを読むと、人びとがこの件について語る時、ルイスが自信のないメアリ・アンを励まして小説を書かせた、というニュアンスだけで語るのも無理もないと言える。

しかしよく読むと、その小文中にはもっと多くのことが含まれている。まず第一に注目しなければならないのは、いちばんはじめにドイツで小説を書くよう勧められた時の記述が、「(ドラマティックに盛り上げる力は欠けていると思ったが)、小説の描写部分は自在にできるだろうと感じていた」という文を中心に、描写という点に話の焦点を集中していることだ。ルイスの注目を惹いた断片は「スタフォードシャーのある村と、そのあたりの農家の生活の描写」で、「ドラマが展開するための題材をじゅうぶんにそなえてはいたが、純粋な描写」だった、とメアリ・アンは、念を入れて描写という言葉を繰り返している。そしてその断片がルイスを印象づけたのも"a bit of description"としてだったと。つまりメアリ・アンは、後にジョージ・エリオットの小説の根底を支えるようになる描写力には以前から自信を持っていたわけで、ルイスの励ましが有効であり得たのも、彼女に、その自信のある正確な描写を小説の最も大切な基本だとする発想を強く促したからこそだったのである。話は決して、彼女が本来持っていなかった自信をルイスが与えた、ということではないのである。

そして第二に注目すべき点は、メアリ・アンがその小文の冒頭で、あたかも過去の燃えかすであるかのように語った「漠然と抱き続けていた夢」も、深く生活という重い灰の中に埋め込まれてはいたが、底の方では消えることなく燃え続けていた、ということだ。「そして」と彼女は冒頭の文に続けて語る、「小説がどのようなものであるべきか、ということについての私の漠然とした考えは、もちろん私の人生の時期を追って変化した」と。文中では、しかし現実に執筆を試みたのは一回だけだったとして、「スタフォードシャーの農村の描写」について語っているのだが、実際には我々は、その変化の一部を具体的に知ることができる。メアリ・アンはあまりにも稚拙なものとして数に入れなかったのだろうが、もうひとつ別の試作が残されているからだ。それは彼女が十二歳から十五歳までフランクリン姉妹の学校で学んだ、その学校時代のノートに書きつけられた、エドワード・ネヴィルという青年を主人公とした未完の歴史小説第一章(4)である。それは清教徒革命の時代を背景としていて、その種本も確認されており、歴史小説としては史実が混乱し過ぎているというハイト氏の指摘は事実のようだが、筆者には、何かありげなムードの中、人物の性格なども描き分けられていて、この年齢の少女の書いたものとしては立派な出来ばえの文章に思える。主人公エドワードは革命派で王を憎む伯父の許で育てられ、幼い頃から王党派の家の娘と恋仲になっていたが、十八歳の時に思想の故にその仲を引き裂かれ、革命軍に身を投じた。そして二十六歳になった現在、彼は社会からも家族からも隔てられ、脱党者、国王殺しの汚名を背負って、それでも何か秘密の使命を帯びて、二度と帰れるとは思わなかった故郷に帰り着く。その「八月も終わりに近づいた、陽光まぶしいある朝」から幼いメアリ・アンは筆を起こしているが、主人公の故郷を目のあたりにした時の痛切な感慨や、彼が伯父に対して「ぼくは多くの危険をぬってあなたに仕えました。あなたが必要となさったら、もっとお仕えしたことでしょう。だってあなたはぼくのいちばん近い血筋の方なのですから」と言うせりふに、筆者はメアリ・アン独自の家族に対する感受性を見出すように思う。しかしそれは所詮、幼い頃からスコットの、あるいは彼の模倣者であり、メアリ・アンがちょうどその頃愛読していたと知られているジョージ・ジェイムズの作品を読んで育った文才のある少女なら誰でも書きそうな文章で、当時のメアリ・アンは小説に関して、後のジョージ・エリオットを予想させる考えは何も持っていなかったと言える。

それに対して「スタフォードシャーの村の描写」は、その中味を我々は知ることはできないのだが、何らかの形で『アダム・ビード』に通じるものではなかったろうか。スタフォードシャーはメアリ・アンの父親の故郷で、『アダム・ビード』ではロームシャーという架空州名のもとに、そこが舞台になっているからだ。いずれにしても清教徒革命の時代の政争に身を投じた青年の描写から農村の生活風景の描写へ――メアリ・アンは少なくともその決して近くない距離をたどり切るほどまで長い期間にわたって、小説を書くことを考えていたわけである。そして何よりも、その原稿をルイスに読んで聞かせたということが、メアリ・アンの夢が決して過去のものになり切っていなかったことを証明している。

「その描写力があるなら小説を書けるかもしれない」とルイスは言ったのであろう。その後の経緯を見れば、その言葉が間違いなくメアリ・アンの夢を揺り動かした。しかし当初は、ただそれだけの話で終わってしまったように見える。それはしかし、単に、彼女自身自分に欠けていると感じ、ルイスも大いに疑問視した劇的構成力に不安が残ったとか、ましてやもっと励ましを必要としたとかいう問題ではなかったはずである。何故なら、それほどまでにおずおずとした精神が、どうしてジョージ・エリオットの大作を生み出し得ようか。

メアリ・アンには、小説を書く夢を深く灰の中に埋め込んで来た生活の歴史があって、その灰を掻きのけるのは容易なことではなかったのである。常に目先に片付けなければならない仕事があったし、それを自分に与えられた義務と考えていた以上、夢は掻き立てるに値しなかった。すぐにでも小説を書き始めるように、とルイスの勧めが性急になった時も、「私は、しかし、それを先送りにした。絶対的義務として立ち現われて来ない仕事は、いつも先送りにして来た私の流儀に従って」と彼女は書いている。そうだ、絶対的義務と考える仕事がなくなるか、あるいは小説を書くことを絶対的義務と考えるようになるか、その時を待つ時間が彼女には必要だったのである。また、筆を執るためには、「小説がどのようなものであるべきかということについてのぼんやりとした考え」がもう一回変わる、いや、「はっきりとした考え」に変えるための時間が必要だったのである。

メアリ・アンがルイスといわば駈け落ちをしてドイツに滞在していたのは、一八五四年七月末から翌年の三月までで、「農村の描写」が二人の間の話題になったのはベルリンだったとあるから、十一月以降のことである。その後テンビーで「エイモス・バートン」の構想を練り上げたのは一八五六年七月。その間に費やされたおよそ一年半前後の月日は、ルイスの『ゲーテ伝』執筆の手伝い、雑誌用の批評書きや翻訳の仕事に追われながら、星の運行がゆるやかに巡って、小説家ジョージ・エリオットの誕生の日を示すのを待つ期間だったと言えよう。

3　絶対的義務

英国に戻って、「不道徳な同棲生活」に向けられる世間の冷たい目から身を守るように、ロンドン郊外リッチモンドのパークショットにひっそりと居を定めてからも、ルイスとメアリ・アンはそれぞれの原稿執筆に忙しかった。二人の生活に加え、ルイスの法律上の妻アグネスと三人の子供、さらにルイスの子と認知されてはいるが、実は妻が愛人T・L・ハントとの間にもうけた三人（やがて四人になる）の子供、合計九人の生活の面倒と、その上やがては、妻がハントのためにした百五十ポンドの借金までが見つかるなどして、お金はいくらでも必要だったからである。ルイスは終生、年額平均二百五十ポンドをアグネスに送っていたというが、大成功を収めた大著『ゲーテ伝』で得た収入が初版で三百五十ポンド、生涯で千ポンド余りだったというから、小さい原稿で小きざみに稼ぐには、それだけでも容易な金額ではなかったのである。「私たちは自分たちよりも他の人たちの生活を支えるために」とメアリ・アンは、帰国後半年ほどたった時、チャールズ・ブレイの妻カーラに自分たちの関係を弁明して書いている、「そして私たちの上にかかる責任を全うするために、せっせと働いています。」(5)実際のところ、ルイスと生活を共にするようになってから、少しでも多くお金を稼ぐことが最高の美徳であるかのような雰囲気が、メアリ・アンの周りには漂っていた。

そのような中で、仕上がった原稿がお金にならない、というひとつの事件が起こった。一八五六年二月十九日、帰国後のあわただしい一年がそろそろ終わろうとする頃、メアリ・アンはベルリン在住の当初から始めていたスピノザの『エチカ』の翻訳を完了したが、それが六月になって、あくまで最初の契約どおりの七十五ポンドの原稿料を求めるルイスと、ほとんど出版する気を失っていて値切ろうとする出版社との間のやりとりが決裂して、日の目を見る機会を失ってしまったのである。

ジョージ・エリオットが、若い頃シュトラウスの大著『イエス伝』を翻訳したことは、彼女の小説の思索的内容の深さを裏付けるものとしてよく語られる。だが彼女の伝記を読むと、彼女にとっての哲学書の翻訳は、それとは別の大きな意味を持っていたように思われる。彼女が『イエス伝』の翻訳を引き受けたのは一八四四年初頭、二十四歳の時のことである。田舎の家を新婚の息子夫妻に明け渡した父親に伴われてコヴェントリーに移り住んだは二十一歳の時であったが、そこで「時代の先端を行く新思想の商人」とも形容すべき、知的活気にあふれたチャールズ・ブレイ一家との親交を得たのは、良かれ悪しかれ、その後のメアリ・アンのたどった運命を左右する出会いであった。彼らとの出会いがなかったら、彼女が一時的に教会へ行くのを拒んだ事によって生じ、一応の和解後も大きな傷跡を残した父親との不和は避けられたかも知れず、哲学書の翻訳をすることもなかったかも知れないし、その後ロンドンに出て『ウェストミンスター・レヴュー』の副編集長をしたりすることもなかっただろうし、ルイスと知り合うこともなかったかもしれない。したがって小説を書くこともなかったかもしれないが、あるいはもっと早い時期に小説を書き始めていたかもしれない。

いずれにしても、ブレイ一家との交わりの中で、その知的な一家の誰もがもてあました『イエス伝』の翻訳を引き受けたメアリ・アンは、その中に頻出するラテン語、ギリシャ語、ヘブライ語を堅実にさばきながら、二年余りの月日をへて千五百ページにのぼる全巻を訳了した。それは直ちに出版され、メアリ・アンは二十ポンドの翻訳料を受け取る。本に訳者の名は明記されなかったが、それがメアリ・アンという娘に「シュトラウスの翻訳者」というひとつの運命的な肩書を与えた。

二年余りといえば一見ながい時間に思える。しかし分量や内容の難しさを考えた時、筆者はむしろそのスピードに驚く。単純に割算しても、一日平均二ページ以上は進んでいたのだから。当時のメアリ・アンは父親のために主婦の役を果たしていた娘である。そのかたわらドイツ語を教えており、時にブレイ一家に連れられて半月ほどの旅行に出ることもあり、ある一人の画家に求婚されてそれを断わり、悩み苦しんだ時期もあった。その上、特に二年間のうちの最後の半年余りは、結婚している姉の一家が破産して、姉とその四人の子供たちが里帰りして来たこと、ちょうどそれと時を同じくして、父親が足を骨折してその看病に追われたこと（毎晩、仕事に疲れた父親のために本を音読したり、ピアノを弾いたりするのが彼女の以前からの日課だったが、その必要がますます大きくなった）など、彼女の時間を忙殺する条件が重なっていたことを思えば、それでもたゆむことなく『イエス伝』を訳し切ったことは、その中に尋常ではない勤勉さ、ストイックな自己否定的献身を思わせるものがあるのである。

その後、哲学書の翻訳はメアリ・アンの生活について回る。『イエス伝』の訳了は、ちょうどチャールズ・ブレイが『コヴェントリー・ヘラルド』（週刊新聞）の買収に成功したのと時を同じくしていて、その新聞がその後、メアリ・アンにささやかな書評や批評文を載せる初めての舞台を提供することになるが、彼女にとって、その後一八四九年六月の父の死を迎えるまでの三年間は、結石や心臓病などに苦しみ日に日に衰弱する父親の看病に精根を使い果たした時期であった。が、その最後の頃にも彼女は、出版を計画したブレイの依頼で、スピノザの『神学政治論』を翻訳していて、それを死を待つばかりの病人の看病をする絶望的な苦悩の慰めとしていたという。

それはさすがに父親の死によって中断されたままになったらしく、どの程度進んだかは不明だが、その後傷心を癒すため約十ヶ月ほど大陸に滞在したあと、コヴェントリーへ戻り、やがてジョン・チャップマンが買収した『ウェストミンスター・レヴュー』の編集補佐を引き受けて、一八五一年九月ロンドンに居を移し、ようやく新しい生活の型が決まると、三ヶ月ごとにめぐってくる編集の仕事の合間をぬって、メアリ・アンはこんどはフォイエルバッハの『キリスト教精髄』の翻訳に取りかかった。その訳了は一八五四年四月、出版は七月の第二週である。そして同月の二十日には、周囲をあっと驚かせて、妻子あるルイスとドイツへ旅立った。

七月というのは、『レヴュー』の七月号の編集が終わった時でもある。翻訳料は今回は三十ポンドだったが、そのお金もメアリ・アンにとって是非とも必要なものだったに違いない。しかしそのように翻訳の出版を生活の区切りにし、ドイツに行ってからも、ほどなくスピノザの『エチカ』の翻訳に取りかかったところから見ると、その頃には哲学書の翻訳は、メアリ・アンにとって生活の基調を形づくる低温のリズム、ほとんど修道僧にとっての日々の行《ぎょう》のようなものになっていたかのような印象を与えるのである。

先に筆者は、「シュトラウスの翻訳者」という肩書きを運命的と呼んだ。その翻訳は高く評価され、「若い御婦人」がそのような大仕事をやってのけたことをほとんど好奇の眼で見られながらも、その線でメアリ・アンの文学界への道は開けていく。チャップマンと知り合ったのも、彼がある哲学書の書評を『イエス伝』の翻訳者に依頼するために、父親の死後自立の道を模索中の彼女をコヴェントリーに訪れたからである。妻子がありながら派手に自由恋愛を実践する美青年チャップマンに彼女はたちまち惹きつけられるが、あえなく「友人以上のものではない」と約束せざるを得ないいきさつがあったあと、なお仕事上の協力を求める相手の要望に応じて、彼女は必要に応じての執筆までも含む雑誌の編集の仕事を、精力的にこなしていく。彼女の知力を信頼し、まず『イエス伝』の翻訳を委ね、次に『コヴェントリー・ヘラルド』にも評論の筆を執らせ、仲間うちで「あの子はいつか小説を書く」と語り合っていたブレイ一家をも驚かせるほどの逞しさで。

実際『ウェストミンスター・レヴュー』は彼女が編集に当たっていた時期に水準が上がり、最も充実していたと言われるが、一方、はたして メアリ・アンの内面がその時充実していたかとなると、それは疑問である。彼女は仕事はこなしはしたが、そこには本当の意味の充足感は見出していなかったと思う。彼女は本来体系的な思想を持っていないし、ジャーナリストの資質も持っていない。彼女の知性と感性は心を起点に強く深く働くものであって、新しいものを次々と器用にさばくのには向いていない。それにたとえピークが来るのが三ヶ月ごとではあっても、興味があろうとなかろうと、寄せられた膨大な原稿を読み、必要に応じてカットし、つけ足し校正するなどの編集者の仕事は、幅広い読書家ではあっても、気に入った本を心の糧として何回でも読み直す習慣のあった彼女にとって、楽しかろうはずがなかった。それでもそれをやってのけたのは、彼女のずば抜けた知力と責任感と勤勉さだ。そして心ならずも「愛する人」ではなく「友達」に過ぎないと認めた人、チャップマンのために役立ちたいと思う、いや、誰かのために役立っていることを常に必要としていた、彼女の心である。

初めのうちは、チャップマンの妻との関係など、心理的な面でもさまざまな苦労が予想される中でも、『レヴュー』の編集者としての新しい生活に夢も希望もあっただろう。まず仕事をこなす能力はじゅうぶん証明できたし、じゅうぶん役立ちもした。交友の世界は広がり、買収後数々の経済的困難に直面した『レヴュー』をその水準を上げて支えている自負が、彼女の姿を活気づいた新進のジャーナリストのように浮彫りにして見せたこともあった。しかし、それが仕事そのものへの情熱であるよりは「友達」に対する献身的協力であったことに、異論をはさむ人はいないだろう。今ここで彼女の傷ついた愛の歴史を語るのは場違いになるだろうが、とにかく「友達」ではない献身の相手、その後生涯を共にするルイスと出会うや、間もなく彼女はその仕事を惜しげもなく捨てるのだから。

そのような形で編集の仕事をしながら、そしてその間、ハーバート・スペンサーとの間の新しい失恋を体験し、それを理性的にはほとんど手慣れたこととして見事に乗り切りはしたが体調を崩し、また、夫に死なれた姉のもとに駆けつけて世話をしたり、そのことに関連して兄から筋の通らぬ非難を受けたりしながら、メアリ・アンはこつこつと時間をかけて、フォイエルバッハを完訳したのである。彼女のそれまでの人生の中で、彼女の知性や知力は受け容れられても、心は受け容れられない体験があまりにも多かった。その中で彼女は、愛されたい自らの心を否定し、受け容れられ得る知力で献身するのを自らの宿命と心得ただろうことは、彼女の作品からも窺い知ることができる。そして当時の彼女にとって、確実にこなすことができ、確実に評価され、しかも自分だけにできて他の人にはできない唯一の仕事が哲学書の翻訳だったということなのである。彼女はおそらく本能的になおいっそう傷つくことを怖れて自らの周りに張りめぐらした自己否定的献身の哲学の中で、黙々と哲学書を翻訳することを、天が他ならぬ自分に与えた仕事だ、それこそ自分の才能を生かして、人にも世にも奉仕する道だと、自らに思い込ませていたのである。

スピノザの『エチカ』の翻訳は、スピノザの英語界への紹介者として実績のあったルイスがドイツ在住中に出版業者ボーンと契約したものである。稼ぐ必要に追われるなか、しかも当時『ゲーテ伝』の執筆に忙しかったなか、稿料のためにする仕事としてはあまりに割の合わないこのような翻訳を彼が引き受けたのは、ドイツに渡った当初はまだ依頼される批評の原稿の数も少なく、その方面での才能のほども定かではなかったメアリ・アンを当てにしてのことだったのは間違いない。その動機が、スピノザ紹介の熱意からか、彼女の才能を生かしてやりたかったからか、彼女に少しでも稼がせたかったからかは不明だが、それはメアリ・アンにとってはどうでもよかった。彼女はルイスに対しても世の中に対しても役立ちたかったのだし、おそらく使命感をすら感じて、誠心誠意、仕事をなし遂げたのである。

それが、『エチカ』は出版されなかったのである。ルイスのために稼いでやれなかった稿料、一年以上の苦労がルイスの妻アグネスに送る金額のほんの一部にしかならなかったとしても、それは是非自分が稼ぎ出したかったものだったに違いない。だが、その稿料もさることながら、人びとが読み、人びとの役に立つというのでなければ、メアリ・アンの労は報われない。今までは、仕上げた翻訳は、あまりにも低く支払われたが、とにかくも迅速に出版された。今回はじめて、当初の約束にもかかわらず出版の道を断たれたメアリ・アンの心中はいかばかりのものであったか、察するにあまりある。サイラス・マーナーは友人にも許嫁にも、そして神にまで裏切られ、すべての人間らしいことに背を向けて、これなら自分を裏切ることはないと思われた金貨を、ただ蜘蛛のように機を織る日々の慰めとしたが、その金貨までがある日盗まれてしまった。それを知った時彼を襲った全身を麻痺させるような絶望は、この時のメアリ・アンの失意を無教育で朦朧とした男の心に投影して、拡大して描き出しさえすればよかったのだと筆者は思う。

しかしサイラスにとって、結局、金貨は本当の意味での心の幸せを何ももたらさなかったのだから失っても差し支えなかったのと同様に、メアリ・アンにとっても、『エチカ』が出版されなかったことは、運命が親切なめぐり合わせをしたことになる。いわば自信のある「天職」にも裏切られ、使命感も反故にされた彼女の心は、真剣に小説を書く方向に向かうことになったからである。勤勉な誠心誠意の努力もまったく誰の役にも立たないのではする意味がない。いわば絶対的義務、献身の証として自らに課していた仕事が、その意義も含めて、霧のように消えてしまうと、小説を書く夢の上に久しく覆いかぶさっていたストイックな自己否定、必ずや手痛いしっぺ返しのある、義務からの逸脱のようにその夢の追求を自らに禁じて来た従来の習性からようやく脱出する機会をとらえて、メアリ・アンは一気に新しい絶対的義務を求めて小説を書くことを思うようになる。

4　リアリズム

『エチカ』の出版の挫折が、それだけで一日にして小説家ジョージ・エリオットを生んだのではないことはもちろんのことだ。それはむしろ象徴的に言ってのことである。帰国して一年間のうちに、メアリ・アンの生活は『ウェストミンスター・レヴュー』の編集をしていた頃のリズムと似たものに戻っていた。依頼される雑誌用の原稿の数も多くなって、短いものは主に週刊新聞『リーダー』紙上に常時筆を執っていたが、一八五五年七月号から、それまでも少しずつ仕事を呉れていたチャップマンの『レヴュー』の文芸書評欄の正規の執筆者となり、次の十月号からは、同誌に長文の論文を続けて発表していたからである。『エチカ』を訳了したのが一八五六年の二月十九日だったというのは、一月号のための力のこもったハイネ論と書評とを書き上げたのち翻訳に戻って、最後の仕上げを行なったという彼女の勤勉な生活のリズムをしのばせるが、その日彼女は、コヴェントリーのブレイ一家の構成員の一人、チャールズの妻の姉で、ルイスと新生活後もよく文通していたセァラ・ヘンネルに、次のような書き出しで長目の手紙を書いている。

お便りとても嬉しく思いました。もっともっとひんぱんにご様子を知りたいのですけれども、私たちの毎日は決まった仕事にきっちりと分配されてしまっているので、その計画に入っていないことは、私はめったにできた試しがないのです。(6)(傍点筆者)

メアリ・アンの「絶望的義務」に追われる日常をよく説明するこの小さな言い訳のあと、彼女はたまっていた話題を次から次へと書いていくのだが、その中に、翻訳の完了で浮くはずの時間が、今後何に分配されることになるかを暗示するふたつの注目すべき言及がある。

ひとつは出版されたばかりのラスキンの『近代画家論』第三巻をルイスと二人で愛読していることを語って、「それはここ久しい間読んだもののうちで最も秀れた文を含んでいます」と絶賛していること。もうひとつは、「ドイツ文学の説明をしているアリソンの新刊のヨーロッパ史」に、二人でなかば笑い、なかば憤慨している、

と述べて、

　無知と愚鈍さを恥知らずにさらけ出している点にかけては、この本は私の見たことのあるいかなるものをも凌駕しています……このがらくたとでたらめの詰まった彼のぶ厚い一冊のために、何人の人がわざわざお金を払うことになるのかを考えると、嘆かわしい限りです……(7)

と痛烈に批判していることである。

　まず第一に、実にタイミングよく現われたラスキンの『近代画家論』第三巻は、その後、メアリ・アンが、自分がかねてから持っていた描写についての自信を、リアリズムの理論で精力的に裏づけ活性化する大きな拠り所となっていく。タイミングよく現われた、というのは、まず彼女が翻訳の仕事から解放された時と合致したということと、もうひとつ彼女の生活全体もその理論づけを今や遅しと待ちうける方向に向かっていた時だったからである。彼女が前年の十月『レヴュー』に載せた初めての長い論文、「福音主義の教え――カミング博士」は、彼女の才能を周囲に本格的に認めさせた力作だが、そこで彼女が説教家カミングの教えの偽善性を暴き出すことに成功したのは、彼の著書中の描写の不正確さ、非現実的な主観性を徹底的に指摘、解剖することによってであった。不正確なものの中には真理は宿り得ない、つまり実質的に、リアリズムの中にこそ真理は宿りうるという主張のもとに論を進めていたわけである。また一方、ルイスも帰国後『ゲーテ伝』を完了すると間を置かずに、金策や耳鳴りに苦しみ雑多な原稿書きに追われながらも、観察や解剖を通しての水棲動物の研究に取りかかっていた。それは、彼がドイツへ行く前に完成した『コントの科学哲学』が、『ウェストミンスター・レヴュー』（一八五四年一月号）の書評欄で、著者は本による知識だけの科学者に過ぎない、と手ひどく叩かれたのをきっかけとしている。若い頃医学生でもあったルイスはひどく自尊心を傷つけられ、はじめは反論に躍起になったが、その後『植物変態』などの著書もあるゲーテの研究を進める月日の中で自分の無知を認め、徹底的な観察によって生物学の知識を深めたい情熱に取りつかれたものだという。それにはメアリ・アンと生活を共にするようになって、散歩の折などに彼女の観察力が今まで見えなかったものを彼に見せたということもあったと思うし、また「スタフォードシャーの農村の描写」が、無意識のうちに彼に細かい正確な描写の持つ力を悟らせたということもあったと思う。いずれにしてもルイスは水棲動物の研究に取りかかっており、常に彼の仕事に対する献身的な協力を惜しまなかったメアリ・アンは、「せっせと書き、まめに散歩し、ホーマーや科学書を読み、おたまじゃくしを育て」(8)ることに忙しい生活をして来ていたのである。

そのような背景を持った彼女にとって、「すべてのことを忠実に写し出す習慣によってのみ、我々は何が美しく、何が美しくないのかを本当に知ることができる。最も醜いものも、いくばくかの美の要素を含んでいるものだ……画家が自然をあるがままの姿で受け容れれば受け容れるほど、初めは軽蔑していた対象の中にも予期しなかった美を見出すものなのだ」(9)と説き、何がリアルで何がリアルでないか、何故あるものがリアルであり得なかったかを具体例に即して詳しく論ずるラスキンの声は、まさに一つの啓示であった。折よく『レヴュー』の四月号で文学部門と併せて美術部門の書評も担当した彼女は、早速そこで『近代画家論』第三巻を大きく取り上げる。しかも今までは一回に二十冊から三十冊の新刊書をさばくのが通例だったのが、今回はこの一冊に大半のページを捧げて力説する——

彼（ラスキン）が教える無限の価値を持つ真理は、すべての真理と美は自然の素朴で忠実な研究によって到達されるのであって、明確で実質のある現実に代わる、情緒でぼかされた想像が作り出す漠然とした形によってではない、とする主義、リアリズムだ。……そしてその適用法を教える彼は、彼の世代の予言者である……(10)

この過大とも思える賛辞は、具体的で正確な描写の意味と価値とをしっかりと明確な言葉で確信することができたメアリ・アンの心の躍動をそのまま伝えている。

それを追うようにしてルイスの水棲動物の研究に向ける情熱が高まったのは、もちろん偶然ではありえまい。彼は一気に集中的に観察と実験に取り組む決心をして、五月八日、メアリ・アンを伴い、顕微鏡を携えて、ブリストル湾南岸のイルフラクームに向けて出発する。そしてその土地で七週間、湾を北西に横切って対岸のテンビーに移って五週間、八月九日にロンドン郊外の自宅に帰り着くまでの合計三ヶ月を、熱心な実験生物学者として過ごすことになった。その成果は少しずつ原稿料を稼ぎ、二年後には『海辺の研究』として一冊の本になるが、それよりも重要なことは、その三ヶ月が小説家ジョージ・エリオットの誕生を事実上決定づけたことである。

二月、『エチカ』の翻訳を完了した日、セァラ・ヘンネルに、自分の時間がいかに決まった仕事にきっちりと分配されてしまっているかを書いて自分の返信の滞りの言い訳にした時には、メアリ・アンは、一年半越しの仕事を完成した成就感と解放感、『近代画家論』第三巻でかき立てられた心の高揚の中で、おそらく次の日からでもますます忙しく働く自分の姿を想像していたに違いない。しかし現実には、その後、彼女の絶対的義務の遂行の度合いはたゆんでいったように見える。まず、締切に追われる原稿のない時間を待ちかまえるようにして占領していた翻訳の仕事がなくなったにもかかわらず、四月号の『レヴュー』には書評欄だけで、前号まで二回続いた長論文は書かなかった。前年の十月号の「福音主義の教え――カミング博士」で才能を認められ、新年の一月号の「ドイツ的機知――ハインリッヒ・ハイネ」では、その号の書評と併せて三十二ポンドと十二シリングというそれまでのうちで最高の原稿料を手にし、いよいよ本格的に評論家としての地歩を固めようとしていた時に、何故筆を休めたのか。もちろん従来どおり、『リーダー』や、四月には、前年発足したばかりの『サタデー・レヴュー』にも、短い文は書いている。また、四月号の『ウェストミンスター・レヴュー』には、もともと論文は予定がなかったとも考えられる。しかし四月に入ってからのヤング論の中断は、従来の彼女の堅実な勤勉さからは説明できないものである。

おそらく、すでに当然のものとして予定していた原稿料収入を四月号の『レヴュー』から挙げられなかった痛手を痛感したメアリ・アンは、四月四日、『レヴュー』の次号のサイクル入りを待つようにして、チャップマンにヤング論を書くことを申し入れている。そして二十二日には執筆に着手したが、月末にリールの著書（後に詳述する）を読み始めると、ぷっつりと中断してしまった。このヤング論は四苦八苦の末、結局翌年の一月号用にようやく完成され、それが彼女の最後の無署名の論文になるのだが、とにかくもこの年の四月、評論家としての地位の確立を目の前にして、自分から提案した論文を中断してしまったのは、彼女の考えと気持ちとが、従来のような与えられた場所での勤勉と実行を困難にするような方向に向いてしまっていた事を意味するのだろう。ヤング論の挫折にはそれだけの理由があり、今それを分析して論ずるいとまがないのは残念だが、その論文を思いついた時のままの論調では論を運べない自分を見出し、稼げるはずの原稿料を稼ぐ努力に大きな苦痛を覚えた時、その時はじめて小説を書く夢が、義務からの気ままな逸脱ではなく、収入を得る手段として、そしてもっと自分の心が意義を感じることのできる使命の遂行として正当化された形で、メアリ・アンの心をしっかりととらえ始めたのに違いない。

四月は、大きな原稿に関しては、ヤング論の提案から始まってその中断に終わり、五月八日、ルイスと共にリッチモンドの家を立ち、九日の夕方イルフラクームの美観をそっくり味わえる立地条件のよい宿に、その後七週間の居を定めた時には、メアリ・アンの七月号の『ウェストミンスター・レヴュー』用の原稿は、書評のほか、まだ半分も読み進んでいないリールの書物の論評に決まっていた。それは絶対的義務として遂行するのだが、どこか気ままに、一見限りなく時間のゆとりのある人間のようにして、『近代画家論』第三巻で触発されたリアリズムへの熱狂をそのまま投入し、それに没入したような、彼女の記念すべき海辺の生活が始まった。

彼女はまず、「ひとで類や、軟体動物や、環形動物などで一杯の、黄色いパイ皿や、金だらいや、広口瓶や、薬瓶などで飾りつけをした私たちの部屋を見たら、みんなお笑いになるでしょうね――私たちの〝いけす〟に夜のうちに何か生きものが入って来ているかどうかを見に、毎朝わくわく駆けつける時の私たちの真剣さを見たら、もっとおかしいでしょう」(11)という手紙の文面からもうかがえるように、普段とは違った形でのルイスへの協力を存分に楽しんだ。土地の美しさも彼女を魅了し、「イルフラクームの回想」に詳述されているように、散歩中の観察にも熱が入る。夜は夜で、リールと、続けて出版された『近代画家論』の第四巻が彼女を待っている。

ここはうっとりとするほどきれいな土地です。岩のえも言われぬ色や形を見ていると画家になりたいという気になります。ここの風景や海の生きものの魅力は私の仕事にとっては何とも都合が悪くて、ものを書くにも半分しか頭を使っていません。(12)

海辺の生活を始めて一ヶ月余りたった六月十三日、彼女はこう手紙に書くが、その時彼女が「半分しか頭を使わないで」書いていたという『レヴュー』の七月号の原稿は、ルイスの研究を手伝う中で、小さな生きものが今まで考えてもみなかったような生活を持っていることを発見していく驚きや喜び、自然の美に対する感動やラスキン熱などがごっちゃに重なって、彼女のリアリズム信奉に拍車をかけ、それを彼女が自らの文学理論として確信にまで深めていったことを証明している。

『エチカ』の翻訳の哀しい運命が判明したのはその執筆の最中であった。しばらく放置された後出版者ボーンから初の音信があったのは六月三日付の手紙で、早速ルイスとの手紙のやりとりがあったのだろう、七日にはボーンは、「二、三年前には合理的な思索だったかもしれないものも、現在では大いに疑わしいものかもしれません」(13)と書いて明らかに気のなさを示した。さらに十三日付で、原稿料の契約書を持って来てみてくれ、と言われるに及んでルイスが激怒し話は決裂するが、十三日というのが、メアリ・アンがイルフラクームの美しさを手紙に書いた日付と一致するのは興味深い。ボーンの手紙はまだ届いていなかったろうが、結末を予測し、自分の一年四ヶ月にわたる努力の結晶を「現在では大いに疑わしいものかもしれない」と言われて心に受けた衝撃を、過去にそのような仕打ちに慣らされて来た彼女特有の決断の良さで忘れ去ったかのようだ。そして心は今や真剣に小説を書くことに傾いていたはずである。頭を半分しか使っていなかったはずはない。しかし原稿を書くことよりも、書いている彼女の心を占領している事柄のほうに彼女は気を取られていたのである。

『レヴュー』の七月号には、彼女は恒例の書評と三番目の長い批評文を書くが、まず書評では再度ラスキンの『近代画家論』を取り上げ、再度大きなスペースを割いた。今回はもちろん、その第四巻ではあったが。言い方を変えれば、四月号に続いて、彼女は自分が特に熱中した本を紹介するために、他の本に回すべきスペースを、再度削ってしまったのである。一方、論文の方は五月以来の予定どおり、ヴィルヘルム・ハインリッヒ・フォン・リールの『市民社会』(一八五一年)と『土地と人びと』(一八五三年)の二冊の著書を、「ドイツ人の生活の自然史」という題のもとに論評した。ヤングにとって替わったリールは、「歴史、政治、経済の研究で書物の中には見出せない部分を、人びとに直接取材して完成させるために、何年も前からドイツの丘陵や平原を歩き回った」[14]ドイツの社会学的民族学者である。彼女は、その彼の二冊の著書が生き生きとした描写に富んでいる点を強調し、原著者を、諸要素を正当に扱う意志と能力をそなえ、明敏で、実地を踏んでいて、心の広い学者として讃えているが、このほぼ三十ページにわたる批評文の約半分を占める中間部は、リールの『市民社会』の中に含まれるドイツ農民の歴史の詳細な要約に当てられている。数々の具体例に富んだその実証的な内容は、ここで筆者がまたその要約をしたい衝動に駆られるほど面白いものだ。この部分で論客ぶりを忘れてせっせと事柄の説明にいそしむメアリ・アンは、たしかに頭を半分しか使っていない。頭の残りの半分で、彼女はこの農民史の世界を、『近代画家論』に示唆された手法を用い、自分が生まれ育ったウォーリックシャーや父の故郷のスタフォードシャーの田舎の風景に重ね合わせながら、「エイモス・バートン」や『アダム・ビード』の農村を心のキャンバスの上に描き出していたのである。「乾草づくりの季節はたしかに冗談を言い合う時だ、特に働き手の中に女が混ざっている場合には。しかし時折わき起こる勝ち誇ったような冷やかしの粗野な笑いは、一般に考えられている牧歌的な陽気な騒ぎの概念とはおよそかけ離れたものだ」[15]など具体的に、彼女の考えるリアリズムの質を明確に表現し、リールは「太陽が山頂にさしかかったばかりで、谷間では男たちが薄明の中でよろめいている時を正午だとするような狂気に、ささやかな戦いを挑んでいるのだ」[16]と文学的な表現でこの批評文を結ぶのを見る時、我々はメアリ・アンが小説を書く機が熟しつつあるのを知ることができる。

5 〈sympathy〉——その一

メアリ・アンはこの「ドイツ人の生活の自然史」の導入部で、自分自身の芸術の理念をはっきり打ち出すこともちろん忘れなかった。彼女にとっては、いかなるものでも価値あるとされるためには、人のために役立つものでなければならないのである。翻訳も価値があると信じなければできる仕事ではなかったし、だからこそ、その価値を定義する文章を書きもしたわけである。[17]同じく、彼女が小説を書こうと決心するためには、単なるリアリズムの手法の確立だけでは充分ではない。どう書くか、だけではなく、何のために書くのか、何のためのリアリズムか、つまり小説の使命は何かということについても、彼女は確信を持たなければならない。そもそもラスキンの『近代画家論』も、人びとが理解していないことを理解させる、人びとに見えていないことを見せてくれる芸術家の使命というものの偉大さを彼女に強く訴えかけるものでなかったら、それほどまでにメアリ・アンの心を奪うこともできなかったはずなのだ。そしてもちろん、彼女の理念は彼女自身の心から出て来て、彼女が自分のものとして確信の持てるものでなくてはならない。

彼女は導入部の冒頭で、ただ単に実際になじんだ上での理解と〈sympathy〉が欠如しているために、いかに現実とかけ離れた画一的な概念がリアルなものとして通用しているかを、前章でも引用したように、例を次から次へとあげて、ひとつひとつ正誤を示したあと、

それが画家であろうと、詩人であろうと、小説家であろうと、我々が芸術家に負う最大の恩恵は〈sympathy〉の拡大なのだ。……芸術は実人生に最も近いものだ。それは我々が各人の個人的境遇を超えて経験を拡充し、同朋の人間との交わりを拡大するひとつの様式なのだ。……庶民の生活を描こうとする時、芸術家の使命はそれだけにいっそう神聖なものである。……我々は英雄的な職人や感傷的な農夫のためにではなく、粗野な無気力に落ち込んでいる農夫や、他人を信用せず身勝手さそのままの職人のために、我々の心を動かすことを教えてもらいたいのである――(18)

と一気に自らの芸術理論をうたい上げる。これはまさに、我々がジョージ・エリオットのものとしてよく知っている哲学、「エイモス・バートン」や『アダム・ビード』の第十七章で溢れる情熱を抑え切れないかのようにして訴える哲学、高邁さや崇高さには欠け、ほとんど笑いを誘うような愚かさや狭さを露呈しながらも、日々の仕事をこつこつとこなしながら、平凡に暮らしている人びとに対する〈sympathy〉の拡大こそ芸術の使命である、とする哲学そのものである。この時点で「エイモス・バートン」の著者ジョージ・エリオットは完全に誕生していた。その「エイモス・バートン」が『ブラックウッド誌』に連載され始めた時、世間ではジョージ・エリオットなる人物が何者であるかをめぐってさまざまな憶測が流れ、コヴェントリー周辺では、主人公のモデルになった牧師が早くから識別されたこともあって、作中に描かれている事件をよく知る人物としてリギンズという牧師が作者と推量された。それが、噂の本人がはっきりと否定しなかったために、『アダム・ビード』の出版後、い

わゆる「リギンス問題」にまで発展したりするのだが、彼女が完全に身許を隠し続けた二年余りの月日の間に、「ジョージ・エリオット」の正体を突きとめようとする人びとのうち誰一人として『レヴュー』の「ドイツ人の生活の自然史」の著者の周辺を洗ってみようとしなかったらしいのは、筆者には不思議なことに思える。『アダム・ビード』を読んでそれをすぐメアリ・アンのものと見分けたのは、伝えられている限り、彼女が『レヴュー』の編集をしていた頃から知り合い、以後彼女の「独特で比類のないやさしさと賢さ」(19)を敬愛し続けていた画家、バーバラ・ボディション一人だけだったようだから、まことに「理解と〈sympathy〉」のみが真実に結びつくものではある。

このバーバラ・ボディションの慧眼も物語るとおり、メアリ・アンの心の深い同情に満ちた理解力は、少なくとも成人後の彼女の属性であって、〈sympathy〉の拡大を小説の使命と考えたのは、彼女にとってごく自然な心の動きだった。しかし右に引用した文章に示された確信に至るまでには、イルフラクームでの生活も、ラスキンやリールの著書も、彼女はみな必要としたのである。

ここで話は、『エチカ』訳了の日セァラ・ヘンネルに宛てた手紙の中の第二の注目点として筆者があげた、アリソンの『ヨーロッパ史』批判に戻らなければならない。ルイスは、出版当初大きな反響を呼び、直ちにドイツ語にも訳され、現在でもエヴリマン双書に収録されている『ゲーテ伝』の著者である。ドイツに住み、その伝記の執筆を手伝う過程でドイツ文学についての理解を深めていたメアリ・アンも、『ウェストミンスター・レヴュー』の一月号に、巻頭の三十三ページを飾る長大なハイネ論を発表したばかりであった。アーノルドのハイネ論が書かれるのはそれよりも七年も後のことで、彼が有名な「ハイネの墓」で「あらゆる才能に恵まれたが愛だけは得られなかった」(20)天才詩人を二百三十行余りを費やしてうたい上げ、ハイネの名を英国で一躍有名にしたのは、さらにそれから四年後、一八六七年のことである。つまり、ルイスとメアリ・アンは当時ドイツ文学に関しては卓越して先駆的存在だったわけで、その頃ヨーロッパ史を何年もかけて何冊も書き続けていた著名な史家だったであろうアリソンも、彼らの鋭い批判をまぬがれなかったのは、別に特筆に値しない。

筆者が注目するのは、それを語るメアリ・アンの義憤にかられた口調であり、その本を買う人びとの立場に考えが及んでいる点である。彼女はこの本が、人びとに無駄なお金を使わせ、彼らを愚かにすることを憤っているのだ。そこには、おそらく『近代画家論』に刺激されたのであろう使命感が、彼女の中で燃え上がり始めている口吻がある。自分に分かっていることを人びとに分からせたい、と。誤りを放置しておいてはならない、と。そしてそれは決してドイツ文学に関して、ではないだろう。『レヴュー』の書評のためにたくさんの文学作品を読んで来た彼女は、時には厳しい批判家ではあったが、見るべきものを紹介するのが主眼の仕事だったから、憤慨することを使命とするわけにもいかなかった。また、自分ならこうする、と思える確固たる自信もなかった。それが『近代画家論』の中に、これだと、はたと両手を打ち合わせるようなものを発見したと思った時、彼女は自分の優越性に自信のある分野のアリソンのドイツ文学の説明に、いわば断乎として義憤を覚えたのである。それは誤った認識、ないしそれに基づいた言動に対する怒りであり、それに支配される弱者に対する同情である。そしてその時、彼女が自分が小説を書く場合の使命として脳裏に描いたのは〈sympathy〉という言葉だったに違いない。

〈sympathy〉という概念は単語としては日本語に訳しにくいので英語のまま使わざるを得ないが、それは相手と同じ心で感じるということである。そしてそれはもちろん、愛がなければできることではない。メアリ・アンはその〈sympathy〉を人間にとって必要不可欠で至上のものとする理念を、小説の使命とこそ結びつけてはいなかったが、前年の十月に発表した「福音主義の教え――カミング博士」と題した激烈な福音主義批判の中で、すでに自分のものとして打ち出していた。その論文の、論を進める手法については前にも触れたが、ひとことで言うなら、それは人間を決して幸福にしない種類の宗教に対する義憤に満ちた断罪の書である。カミング博士というのは、一八三二年から一八七九年まで長い期間にわたって在職していた、コヴェントト・ガーデンにあるスコットランド教会の牧師で、当時その説教が人気を博し、教会の建物を千人収容できるように改造し、座席料で千五百ポンドの年収をあげていたという。著書も次々と発表し始めていた人物だが、メアリ・アンは、心ある人びとには眉をひそめられながらも広く熱読されていた彼の著書八冊を文頭に掲げて、激しい勢いで攻撃を開始する。

平均より高くはない道徳基準と、いくらかの美辞麗句と、大いに滑らかな弁舌を与えられた適度な知力の持ち主が、生まれや財産の助けを借りずに、英国の社会の中で最も容易に権力や名声に到達できる職業は何か……頑固な偏狭さが神聖なる情熱、人当たりのよいエゴイズムが神によって与えられた敬虔さとして受け容れられる楽園はどこか。そのような男は福音主義の説教師になればよい。そうすれば彼は小さな能力を大きな野心と和合させることが可能だということを発見するだろうし、また……彼はキリストについてよりもキリストに背く者について多く語るがよい。……そのようにして彼の教会へ通じる道はオペラ劇場への道路と同様に混み合うであろう……[21]

凡庸で自己中心的な男は説教師になれ、として、次から次へと暗にカミングの偽善性と独善性を暴きながら振るうこの熱弁は、広い『レヴュー』の紙面を二ページ以上びっしりと埋めつくし、彼女はそれからおもむろにカミングの名をあげて具体的な本論に入っていくのだが、彼女の主旨はこの二ページでほとんど言い尽くされている。キリストを説かずにカソリック教徒や無信仰の人を説き、罪の本質を説かずに罪人を説き、救いを説かずに永遠の罰を説き、仲間うちだけの愛を説いて、本当に愛を必要としている人は排除する、このカミングの「本当の慈愛の欠如」[22]した教えの本質を本論でテキストの分析をしながら暴き出したあと、彼女が真の宗教に与える定義は以下のとおりである。

神の概念はその与える影響の点で真に道徳的なものである。それは人間の中の最善で最も愛すべきものを真にはぐくむ。しかしそれは神が人間の感情の純粋な成分に共感するものとして考えられた場合のみだ……我々が仲間の人間のために感じたり耐えたりするいっさいのことに共感を示すだけでなく、我々のあまりに弱い愛に新しい生命を吹き込み、我々の揺らぎがちな目的を力強く支える神の概念は、人間的共感から生じた諸効果を拡大し増大したものなのである……(23)

筆者がこのカミング論を重視するのは、ここにジョージ・エリオットの、読者のよく知る宗教観が言葉にして明示されているからではない。攻撃的口調も含めて(もっともそれは『レヴュー』の一般的なスタイルで、特にメアリ・アンは執筆者が女性であることを悟られないために意識的に強い調子を取ったのだろうが)(24)、この論文には当時の彼女の思いのたけが込められているからである。彼女が学校時代自らが熱心に信じた福音主義を力を込めて断罪するのは、彼女がやがて宗教が道徳と必ずしも一致しない現実を認識して教会へ行くのを拒否した時、宗教、あるいは宗教を奉じ有徳と称する人びとが、彼女の心に対していかに暴力的であり得たかを忘れないからである。その時彼女は結局、ただ彼女を非難してひたすら硬化するばかりだった父親に折れて、教会へ出席することにし、その後病い勝ちの父親を最期まで献身的に世話をすることで、自分の無信仰宣言が不道徳への堕落ではなかったことを、父親に対しても自分自身に対してすらも証明しなければならなかった。しかし遺産分配の内容を見ると、父親はその娘の心の足掻きを特にいたわろうとはしなかったようだ。メアリ・アンは、二人の姉たちがそれぞれ結婚時や遺産分けの時に分割して贈られた合計二千ポンドと同額を、兄の管理下の年金の形で贈られたが、彼女が何年間にもわたって夜ごとに父に朗読して聴かせたスコットの全集は、何故か一人の姉の手に渡ったのである。

その全体の経緯を通して彼女が心に受けた傷は、彼女の小説の真摯な情熱を持った女主人公たちの行動様式をどうしてもパターン化してしまうほどに深かった。カミング論の中でメアリ・アンが完全に無神論の立場から、神の概念が真に道徳的であり得るのは、その神が人間の純粋な感情に共感するものとして考えられた場合のみだ、と主張する時、それは、「エイモス・バートン」の中で熱心だが穏やかに響き渡る、凡庸な才能で凡庸に運命に弄ばれながら、凡庸に、しかし生まじめに生きる人びとに対する〈sympathy〉の推賞の声とは性質を異にするものであった。善と愛との仮面をかぶり、独善的な理論や体裁を飾ったエゴイズムを武器に、人間の純良で崇高な感情に共感を示さず、まして、それをはぐくむどころか、特にそれを痛めつけるすべての人間に対する否認の性質が強いのである。そしてその否認の性質は、寛容と心広い人間愛と裏腹になって、あくまでモラルを追求する小説家ジョージ・エリオットの特質となるのだ。彼女が『ロモラ』について「書き始めた時は若かったが、書き終えた時は年老いていた」[25]と述懐したというのは有名な話だが、それはその作品で慣れないルネサンス期のフローレンスを舞台にとって、古文書等の調査に精力を使い果したしたからだけではない。彼女はその作品で初めて、女主人公に対して妥協を乗り越えさせ、初めてこのカミング論の主旨を明確に貫いて、もちろんそのどちらの人物にも読者の共感を誘う彼女特有の手法によってではあったが、厳しく排他的で人間を救済しえない宗教家と、滑らかなやさ男のエゴイストを典型的な形で描き、徹底的に断罪したからである。前者サヴォナローラに火刑を、後者ティートに二重結婚と二重スパイの罪を犯させ、あげくに義理の関係とは言え父親に殺されるという末期を与えたのは、この時期のフローレンスを舞台に設定してはじめて、非現実的にならずにできることであった。「第十三部完了。すごく興奮してティートを殺した」[26]という一八六三年五月十六日の日記の短い文章は、身を削るような集中力を感じさせはしないだろうか。だからこそ彼女は、挫折したり、体調不良に苦しんだり、自分の作品に絶望したり、「自分自身の本が私を鞭打つのです」[27]など、後日になっても他の作品の場合には見られないような激しい苦痛を表明したりしながらも、自分の作品の中で『ロモラ』ほど「私の最上の血をもって書かれたと心の底から誓える本は他にありません」[28]と述懐するのである。

6 〈sympathy〉——その二

ところがメアリ・アンは、「ドイツ人の生活の自然史」で自分が小説を書く場合を想定し、改めて自分の使命は何かと考えた時、このカミング論で表明した主張を文学の世界に置き換えさえすればよい、というわけにはいかなかった。〈sympathy〉は当然そこに行き着くにしても、まず第一に、それを主張するに当たって自分が爆発させた怒りは、かりそめにも人びとのために役立つ小説を書きたいと真剣に考えた時、あまりにも個人的過ぎて、使命感とは発想からして結びつけることが出来なかったのである。半年前のその怒りはもっぱらカミング博士に向けられているが、愛する家族に受け容れられなかった悲しみは、その時点でも何ら解決していなかった。ルイスとの「結婚」以後、世間の目が厳しかった中で、彼女はまだ故郷の兄や姉たちにその事実を知らせていない。知らせる手紙を書くのはルイスも『ゲーテ伝』の著者として尊敬を得、自分も、まだ厳重に匿名を守ってはいたが「エイモス・バートン」で成功し、ようやく勇気を得たほぼ一年後、一八五七年五月二十六日のことである。そしてそこでも、兄から弁護士を通じて絶縁状を受け取り、自分の認識がいかに甘かったかを思い知らされることになる。そのようになまなましい心の傷に直結するような否認の叫び声をあげること、時として暴れ出そうとする自己主張をそのまま解き放つことは、自分の誠意と真心が相手の都合のよい言い分にあっさり反故にされたり、真剣に心に照らし合わせて考えた結果どうしても正しいと思えないことをただそのとおりに口にしただけで、大切に想う相手の手厳しい拒絶に出会ったりして、そのつどわが身がいちばん苦しむ結果を招致した経験から、日常的には自己否定的な禁欲主義をすっかり身につけていた彼女にとって、むしろわが身をわざわざ改めて傷つけるために誤ちを繰り返すことに他ならなかったのである。

それともうひとつ、彼女にはひとつの大きな発想の転換があった。ラスキンが「すべてのことを忠実に写し出す習慣によってのみ、我々は何が美しく、何が美しくないかを本当に知ることができる」と言った時、メアリ・アンは大きな力を得た思いで、いずれ直にジョージ・エリオットの筆がそれをすることになるように、美しい人物と同時に美しくない人物をも正確に描写することによって、その対比をはっきりと浮彫りにすることを心に描いたに違いない。しかしそれに続く、「最も醜いものも、いくばくかの美の要素を含んでいるものだ……画家が自然をあるがままの姿で受け容れれば受け容れるほど、はじめは軽蔑していた対象にも予期しなかった美を見出すものなのだ」という言葉は、ラスキンがおそらくそれまで彼女がじゅうぶん知らなかった絵画の見方、評価の仕方をこと細かに語って彼女の絵画への本当の開眼を誘った時、ひとつの説得力のある道徳訓話の色彩を帯びて、彼女の謙虚な反省を誘った。常に人を愛し理解していたつもりの自分も、実は何も知らなかったのではないか、自分もまた人をあるがままに受け容れていなかったのではないか、そしてそれ故に自分とは違う類の人の中に愛すべきものを見出す努力に欠ける所があったのではなかったか、という反省は、彼女がイルフラクームで新しい目で自然を見直し、海の小動物を観察し、そこにも生死を賭けた生活が営まれているさまを発見していく中で、彼女の〈sympathy〉論から、誤った認識で人を不幸にする権力を帯びた存在に対する抗議の色彩を消し去り、「ありのままの姿」の中にどんなにささやかでも愛すべきものを見出す方向へ、彼女の意識を集中させていったのである。

後日我々が見ることになる、リアリズムを徹底させることによって「人間の本性は愛すべきものなのだ」(29)ということを感じさせるジョージ・エリオットの卓越した手法は、その出発点において、多くの面でラスキンの『近代画家論』に負う所が大きかったのである。それは「エイモス・バートン」に続き、『アダム・ビード』の第十七章で、再度二年ほど前の興奮を思い出したかのように、大々的に繰り広げられる〈sympathy〉讃歌からもはっきり言うことができる。その中では実際に絵を論じているだけでなく、全体が文学よりも絵画を語る口調になっている。「筆はグリフィン（鷲の頭と翼を持ちライオンの体を持つ怪獣）を描く時、素晴らしく軽快に動くのが分かる……しかし我々が天才だと感違いしているその筆の軽快さは、本当の誇張のないライオンを描こうとする時我々を見捨てるのだ」(30)と著者が語る時、我々は二枚の絵を添えたラスキンのグリフィン論(31)を思い浮かべずにはいられない。そして何よりもこの物語の筋をぷっつりと中断するこの第十七章が書かれたのは、一八五八年四月、ルイスと共にミュンヘンを訪れ、そこで十七世紀のオランダやフランドルの画家たち、特にルーベンスに親しんだ直後だったのである。

話を初めに戻して、ラスキンの美を愛と読み変えたのはメアリ・アンの天性である。が、ありのままの姿で受け容れてこそ、という点が彼女がラスキンから得たひとつの啓示だったのであって、それが彼女の資質と合致して、彼女の使命感を湧き立たせたのだった。何故なら彼女の鋭い観察力は、人びとの中の「粗野な無気力に落ち込んで」いる姿や「他人を信用せず身勝手さそのまま」の姿を決して見逃さないし、それに目をつぶり勝手にありもしない美質を相手に押しつけて相手を愛しているつもりになる道義的身勝手さも、彼女は持ち合わせていなかったからだ。そしてまた、既成の小説の中に、彼女の考える本当のリアリズムが達成されている作品を見出せなかったからである。彼女が『レヴュー』の七月号で、書評では『近代画家論』第四巻に大きなスペースを割き、長い批評文ではリールの社会科学書を取り上げたのはすでに書いたが、そのいずれの文でも、彼女は新刊の小説を取り上げて、あるべからざる小説の現状を嘆いている。特にリール論では、「一時的な流行、しゃれ男や公爵夫人たちの作法や会話などについて誤った概念を抱いていても、それは大して深刻ではない。しかしより大きな重荷を背負わされている、我々の仲間の人間の生活の中の、恒常的に繰り返される喜びやあがき、苦しい労働や悲劇や気分などに対する我々の共感がねじ曲げられて、真実のではなく、誤った対象に向けられてしまうとしたら、それは深刻な問題なのだ」(32)と述べて自分の力点を置く所を明確にした後、筆の矛先を大胆にも、時の文壇の寵児、ディケンズに向けていることは特筆に価する。書名こそ出してはいないが、当時雑誌に連載中だった『リトル・ドリット』の登場人物の名を挙げて、その著者がひとたび人物の内面の描写になると一気に非現実に陥ってしまうことを批判し、それを事実だけを克明に述べているリールのいわば硬質なリアリズムの共感に満ちた紹介の序曲にしているのだ。その点でもこのリール論は、やがてイギリス小説史上の時代を画する『アダム・ビード』の誕生を予告するものに他ならなかった。

次に、リールの著書そのものが果たした役割についても、ひとこと述べておかなければならない。あるがままの庶民の生活はメアリ・アンが、自分はよく知っている、庶民とはディケンズが「知っている」として描くようなものでは決してない、と確信を持てるものであった。彼女は田舎育ちで当然農村社会は知っており、それがいっさいの基礎となっているのはもちろんだが、それに加えて自分の置かれた環境よりも下層にいる人びととの接触も多かった。まず幼い頃は、父親に連れられて、父親がその領地を管理するニューディゲート卿のアーベリー館に出入りしたが、父親が仕事中そこの召使い部屋に預けられて時間を過ごすことが多かった。それが「ギルフィル氏の恋物語」や『フェリックス・ホルト』の召使い部屋のロマンを描き出すのに役立っているのはもちろんだろうし、また、母親の死を契機に学校を止めてグリッフにある家に戻り、父親のために一家の主婦代わりを勤めるようになって以来、その後コヴェントリー在住中も、続けて熱心な慈善奉仕活動をしていた。その形態は「ジャネットの悔悛」のジャネットのそれがいちばんよく説明していると思うが、近くに炭鉱もひかえて最も粗野でかつ助けを必要とした労働者にこと欠かない土地で、せっせと病人や問題のある家庭を訪問していたのだ。そのような体験がジョージ・エリオットの作品の諸場面を埋める、さまざまな職種のリアルなわき役たちを産み出したのは論をまたないが、観察力が鋭く批判精神も旺盛な娘であったメアリ・アンが、たとえば粗野な農夫でなくとも、そもそもエイモス・バートンのモデルになった牧師に対しても、作品中におけるような、アイロニカルではあっても慈愛のこもったほほ笑みを向けていたかとなると、それはもちろん疑問で、そうなるには、時間の助けと共に、最後にそれを熟成させるためにはラスキンの訓話の助けを待たなければならなかったわけである。それと同様に、よく知っていた、と言っても、個人的知識の量はきわめて限られたもので、それを日常行動的なことに関しては充分と言えるほどまでにしっかりと補強したのがリールだったのである。リールの著書はもちろん、イギリスではなくドイツの農民の歴史や彼らの市民社会における行動様式を扱ったものであるが、その具体例に富み、それゆえに説得力のある記述は、メアリ・アンに彼女の記憶にぼんやりとでも残っていることをすべて想像力の中で再体験させ、それを明確に掌握し活性化させるだけの力を持っていた。筆者には時に、『アダム・ビード』のヘイスロープの村人たちや、『フェリックス・ホルト』の暴動に加わる炭鉱労働者や農民などの姿や行動様式が、メアリ・アンがリール論の中で詳しく説明する内容と重なって見えるが、それほどに、リールの著書は、ジョージ・エリオットの作品の中の農民や農村出身の労働者たちの生活像の形成に力を貸したと言えるのである。彼女が正確さを旨とする自らの主義に忠実に、自分の小説に扱う事柄を克明に調査したことはよく知られているが、イルフラクームでリールの著書をそこに述べている事実に熱中しながら読む中で、彼女の想像力が活発に働き、自分が庶民のことを本当に知っている、ほら、このとおり知っている、と実感できた時、はじめて彼女の「小説とはどのようなものであるべきかということについてのぼんやりとした考え」の遍歴は、〈realism〉と〈sympathy〉という切り離し難くより合わされたふたつの言葉を根底に据えた、はっきりとした考えにたどり着いて、その長い道程の完了を見た。少なくとも、決して真摯でも善良でもない本当の「庶民」「職人」「農夫」に彼女の〈sympathy〉を集中させ、世の人びとにもその対象になる「庶民」らの本当の姿を示し、共感の拡大を訴える、という目的意識は、小説を書くことが、より心にかない、より有意義な義務の姿を帯びて彼女の心を占領するのに充分なものであった。

　ラスキンがそれまで彼が十年間も筆を休めていた『近代画家論』の続篇を一八五六年になって二冊続けて発表したのは、時代の趨勢だったのだろうか。一八五一年と五三年に出たリールの二冊の本を、五六年になってたまたまメアリ・アンが繙くことになったのはいかなる経緯によるものだろうか。いずれにしても、ラスキンも、リールも、ルイスの海棲動物研究に傾けた情熱も、『エチカ』の翻訳に七十五ポンドを支払う気を失ってしまった出版業者のボーンまでも、すべてがメアリ・アンに小説の筆を執らせるようにめぐり合わせたのである。

7　理論の実現

スコットが我々をラッキー・マックルバックの小屋へ案内する時……あるいはワーズワースが「哀れなスーザン」の夢想を歌って聞かせてくれる時、それは上層の人びとと下層の人びととを結びつけるのに、何百もの説教や哲学論文よりもはるかに効果がある。(33)

メアリ・アンがルイスと共に生活をすることを決心した時、彼女が『ウェストミンスター・レヴュー』の編集の仕事を惜しげもなくあっさりと捨てるのを我々は見て来た。そして今後、小説を書き始め、その成功のめどが立つと、哲学書の翻訳のみならず、評論の筆もぷっつりと断つのを見ることになる。それは、それらの仕事が決して彼女の本性がいちばん求め、いちばん意義があると信じていたものではなかったからである。『ミドルマーチ』のドロシーアは、好きな乗馬を断ち、内心では魅せられる宝石を身につけることも拒否して、性急にカソーボンの深遠なる学問の完成のために身を捧げることを選び、大失敗する。「お姉様は断つことがお好きなのですわ」(34)とあっさり言ってのける実際的なセンスを持つ妹シーリアを配して、このドロシーア像は若き日のメアリ・アンの性癖をユーモラスに戯画化することに成功しているが、メアリ・アンは自己否定の中で努力するのが好きだったのである。しかし、より自分の心の求めることと合致し、より意義があると思えるものを見出し、それに確信を持ったら、彼女の決断は早いし、動くことはない。

彼女の当面の絶対的義務、後に小説家ジョージ・エリオットの出発点を探る貴重な資料になるこの『レヴュー』の七月号のための原稿が完了し発送されると、ルイスとメアリ・アンはイルフラクームの寒い風から逃れて、六月二十六日、テンビーへ移った。テンビーはメアリ・アンにとって、コヴェントリー時代、ブレイ一家に連れられて楽しい十日間を過ごしたことのある想い出の土地である。着いてすぐ、六月二十九日、彼女がその時の仲間だったセァラ・ヘンネルに書いた手紙は、ルイスとの「結婚」以来自分の過去の人びととの関係を振り返りたがらなかった（何故ならほとんどの人が彼女を非難したから。チャールズ・ブレイやセァラは寛大だったが、彼らもルイスは好かなかった）彼女が、ようやく素直に来し方の思い出にひたる心と時間のゆとりを持ったことを示している。

なつかしいヘンネルさん(35)のおっしゃった冗談を全部思い出します、特にブレイさんが自分のタートの上に、クリームの代わりにビールをかけてしまいそうになった時の、素晴らしいのを……昨日市場へ行きましたが、ブレイさんのことが大のお気に入りだったあの魚屋の小母さんはもうおりませんでした。(36)

『レヴュー』の原稿さえ「頭を半分しか使わない」で書いていた彼女は、それから解放され、その時をいつも待ち受けていた翻訳の仕事からも永久に解放された今、いわば充実した放心状態にいるかのようだ。心が何故か自由になり、拡がっていく。心から遮断して来た以前の楽しい思い出も、今は遮断する必要もない。『レヴュー』の十月号の原稿のことは考えないわけではない。貴重な収入源なのだから。彼女は七月五日の手紙でチャップマンに中断していたヤング論をまだ気があるなら完成する、と申し入れている。週刊新聞用に短い書評も書いている。しかし何となくうわの空なのだ。テンビーへ移ると間を置かず、ルイスは小説をすぐにも書き始めるようにと勧めるが、それも引き延ばしている。バーバラ・スミス（後に結婚して前出ボディション姓となる）が、スケッチをするために訪れて来て、七月十二日から十六日まで滞在する。バーバラは最近、むかしの彼女と同じくチャップマンとの恋に苦しんだのだったが、三年間会わなかった間に彼女の顔がふけて悲しげになったのに、メアリ・アンは深く心をゆさぶられる。〈sympathy〉が掻き立てられる。おそらくそのバーバラが去った直後だろうか、「ある朝、ベッドに横になって、自分の小説の主題は何にしたらよいか考えているとうつらうつらして来て、自分が〈エイモス・バートン師の哀しい運命〉という物語を書いている姿が目に浮かんだ。すぐにまたぱっと目が覚めて、ジョージにそれを話した」(37)といっている。

それは本当に突如の着想だったと思われる。リール論で、本当の姿はこれだ、と具体的に力を入れて例証した農民の世界とは、今ひとつ別の世界だ。それよりもはるかに、彼女自身の生活体験にも、心の体験にも密着した世界である。その中でもいちばん大きなひらめきは、問題の〈sympathy〉を、彼女がいちばん向けにくい所――宗教に向けたということだ。彼女はカミング論で爆発させた怒りを〈sympathy〉に変えて表現し直そうとしたのである。それこそまさに使命と呼ぶにふさわしい崇高な目的ではないか! そして小説を書く意思がはじめて表明されている七月二十日の日記には、こうある――

ここ二週間は……目に見える仕事は何もしてない。だけどいろいろな考えや体力を吸収した。実際、心も体も、今ほどたくましく感じた時は思い出せない。(38)

メアリ・アンはとうとう忍耐と勤勉の行《ぎょう》から解き放たれたのだ。もちろん意欲と責任をいっそう感じるから、今まで以上の勤勉さで新しい仕事に立ち向かうのではあるが。

日記は続けて、小説を書き始めたいと思っているからやっかいな論文は書きたくない、がヤング論だけは何としても仕上げよう、と決意を述べている。しかし同日付のチャップマン宛の手紙では、『レヴュー』の十月号用に、「愚かな女流作家の小説」についての論文を、「いささかの健全な真理といささかの娯楽」(39)になるだろうとして提案している。ヤング論のほかにも、時間がかかり過ぎるテーマばかりが頭にあって、今期はあまり時間を使えないので、と言い訳しながら。ヤング論を完了させる義務を感じながら、それをまた、回避したのだ。小説が売れる保障がない以上、彼女は『レヴュー』の仕事を止めるわけにはいかないわけで、当分の間小説書きは、翻訳と同様、ゆとりのできた時間を盗む身分に甘んじなくてはならない。しかし彼女は何とかゆとりを作るほうを早々と優先している。

その七月はメアリ・アンにとって幸せな月であった。「目に見える仕事」は何もせず、テンビーの良好な気候にも恵まれて、そして何よりも本来好きではないことへの絶対的忠誠心から解き放たれて、心にも体にも力が溢れている。しかも心が素直だ。七月二十二日終了の日付を持つ「イルフラクームの回想」は、その彼女の心理をよく表わしている。彼女にとって貴重な体験となるイルフラクーム滞在を、その出立の時からテンビーへ移るまで、目に映ることを淡々と、しかし細やかに書き綴ったその文章は、従順な画学生がラスキンの教えに従って、風景画家になるためのデッサンをしているかのようだ。彼女がその間何を読み、何を書き、何を考えていたかはほとんど一言も触れていないが、

私はイルフラクームの小路を描写しないで語って来た。というのも、描写するためには、それらの小路の土手に群生する可愛らしい花の名を全部知らなくてはならないからである……私は、このイルフラクームの滞在期間中ほど、ものの名を知りたいと思ったことはない。この願望は曖昧な不正確さから逃れて、白日のごとく明瞭で生き生きとした概念に到達したいという方向に、心が日ごとにぐんぐん傾いていることのひとつの結果である。単にものに名を与えるだけでも、私たちがそのものについて抱いている概念に明瞭さを賦与するものだ……(40)

この結び近くの文章を待つまでもなく、メアリ・アンは、〈リアリズム〉の実習をして自分の文体を探っているのだ。(彼女のリアリズムは決して淡い水彩の風景画家のそれではなく、人間と人間の生活を知っている者のそれになるのであるが。)「エイモス・バートン」の着想のあとも、彼女は先を急がない。ひとつひとつ、あらゆることをゆっくりと確かめているうちに彼女の小説家としての出発を約束した海辺での生活は終わる。チャールズ・ブレイから寄せられたリール論への賛辞がその最後を締めくくった。

八月の声を聞く頃、ルイスの研究も終わり、九日リッチモンドに帰り着くと、生活はたちまち従前どおりの厳しさを取り戻す。ルイスの上の二人の子供たちをスイスに留学させる計画は実行に移され、まだまだいくらでもお金を稼ぐ必要のあるメアリ・アンは、決然として絶対的義務に立ち戻らなければならない。十月号の『レヴュー』には、恒例の書評欄は文学のほかに歴史も引き受ける。長い論文はメアリ・アンの提案が受け入れられて、それが「女流作家による愚かな小説」になる。新刊の五冊の「愚かな小説」を取り上げ、厳しく、しかしユーモラスにその愚かさを暴き出し、「真に教養のある女性は、その心が知識に吸収されてしまっているのではなく、知識を吸収しているものなのだ」[41]と諭すその文は、たしかに「健全な真理」をたっぷりと含んでいる。そのせいか、ジョージ・エリオットの小説についての考え方を示すものとして、この論文から愚かでない考えがしばしば引用されるようだが、筆者はこの論文の中には、本来じゅうぶんの見識があり、以前から長いこと書評を書いて来た『ウェストミンスター・レヴュー』の評論家である彼女に当然期待できる内容以上のものは、ほんとど見出せない。一点重要だと思えるのは、「(真に教養のある女性は)情報ではなく……共感を与えるものなのだ」[42]という一見重視したくなるがこの論文の中では特に何の敷衍もない文章ではなく、福音主義の女流作家を皮肉まじりのゆとりのある口調ではあるがカミング論におけるのと同じ論旨で批判して、「主題をいわれなく貴族の称号や自家用四輪馬車の中に求めることは、福音主義を信奉する小説家においては、他のいかなる人の場合よりも許容し難い。福音主義の本当のドラマ……は、中、下層階級の人びとの間にある。それに福音主義の思想は、強い人たちにではなく、地上の弱い者たちに特別の関心を注ぐはずのものなのではないのか？」(43)と述べている点である。ここで詳しく論じているいとまはないが、メアリ・アンはやはり福音主義にはこだわり続けるのであり、「エイモス・バートン」で福音主義かぶれの牧師にその妻ミリーを通して読者の同情心をそそり、「ジャネットの悔悛」でトライアンという福音主義の理想的牧師像を創り出したのは、一見以上に意味のあることである。が全体的には、この論文はむしろ力を入れて批判するまでもない作品を、手ごろなものとして取り上げた印象が強く、たしかに半分娯楽向きなのだ。二巻、三巻にわたる「愚かな小説」が次から次へと出版されていたようだから、それを下火にさせるジャーナリスティックな意味はあったかも知れないのだが、メアリ・アンは頭で書いているだけで、心はそこにない。それは無理もなかった。彼女の心の中の「小説はいかにあるべきか」をめぐってのドラマは、七月号の二つの文の完成で幕を閉じたのだから。そして今は、何とか早く義務を片づけて、自分自身の小説に取りかかろうとしているのだから。

「女流作家による愚かな小説」の擱筆が九月十二日。書評の結了が十九日。待ちかねたように、ついに「エイモス・バートン」の筆を執ったのが二十三日。じゅうぶんの充電期間を持った彼女はその処女作で、リール論で唱えた芸術論を見事なまでに完璧に実現した。彼女はそこで、本人は真面目に努力しているつもりなのに村人にはさっぱり愛されない主人公、教区牧師のエイモスを、その欠点もろとも、読者が自分で彼の実態を知っていてよく分かっていると感じるほどに、あくまでリアルに描写し、しかも読み終わった読者の心には、決して彼に対する軽蔑ではなく、人間は突きつめれば結局、エイモスのように、他からは滑稽に見えるような各人それぞれの限界の中でせっせと生きているのだ、人間とはいつくしむべきものだ、という感動を残す、という有機的につながった二重の目的を見事に達成している。メアリ・アンがリール論で引き合いに出して批判したのは、決して「愚かな女流作家」などではなく、ディケンズであった。彼女は、「庶民」を、ディケンズ、あるいは彼を信用する社会的ないし教養面で上層の人たちが、自分たちの都合次第で勝手に押しつけて同情したり見下したりする姿から解放し、いわば彼らに代わって、「これが本当の自分だ！」と主張することを、自らの使命としたのであり、そこに心血を注ぎ、それに成功したのである。

十一月五日に原稿が完成すると、ルイスは翌日早速、ある友人に託されたものだが、と手紙を添えて、その作品をジョン・ブラックウッドに送る。じゅうぶん好意的だが、できれば続きを見たい[44]というブラックウッドの十一月十二日付の返信は、メアリ・アンを大いに落胆させた。「（私の友人は）活字になることよりも優れた作品を書くことのほうを主眼にしているのです」[45]とルイスは強調するが、メアリ・アンは売れて欲しいのだ。さもなくば、今後も、自らがそれだけ意義を感じる創作に専心する時間が作れないのだから。が、また、ブラックウッドの「もしかしたら著者は、人物を物語の中での行動で自ら発展させるよりも、描写で彼らの性格を説明しようとし過ぎる誤りに陥っているかもしれません」[46]（傍点筆者）という批判が、「しかし描写はよく、ユーモラスです」とすぐに続いているにもかかわらず、彼女の自信をゆるがせたことはじゅうぶん想像できる。だからこそ、再度の迅速な手紙の往復でブラックウッドが、十一月十八日、「エイモス・バートンを再読はしていませんが、物語の中の全人物、出来事、感情についての私の心に残っている印象は非常に明瞭です、それは（よい作品だという）とても有力な証です」[47]（傍点筆者）と述べて、次作を待たずに『ブラックウッド誌』に連載する約束を申し出て来た時には、彼女の勇気と使命感は百倍にもふくれあがったのである。

人生は私にとって、去年の十一月よりも二倍も価値があるように思えます。[48]

これは十一月二十二日と二十三日（セァラ）のお互いの誕生日にこと寄せて自分の写真を送って来てくれたセアラ・ヘンネルへの感謝の手紙だが、彼女自身もルイスも忘れていたというメアリ・アンの三十七歳の誕生日は、ちょうど生まれようとしているジョージ・エリオットの生涯を通じてのよき協力者となるジョン・ブラックウッドの手によって、盛大な前祝いが行なわれていたのである。

8 結び――勇気と責任感

「エイモス・バートン」は売れた。しかも印象が明瞭だ、という技術面で最も心がけた点を的確に評価されて。それなら今後いくらでも書ける。書きたいことはまだいくらでもある。原稿料次第では、もう『ウェストミンスター・レヴュー』の仕事は止めて、小説の筆一本に絞れるかもしれない。もちろん小説が売れる保障はなかったから、一月号の分は引き受けてある。しかしそれも、もしかしたら最後になるかもしれないと思えば、やりとげる意欲も湧く。次作に関しては、ブラックウッドは、またその時見た上で、と慎重だったが、もっとよいものを書ける自信がある。一、二月の連載が切れないうちに、何とか次の作品を半分でも仕上げて、シリーズとして連載を続けたい――十一月十八日付の、ブラックウッドの受け容れを知らせる手紙を手にしたあと、メアリ・アンの心は、躍り上がるような歓喜の中で忙しく働く。その時誕生日を記念して送られて来たセァラの写真を、彼女はちゃんと見たのかどうか。ごく短い返信は、言葉こそ相手の友情に対する感謝で一杯だが、自分の喜びだけをそそくさと書きなぐっただけのものではなかったか。興奮が一応鎮まってふと反省の念に襲われた彼女は、二日後、しかしまだ心の高揚がしのばれる、美しい痛切な響きをもった追伸を書く――

お写真を頂いてから何回も何回もそれを眺めています……今、一緒に暮らした日々のことや私たちの会話のことを想い出すと、あなたの考えや悲しみを受け容れるには、自分は何と貧しく狭量な器を差しのべたことだろう、もしもう少し度量が広く敬虔な心を持っていさえしたら、あなたを助けて上げられたかもしれないのに、何としばしばあなたを傷つけたことだろう、と思います……私は過去の誤ちを償うことはできないでしょう。私たちが償えるのはあまりにも僅かですね。私たちは一人の友人に対して、よりましな振舞いをする助けになります。けれどもその教訓を与えてくれた人に対して償えることはめったにありませんね。(49)

この時期のセァラ宛ての手紙は、メアリ・アンの揺れ動く心理を反映していて非常に興味深いものがある。十五日付、それはブラックウッドから、別の作品を見てから採否を決めたい、という主旨の第一回の返信が届いた直後であったが、その時はセァラの訊ねて来たことに関する単刀直入のコメントと体の不調を訴えるごく短いもので、次が誕生日の、これまた短いもの。自分の書いた小説の運命に夢中になっていた自分をふと省みて、改めて〈sympathy〉の難しさと大切さに思い至るのがこの二十四日付の手紙である。

彼女たちはむかし、厳しい哲学論争をしたこともあっただろうし、セァラが何か苦しみを打ち明けた時の心の矛盾をメアリ・アンが鋭く突いたこともあったかもしれない。だが七歳も年上の、自由な考え方を持ったセァラが彼女の仕打ちの故に決定的に傷ついたことがあったとも思えないが、それでも彼女は、写真の中から自分に目を向けるセァラの顔を繰り返し見つめながら、そしてむかしの自分、つい最近の自分を振り返りながら、自分が理解しなかったり、批判したり、ないがしろにしたりした相手にも、理解される権利があったことを痛切に思うのである。

この時のメアリ・アンは、エイモスの妻ミリーの死を頂点にして自分が創り出した〈sympathy〉の交響楽的効果に、自分自身陶酔しているように見える。彼女は、まだ気付いていない、自分が「エイモス・バートン」の中で、半ばいたずらっぽい笑みを浮かべながら、おおらかに、しかし愛情を込めて、何をやってもへまなエイモスに対する共感を呼びかけている年配の紳士ではないということを。いや、じゅうぶんそうでありうることを立証したのだが、彼女は決してその枠内におさまり切れないということを。だがこの手紙は、はからずも、「エイモス・バートン」の成功で勇気と使命感を倍加した彼女が、次の作品からでもその枠をはみ出していくことを予告している。
　セアラ・ヘンネルは、メアリ・アンがリール論の中で〈sympathy〉の対象として力説した庶民ではない。彼女に対する「もしもう少し度量が広く敬虔な心を持っていさえしたら」という反省は、また、もしそうだったら、父親の性質を知っている自分としては、教会へ行くことを拒否しないで済んだかもしれない、という痛恨の思いにすぐつながっていく性質のものだし、共感がそこまで拡大されるのであれば、それは結局、自分自身に対するものにまで拡大されていくものなのではないのか？　それは当然なことである。彼女はむしろ、リール論の中で自分の小説理論をうたい上げた時、自分が小説を書く場合の使命を正確に掌握しようとする緊張の中で、以前自分が書いたカミング博士批判の際に心の底から絞り出した〈sympathy〉を提唱する叫びの未熟さを矯める努力に専心し過ぎて、あるいはかりそめにも個人的な色彩を帯びるのを嫌い過ぎて、〈sympathy〉の対象を狭く限定し過ぎたのである。

　繰り返すが、彼女はその理論をそのまま実現した。そして今後もその基本を離れることは決してない。それが彼女の小説に特有の、比類ない厚味と人間味を支えることになる。ただ、彼女の本質は風俗の描写家のそれではなく、自らの人間愛に満ちた哲学と道徳基準を持った長篇小説家のそれである。彼女はやはり、何が美しく何が美しくないかを明確にしたい。そして何が美しいかというならば、それは人間の内面の純良さであり、真摯さであり、高貴さなのである。

　とするならば、エイモスのようにしっかりとした内面性を持たず、分析に値する悪徳すらも持たず、ただ運命に弄ばれるだけの人間が彼女の関心の中心になることは本来ありえない。実際エイモスのような人間は今後二度と主人公にはならず、傍役に退いていく。次作「ギルフィル氏の恋物語」の、説教もへたで、夜はひとり水割のジンを飲んで淋しさを紛らわす、しがない牧師第二号のギルフィル氏は、エイモスと同様、著者によってしきりに彼に対する共感を呼びかけられている人物だが、その実、彼はエイモスとは違って、それに値するだけの高い人格を自らの中にそなえている。また、ほとんどエイモスに対する同情を誘う手段として使われた感のある、美しくはあっても実際に存在している人間らしい個性のない妻ミリーも、優しくも意地悪くもありうる総体としての村人の感情がどのように働くものか、弱くて健気なものの犠牲のある所には必ず同情が集まるものであり、それは皮肉にも本人を犠牲にすることから救うことはできないが、払われた犠牲は残された家族の歩みを助けうる、という、村落という有機的な共同体における一つの現象を、説得力をもって描出するのには立派に役立ったが、その後はもっと現実味のある人物に席を譲って姿を消す。

それに引きかえ、それとして目立たない形ではあるが、第一作でツァーラスキ伯爵夫人の姿を借りて早くも姿を現わしている人当たりのよいエゴイストは、第二作ではワイブロウ大尉となって画面の中央に進出し、また第一作ではかりそめにも作者自身の心の苦悩とかかわりのあるような人物は徹底的に排除されていたのが、次作では哀れなティーナが、本来彼が主役として物語の構図が出来上がっているギルフィル氏を、傍役に押し込めるほどに中心人物になって来ている。作者はそのティーナを、入念に、カソリックの国イタリアのしがない音楽家の遺児で、屋敷の女主人が老齢になった時に「眼鏡の代わりにでもなるように」(50)育てられているという、社会的にも知的にも何重にも弱い存在として設定し、また、彼女をさまざまな愛称で呼んで心の底から可愛がっていたかに見えるクリストファー卿が、自分の跡取りであるワイブロウに寄せる彼女の恋心は問題外として何ひとつ感付いていなかったというのも、彼女を「真実のではなく誤った対象に向けられた」共感、つまり優位に立つ者の勝手な思い込みの犠牲者として提示しているわけで、作者はまだまだ、自分がリール論の中で規定した小説の使命に厳密に忠実であろうとしている。また物語自体も、読者が漠然とそう読みたければ、哀れなティーナは英国国教会の牧師ギルフィルの導きによって倫理に外れた情熱の誤りから救出された、と読めるようにもなっていて、第三作のジャネットに比べれば、一応読者の同情を集めることができた。しかし、苦悩で朦朧としたティーナが短剣を手にしてワイブロウとの約束の場所に出掛ける場面にはブラックウッドからクレームが付いたし、その場面がなくとも、ギルフィル氏のではなく、ティーナの恋物語には、自分の心に負担がかからない楽しい読み物を期待する読者には、肌触りの悪さを感じさせるものがあった。それは、それがただ単に身分違いの恋に無分別にも心を引き裂かれた哀れな娘の物語ではなく、「何故彼は私に彼を愛するようにさせたのか――もし彼がその間ずっと、自分が私のためには何ひとつ大胆に無視することをできないことを知っていたなら、何故彼は自分が私を愛していると私に知らせたのか」(51)と言うティーナの心の中の叫び声を借りた、厳しい道義的問いかけを含んでいたからである。

この作品のメアリ・アン、いや、今やジョージ・エリオットとなった彼女は、短剣を持ち出す場面を夢の中のことにしたら、というブラックウッドの提案を受け容れなかった。彼女には矛盾や弱点のないミリーのような女性で読者の涙をそそる気はもはやなかったからである。

このようにいったん自己の主張を作品の中に明確に盛り込んだ彼女は、その後その点で一歩も後退することはなかった。これ以上のことは別の機会を待って、第一作も含めた『牧師の生活の諸風景』の作品分析に委ねなければならない。一八五六年十一月二十二日『ブラックウッド誌』とセァラ・ヘンネルに祝われた記念すべき三十七歳の誕生日、今後の展開を必然的に予想させる無数のテーマを内包した豊かな土壌とも呼ぶべき、「エイモス・バートン師の哀しい運命」でうぶ声をあげた小説家ジョージ・エリオットは、その後、一作をものするごとに自己を解放し、道義的責任感を増し、自己のテーマと目的を常に反省と熟慮を重ねつつ、真摯に追求していく大小説家への道を歩んでいく。

ジョージ・エリオットの『牧師の生活の諸風景』

長篇小説家への歩み

1　はじめに

ジョージ・エリオットが小説の筆を執るまでに、生活の中の必然の波に運ばれながらも、いかに慎重にあるべき小説の姿を考えたか、そして処女作「エイモス・バートン師の哀しい運命」において、自らが組み立てた小説理論をいかに忠実に実践しようとしたかは、筆者が「小説家ジョージ・エリオットの誕生」(『白山英米文学』13号)で詳しく解明した所である。彼女が自らの小説がそなえるべき絶対的条件としたのは、ひとことで言えば描写の正確さと、〈シンパシー〉とを両輪とする〈リアリズム〉であった。そして彼女は、「エイモス・バートン」において、意図どおり、見事に彼女独自の〈リアリズム〉を確立して見せた。実際この処女作の中で、その後彼女の作品に一貫してたぐいまれな厚みを与える彼女独自の〈リアリズム〉がどれだけしっかりと打ち立てられているかは、むしろ驚くべきほどである。だが、彼女がその作品を『牧師の生活の諸風景』という総タイトルを持つシリーズの第一作としてブラックウッド社へ売り込んだ(もちろんルイスを通してだが)ことからも分かるように、彼女が当初目指したのは〈風景〉の描写であって、決して長篇小説を書くことではなかった。

そして実際、彼女は売り込みどおりのシリーズとして、処女作に続き「ギルフィル氏の恋物語」「ジャネットの悔悛」と、計三つの中篇小説を一八五七年一月から十一月まで『ブラックウッド誌』に発表し続けることになるが、作品の内容を見ると、彼女はそのわずか一年足らずの間に、一作ごとに着実に段階を踏みながら、しかし一気に長篇小説家への道を歩んだことが分かる。第一作がペンギン版で言って七十八ページなのに対し、第二作は百二十八ページ、第三作は百六十八ページと、どんどん長くなっているのは決して偶然ではないし、単に筆が走り始めた、というだけのことでもない。そしてこのシリーズを以上の三作で終わりにして、四番目の〈風景〉として予定していた「私の叔母さんの話」(1)、つまりメソジストの説教師をしていた彼女の叔母が、自分の子供を殺しそれを告白するのを拒否していたある田舎娘に、獄中から死刑の執行の場まで付き添った時のエピソードを、『アダム・ビード』という長篇小説に発展させて完成したのは、その時点の彼女にとってほとんど必然だったと言える。

書きたい主題はあるのですが、それは『牧師の生活』という題の枠内には収まらず、私はキャンバスを拡げて、長篇を書きたいと思っています。(2)

エリオットがジョン・ブラックウッドにこう書き送ったのは一八五七年九月五日だったが、第三作を半分まで書いたその時点で、彼女はすでに、自分が書きたいことを〈風景〉の枠内に収めることに困難を覚えていることをはっきり表明したのであった。

処女作はまさにエイモス・バートン師が主人公で、かつ唯一の主要人物であり、総タイトルにぴたりと当てはまる物語であった。しかし第二作では、牧師のギルフィル氏は作品の構成上かろうじて主人公の地位を保ってはいるが、早くも他に、モデルはあるにはあったが実像とは縁遠いティナとワイブロウという二人の主要人物が登場して来て、その二人の関係が単なる〈風景〉の描写にとどまらぬ主題になって来ており、内容的には「ティナの恋物語」と題した方がふさわしいような趣を示している。そして第三作ともなると、題までが「ジャネットの悔悛」となって、牧師のトライアン氏は題からも名を消し、主人公の地位をはっきりとジャネットに譲り渡してしまっている。それは単に牧師がだんだんと主人公の地位を退いていった、ということではなく、エリオットが、自分が最も身近なものとして描写しうる〈風景〉を回想した時には、「いろいろな牧師がいて、ストーリーにまとめられるようなエピソードもあった」というような形で小説にできると思っていた事柄が、いざ小説として書き始めてみると、そこに牧師の生活よりももっと自分自身にとって切実に追求したい主題を発見し、その追求に力を入れていった、ということである。〈風景〉の描写から主題の追求へ、そしてその結果、より大きな世界の創造へと進んでいったということである。

作品のまとまりという点から見るならば、三つの中篇の歩みは進歩とは必ずしも言えないかもしれない。第二作は構成のバランスが崩れているし、第三作は主題を扱い切っていない。エリオットの長篇小説家としての進展は確実で急速なものであったが、一面では雑誌に連載し始めた以上、原稿料のためにも休止するわけにもいかない所から来る失敗がらみの進展でもあった。第一作の筆を執る前に、自己を抑制し、周密に練り上げた小説の理想像の枠は、第二作以降で早くも決めた本人自身が不充分なものと感じてそこからはみ出さざるを得ないものとなり、結局三つの中篇の連作は、小説家ジョージ・エリオットが、失敗を重ねながらもパワーをぐんぐん増して、自らがとるべき道を探し当てていく過程だったと言える。そしてそうなる必然性は、処女作の中にはっきり内蔵されていたのである。言い換えるなら、処女作の中には彼女独自の鋭い批評眼や価値観が表明されている一方、そのややメロドラマ風の物語の構造自体の中に、自らは自覚しなかったが、エリオットが自分自身で自分の本心を押し殺している所があったということだ。そして当然のことながら、第二作、第三作と順を追うに従って、自己を解放していかざるを得なかったということである。

2　ラスキンの弟子

「私はどのようにして小説を書くにいたったか」という全体的にきわめて控え目な小文の中で、エリオットは何回〈描写〉（description）という言葉を力を込めて繰り返したことだろうか。〈描写〉は彼女が「初めから自信を持っていた」と公言した唯一のものであり、それは処女作から、人間個人やその集団、建物や自然に関して、自信どおりの順調なすべり出しを見せた。しかし、自分が正しいと信じ、その信念に基づいて行動したことが、常に愛する家族に厳しく批判されるだけでなく罰される結果を招くことになるという経験に苦しみ抜いたエリオットは、小説の筆を執る決意を前にして、その〈描写〉に関してすら、きわめて謙虚で慎重であった。彼女が「エイモス・バートン」の構想をほとんどまどろみながら突然思いついたというのは、一八五六年七月の中頃であったが、その直後、彼女は約一ヶ月前まで滞在していたイルフラクームの丹念な回想録を書いている。そしてそれは、前回すでに述べたとおり、従順な画学生が正確なデッサンの技術を練習しているような趣があった。つまりそれは、彼女のやがて書くべき小説のための、うぶで生真面目なウォーミング・アップでもあったと言えるのである。

その回想の中で、「描写するためには、（それらの）小路の土手に群がる可愛らしい花の名を全部知らなくてはならない」[3]と述懐したエリオットは、そもそも自分が書く小説の題材としては、自分のよく知る生活の中の実話しか考えなかった。自分自身〈描写〉以外何の自信もなかったと言っているし、彼女に小説を書くように勧めたルイスも、「正直のところ原稿を読むまでは、（執筆者の）小説書きとしての能力にはかなり疑念を抱いていました」[4]とブラックウッドに書き送っていて、彼女はルイスの信頼の欠如の影響ももろに受けて、正真正銘うぶに、自分がいわば「全部知っている」世界にのみ題材を求めたと言える。もちろん小説であるからには筋が読ませるだけの興味をつなぐものでなければならない。その意味で格好な題材として思い付いたのが、彼女が十一歳から二十一歳までの十年間（一八三一〜四一）、自分の故郷の村チルヴァーズ・コウトンの牧師（補）をしていて、その間、母の葬儀、姉クリシーの結婚式なども司ったジョン・グウィザー氏の、多少ともドラマティックでそのまま小説になりうるようなエピソードだったのである。このグウィザー氏の話が特に天の啓示のように彼女をとらえたのは、彼がいわばつまらないけれども気の毒な人物で、彼女が〈リアリズム〉と並べて肝心な要素として主張した〈シンパシー〉を実践して見せるためにも絶好のケースだったということが、決定的な要因だったと思う。しかし、いま話を忠実な描写家であろうとしたエリオットの目的意識に絞れば、「エイモス・バートン師の哀しい運命」がいかに細部まで彼女が実際に見て知っているエピソードに基づいたモデル小説だったかは、それがいわゆる「リギンズ問題」まで惹き起こしたり、グウィザー氏本人が、「エイモス・バートン」は自分の過去のエピソードを描いたものであると名乗り出たりしたことからも、容易に推察できる。

小説の発表直後から、エリオットの故郷周辺では、主人公エイモス・バートンだけでなく、他の多くの傍役たちについてもモデルを簡単に突きとめ、人びとは、いったい誰がこのような小説を書き得たかの推量に熱中した。その結果リギンズという人物が著者として有力な候補として浮かび上がり、本人もそれを肯定するような言動を見せたために、『アダム・ビード』の出版後までリギンズ著者説が繰り返し雑誌上に飛び交って、ついに著作権の侵害を危惧したような抗議文が『タイムス』に載ることにもなる。(5) それがいわゆる「リギンズ問題」で、それにともなって、「ジョージ・エリオット」の匿名を、ただ騒ぎを作り出すためのものであるかのように悪しざまに評する人も出て来て、ついにエリオットはその抗議文の直後、一八五九年六月に、二年半にわたって守って来た匿名を放棄した。しかし、いずれにしても、数多くあった正体捜しの憶測の中でリギンズ説がそれだけ根強かったのは、土地の人びとが「エイモス・バートン」はグウィザー氏をよく知る人でなければ書けないと強く確信していたためである。

またグウィザー氏自身も、ちょうどメアリ・アンがエリオットとして正体を明かす直前、「誰か私の身近だった人が書いたものに違いありません」(6)と、自分が著者だと思う人の名を挙げ、それに続くふたつの物語のモデルなども指摘したかなり長い手紙をブラックウッド社に書き送っている。しかも何と、まさにエイモス・バートンと同じように、綴りなどの誤りのある手紙を！　それほどまでに、グウィザー氏はエイモスの中にそのまま忠実に写し出されている。実際チルヴァーズ・コウトンからコヴェントリーあたりにかけての土地の人びとにとっては、「エイモス・バートン」だけでなく、同じシリーズの三つの物語のモデルを言い当てるのは容易で、それだけに彼らは、この三連作には特殊な愛情を抱いていたほどであった。チャールズ・S・オルコットによれば、世代がすっかり変わってしまった後々までも、詳しいモデルの対照表付きの古びた本を、家宝のように大切に保存している家が何軒かあったという。(7)ちなみに、その対照表によれば、「エイモス・バートン」に関しては何と二十三名（エイモスの子供たちは含まれない）もの人物についてモデルが確認されており、地名に関してはシエパトン（チルヴァーズ・コウトン）、ミルビー（ナニートン）はじめ、出て来る六つの地名は全部実在の地名に結びつけられている。

ことごとくモデルがあるということは作品の欠点になってはいない。モデルは想像力によってすっかり消化され、活性化されて、それぞれきちんと役割を果たし、作中の世界に厚みと深さを与えるのに役立っている。しかし「エイモス・バートン」で、エリオットがいかに事実を忠実に写生しようとしたかはそれによって明白だし、さらに処女作らしい失敗につながる例から、彼女の事実に対するうぶな忠実さをよりはっきり見ることができる。

エリオットの小説では、著者が自在に顔を出して自らの哲学を語る。とくに処女作ではその傾向が著しく、ほとんど『トム・ジョウンズ』をもじったスタイルで、しかも章を改めてということでもなく、いわば思いつくままに人間の意識の在り方も論ずるし、自分の小説論も弁じ立てる。しかし著者が顔を出して自分の考えを述べるということと、いかにも自分が作品の世界の中に実在していた人物であるかのような体裁を取るのとは別のことであるはずである。だが、エリオットは「エイモス・バートン」の冒頭である人物が回想している形を取り、今から二十五年余り前には、自分が教会の中ではなかなかじっとしていられず、乳母がこっそりバター付きパンを持ち込んで来なければならなかったような子供だったことを示唆している。つまり、少なくとも最初の数ページでは、著者が顔を出す、というよりは、ある語り手が物語る体裁を取っているわけで、それはどの場面にも人物の形はとらずに遍在している全知の作者として物語を書いている他の部分と一致せず、ただ無用に煩わしく奇妙なだけのものになっている。物語の語り手を語り手らしく駆使する技術は、ヘンリ・ジェイムズをへて二十世紀になって、人間の意識の在り方に焦点を合わせる時代になって急速に発展したものであったが、たとえば、エミリ・ブロンテが『嵐が丘』で、エレン・ディーンから聞いた話をロックウッドが書き記すという形で二人の語り手の起用をした時には、エレンは自分がその場に居合わさなかった時のことは他の人の告白や手紙や噂や推量に頼っていて、明らかに著者のように全知ではないし、世界観も著者とは別のものを持った、一登場人物である。またロックウッドも自分の体験や素性を語っているが、作中の主要人物たちとのかかわりは明確に示されており、それは嵐が丘の悲劇の世界に場違いに踏み入った人間の、一種新鮮な目とユーモラスな対照で悲劇の特異性を浮彫りにして見せる効果を生み出すのに役立っていて、もちろん著者とは全く別の語り手としての役割を有効に果たしている。『嵐が丘』が出版された一八四七年、つまり「エイモス・バートン」より十年も前から、語り手を使う技術はその程度までは発達していた。

ところがエリオットの語り手はバター付きパンのことまでを言いながら、エイモス・バートンとどうかかわったかはまったく不明で、その後は語り手はほとんど姿を消して全知の作家に席を譲ってしまっている。しかも矛盾はそれだけではなく、二十五年余り前に子供だったということとは、小説全体の語り口とも矛盾している。というのは、そうだとすると現在の語り手の年齢は、子供というのはだいたい十歳ぐらいだと想定すれば10＋25＝35で、それにプラスアルファを考えたとしても四十歳になっていないはずだが、作中では著者は人生経験が豊かで、ユーモアに満ちた寛容の精神を身につけ、おだやかな微笑を浮かべた紳士という口調をことさらとっており、ゆうに五十歳ぐらいにはなっていそうな印象を与えるからである。土地の人びとが「ジョージ・エリオット」の正体を突きとめようとして躍起になっていた時、誰一人としてメアリ・アン・エヴァンズのことを思いつかなかったのは、彼らが彼女の知力や、ましてや小説を書ける能力などをじゅうぶん理解していなかったからだけではなく、物語中の事件があった時じゅうぶん大人だった人物の中にしか「ジョージ・エリオット」である可能性を認め得なかったからである。

エリオットは『ウェストミンスター・レヴュー』で評論を書いていた頃、ことさら男性らしい口調を用いていた。「エイモス・バートン」でも、教会でパンを食べたなど、自分を男性と思わせようとする作意はあったであろう。また〈シンパシー〉を説く以上、ある程度老成した紳士の身ぶりも、またひとつの作意だったとも思える。それなのに彼女は、自分がそれなりの目的を持って採用したはずの語り手に、自分の年齢をそのまま与えてしまっている。これはミスと呼ぶならあまりにも初歩的なミスである。しかしそれが事実の正確な描写への強いこだわりを物語っていることは確かであり、老成したような口調も、自分自身の生の声だったかもしれない。

（このシリーズは）約四半世紀昔のわが国の田舎の牧師の実際にあった生活を描いた物語や短篇で出来上がっていくはずです……(8)（傍点筆者）

とルイスは「エイモス・バートン」を連作の第一作としてブラックウッド社に売り込む手紙に書いているが、創作などというだいそれたことは目指さず、ただ〈描写〉の才能を生かして、「実際にあった生活」の描写に賭ける、というのが、小説執筆を試みるに当たっての夫婦ともどもの了解であり、エリオットはその線で、少女のごとく生真面目に努力を払ったと言えるのではないだろうか。

実際、当時夫婦が二人揃って熱中していたのはラスキンの『近代画家論』で、彼がその中で微に入り細にわたり熱弁をふるった絵筆によるリアリズムをペンで実現しようというが、ジョージ・エリオットの〈リアリズム〉の出発点であった。そして彼女はそれを目指す努力において、真剣で生真面目だったのだ。その証拠に、「エイモス・バートン」はシェパトン教会の絵画的丹念な描写で始まっている。次の「ギルフィル氏の恋物語」でも、第一章のネブリーの教会の描写、さらに特に第二章のシュヴァレル荘、およびその前景に登場している二人の女性の描写などは、絵画的というより、まさに絵そのものである。第一作でも第二作でも、小説のはじめの部分、そして章のはじめの部分に絵画的描写が集中しているのも、エリオットがいわば緊張して小説の筆を執った時、どういう意識が彼女を支配していたかを如実に物語っていると言えよう。

同じ描写でもそのまま一枚のキャンバスにはまり込むものと、映画のように流動していくものとがある。また自然や建物についての描写もあれば、人物や社会の描写もある。エリオットの描写はそれが人間にかかわる時、そしてそれが流動する時最もエリオット的な価値を発揮すると思うが、反面、動いているようでもぴたりと一枚のキャンバスにおさまる描写は意外に多い。処女作においても教会の結婚式でエイモスが新式の聖歌を歌わせようとして騒動になった場面、それを噂しているクロス農場でのお茶の場面など枚挙にいとまがなく、たとえばずっと後の作品になるが、最も動きの激しい場面のひとつと言えるフェリックス・ホルトがはからずも暴徒を率いてディバリー氏の屋敷へ向かう場面なども、筆者の脳裏には一枚の絵として焼きついている。それは結局「エイモス・バートン」に目を通したジョン・ブラックウッドが、「物語中の全人物、出来事、感情についての私の心に残っている印象は非常に明瞭です」(9)と評した由縁、つまり描写の正確さと明確さによるもので、絵画と結びつけるのは必ずしも当を得ていないかもしれない。しかし、いかにもラスキンの絵画論を通して〈リアリズム〉

に熱狂したらしい徴候は、すでに言及した絵画的であることを目指している絵画的な丹念な描写にはっきり認められることなのである。そして、大作家としての名声をすっかり確立した後でも、『ロモラ』の全体、『ミドルマーチ』のドロシーアがローマへ新婚旅行に行った時、『ダニエル・ディロンダ』のかなり多くの個所に、同じタイプの描写が散見されるのだが、それはエリオットが自分の肌で知ってはいない題材を前にした時、処女作の筆を執った時と似たような緊張感に襲われて、当初と同じ画学生のような生真面目な努力をする衝動に駆られた所産だと言えると思う。

3　モラリスト（人間性の批評家）

ラスキンの影響はエリオットに時に必要以上にこと細かで絵画的な描写に走る癖を与えたが、彼女が「実際にあった生活」にこだわって作家としてのスタートを切ったのは正しかった。というのは、彼女には見たことを鋭く見透す目と、それを表現する言葉と、そしてそれを自分の創作の世界にフィットさせ、活性化させる技量とを、見事なまでにそなえていたからだ。彼女は処女作でそれを余す所なく立証し、彼女流のリアリズムを一気に確立する。しかしそれは、彼女がラスキンの弟子として生真面目に努力する中から生まれたというよりも、むしろラスキンの人間の心理を重視してリアルか否かを見極めていくリアリズム論の後ろ楯を得て、彼女の生来の人間性に関する洞察力が一気に表現の突破口を見出した、と言うべき性質の、彼女独自の自在なリアリズムなのである。

ここで、エリオットが自分が小説を書く意欲を高めながら自分の考える本当の〈リアリズム〉を熱烈に論じた、『ウェストミンスター・レヴュー』の一八五六年七月号の原稿を改めて思い出す必要がある。その号で彼女は、書評欄で『近代画家論』の第四巻の紹介に力を入れるかたわら、「ドイツ人の生活の自然史」と題して、ドイツの社会民族学者リールの二冊の社会科学書を論じる長い評論を書いた。つまりラスキンをいわば〈リアリズム〉の師匠として、そしてリールをその実践者として讃えて彼女のリアリズム論を確立したのであったが、本当のリアリズムを力を込めて提唱するということは、当然、にせものだと彼女が信じるものが本ものとして通用している現実があってのことである。そしてリール論の中で彼女が批判の矛先を向けたのは、当時『リトル・ドリット』を連載中で、飛ぶ鳥も落とす勢いを誇っていたチャールズ・ディケンズその人だったのである。彼女は「女流作家による愚かな小説」という評論を『レヴュー』の次の号に書いて、その後すぐ「エイモス・バートン」の執筆に取りかかったために、その評論を重視する人もあるようだが、彼女が本気に批判しようとした相手は決して愚かな女流作家などではなかった。

わが国には、都会の住人たちの外面的な特徴を描く至上の力量に恵まれた一人の偉大な小説家がいる。もし彼が彼らの心理面での性格——彼らの人生観や彼らの感情——を、彼らの常套句や身ぶりなどと同じ真実さをもって我々に示して見せることが出来たとしたら、彼の小説は芸術が社会的同情（sympathy）の喚起のために寄与した最大のケースとなったことであろう。しかし……ユーモラスで外面的なものから、感情的で悲劇的なものへ移行すると、彼はほとんど例外なく、一瞬前まで芸術的な真実性において卓越していたのと同じほどに、並み外れて非現実的になってしまう。もし彼にユーモアという貴重な活性剤が欠けていたら、……彼の超自然的に徳義心をそなえた貧しい子供たちや職人たち、彼のメロドラマ的な船頭や娼婦たちは、高度な徳義心や洗練された感情が、苛酷な社会的関係や無知や欠乏の中から育まれ得るという何ともひどい誤った考えを助長するという点において、……ウジェーヌ・シューの理想化されたプロレタリアートと同じほどに不愉快なものになってしまったことであろう。(10)

エリオットは、事実上、ディケンズを名指しして（というのは、『リトル・ドリット』の登場人物プローニッシュ夫人の描写を引き合いに出しているからだが）、このように言い切った。『レヴュー』の匿名の評論家のものとしては、この程度の批判は目をむくにはあたらない。しかし自分がこれから小説を書こうとしている人の文章としては実に大胆だったと言わなければならない。というのは自分がディケンズを超えて見せなければならないからだ。あるいは、慎重な上にも慎重なエリオットは、「画家になりたい」(11)などという願望を吐露したりしながらこの原稿を書いていて、この時点ではまだ最終的決断にはいたっていなかったとも思われるのだが、いずれにしても彼女が小説の執筆に踏み切ったのは、確実に超えて見せる自信があったからこそでなければならないし、現にその点では自信ばかりでなく、使命感すらあったのである。

エリオットはディケンズの外面的な特徴を描く力量とユーモアに「至上の」とか「卓越した」とか「貴重な」とか、一応最上級の賛辞を呈したが、それはどこまでかけ値なしの本心だったろうか。というのは、彼女は「エイモス・バートン」において、まずそのどちらの点でも異質なものを創り出したからである。

(a) ...with no more hair upon his head (which was a large one, and very shining) than there is upon an egg...

(b) ...they (the walls of the new church) are smooth and innutrient as the summit of the Rev. Amos Barton's head, after ten years of baldness and supererogatory soap.

(a)は『デイヴィッド・コパーフィールド』の第十一章におけるミコーバー氏が初めて登場した時の描写、(b)は「エイモス・バートン」の冒頭のシェパトン教会の改築された建物の外壁の描写だが、どちらも毛のない頭にかかわる描写ながら、何と対照的なことか。(a)は絵で言うならば漫画的に線でくっきりそれそのものだけを誇張して明瞭に描いており、(b)は同じようにくっきりと、つるつるした様を思い浮かべさせるが、それ以上のさまざまな濃淡や陰影を持っている。バートン師は毛もないのに、あった時と同じくらい石鹸をたっぷりづけて頭を洗うのだろうか、いずれにしてもそこには、光った頭だけでなく、判断が悪く、必要以上にやかましかったりする融通のきかない性格の持ち主が暗示されているし、それに例えられた新築の教会の外壁も、苔むした昔の建物を懐かしがる著者にとっては無用の外見を磨く味気ないものとして目に映っていることも暗示している。

この例では "supererogatory" (= going beyond what is commanded or requested, O.E.D.) という通常あまり見慣れぬ、本来、神学用語である単語が使われていて、そのような学問的な用語がしばしば見受けられるのは、読者が好む好まぬにかかわらず、またひとつ別の彼女の文体の特徴になるのだが、この場合、その単語が "soap" という最も日常的に密着したもののひとつに冠されているのが、暗示している内容の多様性と同時にユーモアをも生み出している。ミコーバー氏の頭の形状を単純な言葉で明確に伝えるディケンズのユーモアは、それ以外のことは何も語らないコメディだが、エリオットの場合、ユーモアの裏には観察と価値判断、批評と風刺がある。

...while in certain eligible corners, less directly under the fire of the clergyman's eye, there are pews reserved for the Stepperton gentility.

これは前出の教会の描写の続きだが、この文も "eligible" という形容詞に対し "less directly under the fire of the clergyman's eye" と説明が施されている個所が思わず微笑を誘う。このさりげない形容詞の選択がユーモアでありうるのは、まずそれが教会へ行く人びとの心理、あるいは人びとが教会へ行くという習慣を鋭く分析しているからである。本当に教えを受けたいならば、説教は中央正面のいちばん前で聴きたいはずである。が傍に寄った席が "eligible" だというのは、人びとは決して教えを受けに教会へ行くわけではない、ということである。

さらにこの文は当時の教会と社会の在り方をも物語っている。牧師の目が恐ろしいということは、教会（宗教）がしばしば、人を助け導くためのものであるよりも、人を裁き断罪するためのものであったということであり、上流階級の特権は、罪を犯さずに済むようによりよく教えを受けることではなく、裁きの目から逃れることだということ、つまり貧しく弱い者の方が裁きにさらされるということである。ディケンズもちょうど執筆中の『リトル・ドリット』の中で、バーナクル一族が独占する「サーカムロキューション・オフィス」という架空の政府部局を作り出して、当時の政府の腐敗と無能ぶりを、ちょうど人物の描写と同じようにその点のみを誇張して描出し、とことん攻撃していた。エリオットは政治社会問題には手をつけず、つつましく「実際にあった話」を語る。だが彼女はさりげないユーモアの背後により鋭い人間分析や社会批判をしのばせているのである。

本来的にそぐわない形容詞の使用によるユーモアの例を同じ冒頭の章からいま少し取りあげて見ると、医師のピルグリム氏は次のように紹介されている。

(Mr Pilgrim) is never so comfortable as when he is relaxing his professional legs in one of those excellent farmhouses where the mice are sleek and the mistress sickly.(12)

ねずみがつやつやしていて女主人公が病身の農家が何故 "excellent" なのか。それはピルグリム氏が、善人ではあるが自分の利害にきわめてさとい医師だからなのである。主人が病身であってくれて初めて自分の商売は成り立つのだし、ねずみが栄養たっぷりであってくれて初めて、確実な収入とよいご馳走が保障されるのだ。さらにその優秀な農家の女主人パッテン夫人の家で、彼女に献身するために五十歳になった現在まで独身を通している姪のギッブス嬢は、香ばしい紅茶に濃いクリームをたっぷりと注ぐ姿で登場するのだが、注ぎ方はたっぷりはたっぷりでも "with discreet liberarity"(12) なのである。豊かな農家でクリームをけちるわけにはいかないが、彼女はうっかりクリームを使い過ぎたらあとで何と言われるかわからない、と伯母の機嫌を気にして、つい"dis-creet"にならざるを得ないのである。というのは彼女は伯母の財産の相続を狙っているからである。このたっぷりさは、ピルグリム氏にとってはきわめてもの足りない分量だったに違いない。

このようにエリオットのユーモアは、ディケンズのそれがいわば子供にも共通する単純で無条件の笑いを誘うのに対して、人間性や社会の矛盾の分析の上に立った大人の笑いを誘う性質のものが本流をなしている。いわばユーモアにおいて、ディケンズが人の心を単純にし楽しませるエンターテイナーだったとすれば、エリオットは複雑な人間性に対して軽妙に人の目を開かせるモラリスト（人間性の研究家）であり、その意味で彼女のユーモアはあくまで彼女のリアリズムでもある。

さて、同じように、しかし異質なユーモラスさで紹介されるミコーバー氏と「エイモス・バートン」中の人物と、どちらが印象的だろうか？　ミコーバー氏の方が有名なことは確かだ。実際、ディケンズの小説の中には、一度読んだら印象が明確で決して忘れることのない人物が無数にいる。そして読者は、自分の現実の生活の中でかかわった人について、「この人はミコーバーみたいだ」と思ったりする。だがミコーバー氏と、ピルグリム氏やギップス嬢（この二人はほんの端役に過ぎないが）と、どちらが隣人のような気がするだろうか？　考えてみるとミコーバー氏は隣人ではあり得ないことに気付かないだろうか？　というのは、彼はあまりにも単一な特徴のみでできあがっていて、作中で彼は物語の中で与えられた役を果たすだけだからである。が実際の人間は単一な要素のみでできあがってはいないし、たとえばピルグリム氏も、善良だが自己の利害にさとい、というあたりまでは単一な特徴だが、終始一貫その特徴をそなえた行動のみをするわけではない。ミコーバー氏には特徴として与えられた限りの多面性は有していたが、その特徴のみが目立ち過ぎて、そこからはみ出る可能性は何ひとつ感じさせない。それにひきかえ、ピルグリム氏らは、一応分析に耐える内面を有している存在に見える。前者が優れた似顔描きの技術をもって描かれた漫画なら、後者はリアリズムの絵画である。それは質の差ではあるが、

いささか使い古されたが、E・M・フォースターの言う“flat character”と“round character”の対比はここにぴたりと当てはまる。エリオットの小説においても傍役は所詮傍役だから、本当の意味での“round”な発展はしない。ただ、もう一度絵に例えて言うなら、背景を構成している小さな人物の表情にも、じっと見つめればその人物の歴史やエピソードが読み取れそうな雰囲気を持っているということである。エリオットは画一的に印象づけることを求めない。むしろ多面性を暗示しながらあくまで描写する。そしてたとえ外面を描写している文であっても、彼女はその中に包まれた内面を見透し、きっちりと掌握するから内面までも語る。しかもあくまで観察が正確だから、一面的に割り切ることをせず、描かれたものが立体性を帯び、そして立体であるからこそ、それは見る角度によって姿を変え、正面からまったく見えないものを蔵していることを少なくとも思わせる、つまり“round”で生きていることにもなるのである。エリオットのリアリズムは彼女が優れたモラリストであることを基盤に達成されたものである。

ともあれ、彼女が「実際にあったこと」に固執して小説家としてのスタートを切ったのは本当に正しかった。彼女の才能の根源は観察と分析にあり、そこにおいて彼女は最高の描写力を発揮し、それがゆるぎないリアリズムとなって、その後の彼女の小説の基盤を支える財産になっていくからである。

4 傍役たちの創造

「エイモス・バートン」におけるエリオットのそのようなリアリズムは、著者に使われているのではなく、それぞれ自分の生活を営んでいる魅力的な傍役たちと彼らの形成する社会とを、高度なレベルで描き出した。彼女は彼らを実際に目で見た世界から採り出したわけだが、その後の彼女の小説全体の中でも、このシェパトンおよびその周辺の世界を形成するたぐいの人びとが、彼女が創造した最も優れた傍役たちである。というのは、『フエリックス・ホルト』のクリスチャンなどがほとんど最低の例ではないかと思うが、彼女の小説の中にも、その作品の中で作者が求める機能を果たすだけで、一面的な性格しか与えられていない人物は多々あるからだが、この処女作の中では、ほとんど全員が生きている。それはプロットも実際にあったとおりのもので、人為的に事件進行係を登場させる必要もなかったこともあるが、やはり全員にモデルがあって、彼女が自分の目で見、自分の心で感じた、いわば記憶を土台にしていることが、大きくものを言っている。

しかしこの章で筆者が強調したいのは、「実際にあったこと」と言っても、そしてそれを正確に描写したと言っても、それは決して写真のようにコピーしたというのではないということである。エリオットは正確に観察する目と、見たものを鋭く分析する知力をもって描写したわけだが、その分析には当然前章で述べたように価値判断が働くわけで、しかもその価値判断は、分析力に見合った内容の深さを持っている。ストーリーについては次章に譲るが、主人公の妻、天使のようなミリーの死の、ペーソス一杯の場面を頂点とすることから一見推し量られるような、単純な人道主義は、むしろ意図的に排除されているとさえ言える。そしてエリオットは主要な傍役たちの描写を通して、自分の価値観を明確に表現しているのである。長篇小説家としての彼女は、はじめから力説したリアリズムは当然彼女の威力ある武器としてはいるが、どういう人間が本当に人間らしい価値を持っていて、どういう人間が立派そうに見えても価値がないのか、という問題を常に提起し、追求していくことになり、それが彼女の作風の大きな特色となる。が、彼女は「エイモス・バートン」にとりかかった時点では、芸術の使命としてはもっぱら〈シンパシー〉の喚起を叫んで、価値観の表明ということには言及しなかった。作中でも彼女はもっぱらエイモスへの〈シンパシー〉を読者に向かって呼びかけるが、エイモスは簡単に言ってつまらない人間だ。そこにエリオットの誤算があったことは次章で論じたいが、実は彼女は、傍役たちの人物像の形成、およびその扱いにおいては、きわめて明確に価値判断を下しているのである。それは単なる善玉、悪玉扱いを超えたもので、現実のモデルに対する評価と一致しているとも限らないだろう。その意味で、エリオットは、処女作からすでに、後の長篇作家の意識をもって傍役たちを創造したと言えるのである。

この作中のハキット夫人はやがて『アダム・ビード』のポイザー夫人に、牧師クリーヴスは同じくアーウィン師に、パッテン夫人は『ミドルマーチ』のフェザーストウンに発展させられることはしばしば言及される所だが、この三人の人物は、エリオットの三つの主要な問いに答える人物になっている。まずハキット夫人はこの作品の中でもっとも生き生きと描かれている人物だと思うが、彼女はバターの売り上げ代を増やすためにクリームを摂らないことにしていて、そのためにクリームに対して嫌悪感を持つようになってしまったような人物である。やせていて肝臓が悪く、口も悪く、自己満足している話相手の気分を害なって自分の方が有頂天になったりするが、そんな時でも自分の手にしている編み物の方はしくじったりすることは決してない。つまり平凡な善人とはほど遠い人物だ。しかし彼女は押しつけられたり装ったりしているのではない、自分の心というものを持っており、その心に率直に従って行動している――

...(she) had always the courage of opinion...(13)

そしてその意見は周囲と食い違うといっそう活発になって相手と争うことも辞さないのだが、夫人の心の根底には、人に対する自分の利害を超えた愛がある。クリームの例からも分かるとおりいわゆるしっかり者だが、エイモスの善良な妻ミリーの苦労には本当に同情していて、彼女の家の内情もよく観察しており、折にふれてチーズやじゃがいもを届けたりしている。ミリーの臨終前に駆けつけるのも彼女で、要するにエリオットは作品の中で彼女によい役回りを与えているのだが、それは著者が、いわゆる見かけの善良さよりも、その人が自分の心に対して率直に生きているかどうか、そして他の人に対しても自分のことと同じように感じうるか否かを重視していることに他ならない。そのことは『アダム・ビード』でポイザー夫人が夫のポイザー氏と対比されることによって、より明確にされることになる。ポイザー氏はいわゆるしんから善良で寛大な人物で、夫人のように悪態を吐いたり喧嘩腰になったりすることは決してなく、姪のヘティにも心の底からやさしいのだが、ヘティが罪を犯して彼の家名を傷つけた時、彼は彼女を恕すすべを知らなかった。とするなら、彼の善良さは、一面ではヘティの実態を見抜けない一人よがりの盲目さに過ぎず、ヘティに対する本当の愛情はなかったと言える。少なくともヘティが一家に着せた汚名を恨もうとしなかったのは、日頃彼女の打っても響かない、可愛げのない在り方にしきりと文句をつけていた夫人の方だった。エリオットは、決して善良さのお手本のようにはいかず欠点だらけでも、活発で率直で、豊かな心を信頼したのである。

　逆に言うなら、本当の道義的欠陥を有する人に対してまで無差別に向けられる善良さは、しばしばそれを向ける本人の知的識別力の弱さや独善的な思い込みに基づいていて、そういう善良さに安住していては自分自身が身の危険にさらされるという事態にひとたび直面すると、そのような人物は一気に非寛容に転じうることを、エリオットは身をもって知っていた。一見悪人風だが実は善良な人だ、というのはひとつのステレオタイプである。ハキット夫人は決して悪人でも悪人風でもない。だが彼女にとって気に入らないことは要するに気に入らないのであって、しかも彼女は最高の叡知を極めた哲学者とはほど遠いから、毒舌は彼女のたとえ反省はできても改めようもない本性なのだ。ただ彼女の感性は率直なのである。自分自身にかかわる場合と、他者の場合とを区別する暇がないほど活発である。善玉は善玉だが、その由縁を単純に善良さに求めず、感情の自他の区別のない率直さと活発さ、つまり明確に〈シンパシー〉の能力に求めたという点で、ハキット夫人像は単なる巧みな描写である以上に、エリオットの人生哲学を表明するためのひとつの創造だったのである。小説家が喚起すべきものが〈シンパシー〉なら、人間が最もそなえるべき能力もまた〈シンパシー〉だということである。

　クリーヴス氏はハキット夫人と比べれば与えられているスペースも少なく、まったく“flat”な人物と言わざるを得ない。彼はエイモスを人びとの悪口から守り、最後には自分自身がいちばん多額な出資をしてエイモス救済基金を集める模範的な牧師だが、注目に値するのは、彼の性格付けである。

...he can call a spade a spade, ...there is a great deal of humour and feeling playing in his eyes,... (he) has hereditary sympathies with the checkered life of people,(14)

ここでもエリオットは率直さ（気どりの無さ）と生き生きとした感情を強調し、〈シンパシー〉を決め手にしていて、クリーヴス氏の牧師としての神学の達成度などには何ひとつ触れていない。宗教は人を裁き、罰し、排除するものであってはならず、人を愛し、助け、導くものでなければならない、というエリオットの信念が、クリーヴス氏というよい牧師の性格付けにはっきりと表明されているのである。牧師に人の心をゆさぶるような崇高な信仰や説教の巧みさや学識があって悪いわけがない（「ジャネットの悔悛」のトライアン氏、『フェリックス・ホルト』のライオン氏など）。しかし、それがあっても心の中に人間に対する愛がなければ正しい宗教の担い手ではない（特に『ロモラ』のサヴォナローラ）のであり、逆にそれを欠いていても、あるいはその上に賭事をする、などという行動上の重大な欠陥をそなえてすらいても、純良な心の持ち主であれば正しい宗教の担い手であり得る。エリオットはクリーヴス氏の性格付けを通して表明した主張を、『アダム・ビード』のアーウィン氏、『ミドルマーチ』のフェアブラザーなどでさらに明確にしていくことになる。

パッテン夫人の場合は、エリオットが重視したその心の率直さや愛を欠いた、あるいはそれに自ら背いたり失ったりした人間の心が陥る地獄のひとつのケースである。人生の末路で自分の財産しか愛するものがなくなってしまった人間が、相続権を期待する自分の血縁者を憎むという形では、『ミドルマーチ』のフェザーストウンで掘り下げられる人物像であるが、エリオットが追求した心の地獄の形は多様だから、ここでは、

(Mrs Patten) used to adore her husband, and now she adores money, cherishing a quiet blood-relation's hatred for her niece,...(15)

と、タッチはあくまでさりげなくユーモラスだが、とうていユーモアの領域には収まり切れないことにまでしっかり目を据えていること、その不幸の原因を、自分が愛することができる人間がいない状態に陥ったことに求めていることを確認するだけにとどめよう。

むしろ筆者がいま少しスペースを費やしたいのはツァーラスキ伯爵夫人である。勝手にエイモスの家に居候として転げ込み、ミリーを過労に追い込んで、結局彼女の死を招くほどの悪い役回りを負わされながら、この夫人が批評家たちの注目をあまり集めていないらしいのは、その後のエリオットの作品の中に、彼女と同じような行動を取った人物がいないからだろうか。だが、彼女はまさに次作の「ギルフィル氏の恋物語」のワイブロウ大尉、『サイラス・マーナー』のゴッドフリー・カス、『ロモラ』のティートウをその典型的な例として、エリオットが執拗に追求するエゴイスト、決して教養や感情や良心すらも欠いているわけではない滑らかなエゴイストの第一号なのである。

もっともツァーラスキ伯爵夫人は、彼女の後身たちに比べればかなり単純に悪く描かれている。彼女は土地の新参者で、村人たちの悪いゴシップの対象としてまず名前が挙げられ、エイモスと彼の妻ミリーを自宅へ食事に招待する場面で初めて実際の姿を現わすが、一見、称号のある婦人らしく優雅でやさしく、美貌にも恵まれ、言葉遣いはあくまで愛嬌があり丁重で、バートン夫妻に対する敬愛に満ち満ちている。しかし、かなりのうさん臭さも早々に漂わせていて、まず生活は見せかけほど優雅ではなく、給仕をする下僕は馬丁を兼ねていることがにおいで分かる。また、土地の人に評判の悪いエイモスの教会におけるさまざまな革新に対して理解と支持を表明し、実際にその言葉どおりわざわざシェパトン教会に出席してもいて、一見知的で熱心なクリスチャンに見えはしても、実際は“Lady”とか“Sir”とかの称号を持つ知人の名をやたらと挙げてエイモスの気を引こうとするだけで、およそ話題に乏しい、真の知性とはほど遠い人物である。さらに食事中うっかりミリーの絹のドレスに料理をこぼしてしまった時には、「まあ、何と恐ろしい」とか「早く！　早く拭いて！」とか大騒ぎしながら、自分はといえば、自分のドレスが汚れることを気にして手を貸そうとしない。そしてそれらの芳しくない印象を裏付けるように、給仕兼馬丁の召使いは、陰で「伯爵夫人のドレスの方が汚れたらよかったのに」と悪口を言う。その上さらに、再度、村での噂話に場面が転じて、ポーランドの亡命貴族の未亡人と称する、その伯爵夫人という称号すら怪しく、同居している「兄」という人物に関しても、「今の兄に飽きて、そろそろ別の兄を物色しているのではなかろうか」などという言辞が飛び交えば、このような物語においては、読者は当然この伯爵夫人というのがとんでもないペテン師で、何かひどい悪事を働くという予感を持つ。

　が、その先の夫人の取り扱い方が、エリオットの後の作品中のエゴイストたちの扱いに通じる特徴をはっきり見せている。たしかに伯爵夫人はエイモスを本当に敬愛したわけではなく、自分が本来属する教区で冷遇されているために称号などの肩書きに弱いエイモスにアプローチしたにすぎず、また、やがて兄と喧嘩をしてエイモスの家にころげ込み、経済的に苦しい上に六人プラスお腹の中にもう一人の子供を抱えてそれでなくても病気勝ちなミリーを過労から死に至らしめる張本人になるのも確かである。しかし彼女の伯爵夫人と称した経歴はたしかにそのとおりであり、兄も片親は違うが実の兄であったのだ。しかも彼女は自分の住む土地の牧師に気に入られたいという程度の宗教心らしい気持も持っており、動機は本来の自分の教区の牧師が冷淡だったから、ということに過ぎなくても、自分を大切に扱ってくれるエイモスに対しては、本当に善意を抱いていたのである。

　ここで期待を裏切られて、作者がこの人物に対してどういう評価を抱いているのか分からなく感じた読者も少なくなっかたのではないだろうか。牧師館に居候をしている間、伯爵夫人は一部屋をどかんと占領し、持って来た荷物でそれでなくても手狭な納戸をふたつまでも一杯にしてしまう。自分の生活習慣もまったく変えず、遅く起きて朝食も別の時間にするし、飼犬まで連れて来ていて、そのミルクが足りなければ文句を言うしで、たしかに読者の彼女に対する嫌悪感はますます強まる。しかし彼女はミリーに「働き過ぎては駄目よ」としきりに言い、病床に伏した時にはミリーのハンカチにオーディコロンをふりかけてやったり、枕を直してやったり、自分の暖かいショールを肩にかけてやったりする。さらにやがて生まれて来るミリーの赤ちゃんのための帽子の刺繡までやり始める。ミリーに対して彼女が善意で一杯なのは本当なのである。

それはエリオットにとって、自分の単純な物語の中で悪役を勤めさせるために、その人物の小さな美点を奪う必要はまったくなく、ましてや怪しい過去やどす黒い悪意を賦与する必要もまったくなかった、ということなのである。というのは彼女はこの場合も、人間を計る最終的な尺度は、他者に対して本当の〈シンパシー〉を抱けるか否か、という点に置いているからだ。伯爵夫人に欠けているのは善意や好意ではなかった。問題なのはそれが相手の立場を思いやる本当の〈シンパシー〉ではなく、自分自身の都合や利害と抵触する場合には、あくまで従属的な重みしかなかったということである。

…there was one being to whom the Countess was absorbingly devoted, and to whose desires she made everything else subservient—namely, Caroline Czerlaski…(16)

彼女は誰の目にもバートン一家の経済的逼迫が明白な時でも、じゃがいも一個届けはしないどころか、食客として牧師館に居座るし、ミリーに働き過ぎるな、と嘆願し、彼女のやがて生まれて来る子供のために刺繡はしても、せめて一家のスケジュールに合わせて早起きしようなどという発想はまったく持たないし、ミリーが追われていた仕事、たとえば子供たちの靴下の繕いなども、それを止めさせようとするだけで、繕わなかったらどうなるかは考えてみようとしないのだ。自分にとって都合が悪い現実は彼女にとってないに等しい。全世界が自分の都合を中心に働いているのではないことはよほど凡庸な知能の持ち主でも理解せざるを得ない。しかしそれにもかかわらず、相手の身になってものを感じる（考える、のではない）ことのできない人がいかに多いことか。筆者はそれをイマージネーションの欠如と言う。しかしその不思議な欠如を可能にするのはエゴイズムという意志の助けが必要らしい。

Countess...loved herself far too well to get entangled in an unprofitable vice...(17)

自分の都合をよくするためには、自分の知力の及ぶ限り正しそうに振る舞うことが必要で、それなりに努力が必要なのである。そして、そういう努力をしているからこそ、それにもかかわらず都合が悪い現実に出くわした時、その現実に対して、意識的、あるいはしばしば無自覚的な意志をもって、とほうもなく盲目になりうるのである。

　このツァーラスキ伯爵夫人のモデルは称号もそのまま「伯爵夫人」で、ただし同居していたのは兄ではなく父親と称していた（her professed father）ということは、前出のグウィザー氏の手紙の中で明らかにされている。それ以上のことは不明だが、エリオット自身が——

The affair of the "Countess" was never fully known to me: so far as it *was* known, it is varied from my knowledge of the alleged fact.(18)

と後日述べているのを見れば、実際は夫人とグウィザー氏との仲が怪しいことを裏づけるような事があったという噂を幼いメアリ・アンはいろいろ耳にしていたのかも知れない。しかし彼女は自分の小説の主人公は不倫というような罪からは免除せねばならず、伯爵夫人が牧師館の食客になったというのは、彼を無実にし、なおかつ妻のミリーを彼女の犠牲者として描くための必要から編み出された事件だと考えるのがよさそうである。がその夫人を単純な悪人にせず、一応小さな美点は惜しみなく与えていること、本人にはいささかなりともミリーに対する悪意は抱かせず、むしろ善意を抱かせて、その上でただ一点、自己中心的であるということの故にミリーに絶大な危害を与える役割をしっかりと果たさせたことは、「エイモス・バートン」のような、一見軽い物語にあっては異例と言える。対照的に型にはまった人物作りがなされているミリーの死の場面があまりに大きなクライマックスになっているので、この伯爵夫人は作品中で姿を消すと同時に読者の頭の中からも姿を消すような存在になっているが、エリオットが必要に応じた傍役たちを造り上げる中で、最も工夫を必要とし、かつ最も創意をかき立てられたのは、この伯爵夫人像をまとめ上げる過程においてではなかっただろうか。というのは、この小説を書き上げた直後彼女の意識の中で渦巻いていたのは「エゴイスト」という言葉だったということが窺える資料があるからである。

小説の執筆に踏み切るほぼ半年前、エリオットが『ウェストミンスター・レヴュー』にヤング論を書こうとしていて挫折し、七月号ではそれをリール論に切り換えたことは前の論文で述べた。次の十月号用には、「時間を使いたくない」という理由でヤング論は再度回避し、「女流作家による愚かな小説」という軽い評論でお茶を濁した。ところが「エイモス・バートン」を書き上げてそれが売れると判明した直後、つまり次年の一月号用に、あっさりヤング論を完成したのである。いや、あっさりかどうかはわからないが、内容が、さんざん行きづまりを見せた論文らしくなく、詩人ヤングを一貫して〈シンパシー〉を欠いた「エゴイスト」として切って見せているのだ。『レヴュー』用の長い評論の最後のものとなる「世俗性と超現実性――詩人ヤング」は、計五篇のうち最も長く、研究の跡もいちばん深い。何しろヤングは彼女自身が十歳代の頃陶酔した詩人なのだから。

彼女はまず、ヤングの伝記を詳しく述べながら、彼は道義感は薄弱で“a pious and moralizing rake”だったと

し、「夜想」のうちの特に初めの数篇には自己の本当の心の体験に根ざす真実の響きがあると認めながらも、

...it would hardly be possible to find a more typical instance than Young's poetry, of the mistake which substitutes interested obedience for sympathetic emotion, and baptizes egoism as religion.(20)（下線筆者）

と、勢いよく決めつけている。この論文の中で、"sympathy"、"egoism"、あるいは右の引用文中の"interested"を初めとしてそれらに類する単語や表現がどれだけ頻出し、どれだけ緻密に説明されていることか。この論文は「エイモス・バートン」の解説書として読むとき実に有用である。彼女は小説の中で、分析的、風刺的ではあっても、老成してゆとりのある〈シンパシー〉奨励者の口調を仮りてその口調に忠実だったが、それでは言い足りないものがあって、ヤング論ではそのおとなしぶりの反動のようにして、ハキット夫人流に、気に入らないものは気に入らないのだ、と切って捨てているのである。それをエリオットの自己矛盾だとは筆者は言わない。何故なら彼女は、気に入らないものを気に入らないと感じないような人には本当の〈シンパシー〉はないと感じたからこそ、ハキット夫人を創造したのだから。ただ自分が終始おおらかな微笑をたたえながら小説を書くことを自分の使命とし、それが出来ると思っていたとしたら彼女は誤っていた。

エリオットは粗野で明白な悪には大して関心を示さない。それは、そういう類の悪は自分が語って見せるまでもなく、一般に悪として認識されるからである。同様に、ユライア・ヒープのような偽善そのものにも関心がない。彼女がその後の小説の中で研究を重ねることになるエゴイストたちは、知性、繊細さ、良心までをそなえていて、たとえばワイブロウ大尉はティナの、ティートウはロモラの必死の愛の気の毒な受難者のような様相まで呈している。それはエリオット自身が処女作で力説した〈シンパシー〉を最後まで実践していて、そのようなエゴイストたちの内面をも公正に観察し、〈シンパシー〉をもって正確に描写する意図を強く抱いていたことの成

果だ、ということは確かである。が、そういうエゴイストたちが、ティートウの無惨な死はむしろ例外的であるとしても、一様によい運命を与えられていないのも事実である。価値判断は〈シンパシー〉を伴いながらも働いていたし、それがエリオットの特質なのである。そしてその価値判断は、処女作の傍役たちの創造において、すでに明確に打ち出されていた。

5　エイモスに関する誤算

前章で筆者がエイモスに関してエリオットに誤算があったと述べたのは、さらに前の章で、グウィザー氏のエピソードが彼女の処女作のテーマとしてうってつけだった、と述べたのとは矛盾していると思えるかもしれない。実際のところ、書き上げたエリオット自身、誤算どころかむしろ予期した以上の仕上がりと評価に感動し、従来にない幸福感と充実感を味わっていたことは、その頃の私信にはっきりと窺える。しかしその初々しい感動が、今後小説で原稿料を稼げる、という自信に変わって以後、彼女が二度とエイモスのようなタイプの人間を主人公にした小説を書かなかったのも事実なのである。

リール論の中で、芸術家は真実を写し出さねばならず、彼の使命はそのことによって〈シンパシー〉を人びとの心の中に呼び醒ますことであると熱をこめて説いたエリオットは、その後、自分にはそれが出来ると、あるいは少なくともやってみる以外ないという内心の思いを急速に高めていった。そしてついに小説執筆に踏み切った時、彼女は、正真正銘、本心から、それを自分の使命として肝に銘じていたのである。

...my only merit must lie in the truth with which I represent to you the humble experience of ordinary fellow mortals. I wish to stir your sympathy with commonplace troubles.(21)（下線筆者）

彼女は「エイモス・バートン」の中で筆者として再三顔を出し、右のように、リール論で展開したのとまさに同じ主張を繰り返さずにいられない。そして肝心なのは、力説するリアリズムにしてもシンパシーにしてもその対象を"humble"で"ordinary"で"commonplace"な人びと——その生活や苦しみ——とはっきり限定していることである。リール論の中でも同様で、それは、リールの農民史の研究が彼女の故郷の村人たちの生活の記憶に直接結びついて、彼女の想像力を強力にかき立てたという事情も無視できないが、彼女がそれを広く芸術の理論としてまで確信するに至ったのは、ラスキンを抜きにしては考えられない。

最も醜いものも、いくばくかの美の要素を含んでいるものだ……画家が自然をあるがままの姿で受け容れれば受け容れるほど、はじめは軽蔑していた対象にも予期しなかった美を見出すものなのだ。(22)

このラスキンの言葉はエリオットにとってほとんど天の啓示のようなものであり、彼女は自分自身の〈シンパシー〉を持たない人間に対する抗議の気持ちを、〈シンパシー〉を得られない人間のためにそれを筆の力で喚起する使命感にまで高めていった。それは前の論文で詳述したので、ここで再度証明の必要はないが、彼女が処女作でおおらかな微笑をたたえた紳士の口調をとったのは、文学的な作意というよりも、自分の使命感にむしろ作意を施す発想も生じなかったほど、不器用なまでに誠実だったためだとも言える。つまり彼女は、現実の自分がまさにそういう紳士であるつもりだったのだ。この点でも彼女はラスキンの教えを守る忠実な弟子だったわけで、その観点から言うならば、"palpably and unmistakably commonplace"(23)なグウィザー氏は、エリオットの処女作のモデルとして、単にストーリー性があるエピソードの持ち主であるということ以上に、うってつけな人物だったのは確かである。

そしてエリオットが自分の目的を一応じゅうぶん達成したのも確かである。エイモスの真面目ではあっても頭の固い、人の心を感じられない性格はユーモラスに描かれていて微笑を誘うが、その描写に曖昧な妥協はいっさいない。エリオットは彼に対する読者の共感を得たいがために、彼に「実は本当は善い人なんだな」と思わせるような行動をさせるようなことは何ひとつしておらず、前述したような彼の性格は一貫していて、読者が受ける印象は、まさに自分のよく知っている現実の人物に対するもののようにあくまでも鮮明である。しかし、その彼が不当な社会的身分のもとで極度の貧困にあえぎ、不幸に見舞われ、運命に弄ばれる情況には、とにかくも彼が労を惜しまず自分の仕事に精を出していて、悪意など持っていない人間であることは明白なだけに、同情を禁じ得ないのである。

　しかしエリオットがくどいほどに繰り返したエイモスのための弁明にもかかわらず、作品全体の感動を生み出しているのは、彼の運命に対する〈シンパシー〉ではないのではないだろうか？　ましてや彼という人間存在に対する感動ではない。読者は彼に対して村人たちの総体と同じような反応をするはずである。どうしても彼に対する愛情が湧かない。それが愛情とまでは言わなくとも同情を示すようになったのは、彼が六人の幼い子供を残して妻に先立たれたからである。そしてその妻ミリーが賢明で善良で献身的で、誰からも愛される天使のごとき女性だったからである。ハキット夫人がミリーの生前から、エイモス本人には好意を抱いていないにもかかわらず彼のことを悪く言うのは好まなかったのも、彼女がミリーを愛していたためである。つまりエイモスに対する同情を劇的に盛り上げるためには、ミリーという美しい存在が必要だったのである。

　そしてこのミリー像こそ後にこの作品を論じる批評家たちの不満が集中する唯一の人物像である。あまりにも型にはまった良き妻、良き母として描かれ過ぎている、と。筆者は、同じ天使のごとき家庭婦人であっても、針仕事などをはじめとして夫や子供の、直接家事に関する身の回りの世話だけでなく、夫が帰宅後、巡回図書館の本のラベル作りをすると予測すれば、前もって本に表紙をかけて整理して置き、夫が着替えるガウンまでその仕事をする部屋に用意して置く（第二章）ような、仕事の上でも夫のよき助手であるという点で、ミリーはやはりエリオットの考え方を反映した独自性を持った女性像だとは思う。しかし、天使像的であることは間違いなく、事実、エリオットはミリーの描写においてだけ説得性を欠いていることは否定できない。忍従ということが家庭婦人の至上の美徳とされ、したがって女性の側もそれをしばしば無条件の習慣として身につけていた時代だったにしても、六人の子供を抱えた貧困と多忙の中、夫の仕事の助手的役割などもてきぱきとこなせるほど頭と気性のしっかりした女性が、ツァーラスキ伯爵夫人が五月から十一月まで実に半年もの間、牧師館に食客として居座ることに耐えたというのは納得しにくいだろう。哀れな行き所のない人を置いてやったというのならミリーの性格の美点を強調することにもなる。しかし伯爵夫人はかりそめにも絹のドレスをまとった伯爵夫人なのであり、それでなくても不如意な夫や子供のための経費をそのような人物のために六ヶ月もの間切りつめ続けて、夫の評判もそのためにさらに悪くなっているさなか、夫に自分の考えのひとつも言わなかったとすれば、ミリーは少なくとも賢い妻ではなかっただろう。

　このあたり、エリオットは、ミリーに内心出て行って欲しいという願望を抱かせるだけで、ついに伯爵夫人と衝突してしまう役目は女中のナニーに委せてしまう。無差別な善意を信用しなかったエリオットが、ミリーだけはどんな相手に対しても善良な人間として描き、“gentle and uncomplaining Milly”[24]という型にはめて讃美しているのである。

　その上、単純な描写の誤りまで犯している所がある。ミリーが病気で、日頃やんちゃな五歳になる息子のデッキーが本能的にそれを察知、心配してすっかりおとなしくなり、母親の手をしきりと撫でてはキスをする場面（第五章）があるが、その手は“soft white hand”[25]なのである。しかもそれが二回も繰り返して出て来る。女中がいるとはいえ当時の家事は一人の女中に任せておけるような、なまやさしい分量のものではない。ミリーは常にせっせと働いている姿が描写されているし、それも針仕事だけではなく、“Mrs Barton is an excellent cook”[26]と、台所仕事も当然予想されるようにやっていることが明言されている。ガスや電気のコンロから始まって給湯設備に至るまですべてが便利で手仕事の分量も減り、あかぎれなどという言葉はほとんど死語になってしまった現在ですら、主婦の手というものはだいたいにおいて“soft”ではないのである。エリオットはきれいな手の形をしていたという。彼女も当然台所仕事はやったが、それをしなかった期間も多く、この小説を書いていた時の彼女の手は、形がよいだけでなく、“soft”さを保っていて、その自分の自慢の手を愛すべきミリーに与えたのかもしれない。しかしそれは彼女の主張するリアリズムの原則に反する。母親の手を握るデッキーの手は赤く、爪が黒く汚れている（his little red black-nailed fists）と克明に描写されているだけに、“soft white hand”はただミリーを美化しているがために不注意を決め込んだ表現としか思えない。

……彼（ルイス）は（クロス農場の場面を読んで）、私が会話はうまく書けるのは明白だ、と言いました。ただ私がペーソスを自在に操れるか否かの疑問はまだ残っていて、それが私がミリーの死をどう扱うかで判明する、というわけでした。(27)

エリオット自身がそう語っているところから見れば、ミリーを読者の同情を誘う道具として使うことは既定の方針だったようである。それはとりもなおさず、エイモス自身は本格的に読者を感動させられないということを初めから知っていたということになる。

エイモス・バートンは……（実際のモデルよりも）ずっと良い人間にしてありますし、彼の行為も実際よりはるかに非難できないものにしてあります。(28)

と彼女は執筆からちょうど三年ほど後にチャールズ・ブレイに弁明しているが、ということは、彼女はグウィザー氏を良い人間だったとは思っておらず、むしろ彼はエイモスとは違って非難に値する行動をした、と思っていたわけである。すでに引用したラスキンの表現を借用すれば、「はじめは軽蔑していた」そのような人物の中に、「ありのままに受け容れる」ことによって、「予期しなかった美（同情に値する点）」を見出して見せようというのがエリオットの使命感に燃えた努力だったが、そして彼女はそれに成功し、その後も成功し続け、それが彼女の小説家としての価値を高めているが、彼を「ずっとよい人間」にしたとしても、エイモスの中でグウィザー氏のつまらない（と彼女が思った）性格をしっかりと描写したのは確かである。

Nature had given him opinion, but not the sensation.(29)

つまりエリオットが最も重要視している生き生きした人間らしい心に欠けているので、彼女が彼女流のリアリズムに徹する以上、エイモスが読者の本当の〈シンパシー〉を獲得することはあり得ないのだ。砕いて言えば、どんな人間の中にも同情できる点があるのは確かで、それを見つけうる心を持つことは人間として大切なことだが、一方、正確に描写することによって、美しいものと美しくないものが明確に区別されることも事実である。

エリオットはその点では一見思われる以上にエイモスをきちんと取り扱っている。彼女自身が読者にしきりとエイモスに対する〈シンパシー〉を訴えるが、その主旨は彼にだって悲しみがあったのだ、ということで、彼がこんなにも愛すべき人物だ、という言い方は、後に述べるミリーの死後の内省の場面以外ではしていない。そして自分一人だけでは読者を説得できないと知っているかのように、クリーヴス氏を彼の弁明者として駆り出すが、彼が口にできる最大の弁明も、

...a right-minded man, who has the knack of doing himself injustice by his manner...(30)

というもので、ここからも、たしかに気の毒ではあるが、どうしても他人の心に対する反応力の鈍い、魅力のない人間像が浮かび上がって来ざるを得ないのだ。

さらに、物語が、とかく評判の悪かったエイモスがミリーの死を通して村人たちの同情を得るようになったという、それこそペーソス一杯の場面で終わっていない点にも注意しなければならない。彼は折角ようやく教区民に受け容れられ、妻を失った打撃からも立ち直って仕事に意欲を燃やし始めた矢先、こんどはそのしがない牧師（補）の地位をも奪われて、淋しくシェパトンを去っていかなければならなかったのである。そのような結末にしたのは、実際のエピソードがそのとおりだったから、という単純なものではないだろう。エピソードのどこまでを一区切りと見るかは見る側の自由なのだから。エリオットはミリーをとことん美化して通俗的な効果を狙うことまではしたが、彼女の小説を、単純に読者の涙を絞ったあげくの心温まるタイプの物語にする気はなかったのである。

筆者は、エリオットがその構想を聞かせた時、ルイスはミリーの死で終わらせた方がよいという意見を持ったのではないか、とかねがね思っている。彼がミリーの死を重要視したのはエリオット自身の記述からも明白で、ミリーがあまりに美化され、死の場面では英雄的、あるいは舞台役者風にさえなって、その描写にエリオットのリアリズムが行き届いていない点があるのは、おそらく初心者エリオットがルイスの意見に従ったためである。（というのは彼女のその後、二度とミリーのような人物を自分の作品中に登場させることはないからだ。）その上、ルイスは一批評家としてこの物語を次のように推奨している――

...according to my judgement such humour, pathos, vivid presentation and nice observation have not been exhibited (in this style) since the "Vicar of Wakefield"(31)――（下線筆者）

"humour"以下、ルイスのあげた四つの長所は結局、風俗描写の力量だけしか言っていない。その四つだけで終わるのなら、しかも単に『ウェイクフィールドの牧師』に劣らぬと言うのなら、物語はむしろミリーの死後の村人との和解で終わった方がふさわしかっただろう。

が、エリオットにとって物語は、あくまで"The Sad Fortunes of the Rev. Amos Barton"でなければならなかった。彼女はエイモスにハッピー・エンドを与えるわけにはいかなかったのである。何故なら彼は自分自身の成長、彼の心の中にある何らかの徳によってシェパトンの村人たちの同情を勝ち取ったのではないから。

...Milly's memory hallowed her husband...(32)

村人たちの心をゆさぶったのはあくまでミリーの死なのである。

There was general regret among parishioners at his departure : not that any one of them thought his spiritual gifts pre-eminent, or was conscious of great edification from his ministry. But his recent troubles has called out their better sympathies, and that is always a source of love. Amos failed to touch the spring of goodness by his sermons, but he touched it effectually by his sorrows ;...(33)（傍線筆者）

これはついに職を奪われて村を去ることになったエイモスのための、エリオットの鎮魂歌だ。彼は村人たちに惜しまれて去りました。と。しかしここでも村人たちの同情を呼び覚ましたのは彼本人の在り方ではなく、"his recent troubles"なのだ。動いているのは村人の心の方であって、彼の方はまずミリーを、次に職を失って悲しみはしたけれど、その結果、よりよい牧師になったわけでもないのである。何しろ彼は"sensation"を欠いているのだから。言い換えるなら、エリオットが読者に向かって彼のために熱心に乞い求める〈シンパシー〉は、彼自身の中には欠落していたのだから。

エリオットはミリーを失ったエイモスの悲嘆を痛切に描いてはいる。しかしその部分に限って、エイモスらしい特色は何ひとつ出ていない——

O the anguish of that thought that we can never atone to our dead for the stinted affection we gave them...(32)

エリオット自身がそういう場合の悲嘆を思い浮かべて、自分の創り出した"pathos"に酔い、それをエイモスに当てはめるだけである。これはミリーを美化しなければならなかったのと同じ理由から来る、つまり何としてでもエイモスに対する同情を喚起しなければならないこの物語の目的から言って避けられない、リアリズムからの逸脱である。「社会の底辺で虐待されて育った無知な子供が高度な徳義心をそなえているはずがない」という主旨のディケンズ批判は正しかったが、エイモスのような人物が——

...he felt as if his very love needed a pardon for its poverty and selfishness.(32)

と描写されているような、そんな繊細で微妙な感性を持っているはずもないのである。百歩譲って、彼の"sensation"がそのように突如目覚めたのなら、それは彼の村人たちに対する態度にも表われなければならない。しかしそのようなことは何ら暗示されておらず、彼が村を去る場面の引用文からも察しられるように、むしろ相変わらずだったと思える描写が目立つのである。もし彼にふたつめの不幸が続いて振りかからず在職し続けたとしたら、ミリーの死が呼び覚ました村人たちの熱心な同情のほとぼりの醒める頃、彼は再び彼らの陰口の対象になったことであろう。傍役たちの例から、エリオットが自分の創造した人物に対して、単なる善い人、悪い人というのではなく、自分自身の人間像、道徳観に従ってはっきりとした価値判断を下しているのを見たわけだが、そのエリオットが、そのようなエイモスをハッピー・エンドでシェパトンに安住させるわけにはいかなかったのである。

ここに至って、エリオットのエイモスに関する誤算がはっきりしてくるのではないだろうか。彼女は正確にその姿を描写することによって、一見つまらなく、取るに足りない人物にもその人なりの心や生活の歴史があることを示し、読者の〈シンパシー〉を喚起したかったわけである。そのこと自体には誤算はない。次作の「ギルフィル氏の恋物語」でも彼女はまったく同じことを主張し、作品全体のバランスは大きく崩れていても、少なくともギルフィル氏に対する読者の〈シンパシー〉はしっかり勝ち取っている。さらに『アダム・ビード』でまで、しかもまるまる一章をさいて同じ主張を繰り返しているし、その後は作品でいわば自分の小説論を展開するのは止めるが、小説家エリオットは最後までその初心に忠実である。ただ処女作において彼女が半分忘れていたのは、同じ別に英雄でも何でもない人物でも、感動を誘える人物と誘えない人物とがあるということだった。いや、決して忘れてはいなかったのは傍役たちを見れば明白だし、忘れていなかったからこそ、妻ミリーを徹底的に美化し、さらに彼女が死に見舞われた後、突如エイモスに繊細で愛に満ちた感性を与えたりする必要があったわけである。だが半分は忘れていただろう。しっかり考えさえすれば、エイモスのような性格の人物を主人公にし、リアリズムに徹し、読者の心を彼に対する〈シンパシー〉で満たそうというのは、無理な話なのだから。

もっともエリオットは、本来彼女は〈シンパシー〉という言葉を、相手が感じることを自分が我がことと同じように感じること、という意味で使っているのだが、エイモスのために求める〈シンパシー〉に限って、哀れみに近い同情という意味で使っているように見える。今回作品を読み直してそれに気付いたが、それなら感動はミリーで、エイモスには哀れみを、ということで計算の一貫性はある。しかしそれなら、作品の中で著者が、これほどまでに力を込め、感動的な表現を使って、エイモスに対する〈シンパシー〉を求める文体を採用したのは誤っていたと言わざるをえない。次作では、著者が同じような調子で求めるギルフィル氏に対する〈シンパシー〉を読者が素直に与えることができるのは、同じしがない牧師でも、後者には人間として高貴な、あるいは愛すべき心を持っていたからである。同じ作品の中で、彼女はワイブロウ大尉を彼の苦しみが読者に手にとるように伝わるように描写して彼に対する読者の哀れみは誘うが、エゴイストである彼に対してしつこく〈シンパシー〉を求めるようなことはしていない。そして今後もしない。それ以後彼女は一貫して欠点、弱点、失敗、誤りは多くとも人間としての心の高貴さを持った人物を主人公にして、その主人公に対する読者の〈シンパシー〉を求めて小説を書いていく。(二つの中篇、*"The Lifted Veil"*と*"Brother Jacob"*は除く。これはまた別の話だ。)直接〈シンパシー〉を、と訴えかける習慣は、早い時点で放棄するが、あくまで初心に忠実に放棄するのだ。

　つまりエイモス・バートンは、エリオットが書こうと目指した小説の主人公にはふさわしくなかった。そして実際に彼はその小説の主人公になってはいない。彼がいかに何もしていないかは、調べて見て改めて驚くほどである。ミリーは死ぬことによって、夫に対する村人たちの善意を引き出した。村人たちは可哀想に思うことによって親切になった。正規の教区牧師であるカープ氏は、自分の義弟を後釜に据えるもくろみでエイモスをあっさり解任した。エイモス本人はそういう、何かしらをした人びとの中にあって、ただ彼らの行為に運命を左右されているだけなのである。堕落もしないが成長もしない。エリオットのその後の小説中、唯一まったく受け身な主人公に見えるのはサイラス・マーナーだが、彼は神、親友、許嫁と、自分の愛する者すべてに裏切られた時、自分自身に愛することを禁じてただ蜘蛛のように機を織る存在になり果てた。そこまででもすでにサイラスは読者の〈シンパシー〉を獲得できるだけのことをしているし、その上彼は、それでも殺し切れなかった彼の中にある愛によって、自らの手で愛に囲まれた晩年を招き寄せた。しかるにエイモスは本当に何もしていないのである。それはエリオット自身が、自分の小説の目的、エイモスに対する〈シンパシー〉を求める方針とエイモスという人物に対する内心のリアリスティックで正確な認識のギャップの中にあって、彼に何をさせることもできなかったというのが真相だと思う。唯一必要に迫られて、彼にミリーの死を痛切に悲しむということをさせたが、それが絵空事であるのはすでに述べたし、その結果の変化を僅かなりとも生じさせるまでの労は取っていない。彼女はエイモスがスクルージのように突如改心できると信じていなかったし、そこまで妥協する意志は全くなく、彼の姿を“sad fortunes”の中に消えていかせる以外はなかったのである。

9　主役たちの創造へ

エリオットが主人公に対する〈シンパシー〉を求める小説の、その主人公にエイモスを採用したことの誤算をどの程度まで自覚したかは分からない。彼女が、自分自身が今まで軽蔑していたような人間にこそ自分の〈シンパシー〉を向けて見せ、読者の心を動かすのを自分の小説の使命と信じたその信念は強く、そのためにした努力はまったく誠心誠意のものであったのだから。

He (Eliot) begged me particularly to add that—as the specimen sent will sufficiently prove—the tone throughout will be sympathetic and not at all antagonistic.(34)　（下線筆者）

これはルイスの「エイモス・バートン」推奨文の続きだが、著者自身の主張として述べているのはこの“sym-pathetic”という一点だけだ。それをエリオットはとりわけ主張したわけである。彼女がその点にこだわった心の懸命さは、『フロス河畔の水車小屋』のマギーの自己否定の哲学に通じるものがある。エリオットは、ラスキンの文章によって、自分が〈シンパシー〉を得られずに苦しんだと同じように、ある人びとに対しては自分が逆にそれを欠いた残酷な存在になっているのではないか、ということに痛切に思い至ったのだが、それは反省であると同時に、愛する肉親に受け容れられない苦しみに対するひとつの積極療法の発見でもあったわけである。自分が自分である限り愛する相手の愛を得られないならば、せめて自分を殺して相手の心を自分の心とすることができれば、仮にそれでも愛は得られなくとも、少なくとも自分の運命に納得することはできるのである。しかしマギーにはいくら抑えつけても抑えつけても頭をもたげる彼女自身の感性があって、自己否定の努力も自分自身はもちろん、愛する相手を誰一人として幸福にすることができなかったように、エリオットも、自分の価値判断の基準を変えられなかったし、いくらおだやかな微笑を浮かべてエイモスを弁明しても、読者の本当の愛情はなかなか彼の方へは向かない。

しかし彼女は、それだけ〈シンパシー〉に賭けた処女作においてすら、傍役たちに関しては自在に自分自身の判断を下し、その判断に応じた役どころを与えていたわけである。そして次作からは、ギルフィル氏には自分が本心から弁明できるだけの人格を与えているし、傍役ではなく、主要な人物の描写を通して、いわば正面切って人間の価値を問うて行くことになる。そして第二作、第三作で大きく作品のバランスが崩れるのは、一方では第一作と同じようなおおらかで博愛的な創作態度を続ける意志と意地とを抱きながら、そして半ば本当にそうしているという錯覚に自分自身を委ねながら、他方では急速に自分の本心を作品に投入し始めるからである。

遅ればせながら、直前に引用したルイスの文中の“the tone throughout”というのは、「エイモス・バートン」で始まるシリーズ全体の一貫した調子、という意味である。とりわけ主張し、かつ約束した“sympathetic”な調子はまったく変わっていない、とエリオットは主張するかもしれない。そのとおりだが対象の質や扱う態度が変化している。ギルフィル氏に関しては、エイモスに対するのと同じ、ユーモラスで博愛的な調子は保たれているが、氏の人格についてはすでに述べたとおりの変化があるし、この作品の実質的主人公とも言えるティナ、および次作の主人公ジャネットに関しては、ユーモラスな調子もほとんど消えてしまっている。ティナは貧しいイタリアの音楽家の遺児で身分不相応な恋にわれを失った哀れな女性、ジャネットは弁護士の妻であり自分自身も教養がありながら酒に溺れ、アルコール中毒に陥った不徳の女、そのどちらも、エイモスと同様哀れな存在、読者に対して〈シンパシー〉を求めて見せるのにふさわしい存在とエリオットが考えたことは確かだ。しかしこの二人の女性は、前者は恋人のワイブロウ大尉、後者が夫のデムプスターという「エゴイスト」の男性の犠牲者として描かれているという点で、著者の分身でもある。エリオットはスペンサーにさんざんかき立てられた恋を拒まれた時、ティナのように短剣を持ち出しはしなかったし、酒に溺れたこともなかった。理性の力も意志の力も二人の女性とは似ていなかったが、ルイスと同棲はしたわけであり、世間が認めないことをしたという点では彼女も二人と同じである。そこにその弱い二人に対して、その時点の彼女にとっては距離を置いてユーモラスに筆を運ぶゆとりがないほどの同情があり、その同情は、第一作で自ら厳しく禁じた自己主張が、早くもほとばしり出ようとする突破口となったのである。

　エリオットは第二作のあと、その頃はもうルイスを通さず自分自身でジョン・ブラックウッドと文通するようになるが、自分の小説の目的は――

> the presentation of mixed human beings in such a way as to call forth tolerant judgement, pity, and sympathy (35)

と書き送っている。建前としての言い分は変えようがなかったとしても、彼女が自分が訴えようとしている内容の質の差に気付いていないはずはなく、“mixed human beings,” “tolerant judgement” というあたりの表現が、他ならぬティナを念頭に置いたものになっているように思われる。エイモスは決して複雑な人間ではなく、その不幸が気の毒なだけだし、厳しく批判されるような行為はさせていないと著者本人が主張したくらいだから、別に寛容にしてもらう必要もなく、これらの表現は第一作には当てはまらない。ギルフィル氏は自身は立派な人柄なのにティナのような女性に惨めな片想いを抱き続けたという点で“mixed”という表現が当たるかもしれないし、ようやく改心したティナを妻にしたが、彼女の死後その想い出だけに生きるような、「つまらない説教をする」牧師になってしまったことを非難される可能性も持ってはいる。しかし彼は結局のところ素朴で誰にも非難したい心を起こさせないような人間で、どちらの表現も力み過ぎに思えるのに対し、ティナにはそれらはぴたりと当てはまるのである。彼女は理性と感情が逆の動きをする。自分自身の中に相反する力の激しい争いがあって、理性がわれを失った衝動に負けた時、彼女は自分の恩人の唯一の跡取りでもあるワイブロウと会う場所へ短剣をたずさえて行く。それは明らかに、寛大な配慮を求めないことには断罪されざるをえない行為である。

つまり「ギルフィル氏の恋物語」において、建前はあくまで「牧師シリーズ」の第二作としてギルフィル氏が主人公となっているが、エリオットが本心力を入れて弁明しているのはティナである。そし注目すべき点は、ティナとワイブロウとの恋は彼女のまったくの創作だった、ということである。同じモデルのある小説でも、この第二作はエリオットの生まれる前の話で、その意味ではどの人物もすべて創作である。だがクリストファー卿のモデルであるロジャー・ニューディゲイトが屋敷の大改築をしたこと、彼の跡取りが彼の甥であったこと、近くの炭鉱の鉱夫の娘が美声の故にアーベリー館に引き取られて歌を歌っていたこと、などの事実はあった。彼女はそのアーベリー館の召使い部屋には幼い頃から父親に連れて行かれてなじんでおり、大きくなってからは図書館なども使わせてもらって、作中に印象的に描写されている等身大の肖像画なども何回も見る機会があって、そういう実際に目で見たものの記憶をフルに活用して、それを土台に半世紀以上昔の館の世界を小説の中で再構築したわけである。が、跡取りの甥は鉱夫の娘が引き取られた頃にはすでに結婚しており、年齢の差も大きく、二人の間にワイブロウとティナのような関係は存在し得なかったという。つまりそのヒントさえなかった所へ一人のエゴイストと、彼に対する身分違いの恋に我を忘れる娘とをエリオットは登場させたわけである。

エゴイストに関しては、この小説の執筆直前のエリオットが、ヤング論の中でそれにかかわる言葉を多用して大きなこだわりを見せたことはすでに述べた。彼女はツァーラスキ伯爵夫人の描写では言い足りないことが多過ぎた。その犠牲となるミリーもあまりにも受動的かつ受容的過ぎて、実際のところ彼女が死にいたるためには、つまり彼女の悲劇は、単に生活の苦労が多くさえあれば足りて、他ならぬ伯爵夫人のような存在を必要としてはいなかったのである。そこに「エイモス・バートン」における夫人の一種の影の薄さがあったのだが、エリオットは「ギルフィル氏の恋物語」では、ワイブロウの心理や行動を名目上の主人公ギルフィル氏のそれよりははるかに克明に分析して詳述すると同時に、他ならぬ彼のエゴイズムが他者の純粋な心をいかに傷つけ得るかを、相手にティナを配して明確に示した。彼はティナを彼なりに愛しているのである。しかし愛のために自分にかかわる何ものをも犠牲にはできないし、かといって、のめり込んで来る相手に対して責任が持てないのだから愛の表明は差し控えるという、相手の心に対する思いやりもない。彼はしかるべき令嬢と婚約しながらなお、拒むティナに口づけし、それに対して彼女が逆上すると、まるで自分が被害者であるかのように彼女の感情の乱れをやり切れないと思うのである。

このワイブロウの実質的なモデルはスペンサーである。彼はメアリ・アンに傾倒し、二人は大親友になった。そしてメアリ・アンの女心が燃え上がった時、「美人ではない女は自分にはダメだ」と言ったのである。ただワイブロウと違って彼は自分が独身主義者であることも宣言し、二人は互いに良き友であり続けることを誓い合って、この二人の特別の仲は終わった。メアリ・アンは合理的に理解を示したわけだが、それが彼女をいかに傷つけたかは、その後彼女が健康を大きく害ったことからも明白に窺うことができる。

Why did he make me love him—why did he let me know he loved me, if he knew all the while that he couldn't brave everything for my sake ?(36)

というティナの内心の叫びは、そのままメアリ・アンのものでもあったわけである。

エリオットはティナを鉱夫の娘ではなく、イタリアのしがない音楽師の遺児とする。「大陸の」「カトリックの」娘は「イギリスの」「プロテスタントの」娘とは違って、道徳心を欠き、激情に駆られやすいという社会通念があって、それを利用してティナを極端な行為に走らせるためである。彼女が何故作品の目的上そうならなければならなかったか、というならば、それはそのことによってワイブロウの愛、滑らかで優しいエゴイズムの残酷さを明確にできるからである。エリオットはこのようにして、第一作には欠けていた本当の主人公を、人間の価値と道義を問い、それにはっきり回答するために働く主人公を創造したのだ。ティナは軽んじられた愛に傷つく、激情に駆られ無自覚のうちにワイブロウを刺すための短剣を持ち出す、そしてすでに心臓発作で死んでいる彼を発見して（ちなみにスペンサーも心臓病に苦しんでいた）、短剣のことなどすっかり忘れて彼を助けようとする、そして自覚が戻った時の彼女の悔悛、それは以前の心の傷やワイブロウの死のショックと重なって、か弱い彼女の体から生きる力を奪うのに充分なものであった――。ティナは彼女自身の中に、エイモスにはまったく欠けていた大きな心のドラマを蔵している。彼女に比べれば名目上の主人公のギルフィル氏は、心が動きもし、行動もしているが、ドラマと呼べるような変化がないのに気付くだろう。その意味では、エリオットが「牧師生活」にいかに意地を張ってこだわり、水割りのジンをしょぼしょぼ飲むつまらない牧師のための弁明の書としてこの小説の形をまとめてみても、彼は実質的に傍役だということは明白である。その点ではジョン・ブラックウッドはエリオットが自覚する以上に敏感だった。彼はギルフィル氏がティナのごとき女性に屈服しているのを不当な扱いだと感じて、彼女をもう少しまともな女性にできないか、せめて短剣を持ち出す場面は夢の中のことにした方がよいのではないか、とルイス宛の手紙で提案せざるを得ない。すでにルイスから「作者は非常に小心だから批判しないよう気をつけること」と忠告を受けていただけに、「ティナには本当に同情する」と前置きして、冗談含みの感想、というような言い方をしているが。

さらにつけ加えたいのは彼が同じ手紙の追伸で、"By all means let the incognito be kept."(37)と書いていることだ。その頃はすでにジョージ・エリオットの正体捜しがかまびすしくなっていたのに、匿名を守れと言ったのは、彼が特にティナの扱いから、その正体を察知したからだと思われるからである。彼はエリオットの作品を自分の雑誌から手放せないものとするだけの文学的センスを持ちながらも、ティナのような女性像を作り出し、彼女に対する共感を喚起しようとする著者自身の感性の中に良俗に反するものを察知し、不安を覚えざるを得なかった。事実、彼はその後ルイスと生活を共にする怪しい女性の存在をしきりと気にし、やがて知り合ってからは彼女に好感を抱くようになるが、それでも彼女が世間に対し匿名を放棄することには最後まで反対したのである。

とまれ、エリオットの方はエリオットの方で、短剣に関する彼の提案を断乎拒否せざるを得なかった。それは「夢は小説の中ではよく重大な役割を演じますが、私の思う所では、現実の生活の中ではめったにそのようなことはありません」(38)というリアリズムの観点からの反論もさることながら、彼の提案が、どのように遠慮っぽく控え目なジェスチャーを伴っていようとも、まさに自分がユーモラスな語り口を取るゆとりすらなく真剣にティナのために求めた"tolerant judgement"を拒むものであったからである。彼女は早くも、自分が本当に〈シンパシー〉を喚起したい、つまりそれを痛切に必要として苦しんでいる人物には、その人物に良俗に反する点がある限り、それが容易には与えられない事実に直面しなければならなかったのである。それは彼女にとって、実生活の中で世間の白い眼に耐えるのとはまた別の苦痛だったに相違ないが、実生活の中では決して示さなかったような強硬さで反撃に出たのは、いったん本当に主張したいことを主張し始めた以上、一歩も引けない意地があったし、使命感がその意地を強力に支えたからである。

おそらくこの時点で彼女は、自分が二度と「エイモス・バートン」のような作品を書くことはないと思い知ったに違いない。どんな人物でも共感を持って描写することはする。しかし自分が本当の意味で高く評価することのできる面を持たない人物を主人公に据えて読者に共感のお手本を示そうなどという努力は、誠心誠意ではあっても空しく、おこがましくさえあったのだ。ミリーの死の場面をルイスに読んで聞かせて二人揃って感涙にむせんでからほんの数ヶ月後、彼女は自分のミリー像をほとんど自分自身に対する裏切りのような思いで振り返ったのではないだろうか。

それが証拠に、エリオットは第三作では牧師シリーズの一環らしい体裁をとることも、ユーモラスな口調をとることもいっさい止めてしまった。そしてこともあろうにアルコール中毒の女性を正々堂々と物語の主人公に据え、彼女に対する〈シンパシー〉を訴えることをしてのけたのである。しかも今回は、前作が遠い昔のお屋敷の中のエピソードであるのに対し、時代も昔、とはしているもののさほど遠くはなく、ジャネットはれっきとしたイギリス人であり、しかも教育を受けた女性である。このジャネットの人物作りには筆者はあまり好まない点がある。エリオット自身、エイモスの場合とは逆に、自分の主人公を分析し切っていない所があり、読者によく印象付けようとしてリアリズムが徹底していない所があるからである。ティナには何とか我慢できた読者もジャネットには嫌悪を示したのは当然だったと思われる。しかしエリオットはあえてジャネットを自分の主人公にしたのである。エイモスはミリーを通してであっても読者に受け容れられたのに対し、彼よりもはるかに人間性の質が高いと評価するティナが読者の抵抗に出会った時、エリオットは自分が読者の共感を得べく努力したいのは、そしてすべきことは、特に悪いことはしないが心底つまらない人物に振りかかった不幸などではなく、心に愛や豊かな感性を持ちながら、逆境の中でもがきながらも誤りに陥って、しかもその誤りそのものと必死に闘う人物を表現することだと思い知ったのである。そしてエリオットは、そう思い知れば、二度と逆戻りはできないし、読者の抵抗にひるむわけにはいかなかったのである。

筆者は、この論文でエリオットの描いた社会について論ずることはできなかったが、それは第一作、第二作、第三作と、順次別の社会を描いて、その広がりは大きいのである。そして人間の心の問題の追求は、順次急速な勢いで広まり、深まっていっている。ほとんど自分の意図というよりは必然の勢いに駆り立てられるようにして、扱う問題も世界も大きくふくらんだ「ジャネットの改悛」を、止まって考えるゆとりのない月刊雑誌の連載という形で書きながら、エリオットが自分の頭の中を整理して想像力に身を委ねる時間と、「広いキャンバス」とを必要としたのは当然の成り行きだったと言える。

ウィリアム・トレヴァーの世界

心のための鎮魂歌

——*she has made a gesture... It must be honoured.*

—— *Trevor, 'Mark = 2 Wife'*

1 序

アイルランド出身でイギリスを主要な活動の舞台にした作家は多いが、ウィリアム・トレヴァー（一九二八－　）もそのような作家のうちの一人である。筆者はこの秋、彼の作品をまとめて入手し読む機会を得て、これだけの作家が日本でまだあまり知られていないのを心から不思議にも残念にも思った。そのうち不思議さのほうは、間もなく解消した。というのは、トレヴァーの作品は、その時代の個人や社会が特徴的に抱えている問題意識や要求や感情と合致した、きらびやかなキャッチフレーズを付けられるような性質のものではないからである。つまり彼の作品は、一定の読者集団を形成して彼らのバイブルになり得るようなことを唱えていないし、したがっていわゆる論じやすい作品でもないから、人びとに知られるためには時間がかかるのはやむを得ないのである。

しかし小説とは本来論じられるためではなく、読まれるためにあるものだ。そしてトレヴァーの作品は是非とも読まれるべき作品だし、読まれ得る作品である。彼の小説は、長篇も短篇も非常に面白くて速く読める。そして妙な言い方だが、読んでいる最中よりも読み終わった後のほうが、もっとよいと感じるような作品なのである。つまり読み終わると不思議な余韻が心に残って、より多く、あるいはより繰り返して読むにつれて、作品の奥底に漂っている音楽のようなものが、次第に明瞭に聴き取れるようになって来る感じを覚えるのである。そしてそこに最終的に見出せるものは、人間の生の営みの一つのヴィジョンである。それは人間存在そのもののありとあらゆる脆さと不完全さから、当然悲劇的なものだが、そこにトレヴァー自身の心が介在していることによって、悲劇的ではあってもそれと和解することが可能な、あるいは少なくとも和解を求める余地があるヴィジョンになっている。

　筆者が今ここでそのトレヴァー論を試みようとしているのは、冒頭で述べた、彼があまり知られていないのを残念に思う気持ちの方が強まる一方だからである。私自身彼の作品を読み始めてからまだ一ヶ月余りしかたっていないし、作品以外は彼についてほとんど知識がない。いわば初見で書くのは無謀で、あと少し調べたり読み直したりする時間だけ書くのを待ちさえすればよいのだと思うが、それでもなお今回限りあえて無謀を冒したい。トレヴァーの作品が少しでも早く、少しでも広く読まれることを、筆者は焦りにも似た気持ちで切望しているし、今書かないと、感動が沈潜して考え込み、当分書けそうもないからである。

　なお、これは前記のように、トレヴァーを紹介したい目的で書く文なので、まず以下に、筆者の知る限りの彼の略歴を記して置く。トレヴァーをよくご研究の先生方には、ただご容赦を乞うのみである。

*

ウィリアム・トレヴァー（本名 Trevor Cox）は一九二八年、アイルランドのコーク州東北部にある小さな町ミッチェルズタウンに生まれた。その町は現在人口三千百人と小さいが、アイルランドの小さな田舎町の多くがそうであるように、ながいイギリスによる支配のもとで、由緒ある歴史、また悲劇的な事件の歴史を持っている町である。教育は寄宿学校を経て最終的にダブリンのトリニティー・カレッジに学ぶまで、一貫してアイルランドで受けた。その後、ある辞典(1)によると、彫刻家として活躍した時期があり、またトレヴァー自身の記述(2)によると、ダブリン西南方面のリーイシュ州（Co. Laois）のポートリーシャ（Portlaoise）に住んでいたこともあり、いつの時点で本格的に作家に転向する決意をしたか、またいつの時点でイギリスを生活の本拠地にするようになったかは不明だが、処女作 ***A Standard of Behaviour***（『行動様式の規準』）は、一九五六年にアイルランドで出版され、二年後の一九五八年にはイギリスで再版されている。この作品は、舞台は第二次世界大戦のロンドンで、主人公がそのままトレヴァーではなくとも、何らかの意味で当時の作者自身の生活そのものの中から生まれたと推定できる、生きる方向の定まらない青年群を扱った短か目の小説である。文体は厳密癖にこる、というのだろうか、次作以降の単純さをまだ確立していない。

その後まだ彫刻を続けていたのだろうか、理由は不明だが、トレヴァーがイギリスで作家としての地歩を一気に確立し多作時代に入ったのは、処女作出版から八年後の一九六四年に、前作とは少なくとも表面上似ても似つかぬ、技法が軽快かつ達者で、諧謔的な笑いに満ちた ***The Old Boys***（『卒業生』）という小説で、Hawthornden Prize を獲得してからである。その時彼は三十六歳、すでに「人生なかば」に達していたわけだからかなり遅いスタートだったと言えるが、その後の活躍はエネルギッシュで持続的、かつ充実していて、現在にいたるまでに、筆者の知る限り十一冊の長篇小説と、六冊の短篇小説集、一冊の中篇小説、二冊のノンフィクションが単行本の形で出版されている。(3)その間、前記 *The Old Boys* の受賞に次いで、*The Children of Dynmouth*（『ディンマスの子供たち』、1976）と *Fools of Fortune*（『運命の遊び道具』、1983）で、二度にわたって Whitbread Award を獲得しているが、この賞はその年に出た小説のうちで最優秀と見なされる作品に与えられるもので、それを同一作家が二回にわたって獲得したのは、トレヴァー以外例がないそうだ。さらに *The Silence in the Garden*（『庭の静寂』、1989）で Yorkshire Post Book of the Year Award、短篇でも三番目の短篇集 *Angels at the Ritz and Other Stories*（『リッツの天使たち』、1975）で Royal Society of Literature Award と、各種の賞の受賞回数が多い作家で、たぶん賞自体もたくさん存在しているのだろうが、少なくともよい作品を続けて出していることの証にはなると思う。それに初期の長篇では第四作 *The Love Department*（『恋愛取扱局』、1966）は受賞したデビュー作よりはるかに充実していると思うし、後期の長篇で賞を得ていないのは *Other People's Worlds*（『他人の世界』、1980）だけだが、これも他の作品に劣るとは考えられない。筆者はこれが何も受賞しなかったのは、男娼までする男性が主要人物なので、それが「良俗」に反し、あまりにもどぎつく感じられたためだと思っている。短篇集にしても、特に第三集だけがよいということは決してなく、長篇と同様に、むしろ後になるほど充実していると思う。

他に舞台やラジオ・テレビのためのドラマも数多く執筆し、イギリスやアイルランドの雑誌等のみならず、アメリカの *The New Yorker* などの寄稿者でもあり、ごく最近では *The Oxford Book of Irish Short Stories*(1989) の編者になっている。

彼の文筆活動全体に対しては、一九七六年に生国から Allied Irish Banks' Prize、翌一九七七年にイギリスから名誉勲位（CBE、これに "Honorary" と付いているのは、彼がイギリス国籍でないためだろう）を授与されている。

デヴォン在住。妻との間に二子がある。

2　特　質

トレヴァーは人間の心の問題を扱う作家である。しかし彼は人間心理の描写家とか分析家とかいうカテゴリーに入る作家ではないと思う。というのは、まず第一に、彼は時には人の心をレントゲンで透視し、あるいはそれを薄片にして顕微鏡下に置き拡大して見せるような場合でも、さらにまた、狂気やそれに接する世界を掘り下げる場合でも、単なる描写や分析とは異なることをしているように筆者には思えるからである。そして第二に、彼が作品の中でどれほど人の心のからくりを鮮やかに解明して見せたにしても、彼の関心はからくりそのものの解明にはなくて、常に何よりもそれが惹き起こす人間の生活のドラマにあるからである。

トレヴァーの作品の登場人物たちは、そのほとんどが現代のイギリスやアイルランドで特に目立つことなく暮らしている、どこにでもいそうな人びとである。男女を問わず、年齢層も幅広く、彼らは皆それぞれの日常生活の中に置かれており、したがってトレヴァーの小説の表面は、まさに現実そのものを目のあたりに見せる風俗小説のような性格を持っている。読者は彼の小説を通して、パブでの会話の内容やパーティーでの退屈のしかた、OLの恋や頑張り、ささいな夫婦喧嘩、家庭でのお茶や晩酌の型にはまった、しかし冒し難いパタン等々から始まって、ロンドン周辺のベッドタウンの雰囲気やその発展状況、そこからの通勤条件、子供が通う学校の実態や、公園で白眼視される酔客の心理、などにいたるまで、ありとあらゆる人びとの日常的な在り方を、目のあたりに思い浮かべることができる。

ただトレヴァーが独特なのは、そのように「まさにそのとおり」とにんまり納得できて、それ自体でも描写の価値があると思われる表面的な事柄の奥に、より真実な世界、あるいは読者がまったく予測していない世界を繰り広げて見せることである。そしてしばしば読者をびっくりさせ、時にはあきれさせながら、最後には納得させ、さらに広い世界を垣間見させることである。それを可能にしているのはトレヴァーのストーリー・テラーとしての天才であるとしか言いようがない気がするが、それをいくつかの要素に分けて考えてみることはできる

——

まず第一に文体だが、トレヴァーの文体は淡々としていて、人がしゃべる口調に似ている。分析的、あるいは観念的な、それ自体が読者の高度な知的理解力を要求するような表現は意識的に避けられており、あくまで事実——人物たちの言動や内心の動き——を、平坦で単純、しかし明確な筆致で、いわば端から順番に、といった調子で語っていく。したがってそこには観念で処理された著者の主張がまったく入っていないのである。トレヴァーは観念や思想や理念を決して言葉では語らない。そして、彼の作品は彼自身の苦悩や絶望との闘いから生まれて来たものに相違なく思われるが、いかなる人物に対しても自己投入がなされていない。つまり彼の、作中人物たちがこうした、こう言った、こう内心で思った、とのみ書く思い入れのない文体は、執筆者の側のいかなる押しつけがましさやセンチメンタリズムも排除していて、したがって読者は何の抵抗もなく、何を用心する必要も感じずに、安心して彼の語りに耳を傾けることが出来るのである。

第二に力説しなければならないのは、前記のような淡々とした文体を支える、事実の選択の確かさである。当然のことながら、事実を述べさえすれば読者の興味を惹けるというものではないし、人物の心の動きにしても、そこに少しでもこじつけや著者の側の押しつけがあると、読者の素直な好奇心は弛む。作中で述べる事実は当然選択されなければならず、読者の呼吸とも合致しなくては信頼されない。トレヴァーはその選択において苦もなく正確で、かつ果断なのだ。そして無駄がない。ディケンズが人物の外観や癖を短いフレーズで明確に印象づけることにおいて天才的だったと言えるならば、トレヴァーは、ほんのわずかの平凡なせりふやそれを置く場所の選び方などで、その人物の心の在り方を暗示し印象づけることにおいて天才的である。つまり彼はそれだけの彼

の作中人物の行動様式と心理とを掌握しており、また読者の心理さえ掌握していて、その関心をそらさないばかりか、むしろ刺激してぐいぐいと引きつけていく話術をも心得ているということである。

この第二の点は直接、第三に筆者がトレヴァーの特色として挙げたい、小説の発展の意外性と、その結果到達される高度な真実性につながる。前に述べたように、トレヴァーはしばしば読者を予想外の世界へ引きずり込んで驚かせるが、読者が驚きながらもなお熱心に読み続け、最終的に衷心から納得するということは、やはり彼が語る事実が真実だということである。「よさそうな人でした。まさかのあの人があんなことをするなんて」と、何か犯罪が報道された時に周囲の人びとは言う。「どうも虫が好かなかったが、まさか」とか、「驚いたが奴ならこれくらいのことをしても不思議はない」とか言う場合もある。しかし誰一人、その問題の人物が報道されているような犯罪を犯すとは予見していなかったのは事実なのである。我々現代の社会に生きる人間は、その程度にしか他者を分かっていないか、あるいは直感で分かっていてもその直感を眠らせて、平均的な通念を信用して生きているものである。そしてトレヴァーは、その通念を破って見せる。だから読者は彼の作品の展開にしばしばぎょっとするが、日常の事件などで「そう言えば思い当たる」と思う、それと同じ心の経緯で、彼が照明を当てて見せる世界に納得する。彼は読者の平均的な通念を不意打ちして驚かせることによって、その分だけより効果的に、読者が日頃たしかに見たり感じたりはしていたが事実上何ものとも認識していなかった、あるいは誤って認識していた、人びとの言動の裏にひそむ人間の心の謎を、つじつまの合う姿につなぎ合わせて見せる。

そこには話術のマジックというものがある。トレヴァーの小説の世界では、読者の側が、まさか、と思う事件、あるいは人物が頻出するが、考えてみれば、そうまで典型的に「信じられない」事件は、我々の日常生活の中ではめったに起こらないものである。それでも読者は、著者のさりげない、淡々とした口調で語られる法外な事実を驚きながらも信じるのは、それがあくまでまったくもって在り得ることであるからであり、観念や思想をもてあそんだこじつけ、あるいは解釈や主張による押しつけがましさを抜きにして、単なる「事実」として語られているからである。そして彼の語るそのような一種法外に見える事実は、常識的な事実以上に、人間の不完全さ、脆さ、はかなさ、いとおしさを読者に痛感させる。その結果、さらに言うなら、法外と見える事実は、日常掘り起こされないから目に見えないだけで、人間の生活は実はこのようなものから成り立っていることを読者につくづく思い当たらせるのである。

それは、それだけトレヴァーが話術にたけているということであり、またその話術が、人間の心の、理性では予測しにくい動き方とそれが惹き起こし得る事件についての、正確な理解と洞察によってしっかりと裏打ちされているということだが、筆者はトレヴァーの語りには理解とか洞察とかいう言葉で言い表わし得る以上の、魔術的な力があると思う。筆者はそれをヴィジョンのリアリズムとでも命名したいのだが。あるいは虚構の真実と呼んでもよいが、彼は彼の作品の世界を造るというよりは視ているのである。だからこそ観念で処理できない、隠された真実を苦もなく摑み取り、彼の作品の世界の、混じり気のない正確さを達成できるのである。そして、そこから読者に「感じ取らせる」力が生じて来ている。

第四番目に、最後に挙げるべき特質は、作品の中のトレヴァーの心が介在しているということで、それが筆者が冒頭で述べた、作品の奥底に漂っている「音楽のようなもの」を形成しているということである。筆者は彼の作品の中では自己主張やセンチメンタリズムが完全に排除されていると述べたが、それとこれとは矛盾しない。この第四の点がトレヴァーの作品を単に非常に面白いという以上のレベルに引き上げている最も肝心な点だが、それは彼の作品の主題と深くかかわることなので、ここでは指摘するだけにとどめて、次章からいくつかの短篇を紹介する中で、具体的に例証していきたい。

3 'Mulvihill's Memorial'

まず第一に紹介したいのは'Mulvihill's Memorial'(『マルヴィヒルの形見』、*Beyond the Pale and Other Stories*, 1981)という「面白い」物語である。内容はやや軽く、非常に感動したというわけでもないという点で、筆者が特に推奨したい作品ではないが、トレヴァーらしさをきわめて多種多様に具えていて、それを見るのに都合がよく、同時に彼の語りを大いに驚き楽しむことのできる作品でもある。

ストーリーは、「男は彼自身裸で、女の着物をゆっくりと脱がせて行った——赤と黒の縞のドレス、ペチコート、靴下、さらに下着へと。肘掛椅子の中で彼は女を膝の上に抱き取り、女の首すじを口でなで回した。別の男が部屋に入って来て衣服を脱いだ。もうひとりの、グレーのスカートにセーターを着た女も、衣服を脱いだ。四人は肘掛椅子と床に伸び広がり、複数の性の結合が行なわれた」(677)(4)という描写で始まる。筆者は——他の方がたも同様と信じるが——当然そのようなことをしている人びとの世界を扱った話だと思って、少々気が重い。しかし次の瞬間、'The film ended.'という文でそれがブルーフィルムだったことを知らされ、読者の目の前でぽつんといるのは、両親が遺した家で、結婚をして自分の生活環境を替えたりする意志も気力もなく、同じく独身で、自分自身仕事を持つ姉と共につましく暮らしている、マルヴィヒルという中年の独身男である。

彼はロンドンの中心部に事務所を構えるイグニス&イグニスという広告会社に、缶詰などのラベルのデザイナーとして勤めていたが、毎週金曜日になると、月曜日に整頓された机の上で仕事が始められるように、という口実で事務所に残って、ひそかにブルーフィルムを見るのが長年の習慣だった。一方、彼の直接の上司のオックス＝バナムも、金曜日になると同じような口実で事務所に残って、そこの床で自分の秘書のロウェナとの情事にふけっていた。ロウェナは取引先のペンキ会社の広告部長スミスソンの娘で、オックス＝バナムは日頃の彼の横暴ぶりに対する意趣返しの手段としてその娘を誘惑したのだったが、実はロウェナのほうもしたたかで、彼女はその関係を利用して、自分が希望するコピーライト部門に移されることをオックス＝バナムに要求していた。したがって彼の情事の方は、近々彼女の要求が実現すると同時に、終りになるはずだった。

そのようなある金曜日、マルヴィヒルは帰りのエレベーターの中で突然死ぬ。地味な人物なので大して惜しむ人もいない中で、彼と事務所を共有していたハンガリーからの移民のウィルキンスキは、同室者である自分に何の迷惑もかけなかった彼の温厚な人柄の想い出を大切にして、遺品を彼の姉に送るために、彼の机を心を込めて整理する。そして鍵のかかった引出しの中に、何本ものフィルムを見付けるわけだ。「飼犬の一日」というような題のついた、彼本人が写したらしいフィルムなど、きわめて罪のなさそうなものも何本かあるが、明らかにそれと分かるものが多数あって、それを彼の姉に送り届けるわけにもいかず、かといって勝手に処分してしまうのも心配で、ウィルキンスキは事実を上司のオックス＝バナムに報告する。上司は念のために、とすべてのフィルムを保管して、それを忘れたまま一年が過ぎる。

ところがひょんなことから、スミスソンがブルーフィルムの愛好家だということが分かって、「うちにもそんなフィルムがありますが――」と思い出すままに口にしたオックス＝バナムは、その後スミスソンに、マルヴィヒルが遺したフィルムを見せるサービスを繰り返さなければならない破目になる。スミスソンはそのうちのある一本が大いに気に入って、そればかりを何回でも繰り返して見たがるのだったが、本来そのようなフィルムには興味ないオックス＝バナムはつくづく嫌気がさして、ある日、「すり減って来たからダビングに出した」と嘘を吐いて見せてやらない。その結果、スミスソンは、無邪気な題のついたものに誤った期待を抱いて裏切られたりしながら、次から次へ他のフィルムの映写を求めて行った――

一方、フィルムの存在が社内に知れ渡り、「マルヴィヒルの形見」として口さがなく噂されるのに心を傷めて、

'It isn't very nice to call it "Mulvihill's Memorial".'と空しく抗議していたウィルキンスキは、ようやく弟の遺品を整理する気になったマルヴィヒルの姉から、飼犬等のフィルムがあるはずなのに見付からないが、という電話を受ける。オックス＝バナムがフィルムを全部まとめて片付けてしまった時にも、姉に渡せるものは返すべきだという思いを強く抱いていたので、さっそく上司の所へいく。しかしオックス＝バナムはどこか体の具合でも悪そうな様子でひどく機嫌が悪く、フィルムを見付けた時に写して見なかったかをくどく問いただし、フィルムは自分がすべて廃棄した、と一方的に宣言するばかりだった。

その後スミスソンはイグニス&イグニスとの契約を破棄し、コピーライターとして成功して、同僚と婚約もしていたロウェナは、辞表も出さずに出勤しなくなる。他の会社からも疑惑に満ちた問い合わせが殺到し、イグニス&イグニスは何か問題を起こしている、と新聞種にもなりかけたが、やがて騒ぎはおさまった。社員たちは会社の混乱の中でいったい何があったのか分からなかったが、真相は、ロウェナの婚約者で、その後それを破棄した男が、雨やどりで入ったパブでふともらした言葉から判明した。ある日彼が彼女を家に送って行った時、スミスソンが真赤な顔をして仁王立ちになり、娘をありとあらゆる汚い言葉で罵りまくったというのである。マルヴィヒルは彼女とオックス＝バナムの情事を一本のフィルムにおさめていたのだ。「マルヴィヒル！」と何人かは不安げな賞讃の声をあげた。汚い噂話にしてしまっては悪いような、何か正直な振舞いを彼がしたように感じたからだ。ウィルキンスキもそう感じて、事実をマルヴィヒルの姉に知らせたいと思う。しかしそれはできないことなので、代わりに、フィルムが誤って廃棄されてしまったとのみ知らせて、丁寧に詫びる手紙を書いた。

このわずか十四ページの物語には実に多くのことが詰め込まれている。おとなしい従順な弟として姉に世話をされながら、週に一回、一定の時間をきちんと守って事務所でブルーフィルムを楽しむマルヴィヒルだけでも、一つの短篇になるだろう。同じく、女性秘書を意趣返しの道具として利用するつもりで誘惑し、逆に相手にその関係を利用されてしまうオックス＝バナムとロウェナの話も、また同じ彼が取引上の顧客にブルーフィルムを見せてサービスさせられる話も、またポルノ好きの男が自分の娘のふしだらな行為を発見して激怒するというスミスソンの話も、ウィルキンスキの死者に対する思いやりと、結局弟の心の秘密を何も知らずにいるマルヴィヒルの姉と彼との間のエピソードも、どれも皆じゅうぶん一つの短篇のテーマになり得る。トレヴァーは意外な筋の展開で何回も読者を驚かせながら、そのどれをも次から次へと実に明確に印象深く浮かび上がらせて、いわば普通の人びとの中にどれだけ多くの隠された世界があるか、逆に日頃我々が、いかに表面しか見ず何も知らないで生活しているかを実感させる。イグニス＆イグニスの会社の内部もその対外的活動も小さなスペースで明瞭に描かれていて、「嘘みたいな話」の中でもしっかりとリアリズムを保っている。たとえば読者を驚かせついでにこれで会社がつぶれてしまったことにしてしまったら、オックス＝バナムらの話そのものも面白おかしいほらに終わってしまい、語るべき真実を語り得ないだろう。しかし、細部の正確さの裏付けを得て、この物語の世界は長篇の世界ほどの広がりを見せている。トレヴァーの、拾い出す事柄や表現の選択のよさ、無駄のなさが、この作品ばかりでなくどの作品においても、同様のことを可能にしているのである。

世界が広いので主題も重なっている場合が多いが、この作品の第一の主題は当然マルヴィヒルに始まる人間の、外見と実体との落差である。真実と虚偽という言葉を使ってもよいかもしれない。というのはトレヴァーにおいては、'truth'を知った、あるいは知り得ない、あるいは知っていることを口外できないことから生じる傷心や苦悶は主要なテーマのうちの一つだからだ。ところが、この作品でトレヴァーのさり気ないアイロニーの対象になっているのは、冒頭でその意外な習慣がショッキングに提示されたマルヴィヒルではなく、オックス＝バナムである。彼は意趣返しのつもりで誘惑した娘に逆に利用される。そして次に同じような動機でスミスソンに彼が見たがるフィルムを見せてやらず、その結果、そのようなものの存在を誰も疑ってみることさえしなかった、自分とロウェナが主演するブルーフィルムをロウェナの父親に見せる破目に陥ったわけである。

オックス＝バナムは特にトレヴァー的人物ではない。というのは彼の隠された行為は人間の心の不条理に基づくというよりも、ごくありふれた人の心の限界の問題だからである。トレヴァーの作品では、自己認識のある人間とそれを欠いた人間、自分以外の人間の内面に対するイマジネーションの豊かな人間とそれが欠如した人間とが、しばしば対比されて出て来るが、オックス＝バナムは後者で、それは当然のことながら掘り下げる対象にならず、軽快なアイロニーをもって明確に浮彫りにされるのが常である。

オックス＝バナムは管理職につき、それを責任よりも権利と心得、適度に有能に仕事をこなして、他者には他者の自我があることをおもんばかろうとする発想すらない。それにいやでも気付かざるを得ないのは相手が自分の都合のよいように振る舞わない時だが、しかしその場合ですから、彼は自らを省みて相手にいたわりや畏敬の念を覚えたりすることはなく、相手を自分のいらだちの対象としてとらえるのみである。そして姑息な意趣返しをしたりするのだが、それが思いどおりにゆかない場合でも、そもそもコミットしていないのだから、たとえばロウェナに要求をつきつけられた時もそうであったように、適当な利害の出入り計算をして納得し、自分のプライドを傷つくことから守る術も知っている。このストーリーの中で彼にとっての最大の屈辱は、自分自身が、自分が軽蔑しているフィルムの内容と同じことをしていたことを発見した所にあっただろう。そして内心見下し憎んでいた会社の顧客の前で大恥をかかなければならなかった所にあっただろうが、それはつきつめれば彼自身の性格が招いたものなのである。そしてそのような、自らをまぎらわしてプライドを守る余地もないほどの屈辱を体験したあとでは、彼のいらだちは対象を誤った恨みにさえ転じて、必要のない恨みや用心深さに耐えていかなければならないことだろう。しかし面白いことに、そういう人間は、自分が惨めだということに気付きさえせずに、自分の卑小さに耐えるタフさをそなえているものだ。それがそういう人間の運命なのである。

スミスソンはオックス＝バナムのパタンをさらに滑稽で単純な形で増幅したものである。彼は威張るのが好きなのだ。そしてその間は相手をいじめて楽しみはするが、ひとしきり威張れば満足で、自分が満足した時点では相手も同様に満足していると信じている。あるいはそう信じるふりをしてなお横暴を続ける、とも言えるかもしれないが、とにかくそういう精神構造の彼はオックス＝バナムの恨みに気付きようもないから、彼が自分の娘を誘惑したなどとは夢にも考えず、むしろ彼女が希望の部署に配属されたことを何か当然のように思って満足していただろうし、フィルムをダビングに出したという嘘も、それほどまでに気がきいて親切なのを不思議とも思わずに、あっさり信用するのである。また、彼が自分の娘が映っているブルーフィルムを見てそれほどまでに度を失って怒りを爆発させたのも、同じ精神構造に基づくものだ。つまりそれは、自分の娘といつもフィルムで見ている女たちが、同じ女性だということにまったく気付いていなかったということであり、自分の娘は決してそこに属したりすることは許せない、として蔑んでいた世界を、自分の楽しみのためにはごく当たり前に存在する世界として、そこから愉しみを得ることに何らの疑念も抱いていなかったということである。そしてさらに、彼が自分が顧客の側であるという有利な立場を利用して、相手会社の担当者に威張って楽しんでいたというのも、同様の心情の仕組みからだ。つまり彼の場合こそ、オックス＝バナムの場合よりももっと典型的に、彼のあまりにも甘い自己中心的な性格が、自らの屈辱を招いたわけである。彼はフィルムについても、威張り散らしたことについても、自分が恥ずべきことをしていたという自己認識には到達しないだろう。彼は反省するどころか、結果として成功はしなかったけれども、関連会社にイグニス＆イグニスから手を引かせようとして悪口を言いふらしたわけだし（そうは書いてないが、会社に問い合わせが殺到したということは、そういうことである）、娘の件に関しては、彼は今後ブルーフィルムを愉しむことはできないだろうということは実感されるが、それは恐ろしい屈辱感と結びつくからであって、決して本当の自己認識にいたったり反省したりしたためではないであろう。

このように、オックス＝バナムもスミスソンも、粗末な自我を追求していく中で自ら夢想だにしなかった失態に陥るわけだが、この物語は、トレヴァーの他の作品におけるのと同様に、勧善懲悪を旨とした作品ではない。

オックス＝バナムは大恥をかいただけで、事実上たいして懲らしめられてもいないのだ。仕事の上では、スミスソンの側にも娘のロウェナの失態を公言できない弱味があるし、結局あくまでパーソナルなことなのだから、最終的には顧客を一社失っただけで大した実害もなく済んだし、いまいましいロウェナも自分の方から姿を消してくれたのだから。それに実際、彼らに向けられた笑いもさして勝ち誇った大笑いではない。この物語の最大のポイントは、話がそこで終わっていない所、最後の最後になって二ページ目であっさりと死んだはずのマルヴィヒルがにわかに復活し、冒頭のマルビィヒルに対する読者の印象が逆転する個所にあるのである——

マルヴィヒルこそ心の問題を抱えた人間である。同じポルノの愛好でも、スミスソンの場合は大っぴらで、粗野ではあるが平凡なものであるのに対し、マルヴィヒルの場合は誰にも悟られずに隠してあった分だけ、彼の心理の在り方に対して、見下した含み笑いを伴った好奇心を誘う性質のものである。たまたま同じ金曜日に会社に居残っていたことで上司の情事を発見し——それを発見する勘も彼はそなえていたわけである——それをしっかり盗み撮りした彼のその問題の心こそが、彼の死後もいわばまだ生き残っていて、オックス＝バナムらの存在の実態を暴露したわけである。そしてそのように暴露されてみると、普通であった彼らの方こそ人柄が劣悪なのが分かる。マルヴィヒルの場合は女性を見下したわけでもなく、それをしがない恨みを晴らす手段として利用しようとしたわけでもなかった。そして実生活においては他人に迷惑をかけることもなく暮らしていたのだ。彼のブルーフィルムに対する執念も、環境から脱する気力も持たず、未婚のままで、姉に対してもよい弟として暮らした男の、抑えつけた、あるいは本人が抑えつけているとさえ気付かなかったかも知れないが、隠れた性の欲望が、密室の中でそのような形で乱舞し慰められていたのだと思えば、痛ましくこそあれ笑いものにすべきではない。本人が自覚してしようといまいと、切実な心の必要から生じた行為は、それが他者に対する攻撃——加害——に回らず自己の中でのみ回転している限り、たとえそれがどのように浅ましく、どのような心の歪みから生じていようとも、いたわりと敬意をもって対されるべきものだ。それに対して、人の心を大切にすることを知らない人間がごくつまらぬ自己中心的な動機から犯す浅ましい行為は、笑われてしかるべきなのである。

　自分とかかわる人びとの内心をおもんばかることを知らないオックス＝バナムらの性格が、この物語の中で犯した最大の失敗は、ここまで来ると、彼らの眼中にすらなかったマルヴィヒルの心の存在にまったく気付かなかった所にあるということが明白に浮かび上がって来る。かりそめにも死者に対する慎しみの心があれば、彼らはマルヴィヒルのフィルムを無神経に使うことはなかっただろうし、そうすれば彼らはあのひどい失態はまぬがれた。また、オックス＝バナムがウィルキンスキからフィルム発見の報告を受けた時、仕分けして返せるものは返して上げようという、遺族に対するささやかな思いやりを持っていさえすれば、少なくとも問題のフィルムをスミスソンの目の前で映写することは避けられたし、もっと低次元でも、そんなフィルムを事務所で見ていたマルヴィヒルの心を想像しさえすれば、マルヴィヒル自身が自分で何本かのフィルムを作っていたのは明白なのだから、もしや自分が彼に覗かれていたのではないか、と警戒心が働いて、すべてを未然に防ぐこともできたのかもしれない。

　この作中、唯一他者の心をおもんばかる心を持っていたウィルキンスキの‘It isn't very nice...’という抗議は、もちろんその発言の意味さえ理解されなかったが、それでも彼が心の中で執拗に繰り返すそのつぶやきの助けを借りて、物語の最後にマルヴィヒルの心は突如贖われる。読者にはたとそう気付かせるのは、事実だけを順番に話して聞かせるような文章の行間に漂っている、たとえどんなつまらぬ存在に思えようとも、自分の意のままにならぬ心とあらがった人間に対する、トレヴァーの哀惜の念なのである。それが筆者が前述した「音楽のようもの」なのである。その念の純正さが人間の心に関して読者の気付かぬ局面を正確に切り開いて見せ、それがストーリー・テラーとしての才能と合わさって、意外な筋の展開の面白さと、その展開からさらにもう一回意外に反転した読後感を引き出すというマジックを可能にしているのである。

4　'Mrs Acland's Ghost'

前作のマルヴィヒルの場合は彼の内面は直接にはほとんど問題にされていないが、苦しみにさいなまれている心そのものは、トレヴァーが最も繰り返して扱う主題のひとつである。その一例として、二番目には、'Mrs Acland's Ghost'（「アクランド夫人の幽霊」、*Angels at the Ritz and Other Stories*, 1975）を紹介したいと思う。どの作品をとって見ても、内容と扱い方、語り口に差があって、しかもどれもが非常にトレヴァー的なので、選択に当たって大いに迷ったが、この作品は題が暗示するように、ひとつのゴースト・ストーリーでもあり、トレヴァーには他にもゴースト・ストーリーやホラー・ストーリーに分類しうる作品があって、狂気の世界が探られている作品も多いので、その種のストーリーの一端も同時に紹介できることを期待してこれを選んでみたのだが――

仕立屋のモクラー氏は六十三歳で独身だったが、彼なりに到達した安定した生活に満足して、ロンドン郊外につつましく暮らしている。その彼が一九七二年のある秋の日、見知らぬ人から一通の手紙を受け取ってびっくり仰天した。彼の名は電話帳で見付けた、手紙を書く相手がいないから彼に宛てて書く、と断わった手紙は、手記の形を取っていて、明晰な文章で一人の女性の身の上を書き綴っていた。その手紙が、全部で十一ページ半の、トレヴァーとしては短か目の小説の最初の七ページ弱を占めているのだが、その冒頭部をモクラー氏と共に読んで頂きたい。

モクラーさん、スコット＝ロウ先生は亡くなられました。新しい先生がいらっしゃいましたから、スコット＝ロウ先生が亡くなられたことが分かったのです。新しい先生はフレンドマン博士といって、前の先生よりは小柄で若いお方です。彼は微笑みながら、決してまばたきしない目で私たちを見つめます。アチソンさんは、一目で彼が催眠術をかけているのが分かる、と言っています。

あの人たちは本当に自信満々なのですよ、モクラーさん。彼らは自分たちの白衣を着た世界の領域外のことは、何ひとつ受け容れることができないのです。私は過去に一度幽霊を見たという理由で閉じ込められている女です。私の入院費は以前私の夫だった男性によって支払われており、彼は私の部屋に届けられる桃だの、ビーフ・オリヴス(5)だの、マロン・グラッセなどのために、毎月パーソナル・チェックにサインしているのです。「彼女は何よりもまず幸せにしてやらなければなりません」と、あの私の夫だった太った男が、スコット＝ロウ先生と陽当たりのよい芝生やバラの花壇の回りを歩きながら言っているのを、私を想い浮かべることができます。この家には二十人の心を乱された人が個室で暮らしています。贅沢三昧に暮らしていますが、それは私たちを入院させた人たちが後ろめたいからです。そして私たちは、芝生やバラの花壇を散歩する時、私たちを大金をかけて入院させた人たちの愚かさ加減に、そしてそれ以上に馬鹿げている専門の医師なるものに、不満のつぶやきをもらすのです。気違いでなくたって心が掻き乱されることはあるのですよ。この手紙が気違いの手紙でしょうか、モクラーさん？（461）〔A〕

この文面から、この手紙の書き主は、二十人の患者を収容する小規模でデラックスな精神病院（あるいは保養所）の入院患者であることが推定されるが、彼女の痛烈な精神科医批判、自分たちを入院させた人びとの心理の鋭い分析にはいちいちうなずけるものがあって、最後の問いかけには、「気違いの手紙とは思えませんが」と答えざるを得ない。そのあと、入院仲間のアチソンさんのすすめで手紙を書くことにした、と説明しているあたりに何か視野の狭さを感じさせるものがあるが、もしかしたら主張どおりに、病気でもないのに病院に押し込められているという恐怖物語か、と思わせる雰囲気もある。手紙はやがて、同じような明晰な文章で、幽霊は本当に

出た、何故ならレイチェルズ夫妻も見たのだから、と主張して、ことの次第を自分の生い立ちから説明していく

彼女は現在三十九歳だが、少女期は父母と弟のジョージと二人の妹、アリスとイザベラの六人家族で、リッチモンドのローレライ通り十七番の家に住み、一家全員でゲームをしたり散歩をしたり、幸せ一杯の生活をしていた。が彼女が十五歳の時、風邪のために家で留守番をしていた彼女一人を残して、一家は自動車事故で突然全員死んでしまったのである。その後二十二歳になって、アクランドというかなり年上の男性と結婚し、彼が彼女の心の支えになってくれた。彼は航空機の金属の留め金を考案して財をなした人だが、たいへん心のやさしい人で、一九六〇年の五月のこと、誕生日のプレゼントとして田舎のヴィクトリア朝建築の豪邸を買ってくれて、その屋敷で彼女は夫との生活を確立し、ようやく昔の幸せを取り戻した。子供はなく、独立した生活が営めるよう改造した三階には、庭仕事や家の中の掃除などをするレイチェルズ夫妻を住まわせていたが、この性質のよい夫婦の唯一の欠点は、夜、夫人の頭上で足音うるさく歩き回ることであった。夫に、もう少し静かに歩くよう彼らに頼んでもらったり、スリッパを買うようにお金を与えたりしたが、彼らは無頓着で、スリッパを買った気配もなかった。

そのようなある日、夫は仕事で三ヶ月以上外国へ行かなければならなくなる。お互いに別れを惜しみながらも、夫は一九六二年三月の四日に出掛けて行くが、その三日後（七日）、彼女は夜中に突如大音響に驚かされて目が覚める。聞いているうちに人の声も入り、それがラジオから流れてくる音楽だと分かって止めたが、不思議だと思う発想もわかず、オレンジ・ジュースを飲んで寝た。だが翌朝レイチェルズ夫人にその話をして、寝る前にスイッチをちゃんと止めたのか、など聞かれているうちに、実に不思議な事件だということが分かって来た。さらに二日後（九日）には、こんどはバス・タブに汚れたなまぬるいお湯がたまっていて、バスタオルがくしゃくしゃになって床に散らかっていた。レイチェルズ夫妻に、彼らの浴室が故障なら彼女のを使ってもちっともか

まわないが、せめて湯を抜き、タオルは自分たちのものを使ってもらえまいか、と言いに行くと、彼らは気違いでも見るような顔をした。それから夫妻と三人で揃って浴室をもう一回見に行ったが、彼らは浴室を使ったのは自分たちではないと強く否定した。
翌朝（十日）、こんどは台所の食卓に四人分の食器が並べてあるのを発見し、何でこんなことをするのかと内心怒りながらもテーブルをそのままにして置いて、あとから入って来たレイチェルズ夫人にテーブルの支度のお礼を言うと、彼女は怯えた様子で首を横に振った。

私は彼女の顔付きから、彼女と彼女の夫とが、前の晩お風呂の件を、ああだ、こうだ、と話し合っていたのが見て取れました。彼女は食卓の件をすぐにでも話したくて待ち切れない様子でした。私は彼女に微笑みかけました。（465-466）〔B〕

そのようににっこりしてから、ラジオの件を話し、その時かかっていた曲名を口にすると、「それは五十年代にはやった昔の曲ですよ」と言いながらレイチェルズ夫人はいよいよ真っ青になった。

私が自分の家の中で何が発生しているのか悟ったのはそう話していた時です。私はもちろん、レイチェルズの奥さんには何も言いませんでした。そしてすぐさま、そもそも何かを彼らに口外したことを後悔しました。私は浴室がそんなふうになっていて怖かったのですが、明らかに、夫妻の方も恐怖を覚えたに違いありませんでした。私は彼らに怖がってもらいたくないと思いました。何故って怖がる理由はもちろん何もなかったからです。ジョージとアリスとイザベルは誰のことも傷つけたりしません。死が彼らを途方もなく変えてしまったのなら別ですが。でも、そうには違いなくとも、そういうことをレイチェルズ夫妻に説明することはとうてい

出来ないことは分かっていました。（466）〔C〕

アクランド夫人は、彼らを安心させるために、お風呂も自分で入って忘れてしまったのだろう、テーブルもラジオもみんな自分がしたことなのだろう、と言い繕い、それ以後また浴室が使われていたり、食器が並べてあったりしたのを発見しても、もう彼らには何も知らせずに、球根用の土とか磨き粉のことなど、その場にふさわしいことを微笑みながら話した。

「それ以後はすてきでした。まさにローレライ通り十七番に戻ったみたいでした」とアクランド夫人は続ける。彼女は昔自分たちが好きだったお菓子やチョコレートなどを買い込み、翌日（十一日）には二階の踊り場に弟の姿を見かけ、さらに三日後（十四日）には二人の妹たちの姿を庭で見かけた。そして次の日、三月十五日、レイチェルズ夫妻は真っ青になって荷づくりをし、家を出て行った。「こんな家には住めたものではない、三人の子供がそこらじゅうに居る、すぐそばまで来て、人のことを笑ったりする」と夫妻は口ぐちに説明し、夫人にも家を出て行くように勧めながら——

モクラーさん、人は幽霊を怖がらなければいけないのでしょうね。それが幽霊の通信の仕方なのだと思います。私が言いたいのは、私みたいにそれを大喜びし、自分が家の中ではもう一人ぼっちではないからといって満足していたりしては駄目だということです。レイチェルズ夫妻のように、ほとんど正気を失うほどに怖がらなければいけないのです。私にはそれが分かっていたと思います——私には、ジョージやイザベルやアリスが彼らと一緒に出て行ってしまうこと、私はただ一種の仲立ちで、レイチェルズ夫妻こそが、ジョージやイザベルやアリスが楽しめる相手だったということが、分かっていたと思います。私はほとんどレイチェルズ夫妻を追いかけそうになりました。けれども、そうしても無駄だということは私には分かっていました。（467）〔D〕

レイチェルズ夫妻と弟たちの幽霊がいちどきにいなくなって、アクランド夫人は大きな家の中に一人でいるのが怖くなり、テレビや折りたたみ式ベッドなどすべてを台所に持ち込み、そこで寝泊まりをする。やがて夫が帰国した時には、家の中はほこりだらけで、そこらじゅうに、コーヒー・カップやケーキや手紙が置いてあった。すっかり人間が変わってしまっていて激怒する夫に、夫人はすべてを必死に物語って、ケーキなども別に弟たちが特に食べるとか読むとかするためというより、合図のために置いたのだ、彼らの方が先に合図を送って来たのだから、と説明する。

私は泣き始めて、彼らが死んでしまって私がどんな淋しかったか、事故の日以来私がどんなに孤独だったか、いかにそこらじゅうが静まり返っていたかを、夫に話しました。私は自分を抑えられませんでした。目から涙が流れ出て、永久に止まりそうもありませんでした。体中がおかしくなり、頭や胸が痛み、胃がむかつきました。私は孤独に耐え切れず、死にたく思いました。孤独はこの世で最悪のものです、と私は喘ぎ、つばや涙で顔を濡らしながら、言葉をしぼり出すようにして言いました。孤独や沈黙にそんなふうに、経かたびらのようにまといつかれてしまったら、人間は亡霊に過ぎない、と私は説明しました。経かたびらの中から手を伸ばすのは時に不可能です。通信がつけられないのです。何故なら亡霊は通信がつけにくいものなのですから。そして通信をつけようとするのは怖いのです。みんなに変な顔をされますから。でもあの子供たちがレイチェルズ夫妻を悩ましに戻って来た時にはすてきだった、と私は囁きました。それに対して夫は、私が狂気であると告げることで返答としました。(467–468)〔E〕

手紙はそこで終わっていた。この手紙には弟妹の容姿やそれぞれ異なった性質、一家揃っての犬を連れての散歩、日曜日ごとにパンを焼き、特製のサンドウィッチを作ったこと、家族全員のゲームでいつも父と組んだこと、クリスマス・パーティ、かくれんぼ等々が、忘れ得ぬこととして具体的に描写されている。弟妹の名も、「ジョージがラジオをつけた」というように、彼らの生前の姿と結びつけて事あるごとに言及されていて、彼らを失ってしまったアクランド夫人の喪失感と「経かたびらのようにまといつく」孤独感は、ひしひしと読者の胸に迫って来るものがある。

胸をしめつけられて、どうしてもこの手紙の内容を忘れられないモクラー氏は、数週間後、手紙にあった住所を尋ねて行く。建物はすぐ見つかり、門には鍵がかかって外からは内部が見えないようになっていたが、通され、案内される道すがら見える建物や庭は立派で、手紙に描写されていたとおりの芝生や花壇、手紙を書くようにすすめたアチソンさんに違いないと思われる老婦人の姿などが認められ、応接してくれたフレンドマン博士も、手紙の描写どおりの微笑をたたえた人物だった。モクラー氏が手紙を見せると、博士はまずシェリーを勧めて、次に中庭に面したカーテンを開け、「これは役に立つんです、いつも見張っていなくてはなりませんからね」と言いながら彼に双眼鏡を手渡して、落葉を集める作業員のその向こうの方に座っているアクランド夫人の姿を見せた。青いドレスを着て、わずかに唇を開いて微笑んでいる青い大きな眼をした顔は美しく、清楚に整えた髪の毛は、秋の陽ざしを受けてきらきらと光っていた。

それから博士は、「人情のあるお方ですね」と繰り返して言い、やさしく微笑しながら、事実は手紙の内容とは違うことを説明した——現実には彼女には兄弟姉妹は一人もなく、互いに憎み合って口もきかず、しかし相手に子供を手渡すわけにはいかないために離婚もしなかった両親のもとに育って、彼女自身も口もきけず、したがって友達もなく、学校の帰りなど、よくごみ箱のかげにうずくまったりしていたこと、彼女はローレライ通り十七番を忘れられないが、それはモクラー氏が考えるような意味でではなく、それが彼女の心に決定的ダメージを与えたという意味であること、今では彼女は、そのローレライ通り十七番も現実の姿では思い出せなくなっていること、アクランド氏は三十歳年上の再婚者だったが、彼がただ普通に親切にしただけで彼女はこの上なく彼を大切にしたこと、彼は自分の死後の彼女の入院費のことまで配慮してあること、彼は初めのうちは見舞いに来ていたが、あまりに哀れで苦痛に耐え切れなくなったこと、等々。「彼女はあなたのことをレイチェルズ氏だと思うでしょうよ、幽霊を見たと言ってあげれば彼女は満足します」と言われて、モクラー氏が会って見るとそのとおりだった。「あの子たちはあなたを怖がらせる気はなかったのです……ただ楽しんでいただけなのですよ……あなたはあの子たちをご覧になったのでしょう？」と言うアクランド夫人に、モクラー氏が心を込めて、「分かっています……もちろん見ました」と答えると、夫人はふいっと向こうへ去って行ってしまった。

博士の説明を聞いている間じゅう、「でもジョージとアリスとイザベルがいたわけで……」とか、「でもレイチェルズ夫妻というのは実在したわけでしょう、アクランド氏の飛行機の留め金と同じくらいに確実に」とか、「いや、事実です、そういう幽霊だってあるんです」とか言葉をはさんで抵抗していたモクラー氏は、その後いつまでも、双眼鏡で見張られているアクランド夫人のことを忘れられずに、自分がもう少し若かったら、イギリスの、いや少なくとも世界中のどこか生きている違いないレイチェルズ夫妻を何とか探し出して来て、彼らがフレンドマン博士に真実を語る場に立ち合いたい、と思うのであった。

この小説は、前半の手記の部分だけで一つのゴースト・ストーリーになっていて細部が重要だし、引用部分は要約が不可能なので、長い梗概になってしまったが、手記は、少なくとも読んでいる間は、すべて本当のことを述べている印象が強いのではないだろうか？　それは筆致が明確かつ克明で、十五歳の時にそれまでの楽しい生活と家族全員を一遍に失ってしまったという女性の、喪失感と孤独感があまりにも手にとるように伝わって来るので、心情的に完全について行けるからである。もちろん幽霊に関しては信じられないが、それがゴースト・ストーリーの常であるならば、そういうものとして信じて置いてよいのだし、幽霊を見て浮き浮きし、それが去ってしまって絶望し、幽霊に見捨てられた家が急に怖くなるという、普通とは逆のパタンの心理で、一人の人間のまさに狂気と境を持たない孤独感を明確に印象付けている点で、むしろ幽霊が異様な実在感を帯びているとさえ言えるのである。

この、手紙の中であれだけの実在感をふりまいていた「ジョージとイザベラとアリス」が、幽霊より何より、そもそも現実に存在すらしていなかったというのが、トレヴァー一流のどんでん返しで、また夫人の夫も、後ろめたい思いで彼女を厄払いしたりしたのではまったくなかったのだ。同情心から彼女の訴えをそのまま信じたい思いのモクラー氏は、病院に着いて見ると、庭やアチソンさんの姿、フレンドマン博士の微笑など、すべて手紙から想像したとおりで、やはり手紙は真実を正確に語っていたのだ、という確信を強めたに相違ないが、それはその直後に来るどんでん返しのショックを強調するためのものでしかなかった。レイチェルズ夫妻というのが実在して、彼らが家を出て行ってしまったのは事実だが、彼らを怯えさせたのは夫人の異常な行為、夜中に突然ラジオの音を鳴り響かせたりした行為そのものだったと医師は説明し、なお幽霊を信じたいモクラー氏が夫人に会った場面で完全に証明されたわけである。‘there is always an explanation.’（417）と説く。そして夫人が狂気であることは、モクラー氏が夫人に会った場面で完全に証明されたわけである。

幽霊を信じるわけではないにしても、アクランド夫人がそれほど狂っているとはとうてい信じられずに半信半疑だった読者は、自分がみごとに騙されたことに快感すら覚えるだろうが、トレヴァーはもちろん、ただ「手紙の内容は狂った人の妄想だった」とだめを押すために、モクラー氏と夫人とを最後に対面させたわけではない。そうではなくて、もう一回ひっくり返すためである。存在さえしなかった弟妹の幽霊が出るはずもないのだが、読み終わった読者はモクラー氏とともに、それでも夫人はもちろん、レイチェルズ夫妻も本当に幽霊を見たのだと信じたい気持ちが残るだろう。それは、手紙はそれでも何かを必死に訴えているのだという拭い切れない印象が、後半で明かされた夫人の幸せだったどころか、異常な孤独の中で過ごされた少女時代に対する驚きや、モクラー氏が会った時の夫人の痛ましい姿と言動に対する哀れみの故に、強められるからである。フレンドマン博士が 'I don't believe in ghosts.' (471) と言って繰り返す 'explanation' が 'explanation' とすら呼べず空しく響くのは、何よりもそれが、幽霊を見たという時（一九六二年）から十年もたった時（一九七二年）に、何故アクランド夫人がわざわざ見知らぬ人にまで手紙を書いて、レイチェルズ夫妻が幽霊を見たと力説するのか、という疑問に何ら解明を与えないからである。実際、夫人は博士自身がよく知っているように、訪問客を誰でもレイチェルズ氏だと信じて、その都度「あなたは見たのでしょう」と問いかけるほどに、幽霊の証人としての夫妻にこだわり続けて来ているのに。

トレヴァーは手紙を狂人のものだからといってでたらめに書いてはいない。レイチェルズ夫妻が本当に幽霊を見たか否かについては、フレンドマン博士に否定させ、モクラー氏に信じたい思いを抱かせているだけで、彼自身は言葉では何も言っていないが、それは読者に下駄をあずけたのではなく、前半の手紙と後半の謎解きの部分を併せて解けば、一つしか結論が出ないように彼は書いているのである。そしてその結論は「見た」ということであり、また夫人には、それにこだわり続けるだけの、そしてモクラー氏に手紙を書くだけの理由があったということである。それが分からなければこの作品の意味はとらえられない。分かった後にはさらに大きなどんでん返しが待っているのだから。

本当の話の証明は、狂気の構造の解明につながるので大変むずかしいが、何とか試みなければならない。まず何を拠り所として考えを進めるかだが、レイチェルズ夫妻が幽霊を見たというのはアクランド夫人が手紙で主張していることなのだから、その真偽を確かめるための資料は、いかに「狂人の手紙」で信用が置けなくても、その手紙しかなく、したがって、そこに書かれている内容を、後半で明かされた真実を参照しながら吟味していくしかない。そして手紙の記述は、少なくとも病院の芝生、家の所在、夫がやさしい人だったということや彼の職業については、きわめて正確だということは証明されているのだから、第三者（夫と医師）が知り得ることについては、たとえば弟妹の存在のように、後半ではっきりと否定されていない限り、事実と考える以外ない。夫人の年齢とか、田舎の屋敷に住んだこととか、夫が三ヶ月余りの旅をしたこととか、そういうことまで疑わなければならないのなら、小説として成り立たないからである。

これを前提にして、まず理論で押せる所から始めれば、レイチェルズ夫妻が家を出て行ってしまったことは医師が認めている事実である。そして手記によれば、彼らが出て行ったのは、アクランド氏が旅に出てからわずか十一日目である。このあたりの日付けは克明に記されていて、筆者はそれを事実だと信じるが（つまり著者が事実を彼女に書かせていると信じるということ）、かりにその数字が正確でないにしても、夫が約三ヶ月後に帰宅した時には家中ほこりだらけだったのは事実で、そのことは夫妻が、やはり夫が旅立って早々、十一日目かそこらで去ったことを裏付けている。使っていない部屋は、一ヶ月や二ヶ月でほこりだらけになるものではないからだ。しかし十一日かそこらの日数というのは、フレンドマン博士が説明するように、ただ女主人の言動がおかしいからというだけの理由で、ある程度の年配の夫婦（五十歳台）が住む場所と収入源の仕事とを投げ出して出ていってしまうには、あまりにも短か過ぎるのではないだろうか？　夫人の奇行は彼らに何ら危害を加えるものではないし、同じ家の中だとしても三階ですっかり独立して夫婦で生活が営めるのだから、他者に仕えて耐えることに慣れて来た彼らの立場から言えば、永久にとは言わないまでも、アクランド氏が帰宅するまでの三ヶ月ぐらいはゆうに待っていられたはずである。彼らは前後のことを考えるゆとりもないほど怯えたからこそ逃げ出したのであって、単なる女主人の危害を与えない奇行の故に去ったのではないことは、ほとんど客観的事実である。

この夫妻は何にそれほどまでに怯えたのか？――何故アクランド夫人の奇行が彼らにそれほどまでに尋常ではない恐怖を覚えさせたのか、と問い直してもよい。というのは、手がかりはバス・タブ等の件しかないし、我々が一応文明人としてフレンドマン博士と共に幽霊を信じない立場に立つとすれば、それに特にこの場合そもそも幽霊のもとになる人間が存在していなかったのだから、そのバス・タブ等の件は夫人自身がしたことだと考えなければならないのは確かだからだ。夫人は何故そのような奇行を演じたのかを理解することが、その謎を解く鍵になる——

夫人が幽霊を見たのは、夫の愛に支えられて、口もきけずにうずくまっていたような少女時代から脱却する努力が実ってから二年ほどたった頃である。与えられた年代や年齢から計算すると、結婚したのは二十二歳で田舎の屋敷に移ったのが二十七歳。「そこで私はまたやっと、ローレライ通り十七番に住んでいた時のように幸福になりました」(464)と手記にあり、客寄せをして夫と二人で家の中を案内して見せて回ったことなども記されている。が、それまでの五年間の結婚生活についても、夫がいつも車から肉やケースやアイスクリームなどをたくさん運んで来た、夜、夫がいれてくれたココアを飲みながらテレビを見た、それほどにやさしいよい夫だった、と書いてあって幸福そうなのに、田舎の屋敷に移って「やっと」幸福になったというのは腑に落ちないような気がする。しかし彼女の口もきけなかったような経歴を知って見れば、その五年間は買物はすべて夫がしていて、彼女はケーキ造りもせず、まだ主婦として機能していなかったということなのではないだろうか? 彼女がこの部分で、夫の好きな食べものをたくさん数え上げているのは注目に値する。夫の愛に感謝した彼女が必死に夫の好きなものを食卓に並べようとしていたのが、彼女の社会性獲得の第一段階ではなかったのだろうか? がその頃は、たとえば夜中にローレライ通り十七番の家にいると錯覚し、急に怯えて泣き出して、手記の最後の場面のように、「経かたびらのようにまといつく孤独」を夫に訴えたりして、不安定な生活を送っていたのではなかったか? それを、美しい夫人を哀れに思った夫が辛抱強くなだめ励まして来たのであろう。フレンドマン博士が夫について 'He was a patient man.' (470) と言っているのは、そのあたりの事情を指しているものと思われる。そして田舎へ移って、ようやくローレライ通りの悪夢に襲われなくなって二年ほどしたところ(二十九歳)で、夫が旅に出たわけである。

広い屋敷に一人とり残されて（レイチェルズ夫妻は三階に住み、夫人は二階で一人だった）、ローレライ通り十七番の悪夢が一気に復活して来たのは当然想像される。問題の弟妹らがいる楽しい家族というイメージは、その悪夢と闘う武器として作り出されたものだ。夫人は「いや、両親はやさしかった、弟がいた、妹たちがいた、楽しかった」と架空の彼らに必死に想念を集中することによって、襲って来る悪夢を撃退する術を以前から身につけていたのだと思う。あるいは夫の協力を得て、彼と共に作り出し補強した世界かもしれない——彼女が悪夢に襲われるたびに、夫が「ほらジョージがいたじゃないか」と言い、彼女が「そう、いたずらな子で」と答える、というように。

夫が去ったあと、夫人は昼間は平静を保てたが、夜中になると悪夢との闘いは激烈で、架空の弟妹のことを考えるのも、その空想を助けてくれる夫がいないのでままならない。それでも彼女は何とか悪夢を撃退しようとする努力の中で、彼らに想念を集中し過ぎたあまり、一種夢遊病状態で自分自身が弟妹になりきって行動したのではないだろうか。まず彼女は弟になりきってラジオをいじくり回す。寝床に戻ってから大きな音が耳に入って目が覚めた時には悪夢との闘いは終わっていて、自分が弟を実演していたということは記憶に残っていない。しかし、「誰がラジオをつけたのかいぶかる発想もなかった」と彼女が述べているのは、意識下には自分がつけた記憶が残っているからなのである。そのあと彼女は「オレンジ・ジュースを飲んで寝に戻った」のだが、筆者ははじめてこの部分を読んだ時、何か子供みたいでこの手記の夫人のイメージにしっくりせず、トレヴァーも選択が雑な時もあるのだと思った。しかし、実はまさにこれこそが彼の節約の芸なのであって、彼女はそれまで体中の全エネルギーを集中して悪夢と闘っていたので、のどが乾いていた、というわけなのである。この、夫人が自分がしたことを忘れた、ということと、しかし意識下で覚えていた、ということが幽霊を見るための条件なのである。

次に夫人は、まだ幼くて、風呂の湯も抜かず使ったタオルも床に投げ出しっぱなしの妹を演じて、同じように忘れ、それをレイチェルズ夫妻がしたことだと信じるわけだ。さらに次の夜は上の妹を演じて食器を並べるわけだが、梗概の引用文〔B〕で、レイチェルズ夫人がテーブルを見て怯えた様子から、彼ら夫妻がバス・タブの件を怖がっているのが分かった時、「彼女に微笑みかけた」、というのも、筆者がはじめは奇異に感じた文章だ。次にラジオのことを口にするのも奇妙である。あたかもそのことを前にレイチェルズ夫人に話したことがなかったように、さりげなく口にするのだから。だが、ここにも解答はあるのだ。レイチェルズ夫妻は、夫人が浴室のことを言いに来た時、彼女が本当に彼らが使ったと信じ込んでいたのが明白だったから、夫人がしたことだとは夢にも思わず、教育を受けていない老人にふさわしく、幽霊のしわざではないかと思わざるを得なかったのである。つまりこの古い照明の悪い家には、誰か、彼ら三人以外のものが住んでいると信じたのである。そしてそれを鋭く感知したアクランド夫人は、自分が毎晩必死に信じようとしている弟妹の存在を承認されたような気がして、嬉しかったのである。だから微笑んだのだ。そして入浴したり食器を並べたりした妹たちのほかにも弟がいる、ということを思い出させたくて、ラジオのことを改めて口にしたのである。

レイチェルズ夫妻が、入浴その他のことをした者がこの家にいる、と信じたことによって、それまでの架空の存在を信じるために夫人が必死の努力をして来た弟妹が、にわかに実在感を帯びたのだ。引用文〔C〕は、それまでの筋に沿って要約しようとすれば「ラジオ等の件は死んだ弟妹が戻って来て信号を送って来ているのだと理解した」ということにならなければならないが、実際はそうは言っていないのではないか？　夫人は意識下の記憶から、レイチェルズ夫妻がその存在を信じている入浴者などが「ジョージとアリスとイベザル」だということはすぐ思い当たる。そこで彼女が最初に示した反応は、夫妻に怖がって欲しくないということであったのだが、それは彼女が同じく意識下で、実際に入浴したりした自分には夫妻を怖がらせる意図はなかった、という気持ちが働いたということなのではないだろうか？　彼女はたしかにただ弟妹の存在を信じたかっただけであったからだ。その弟妹が夫人の意識の中で幽霊という形を取り、それが手紙を書いている時点を含むその後の彼女の固定観念になったのは、彼らは結局、幽霊として恐れられるという形においてのみ、レイチェルズ夫妻によって存在を認められたからだ。だが、たとえ幽霊の形であろうとも、レイチェルズ夫妻が彼らの存在を信じたことによって、夫人ははじめて弟妹の存在を楽に実感できるようになり、その歓喜の中で、やがて昼間でも彼らの存在を信じ、姿を見るまでにいたる。

一方、バス・タブなどの件は夫人が彼らを怖がらせないために、「どれも自分がして忘れてしまったのだろう」と言い繕ったにもかかわらず、とうていそうは信じられないレイチェルズ夫妻にとっては、浮き浮きとお菓子などを買い込み、磨き粉の質が落ちた、など日常的なことをつとめてしゃべりながら一人得心してにっこり微笑む夫人の姿は、幽霊に取り憑かれてしまった姿としか見えず、何とも恐ろしかったであろう。彼らは彼らで、幽霊を見るにいたった夫人の姿から恐怖心が昂じて、自分たちも幽霊を見るようになったのである。(彼らが見た幽霊が三人の子供だったのは、三という数字は事件の数やアクランド夫人の言葉(6)によってじゅうぶんに暗示されているし、子供だということも彼らのすることや夫人が買い込んだお菓子などで暗示されているからむしろ当然である。)だからこそ彼らは正気を失わんばかりに怯えて逃げ出したのである。フレンドマン博士が忘れてはいけないのは、幽霊は実在しなくとも、人間がそれを見ることはある、ということなのだ。

これで夫妻が出て行った後の、幽霊は怖がらなければいけないという、夫人の慚愧に堪えない述懐(引用文D)もよく理解できるわけなのだ。弟妹の幽霊の存在を支えていたのは夫婦の恐怖だったのだから、それがなくなってしまった後では、夫人は彼らの存在を実感することができなくなってしまったのである。彼女はレイチェルズ夫妻の恐怖心の助けを借りて、幽霊という形でではあっても、弟妹を初めて実在のレベルにまで引き上げたのだ。そしてそれを、レイチェルズ夫妻が去ると共に、一瞬のうちに失ってしまったのである。アクランド夫人の手紙の中で、弟妹を失ってしまったという喪失感がきわめてリアルなのは、この幽霊を失ってしまった時の実感から来ているのである。
ローレライ通り十七番は楽しくて弟妹がいた、というストーリーに、彼らが彼女が十五歳の時に事故で死んでしまった、という部分が加わったのは、その後のことだったのではないだろうか。弟妹の死を招いた事故の詳細——トラックが彼らの乗っていた乗用車の上に落下して来た——が、帰国した夫に夫人が自分の淋しさを訴える時（引用文〔E〕の直前）初めて明かされているのも、その推測を裏付けると思う。いずれにしてもその後のアクランド夫人にとって、現実のローレライ通り十七番の悪夢を退けるための武器が、架空の弟妹から彼らの幽霊に変わったことは、じゅうぶんうなずける。彼女にとって幽霊の方がはるかに実在感があったのだから。そしてその実在感を支えたのがレイチェルズ夫妻だったからこそ、彼女は幽霊の証人としての夫妻にこだわり続けているのである。今や、その意味で、彼らこそ現実のローレライ通りの恐ろしい記憶を封じ込める唯一の手だてなのだから。

これで筆者は、レイチェルズ夫妻が幽霊を見たということと、アクランド夫人がその事実にこだわり続ける理由を、何とか立証出来たと思う。実は一つだけ解けない点が残されていて、それはかなり強調されている、夜アクランド夫人の頭上で聞こえる足音のことだ。夫人は夫妻が歩き回る足音として書き記しているが、もちろん違うだろう。これが単に、夫人が夫の在宅時から夜になると神経が乱れ幻覚などを覚えたという暗示以上（たとえば幽霊の足音？）の意味を持っているとすれば、それが何であるか、筆者には理解できない。しかし、今はそこまで解き明かすエネルギーも時間も残っていないし、その必要もないと思う。立証の部分も、いつどのように架空の弟妹の姿がアクランド夫人の心の中に定着し、そのストーリーがいつどのように変形したかという細かい点では、著者トレヴァーが考えているのとは誤差があるかもしれないが、それも今は大して重要なことではないと思う。肝心なのは、幽霊が夫人の心の必要性から生まれ、レイチェルズ夫妻がたしかにその幽霊を見たということ、夫人がその事実にこだわるのは、今やそれだけが夫人のローレライ通りの記憶を封じ込める手段になっているからだ、ということである。

ところが話はまだ終わっていない。モクラー氏が会った夫人は――

「あの子たちはあなたを怖がらせるつもりはなかったのですよ。それが幽霊が通信する唯一の手だてではありますけれど。……信じてくれた人は一人としていませんでしたが、私は思い続けて来たのです、レイチェルズさんたちが帰って来た時には、あの人たちはジョージとアリスとイザベルについて真実を語ってくれる、と。レイチェルズさん、あなたはご覧になったでしょう？」（472）

と言うのだが、心のこもったモクラー氏の肯定に何ら感動も示さず、ふいっと立ち去ってしまう。夫人はこういうことを十年間繰り返して来たわけである。それは彼女が心の一部で、幽霊どころか、弟妹が実在しないということをよく知っているということなのだ。子供たちは怖がらせるつもりはなかった……そうだ、彼女は怖がらせるつもりはなかったのである。そして幽霊は、彼らの恐怖心の助けを借りて、さらに言うならそれを利用して、彼女が造り出したものである。夫人にはそれがよく分かっているのである。『リア王』のドーヴァーにおける狂乱の場面（Ⅳ―6）で、それまでグロスター伯のことをまったく認識できずにいた王が、突如 **'I know thee well enough; thy name is Gloucester.'** と言う個所があるが、彼女はまさにそれと同じで、狂気の中には正気があるのだ。モクラー氏の「見た」という証言は空しいし、長居をすれば、突如自分が **'You are not Mr Rachels.'** と口走る危険があるのを意識下で知っているからこそ、夫人はふらりと立ち去ったのである。それでも彼女が「証人」に慢性的にこだわり続けるのは、こだわることが、それでもなお必要だからなのである。フレンドマン博士は彼の **'explanation'** においてばかりでなく、「幽霊を見たと言って上げれば彼女は満足します」という説明においても、また、「ローレライ通り十七番の家をもはや現実の姿で思い出すことはできなくなっている」という診断においても誤っていた。もはや思い出せないのでは決してないのである。むしろ思い出す危険に終始さらされているからこそ、それを封じ込めるために幽霊の実在を信じ抜くことが必要なのである。その心の必要が恒常的、絶対的になってしまっているという点においてのみ、彼女は狂気なのである。

ここでやっとフレンドマン博士にたどり着けた。物語の二度目のどんでん返しはもうじゅうぶん起こったと言えると思うが、実はその最後の決め手はこの博士にある。彼はアクランド夫人が「あの子たちは怖がらせるつもりはなかった」と言った時に、「レイチェルズさんは今ではそれが分かっておいでだと思いますよ」と口添えするなど、まことしやかに'humane'なムードをたたえていて、不注意な読者にはまともな医師に見えるように、トレヴァーは描いていると思う。現実には彼は精神科医としてあまりに無能だが、モクラー氏に専門用語を用いてさまざまな学説を説明するなど、彼の問題は知識ではない。知識は頭が悪くなく学問をしさえすれば誰でも身につけられる。問題は、心を用いてその知識を活用するだけの意志があるかどうか、用いるだけの心そのものがあるかどうかである。アクランド夫人がお互いにまったく口をきかない両親のもとに育ったと聞かされた時、'the child's parents must have been monsters' (470) と言ったモクラー氏に、博士は'No one was a monster.'と答えている。これは精神科医として正しい発言なのだ。両親も彼の患者でありうるような存在だったかもしれないのだし、患者をそう決めつけてはいけないのだから。しかしモクラー氏にとっては'monsters'だったか否かは問題ではなく、少なくとも彼らは子供に対して加害者だったわけで、そのような環境に置かれた子供に対する同情が怒りとなって、思わずそう表現せずにはいられなかっただけのことである。博士に欠けているのはその心である。

双眼鏡やテープ・レコーダーを用い(それ自体より、使う時の心が問題なのだ)、'humane'な微笑をたたえて患者の悲痛な経歴を語り、モクラー氏を夫人の所へ案内する途中、台所の横を通りかかってコックが肉を叩いているのを見た時、「幽霊を見たと言ってあげて下されば…」（これも誤っていることは前述した）と大変よい医師らしいことを言うのと同じ重みで「ああ、ソーセージだ」と口にするフレンドマン博士には、トレヴァーは前章のオックス＝バナムらに対するよりはるかに辛辣な眼を向けている。彼に与えた名そのものが皮肉だし、'humaneness' の貧困そのものの彼に 'humane' という語を多用させているし、その他随所に見られる皮肉は念が入っている。それは博士が他ならぬ人の心を扱う専門家だから、トレヴァーとしては許し難いのである。微笑を何か飾りのように顔に付けているだけでは患者の信頼は得られないし、したがって病気も治せない。アクランド夫人の場合は心の傷はあまりにも深く根を張っていて、今や彼女は病気の中に安住することを選択している様子もあり、「治す」ことは不可能かもしれないが、少なくとも医師が患者を脅かしてはいけない。――患者の神経は相手の心の動きに敏感で、アクランド夫人が、夫は帰国した時にすっかり人が変わっていた、と述べたのは、妻が明白に狂っているのを感じた夫がそういう眼で彼女を見たのを、彼女が絶望をもっていち早く感じ取ったためである。そして彼女がフレンドマン博士に強烈な反発を感じるのは、彼の微笑やテープ・レコーダーで、彼女がローレライ通り十七番の悪夢を防ぐための武器を、取り壊されそうな危機感を覚えたからである。彼女には入院してから十年間、見知らぬ人に手紙を書く習慣はなかったのだが、皮肉にもフレンドマン博士が新しい主治医になったことが、アクランド夫人の心を追いつめ、モクラー氏に手紙を書かせることになったのである。手紙の出だしの、「スコット＝ロウ先生は亡くなられました。新しい先生がいらっしゃいましたから、スコット＝ロウ先生が亡くなられたことが分かったのです」というやや唐突に見える文は、手紙を書く動機をはっきり示していた。患者の中に人間としての人格や感情や理解力を認めず、「狂人」という何か特別な哀れむべき動物のようにのみ見て、彼女らの主治医であった人の死を説明することすらせず、'humane' な微笑をふりまく「フレンドマン」に今後耐えてゆかなければならない自分の運命を知って、アクランド夫人は経かたびらの中から必死に手を伸ばしたといえる。

最後にモクラー氏についてひとこと。この老境に足を踏み入れて、自分が到達したつつましい安定した生活に満足している仕立屋に、できることならレイチェルズ夫妻を探し出したいと思わせるのは、前章の 'It isn't very nice.' というウィルキンスキのつぶやきに似た、フレンドマン博士に対する納得し難い思いである。彼は理屈はいっさい分からないが、夫人が「経かたびらのようにまといつく孤独」の中から出しにくい手を必死にさし伸べて救いを求める痛切な叫び声を聴き分けた。そしてそれに同情する彼の心、双眼鏡の彼方に見えた、いまだに美しく清楚な姿の女性の害われた一生を心から哀れみ惜しむ彼の気持ちが、アクランド夫人が「他の女性たちが子供を産むように、彼女の幽霊を実在させ生命を与えた」(472) ことを彼に直感させるのだ。トレヴァーは、筆者がここで試みたようなやっかいな「立証」を読者に期待してはいないだろう。彼はただ「立証」の操作に耐え得るように書くことで、モクラー氏のような心の持ち主には真実が感じ取れるように書いているということなのである。

なお、このモクラー氏はウィルキンスキと同様、物語の中で、著者の助手、また一種の「コーラス」としての役目を果たしていることは言うまでもない。ただし、たまたま重なってしまったが、トレヴァーの作品にこのような人物が出てくる例は少なく、このほかに出て来るのは 'Mark = 2 Wife' 一篇だけだということを付け加えておく。

5　'Being Stolen From'

前のふたつの作品では、笑いの対象になる人物や、決して笑いはしないが、異常の世界に属する人物たちが中心だったが、トレヴァーはもちろん、滑稽でもなく、異常なことをするわけでもなく、平凡に生きている人びとの人生の諸相も正面から取り扱う。またストーリーの展開も、前のふたつの作品では離れ業を示したが、ごく普通に運ばれているものも当然ある。最後に、そのように日常よくありうるような主題を扱って、少なくとも表面的にはごくありふれた結末へと導く、いわば地味な作品の例を紹介しなければならない。それらの作品の中にもトレヴァーらしさは随所に見られるのだから。

第一から第五までの短篇集におさめられた五十九篇の作品をテーマ別に分類して見た時、心が純正で控え目な人が、何か歪んだ心を持っている人、あるいは本人は誠実がっているが自己認識がなく、自己中心的な人物にしっかり勝ちをおさめられてしまうというテーマに分類できる作品が幾つかあって、それは筆者にとって印象深く、また、トレヴァーにとっても、長篇 *Other People's Worlds* で大きく取り扱うテーマなので、ここではそのうちで表面的に事件が最も少ない **'Being Stolen From'**（「盗まれて」、*Beyond the Pale and Other Stories*, 1981）を取り上げることにする。

これはノーマという女性が産んだ父なし児を引き取って育てて来たブリジェット・レイシーが、抵抗しながらも、子供の将来、相手の気持ちを思って、取り戻しに来た実の親の側に子供を返す決心をするという話である。――ノーマは以前ブリジェットの家の近くに住んでいて、売春婦だと噂されていた。が実情はそうではなく、信用した男にあっさり捨てられることを繰り返していただけだったのだが、彼女は十九歳の時に産んだ子供を育て切れなかった。彼女に助けを求められて同情したブリジェットが、夫のリアムと相談の上、子供を正規の手続きを経て養子にする。アイルランドからの移民で子供がなかった夫婦は、まだ名もなかったその子をベティと名付けて可愛がるが、二年目に、夫は、済まない、と謝りながら、ブリジェットを捨てて勤め先の女性のもとに去ってしまった。生来内気で謙虚だった彼女は、結局それを運命として甘受する以外なかったが、生まれ故郷とも切り離されて一人ロンドンで暮らす彼女にとっては、ベティだけがかけがえのない心の支えになったのは当然である。そのようにして子供が四歳になった時、彼女がノーマと彼女の夫の訪問を受ける所から物語は始まる。主人公ブリジェットの性格はその冒頭部分でよく説明され、またあとから読み直すと、筋にかかわることが多く暗示されているので、しばらくテキストをそのまま読んで頂けないだろうか？

「つまりあたし、今までみたいじゃないんですよ」

結婚したのだ、とノーマは続けた、落ち着いたのだ、と。ソファに彼女と並んで座っていた若い男性は、そのとおりだと言った。彼は服装は地味、態度は陽気で、太っているというほどではなかった。彼の微笑をたたえた青い目は、ノーマが以前軽はずみで無責任だったとしても、彼が彼女の人生にもたらした影響のおかげでもはやそうではない、と語っているようだった。

「つまりある意味では」とノーマは言った。「あなたの方の事情も変わったわけでしょう、レイシーさん」

ブリジェットはどぎまぎした。子供の頃からずっと、彼女は自分が関心の中心になると困惑して、四十九歳になった現在でもそれは一向に改まっていなかった。彼女はぽっちゃりとして、髪の毛は黒く、注目を浴びるのを嫌って態度は落ち着かなかった。この四年間(7)で事情が変わったのは事実である、しかしノーマはどうしてそれを知ったのだろう？　近所の人たちから聴き込んだのだろうか？

「ええ、変わりました」と彼女は快活に言った。もう変化には慣れていたので。

ノーマはうなずき、彼女の夫もうなずいた。ブリジェットは彼らの表情から、彼らは詳細は知らないかもしれなくても、事の核心は間違いなく知っているのが分かった。そして詳細は重要ではなかった。彼女とリアムの故郷であるコーク州の田舎とか、彼らの結婚で子供が生まれなかった落胆などは、他人には関心がないだろうから。『コーク・ウィークリー・エグザミナー』で故郷とつながりを保ちながら、ロンドンの傾斜地の小さな家が彼らの住み家となった。そしてリアムは、今では彼とあの女とが共同所有者となっている、その新聞販売店に職を見付けた。

「あなたの旦那さんはそんな手合いには見えなかったけど」とノーマは言った、「つまりあの、旦那さんを知ってたってわけじゃないですけどね」

「ええ、そんなようには見えませんでしたけど」

「捨てられるってどんなか、あたし分かります、レイシーさん」

「今は何ともありませんよ」

彼女はまた微笑んだが、話題が自分のことなので両頰が熱くなっていた。一週間前ノーマが電話で、お話できませんか、と言って来た時、彼女は何と答えてよいか分からなかった。ただ「ノー」と答えたのでは相手が不快だろうし、そのような態度を取るいわれも何らなかったが、それでも彼女はそれ以来ずっと、彼らの訪問を恐れていたのである。彼女はベティが泣きやすいこと、だからその日の午後は家にはいないことを、うまく説明できなかった自分に腹を立てていた。そのことは、彼女が玄関の扉を開けた時に、彼らが子供に会えると思って来たのかどうか分からないまま、まず最初に彼らに話したことだった。彼女は言い訳がましい口調になり、そのことにも彼女は腹を立てていた。

三人は話しながらお茶を飲んだ。リアムが嫌いだったからケーキは作らず、その後も作るようにはなっていなかったブリジェットは、ヴィクター・ヴァリューで二種類のビスケットと一本のバッテンバーグ(8)を買って来てあった。最後の瞬間に、それでは足りなくて接待不足だと思われはしまいかと心配になって、パンにバターを塗り、アンズジャムの壺を出して置いたが、そうして置いてよかったと彼女は思った。というのはノーマの夫は、ジンジャースナップをほとんど全部取り、パンをサンドウィッチにしたりして、実によく食べたからだ。

「あたしもう子供が産めないんで、レイシーさん。そこがね、ポイントなんですよね…(産めない理由、省略)」

「まあ、お気の毒に」

この同情に感謝するかのようにうなずいて、ノーマの夫はジンジャースナップに手を伸ばした。(746-747)

ノーマはこのあと三回しか発言していない。その発言には追って触れるが、彼女はその後ブリジェットに会ったり電話したりすることはなく、子供をめぐる会談は、もっぱらブリジェットとノーマの夫との間で交わされる。彼の二回の訪問とそのあと二回の電話を受けて、ブリジェットは子供を返す決心をするのだが、この二人の人物の正確な性格付けが、この物語を、弱い哀れな女が押しまくる実の親の側に養子を取り戻されてしまう、という単なる「冷徹な目で人生を描いた」話、あるいは気の善い養母が、子供と実の母親の幸福のために身を引くという安易な「心温まる話」とはまったく別のものにしている。

まずノーマの夫だが、彼の言動の中には最終的に初めて分かるひとつの事実が隠されているので、会談ごとの彼の言動を書かれているとおりに少し詳しく追っていかなくてはならない。

一回目の訪問の際の彼の印象は明るく誇らかで、お茶の時も、何も食べないノーマに対し、思う存分食べる。次にブリジットの部屋の中をぐるぐる見回し、自分たちの家はよい所にあり、近所には遊び相手になる子供たちもいる、と言う。子供を手放せないとするブリジェットの言い分は、終始「法的に養子縁組したのだ」という一点だけだが、ノーマの夫はもっともだ、とうなずきながら、「手放すなどということにはもちろんなりません、ベビー・シッティングなどはいつでも喜んでして頂きます」と笑顔で言い、「みんな分かっています。……でもね。人間的な面というのもあるわけですよ、お分かりでしょう? たぶん法律面よりも重要なね」と辛抱強く笑みを浮かべて、母子が共にあることが大切で、ノーマは不公正な社会の犠牲者なのだから、彼女のために誤りを修正してやる必要があるのだ、と説く。

ひとつひとつのことを分けて分析するまでもなく、ノーマの夫がブリジェットを見くびり、彼女の過去の親切や人格や感情に対して何の配慮も気遅れもなく、理解ある素振りと、上から彼の信ずる理を説くことで彼女を納得させられると信じているらしい、無神経で自己中心的な人間であることは明白である。

次に彼は予告なしに一人でやって来る。明るく愛想よく、「十分もお邪魔しませんよ」と丁寧で、ブリジェットが台所でベティにいたずらをしないよう言い聞かせている間、雑誌を手にして眺めるなど、気楽なのは前回同様だが、今回は一方的に自分とノーマの話をする。彼はカウンセラーで、ノーマがぼろぼろになって自殺しそうになった後、宗教施設から彼の方へ回されて来て知り合ったこと、彼が彼女の信頼を得て更生させ、二人の間に愛が芽生えたこと、彼女は現在閉じ込もってしまっていて彼は彼女と話ができない状態であること、彼女は更生はしたが、いつでも逆戻りしてしまう危険があること、このままでは今までの努力がいっさい無駄になってしまうこと、ノーマは家庭の味を知らず、二人が出会った時には新聞すらろくに読めなかったこと——。このあたりはブリジェットのノーマに対する同情につけ込もうとしているようでもあり、自分たちの「美談」に夢中になっているようでもある。

ブリジェットはノーマの生い立ちを聞いて黙り込んだが、勇気を出して、ノーマを気の毒に思う、あの時も気の毒だったからベティを引き取ったのだ、ただ、あとで問題が起こると困るからこそ弁護士にきちんと相談して法的手続きを取ったのだ、と説明すると、この「問題」という言葉に、ノーマの夫は眉をひそめ、ムードを一転させて攻撃に転じ、ブリジェットが夫もおらず、住む環境も悪いなど、第三者の観点から見た場合、親としての条件が不利なことを一気に指摘する。やがて「ベティは幸せなんですよ。ね、もうおいでにならないで頂きたいと思いますけど」と言ったブリジェットに、ノーマの夫は「怒らせてしまって済みません、ただ、ノーマがどうしているかお聞きになりたいと思ったものですから」と忍耐強い態度で詫びて、「バラバラになった人間をつなぎ直しているようなものです」とつけ加えて帰っていく。彼はノーマのことしか眼中になく、ブリジェットの第一の関心事も当然ノーマだと信じているかのようだ。それにしても一つふに落ちないのは、ノーマが危険なほどふさいでいるというのに、ノーマの夫はきわめて元気だという点である。

次には電話――

「ノーマは馬鹿なまねはしませんでしたよ。ただそのことをお知りになりたいだろうと思ったものですから」

「ええ、もちろん。ノーマが大丈夫でよかったですわ」

「まあ、本当に大丈夫っていうわけでもないんですがね、もちろん。でも彼女があなたの過去のご親切に勇気づけられていることは確かですよ……あなたがいらっしゃらなかったら、ノーマもベティも今生きていなかったかも知れません」(756)

ノーマの夫は続けて、第三者から見た場合の、今まで気付かなかった要素を見付けた、子供は離婚家庭で育てられるだけでなく、アイルランド人として育てられるわけだ、ノーマにとって、自分の子供がそんな苦労をするのを考えれば、さらに大きな心労になる、ということを、ブリジェットも彼と一緒にこの発見を喜ぶと信じているかのような口調でまくし立てる。

そして最後の電話――

「済みませんでした、レイシーさん。ぼくはあなたの国籍のことを言うつもりはなかったんですが。それはあなたが悪いんじゃありません、レイシーさん、ぼくがそれを口にしたことは忘れて下さい、済みませんでした」

「どうかもうお電話して来ないで下さい。私ができる唯一のお返事はもうしてあるのですから」

「分かっています、レイシーさん。ぼくの話を聞いて下さって有り難うございました。それにぼくは、あなたがノーマのことを気にかけていて下さるのを知っています。ぼくに分かっていないとは思わないで下さい。

……ぼくはノーマを愛しているんです、レイシーさん、それであなたにちょっとカウンセラーらしくない話をしてしまったのです。けれど今後ぼくたちのどちらも、あなたをお邪魔しないことを約束します。ただ彼女はひどい誤りを犯したと思って、可哀想に、それを直したいと思っただけなんです。でもそれはぼくの仕事でもよく分かるんですが、レイシーさん、それが可能だったためしはまずないんですよね。もしもし、聞いていますか？」
「ええ、聞いています」
「ぼくは決してノーマを愛することは止めません。レイシーさん、これも約束します。今やこうなって、彼女がどんなことになろうとも、です」

この電話は謎解きが必要だと思う。今までの彼のせりふにもトレヴァーは何の説明も施していないが、読者は筆者がいくらか解釈を交えて記したように、とにかくいささか幼児じみた独善的なエゴイズムを感じ取るはずである。しかしこれは何だ？　謝ると言いながら「アイルランド人であるのはあなたの責任ではない」などと失礼のダメ押しをしているが、何やらとにかく謝っている。後半は当てこすりであり、脅しであり、捨てぜりふのように聞こえる。が、とにかく何故、突如、今後邪魔をしないと誓うのだろうか、まだまだ攻勢は続くと思われたのに？　そして何故見当外れに、ノーマを愛することを止めないと真剣に誓うのか？　この状況下でブリジェットが、ノーマが夫に捨てられる可能性があるなどと危惧するはずもないのに。

この謎は物語を読み直して見ると、随所に解答を見出し得る。しかし、それはストーリーの総仕上げに結びつくのであとに回して、ここでブリジェットの方に話を移したい。——ブリジェットの性格は小説の冒頭で大半が説明されている。ひとことで言おうとすると意外にむずかしく、否定の表現ばかりを思い付くのだが、それは彼女が目立たない性格であっても、作者の性格付けに厚味があり、決してありきたりの人物ではないということを示している。彼女は善良であり、控え目であり、素直な同情心を持っているが、そう言っただけでは彼女の特徴は伝わらない。さし当たって、自己中心的なのと逆、とでも決めておく以外ない。

彼女はもちろんベティを返す気はなく、ノーマの訪問は好まないが、決して防御本能にこりかたまってはいない。それは彼女が、生来自分を押し出したり、自分の利益を守ることを第一にしたりする行為を好まず、その方面の警戒心や闘争心が発達していないからである。その代わりに、自分をチェックする心は発達していて、はじめて訪問を受けた時ベティの不在を何よりも先にノーマらに告げるのは、自分が彼らに対して何か卑怯に子供を隠したみたいになるのが嫌だからであった。しかし、言い方が言い訳がましくなるのは、自分が彼女を返したくないと思う心と彼女をよそへ預けたいということの間に、何か微妙なつながりを感じるからである。ブリジェットは良心的で自己に厳しいのだが、そう表現するとまたニュアンスが違って、要するに自分が自己中心的であったりするのは嫌だし、自己欺瞞ができないのだ。だから訪問者たちに無愛想になるのは、自分が彼らの来訪を好んではいないだけにいっそう嫌で、ノーマの夫がお茶の席で大いに食べた時なども、相手の神経をいぶかるよりも何よりも、自分がパンを余分に出して置いたことにほっとする。その根底にあるのは、普通気の弱い人によくある相手のお覚えを無条件に気にする心ではなく、自分の不注意や身勝手で相手を不快にしたり苦しめたりするのが、自身しのび難いとする心である。彼女には頭や意志を駆使する線の太さや明瞭さはまったくないから、その意味では自分のプリンシプルに従って生きるという表現は当たらないが、自分に関してはあくまで控え目で、他者には自己中心的な心では対し得ない、ということなのである。

ベティを手放したくない彼女にとっては、法的手続きを経て養子にした、という事実が心の支えである。彼女は別れた夫から仕送りを受け、家には下宿人を置き、自分自身、近所の家の手伝いなどをして働くことで、経済的には困っていない。ベティはすくすく育っており、その子を今さら返せという要求は不当で、自分が身勝手だとは思わないから、彼女は「手放せない」ということは別に気遅れなく主張できる。主張といっても、だいたいノーマの夫がひとりでしゃべり続けるので、短い抗議を口にするだけであるが。自分の良心に不安がなければ、彼女は無意味に弱気ではない。しかし心細くはあるわけで、神父や近所の人たちに打ち明ける。そして全員が彼女を力強く支持し、相手が不当だと言い、神父は自分が相手と話してあげようとまで言ってくれる。それなのに何故彼女の心が最終的にゆらぐかと言えば、それは彼女がノーマの夫にげんなりして抗議しながらも、彼の身勝手な言い分に耳を傾けるからである。

母子が共にあることが大切だというが、ブリジェットも母親なのではないだろうか。また「人間的な面」を言うなら、夫に捨てられ異国に住む身で、実の親に頼まれて子供を養子にして大切に育てて来たブリジェットの方に、言い分があるのではないだろうか。しかし彼女がそれを主張しないのは、自分の心のことなどは相手に押しつけるものではないと思っているからだ。しかし自分の心はチェックして抑えても、相手に対する同情心は抑えるよりも、むしろ心の中で増殖してしまうのである。もう子供が産めない身で、たったひとりの子供を自分の手元に置けないのは、子供がないよりももっとつらいことだろう、と彼女は想像する。ノーマの夫が話を重ねるたびに、ノーマの不幸な生い立ちと現在の絶望している姿が、ブリジェットにより執拗に付きまとう。そのように絶望するのが自分ならそれは我儘だと制することができても、自分の行為が相手を苦しめていることを思うと、彼女の良心は休まらなくなる。

ベティについても同様だ。'Betty is happy.' と信じながらも、子供は若い夫婦のもとで育つ方が健全なのではないか、という思いがブリジェットの心を去らない。そして自分を励ましてくれる人たちの目に、ちらりと、子供のためには返したほうがよいと思っているらしい表情を感じ取らずにはいられない。ノーマの夫にアイルランド人であることを指摘された時、彼女はいてもたってもいられず、別れた夫の所へ心の支えを求めに行く。ベティを可愛がっていた夫が怒って、相手と話をつけてくれることを期待するともなく期待していたのだが、夫は彼自身の生活に追われていて、彼女に気持ちだけの励ましを送るだけだった。彼女はその夫の立場を理解せざるを得ない。結局どこへ行っても彼女は、返さない自分が正しいという確信にいたれなかったわけである。そしてその晩ノーマの夫からの最後の電話があって、ほとほとげんなりした彼女は、夜遅く泣きながらベティを返す決心をする。'For Betty's well-being, and for Norman's too…' (759)

しかしこれはただ押し切られたのではない。現に相手は奇妙な言い方にせよ、もう彼女を煩わせないと、はっきり言って来ている。相手との力関係では彼女は勝ったのだ。しかしその時までに、自分の心との闘いに負けていたのだ。ノーマの夫の言う「離婚家庭」にも「アイルランド国籍」にも、否定はできなかった。ノーマに対しても、博愛的な自己犠牲というのではなく、自分の故にノーマをそれほどに苦しめ抜くことに耐え切れなかったのである。彼女はベティを引き止めるのは哀れだと指摘されれば、彼女自身苦しみ抜いているのであるまいか、自分が正しくないのではないかという不安から、自分を解放したのである。そうしない限り良心のやましさに付きまとわれざるを得なかったし、やましい思いで生き続けることはできなかったからである。

トレヴァーが、ノーマの夫の奇妙に野蛮なエゴイズムと対比することによって、このブリジェットの純良な心を強調し悼んでいることは論をまたないが、この物語も表面の筋が終わった所で話が終わっていない。——ここでノーマの夫の言動の解明に戻るのだが、彼がノーマを「愛し」たのは、彼女が彼のカウンセラーとしての成功の証だったからなのである。いつも仕事がうまくいくわけではない中で、ノーマは彼がさしのべた手に信じられないほどの手応えで応えて更生した。それが彼のプライドを満足させ、彼を有頂天にした。そして結婚までし、つまり彼女に家庭を与え、最後にベティを取り戻してやることが、彼にとって自分の偉大な事業を完成させることだったのである。

彼はブリジェットに対し単に無神経なのではなかった。彼もカウンセラーだから、ブリジェットのような、社会的に不利な立場にいる人間にどう対するべきかは知っている。少なくとも表面的には。しかし彼は自分の事業の完成に夢中で、正義のための偉大な事業をしているつもりだから、そして自分の事業には誰でも協力するのが当然だと信じていたから、彼はその幼児的エゴイズムの中で、ブリジェットに対して気楽で、彼女の共感を当然のごとく期待し、同時に、協力的でない彼女に対しては裏切り者を罰するがごとく残酷であり得たのである。最後の電話で彼はノーマへの愛を再三口にするが、彼がブリジェットに対してあのような野蛮な態度をとるのがノーマへの愛ではあり得ないと気付くことが、この彼の心の構造を解明する鍵になっている。ノーマへの愛なら、彼女をむかし救った恩人に対して、こうまで当てつけがましく残酷でありうるはずはないからである。彼が愛しているのは自分の事業で、ノーマではないのだ。

この心の構造に気付くと、彼のせりふの中に隠されているひとつの事実が明瞭に浮かび上がって来る。実は子供を取り戻すのはノーマの希望ではなかったのである。ノーマは当然、彼に子供のことを打ち明けた時泣いただろう。しかし彼女はブリジェットから子供を取り戻す勇気はなかった。彼女は愛に飢え、次々と裏切られる生活の中でも人間らしい心を失わず、はじめてさしのべられたブリジェットの愛には、心の底から感謝する能力を持っていたのである。その能力があったからこそ、次にさしのべられたカウンセラーの手にすがって、更生できた。しかし子供を取り戻すことを自分の事業の完成と考えるノーマの夫は、ブリジェットの離婚を調べ上げ、子供のためにも引き取るべきだとノーマを「励まし」たのだろう。はじめての訪問の時、ノーマがまず離婚のことを切り出したのは夫の指示である。ブリジェットが「ええ、変わりました」と離婚を認めた時、ノーマがうなずき、次に夫がうなずいたのは、手順通りだということだ。ノーマが子供を産めなくなった理由を聞いてブリジェットが同情を示すと、夫はあたかも「その同情に感謝するかのように」ジンジャースナップに手を伸ばしている。つまり相手の「親」としての弱点を指摘し、ノーマへの同情を誘うまでがノーマの役割で、彼女はそれを順調にこなしたわけである。そしてそのあとの会話の主役は彼が引き受けるのが予定の手順であった。

お茶の時夫がもりもり食べ、ノーマが何も食べなかったことは明瞭に述べられているが、二人が揃って子供を取り戻しに来たわけだし、夫もきれいごとを言うので、二人の心の差はさっと読んだ場合区別がつけにくいが、そのつもりで読めばその差は歴然としている。「捨てられるってどんなか、あたし分かります」と言ったのは、プログラムにはなかったノーマの本心だ。そして前に述べた、彼女のその後の三回の発言というのは、

一、ブリジェットが「私たちはあの時書類に署名したんですよ…赤ちゃんを養子にしたということは、養子にしたということなんですよ」と言ったのに対し、「あなたたちはあたしに対して親切そのものだったのです、あなたとあなたの旦那さんは。（夫に向かって）あたしそう言ったでしょう？」と言った時。

二、夫がベビー・シッティングなどいつでもどうぞ、と言ったのに先行して、「あの子をいつでもあなたに会わせたいわ。つまり、あの子があなたを好きになっているだろうってのは、理の当然ですからね」と言った時。

三、夫に対し、「あの子が欲しいって気持ちはどうにもならないわ（I can't help wanting her. 748）」と言った時。

一、二は説明不要だと思うが、三は、だから何としても取り戻したい、ということにはならない。このせりふは一見したときの印象とは逆に、夫婦間の「返して欲しいなんて言えない」「だけど君はあの子が欲しいんだろう？」「それは欲しいに決まってるわ、その気持ちはどうにもならないじゃない」という会話の一端なのである。

ノーマはこの訪問のあとに夫と顔を合わさず引きこもり、夫はそれをもっぱらブリジェットの拒否の責任にするが、実はどうだったのか。ノーマは夫に励まされて子供を引き取れる希望を持ったが、そんな自分を責めていたのではないだろうか。あるいは初めから気が向かなかったのに、自分を更生させてくれた夫の指示だから従ったが、改めてブリジェットのやさしさを痛感し、彼女に対して自分勝手なことは言えないという思いを新たにしたのかもしれない。いずれにしても彼女は、おそらく二人が知り合って以来はじめて、「励ます」夫と話すことを拒否したのではないだろうか。次の電話で「ノーマは馬鹿な真似はしませんでしたよ」とブリジェットに報告し、しかしもちろん本当に大丈夫というわけではない、とノーマの夫が言ったのは、そのあとの「でも彼女があ

なたの過去のご親切に勇気づけられていることは確かですよ」というせりふから考え合わせれば、ノーマはブリジェットが過去の恩人であることを強調して、もう子供を取り戻そうとするのはやめて欲しいと嘆願したに違いない。夫はそれを子供を取り戻せないショックで取り乱しているとのみ考えた。というより、彼は自分の事業を自分の思うとおり完成しないことにはプライドが満足しないから、ノーマの拒否を絶望から来る捨てばちなものだと誤解することを選んだのである。そして何としてでも取り戻して見せると意地を賭けた所へ、ブリジェットがアイルランド人であるという欠点を見付けたから、彼は歓喜したのだ。だからその歓喜のムードのまま、相手に電話をしたのである。

彼はそのあとノーマに同じことを伝えて、子供のためにそれだけ環境が悪いのだから、ブリジェットもそれは認めざるを得ないだろう、と喜々として励まして、ノーマの決定的な反抗を誘い出したのだ。ノーマは激しい口調で、二度とそのことは口にしてくれるな、と叫んだ。ブリジェットが自分にとってどんなに有り難い恩人で、今でも自分のことをどんなに心配してくれる人か、さんざん言ったのにまだ分からないのか、と怒った。そんなひどいことを言ってあの人がどんなにつらいか、かりそめにもカウンセラーなのに分からないのか、と問い正した。ブリジェットに謝り、二度と邪魔しないと誓え、と命令した。——このようなやりとりが、最後の電話の背後には隠されているのである。電話でノーマの夫が、「あなたがノーマのことを気にかけて下さって……云々」とくどいのは、それが本来ノーマに対する弁明だったからだろう。ブリジェットはそのようなことはまったく主張していないのだから。この電話のどことなくせっぱつまった真剣さも、「ノーマを愛することは止めません」という見当外れの誓いも、これではっきり理解できる。彼はノーマの反抗を受けて戸惑っているのである。この誓いは、こんなことで挫折できるものか、という自分に対する誓いであると同時に、彼の事業を挫折させたブリジェットに対する、何で協力してくれなかったんだという心外な思いから来る当てこすりであり、捨てぜりふでもある。「今後どうなろうとも」はもちろん最後の脅しだが、実は彼自身本当にどうなるか分からないのだ。ノーマはしっかり更生している。ブリジェットのために、ベティなしで生きる方をしっかり選んでいる。逆戻りの心配はなく、カウンセラーの操り人形であることからも脱している。ノーマの夫はブリジェットだけでなく、ノーマ本人にまで自分の「ノーマのための事業」を邪魔されて、それが信じられず、理解できずに、最後の脅しになお自分の事業の完成の期待をかけているのである。

実は私はまったく時間がなく、とにかく作品を選んで、書きながら分析しているのだが、ノーマ本人の意志がこれほど明瞭に示されていることに気付いたのは、ノーマの夫の最後の電話の部分を訳していた時である。筋の運びは単純どころではなかった。（ノーマの夫には名前がない。人物に名がないのはトレヴァーには他の作品にも見受けられるが、この場合「ノーマの夫」という呼び名は、彼の言葉の中にノーマの言動が隠されているということと、夫とは名ばかりという皮肉が込められているのかもしれない。）トレヴァーは何故このような隠し絵のようなことをするのかと言えば、現実がそのようなものだからだ。我々は日常他人のことを半分も気付かずに過ごしているのだ。ノーマの夫のような幼児的エゴイズム、心の悪い病いが、ブリジェットの判断を誤らせ、ノーマの心を掻き乱し、さらにこの二人の純良な心を持つ女性と、ベティの運命まで変えてしまうのだろうか。おそらく翌日ブリジェットがノーマの夫に子供を返すと連絡して、その後どうなるのかは分からないが、ノーマの夫が何とかノーマを説得して子供を引き取ると思われる。ブリジェットは今でこそロンドンで淋しい思いをして暮らしているが、故郷では親に可愛がられて育ち、その心の歪みのない彼女のもとでベティはすくすくと育っている。その都度ブリジェットの注目をいちいち求めては何回でもすべり台をすべり降り、ベティ・レイシーと書くことも覚えたこの子が（この子供の描写は非常によい）、善良だが家庭の味も知らずに育ち、更生したばかりの実の母親と、妻をも子をも自分のプロジェクトの題材、プライドを満足させるための手段としてしか理解できない父親のもとで、そもそもなじめるのだろうか。ノーマの夫がブリジェットに向かって、「第三者の立場から見ての親としての条件」と鬼の首でも取ったように力説するのは皮肉だ。彼本人こそがまったく不適格なのだから。相手の弱点を突くことを知らず、自分の弱点の方ばかりを正直に認めるブリジェットの性格が、彼女の必要のない悲劇を招いたとも言える。'For Betty's well-being, and for Norma's too.'——この彼女の心の故に、ベティは彼女のもとから、悪い心の病いを持つ男に、盗み取られてしまったのである。

*

人間には美しい肉体というものがあり、美しい心というものがある。しかし個々の美は何と有限で何と脆いものか。それは時間だけでなく、環境にも、過去にも、他者の歪んだ心にも、本当にあっけなく害われる。筆者がトレヴァーの作品の中に漂う「音楽のようなもの」と呼んだのは、その事実を限りなく哀惜する心である。筆者は彼の作品を読みながら、ジョイスの「死者たち」の結びの場面で主人公ゲイブリエルが流す涙を、そのトレヴァーの心に非常に近いものとして何回も思い出した。ゲイブリエルは妻グレタの少女時代の悲恋の告白を聞き、夫である自分が彼女の心の中でいかに小さな場所しか占めていなかったかを知って、嫉妬心を覚えるが、自分でも意外なほどのやさしさで彼女の告白を最後まで聞く。そしてグレタが激しい心の動揺に疲れ切って寝入ったあとで、彼は'generous tears'を流すのだ。死者たちと現実と雪とが渾然とする世界の中では、一個人の卑小な自我など何の意味も持たない。そこに沸き上がる涙は「愛」である。そういう愛がトレヴァーの作品の中には漂っている。

トレヴァーは英国を舞台にし、英国人を扱った作品の方がはるかに多いが、その文学の質から言って紛れもなくアイルランド人だと思う。今回は話が複雑になるので意識して避けたが、彼のアイルランドを舞台にした短篇はアイルランド独得のテーマを扱っていて、よい作品が多い。特に最近、彼は一気にアイルランドのテーマに傾斜し、一九八三年以降の三つの長、中篇小説、*Fools of Fortune, Nights at the Alexandra, The Silence in the Garden* はすべてアイルランドの問題を扱っている。今回は尻切れとんぼになってしまったが、いずれ稿を改めて書きたい。(November 1990)

ウィリアム・トレヴァーの『卒業生』

ウィリアム・トレヴァーの出世作 *The Old Boys (1964)* は、イギリスのある寄宿学校の同窓会の次期会長の選出をめぐる野心や確執の顚末をストーリーの縦糸にして、人間存在のほとんど「馬鹿げている」とでも呼びたいような哀しさと空しさを諧謔的な笑いとともに描いた作品である。そのペンギン版の表紙は、一冊の本とその上に置かれたもの——眼鏡、その中から覗く上目づかいの目、細い竹の軸の一片、上下セットの入れ歯——とで暗示された不気味な顔の絵で飾られており、さらに題字の下には、*The Times* からの引用として 'Viciously funny' というキャッチ・フレーズが添えられているが、そのレイアウトからも推定されるとおり、デビュー当初のトレヴァーは、ほとんどブラック・ユーモアに通じる諧謔的な笑いを特色とする作家として注目を浴びたようである。たしかにこの作品を含む初期の長篇小説では、トレヴァー自身、ドタバタ喜劇、あるいはグロテスクな大笑いから黒い笑い、言葉の使い方の微妙な遊びに至るまで、ありとあらゆる笑いの要素を作品の中に総動員した趣がある。しかしトレヴァーの笑いは、当初から単なる著者の哄笑に終わってはいないかった。それどころかこのデビュー作の軽快な文体と次から次へと繰り出される笑いの裏には、人間存在のはかなさと限界とを浮き彫りにすべくきっちりと計算されたゆるぎない構成があって、そこに打ち出されているのは、ヴィジョンの上でも手法の上でも、後に円熟したトレヴァーのものとして読者がよく知っているものである。しかも彼の淡々とした、しかし、しばしば一見意地悪さを楽しむかのような語りの中には、それこそ唯一トレヴァーのみに属すると筆者が主張したい、心に訴えかけて来る声がすでに含まれている。それらの点にこそ、この作品の本当の斬新さと、その後の彼の小説の世界の発展を約束するものがあったのだと筆者は思う。

処女作の *A Standard of Behaviour* (1956) が不思議な魅力をそなえているものの、文体は凝りに凝り、逆に構成はゆらぎ勝ちで、著者自身が主人公の「私」と共に、あまりにも思いがけず、悲しく、愚かしい要素を内包した人生という現実を前にして、途方に暮れている感があったのを思えば、それからこの処女作の発表までに費やされた八年間という歳月は、トレヴァーにとって必要な時間だったと思われる。あるいは出世作における文体のあまりにも堂に入った自在さから考えれば、人間存在についての彼なりのヴィジョンをはっきりとつかんだ時、トレヴァーは自分の文学の在り方や技法を同時につかんで、それを *The Old Boys* という小説に編み上げた、というほうがより正しいかもしれない。

1

トレヴァーはこの作品で、どのような世界をどのように構築したのか——

ストーリーは、その同窓会の役員の一人であるタートル氏が会議場へ着く前の、小さな笑劇的場面から始まる。彼は後に明かされるように、心臓を病んでいて、そのためにほとんどボケに近い症状を呈している人物だが、とにかくも正しく会議場がある建物に着き、正しくエレベーターに乗り、必要な階のボタンを正しく押す。が、彼の癖のもの思いにふけっているうちに目的の階で降り忘れ、逆に地下室まで運ばれてしまう。そしてそれとも気付かずエレベーターから降り立った場所の、裸電球や醜い壁やボイラー室などの景観に戸惑いながらも、彼はモップで掃除をしていた女性に、会議場となっている部屋のありかを訊ねる——

The woman didn't hear him. He repeated the question and she stared at him with suspicion.
'Three-o-five ? Do you want Mr Morgan ?'
'I think I'm a little lost actually. Actually I want room three-o-five.' The woman didn't know what Mr Turtle meant by three-o-five. Her province was the basement.
'I'm sorry,' she said, mopping round Mr Turtle's feet. 'I don't know no room three-o-five.'
'I'll be late, I'm due at a meeting'.
'They didn't tell me about no meeting. You won't find no meeting in the basement.'（*The Old Boys*, Penguin, p. 7. 以下ページ数のみを記す。）

そのタートル氏が遅れて何とかたどり着く同窓会の役員会議は、七十歳から七十五歳までの八人の卒業生で構成されていて、この作品中唯一いかなる笑いの対象にもなっていない人物である会長ジョージ・ポンダース卿が整然と議事を進めようとしてはいるものの、ある役員は居眠りをしていびきをかき、隣の人があわててつついて注意をすると、居眠りなどしていなかったと不機嫌に主張する。また他の役員たちは、ふいに学生時代の思い出話を始め、話題の教師に対する見解の相違から議論を始める。タートル氏が遅刻の言い訳をするのを制しようとしても無効で、議事はまともには進行しない。そしてテーブルの上に置かれた役員たちの手は、血管がふくれ上がっていたり、棒切れのようだったり、わなわなふるえていたりする。この小説の題の 'the old boys' というのはもちろん「卒業生」という意味だが、同時に「老人」という意味でもある。
この冒頭に置かれた、一見たわいのないふたつのつながった笑いのシーンは、実は作品の世界とその展開を予告するプレリュードになっている。トレヴァーは人間の存在の条件を、まずタートル氏と掃除婦との嚙み合わない対話に象徴されているようなものとしてとらえた。この対話のおかしさは、お互いに相手の言葉をしっかりと耳にし、それに対応しながら、相手の思考の領域には一歩も歩み寄りを見せない所にある。タートル氏はディケンズ流に'innocent'な心の持ち主で、周囲の異様さにもかかわらず、自分が目的の階に着いたという思い込みを改めることができない。一方、掃除婦は、何しろ彼女の'provine'は地下室なのだから、三〇五号室などというものは今そこで仕事をしている彼女の存在の領域を超えたものであり、そのようなものの所在を彼女に訊ねるということ自体が不可解で猜疑心を喚び起こす行為なのである。彼女自身、タートル氏と同様に、様子がおかしいと感じたとしても、相手が地下へ来てどこかへ行き着こうとしているのなら、その訪問先は地下の唯一の住人であるビルの管理人のモーガン氏の所でもあろうか、と発想するのが精一杯なのである。そしてそれがそうではなく、深く求めているのはあくまで三〇五号室だと相手が主張するのならば、そんなものは知らない、ということが、彼女にとって告げるべき真理の全てなのだ。彼女にとって自分が知らないことは、自分が一切かかわり得ないことなのである。したがって、その瞬間タートル氏は彼女にとってまったくの無縁の存在となり、彼がそこに立っていないかのように彼の足もとにモップをかける。が、それでも相手がまだ会議などということを持ちだしてねばっていると、彼女は三〇五号室などは知らない、自分は一切かかわりないという事実がどうしても相手に認識されないことで、ほとんどパニック状態に陥る。その中で彼女が叫んだ'They didn't tell me about no meeting. You won't find no meeting in the basement.'という言葉が、はからずもタートル氏にそこが自分が求めていた階ではないことを悟らせる結果になるが、それがこのコメディーの総仕上げになる。掃除婦がいちばん初めにほんの僅かでも想像力を働かせて、階を取り違えているのではないかと思いさえすれば、'I don't know...'、'They didn't tell...'、'You won't find...'と力説する必要はなかった。しかしそれ自体コミュニケーションの拒絶を思わせる否定の言葉の連発が、はからずもタートル氏の錯覚からの覚醒をもたらすのである。当然得られるべき結果は、掃除婦の目的意識とは関係のない所で到達されたわけだ。

トレヴァーはこの対話を、音楽にたとえるならば、今後繰り返して立ち現われる第一主題としてまず提示する。そして次にそれを常時支える低音部として、会議の場面で暗示されたような、老人たちのそれぞれに孤独でとりとめのない複数の人生を設定したのである。

物語はその後、同窓会役員たちの生活を内面の意識から追う、主観併立の形式で進められていく。トルストイの言う不幸な家庭同様、孤独な人生もそれぞれに孤独なのである。タートル氏はきわめて善良だが、健康を害ねてボケに近い症状から逃れることができない。気がつくと、戦争に出てその留守中に死んでしまったために、たった二日間しか共に暮らさなかった妻のことを思い出して涙ぐんでいたりする。彼の世話をしている女性は彼がペットを飼うことも許さず、ことあるごとに彼女に千ポンド遺贈すると記した遺書を見せることを要求する。そのような中で、周囲の人々には露骨な財産目当てだということが明白な女性と結婚の約束をするが、あとでよくよく考えると自分自身でも何故そんな約束をしたのか分からない。そして彼は観劇中に眠りに落ちて、そのまま静かに死んでゆく。

このタートル氏は一番温かい筆致で描かれている人物で、彼の場合は想像力の限界というよりも、何よりも生命そのものの限界から来る無力さを表わしているが、他のもう少し生命力を残している人たちも、各人各様の性格や運命によって、その行動様式は動かし難く決定されている。ノックス氏という役員は、学生時代にひどくいじめられた恨みを忘れ兼ねて、次期会長候補の就任阻止のために躍起となり、無益で見当外れの陰謀を企てる。また他の二人の役員は、日々の退屈しのぎに商品の広告を読みあさり、買う予定もないのにセールスマンを呼びつけては周囲とのあつれきを醸し出し、それを楽しむ。さらに他の役員はジグソー・パズルに夢中で、その真最中かかって来た電話に怒りの声を投げつける。そのような役員たちのありようは彼らが老人たちであるが故にいっそうの無力さや愚かしさ、無意味さや恣意性が誇張されて、この作品の果てしない笑いの土壌となっている。

しかし、それは単に笑いのための笑いではなく、それがトレヴァーが見出した人間の姿なのである。嵐の中で、ベドラムのトムに扮した裸のエドガーの姿を見たリア王は 'Thou art the thing itself: unaccommodated man is no more but such a poor, bare, forked animal as thou art. Off, off, you lendings!' (III-iv) と叫んで自らの着物をはぎ取ろうとしたが、トレヴァーは老人の中に、職業とか社会的地位とかいう借りものをはぎ取った二本足の動物としての人間を見出したのである。

噛み合わない対話と老人たちの取りとめのない会議——それをこの作品の中でヴァリエーションをつけて繰り返し、展開していく中で、トレヴァーは単純なコメディーに過ぎないと思えたものを、人間存在に関するほとんど悲劇的なヴィジョンにまで深めてゆく。彼は人間存在の孤独という現実に直面して、その原因をコミュニケーションの断絶に求め、そしてさらにその断絶の原因を人間ひとりひとりの想像力の限界と、そこから生じる我執とに求めた。笑劇的な導入部と喜劇としての作品の組み立て、さらに老人たちのてんでんばらばらな世界という舞台設定は、そのヴィジョンをより効果的に提示するために慎重に選択された手段なのであり、主観併立の手法も、個人個人の存在と意識の孤立を浮彫りにするために、必然的に採用された手法だったのである。

2

さてこの小説の中心人物は、同窓会の次期会長になるためになりふり構わず執念を燃やし、その執念のあまりのすさまじさの故に、ほとんど手中にしていたその座を失ってしまう七十二歳のジャラビー氏と彼の二歳年上の妻である。その名前の音からもいかにもそれらしく想像されるこのジャラビー夫妻の果てしないいさかいが、この小説の最大の「噛み合わない対話の喜劇」を構成しているのだが、タートル氏と掃除婦との間の他愛もない笑劇は、この夫妻によって受け継がれ、展開されていくにつれて、笑いの質がジャラビー氏の精神構造に対する痛烈な風刺の色合いを強く帯びていくことになる。
彼らの対話の第一幕はジャラビー氏が、冒頭の同窓会の役員会議で、自らの願望どおり次期会長候補として推されて、一人だけ敵意あるまなざしを見せたノックス氏のことを気にしながらも、上機嫌で帰宅した場面で切って落とされる――

'I am delighted to hear it,' said Mrs Jaraby, in reply to some statement of her husband's about the meeting...

'You are not. You say you are delighted but in fact you take no interest in the matter at all.'

Mrs Jaraby watched her husband's cat stalking a bird in the garden. The room they sat in smelt of the cat. Its hairs clung to the cushions. The surface of a small table had been savaged by its claws.

'I was being civil,' said Mrs Jaraby.

'Turtle came in late... He claimed to have been in the company of a charwoman.'

'Well, well.' She believed he kept the cat only because she disliked it...

'He seems twice his years. And I thought was quite unhealthy.'...

'Which one seemed twice his years? It is something which I would like to see. He would be a hundred and forty.'

'Be careful now: you are deliberately provoking me.'

'I am merely curious. How does this ancient look?...'

'You are picking up my remarks and trying to make a nonsense out of them. Are you unwell that you behave in this way?'

'I am less well than I would be if the cat were not here. Your Monmouth has just disembowelled a bird on the lawn.'

'Ha, ha. So now you claim illness because we keep a pet.'（10, 下線筆者）

タートル氏と掃除婦の場合は、出会いがしらに不条理の世界に放り込まれたような状況が生み出すやりとりの滑稽さがただ愉快に強調されたが、この夫妻の対話では、話の嚙み合わなさの合間に、その原因分析が微妙に織り込まれている。この対話の場合、話をかみ合わなくさせているのは、一見、一方的にジャラビー夫人の側であるように見える。彼女が普通の夫婦の間の会話において期待されている応答をしていないのは明白で、ジャラビー氏のほうは、漫才の相棒もどきに手を振って抗議をする役割を振り当てられているだけのように見える。が本当に対話を通じ合わないものにしているのは、実はジャラビーほうの方なのである。それは彼が、自分の妻が何であるかという認識において完全に誤っているからである。彼は彼女が自分の話の従順な聞き手であることを期待し、要求し、服従されることに慣れて来た人間で、相手が今やそれを拒否している現実に直面しても、その意味を理解することができないし、そこに何か理解すべきものがあるということにも気付こうとしない。彼は妻の言葉の中に表われた態度を正確につかんではいる。彼が「あなたは口先でお愛想を言っているだけで、実は何の関心も抱いていないのだ」と言い、「あなたは故意に私を怒らせようとしているのだ」と言うのは、単なる合手としての抗議でなく、咎めであり警告である。しかも、それがその言葉を発することのみに終わってそれで完了してしまい、言葉のやり取りは何の結果も生み出していない。それは妻の「礼儀正しくしようとしていたのですわ」という痛烈な返答を受けても、それがあたかも彼女の傾聴する意志表示ででもあったかのごとくに「タートルは……」と自分の関心事を語り続けることで、いみじくも証明されている。彼にとっては自分の妻は自分用の 'listening box'(1)であり、独立した個人ではありえない。夫人が 'your Monmouth' と言って、自分が飼いたくて飼っている猫ではないとはっきり主張しているにもかかわらず、彼が、'So now you claim illness because we keep a pet.' と、その前の妻のせりふ全体をナンセンス化しているのは、決して単なるはぐらかしではない。彼にとっては「我々」が飼っているペットなのだから、夫人の言い分は意味をなさない。彼は妻の独自の意識の存在というものを本質的に認識できないし、したがって、それと関係を持つことができない。

一方ジャラビー夫人の方は、一見夫の意識とは無関係に見えながら、実はそうではない。彼女はまず長年の習慣によって夫の話に相槌を打つ。そして夫にそれを上の空の返答であると咎められると、あっさりそれを認める。'I was being civil.' という表現には思い切りの抵抗が込められているが、それはまったくの真実を述べた言葉でもある。筆者はこの *The Old Boys* という作品は、多分に『リア王』のパロディーとして着想されていると思う(2)のだが、ジャラビー夫人は「道化」流の真理の告知者なのだ。――さて、夫がその抵抗にもかかわらず話し続け、'Well, well.' と受け流しても間に合わず、どうしても話の聴き役をつとめなければならなくなると、彼女は相手の言葉の表面にのみ反応することを選ぶわけだ。「二倍の年齢だったら百四十歳でしょうに」という彼女のコメントは、もちろん彼女の想像力の限界を示しているわけではなく、ジャラビー氏の場合とは逆に、相手のせりふをはっきりと意図的にナンセンス化し、それによって、自分が相手の 'listening box' の役割を務めることを拒否する姿勢を明確に表明している。彼女が猫によって神経を痛めつけられ、その存在に関心を奪われていることは描写によって明白だが、彼女はそのせいで夫の言葉を理解しないわけではなく、むしろ夫の言葉に含まれる意識を正しく理解し、逆に言葉の表面に勝手に反応することで、自分を守っているのである。彼らの対話の本当の喜劇性は直接に笑わせる役割を果たしているジャラビー夫人のせりふにあるのではなく、むしろ彼女の言葉があまりにも明白に彼女の心を告知しているにもかかわらず、それをそれとして認識していないジャラビー氏の心の限界にある。

この両者の関係は、この対話が先に進むにつれて、さらに明瞭化される。ジャラビー氏はこのあとペットの猫に関する論争で妻を黙らせたあと、感動をもって自分の学生時代の思い出に身をゆだねる。彼は人生の成功者ではなく、むしろ学生時代の「成功」が彼の人生における最高の華だったのだが、同窓会の次期会長に就任する見込みが立った現在、彼は日頃にも増して学生時代の思い出に没入するのだ。'When Dowse died,... I cried.' と、ジャラビー氏は、自分の学生時代の寮長ダウスが死んだ日の思い出話を、無言で編みものを続ける夫人に向かって語り始める。そしてテキストに十行あまり彼が思い出を語ったあと、ようやくジャラビー夫人が口を開いて、彼らの対話は次の局面を迎える——

'Death is a subject one can go on about ——'

'Go on about ? I am not going on about it. I am not being morbid. I am simply sharing it with you the passing of a man who influenced me.'

'I do not mean that. I mean that death begets death. You have told me before of your Housemaster's death. Indeed, as I recall, you did so at our first meeting. No, I was just thinking that death is in the air.'

'My God, what do you mean by that ?'...

'I mean nothing sensational... We have reached the dying age. You speak of your friend Mr Turtle who is closer... to death than he is to life ;... You take it for granted. Your cat marauds and murders, yet you do not bother'...

'You are talking a lot of foolish poppycock.'

'Poppycock is foolish as it is. There is no need to embellish the word. I am saying what runs through my mind, as you do.'

'You are picking up my words again. I was perfectly happy when I entered this room... Yet thoughtlessly you sought to disturb me. You talk of a murder in our garden when a humble cat follows the dictates of his nature. The cat must find his prey, you know.'

'Your cat is fed and cared for. He is not some wild jungle beast and should not behave as such. I sometimes

think that Monmouth is not the usual domestic thing and might interest peoole at a zoo. Have you thought of trying the animal at a zoo?'
'I fear for your sanity. You are a stupid woman and recently you have developed this insolence. Most of what you say makes little sense.'
'... I was simply trying to make communication, to stimulate a conversation. Is there any harm in that?' (12-13, 下線筆者)

ここでも、いわゆる「普通」の会話のリズムを乱しているのはジャラビー夫人のほうである。会話の運びという点だけから言うならば、多くの読者がジャラビー氏の発言に自然さを感じるに違いない。しかし、では夫人がまぜかえす発言を差し控えたとするならば、この夫婦の間にどのような対話があったのだろうか？　夫のほうは自己満足的感傷をもって寮長ダウスの死んだ日に自分が受けた衝撃を回想している。妻のほうは猫のことか、あるいはそれ以外のことか、とにかく自分の想念に没入して編みものをしている。そのような状況は、いかなる夫婦の間においても常にありうることである。そしてそのような場合、対話がちぐはぐになるのは当然で、それ自体でタートル氏と掃除婦が演じたようなコメディーを構築できるのだが、トレヴァーはこの場面で、控えめに、しかし明確に、この会話の本当の喜劇性は、想像力を決定的に欠いた、ジャラビー氏の幼児的な独善的性格に由来していることを示している。

彼は妻が聞きあきた思い出話をまた話し始めながら、それが対話だと信じている。'I was simply sharing with you...'という主張は、多くの読者にとって、自然なものとして見逃されるものではないかと思う。しかしそこに何の違和感も覚えなかった読者はジャラビー氏と少し共通する独善性のそしりをまぬがれることはできない。何故なら、彼の語ることはジャラビー夫人によって'share'されていないばかりではなく、彼自身'share'されることを、本当の意味では求めていないからだ。彼は自己の中に埋没していて、単に'listening box'を必要としているだけなのである。そして再度、夫人の応答ぶりを'insolence'として認識はするが、これも再度、その原因を無思慮(thoughtlessly)と愚かさ(stupid)に求めてそれを咎めるだけである。彼にとって自分の意にそぐわないことは、おしなべて無思慮で愚かなことでしかありえないのだ。あるいはそう信じて、意にそぐわないことを力づくででも排除する意志と習慣が、自分よりも弱いものを相手にした場合の彼の強固な属性なのである。

それに対抗するジャラビー夫人の応答ぶりの本質的な性格は、'I am saying what runs through my mind, as you do.'というせりふによって説明されている。彼女の心に去来するのは夫の独善に服従するのは飽きた、という想いであり、'dying age'に到達した今、何かしらの突破口を見出さなければならないという想いである。夫の言う'sharing'に対抗するには、夫の流儀をなぞって、その時頭に浮かんだことを口にする以外ないのだが、それが夫の側と異なるのは、それが無自覚ではなく意図された抵抗だということであり、同時に真実を語っているということである。彼女は従来以上に学生時代の思い出にふける夫と老いてなお狂暴な猫の中に、類似性と死の影を見付けている。そしてタートル氏の老いをことさら語る夫の中に、彼自身の不安の影を見付けている。そして彼女自身は夫より二歳年長である。彼女の'I was simply trying to make communication.'というせりふは、夫の'I was simply sharing...'というせりふのパロディーだが、それは夫との間の、夫が想定している'sharing'を拒絶していると同時に、本心から字義どおり'communication'を試みている意味もあるのだ。というのはこのあと、夕食についてのいさかいを経て、居眠りを始めたジャラビー氏を編み棒で突ついて、彼女は'It is time that Basil was back with us.'と宣戦を布告することになるからである。諦めに基づいた忍従から脱して戦闘を開始するのは、コミュニケーションを求める行為である、たとえそれが夫の流儀と同じ一方的宣言であっても。

バジルとはこの夫婦の間に生まれた一人息子である。このジャラビー夫人が夫に対して挑んだ戦いがジャラビー氏の会長就任のための奮闘と絡み合ってストーリーは進むのだが——。

3

筆者はこの夫婦の対話の第一幕から、彼らのやりとりのおかしさの性質を分析するためには逆効果になるほど長く引用文を掲げたが、それはその対話の中味の中に新しい「主題」が現われ、それがプレリュードの第二部を構成しているからである。ジャラビー氏が同窓会会長の座を確保するためにあちこちに電話をかけまくり、ノックス氏がそれを阻止するためにいかがわしい人物を使って彼の私生活を内偵させ、夫婦が口争いをし、数々の、そしてありとあらゆる種類の喜劇的な場面を伴いながらストーリーが展開するにつれて、ジャラビー氏の性格と人生の全貌が明らかにされていく。そしてそれに伴って、夫婦の最初の対話に登場した猫と寮長ダウスが、この作品のいわば「ジャラビーの主題」とでも命名すべき第二主題なのだということが明瞭になってくる。実際ジャラビー氏に愛された彼らの、ともに死と結びついたふたつの不気味なイメージは、その後の作品のいたる所に不吉な影を落とし、不在だと思われる場面にも亡霊のように浮かび上がって来るのである。

ジャラビー氏は、セールスマンが売りに来て、「値段が安いから買ったのではないかと思う」(144)と夫人が言う変わった猫を、十四年来熱愛して来ている。その名もマンモスに響きが通じるモンマスだが、彼は巨大で狂暴で、小鳥を襲い、庭師の指や近所の犬の舌を嚙み切り、日頃からジャラビー夫人の頭痛の種、隣近所との争いの種になっている。しかも彼は絶対的な征服者ではなく、ねずみに逆襲されて片目を失い、今や老化してその抜け毛とともに家中に臭気を漂わせ、それでもなお小鳥を襲い、家具を傷つける。そのような猫を何故服従されることを好むジャラビー氏が愛するかといえば、それは初登場のシーンでジャラビー夫人が思っていたように「彼女が彼（猫）を嫌っているから」ではなく、彼が、敗者の面も含めて、ジャラビー氏の性格と人生をそっくり象徴しているからである。自己懐疑とか自己嫌悪とかいう感情をまったく知らないジャラビー氏は、モンマスの中の自分自身を愛しているのである。そしてその愛着が深いのは、そこに自己憐憫が含まれている。自己憐憫は自己愛の裏がえしである。

'A man who influenced me.' と思い入れをもって表現したように、そのようなジャラビー氏の性格を形成したのが寮監ダウスであった。あるいは本来的にモンマスのようであったジャラビー氏に自信と自己満足を与え、彼の性格を不可変なものにしてしまった、と表現するほうが正しいかもしれない。この作品は、寄宿学校における寮監（Housemaster）や、その寮監が指名した寮長（Head of the House）が生徒や学僕（fag）としての下級生に対して振るう陰湿な暴力を風刺した作品として受け取られる側面を持っているが(3)、ダウスはその醜い暴力を象徴する存在である。彼は学生時代、スポーツ面でありとあらゆる栄光に満ちた実績を誇るヒーローだったが、出身校の寮監になってからの彼は、生徒を殴ることに全能力と全技術とを投入し、そこに最大の喜びを見出していた。その彼の晩年に格好な代役として見込まれ、ジャラビー氏は寮長になる。自分自身ファグとして理不尽に殴られた経験を持つ彼にとって、それは最大の栄誉だった。彼は自らの想像力の狭さと自己欺瞞に支えられて、正義の名のもとに思う存分自分のファグを殴った。'The cat must find his prey, you know.' と彼は妻に説教したが、早くから両親に愛されない息子であるという屈辱の中で育った彼は、その代償を求める 'the dictates of his nature' に従って、誇りに満ちて自分の餌食を虐待したのである。

だが当然そうでなければならないように、卒業後の彼の人生ははかばかしいものではなかった。彼がどのような職業についていたかは説明されていないが、定年退職している彼が同窓会長になろうとして執念を燃やすのは、それが彼の失敗した人生に対する唯一の、しかしすべてを償う埋め合わせであったからだ。本来、家庭が彼が昔日の栄光から得た自信をそのまま押し通すことができる世界だったはずだ。彼は家庭の中に、寮長であった時の下級生のように自分が権力を振るい得る相手を手に入れ、それに対して自分が絶対的権威であることに疑念を抱かずにやって来た。現在でも家庭における彼の在り方を代表するせりふは 'Obedience is my due.'（p. 60）であり、自分の意に染まない相手に対しては'You are stupid.' 'You make no sense.' の常套句が用意されている。しかし、ジャラビー夫妻の対話の滑稽さは常套句が無効なところにあるわけで、彼は家庭生活の上でも敗者なのである。

ジャラビー氏はまず、一人息子のバジルの教育に失敗した。彼は、身体が弱く気も弱く、早くから父親の「期待」に添えない不安と闘わなければならなかったバジルを、妻の強い反対にもかかわらず自分の出身校に入学させた。彼はひ弱い息子がそこで「鍛え」られることを期待したのだが、それは今の心理学で不安神経症と名付けられている心理状態で、自分がむかし下級生を殴った行為を正当化するために、愛情の名のもとに息子を暴力のもとに置かずにはいられないのである。学校は彼の期待どおりに「鍛え」て、バジルの人格形成を完了した。つまりそれ以前から不安定な心理状態にあったバジルは、肉体に加えられる暴力に対する恐怖の中で、自分自身悪いということを知っている行為に走ることに快感を覚えるようになり、それを繰りかえし、その都度罰せられ、やがて、借金を返さなかったり、ホテルの宿泊費を踏み倒したりする、あまり罪の自覚が明瞭ではない常習的な犯罪者になって、四十歳になった現在、父親に勘当されてから十五年を経ているのである。

ジャラビー夫人が 'dying age' に達した時に決断し、居眠りをしている夫を編み棒で突ついて宣言したのは、その息子を家に呼び戻すことであった。

> ...it might be her last battle, but she intended to win it. (32)/If I will it well enough it shall come to pass, she thought. (82)

夫人が最近身につけて来た、とジャラビー氏が指摘する 'insolence' は、切実で決死の願望から選択された戦闘の前触れだったのである。彼女の闘いは予想された強硬な禁止と、居眠りと、無関心のトリオ相手の闘いだった。目を覚まし、'I will not hear the name in this house. Nor... Nor...' という禁止と息子に対する罵りとを連発したあとのジャラビー氏の心を占めていたのは、ノックス氏の敵意あらわな目つきだったのである。

バジルは現在、セキセイインコの飼育とその販売に従事している。この夫妻はお互いに相手が息子を駄目にしたのだと主張し合っているが、夫人とて息子の実態に盲目なわけではない。会ってみても、自分が「喋るようになり、歯が生え、転んだりする」(69) のを見て育てた子供と、目の前にいる中年男とを結びつける糸は切れてしまっている。それでも彼女が息子を呼び戻す決心をしたのは、彼女が夫に向かって説くように、親としての責任は「そんなに簡単に逃れられない」(14) からであるのはもちろんだが、夫と闘わずにただ敗北したまま死を迎えるわけにはいかないからでもある。が、それ以上に、彼女は人との心のつながりを求めていたのである。彼女が、バジルが小鳥を連れて来て、家の中に小鳥たちのさえずりが聴こえ、やがて小鳥を買いに来る人たちとの会話を想像する場面は切実な響きを帯びている。それほどに彼女は 'communication' の欠落に苦しんで来ていたのである。'I was simply trying to make communication.' というそれ自体コミュニケーションを放棄したような彼女のせりふの裏には、切実にそれを求める心があったのである。

彼女は本当に決死の覚悟だったのだ。そのためには彼女は夫の弱点を味方にする。居眠りもそのひとつで、夫も年をとって弱くなった、'Your sting has been drawn' (40) という観察が、彼女の一方的で強硬な決断を促したのだ。ジャラビー氏のような人物は体裁を気にするものだが、彼女はそれも利用して、来客の前でモンマスのことをことさら嘆き、バジルの名を持ち出し、ジャラビー氏を混乱に陥し入れ、バジルをまず一日招待することを承認させてしまう。そして何ら特別の喜びも見せずにやって来たバジルが、モンマスの姿を見て自分の小鳥の危険を感じ、家に戻りたくはない、という意志表示をすると、ジャラビー夫人はそれまでその性行を恨み、'living meat' (34) とまで呼んでその不潔さや臭さを嫌ってはいたものの一応の世話はしていたモンマスを、殺してしまう。まず餌を与えず空腹にさせておいた上で催眠剤を大量に入れた餌を食べさせ、すっかり寝入った所を手袋をはめた手で袋に入れ、それを浴槽に沈める。そして一時間余り後にそれを取り出し、夫の着古したレインコートで包み、ごみ箱に捨てるのである。このくだりはこの作品中最もおぞましい部分だ。しかし夫人にとっては、それは痛快な勝利宣言だった。同窓会で一日を過ごし、次期会長の座の確保のためにさまざまな手を打ち、最後に観劇中のタートル氏の死に出会ったジャラビー氏の帰宅後の第一声は、'Turtle died during *The Mikado*. They had to scrap the last act.' だったが、それに対して夫人は 'Your cat too,... returned to his maker. And Basil back in residence.' と告げる。そしてしばらくふたつの死とバジルについてのやりとりがあったあと——

'...As to pets, there are new pets now in the house ; you need not feel cut off from the animal kingdom.'
'What pets are new ? How can I understand if you speak in this way ? You make no sense at all.'
'I speak only repetitively. I have already said there are eight new coloured birds in cages. They are bred as pets...'
'Why is Basil here ? If he has brought his circus with him, then he and it must go at once. I did not give him any consent, I did not invite him.'
'Your son replaces your cat. You leave in the house an animal, you return to welcome a human form. It is almost a fairy story.' (130)

これは最も大きな笑いを誘う対話のひとつだと思うが、ここでは筆者は、大笑いしながらもジャラビー夫人に共感を抱くことができない。たとえ猫であっても、殺すということは笑いごとでは済まないと感じるからだ。これは後でまとめて述べるが、筆者は、トレヴァーは、ジャラビー夫人にはその人格とは切り離して「笑わせる言葉」を与えている面があると思う。ともあれ、なおしばらく彼らの対話に耳を傾ければ、夫人はやはり正しいことを言っていることは認めなくてはならない——

'I shall speak to him. I shall speak man-to-man. He knows my wishes.'

'If he knows your wishes, then there is no need surely to speak, man-to-man or otherwise. He doesn't care for your wishes.'

'I am defied in my own house. I leave it for a day and a night and return to this chaos.'

'Life replaces death ; you must be glad of that. There is no chaos, just the simple order of a family.' (130)

たしかに息子を追い出し、その代わりに狂暴な猫が我がもの顔に振る舞っていた家庭のほうこそ'chaos'だったのだ。老いてなお殺戮のための殺戮（何故なら餌は与えられているのだから）を繰り返す猫を殺すことと、息子を駄目にし、その上で彼を憎み拒絶し続けることと、どちらがよりおぞましく、どちらがより笑われるべき行為なのだろうか。

しかし、ジャラビー夫人の側にも事実認識の上で誤りがあった。彼女が息子を'life'と呼んだのは、彼女が彼を取り戻すことの中に、コミュニケーションのある生活の夢を託していたからである。心が反応し合うことこそ命の証なのだ。が、彼女がそれほどまでして彼女の'battle'を勝ちとってみても、それはとうてい彼女の夢を実現させるものとはならなかった。バジルは'life'ではなかったし、'the simple order of a family'も回復されなかったし、コミュニケーションどころでもなかった。と言うのはバジルは、自分でもその動機も犯罪性もはっきり理解していない、幼児に対する猥褻な行為をその時すでに犯していて、自宅はいわば逃亡先に過ぎなかったのであり、ほどなく警察に逮捕されてしまうからである。

4

猫のモンマスと寮監ダウスがジャラビー氏の存在の象徴だったように、このバジルも彼の産物だったという意味で、彼の人生の象徴である。そしてそのいずれにも屍臭が漂っている。モンマスは片目でなお小鳥を餌食にしながら着々と死に近づき、ついにはごみ箱に捨てられ、ダウスは最後まで殴る力を保持しながらも、よたよたした醜い姿になって死んだ。バジルはその両者によって象徴されているジャラビー氏の餌食、'the dictates of his nature' の 'prey' だったと言える。モンマスが小鳥を引き裂くことと、バジルが小鳥を飼っていることは、トレヴァーの意識の中で無関係ではあるまい。また、最後にジャラビー氏が会長指名を受けることに失敗して帰宅する道すがら、モンマスに舌を噛み切られた犬が雨の中を地面のにおいを嗅ぎながらこそこそと歩いている姿は黙示録的な印象度を持っているが、その犬の姿もバジルと無関係ではあるまい。高い値のつく名犬だったが、舌を噛み切られてからは何の値打ちもなくなってしまったその犬と同様に、いったん害われたバジルの心の装置は、復元不可能なのだ。'You killed my son.' とジャラビー夫人は最後の対話の中で言うが、たしかに父親は、息子をコミュニケーションの成り立たない哀れな犯罪者にすることで、事実上その生命を奪ったのである。

さて、そのバジルの逮捕が逆にジャラビー氏の栄光の夢を断つことになるのだが、話は簡単ではない。トレヴァーの構図は何重層にも念を入れて積み重ねられており、形の上ではきれいに整った図式で提示するヴィジョンの中味は決して単純ではない。

まずモンマスとダウスが対になっていたように、バジルの対になる人物がいる。それがノックス氏である。ノックス氏はダウスの寮に住み、ジャラビー氏のファグだった。つまり彼もダウスとジャラビー氏の産物なのである。バジルとは違って彼は犯罪者にはならなかったが、恨みの感情によって心が歪められたとは言えないまでも狭められて、心を閉じ込めた上での強靭さを身につけて生きて来た。しかし、ジャラビー氏が次期会長候補に推された時、彼の中には抑え切れない衝撃が突き上げて来て、その阻止を企てずにはいられない。彼は個人教授をしている自分の所にたまたま語学を習いに来たスウィングラーという人物にジャラビー氏が娼家に出入りしている現場をつかませようとする。しかし娼家云々は彼の勘違いで、スウィングラーがいくら張り込んでも、女を使って誘導しようとして見ても、何も出て来ない。そのうちに彼は自分の勘違いに気付き、スウィングラーの卑しさにも怒りを覚えて彼を解雇する。ちょうどその時、スウィングラーがバジルの逮捕をたまたま目撃して、ノックス氏は、相手が新聞社に通報するという条件付きで六十五ポンドを出してその情報を買うことになる。そしてバジルの事件は新聞に載り、ジャラビー氏の信任を問う会議の日にぴたりと間に合った。お互いに何の面識もない二人の餌食たち、ノックス氏とバジルが、天ならぬスウィングラーの配剤によって、自分たちも知らぬ間に復讐のために力を合わせたと言える。

　しかし実は、ジャラビー氏の夢を断ったのは彼らではなく、ジャラビー氏本人だったのである。会議ではノックス氏はもちろん事件を盾にとって反対を唱えた。しかし現会長はそれは本人自身とは関係ないことだ、と考えたし、その他の役員の大勢は、彼の考え方に賛成したにせよ、ただ無関心で、あらぬ話題に逸れ勝ちだったにせよ、とにかくもジャラビー氏を承認する方向に傾いていたのだ。

'Does Jaraby deny it?' said Mr Nox, '...Does Jaraby deny that Basil Jaraby, his son, was arrested... at twenty minutes to twelve on the morning of August the twenty-second?'
'Now, now,' Sir George Murmured.
'Does Jaraby deny ——'
'Nox is a Jew,' shouted Mr Jaraby.

Mr Nox appeared surprised. 'In fact I am not a Jew. I have never been. But were I of that race I would fail to see its relevance at this moment.'
'You're a stupid bloody fool.' Mr Jaraby shouted,... 'Stupid, stupid ——' (179-180, 下線筆者)

ジャラビー氏を追いつめたのは、我意を押し通そうとする執念と押し通し方の野蛮さであった。'Nox is a Jew.' と彼が叫ぶ心理は相手の人格を否定する彼一流の野蛮なやり方だが、その字面に対する冷静な反駁を受けて、'You're a stupid...' と表現を変える所が見事に彼の我執を表わしている。彼は必死に対応しているのだ。しかも自分の言い分はみじんも変更しない。それでも現会長は両者を取りなし、会議は蛇行しながらも承認に向かうと思えたのだが、

'He is not my son,' cried Mr Jaraby. 'My wife's only. By a previous marriage.'
The men stared at their hands, embarassed by the pathos in the lie. (183)

この 'He is not my son,' は、筆者はジョージ・エリオットのジャーミンの 'I am your father.'[4] のパロディーだと思う。ジャーミンはトランサム家の弁護士だが、当主のハロルドは実は先代の夫人と彼との間にできた不義の子である。それを知らぬハロルドは、ジャーミンが永年にわたってトランサム家の財産を横領して来た事実を発見して彼を告訴しようとしている。それを食い止めるために彼はハロルドに面会を申し入れているが許されない。せっぱつまった彼はある大きな会合の席でハロルドに近付くが、鞭で一撃され面罵され、とことん罪を追及する、と言われるに及んで、「それならやるがよい、……わたしはお前の父親だ」という声を絞り出したのである。その結果、父子両方とも土地に留まれなくなったが、ジャーミンは告訴は免れた。彼は怒りと憎しみに燃える。

ていたのだが、真実の重みと力を知っていた。ジャラビー氏は逆である。彼にとって自分の欲することが真実なのであって、それに反することはすべて 'stupid' なのである。バジルが自分の息子ではないということも、反駁されるまでは彼にとって真実であった。

それはジャラビー夫人が狂気だというのが、いっとき、彼にとって真実だったのと同様である。夫婦の最初の対話の中ですでに彼は 'I fear for your sanity.' と言っていたが、その後 'You are stupid.' の代わりに 'You are mad.' と言い、そう信じることになる。

Mr Jaraby saw his wife was mad. It saddened him for a moment that she had come so soon to this.（40, 下線筆者）

彼は家庭における自分の権威の失墜を信じるわけにはいかないから妻が狂気だと信じるのだが、そう思った時悲しみを覚えたほどに彼の自己欺瞞は徹底している。彼はその後、かかりつけの医師の所へ、妻に与えるための精神安定剤の処方箋を書いてもらいに行き、そこで断わられると、次に同窓の後輩である医師に、家へさりげなく来て妻を診断してくれるよう依頼する。そして彼に「平均以上に頭がしっかりしている」と言われるまで、ジャラビー氏は妻が狂っていると宣告されることを悲愴感をもって待ち受けていたのである（'Do not spare me, I can take the worst.'（146））。

この小説の最後の場面はジャラビー夫妻の対話の最終幕で、そこではジャラビー氏は、なお同窓会役員会議が彼を次期会長にしなかった誤りに気付いて手紙を寄こすかもしれない、と期待しながらも、彼の視線は宙をさまよっており、彼の姿には悲哀と疲労がにじみ出ている。ジャラビー夫人は 'I envy your comforting confusion.'（187）と言っているが、認めたくない事実の存在を認めない「能力」おいて、筆者は、彼はウィリアム・ドリット氏の一等級の親族だと思う。ひとつ異なる点は、ディケンズはW・ドリット氏を喜劇の主人公にも悲劇の主人公にもせず、ただ彼の行動様式を迫真性をもって描き出したのに対し、トレヴァーはジャラビー氏を「性格喜劇」の「悲劇的」主人公にしたということである。

悲劇的主人公という言い方は多分に唐突で説得力不足かもしれない。それをじゅうぶん説明するスペースがないのが残念だが、それはひとことで言うなら、ディケンズがW・ドリット氏の精神構造のよって来たるところの解明にはまったく意を用いていないのに対し、トレヴァーはジャラビー氏のそれを多少なりとも解明しているということである。

Mr Jaraby's father, an uncommunicative man, had had a way of examining his son rather closely and saying that he supposed blood was thicker than water. He had said little else to his son, but for all his life Mr Jaraby recalled the delivery of the words and expression that accompanied them. That his father had disliked him was something he had come to accept as a child and for ever after ; that in turn he disliked his own son was something he denied. (147)

ジャラビー氏自身もかつては子供だったのであり、彼の心は父親に嫌われて育たなければならなかった時に完全に傷つけられている。バジルとノックス氏は、モンマスとダウスによって象徴されるジャラビー氏の犠牲者たちである。がそのジャラビー氏自身も、そしておそらく彼の'uncommunicative'な父親までも、思うようにならない人生の中で心に傷を負うた他の人間の犠牲者だったのである。

トレヴァーの作品は読み始めと読み終わった時とで印象が異なる場合が多い。最初それ自体でじゅうぶん鋭く分析的に掌握された世界なり人物なりが提示されて、それがストーリーの発展の過程でさらに深層に切り込まれて、読者は新しい発見に追い込まれる。「ジャラビー氏の主題」の鳴り響く中、バジルとノックス氏の少年時代は同情をそそる筆致で回顧され、説明されている。しかし成人したバジルの精神の脆弱さと貧困や、彼の犯す罪の性格からも明らかなように、またノックス氏の場合はもっとも明白に、本人の名前自体がNox→noxious、彼が利用した男の名はSwingler→swindlerと容易に結びつくように、「餌食」たちは決して感傷的な同情をそそるようには描かれていない。哀れな犠牲者であっても、醜くなってしまったら、その咎は自分自身で負うしかない。ジャラビー氏は思いがけず、彼もまた一人の犠牲者なのだという暗示を得たにもかかわらず、彼とて同様の扱いを逃れるわけにはいかない。彼は最後の場面で妻に'Yor are a foolish old man.'(187)と言い渡され、まさにそのとおりの姿を露呈したまま小説全体の幕が下りる。そして、そこでは読者は、もうジャラビー氏を笑う気にはなれない。人間的な感情を持っているが故に心に傷を負うた人間が加害者に転じて新たな犠牲者を出していく。そしていったん害われた人間の心は、切られた手、つぶされた目、などと同様に、もとの姿に戻すことはできない。そして自らも老いて死んでいく。片目のモンマスがもう一回舞台の奥から不気味な姿を浮かび上がらせ来るかのようで、人間とは、感じやすさと弱さの名のもとに、何と野蛮に自他の生命の無駄使いをするものかという思いに圧倒される。

こうしてみるトレヴァーのとらえた人間はあまりにも惨めで哀れなように見える。しかし彼はそれを指摘して、したり顔をしている人間嫌いではない。人間ひとりひとりの限られた想像力、その虜になっている情念の根深さと多様性、各人の理解力と感性の落差、お互い同士の間の接点の見出しにくさ、それがトレヴァーが見出した人間存在の条件ではあったが、誰しもが心の傷を有害な病いに発展させるわけではない。この作品にも同窓会の現会長ポンダーズ卿のような公正な心の持ち主もおり、問題の寄宿学校にももはやダウスの寮はなく、純真な少年が心を歪められることもなく在学している。トレヴァーは自己に関する現実を受け容れようとしない我執と自己欺瞞がいかに人間を盲目にし、愚かにし、他者に対する加害者にもするかということを、ジャラビー夫人という道化めいた真実の告知者を着想することによって、喜劇の形で訴えているのである。
最後に、ジャラビー夫人はこの作品の華だが、もしあるとすればこの作品の唯一の弱点でもあると言える意味がある。というのは作品全体がリアリズムの基調で支えられている中で、彼女だけが、なかばファンタジーの産物で、単に道化じみたせりふの語り手としての役割と、ジャラビー氏という男の妻であり、バジルという息子の母親である七十二歳の女性としての役割との間を揺れ動いているからである。彼女が厳しい父親のもとで育てられ、結婚後も、いら立ちながらも、ごく最近まで服従を当然のものと考えて暮らして来たこと、バジルを通して人間との心の触れ合いを求めようとする切実な願望などは、ある程度説得力をもって説明されてはいる。しかし四十年以上もジャラビー氏につれ添った生身の妻らしい肉付けはやはり希薄だと言わねばならず、モンマスを殺す行為も、単なる観念としての意味しか持っていない。また、いったん失われてしまったバジルの人格を回復することはできなかった、という意味で、ジャラビー氏個人に対しては楽に勝利をおさめたと思われた彼女の闘いも敗北に終わったのだが、夫婦の最後の対話における彼女は、「もう編みものはしていない」という点以外、切実に息子を取り戻すことを願った母親の面影はほとんど残していない。彼女は相変わらず道化であり、最後にはほとんど、ステージを締めくくるオルバニー公の役目まで果たしている。

...we are again alone in this house, you and I, like animals of prey turned in on one another... We are left to continue as we have continued : as the days fall by, to lose our faith in the advent of an early coffin. (188)

このせりふが一人称で語られていても第三者のもののように聴こえるのは、その中のジャラビー夫人の一人の女性としての顔が見えて来ないからである。しかし一見途方もない、非人格的なへらず口と見えるものに真実の告知を托したということは、トレヴァーが、我執と自己欺瞞に捕らわれた人間に対して真実がいかに力の弱い存在かということを知っていたからだと言える。彼はこのあと何作か、人間性に関する真実の告知者にファンタスティックな要素を与えるが、リアルな手法で通すようになったそれ以降の作品では、ジャラビー夫人の後継者たちはおおむね口下手で、彼女たちの真実の告知は、まさに'stupid'で意味の通じないものとして片付けられてしまうことになる。しかし、それでもなお彼が同じテーマを繰り返し扱うのは、いわば「ジャラビーの主題」の鳴り響く中で人間の心が無駄使いされている現実を悲しみ、二本足の動物である人間の中に、慈しむべきものを見付けて、それを大切にしたいからなのである。

ウィリアム・トレヴァーの「青いドレス」

隠されている本当の恐怖

1

最近『嵐が丘』を読み直してみて、著者エミリ・ブロンテがどれほど巧みに複数の語り手たちの主観を活用しているかということに、改めて驚嘆の念を覚えた。エレン・ディーンやロックウッドは言うまでもなく、エレン・ディーンが不在の場面の情報を補う役目を果たしているだけのように見えるイザベラやジョウゼフや女中ズィラなども、一目で明白な彼らの主観以外の地味な主観性を持っていて、それらがいわば常識的であることから、読者は常に語り手たちの判断に騙され、主人公たちの本質を見誤り続ける。その障壁をつき破って響く主人公たちの「魂の叫び」は圧倒的だが、読者が通常見慣れないものに目を向けさせ、聴き慣れないものに耳を傾けさせるためには、読者の「常識」を味方に引きずり込んで油断させ、彼らの頭からの反発や警戒心を緩和する工夫がきわめて有効なのである。

筆者はウィリアム・トレヴァーの短篇を読みながら、しきりとこのエミリ・ブロンテの語り手の扱い方のことを考えた。もちろん視点を複雑化し、複数化する技法はエミリ・ブロンテの時代からは際立った発達をとげて、二十世紀の小説では常識になってはいるが、トレヴァーの場合、現代の平均的潮流と少し異なる点は、自分が訴えたい要点を託した人物たちを単に周囲の無理解の前に放置するばかりでなく、彼らを気違いじみていてはた迷惑な存在、さもなくとも、あまりにも無力でへまな存在として印象付け、読者に不快感や不安感を与えてはばからない点である。つまり彼らの訴えを理解しない、あるいは迷惑がる周囲の人たちの描写が非常にリアルで読者の「常識」や「良識」にまですんなり受け容れられるために、トレヴァーの主張する点をよく掌握する読者であっても、共感が主客双方に分割されてしまうことが稀ではないと言えるほどなのである。

それは筆者が以前の紹介文(1)で述べたように、我々をとり囲む現実がそのとおりだからトレヴァーはそう描くのであって、決して彼自身の共感が分割されているわけではない。トレヴァーは「魂の声」で訴えても耳を傾けられることのない人間社会と人間心理の構造を分析して見せる作家である。したがって「魂の声」などは単なる'sound and fury'であり、意味も不明で不快な不協和音でしかあり得ない現実を、ほとんど意地悪く読者に見せつける。しかし彼が何のために小説を書いているかと言えば、それは我々が和音だと思っているものが、いかに「魂の声」の切り捨ての上に成り立っているかを訴えるためである。つまり、そのような「和音」こそが逆に個人個人を孤立化させてしまっていることを分析して見せて、その「和音」に対する習慣的な信頼をゆさぶり、「魂の声」に耳を傾けさせるためである。トレヴァーが発する「魂の声」は、物質、機械等、あらゆる文明の発達によって複雑化した社会の中で、個人個人のそれに対する対応は厳しい条件にさらされ、対応し切れなくなった個人は必然的に疎外されていく、そういう容赦ない現代に生きる作家のものとして、エミリ・ブロンテの場合のような壮大な叫び声にはならない。短篇小説を'lonely voice'と呼んだのはトレヴァーの同国の先達フランク・オコーナーだったが、トレヴァーの声はたしかに淋しくか細い声である。しかし痛切に訴える声には違いない。

その声をきちんと聞き分けるためには「謎解き」が必要なものがトレヴァーの短篇の中にはいくつかあって、筆者が以前紹介した'Mrs Acland's Ghost'や'Being Stolen From'などはその代表的な例と言えると思う。'Mrs Acland's Ghost'の場合は、精神科医であるフレンドマン博士の、一見理解と同情に満ちた「人間的」な微笑こそが、博士の患者であるアクランド夫人に危機感を抱かせ、彼女に長文の手紙を書かせたのだということに気付かないと、作品は狂った人物の幻想にいたずらにスペースを割いた、狂気に趣味があるかのような作品になってしまう。また'Being Stolen From'の場合も、カウンセラーであるノーマの夫が、育ての親であるブリジェットばかりでなく、生みの親であるノーマの意に反してまで、そのノーマを立ち直らせたと自負する自分のプライドを満足させるために子供をブリジェットから奪ってしまう、ということに気付かないと、作品は人生の思うままにはならないしがらみを描いて見せた一篇の風俗小説になってしまう。フレンドマン博士もノーマの夫も、社会の中の弱者を保護する職業につく者として、'patience'をそなえ、'humane'な微笑をたたえている。しかしそれは、両者の場合とも観念で覚えた'professional'な微笑に過ぎず、その裏に隠された精神の貧困や我執が攻撃的武器となって、本当の意味での人間的な感受性を持った人間を傷つけ疎外し、その運命を損なってしまっているのである。

そのメカニズムを上記の二篇はきっちり暴いて見せているのだが、筆者はその二篇も、したがってその他の作品も、まだしかるべき謎解きをして読まれていないのではないか、という懸念に駆られている。というのは現在のところ唯一のトレヴァー論(2)の著者であるG・A・シャーマー氏が、その著者の中で前記の二篇にはまったく言及しておられないのはよいとしても、全体として、筆者の言う「常識」、つまり中心人物をとりかこむ周囲の人びとの側の心情にも一理あるが、というような曖昧な言及が多いように思えるからである。特に第五短篇集(*Beyond the Pale and Other Stories*, 1981)に収められている'The Blue Dress'という作品の見解については、そのように読んだのではトレヴァーが可哀想だと感じた。アクランド夫人が手紙を書いた気持ちを分かってやらねば気の毒だ、と感じた時と同じように。この作品は、筆者は解くと称するほどの謎もないものとして読んだのだが、ふりかえってみれば大胆な謎解きを勝手にしていたらしい。トレヴァーという作家にいち早く注目し、その著作の研究をまとめられたシャーマー氏に対する敬意から、ほぼ一年間時を置いて見たが、今この作品を読み直して見て、筆者は筆者なりの謎解きを主張する必要を感じる。

という次第で、シャーマー氏に反論する形で、以下筆者の 'The Blue Dress' 論を述べることをお許し頂きたい。

2

この作品はテリスという中年のジャーナリストが書いた手記という体裁をとっているが、この手記は(A)執筆者の脳裏に次々と浮かんで来る断片的な過去の生活の場面をそのまま綴った、流動的なモノローグと呼べる部分と、(B)平明かつ明晰な文体でストーリーを整然と語る、ナレーションと呼べる部分とから成り立っている。(A)の部分は冒頭と末尾、および末尾寄りの中間部分、と三か所にそれぞれ半ページほどずつまとまって出て来るほかは、わずかに散在するに過ぎず、分量としては合計で全体の七分の一ほどに過ぎないが、この(A)と(B)との二重構造が、トレヴァーの他の一人称で書かれた短篇にも例がない、大胆なエクスペリメントになっている。したがってこのふたつの部分を重ね合わせて何を読み取るかが、この作品の読者に課せられた課題なのである。

モノローグについての詳論はあと回しにしたいのだが、読者はストーリーを、冒頭に置かれたモノローグ（第一）の影響下で読むわけなので、その部分をまず紹介すれば――

私の灰色の部屋にはひとつ窓がある。しかし私はこの部屋にいる間じゅう、一度も外を見たことがない。思い出し、あの場面この場面を喚び起こし、聞き耳を立てることのほうが簡単だ。アメリカは武器を流す、ロシアはタンクを約束する。ブリュッセルではイギリスの政治家が情婦と朝食をとり、ポルノの売人はクリスマス・カードを売っているふりをする。注意をこらして私は耳をそばだてる、子供の頃両親のひそひそ話に聴き耳を立てていた時のように。

私はヴェズレーの大聖堂の中に立っている。そこの司教たちはかつてその聖堂はマグダラのマリアの遺骨を所有していると主張して来たが、その虚言は法王ボニファチウス八世によって暴かれたのだ。私はその法王についていぶかる、するとまた場面が変わる。

……

ミス・マクナマラが遊歩道を通って行く、トラブストール少佐は嘘を吐く、青いドレスはパタパタと揺れ、静止する。……私は愚かだ、とドロシアは言う、ドレスはただドレスじゃないの、と。彼女は笑う、水が小石の上を流れるように。

私は試して見るべきだ、と彼らは言う、書けば助けになるだろう、と。私は反論しない、私は正確に彼らが言うとおりにする。注意深く、私は思い出す。注意深く、私はそれを書きつける。(712)(3)

この手記の執筆者は現在、陰気で小さな部屋に閉じ込められているらしく、その中でじっと想念をこらした彼は、目の前に脳裏に焼きついた事件や場面が次から次へと浮かんで来ては消えていき、それがいつ果てるともない、異常な緊張状態にあるようだ。彼はそのような情況下で周囲から促されて手記のペンを走らせることになったという。それ以外に事実としてはっきり推量できるのは、彼が事件や報道を追って世界を駆け回るジャーナリストだったらしいこと(それは主に省略した部分からはっきり推量できる)、取り繕った見せかけの裏に潜む汚れた現実に強いこだわりを見せていること、である。しかし「アメリカは武器を流す」等の常識で理解できることと以外は、灰色の部屋とはどこか、「書け」と促す彼らとは誰か、子供の頃盗み聞きしていたというのは何のことか、ミス・マクナマラとは誰か、青いドレスとは何か、など謎だらけで、読者は漠然とした不安を抱いたまま、しかしもちろんその謎が解かれることを期待し、そのあと一転して手順よく語られるナレーション部分を読み進むことになるわけである。

テリスは離婚した先妻の母親の葬儀に出席するためにバス（Bath）に赴いた時に、このオースティンゆかりの土地で、二十一〜二十三歳の美しい少女ドロシア・リザースに人混みの中でぶつかる。彼女をまずコーヒーに誘い、その時の彼女の雰囲気から勇気を得て次に食事にまで誘うことに成功したテリスは、すっかりこのオースティン・ファンで、彼女の作中人物のことを実在の人物のように語って飽きない美しい少女の虜になる。その後二か月間ベルファストで暗い取材生活を送り、従来どおり憤りをもって関係者の虚言を暴き立てる記事を世界各地に送っている最中も、彼は彼女との結婚生活を夢想し続け、その中で以前の不幸な結婚も、不幸な子供時代も、魔法のように消えてしまっていた。そして帰国後すぐに彼女に電話し、彼女はロンドンでのデートに応じて、二人は恋を打ち明け合う。

それから半年余り後、テリスは認められた婚約者としてリザース家を初めて訪問する。父親は医師で、家の中はあちこちに花が生けてあって美しく、母親も美しく、ケムブリッジ在学中の双子の弟たちも若々しく、テリスは自分の年齢や離婚経歴などに従来にもまして引け目を感じざるを得ないが、皆に愛想よく迎えられ、ドロシアの子供時代の思い出が一杯つまった岸辺を散歩した折には、二人は肉体も結ばれる。がその時ドロシアは、むかしリザース家で預かっていたアグネス・ケンプという彼女と同年輩の少女が、木登り競争を挑戦して来て、二人で登っている最中に木から落ちて死んだことを打ち明ける。「どんな子だったの？」という問いに、ドロシアは「ああ、本当にひどく躾けの悪い子だったの。人をかーっとさせるたぐいの子だったわ」と答えたが、テリスはその時は特に何も思わなかった。しかし回想するテリスは、その彼女の答えと、リザース家が、微笑と、皆が次に言うせりふを暗記しているかのような滑らかな会話に満ちている故に、人工的な劇場のように思えたその印象が、「すべての始まりだったと思う」と言う。彼は散歩のあと、アグネスがそこから落ちて死んだというぶなの木の下でお茶に加わった時、この木はとうのむかしに切ってしまうべきだった、とのみ思い続けて、皆と微笑を交わすことができなかった。

次にテリスがリザース家を訪問したのは結婚式を四日後に控えた夜である。彼らはその土地で結婚式を挙げ、パリへ飛び立つことになっている。夜寝室の中で月光に照らし出されたぶなの木を眺めながら、テリスはアグネスがドロシアを怒らせ、禁じられている木登り競争に誘い込むさま、競争に姉が勝てば何日かはアグネスがおとなしくなることを期待し、姉の勝ちを祈って下から見守る双子の弟たち、青いドレスのアグネスが勝ち、その帰路を待ち伏せしたドロシアの手が伸び、青いドレスが揺れ、地上に落ちて静止するさまを、ありありと目のあたりに想い浮かべる。翌日テリスはすべてが美しい日当たりのよい部屋の中で、恐怖はナンセンスだ、と自らを戒め疑念を否定する努力をするが、家族の会話にもじゅうぶんに融け込めず、思い出の岸辺へ散歩した時も、前回のようにドロシアを抱くことはできなかった。木の幹に寄りかかって座り、川の流れを眺めながら、ドロシアがテリスの沈黙に気付かぬふりで幼い頃の思い出を果てしなく語り続ける所で、テリスの回想は途切れている。そこで突然「殺人は学校で鉛筆削りを盗んだり、何かをこぼしたりするのとは同じではなかった。アグネス・ケンプは嫌われていたのであり、ひとつの秘密がその後の一家の生活様式になったのだ」(722)という断言が続き、最後は半ページのモノローグ(第三)で終わっている。

ストーリーは以上のとおりだが、シャーマー氏のこの作品の解釈は以下の三点にまとめることができる。

1　この物語は私的生活と公的生活との間の相関性を強調している。中心人物のテリスはジャーナリストとして、公的なものごとの世界は偽善と道義上の不正の隠蔽におおむね支配されているという確信を抱くにいたり、この外見に対する不信が、彼の私生活の内部にまで及んで、ついにドロシア・リザースとの恋を崩壊させてしまうのである。

2　トレヴァーの他の作品中の、自分が真実だと思い込んでいることに取り憑かれている人物たちと同様に、テリスは狂気と見做されている（Terris is considered mad.）。

3　実際彼はこの一人称の手記を精神病院の中で書いていると記されており、それは事実上、彼が主張している（ドロシアがアグネスを殺したという）話は、まともには取り合えないことを保証している。(4)

筆者にはこの評語は、まさにアクランド夫人についてフレンドマン博士が述べ立てる説明と同様に無効なように思える。'The Blue Dress' は一見そのように見える物語なのであって、実際はそうではない。すでに述べたように、トレヴァーは一見そう見えるものを、読者の「常識」を利用してそう思わせるように描く。しかし彼は読者の「常識」に訴えるために小説を書くのではなく、その「常識」にゆさぶりをかけ、その彼方にひそむ真実を暴いて見せるために書く。しかも彼は、説明を節約し、「隠し絵」のような技法まで使用しはするが、事柄を曖昧に放置することはせず、きちんと分析して見せて、読者を驚かせ、新しい発見へと導くのである。もしテリスがジャーナリストとしての体験を重ねるうちにしみついてしまった外見に対する不信感が、罪のない美しい婚約者の中に殺人者の影を見るようになってしまったのなら、どのような政治的事件が彼の心理構造にそれほどまでに決定的な影響を与えたか、何も説明されていないのは何故か。彼の手記の中で彼がジャーナリストとしての体験に基づいて述べているのは、冒頭のモノローグに見られる「アメリカは武器を流す……」等の類のことだけである。また彼が狂気で、現在精神病院にいるのなら、少なくとも結婚式の四日前までは良家の一人娘の結婚相手として認められており、それまでジャーナリストとして各地をとび回り、レポートを送るという生活をして来た彼が、そのような結末にいたった経過が説明されていないのは何故か。わざわざ語り口を二重構造にしてまで、そのように何も説明のない、狂った人の思い込みだけを書いた小説が、そもそも面白いのだろうか。
まずシャーマー氏の説の第一項目について言えば、第一モノローグからも、テリスが偽りの見せかけの裏に潜む真相に強いこだわりを示していることは明白だが、それは彼のジャーナリストとしての体験中に培われたものではない。そのことは手記の中ではっきり説明されている。ナレーションの部分で、テリスはまず自分の過去の失敗した結婚と、次に自分の不幸な子供時代に言及している。ドロシアにはじめて出会った時に、彼は先妻シャーロットのことを、「洋服が好きでね、上質のツィードとか、ある種の緋色とか……ぼくにくっついて外国を回るのを嫌がっていた」と説明したが、単身で家に居残った妻の頻繁な浮気が離婚の原因であった。また田舎の町で一人っ子として育った子供時代には、自分の父親は、以前は彼の家の持ちもので現在でも倉庫などに名前がそのまま残っている会社で、使用人として働いていた、とドロシアに打ち明けている。その告白はドロシアとめぐり会えた幸福の中で軽く扱われ、目立たないが、中間部に置かれた第二のモノローグが、その内容を補強する役割を果たしている。

「あなたは気違いよ」とシャーロットは一度ならず私に向かって叫んだ、「あなたは本当に気違いなのよ」彼女の声の果てしない繰り返しは、私に常に私の両親の顔、彼らのあの心労を孕んだ目付き、を思い起こさせる。私はただ、自分たちについて本当のこと(truth)を知りたいだけだったのだ——なぜ事務所や倉庫にはまだ自分たちの家の名前が書いてあるのか、おじいさんはいったい何をしたのか。「そっとして置くのが一番」と母は言った、「気にしないのが一番よ」と。しかし彼らは結局私に打ち明けた、もちろん私が固執したからだ。八歳と十二歳と十八歳の時に。もちろん私は固執した。私の祖父は犯罪者だったのだ、そしてそれはそれでよかった。飲んだくれで、詐欺師で、賭博狂で、ものの数年のうちに身代をつぶしてしまった。そう彼らが話してくれた時には、もちろん私は察していた。私には彼らが何故それを私に話すのをそれほど嫌がったのかが分からなかったのだ。また、私がミス・マクナマラについてしつこく訊ねると、何故心配そうな顔をするのかが分からなかった。ミス・マクナマラは遊歩道を歩きながら何故泣いているのか。私はそれも推量しなければならなかった。子供時代ずっと、ミス・マクナマラの涙は私にとり憑いて離れなかったからである。彼女は結婚して家庭を持っている一人の音楽教師のために泣いていたのだった、そして私は、それを私に隠しておこうとした両親を赦さなかった。断乎として私は赦さなかった（Passionately I did not forgive them.）、母は、私が自分自身を不幸にしている、と頼むように言ったけれども。「あなたはたいそう立派に聞こえるわね」とシャーロットの私に嚙みついた、「だけど女郎屋のあるじが麻薬の売人をしていたのを暴露するのが何でそんなに素晴らしいの……」（719）

このモノローグの中に、町じゅうの人が彼らの過去を知っている狭い社会の中で、先代が招いた汚辱をそっくり背負いながら世間をはばかるようにして暮らすテリスの両親、そして彼らの一人っ子として、我が家に覆いかぶさる暗い霧に脅かされ、その正体をつかもうとして神経をとぎ澄ます少年の姿が、くっきりと浮かび上がって来るのではないだろうか。その少年がその謎を解くことに固執するのは、謎の重圧はそれを解くことによってしか押しのけることができないからである。そのような少年にとって、気が狂っていつも泣きながら道を通るミス・マクナマラの涙が、我が家を包む不幸な雰囲気と重なり合って、どうしても解かなければならない不吉な謎として心にわだかまったのもじゅうぶん納得できることだろう。

家庭内の暗い秘密が子供を苦しめるケースを、トレヴァーは'The Raising of Elvira Tremlett'（エルヴィーラ・トレムレットの霊を喚び起こした話）というゴースト・ストーリーの体裁を取った短篇で正面から扱っている。その主人公の少年（名はない）は物心ついた時から、自分は兄や姉たちとは違って余計な存在だという印象に悩まされ、ほとんど口をきかない子供として育つが、長年の観察によって自分が母親と、家に同居している父の弟の子供であるという確信を抱くにいたる。その時、彼は小さい頃若くして死んだという少女の墓を見つけ、その後空想の中で心の友としていたその少女の醜くなった亡霊に憑きまとわれる幻覚に襲われた。つまり彼は空想の中のエルヴィーラという少女の助けを借りて'truth'を発見したが、その「真実」の醜さに耐え切れなかったのだ。そして彼は発見した事実を口にすることを許されなかった故に醜い亡霊から逃れられず、精神病院に送られる。あるいは彼の口を封じるために入院させられた、と言うほうが正しいかもしれない。また長篇 ***Fools of Fortune*** のイメルダは、外国にいるらしい自分の父親についての秘密（父親は彼女が生まれる前に殺人を犯していた。彼も血なまぐさい復讐に次ぐ復讐に彩られたアイルランドの歴史が生んだ一人の犠牲者だったのだが）に悩まされ、常に聞き耳を立て、やっと盗み見ることに成功した昔の新聞の切り抜きに書いてあった殺人現場のイメージにとり憑かれて、狂気に陥ってしまう。それらのケースでトレヴァーが示しているのは、家庭内の秘密、覆い隠された真実が、いかに感じやすい子供の神経を痛めつける凶器になりうるか、ということである。

テリスは発狂を免れた'The Raising...'の主人公であり、イメルダなのだ。彼が発狂を免れたのは、隠されていた真相が「それはそれでよかった」と言える程度の、恐怖の度合いがより小さいものだったからかもしれない。いずれにしても彼は、決してシャーマー氏の見解のようにジャーナリストとして外見に対する不信を抱くようになり、その影響下で運命が狂わされたわけではなく、したがって、この作品が「私的生活と公的生活の相関性を強調している」(5)のでもなく、彼が幼児期に受けた心の傷が、彼を見せかけの裏にひそむ真相に強くこだわるジャーナリストにしたのだ。彼がそのようなジャーナリストになったのは、あくまですでに出来上がっていた彼の性格の結果なのである。

さらにここで明確にしておかなければならないのは、テリスが子供時代に培ったのは、正確に言えば「外見に対する不信」ではなく、**'Passionately I did not forgive them.'** という通常あまり組み合わせられることのない語の組み合わせからも痛切に感じ取ることができるように、真実を覆い隠そうとすることに対する激しい怒りであり、その隠された真実に対する強いこだわりということである。そしてそのこだわりは、トレヴァー自身のものだということである。彼の長篇の出世作 *The Old Boys* がジャラビー氏の自己欺瞞とジャラビー夫人の ‘truth’ の対決が作り出す喜劇的な悲劇であり、第一短篇集（*The Day We Got Drunk on Cake and Other Stories*, 1972）の冒頭に収められている ‘The Table’ が、無自覚的に ‘lies’ の壁を突破し ‘truth’ を共有しようとする衝動に駆られたしがない中古家具商のジェフズ氏の話だったのは偶然ではない。実際、作品の中でトレヴァーほど ‘truth’ という言葉を多用する作家は他に見当たらないだろう。彼はその ‘truth’、あるいはそれを告げる行為、がいかに周囲に理解されることが困難かを繰り返して描いて見せるが、彼の作品の中では ‘truth’ を告げる人は、おおかたジャラビー夫人のように、‘You are stupid.’ ‘You are mad.’ ‘You make no sense.’ 等の言葉で一蹴されたり、ジェフズ氏のように、はた目にはただ野蛮で異常な人物に見えたりするだけである。それは、人間の生活が ‘truth’ を直視するに耐えず、だからこそ個人や社会が嘘や欺瞞や幻想で武装し、自分自身でつくり出した見せかけを信じ、誰かその必要を感じた人がそれを勝手にはぎ取ろうとすることを容易には許さない現実を、トレヴァーはよく掌握しているからである。だからそのとおりに描いて見せるのだ。そうしながら、‘truth’ 抜きの虚構の上に築かれた生活の空疎さを、読者に説いたり教えたりするのではなく、もっと有効に、感じ取らせる特殊な筆力をトレヴァーは持っている。

　彼がそれほどまでに技法をこらして ‘truth’ にこだわるのは、その否定あるいは擬装は、人間の純良な感受性と認識力、ひいてはその人間の人格の否定であり、したがって人と人との間のコミュニケーションを不可能にするからである。たしかに ‘truth’ は残酷でありうる。現にそれは ‘The Raising...’ の主人公やイメルダを狂気に追い込んだし、テリスも、

‘It isn’t nice, Miss MacNamara and a music teacher, it isn’t nice, the truth in Northern Ireland. None of it is nice.' (722)

と書いている。しかし'nice'でないことによって人は苦しむわけではあるが、苦しみは共有されることによって緩和され、克服が可能になるのである。だからこそコミュニケーションを可能にする'truth'の認知にトレヴァーはこだわるのである。彼がテリスを、そのこだわりを抱いたジャラビー夫人やジェフズ氏の同類として設定したのは、テリスが先妻シャーロットの母を愛していた理由を、'She and I had shared the truth about her daughter.' (713)（下線筆者）と述べているところからも知られる。彼が隠された'truth'に示す執念は、子供時代醜い現実を誰とも'share'できず、その恐怖に一人で対処しなければならなかったのは何故か、どこにその必要があったのか、としつこく問いただし続ける彼の心の叫びに由来しているのである。

3

シャーマー氏の見解の第二項、「トレヴァーの他の作品中の、自分が真実だと思うことに取り憑かれている人物たちと同様に、テリスは狂気と見なされている」という見解は、第三項と同様、第一項の思い込みに由来していると思うが、問題点はもっと多い。

まず第一に、テリスと同様とされる人物としてシャーマー氏は *Matilda's England* のマチルダの名をあげ、テリスの「ドロシアがアグネスを殺した」という考えを、それぞれ題にその名が含まれているふたつの長篇(6)の主人公たち、エックドルフ夫人とミス・ゴメスらの思い込みと同列に並べておられるが、それらの人物はいずれもテリスと同一系列には属さない。'The Drawing Room'(7)のマチルダは、夫に対する自分の憎しみと残酷さを自分自身認めようとしない所から精神異常に近い状態に陥っているが、テリスには自分を自分自身に対して偽りたい点は何もない。第一マチルダは、自分が真実だと思うことに取り憑かれているわけではない。彼女に取り憑いているのは失われた過去を取り戻したい願望と、彼女に過去の幸福を失わせてしまった現実に対する憎しみである。エックドルフ夫人やミス・ゴメスのほうはと言えば、たしかに幻想に取り憑かれている。しかし彼女らはそう思いたい自らの願望に基づいて、いわば信仰のようにして現実離れした幻想に身を委ねているのであって、それに対してテリスには、ドロシアに殺人の前科を着せたい願望などはまったくないのだ。むしろ'the horror was nonsensical'(721)と自らを戒めながら、そう思わざるをえない所へ追い込まれたのである。

テリスは偽りにひどく傷つく人間が多くそうであるように、本来自分自身偽ることのない人間である。そしてそういう人間は、学んでも学んでも外見を信用してしまうものなのだ。彼は最初の妻と結婚するという、ドロシアの言う「初歩的な誤り」を犯したし、結局は信じられなくなったドロシアも、少なくとも半年間は手放しに信用して幸福感にひたっていた。手記の内容を見ても、第一モノローグで「アメリカは武器を流し……ポルノの売人はクリスマス・カードを売っているふりを装う」という言葉を読む時、読者がそこに感じるのは執筆者のごまかしに対するこだわりであって、あらぬ妄想ではないだろう。彼の述べているような事柄はわれわれの常識であり、実際テリスは、読者が客観的に判断できる政治、社会面の事柄に関して、火のない所に煙を見るようなことは決してしていないし、嘘と決めつけてかかることもしていない。スペインへ取材に行く目的を、「来年法王がスペインを訪問する予定だという噂の中に真実があるかどうかを調べるため」(714)と言って、「噂の偽りを暴くため」などとはかりそめにも言っていないし、第一モノローグの「トラブルストール少佐は嘘を吐く」という断定的な表現も、ナレーションの中できちんとその根拠を述べている。少佐とはテリスがベルファストでインタヴューした相手だが、少佐の「なあ、きみ、こんなのはレイプとは呼べんよ。あの娘は夢中でやってくれと喚いてたんだ」というせりふに対し、テリスは手記の中でこう反論している――

しかしその娘はそんなことはしていなかったのだ。娘は青白い顔をして、泣き止むことができずにいた。娘にはまだ痛みがあった、彼女は縫合手術を受けるために病院へ急送されたのだ（714）

彼は娘の方もインタヴューをして取材、観察をしているわけであり、彼が少佐が嘘を吐いていると見做すのはきわめて自然だろう。彼は無根拠に勝手に思い込むのではないし、やみくもに疑心暗鬼なのでもない。トレヴァーが彼にジャーナリストという職業を与えたのは、読者にその事実を説得する好都合な手段だったから、という理由が大きかったに違いない。

ここで興味深いのは第一モノローグのヴェズレーの大聖堂に関する言及で、遠くダンテの時代に暴かれた偽りにまで関心を示しているのは、テリスのこだわりが執念にまで化しているのを如実に感じさせるが、「私はその法王についていぶかる」とは、何をいぶかるのか。彼は法王がどのようにしてその偽りを暴き得たのかをいぶかっているのではないだろうか。こういぶかる彼は無目的と言えるほどの'truth'に対する執念を持っているように見えるが、同時にそこには、彼がほとんどボニファチウス八世と虚偽を暴く能力を競っているような雰囲気があるのが感じられはしまいか。つまり彼は虚偽を虚偽とするためにはその根拠を必要とするまともなジャーナリストなのだ。

トレヴァーはこのヴェズレーの大聖堂に立つシーンを最後のモノローグでもう一回用い、そこに謎を解く大きな鍵を秘めるのだが、それは後に回し、トレヴァーは上記のようにテリスがジャーナリストとして述べる見解を常識の範囲内に置きながら、読者の判断力が届かない私生活の面で、読者のテリスの精神状態に対する信頼をしきりとゆさぶる。ミス・マクナマラの涙への言及は情況をよく飲み込まない限り異常なような感じがするし、特に第二モノローグでのっけから先妻が「あなたは気違いよ」と叫んでいるのは強烈で、はたして夫婦の離婚の理由は妻の側の浮気だけだったのだろうか、と疑いを抱きたくもなる。しかしこのせりふも、彼らが「浮気をしただろう」「していない」のみじめな喧嘩を繰り返していたとすれば、何ということもないのである。テリスは「ただ本当のこと知りたかっただけ」なのだし、自分の認めたくないことを言う相手を‘You are mad’と呼んで躱すのはシャーロット以前にもジャラビー氏らの例がふんだんにあるし、また、「あなたは気違いよ」というせりふと、同じ第二モノローグの最後にまたぽつりと出て来る「あなたはたいそう立派に聞こえるわね、だけど……暴くのが何でそんなに素晴らしいの」というせりふの間には、「人をいつもほったらかしておいて人のことを責めるなんて、そもそもどういうつもり？　こんなの結婚と呼べるの？」「仕事だから仕方がないじゃないか、きみは一緒に来てくれないんだし」というようなやり取りを補って読むのは決して困難ではないだろう。妻の浮気についてはテリスの一方的邪推でない保障はないかのように見えるが、ナレーション部分の、彼女の母親についての回想はその裏付けを提供している。テリスは義母の葬儀に出席した時彼女の姿をありありと思い浮かべるのだが、彼が思い出す彼女の姿は

... an old woman who'd... written to me when Charlotte went to say how sorry she was, adding in a postscript that Charlotte had always been a handful. (713)

だったのであるから、シャーロットの浮気はその義母がテリスと‘share’していた‘truth’だったのである。

さて第二に、シャーマー氏の‘Terris is considered mad.’という文はどういう意味なのだろう。そもそも誰によって‘consider’されているのだろうか？　周囲の人びとによってなのだろうと思うが、具体的に誰によってなのか？　ナレーションの中では誰ひとりテリスを狂気とは見なしていないし、そうする根拠もない。モノローグの中では前述のシャーロットが彼を気違い（mad）と呼び、ドロシアが愚か（silly）だと呼んでいるが、彼をそう呼ぶことが彼をそう‘consider’していることには必ずしもならないのは、改めて説明する必要はないだろう。と

すると、彼に対する周囲の考え方を示すものとして残るのは、彼が灰色の部屋に閉じ込められている事実だけである。しかし閉じ込められていることと気違いと見なされているということは常に一致するのだろうか？　そう決めつけるのは、嫌疑をかけられた、あるいは逮捕されたからという理由で有罪と断定するのと似たようなものだ。ましてやトレヴァーは、そのような個人の心の中味を切り捨てた安易な「常識」にゆさぶりをかける作家なのである。シャーマー氏の、この「狂気と見做されている」という解釈は、氏の解釈の第三項「テリスは精神医療施設の中で手記を書いている」という解釈と同様に、そう決めつける根拠は、彼は狂っているらしい、という漠然とした印象以外何もないのだ。部屋とはどこか、彼らとは誰か、という謎は、言葉の上では最後まで解かれていない。

しかしトレヴァーはそのような大きな謎を読者の安易な「常識」任せにして放置する作家ではない。ここで一気に筆者の結論を述べれば、テリスはリザース家の一室に、リザース家の人びとによって閉じ込められているのである。それまで特に何も考えず、ちょうど読み終わった時にぴたりと筆者がそう読んだ鍵は、あとから調べると随所にちりばめられているが、要点は描写されているリザース家から受けた、つまらない一家だ、という印象にある。ドロシアがテリスと初対面の時、テリスの離婚に同情を示しながら、「わたしの両親が離婚するなどということは想像できないわ」と言い、リザース氏がテリスに 'We're a tightly bound family... We're very much a family.'（717）と説明したように、リザース家は家族全員が仲良く平和で、その良家らしい知的な上品さや、花があふれた美しい家の中や、芝生の上でのクリケットなどと共に、テリスがその一員となるには分不相応な、理想的な汚れのない楽園を形成しているように見える。テリス自身もそう感じて緊張し、家族の人びとが自分のことを、厚かましくもドロシアを奪おうとする離婚歴のある中年男、として白い眼で見てはいないことを確認してやっとほっとするのだが、彼がそのほっとした中で特にコメントも付けずに記録している会話は、実は奇妙なものなのである。

'More sherry ?' Dorothea suggested, pouring me whisky because she knew I probably needed it.
'That's whisky in that decanter, Dorothea,' her brother Adam pointed out and while I was saying it didn't matter,... her other brother, Jonathan, laughed.
'I'm sure Mr Terris knows what he wants.' Mrs Lysarth remarked, and Dorothea said :
'Terris is his Christian name.'
'Oh I'm sorry.'
'You must call him Terris, Mother. You cannot address a prospective son-in-law as Mister.'
'Please do,' I urged, feeling a word from me was necessary.
'Terris ?' Adam said.
'Yes, it is an odd name.' (716)

これは茶目っ気のあるドロシア、率直でユーモアを解する弟たち、夫人の人をそらさない愛想のよさ、など、一見和気あいあいとした会話としか読者は受け取らないかもしれない。読者もテリスと同様に、リザース家の人びとにテリスに対する反感がありはしまいかと思いながら読むから、反感はないと確認すると、それ以外のことは見落としがちになるからだ。しかし一人娘を結婚させる母親が、その娘の婚約者の姓と名とを取り違えるのは通常考えにくいことであり、その上、テリスの方が「変な名前です」などと言って相手のミスを執り成すほどに気を遣っているのに、当の本人や弟たちはそのミスの重大さに気付く様子もない。

'You've travelled a great deal,' Mrs Lysarth said. 'So Dorothea says.'

'Yes, I have.'...
'Facinating, to travel so,' Mrs Lysarth remarked, smiling politely. (716)

このリザース夫人の言葉も話相手が娘の婚約者であることを考えれば奇妙である。現にテリスとドロシアは結婚後スカンジナヴィアに住むことになっていて、まだ若い少女でしかない娘を不安定な海外生活に送り出す母親にとっては、テリスの'travel'は礼儀正しくほほ笑んでお世辞を言っていられる話題ではないはずだからである。

次に、テリスと二人だけにされたアマチュアの考古学者でもあるリザース氏が、ワインを飲みながらローマの遺跡の話をしている最中に突然切りだした会話も、上述の場合と似たような、場違い感を免れない。

'Dorothea wants to marry you.'
'We both actually —'
'Yes, so she's told us.'
I hesitated. I said:
'I'm — I'm closer to your age, in a way, than to hers.'
'Yes, you probably are. I'm glad you like her.'
'I love her.'
'Of course.'
'I hope.' I began.
'My dear fellow, we're delighted.'
'I'm a correspondent, Dr Lysarth, as Dorothea, I think, has told you. I move about a bit, but for the next two years I'll be in Scandinavia.'

'Ah, yes.' He pushed the decanter towards me. 'She's a special girl, you know.'
'Yes, I do know, Dr Lysarth.'
'We're awfully fond of her, we're a tightly bound family —... We're very much a family.' (717)

ここでは、テリスが年齢や海外生活の多さなど、相手に指摘されそうな、自分のドロシアの結婚相手としての不適格性を必死に弁明しようとしているのは当然だが、リザース氏の方には彼の適格性を問おうとする気配がまったくない。リザース家では、リザース氏は遺跡の話をし、夫人は愛想のよいコメントに富み、弟はふと話題にのぼった自分の学校の先生のことをテリスのために説明する労を取り、提供された話題に全員が参加し、『ザ・タイムズ』のクロスワード・パズルも、朝食後皆の協力によって、十分もたたないうちにすべて埋まってしまう。ただ、このリザース家の中に流れる、世俗の汚れとは無縁のような知的で心遣いに満ちた滑らかな会話には、唯一、娘の婚約者の適格性を調べようとする好奇心が決定的に欠けているのである。それはあたかも、何かの核心に触れないために、遺跡やら『ザ・タイムズ』のクロスワード・パズルなど、いわば自分たちの直接の生活とまったく関係のないことに、関心と知力を集中しているかのような感じさえする。ドロシアのオースティンの作中人物に対する熱愛も同様だ。テリスが、リザース家は劇場のようだ、「リザース家の人たちは自分たちのせりふを暗記しているかのように、次に何が来るかをすべて知っているような印象を受けた」(717) と言っているのは当然である。いずれにしてもリザース家の人びとが、可愛いドロシアをテリスのような、離婚歴と転々と各地を動き回らざるを得ない職業を持った男の手に委ねることに、何の不安も不満も抱いていないことは明白なのである。人物を外面からのみ判定するのは正しくはないが、少なくとも自分の目でよく確かめたいのが親心というものだ。その気配が見えないのは取りも直さず、ドロシアに対する愛情の欠如に他ならないのではないだろうか？　リザース氏の 'We are very fond of her.' という言葉は本当なのだろうか。そしてもし彼らに娘に対する本当の愛情が欠けているとするならば、そこには原因がなければならない。

アグネス・ケンプのストーリーは、実はテリスが想像したとおりだったのである。そしてリザース家の人びとはドロシアを重荷に感じ、世間をよく知り人生体験も積み、ドロシアをそっくり包み込めると思える中年のジャーナリストが、ドロシアの求婚者として出現したのを歓迎したのである。リザース氏の 'My dear fellow, we're delighted.' という言葉には単なる礼儀正しい外交辞令以上の意味があったのである。彼らはテリスという人物について、とんでもない見込み違いをしていたのではあるが。

事件がテリスの想像したとおりだということを暗示する鍵は、上に述べたリザース家全体の在り方のほかにも多く散在しているが、大きなものは以下の三点だと思う。

1 ドロシアが初対面の時、テリスに自分の性格を 'They say I am compulsively naughty.' (713)（下線筆者）と説明していること。

2 リザース氏が、突然切り出した会話を締めくくってまた遺跡の話に戻った、その締めくくりの言葉は 'It's that she's more vulnerable that she seems to be: I just wanted to say that. She's really a very vulnerable girl.' (717)（下線筆者）だったということ。

3 二人の弟たちがドロシアを保護するように彼女の両側に立つさまを、テリスはあたりにかんばしい香りを放っている花と同じように、リザース家の一部として受け止め、彼らに自分に対する敬意があるわけではないという確信を得ていたのだが、テリスが前夜ドロシアがアグネスのドレスを引っ張るさまをまざまざと想像して打ちとけることのできなかった最後の朝食の席が解散する時について、以下の記述があること。

'For a moment in the sunny room the brothers again stood by Dorothea,... perhaps they guessed the contents of my mind. There was defiance in their stance, or so I thought, a reason for it now. (721) (下線筆者)。

それらの言葉や場面は、読者がそれを読む時点では他の関心事に取り紛れて特別の印象もなく記憶の底に沈んでしまうのだが、最後のモノローグが一切を蘇らせる。

> ...I make no noise in the small grey room where I have to be alone because, so they say, it is better so. The room is full of falseness: then I must write it down, they tell me, quite triumphantly; it will be easier if I write it down.
>
> ...'Poor Dorothea.' Mrs Lysarth comforts, and the boys are angry because Dorothea has always needed looking after, ever since the day of the accident, the wretched death of a nuisance. I know I am right, as that Pope knew also. They hold me and buckle the thing on me, but still I know I am right. Flowers are arranged in the vases, croquet played beneath the beech-tree... The blue dress flutters and is still, telling me again that I am right. (722)
>
> (下線筆者)

引用ではカットしたのが、このモノローグには第一モノローグに出て来たアメリカ、ロシア、トラブストール少佐、ミス・マクナマラなどがみな入り混じって出て来て、同じことの繰り返しのような印象を与える。しかしそれらまったく同じ部分を取り除くと、最後のモノローグは冒頭で投げかけられたままそれまで解かれることのなかった謎、部屋とはどこか、彼らとは誰か、を解き明かしていることがわかるだろう。「この部屋に一人でいなければならない、彼らがそのほうがよいというから」という表現には入院している感じはないし、「この部屋には虚偽が満ちている」と少なくともテリスは主張しているし、書いてみたらと「勝ち誇って」促すのも、看護する人のすることと思えない。'(They hold me and) buckle the thing on me.' という文は筆者にはイメージがつかみ切れず、取り抑えて狂人用の拘束衣でも着せるのか、とも思うが、現在病院ではそのようなことはしないし、テリスが気が狂ったとしても、そのようなことが必要なほど暴れるということは考えにくい。ここはテリスが彼らの若さにひけ目を感じると書いたその若い弟たちが、アグネスの死は単なる事故ではなかった、と主張するテリスをつかまえ、彼の口にタオルを当てて縛るなどしたことだ、と思いたい。いずれにしても「鍵」の第三項で引用した 'a reason for it now' (今こそその理由があったのがわかる) という記述が、ここへ来て、弟たちがテリスを拘束したのだということを有力に物語っている。彼らがテリスを拘束する必要があったのは、テリスがそのことを記事にする恐れでもあったからだろうか。いずれにしても彼らはテリスが自分の主張を撤回するまで、あるいは彼が本格的に狂気に陥るまで彼を拘束し続けるのだろう。

筆者には、閉じ込められて経過を「注意深く」ふり返り、「注意深く」書きつけながら、弟たちが挑むような感じで最後にドロシアの両側に立ったのを思い出した時、現在自分が拘束されている事の重大さは忘れて、むしろ勝ち誇ったように 'a reason for it now' と思うテリスの顔が目に浮かぶような気がする。彼は現在、リザース家の人びとに、彼の主張は妄想に過ぎない、と説得されている。彼らが書くように促すのは、書いてみても証明できるはずがない、証明できないことが分かれば妄想だと認めざるを得ないだろう、という予測からなのだろうが、テリスは「注意深く」思い出して書いているうちに、はからずもそれを証明できた。リザース氏やその夫人との会話を書きつけている時は、実はそれが証明の重大な要素になってはいるが、テリスはまだ確信には至っていなかったかもしれない。が、ドロシアの両側に立った弟たちの姿を思い出した時、彼は彼なりの証拠を得たのだ。彼らの挑戦的雰囲気と、その後彼らが実際の彼をつかまえたことが、テリスの思ったとおりのリザース家の秘密の存在の証拠でなくて何であろうか。それに気付いた彼の自信と満足は、引用文ではカットしたが、最後のモノローグで再び自分がヴェズレーの大聖堂の中に立っているイメージを思い浮かべる個所で、'I stand again....'

pleased that Pope Boniface exposed the pretence...'（下線筆者）と書いた文章にあふれている。第一モノローグで彼が法王についていぶかっていたのは、やはり法王がどのようにして見せかけを暴き得たかをいぶかっていたのである。そしていぶかった理由は、その時点では、自分が自分に分かっている（I know）リザース家の見せかけの偽りを、どう立証できるのか分からなかったからなのだ。だからそれを立証できたと信じる第三モノローグで、彼は自分をボニファチウス八世と同一視し、'pleased' と彼の成功に満足しているのである。また、だからこそ、終結部で'(I know) I am right.' と繰り返す時に、「私は私が正しいことを知っている、あの法王が同じく知っていたように」と、再度法王を引き合いに出すのだ。

肝心な facts をなかなか示さないのはトレヴァーが常用するテクニックだが、この作品の場合、それは手記が自分自身に対して証明する必要に駆られて書かれていることによる。そして、だからこそ 'I am right.' と異様に力が入るのだ。ただし気の毒にも最後の一文だけはテリスは正しくない。青いドレスがひるがえりそのあと静止しても、それは彼の両親やミス・マクナマラや、ナレーション部分で語っているリザース家の人びとのように、彼が実際目で見て確かめたものではなく、彼の見た幻影に過ぎないし、現実にアグネスのドレスは、かりにドロシアが手を出さなくとも、ひるがえり静止したわけで、それが彼の想像が正しいことを証明することにはまったくならないからである。しかしこれは彼が気が狂っているという証ではなく、ましてや彼の考えるストーリーが妄想に過ぎないことを物語るものではなく、幸せな花婿になるべく赴いた美しい家で、あまりにも思いがけず拘束される破目になったテリスの驚愕と放心、その中で必死に 'truth' を探り、証明しようとする緊張と執念の結果としての頭の乱れなのである。

＊

'The Blue Dress' は真実を暴くのがよいとか悪いとかいう話ではなく、リザース家がどうすべきだったとかいう話でもなく、このようなホラー・ストーリーとして読まれるべき作品である。そしてその恐怖の核心は、テリス自身がアグネスの死を 'the wretched death of a nuisance' と呼んでいるように、アグネスの死の真相そのものにはなくて（とはいえ、ぶなの木はとうのむかしに切り倒されるべきだったと思うテリスの感受性はトレヴァー自身のものである。その点については別に他の作品に寄せて語りたい）、テリスが拘束されてしまった所にあり、また、ひとつの秘密がリザース家の人びとのような決して悪人ではない人びとの家庭を花また花が主役の劇場にし、彼らを空しく、時に有害な芝居の演技者にしてしまうところにあるのである。彼らはたしかに、リザース氏の言うように 'a tightly bound family' ではあった。しかし 'very much a family' ではなく 'not at all family' だったのだ。自分の「愛している」婚約者が、前回肉体が結ばれた岸辺へ来ても自分を抱こうともせずむっつりとして川の流れを眺めている時、何ごともないかのようにあどけなく幼い頃の思い出を語り続け、また、彼が自分に恐ろしい罪を着せている時、崩壊した愛に胸をつぶして泣くかわりに、「水が小石の上を流れるように」笑うドロシアも、ひとつの哀れな恐怖ではないだろうか。

II 比較文学

『古今集』の英・仏・独訳の世界

1　『古今集』の翻訳を調べるに当たって

現代の日本文学の中ではもはや何ら指導的力は持たない位置に甘んじてはいるが、短歌は、全体としての日本文学を考えてみれば、そこに日本文学のいわゆる日本的伝統の精髄が集約されているとさえいえる文学形式である。もちろん、日本文学の特質を論じる立場に立てば、そのような大ざっぱな言い方には視野を狭め、歪めることと著しいものがあるだろうが、少なくとも、日本文学が文学として形成された時代から現在に至るまで、日本人の心のあるところに常に付いてまわって来たのは短歌だった。日本語という特殊な言語の枠内で成立しているということもさることながら、一国の文学史の中で占めた位置の大きさ、国民生活への浸透度などにおいて、西欧にはこれに匹敵ないし相当するような詩形式を見出すことは出来ない。代表的に日本的な文学として海外ですでにあまりにも名高くなっている俳句も、この点では短歌に何歩も譲るところがあるはずで、たとえそれが俳句のようにすっきりしたところのない、何やら日本人の弱味が磨きのかからない姿でしみついているようなジャンルであるとしても、いや、それだからこそいっそう間違いなく、短歌は日本文学の日本的部分の要約的存在だと言えるのだ。

西欧の日本文学研究者がこのジャンルの重要性を見落とすことはもちろんなかった。戦前、海外の日本文学者の著した本を調べてみると、その中で和歌の占めている比重の大きさに改めて驚きを感じるほどである。したがって翻訳の数も決して少なくないのだが、それはあくまで学者やその他ごく少数の専門家に近い愛好者の世界に属することであって、たとえば、知る人の間では古典的存在となっているウェイリーの翻訳も、ここ十年余の間に何版かを重ねたキーンによる日本文学のアンソロジーの中に含まれているそれ以外の比較的よい翻訳も、日本語を知らない読者層を獲得するまでにいたっていないようだ。読者が少ないということは、現代小説はもちろん、古典でも『源氏物語』や謡曲の翻訳などに比べても、はっきり言えることである。さらに、俳句がすでにあまりにも有名になっているために、和歌とか短歌とかは、呼び名すらその蔭にぼやけてしまいやすく、けっきょく、読者はたまたま歌の翻訳を読んでも、その「日本の短い詩」を俳句と混同してしまい、正体をつかまないいま忘れていくということがあるのも確かである。

事実、同じ「日本の短い詩」でも両者の評判には格段の差があって、それは、俳句には古くから学問以外のところで強力な紹介活動があったのに比べて、短歌ではそれが微弱だった事実からいって当然なのだが、もちろんその事実自体も決して偶然的なものではない。ひとつには、日本文化のうち、まず海外に知られたのが浮世絵を筆頭にした江戸文化だったということが、それに案外大きく作用しているといえよう。つまり俳句は、日本文学のひとつとして取りあげられる前に、江戸文化のひとつとして海外に進出する基盤を持っていたということである。英米やフランスなどにおいてはそれが強く感じられるし、一方、それに比べて、日本文学の紹介がそれを専門とする学者の手による度合いの大きかったドイツでは、俳句はそれほど強調されていないという事実もたしかに観察される。数年前にアメリカでペーパー・バックになったウェイリーの『源氏物語』の表紙には、歌麿の絵がついていたし、フランスの文学辞典（Laffont-Bompiani: *Dictionaire des Oeuvres*）の『源氏物語』の項に二枚入っている絵が、どちらも豊国の芝居絵だという信じられないような事実がある。そのあたりに、俳句の名におされた和歌の運命も象徴されているようだ。

さらに、内容的に言っても、俳句には、断片的なイメージがほんの僅かなきっかけで見事に結合していくところに生じる緊張度や、きわだった静寂感など、二十世紀の機械文明の中でそれに何らかの抵抗を試みる西欧人の、研ぎすまされた神経や知的好奇心に訴えやすいという要素があった。ところが短歌には、テクニックやイメージなどの上では同じ程度の新鮮な印象を与える可能性はあっても、俳句の場合のように禅の精神の神秘性と関連づけることもできず、いわば、哲学的解釈の施しようがないという弱味がある。言いかえれば、俳句も短歌も現在の段階では、所詮、翻訳だけで読まれるというところまで至ってはおらず、それを分からせるための解説がまず必要だが、解説の効果という点では、俳句のほうが短歌よりも数段まさっているということなのである。キーンが彼の『日本文学』の中で、量的制約から『万葉集』と俳諧との間の選択を迫られた時、後者を採ったのも、むしろ当然だったと筆者は思う。

歌の解説のしにくさは、それがあまりにも宿命的に日本的であるということともつながるはずである。「歌という詩形を持っているということは、我々日本人の少ししか持たない幸福のうちのひとつだ」と、啄木は「一利己主義者との対話」の中で言っているが、筆者はそこから逆に、歌を生み、それを必要とするような生活を持っていることは、日本人の不幸とは呼ばないまでも、宿命のひとつだということを考える。筆者はもちろん、すべての歌人において、歌が「悲しい玩具」であったと主張するわけではない。それがもっとずっと素朴で力強い芸術であったこともあったし、玩具と言うなら、別に悲しくもない本当の遊び道具であったこともあった。ただはっきり言えるのは、多くの日本人が千年以上も前から、短歌という形式を用いて何らかの意味での自己表現を行なってきたということで、それは日本人の心の在り方を裏づけてもいるし、また規制してもいるはずだということである。筆者は、短歌という言葉を、現代的な意味でなく、長歌と区別する意味で用いてきたのだが、和歌にも長歌というものがあったのにそれが廃れたということからは、特に三十一字の短歌が日本人に合ったということが言えるだろうし、その後折に触れては短歌を作って来たということが、日本人の感受性をその方向に育てて来たということも言えるだろう。

したがって短歌の翻訳が直面している問題は、日本文学の中の最も日本的部分が海外に紹介されるに当たって直面している問題でもあると筆者は思う。前にも述べたとおり、海外の学者の間で短歌が軽視されているわけではなく、特に最近では、ブラウワーとマイナー共著の平安時代の歌の研究書も出たことだし、彼らの翻訳も、近いうちに出版される運びと聞く。他にも、ペンギンの日本詩のアンソロジーや、レックスロスの小冊子など、改めて注目すべき翻訳も出てきている。筆者がごく古いものから新しいものまで、短歌の翻訳を探しては読み続けて来たのは、何よりもそのジャンルに対する筆者個人の愛着の強さのためだったが、同時に、短歌の翻訳の中に、日本文学が翻訳される際に生じる諸問題を最も端的な形でとらえることができると信じたためでもあった。

今ここで、さまざまに性質の異なる短歌の中でも、より個性的な近代短歌や、同じ古典でも、現代人の心に直接訴えてくる普遍的で力強いテーマに富んだ『万葉集』の歌や、『新古今集』の頃の魅力ある歌人たちの作品を退けて、現代的ないし西欧的文学感覚にひきつけて解釈できる可能性の少ない『古今集』の歌をあえて扱うことにしたのもそのためである。明治以来、その巻頭の歌が「日本人と、西洋人とのあひの子を、日本人とやいはむ。西洋人とや云はむ」という子規のパロディーで見事にやっつけられたりして、その文学的価値が高くないということが通念になっている現在、あえて『古今集』を取り扱おうというのは、日本人的宿命を自分の中に認めた筆者の抵抗でもある。

明治以後の『古今集』の評価の低下は、新しい文学意識の所産として二重の意味で当然であった。まず第一に、文学の価値観が変化したこと、第二に、価値とは別に、特に近代詩は、古いものを打ちくだき、個性と新しさを主張する所から成り立っていること、したがって、日本の平安時代の上流階級という、地理的にも時代的にもあまりにも限られた世界の生活ないし文学意識に制約され、しかも、何よりも、あまりに永い間日本文学史上の手本として止まっていた『古今集』は、どうしても一度地に叩きつけられる必要があった。しかし、過去の日本文学において『古今集』の果たした役割の大きさは、日本人をこの歌集から容易に解放しない。それは、現在我々がそこにおさめられている歌をよい文学だと思って感動するとか、そういう歌を自分も作りたいと思うとか、そういうこととは必ずしも矛盾しないとしても別問題で、むしろ永い間多くの人が繰り返し繰り返し読み、手本にしてきたためにすっかり有名になっている歌が多いといったような、習慣的次元でのことである。だからそれだけいっそう、『古今集』の歌は日本人の生活にしみついてしまっていると言える。西欧における『聖書』の場合も似ていると思うが、意味を考える、考えないにかかわらず、人が特定の決まった語句を覚えていて何かの折に繰り返して思い出すということは、どこかで、人の生活感情にもかかわってきているはずである。国民的伝統ということを言えば、『万葉集』でも同じことが指摘できるということになる。それはもちろんそうだが、そこでは文学が生活から出て来たという関係にあるのに対し、『古今集』には、狭いながら高度に洗練された文学意識が、良きにつけ悪しきにつけ、その後の生活を支配した面も強いのである。そこに日本人の宿命とかかわりあった『古今集』の重要性がある。

ところで、翻訳者の研究ならともかく、訳される側の作品を主体にした翻訳研究は、意地悪いあげつらいに終わってしまう危険があるということを、筆者は考えないわけではない。そもそも、一般に、翻訳という作業そのものが問題の多い奇妙な習慣ではある。芸術作品に他人が手を下して形を変えてしまうという、一見して明らかに野蛮なこの習慣を正当化する唯一の理由は、外形上はいかに異なろうとも、言葉自体は普遍的なものだという信条、つまり、いかなる言語でもそれが人間の経験から生まれたものである以上、それぞれ異なった言語の伝えるものは、その根本において共通性を持っているはずだという信条であろう。すぐれた文学というものは、その作られた特殊な背景を乗り越えて生きのびると同時に、必ず翻訳に耐えるものだというひとつの理論もそこに根拠を持っているわけで、文学を内容（意味）の面からのみ考えれば、たしかにそうに違いない。しかし、それが言葉の芸術である以上、そして翻訳は研究や解説ではない以上、文学作品はひとたび翻訳されればその移し変えられた言語による文学になるのであって、それがどれだけ原作の持つものを伝え、かつ一個の文学としての価値を持つに至るかは、ひとえに、その訳出された言語の中の文学的伝統と、翻訳者の技量にかかっているはずである。

特に詩においては、それが小説などよりもいっそう、特定の言語、リズムや形を伴った特定の言語に頼った芸術であるだけに、翻訳の問題は常に深刻で、原作と翻訳はむしろ別のものとして見るほうが妥当なくらいである。少なくとも原作の言語を解しない人々の間におけるその詩の生命は、完全に翻訳者の手中にあると言えるので、たとえばカール・ブッセの「山のあなた」が数奇な運命をたどったのも、その一例証に過ぎない。原作がどの程度の出来かは筆者のあえて判断するところではないが、上田敏の名訳を得たばかりに、その詩は、本国で忘れ去られたあとでも我が国で生命を保っているのである。しかも日本語の「山のあなた」が原詩と同じかどうかは分からないという問題は依然として残っている。

しかしそこまで言って、その点で神経質になるのなら、もう翻訳という操作そのものを否定し、一字一句に何十頁もの註をつけるより他ない。たしかにそのほうが正確だろう。ところが、それで原作の生命がより尊ばれたかというと、必ずしもそうではないという問題がある。註は文学ではない。第一、研究者でない限り、誰が苦労してそれを読むだろうか。時と所に応じた特殊な知識を通してのみ意味あるものになる言語というものをその表現手段としていることは文学の宿命であり、一個人の言語に関する知識は、文学を持つ言語の多様性に比べてあまりにも限られているのは人間の宿命である。翻訳の操作は、そのふたつの宿命に抵抗する可能な限りの最善の努力なのであって、それが原作とまったく同じものを再生しないとしても、ひとつの文学になっていれば、そのことによって世界の文学となり、それを通しての我々の経験を豊かにするのに役立っているはずなのである。そういう限界と効用とを約束として認めておかないと、訳文をめぐる論議はすべて堂々めぐりになるだろう。

短歌の翻訳を検討するに当たって、そもそもそんな事が可能かと問うことは、したがって無意味だと筆者は思う。もちろん同じヨーロッパ語間の翻訳ですら幾多の問題があるものを、言語系統も、その文化的背景も異なった日本語からヨーロッパ語への翻訳となれば、そこにありとあらゆる問題があるのは当然で、それはそれとして認めるところから出発しなければならない。たとえば名訳として名高いものに、『失われし時を求めて』のモンクリェフによる英訳がある。仏語を知らないでこの作品に限りない感動を覚えた人があるとすれば、それはこの訳を読んだ人だということを筆者は疑わないが、しかしプルーストは、この名訳者の選んだ題、シェイクスピアのソネットからとった "Remembrance of the things past" という題を見ただけで、それを大いに気に病んだという。自国の文学の外国語訳を考察する時、人はこのプルーストのような気持ちを持ちやすく、筆者も例外とは言えないのだが、しかし、それは著者として当然としても、研究のアプローチの仕方としては成り立たない。当たり前のことだが、その点は何回も確認し直したことを筆者は言っておきたい。

というのも、だいたいにおいて自国の文学の翻訳書に寄せる関心の強さでは日本が格別らしく、外国の日本文学研究者が、それを我々の妙な自意識の強さとして批判するのを、筆者は何回も直接に聞かされた。小説を映画化するとき原作者が立ち合うとたいていつまらないものができあがるというが、日本人が訳し方についてつべこべ口出しすると、かえってぎこちない文ができるだけだと彼らは言う。現在の段階では筆者は必ずしもそうは思わないのだが、少なくとも関心が訳文と原文との差を嘆き、翻訳者の技量をその点で批判するところにあるなら、それは狭量な姑根性と見做されても仕方がないだろう。日本文化に該当するものが西欧にない限り、そして日本文化に関する知識がまだごく表面的にしかいき渡っていない限り、具体例について、誤りや原文にそぐわない個所を片っ端からあげつらってみたとして、それがむしろ無益な自己満足に終わらないで済むほど、日本文学の翻訳は進んだ段階には至っていない。それにその点に関して、まったく同じことが、たとえば英文学の邦訳についても言えるのであって、日本文学が訳される際に限って特に問題を誇張するのは公平ではない。ただ、そこでひとつだけ認めてよい事実は、西欧における日本文学の普及度が我が国における西欧文学のそれに比べて劣っているということで、日本人が自国の文学の翻訳により関心を寄せてよい理由のすべてはそこにあると思う。もちろん、ひとつの文学作品についてすぐれた翻訳者の出現は、邂逅を待たなければならない性質のものだが、過去の翻訳の問題点を比べることは何らかの助けになるはずだし、また問題そのものが原作の性格を明らかにするということもある。また運が良ければ、見事な翻訳を発見する喜びもあるのである。

2 『古今集』の英・仏・独訳の歴史

『古今集』の歌の翻訳は数からいうと非常に多い。英、仏、独の三つの言語によるものが圧倒的に多いのは、それらの国における日本文学研究の歴史の長さからいって当然であるが、伊、西、露、チェコ、トルコ語などによるものもあり、他にも、一首二首と散在するものを集めると、国語の数だけでもかなり多くを数えることができるはずである。とりわけチェコ語では、アンソロジーの一部としてではなく、独立した『古今集』の翻訳が出て、それが人気を博したということであるし、ムチョーリのイタリア語の翻訳なども、かなり正確で言葉も美しい。しかし、それらの国に関しては、まだ翻訳の歴史と呼べるものはなく、正確には検討し切れなかったということもあって、ここでは英、仏、独だけに限って検討を進めていくが、その三ケ国語だけでも、歌によっては二十通り近くの訳例を見出すことができる。それは日本文学中、他に例のないことで、そのあまりにも特殊な文化的背景もさることながら、他の歌と比べても日本語の調子に頼ることの大きい『古今集』の歌の翻訳は至難の業であることが明らかなだけに、意外といえば意外である。しかし、それらのうちの多くが年代の早いものだという事実を考え合わせれば、それは決して不思議ではない。海外における日本文学の研究が本格化した戦後とは違って、日本文学の実態がまだ全然世界に知られていない頃に、どのようなものが翻訳者の目に入ったかを考えてみれば、訳されたものの中に『古今集』の歌が多く入ってくるのは、むしろ当然だったろう。『古今集』が明治以後地に落ちたといっても、それは評価の仕方の方向の上での話で、それが代表的日本文学であることには変わりはなかった。まだ現代文学が確立していない頃ではいっそうそうだった。それに『万葉集』などに比べても、『古今集』はそれが小冊であるということや、注釈が整備しているということも大きな利点だったに違いない。

そのあたりの事情が最もはっきりうかがえるのが独訳の場合である。ドイツにおける日本文学の翻訳は、英米に比べればはるかに少ないが、『古今集』に関しては独立した翻訳書が二冊も出ていて、しかもそのうちのひとつは、一八八四年という年代の早さを誇っている。何故かこの本は、今や、その存在すらおおかた忘れられてしまったらしいが、それはランゲによる春歌上・下の全訳である。ランゲは和独の辞書など作った学者だが、彼の訳は、ドイツ語の詩としての体裁はともかく、意味の取り方は、その年代の早さからはとても想像できないほど正確だ。すべての歌を二行詩にしているので、もとの歌の内容を伝えきれない個所もある場合も多いが、その直訳調の忠実さは、現在でも最高の部に属する。そして、これは彼の学殖を示すものだろうと思うが、彼は宣長の『遠鏡』を参考にしたということがどうやら明らかなのである。それは彼の訳詩が意味の上からは同じでも、雰囲気や言いまわしの点で、非常にしばしば、もとの歌よりも宣長の口語訳により似ているところからほとんど証明されるといって支障ない。したがって、ランゲの意味の取り方が変わっている時はまず必ず『遠鏡』にその原因を見出すことができる。ここでは小野小町の「花の色はうつりにけりないたずらに我身世にふるながめせしまに」という有名な歌の場合を挙げて参考までに記しておく。

宣長　エエ花ノ色ハアレモウ　ウツロウテシマウタワイナウ　一度モ見ズニサ　ワシハツレソフテ居ル男ニツ

イテ　心苦ナ事ガアッテ　何ンノトンヂャクモナカッタアヒダニ長雨ガフーッタリナドシテ　ツイ花ハアノヤウニマア

Lange：Ach, wie die Farbe der Blüten verblich!
denn während mein Herz
War um den Gatten besorgt, bleichte sie längerer Guß.

この中の「世にふる」という言葉を「男女のかたらひするを云ふ云々」とする宣長の説は、その後、香川景樹も『古今和歌集正義』の中ではっきり否定していて、現在では用いられなくなっており、「夫」などという言葉を使った訳例は他にはないが、ランゲは"um den Gatten..."と言っているわけである。"bleichte sie längerer Guß"という部分なども、これだけでははっきりしないが、次章の《参考9》であげる他の訳例と比べると、宣長に従って訳していることがはっきり分かるはずである。

再び『古今集』の名を掲げた本が出たのは一九二八年で、翻訳者はハノッホだった。これは前年"Asia Major" vol. IV（1927）に"Die Japanische Jahreszeitenpoesie"と題して発表されたものがそのまま本になったものである。それがまたしても特定部分の完訳で、初めの六巻の四季の歌に捧げられているという点も興味深い。ランゲのものが春の歌だけに限っているのは、春の歌が特によいと思ったというよりは、巻頭から訳しはじめて初めの二巻で終わったものに相違なく、ハノッホの本も、いかにももう一息がんばって、どうやら四季をカバーしたという感じがするではないか。彼ら二人は学者で、まるで勝手に歌を選ぶのを罪と感じていたかのようである。ハノッホはその翌年、やはり"Asia Major"に、こんどは恋の歌を百四十首余り訳出した。さすがそれは全訳ではなかったが、方向としては同じものである。ハノッホの訳は、ランゲのものに比べると、つまらないところで誤訳をしている場合が多いが、原作をローマ字で書きしるし、訳は散文でカッコの中に示すといった用心深いもので、原則としてひたすら忠実な直訳を志している点ではランゲと同じである。また、詞書を訳しているのも、他に例のない両者の特色である。いずれにしてもこのふたつの独訳は、「日本文学、その一、『古今集』、その一、春歌上、下、その二……」といったいかにもドイツらしい固苦しい学問色が強く、その用心深い学問的態度に対する尊敬と、はたして文学として味わっているのだろうかという不信感とを、同時に誘うものではある。

もちろん独訳の中にも、学問的でない翻訳がないわけではなく、その中では、後に日本文学史も書いたフロレンツの "Dichtergrüße aus dem Osten: Japanische Dichtungen" などを代表として挙げることができる。それは一八九四年に出た、ちぢみの色絵紙に印刷された和綴じの本で、『古今集』の歌が多いわけでもなく、訳し方も、もとの歌を土台にしてドイツ語の詩を作っているといった感じがあるものである。少し年代が下って同じような自由な翻訳で広く読まれたものには一九二三年、インゼル書店から出たベトケの "Japanischer Frühling" がある。和歌の翻訳（そして、おそらく日本文学の翻訳）でいちばん古いものが、一八八一年にウイーンで出たフィツツマイヤーの小冊子で、それが諸家の『家集』からの選集で、いわゆる有名な歌がまったく載っていないことなどにいみじくも象徴されているように、ドイツ語の翻訳は堅い行き方をしたものが多い。（もっともこのフィツツマイヤーの本に関しては *"Die Japanischen Werke aus der Häuser"* などという題からも推測されるとおり、かりにも学問的と呼ぶわけにはいかないが。）数首の翻訳を含んだ歌の紹介としては、一九〇四年に出たハウザーの "Die Japanische Dichtung" がよくまとまっていて、業平をバイロンに擬した部分など面白く読めるし、戦後のベンルの研究もすぐれているが、勝手に読みあさったり、要領のよいアンソロジーを作ったりすることはドイツ人の苦手とする所らしく、それは、一九二五年という決して早すぎない時期に、フランス人、ルヴォンがまとめた日本文学のアンソロジーがアドラーによって独訳されていることからも、じゅうぶん想像される。

しかし、未知の文学の翻訳というものは、普通は題材の選び方にも訳し方にもルーズさを伴うもので、さすが独訳以外では『古今集』の歌を片はしから訳していくというような現象はそうそうはなかった。特に英訳は歴史がいちばん古く、内容も量も豊かなだけに、初期に全く勝手な翻訳が出現するという正当な手順を踏んだ。

日本文学の英訳本でいちばん早いものは、ディッキンズによる"Hyaknin is'shiu"で、それは実に、一八六六年、慶応年間にロンドンで出版されている。題を見ても分かるとおり、日本語のローマ字による記法も定まっていない時代のことであった。(ディッキンズは一九〇六年に"Primitive and Medieval Japanese Texts"という二巻本を出して、英語界の日本文学研究に大いに貢献した人だが、その中では、『古今集』は貫之の「序」があるだけで、歌の翻訳はない。)『百人一首』の英訳は、その後一八九九年にマコーレー、一九〇九年にポーターによるものなどが出るが、『古今集』の中に翻訳の数が飛びぬけて多い歌があるのは、このように早い時期に『百人一首』の翻訳が多く出たためである。英訳では、今日まで、日本人によるもの以外は、特に『古今集』と銘うった本は出ていない。

初期の英訳者たちは、『百人一首』の成立過程の複次性など意に介さなかった。フィッツマイヤーが勅撰集から退けて家集によったのとはまったく対照的である。そこには、日本の平凡な市民の多くが百もの古典詩を暗記していて、それでゲームなどしているといった事実を知った時の外国人の驚きが、素朴に反映されているように思える。それだけに内容的には杜撰で、アストンのすぐれた日本文学の紹介の中に見られるのと同様の、日本文学を彼らが当時持っていた自国の文学に引きつけて解釈する態度が、そのまま訳詩に反映されている。チェンバレンといえども、その点では決して例外ではないので、彼の数多い歌の翻訳も、他と比較しながら改めて読み返せば、よけいな内容を付け足して、奇妙なものにしてしまっている場合が多い。

現在注目するに値するものの出現は、何と言ってもウェイリーの和歌のアンソロジーを待たねばならなかった。一九一九年になって出た彼の"Japanese Poetry: the Uta"には、彼独自の選択による百五十首ばかりの歌が収められていて、そのうち、『古今集』からとったのは三十五首にのぼる。『百人一首』にある歌がひとつもないのは、その翻訳がすでに多くあるので、重複を避けた意味もあったろうが、歌を選ぶに当たって常識的な有名度に従わず、しかも適当に味わいのある歌が集められているのが、そのすぐれた特徴である。ウェイリーはその頃から『源氏物語』の翻訳を始めていたのであろうか、彼の選んだ歌は、それに関係のあるものが多いようにも思えるが、それは別として、どこかしみじみした味わいのある歌が多い。ウェイリーは、たくさんの歌を読み味わい、自分の感受性に従って歌を選ぶことのできた最初の翻訳者だった。彼はその小詩集の巻頭に日本語の文法を記したりなどして、五七五七七の五行に分けてローマ字で記した原作を味わうことを読者に期待しているらしく、その訳詩がやはり五行で、その各々に日本語の何行目の訳であるかを番号で記してあるのもそのせいであろう。しかし、彼の英語はそのために無理な直訳体になることはなく、しかも目ざわりな技巧も英語の世界に引きつけることもなくて、少なくとも日本人には最も抵抗を感じさせない翻訳である。西欧の一般の読者にはどういう印象を与えるかは分からないが、日本文学研究者にはやはりよい訳と思えるのであろう、それから約四十年ほども後に、キーンが日本文学のアンソロジーを作った時、彼はウェイリーの数首をそのまま収め、彼自身はそれと重複しない部分を訳出している。ウェイリー自身は、自分にはどうしても歌をうまく訳すことができないといって、自らの才能の欠如を歎いていたそうだが、その後数多く出た英訳の中で、彼の訳を凌駕するどころか、それに匹敵するものすら、戦後に至るまで見当たらないのを考えれば、ウェイリーがいかにすぐれた日本文学の理解者だったかに今さらのように思い当たるのである。最近の彼の事故死を心から悼まずにはいられない。

ウェイリー以後、戦前のものとしては、ペイジのものだけを参考のために次章で掲げるが、そこではむしろ、特に注目すべきものがないという点を見て頂きたい。

戦後になると、さすが注目に値するものが出る。数は少ないが先にあげた日本文学アンソロジーの中のキーンの翻訳、レックスロスの"One hundred poems from the Japanese"、ペンギンの日本詩アンソロジーなどは、英詩としての感じが新しく、それぞれ特徴があって興味深い。

キーンは、歌の内容の把握の仕方・方法が明晰で、英語で感じを出すことに巧みであり、英米一般の読者の立場に立てば、彼の翻訳が最も取りつきやすいのではないだろうか。ただ、彼の訳し方には、うまく感じを出し過ぎるところにどうも少し通俗的になるきらいがある。

レックスロスの訳書の題は『百人一首』と紛らわしいが、訳者の自選百首という意味で、正確には、主に『万葉集』、『古今集』、『百人一首』からとった短歌一〇二、人麿の長歌三つを含んでいる。彼は、自身が詩人であるという利点を持っているが、同時に、日本文学者でないという弱点も持っている。言葉は美しく表現は簡潔で、日本詩の精神をとらえた訳書として称讃されているが、正確さという点からは不満な点が多く、また簡潔ということも、しばしばそれが歌の流れを妨げ、イメージがばらばら出てきて、謎々のような訳詩を生み出す方向に働いていることも否めない。

筆者のみるところでは、年代的にもいちばん新しいペンギンの訳詩が英訳の中でいちばんすぐれたものである。それは日本学者ボーナスと詩人スウェイトの協力のもとに成ったものだけに、正確さと美しさを兼ねそなえている。表現の上でかなり原作に密着しているのも大いに注目すべき点で、そこにかえって、英語の現代詩らしい外観を帯びる効果を得ており、原作からの飛躍や、くどい説明はない。ただ、やはり時折簡潔すぎて日本語の三十一節のうねうね続く調子のかもし出す抒情性が失われている場合がある。

仏訳の数は英訳の半分にもならず、ドイツにおけるような学問的傾向も認めることはできない。ただ数少ない翻訳書が、それぞれ適当に個性的であること、中でも『古今集』に関してはジョルジュ・ボノーの名訳があることで大いに面目を保っている。

いちばん古いものとしてはロニーの"Anthologie japonaise"がある。一八七一年、パリで出版された日本詩のアンソロジーで、『万葉集』から始まり、それに続く歌は『百人一首』から選ばれた歌で代表されている。決して正確な訳し方はしていないが、初期の英訳者やフロレンツのものなどに比べれば、勝手に言葉を付け足して原作とは別の詩を作ってしまう傾向は少ない。

次に注目に値するのは一八八四年に出たジュディト・ゴーチェの"Poèmes de la libellule"で、それは貫之の「古今集序」と、『古今集』と『新古今集』から選ばれた百首足らずの歌が収められた大判の豪華本である。翻訳者は正確には西園寺公望で、彼の散文訳は目次に収められており、ゴーチェがそれを詩にした。さまざまな地模様のある各頁に一首ずつ記された彼女の訳詩はすべて韻を踏んでいて美しい。ただし、フランス語式綴字法で記されたもとの歌は正確さを欠き、公望の翻訳もそれ自体悪くないが正確さを志してはおらず、ゴーチェがそれを更に変えているから、学問的に問題にすべき性質の翻訳ではないだろう。とは言うものの、表現の美しさには捨て難いものがあるので、現在でもじゅうぶん注目に値する。

一九一〇年になるとルヴォンの日本文学のアンソロジーが出る。これが後に独訳されたことは前にも触れたが、日本文学の代表的なものがそつなく収められているという点では見事なもので、このようなものは、英語ですら、戦後キーンのものが出るまでは存在しなかった。こんなにも早い時期に、他国に先んじてこのようなものが出たのは、やはりいかにもフランス人らしいエネルギーの使い方の結果のように思える。『古今集』の部分に関しては、幾つかは断わりなしにロニーのものをそのまま用いているが、ロニーのものがあまりに悪い場合は変えられており、全体の数ももちろん多くなっている。

このルヴォンを踏まえて、はるかにそれをしのいだ名訳を出したのがボノーである。彼は一九三三年から四〇年頃にかけて精力的に日本文学関係の本を出したが、その口火を切ったのは"Le monument poëtique de Hëian : le Kokinshû"という三巻本だった。その第二巻"Chefs d'œuvre"と題した選訳は、『古今集』に関する限り、すべての言語を通じて現在でもそれをしのぐもののない名訳である。当時の広告によれば、四巻本として全訳が存在することになっているが、その所在をついに確かめることができず、またどの書誌を見てもそれが載っていない所を見れば、あるいは、それは計画だけで実現されなかったものかもしれない。

ボノーは、彼自身詩人、小説家であり、フランスのサンボリスト、特にアルベール・サマンの研究家でもあって、その方面でもかなりの数の著書のある人だが、彼は滞日中、学生にサンボリスムの講義をするかたわら、短歌、俳句、現代詩からどどいつ、民謡に至るまで日本のありとあらゆる形式の詩とその仏訳に、異常なほどの関心と精力を注いだ。日本の詩の翻訳に関して “Le problème de la poésie japonaise” という小論文を出していることからも、その熱意のほどはうかがえよう。

彼の関心は、とりわけ、日本語の音やリズムの味わいをどう伝えるかという所にあった。そして、彼によれば、シラブルがはっきりしているという点で、また、母音も類似し、子音のかもし出す雰囲気も似ているという点で、フランス語が日本詩を翻訳するのに最適だという。彼はそこで、内容的にフランス語の明晰さが英語などに比べて不利になっているかもしれないということはまったく考えなかったのであり、特に音色の分析などになると、それがどこまで通用するものか疑わしいが、とにかく、原詩の内容だけでなく、その言葉の効果にも細心の注意を払ったという点で、彼の訳詩はとりわけ注目に値するものである。原作の五七五七七の各句を、その順を崩さずに五行に訳していくやり方を一貫して守っている点も見逃せない。英語では後にキーンがこの方法を試みているが、一貫してはいない。何事があってもその順を変えないためには、当然、構文上の大きな変更が必要であり、時には明らかな無理を伴うことは確かであるが、原作の発想の順を重んじる態度が、構文はいくら変えても語順は変えないという方向を取ったところに、言葉をあくまで重要視したボノーの詩人としての一徹さがある。実際には、音色という点でも、語順の上での工夫も、彼の努力が必ずしも常に完全に成功しているわけではないが、どの訳詩においても、少なくとも部分的には見事な点を発見でき、全体として立派な翻訳も少なくない。彼の訳詩は次章でも多く扱うはずだが、そこで採用できないものをここに二篇ばかり、他の訳例と共に引用して彼の優れた点を強調したい。

《四〇九（巻第九　羈旅歌　よみ人しらず）》

ほのぼのとあかしのうらのあさぎりにしまがくれゆく舟をしぞ思ふ

Bonneau :

A peine-à peine la nuit
S'ouvre sur la baie d'Akashi:
Et déjà, vers le brouillard,
Derrière l'île disparait
Le bateau où est ma pensée…

Chamberlain (1880) :

With roseate hues that pierce th'autumnal haze
The spreading dawn lights up Akashi's shore;
But the fair ship, alas ! is seen no more;—
An island veils it from my loving gaze.

Waley (1919) :

5 My thoughts are with a boat
4 Which travels island-hid
3 In the morning-mist
2 Of the shore of Akashi,
1 Dim, dim !

B. & Th. :

Dimly in the dawn mist

(1964)

Of the bay of Akashi,
Hidden by islands
I dream of a boat.

はじめに三篇の英訳を見れば、それが年代順によくなっていることが認められるだろう。チェンバレンからウェイリーにいたる所では、言葉の倹約ということで全面的に、そしてウェイリーからボーナス&スウェイトに至るところでは語順が正されている点で。ウェイリーの語順がたまたままったく逆になってしまっているのは皮肉だが、この歌に限って言えば、語順の点を除けば、ウェイリーの方がボーナス&スウェイトよりよいかもしれない。というのは、後者には、三行目がどこにつながるかはっきりしないという難点があるからである。そこで、ウェイリーの訳をボノーの訳に比べれば、まずボノーが語順を守るために払った努力を認めなければならないだろう。ボノーの訳の最大の成功点は、「ほのぼの」という音の重なった言葉を訳すに当たって“à peine-à peine”という表現に思い当たったことである。ウェイリーも“dim, dim”と繰り返してはいる。しかし“à peineà peine”のほうが音が似ているばかりではない、霧におおわれたための薄暗さではなく夜が明けていく過程のそれであることを、ボノーの訳ははっきりとあらわしている。“la nuit s'ouvre”は、厳密には三行目に入るべき「あさぎり」の「あさ」の部分が移動したものだが、逆に言えばもとの歌では、「ほのぼのと」という言葉のあとには当然夜が明けるということが続くはずなのに、それを略して「あさぎり」という言葉に盛り込んだものであって、ボノーの訳には、語順を崩した咎も、言ってないことを付け加えた咎もないのである。最後の二行など何とも日本語の語順そのままで、しかも全体として、もとの歌の発想の順序と雰囲気が、見事に保たれているではないか。

次に挙げる友則の歌は「らむ」という言葉の取り方をめぐって二通りの解釈の仕方があり、筆者にもはっきり分からないので都合が悪いが、一応「らむ」には「何故」という心を補ってよいとすれば、ボノーの訳は、見事という他ない。他の訳例との比較については多くの言葉を費やす必要はないと思うが、特に、いちばん正統的なキーンの訳が、何となく口語的で俗っぽい点、いちばんすっきりしているレックスロスの訳が「らむ」の取り方の違いは別として、雰囲気がこの歌ののどかな抒情性をまったく欠いている点などと比較して頂きたいと思う。

《八四、(巻第二　春歌下　きのとものり)》
　久方のひかりのどけき春の日にしづ心なく花のちるらむ

Bonneau :
Sous le soleil
Dont les doux rayons font un jour
De printemps si doux,
Pourquoi d'un cœur inapaisé
Ces fleurs vont-elles tombant ?

Dickins : (1866)
'Tis a pleasant day of merry spring,
No bitter frosts are threatening,
No storm winds blow, no rain-clouds low'r,
The sun shines bright on high,
Yet thou, poor trembling little flow'r,
Dost wither away and die.

Rosny :
Aux jours du printemps,

(1871) Où est si beau l'éclat
[Du ciel] éternel,
D'un cœur inquiet
Pourquoi les fleurs se détachent-elles ?

MacCauley : In the cheerful light
(1899) Of the ever-shining Sun,
In the days of spring;—
Why, with ceaseless, restless haste,
Falls the cherry's new-blown bloom ?

Noguchi : 'Tis the Spring day
(1914) With lovely far-away light.
Why must the flowers fall
With hearts unquiet ?

Keene : This perfectly still
(1956) Spring day bathed in the soft light
From the spread-out sky,
Why do the cherry blossoms
So restlessly scatter down ?

Rexroth: In the eternal
(1955)　Light of the spring day
The flowers fall away
Like the unquiet heart.

仏訳ではボノーが出てしまった以上、その後の翻訳がほとんどないのは無理もないが、一九五九年になって、カール・プチがやっと詩のアンソロジーを出した。いちおう全時代をカバーし、訳だけでなく解説もあるのがその存在理由となっているが、ボノーの訳のある歌を改めて訳したのは失敗だった。何故か。それは次章に例を挙げて説明することにしたい。

日本人による翻訳は無数と言ってよい。筆者は外国人の感受性を問題とする関係上、それらを翻訳のうちには数えなかったが（ヨネ・ノグチは例外）、『古今集』の全訳としては若目田武次の英訳が一九二二年ロンドンで出ている。ただし歌の意味の取り方も、英語もよいとはいえない。その他もうひとつだけ挙げておかなければならないのは宮森麻太郎の訳で、それは全訳ではなく、彼の日本詩のアンソロジー（一九三六年）の中に入っているものだが、正確で、英詩としても読み得るものになっている。あまりにも訳しにくい歌である時には、日本人として、彼の訳を読むのがいちばん心が疲れないという場合がままあり、また、英米の研究者にも広く読まれている。彼は英語の言葉の持味を工夫して生かすとまではいかず、そこに言い過ぎや平凡さもあるが、原作者の気持ちを歪め伝えることはなかった。

文学史書などの中に散在するものはまったく触れなかったが、以上が『古今集』の歌の英、仏、独訳の歴史の概略である。

3 訳例十首

この章では、翻訳の具体例を、幾つかの歌を中心に内容的に検討し、そこに含まれている問題を総合的に考察してみたいと思う。それは大まかさを避けられない試みではある。一口に『古今集』の歌と言っても、歌人の別があるばかりでなく、制作年代によっても歌の性質ははっきりと異なるし、ひとつの歌の解釈も常に一通りしかないわけではない。さらに翻訳者に関しても、言語別、時代別はもちろん、個人差を無視するわけにはいかない。したがって、厳密であろうとすれば、少なくとも歌の種類を限るとか翻訳者を限るとかいうことが必要で、それらをあえて一括して扱おうとすれば、雑然とせざるを得ない。ただ、筆者がいま目指しているのは、初めに述べたように、『古今集』の研究でもなく、個々の翻訳者の研究でもなく、むしろ日本文学の日本的部分の翻訳を概観することで、そのために、特別個性的な作品をひとつ取りあげるということを意識して避けた意味があった。そういう理由のために、筆者は、ここでは、よみ人しらず時代、六歌仙時代、撰者時代の歌の区別をしようともせず、「古今的な、余りに古今的な」感じのしない歌でも、それらもまた、撰者たちの好みと価値判断に従って選ばれたものである以上、一応、古今的である、という程度の意味で、『古今集』全体を考えようとするのである。翻訳者に関しても同様で、主な関心が主要な翻訳者による訳詩に向けられるのは当然としても、あえて翻訳の数の多い歌を追って考えを運ぶよう心がけた。訳例が多ければ多いほど、問題が一面的になるのを避けられるはずだから、訳例を詳しく読めば読むほど、大ざっぱに概論することの苦痛を感じないわけにはいかないが、その点は訳例自体が多くを語るであろうことを頼みにするより他ない。そのために訳例は筆者の論旨に応じて引用することをせず、一首ごとに《参考》としてまとめて掲げ、大きく言語で区別して英・仏・独の順とし、その中では年代順に配列する。そこに少なくとも、ひとつひとつの翻訳の面白さや、筆者が言及するいとまのない、各々の言語の中で訳詩の姿が変貌してきた足どりなどを容易に読みとることができるだろうと信じる。

全体を通してできるだけ多くの翻訳者の訳例を紹介するように努力したが、一首一首に関しては、あまりに量が多くなるのを避けるために、重要でないものは適当に省いてある。日本人による翻訳は原則としてすべて省略するが、例外的に用いるものについては、配列上外国人によるものとは区別しない。それぞれの翻訳の出典、年代に関しては、前章と文末の書誌を参照して頂きたい。それでもなおかつ紛らわしいものについてのみ註を施す。なお、翻訳者の名に関して、次のふたつの省略記号を用いる。

B. & M.= Brower and Miner

B. & Th.= Bownas and Thwaite)

一

《参考1　四十二（巻第一　春歌下）》

はつせにまうづるごとに、やどりける人の家に、ひさしくやどらで、程へて後にいたれりければ、かの家のあるじ、かくさだかになんやどりはあると、いひいだして侍りければ、そこにたてりける梅の花をりてよめる　つらゆき

ひとはいさ心もしらずふるさとは花ぞむかしのかににほひける

Dickins:　The comrades of my early days
Their former friend indifferent view,

Who with a wondering eye doth gaze
On the village that of old he knew
So well. O flower ! the fragrancy
Alone familiar seems to me.

Aston : It's people ? Ah well!
I know not their hearts,
But in my native place
The flowers with their ancient
Fragrance are odorous.

MacCauley : No ! no ! As for man.
How his heart is none can tell.
But the plum's sweet flower
In my birthplace, as of yore,
Still emits the same perfume.
—Constancy in Friendship

Porter : The village of my youth is gone,
New faces meet my gaze;
But still the blossoms at thy gate,

Whose perfume scents the ways,
Recall my childhood's days.

Page : People?—nay, I shall never come
To know their hearts. But in my boyhood home
I find the flowers' fragrance stays
Ever the same as in the olden days.
—Permanence

Rexroth : No, the human heart
Is unknowable.
But in my birthplace
The flowers still smell
The same as always.

B. & Th. : Now I cannot tell
What my old friend is thinking:
But the petals of the plum
In this place I used to know
Keep their old fragrance.

Revon :

De l'homme, non!
Le cœur ne saurait être connu:
Mais, dans mon village natal,
Les fleurs, de jadis
Exhalent toujours le parfum.

Chanoch :

Die (leicht veränderlichen) Herzen
der Leute, die kenne ich nicht…
aber die Blumen in meiner Heimat,
die duften mit demselben Aroma,
wie früher.

この貫之の歌は百人一首のうちのひとつだということと、作者が名高いということが合わさって、初期の翻訳の数が非常に多い歌だが、同時に翻訳に関する諸問題を一身に集めているような歌でもある。「人の心はどうだか分からないが花は昔のままの香りを保って咲いている」という字面をどう訳してみたところで、一篇の詩になるとは考えられない。戦後の翻訳がほとんど見当たらず、戦前でも歌を愛し歌に親しんだウェイリーやボノーがともにこの歌を避けたのはむしろ当然と思われる。しかしそれだけに、訳された場合にどういうことになるかという問題はじゅうぶん好奇心を誘うのである。

中には、訳詩だけ読んだのでは貫之の歌だと見分けるのが困難なものもある。ディッキンズやポーターのものなど、故郷に帰ってみると旧友はもはや冷淡になってしまっていて、あるいは住む人も変わってしまっていて、自分はただひとつ昔のままに咲いている花の香りにありし日をしのぶ、などと、情況をすべて述べきって何らの単純化も試みていないこれらの詩は、短歌の翻訳であるとさえ信じ難い。

このような訳詩ができ上がったのは、二人の翻訳者が原作の言葉の延長解釈をすべて書きつけてしまう習慣を持っており、その欠点が大きいのに間違いない。そして、原作にない言葉を勝手にたくさん付け加えるなどということは詩の翻訳以前の問題だから、貫之の歌がかくも変貌した原因がもしそこだけにあるとすれば、話は簡単である。しかし、他の翻訳も、「物語」こそ書きつらねていないけれども、内容の上で、ボーナス&スウェイトのものを除けば、おおかた似たり寄ったりの詩になっているという事実がある。言いかえれば、ディッキンズなどの訳詩も、他の、よりまともな翻訳と並べた場合、原作が同じものであろうことはじゅうぶん納得できるのであって、問題はむしろそこにある。

このような奇妙な現象が起こったのは、「ふるさと」という言葉のいたずらだったのかもしれない。それを生まれ故郷ととったこと、それがすべての出発点であって、以下の解釈はむしろ必然だったと考えることはたしかにできる。もっとも、同じとは言っても、「人はいさ」の部分は二通りの訳し方がなされていて、それによって詩の趣も多少は異なってはいる。つまり前に挙げた二人やアストンやハノッホにおいては、「人はいさ」という言葉は「生まれ故郷」の人々に対する不信の表明になっているのに対し、マコーリー、ペイジ、レックスロス、ルヴォンらにおいては、人間一般への不信としてとらえられているという相違はある。この後者に関しては、それが原作とどう異なっているとも言えないのだが、そのあとに生まれ故郷が出て来る所から、故郷を離れた生活のきびしさを暗示するような役割を負わされていて、結局どちらのグループの訳詩も、詩人が、人間によって傷つけられた心の慰めをむかしと変わらずにいる故郷の自然の中に見出したという、ごくありきたりな抒情詩になっていることに変わりはない。

しかしこの事実を、単に「ふるさと」という言葉の誤訳として片づけることはできないだろう。言葉の誤訳は、こういう訳詩ができ上がるための出発点ではなく、歌の解釈の結果に過ぎないからだ。

まず、はっきり問題として挙げることができるのは、ほとんどの翻訳者が、もとの歌についている詞書を無視していることである。詞書は、この歌が、久々に生まれ故郷に帰り、来し方を思いやって長嘆息した詩人の歌ではないことをはっきり断わっている。その点、ボーナス&スウェイトは、歌の詠まれた情況を訳詩の中に盛り込むための努力を払っている。「ひと」を、訪ねて行った家の主人として訳している所にその工夫がうかがわれるわけであるが、しかし、それはこの歌の場合、漠然と人間として訳したものよりもかえって内容を歪めてしまっている向きもあるようだ。と言うのは、彼らの訳詩では貫之が友人の心を疑ったことになってしまうからである。実際には、貫之が「人はいさ」という句で歌を始めた時、彼の心にあったのは、宿の主が「かくさだかになんやどりはある」などと久しく来なかったのを皮肉った形で歓迎の辞を述べたのに対して、その言葉をそのまま逆用してしっぺ返しする快よさ以上のものではなかったはずである。彼は、そこに咲いている梅の花を詠んで無沙汰の挨拶に代えるとみせながら、人間性の観察にかこつけて皮肉り返し、好奇心をもって相手の返答を強要しているのである。そしてそれがまた同時に、当時の優雅で高級な挨拶法でもあったのである。そこに文学としてのこの歌の弱味もあるわけだろうが、同時に、この歌の出だしが、機敏な着想として生きる余地もある。もしそういう機智に富んだ会話の要素がなければ、「人はいさ心もしらず」などというあまりにもむき出しの句などは、みじめな出来と呼ぶ他ない。平安時代の歌は、それが非常にしばしば、高度に発達した狭い貴族社会における知的な遊戯であったこと、また同時に能弁直截な言葉に替わる婉曲寡言な会話の形式でもあったことをじゅうぶん考慮しないと、その翻訳は内容的に逆になってしまう危険があり、ボーナス&スウェイトの試みも、その点でつまずいているわけである。詞書を詩の中に訳し込んでしまうならば、はじめの二句は、たとえば“Oh, you might have changed, dear host ; for who can tell ?”といったように、呼びかけの形にしなければならない。その方向でいけば、うまくすれば、少なくとも、そのような表現法を挨拶としていたひとつの社会を感じさせる翻訳はできると思うのである。「ひと」という言葉を三人称に置く限りは、作者の不信感が強調されて、この歌に「花だにもおなじ心に咲くものを植えけん人の心しらなん」などという返歌が存在するなどということは理論上あり得ない訳しかできないだろう。

しかし、詞書を訳し込むということは、歌の翻訳を半ば解説にしてしまうことでもある。だから、それが好ましいとは筆者には思えない。結局、詞書のある歌から詞書をとってしまって訳す習慣に無理があるので、せめて“An answer to the greetings of the host”などという題をつければ、むしろルヴォンの系統の訳のほうがよいということもあるかも知れない。

詞書をどう扱うかは、特に贈答歌をめぐって、常に生じる問題だが、それに関しては後に《参考3》《参考10》の歌で再び触れるとして、ここで、もう一度、「ふるさと」という言葉の誤訳の原因を考えてみたい。それを歌の解釈の結果だと筆者は言ったが、言いかえれば、それは、人間の変わりやすさという時、そこに詩人の恨みと歎きを見、自然の不変という時、そこに詩人の心を慰めるものを見、そしてその対照を人生観的にとらえる西欧人の心の習慣の結果だということなのである。そういう心でこの歌をとらえれば、「ふるさと」という言葉は、厳密には何を意味しようと、生まれ故郷以外の言葉に訳す必要はなくなる。

この歌は、字句の上ではたしかに、人の変わりやすさと自然の不変との対照という技巧の上に立っている歌ではある。さらに、その対照は『古今集』の歌にしばしば現われ、特に貫之はそれを好んで用いたのも、また確かである。ただ、貫之は、たとえばスコットランドの片田舎出身の詩人ではなかった。その事実が、この歌の翻訳をこの上なく難しくしているのである。

それは、『古今集』の歌人における人の変わりやすさの認識は、自分との関係における他人の不実を恨む心よりは、自分をも含めた人間にかかわるいっさいのものの無常の認識だったこと、したがって、自然の不変に関する認識も、その忠実さで詩人の心を慰めるという意識よりは、春になればまた花が咲く、といった季節感のようなものだったこと、そしてそれらの対照は心に渦巻く人生観というよりは、むしろ美意識を満足させる知的な技巧だったということ、それらの事実が、ヨーロッパ語そのものと相容れないということなのである。詞書のないものとしてこの歌を見ても、「ひとはいさ」の部分は、花が咲いていることを詠む際の着想であって、特別、花に、人間には求められない忠誠ぶりを認めた所にこの歌ができ上がったというわけのものではないだろうに、ヨーロッパ語になると、すべてが詩人との関係において意味を持ってしまう。言語ばかりでなく、翻訳者さえ、感受性の上で同じ制約を脱しきれない場合が多いだろうということは、この歌に題をつけた二人の翻訳者が"Constancy in Friendship"及び"Permanence"として、共に、花の詩人に対する忠実さを主題ととっていることからも分かる。その意味で、《参考》の中に翻訳は引用しなかったが、宮森氏がこの歌を"Plum Blossoms"と題しているのはさすがだった。ただそれも題だけのことで、実際問題として、どのような表現をとってみたとしても、花は単に花として止まることはあり得ないということは認めなければならない。

この貫之の歌の場合は、贈答歌としての特殊性もあって、問題がいっそう複雑になっているが、一応、字面にあらわれた自然と人間との対照ということだけを内容としている歌の翻訳では、そのあたりの事情をいっそうはっきりと見ることができる。

《参考2　九〇（巻第二　春歌下）》

ならのみかどの御うた

平城天皇　大同天子

故郷と成りにしならの宮こにも色はかはらず花はさきけり

Bonneau：　Capitale abandonnée,
Ô Nara, vieille capitale,
Capitale quand même:
Puisque, couleur non changée,
Eternelles, les fleurs fleurissent!
—Le Rêve des Aïeux

この歌においても花が初めにあって上の句は着想だとは、筆者は決して主張しない。これは平城天皇が即位後復位を企てて失敗し、奈良で余生を送った時の歌だろうか。あるいは、「故郷」という語感から、平安遷都後間もなく即位した奈良に生活の思い出の大半を持つ天皇の、在位中の歌と思えなくもない。いずれにしても「故郷となりにし」という言葉の中ににじみ出ている奈良に対する哀惜の気持ちは、作者の実感であって、着想などというものではない。契沖の『古今余材抄』には、「六帖には都の題に、石上ふりにしならの都にもとて入れり」と註があるが、「石上ふりにし」が『古今集』では「故郷と成りにし」となっていることによって、たしかに、人は変わり自然は変わらないという対照の技巧が認められる歌になってはいる。だが、そこには、心が不在で観念が先立った感じはない。

しかし、心はあっても、これは詩人の心を中心にした歌ではない。歌全体の調子はおおらかであり、少なくとも、奈良に対する哀惜が花の美しさに寄せる感動に先立ってはいない。「奈良は淋しく荒れ果ててしまった」という気持ちは心の底に感じられた傷みとして止めおかれていて、それが「花は咲きけり」といういかにも作為のない詠歎にしみじみとした響きを与えているとしても、これは決して哀歌ではないのだ。特に第二節で滑りのよいｎという子音と、まろやかで明かるいａという母音が繰り返されている所など、そのなだらかな響きは、それを作者が特に意図して作り出したものではないにしても、この歌の中に、せき込んだ感情を認めるのを拒否している。

ところがこの歌が翻訳されると、詩人の感情が表に出たものになる。ここでは特にその傾向の著しいボノーの例だけを掲げたが、彼の訳詩は情熱的だ。音の上で目だつ“capitale”という言葉が三回も繰り返されているあたり、一面には上の句を三行に訳さなければならない必要から来たものではあるが、それは“Ô”という感嘆詞などとあいまって、詩人が奈良を抱きしめて頰ずりでもしているような雰囲気をかもし出している。そして、“Capitale quand même”という表現がさらにそれを強めている。宣長は「フルイ昔シノ都ニナッテシマウタ　比ノ奈良ノ京ニモ　ヤッパリ色ハ昔シニカハラズ都デアッタ時ノトホリニ　花ハサイタワイ」と訳していて、筆者は彼の「ヤッパリ…花ハサイタワイ」という、むしろのんきな幸福感さえ感じさせるような訳を面白く読むのだが、ボノーの“Capitale quand même”は「都デアッタ時ノトホリニ」というのと同じような内容ではあっても、それに続く最後の二行が“puisque”で始まっているので、そこには、都は変わっていないのだと自分に納得させようとする詩人の意志の力が加わっているように感じられる。花ないし花の色が不変のものとして人間の歴史の無常に対比されているそのされ方が、感覚的であるよりは思想的で、花は季節が来てまた美しく咲いたという点においてではなく、失われてしまったものに、ひとときの生命を与え、甦生させる魔術のようなものとしてとらえられているのが感じられないだろうか。“les fleurs fleurissent”という言葉の響きのかもす喜びの感じも、花の美しさそのものへの感動ではなく、その花の故にひととき抱いた幻想の喜びとして響くのだ。ボノーの訳詩が、題して“Le Rêve des Aïeux”となったのももっともである。

このように自然と人間が対照された歌が訳される場合、その対照がそこはかとない抒情的な認識として止まることを得ないということは、結局、西欧では、自然は人間と同格に立つことはなく、常に人間との関係において眺められるということだろう。たしかに西欧の詩を眺めわたしてみても、たとえば単に花が咲いたということだけを主題としてでき上がっている詩はなかなか見当たらない。花の詩でも、真紅のバラは愛の、白百合は清純の象徴となり、野のすみれは可憐な田舎娘、豊かにむらがりあふれ咲く花は神の栄光と結びつく、といったように、花は決して花自体として止めおかれることはなく、常に何か人間的な価値のシンボルやアレゴリーや代償になっているのである。一種の象徴主義とロマンチックな感情はたしかに平安文学と西洋文学を結ぶきずなではあるが、その精神文化的背景が両者を区別しているのであって、そういう外見的な類似点が日本的日本文学の翻訳をかえって困難にしている面もあるのである。

二

《参考3　二十一（巻第一　春歌上）》

任和のみかど、みこにおはしましける時に、人にわかなたまひける御うた

きみがため春の野にいでてわかなつむ我衣手に雪はふりつつ

Dickins：

Thy wishes, love, have I obeyed,
And 'mid the meadows have I strayed
In this spring-time, and sought with care
The *wakana* plant that groweth there.
Lo on my sleeve
The falling snow its trace doth leave.

MacCauley : It is for thy sake
That I seek the fields in
Gathering green herbs, spring,
While my garment's hanging sleeves
Are with falling snow beflecked.
—Filial love

Miyamori : I plucked these young green herbs for you,
Forth wending to the field of spring,
When lo! upon my sleeves there fell
Some snowflakes fluttering.
—Lines Sent with Young Green Herbs

Rexroth : When I went out in
The spring fields to pick
The young greens for you
Snow fell on my sleeves.

Rosny : Pour vous, ô ma maitresse, j'ai été cueillir au printemps (la feuille de) *wakana* dans les prairies ; la neige est tombée sur mon vêtement.

Revon : C'est pour toi
Que j'entre dans les champs du printemps
Pour cueillir les jeunes plantes,
Cependant que la neige tombe
Sur les manches de mes vêtements.

Bonneau : C'est pour vous
Que dans les prés du printemps
Je cueille ces jeunes pousses,
Cependant que sur ma manche
Les flocons de neige vont tombant…
—L'offrande

Lange : Deinetwegen ging ich aufs Feld und
sammelte sproßen,
Aber noch rieselte Schnee mir auf die
Ärmel herab.

Chanoch : Um deinetwillen gehe ich auf das Frülingsfeld
und pflücke Jungkräuter, während auf meine

自然と人間との関係が変わってくるということは、必ずしもそれらが対照されているわけではない歌の翻訳においても見られる。この章ではその点を中心に検討を勧めたいのだが、まずここに掲げた光孝天皇の歌は、再び贈答歌としての問題を含んでいるので、そのほうから先に考えてみる。

贈答歌であっても常に前にあげた貫之の例のように詞書と共に読まなければ味わいようのないものばかりではなく、この歌などには、字面だけ見て素直にひとつの詩として受けとれるイメージの美しさがある。しかし、この歌の場合も、それが若菜の贈り物に添えてあったものだということを考慮するとしないとでは、訳し方にはっきり差が生じてくる。

ここに挙げた翻訳は、ディッキンズやロニーのもののように「愛人」という言葉を出しているもの以外は、出来のよしあしを別とすれば、どれも似たり寄ったりの内容に見えるかもしれないが、それらは根本的に違うふたつのグループに分けることができる。一応もとの歌は忘れて、マコーリー、ルヴォン、ハノッホらの訳を読んでみると、それらは青年が恋人のために野原へ行って若草を摘むといった牧歌的恋愛詩のようだ。恋人とはどこにも言ってないが、thee, tu, du の代名詞からして恋人からあまり遠いものではあり得ないだろう。それに若草を摘む行為も、一回の行為というより、庶民的で素朴な愛の状態を表わすものとして受けとれる。その感じは時制が現在であること、及び「わかな」に当たる言葉に指示形容詞がついていない所から来るのである。つまり過去において摘んだ特定の若菜のイメージはない。ランゲのものも時制が過去になっている所だけが違うが、牧歌的恋愛詩らしい体裁になっていることには変わりない。

歌だけ見ればこれらの訳が誤っているとは言えないので、問題はやはり、詞書と光孝天皇という作者の名である。訳詩がもとの歌の雰囲気をさっぱり伝えていないのは、それらを無視した罪の報いということになるのである。宣長の口語訳は「ソコモトヘ進ゼウト存ジテ　野ヘ出テ此若菜ヲツンダガ　殊ノ外寒イ〻デ袖ヘ雪ガフリカカッテ　サテ〳〵ナンギヲ致シテツンダ若菜デゴザル」となっていて、こうもあれこれすべて述べたててしまうのは解説としての訳にだけ許されることだが、とにかく若菜に指示形容詞が付かねばならず、時制も過去でなければならない。だから正確という点では宮森氏のものがいちばん正確で、彼が習慣的につける小さな題も、この場合、詞書を紹介するのに役立っている。

この宮森氏とレックスロスとボノーによる翻訳をよりよいものとして第二のグループとするのだが、レックスロスに関しては、簡略でよいが、簡略過ぎて、軽い雪がちらちら降りかかってくる光景の美しさが目の前に浮かんでは来ず、何だか禅問答をしているような感じがするとだけ言っておく。

何よりも興味深いのはボノーの訳である。彼の翻訳には常に何かしら飛躍があるが、それはおおむね、もとの歌を誤解したというよりは、フランス語としての体裁を整えるために生じるものなので、問題としては常に興味深い。

この歌の場合、先に挙げた問題点に関しては、彼の訳詩はおおかた好ましい方に向いている。彼はこの歌を“L'offrande”と題し、若菜にも指示形容詞をつけ、特定の若菜を贈る行為を明らかにした。また贈る相手に“vous”という代名詞を選んだのもさすがだった。実際には“tu”と呼ぶ間柄の人であったかも知れなくても、あまりにくだけた調子は、皇子が早春、歌をつけて若菜を贈るといういかにも優雅な行為にはそぐわないものがあるはずである。

ひとつだけ気にするとすれば、それは時制が現在になっている点で、詩においては時制の選び方はかなり自由だとしても、現在形は、贈り物に添えた歌としてやはり似つかわしくない感じがする。それをあえて現在形にしたのは、ボノーが「わかなつむ」という語形を大切にしたためであろう。そこには、「つむ」という言葉が終止形であるか連体形であるかの問題がからまってくるはずで、それがもし終止形であるのなら、原詩もまた詩的現在を用いたわけで、むしろボノーの感受性が正しかったことになる。ところが、断定する根拠はないわけだが、調子からいって、「わかなつむ我」と続けたい感じではあり、もしこの歌の上の句が「わが」にかかる形容節なら、それは、欧文に訳される際には、主文によっては、必ずしも現在形に置かなくてもよいところだ。日本語においては従属文の時制は混乱しているが、主文と同時制に属することが現在形で表現されるのは普通のことだからである。そこで、それなら「雪はふりつつ」はどうかと言えば、「つつ」という助詞からは継続の意味がうかがわれるだけで、時は決定できない。したがって、全体としてこの歌を詩的現在を用いたものと考えることも当然でき、あるいは、野原の中で草を摘みながらつくった歌とすら考えられなくはない。しかし、「つつ」という助詞は歌の文末に来た場合、完了の助動詞的機能を同時に負わされている向きもあり、何よりも、この歌において言葉の上でどうしても現在にとらなければならない理由がない以上、全体を過去として訳したほうが詞書に忠実なはずだと思うのである。

しかし、ボノーの翻訳に関して、詞書にかかわる点はささいなことで、大事な問題は別の所にある。言外に含められた伝言は別として、この歌の美しさは、誰か人のために早春の野でようやく芽を出し始めた若菜を摘む、のどかで趣きのある行為と、草の緑と淡雪の白との鮮やかな色の対照とが融けあっている所にあると思う。ボノーの訳は、どこかその雰囲気を伝えるものがあって、最後の行などは、ハノッホの“fortwährend der Schnee fällt”などという、まるで真冬の雪が降りしきっているような表現に比べれば、彼が自ら歌を味わいながら訳していることが分かる。“vont tombant”という不断の継続を表わす表現は、「摘んでいたら降りかかってきて止むかと思えばまた降って」という時の経過の中の変化を感じさせない欠点はあるが、それは細部の問題である。根本的と筆者に思われる問題は、“C'est pous vous que…”という全体の構文である。語順を忠実に守るボノーにとってそれは必然だったかもしれないが、そのために、「あなたのために若菜を摘む」という行為が必要以上に強調されてしまっているのは認めなければならない。その結果、野原や若菜や雪は行為をとり囲む条件として一歩退かされた感じで、人間の行為と自然とが同格で融けあっている光景の美は曇らされてしまった。だから翻訳において語順を守ることにも限界があるのは確かだ。しかしそれよりも、問題の根源は、やはり、短歌と西洋詩との世界の差異にあるように思う。人間が自然と融けあう（必ずしも一致するわけではないが）のが歌の世界であるとすれば、それらがあくまで対立する（必ずしも敵対ではないが）のが西洋詩の世界であって、このような歌が翻訳されると、いつの間にか人間と自然とが分離されてしまうのである。

《参考4　一九一（巻第四　秋歌上）》

白雲にはねうちかはしとぶかりのかずさへみゆるあきのよの月

Wakameda :　The moon shines so bright,
In the autumn night;
Wild geese are seen to fly
In the white cloudy sky,
Their forms appear
Distant and clear.

Miyamori :　So bright shines the autumn moon
Even the number of wild geese,
Flying against the sky with crossing wings,
May be perceived as at high noon.
—The Autumn Moon

B. & Th. : Beating their wings
Against the white clouds,
You can count each one
Of the wild geese flying:
Moon, an autumn night.

Bonneau : Hautes dans la blancheur des nuages,
Aile sur aile, s'en vont
Les oies sauvages:
Et je les puis même compter.
Cette nuit d'automne, sous la lune !
—Oies Sauvages

Chanoch : O du Mond der herbtlichen Nacht (der du so hell scheinst),
daß sogar die Zahl der Wildgänse,
welche in einer Reihe, Flügel an Flügel,
in den weißen Wolken dahinfliegen, sichtbar wird.

自然が人間の領域に引き寄せられ従属的になる傾向は、人間が出てこない歌の翻訳においてすら認めることができる。それを、秋の月の澄み切った明るさを詠んだものとしては日本の短歌全体の中でも一級品と数えられているこの読み人しらずの歌で検討してみよう。

これはまるで絵を見るような、同時に秋の夜の澄んだひんやりとした空気を肌身に感じさせるような歌で、このようにイメージだけで成り立っているようなものは短歌の中には多いが、それらの歌においては、そのイメージが、調子のある短い言葉の中に鮮やかに織り込まれている言葉の美と共にすぐ直感されるかどうかということが、いわゆる意味のある歌におけるよりもいっそう重要な問題になる。秋の夜の澄みわたった月、切れ切れに棚びいたわずかな雲、羽をつらねて飛んでゆく雁、それは日本人にとってはあまりによく分かる秋の月夜だ。秋になれば何回かはそういう月夜に「素晴らしい月だ」とか「もう秋だ」とかの漠然とした感慨を覚えるのは、現代においても、日本人の習慣である。もう一歩踏み込んで考えてみれば、都会に育った筆者は月の下を雁が飛んでいくのを見た記憶がないようにも思えるから、雁の連なっていく姿が何故筆者の心の中でこうもぴったりと月夜に当てはまるのか、おかしいと言えば言えるが、それだから、いっそう月夜と雁の結びつきが文学や絵画の伝統を通して日本人の生活に融け込んでいる度合の強さも証明されるわけである。したがって、そういう日本人の季節の変化に対する特殊な敏感さ（それは四季の推移を忠実に反映する日本の自然に負う所も多いだろう）、日本的な季節感によって支えられているこの歌が、その枠外にあるヨーロッパ語に訳されて、はたして詩であり得るかどうかさえ問題である。

月、秋などが、西洋の詩においてどのような感じと結びついているのか。西洋詩の中に出てくる月で、筆者は、その下を歩いている詩人や、自然にしても何か人間的な意味を持たされたものを照らし出していたり、月自身が人間的な感情を持たされたり、何か哲学的な啓示を与えたりしていない例を、思い浮かべることができない。秋の月が特に明るいという固定した考え方もない。また秋という季節は西欧の詩においては非常にしばしば喜ばしい収穫の季節でもある。雁などに至っては厳密に同種類のものは西洋にいないから、それが詩に出て来ないのは当然として、“Wild goose,” “oie sauvage,” “Wildgans” という訳語から野性の意味をとった言葉は、それが狩の獲物や食物でない時には、詩的どころか、のろまだったり、馬鹿だったり、滑稽だったりする意味を持つ。野性という言葉がついていれば当然感じは違ってくるだろうが、それでも、それらの言葉の中に、空高く列をなして遠くから飛んでくる渡り鳥、季節の音信、そのなき声の悲しさなどは連想することはできないはずだ。それらの言葉を集めてこの日本の詩を再現せよといっても、はじめから話は無理に相違ない。だから筆者は、このような詩の場合、日本人によるもの、特に、宮森氏の翻訳のようなものが安心して読める。とにかく日本人にはよく分かる。ただ、西欧の読者がそれを詩と思うかどうかは、今まで述べたような理由で、別の話である。

一見日本人によるものと似たハノッホの重大な相違点は、"O du Mond" と呼びかけた点である。ハノッホの訳は、つまらない誤訳があったりするが、一般に、細心で、リテラルな正確さを志すことにおいては日本人並みである。その彼が、この歌でも原文の言葉にない "der du so hell scheinst" という部分をカッコに入れるなどの注意までしているのに、月に呼びかける形をとることははばからなかった。「高い空を列をなして飛んでいく雁の数さえ見える秋の月」、そういう月であることよ、という感じ方が西洋にないから、そのまま放置するわけにもいかず、その月が美しいのかどうしたのか、その部分を創作して付け足すのは良心が許さず、となってみれば、西洋の詩では、呼びかけてでもみるより他ないのだろう。そして、呼びかければ、呼びかけている詩人の存在が強く浮かび上がってくるのである。月は結局、詩人に何かを感じさせたという点でとらえられることになる。

ボノーの訳は一行一行がきれいだ。第一行目など、いかにも空の高みの感じが出ていて特によい。"la blancheur des nuages" が "les nuages blancs" などでない所など、他の翻訳に比べれば、いかによいかが分かる。若芽田氏の "in the white cloudy sky" は雲が空を覆っているような感じでひどいが、ハノッホの "in den weißen Wolken" でも雲が目立つし、第一、高みが分からない。「白雲に」というのは空の高い所にという程度の意味だそうだが、もちろん、「高空に」などと言ったのとは感じが違う。この言葉は、雲が問題であろうとなかろうと、この歌における月の冴え方を、あまりにもどぎつく荒涼としたものでなく、あくまでさわやかに澄みきった感じに保つ役割を果たすと思う。ボノーはその感じをよく出している。

二行目の“S'en vont”もよい。理屈をいえば、また雁の飛んで来る季節がやって来た、という気持ちがある所だが、状態としてはあくまで、もう少し先の目的地まで飛んでいくのであって、ただ“volent”などというよりは一方向に向かって飛んでいく感じがよく出ている。

ところが四行目になると行の移り方にも断層が感じられ、すっきりしなくなる。まず、「数える」という動詞がくることによって、それをする人間が出現してしまうと筆者は思うのだが、例えば前の行のコロンをカンマに変えて、この行を“Leur nombre visible”などするより、やはりボノーの行のほうが詩としてよいのだろうか。とすれば、これも西洋詩が人間的要素を必要としていることのひとつの表われとなる。次に、同じ“compter”という言葉を使うにしても、“je les puis”より“on les peut”のほうが、数えられるものが主体になるだけ意味としてはよいような気がするが、詩としては、“on”などを使えばかえって理屈っぽくなるということがあるのだろう。この部分の“je”の導入は、筆者の目に映るほど重い意味はなく、やはり、西洋詩においては自然を詠む場合でも詩人がその背後に消えることはない習慣が、はからずも出ているだけなのかもしれない。つまり、西洋人は、この四行目から、とりたてて詩人の心を感じることはないのかもしれないということである。

ただ、全体として、この詩の主体がどうしても秋の月とは見えない、ということがある。はじめの三行とあとの二行との間には、何かイメージの分裂する所があって、そのために、これはボノーの訳の中では部分のよさにもかかわらず、詩としては失敗しているものだと筆者は思う。雁の姿が、月の明るさと融け合っていない。そして、そのように分裂したイメージの主客を問えば、主役は雁で、月は傍役なのだ。ボノーにはこの歌の直訳は分かりすぎるほど分かっていたはずだ。それにもかかわらず、この詩の題を“La lune d'automne”とか“La nuit d'automne sous la lune”としないで、あえて“Oies sauvages”とすることを欲したところに、イメージの分裂と主客の転倒の理由が求められるのではあるまいか。月の明るさなどということは、それだけでは詩に作りようがない、という感じが彼にあって、飛んでゆく雁の象徴的姿の中に、人間の孤独とか人生とかいったものを暗示したかったのではないだろうか。なるほど、彼はサンボリストであった。

原作では、雁といえばそこに一連のイメージが浮かぶという文学的風土を利点としているが、雁は飛ぶ雁の姿そのままで、それだけでよい。だからこの歌には、月が明るいことよ、という詠嘆と異質のものは何も入ってこない。詩人の姿もない。いつの間にか詩人も自然に融け込んでいて、ここでは自然と人間の区別はない。西洋詩の世界ではそういうことは成り立ちにくいのだろう。自然と人間とがいかに近づいても、決して主体と客体であることを止めない。前に挙げた平城天皇の歌の場合もはっきりしているが、ボノーの訳詩の中には、まず自然と人間とを引き離す動きと、次にそれを再び近づけるための、自然を人間生活の中に抱き込む象徴化の動きとが常に働いている。それも彼がサンボリストだったことと同時に、両者の無差別ということがない世界を彼が背景としているからであろう。

同じ季節の歌で、日本的想像力の基本的型になっているものだけに頼っているような歌でも、人間の感情が言葉の上に出ている場合は、したがって、訳詩の形も整いやすい。

《参考5　二一五（巻第四　秋歌上）》

奥山に紅葉ふみわけ鳴く鹿のこゑきく時ぞ秋はかなしき

Bonneau：Au cœur de la montagne,
Foulant l'érable qu'il écarte,
Le cerf gémit:

Et à l'écouter, jamais
L'automne ne m'a pesé plus triste!
—Cerf ⑴

この歌の訳詩は実に多いが、いま、前の歌と関連してボノーの訳だけを見れば、この訳詩と前の訳詩が、まったく同じ形を持っていることが分かる。はじめの三行にまず鹿のことが書いてあり、コロンで区切られた後の二行に、それと関連して何かしている詩人がある。前の歌の場合は雁が飛んでいって、月の下でそれを数えていて、それが合わさって結局何を言っているのか分からなくなってしまうわけだが、この歌の場合は分裂した感じがしないのは、「秋はかなしき」という言葉があって、そう思う人間の心が歌の中心をなしているからだろう。題が "Cerf" となっていることも、この場合は、鹿に関する鮮やかな叙述が、最後の二行の雰囲気と分裂しないから悪くはない。

しかし、もとの歌に比べれば、やはり歌の性質の推移はある。この訳詩において、上の句と下の句は、鹿の姿の中に詩人の心が象徴される動きによって結びつけられているが、もとの歌には、その動きはないということである。「なく鹿」は新しい着想ではないし、「秋はかなしき」という言葉も、この場合、個人の感情として訴えてくる響きはあるが、そういう感じ方自体、やはりひとつの型になっているものであって、純粋に詩人個人の特殊な体験とは言えない。宣長は「秋ハ総体　カナシイ時節ジャガ　其秋ノ内デ又ドウイフ時ガイッチ悲シイゾトイヘバ　紅葉モモウ散テシマウタ奥山デ　ソノチッタモミジヲ鹿ガフミワケテアルイテ鳴ク声ヲキク自分ガサ　秋ノウチデハイッチ悲シイ時節ヂャ」と書き変えているが、日本語はこのように長く説明しても秋が誰にとって悲しいのか言わなくても済む便利な言葉で、それを逆に言えば、「秋はかなしき」という言葉の内容は、特に誰にとってなのかを特定する必要のないものなのである。ところがボノーの最後の行から "me" という言葉を取ってしまうことは構文上できないし、忠実な翻訳者ハノッホもまた、彼の訳詩の中で、"...ist der Herbst (für mich) besonders traurig" と "für mich" を補わざるを得なかったのである。

「誰にとってか」とあくまで問うなら、その歌を作った人にとって、と言うよりしかたがない。一般に歌がそうであるように、『古今集』の歌も主観的であることは確かだ。読者が知り得るのは、歌人の主観を通して感じられたことだけである。しかし『古今集』における詩人の主観というものは、必ずしも特定の個人の特殊性を強調するものではなく、非常にしばしば、人称とか数の区別のない漠然とした人間的存在の経験を表わしているのだ。そこが、早くから神や自然から人間を区別する意味の "man," "homme," "Mensch" といった語彙を持っており、神の前の一個の人間として自己を他から区別する習慣をもっていた西洋の文学から、はっきり区別されている点である。そういうことがあるから、一般に翻訳においては、人間が自然から分離させられるのはもちろん、「私」は他人から分離させられ、その結果、自然感に過ぎないような感情も劇化される傾向は避けられない。

ただしそれは、少し古い翻訳に関してのみ共通に言えることで、最近の英訳者の何人かは、その傾向に意識的に抵抗を示している。順序が狂うが、その点に関して、再び《参考4》の詩に戻って、ボーナス&スウェイトの訳詩を見れば、そこには、字面にある以外の意味を何ひとつ読者に押しつけまいとする努力が認められる。意味の上では、雁が白雲に羽をぶつけているような点が何やら静かさをこわすようで気に入らないが、はじめに雁の姿の説明を現在分詞で置き、次に "Yon can count each one/Of the wild geese flying" ともってきた、詩においてのみ許される語順など成功しているのではなかろうか。"each one" という言葉にも "the number" としなかった工夫のあとが見えるようだ。全体として見れば "Moon, an autumn night" などという舌足らずのような言葉が突然その後について終わる、何かぎこちない落ち着かない形の詩ではあるが、この場合、それを、英語の詩にするための努力の不足と呼ぶことはもちろんできない。西洋の詩もボノーの頃からまた変貌したのだし、何よりも、彼らの翻訳の努力の方向は、すでにある英詩の概念に和歌を当てはめることではなく、日本の伝統を尊重し、それをできるだけそのまま伝えることによって、新しい詩の概念を人々の前に提供することだからである。ただこの歌に限って言えば、彼らの訳が西欧語の中にひとつの新しいイメージを作り出すには今ひとつパッとしない。日本詩の中には「おお、汝あかきばらよ」などという言い方が定着したが、日本にこういう詩があるといって、それが英語の世界で通用するまでに至るには、まだ先が遠い感じはする。

いずれにしてもボーナス&スウェイトは新しく好ましい努力の方向を提供していることは認めなければならないが、ひとつだけ警戒しなければならないのは、翻訳者が簡略ということを目指す場合、短歌の持つ抒情性の流れといったものが見失われてしまう傾向である。レックスロスにこの傾向が著しく認められるが、ボーナス&スウェイトも、この歌の場合、その点で同じ不満が残る。訳詩を考えるに当たって、それをまた日本語に訳し直してみたらどういうことになるかは興味深く、またその性質を知るためのかなり有効な手段だが、この歌の他の翻訳はみな自由律の雰囲気であるのに、彼らのものは「日本の短い詩」にすることができる。ただし歌ではなくて、「かりがねのかづさへ見ゆる月夜かな」という俳句である。最後の行のつき具合などが、短歌になることを妨げているのだ。歌においては、イメージは決してこのようにポッキリしたものではない。筆者の思うには、それは決して偶然や、言葉の制約の問題ではない。おそらく、翻訳者自身の中に、まだどこか歌と俳句とを区別しきっていないところがあるためである。

三

今まで、自然と人間との関係をめぐって生じる翻訳の問題点を考察してきたが、そこで筆者は、翻訳において自然が人間的意味合いを持たされたり、詩人の自我が入り込んだりしてくる点を指摘し、したがって、詩人の心がはっきり言葉に出ている歌の翻訳はより容易だ、という意味のことを言った。それは明らかな事実だが、人間の気持ちを主題にした歌であれば常に訳しやすいかというと、必ずしもそうではない。むしろそういう歌のほうが完全に誤訳されてしまう危険を含んでいることがある。

たとえば次の歌のような場合である。

《参考6　八九五（巻十七　雑歌上）》

おいらくのこむとしりせばかどさしてなしとこたへてあはざらましを

Chamberlain：Old Age is not a friend I wish to meet;
And if some day to see me he should come,
I'd lock the door as he walk'd up the street,
And cry, "Most honour'd sir! I'm not at home!"

Waley：2 If only, when one heard
1 That Old Age was coming
3 One could bolt the door,
4 Answer 'not at home'
5 And refuse to meet him.

Page：Old age is not a friend I care to see.
If some day he should come to visit me,
I'll bar the door, and shout,

"Most Honoured Guest, I'm out."

B. & Th. : If I had known
That old age would call,
I'd have shut my gate,
Replied 'Not at home !'
And refused to meet him.

Petit : Ah! si seulement,
Quand on voit la vieillesse venir,
On pouvait lui fermer notre porte,
Répondre《Absent》
Et refuser de la voir.
—L' indésirable

Florenz : Das Alter ist ein trüber Gast,
Dem möcht' ich gern entfliehen,
Und, wenn er zu Besuche kommt,
Mich solchem Gast entziehen:
Ich schließ' die Thür und ruf' hinaus:
"Verzeiht, ich bin grand nicht zu Haus!"

この歌は老人の溜息が歌となったようなもので、そこには、それ以外の何の紛らわしい要素もない。このように老齢の問題を直截に扱った歌は西欧人の目を惹くものがあったらしく、『百人一首』に入っていないものとしては最も翻訳の数の多い歌のひとつである。それには、一人が訳せばそれでその歌は訳されたということで、より有名になって、他の翻訳者の目を引くという事情の左右する所も大きかったに相違なく、チェンバレン、フロレンツ、ペイジらの訳が、もとの歌とは異なった点で互いに共通しているのもそのためかと思える。

しかし、それにつけても不思議なのは、言葉の上で、こうも意味のとり違えようのない歌が、ほとんど常に誤訳されてきたということである。まずチェンバレン以下類似した三人の訳者が彼らの訳詩の中で伝えるのは、「老齢は会いたくもない客だ。もしいつか訪れて来るようなことがあったら、ドアを閉ざして『留守です』と答えよう」という内容である。これらは、したがって、まだ老齢に達していない人の歌であり、いわば、老齢の恐怖のウィッティな表現となっている。三人の翻訳者が揃って"friend"とか"Gast"とかいう言葉を使っている所から見れば、彼らは、そういう内容が、老齢を擬人化して表現されている所に特に面白さを認めたのかもしれない。この歌には、たしかに、そういう着想を尊重するだけのゆとりのある面があると思う。しかしそれは老齢という恐ろしいものすら美的感覚を満足させる詩の対象としてとらえることのできた習慣の故であって、決して、詩人がまだ老齢に達していない所から来ているのではない。

ウェイリーになると少し内容が違って来て、「もし老齢がやって来るときいた時に、門を閉ざして『留守です』と言ってはねつけることができたなら……」という表現になっている。そこには、しかしそれは不可能だ、という自覚に伴う歎きが入って来ているだけ、チェンバレンらのものよりはずっとよくなっているのだが、しかし、これもまだ老いの恐怖であって、老いの歎きではない。プチの訳も同じで、この歌を老いてしまった者の歎きの歌として訳しているのはボーナス&スウェイトだけである。

どうしてこの歌に、「おいらく」と共に暮らしている老人の心を認めるまでにこんなに手間がかかったのか、日本語が誤解しようもないものだけに筆者は驚かざるを得ないのだが、西欧的な「自我」というものを考えるとき、その理由はおのずと納得できるように思う。自分が年老いたということを認めることは、日常生活的次元で判断すると、西洋の人々にとって実に容易なことではない。そしてそれを結局認めた時には、西欧人は、歎きを雄弁に次々と述べたてるか、ないしは、哀れまれたくないということで、むしろ口を閉ざすことを選ぶのではないか。それなのに、この歌は老人の弱味をあっさりと言ってのけている。そしてそれができるのは、一方に年老いていく自分の運命を受け容れられるだけの心のゆとりがあるからだろう。現実を受け容れない心では、「年をとるのではなかったのに」などということを、女々しい繰り言としてならともかく、歌として述べることはとてもできまい。だから、逆に言えば、この歌の中には、言葉とは裏腹の一種の悟りに通じるものがあるといえる。

もちろん筆者は、この歌の作者を賢哲に仕立て上げようとするわけではない。『古今集』には他にもたくさん老いの身を歎く歌があることから思えば、それもやはり、当時流行のひとつのテーマだったということもできよう。ただ、流行であろうとなかろうと、このような形で老いの歎きを扱うことのできたという習慣は、意味のないことではない。実際には、あくまで老齢に逆らってじたばたした人も、また、現代的に言えば、老いの身について自殺したいほどのつらい恨みを感じた人もあったであろう。ただそれが歌になるとき、そこはかとない抒情になったこと、それが『古今集』の世界なのだ。そこに認められる、人間に関する現象も自然現象のひとつとして受け容れるという心の習慣は、それがしばしば妥協や、不明瞭な自己満足や、活力のない諦め主義に結びつくことがあるにしても、一方では、力を失っていく過程で人の覚える不安や孤独感に対処する知恵ともなっているのである。そして、それは、自己を他との対立関係においてとらえる習慣の強い西欧に比べれば、日本的特色になっており、それが案外深い所で、この歌の翻訳者たちを誤訳へと導いたのではないだろうか。

少し突飛かもしれないが、五条の西の対で去った年の思い出に泣いた業平の有名な歌の翻訳の場合にも、それと似た事情が考察されるのではないか、と筆者は考える。

《参考7　七四七（巻第十五　恋歌五）》

五条のきさいの宮のにしのたいにすみける人に、ほいにはあらでものいひわたりけるを、む月のとをかあまりになん、ほかへかくれける。あり所はききけれど、えものいはで又のとしの春、むめの花さかりに、月のおもしろかりける夜、こぞをこひて、かのにしのたいにいきて、月かたぶくまで、あばらなるいたじきにふせりてよめる

在原なりひらの朝臣

月やあらぬ春やむかしの春ならぬ我身ひとつはもとの身にして

Waley：

1 Can it be that there is no moon
2 And that spring is not
3 The spring of old.
4 While I alone remain
5 The same person?

F. & P.：

No moon?
The spring
Is not the spring of the old days,
My body

Is not my body,
But only a body grown old.(2)

Page : Moon? —There is none.
Spring flowers? —not one.
All things are changed—yet I
Love on unchangingly.

Rexroth : There is not the moon.
Nor is this spring,
Of other springs,
And I alone
Am still the same.

Vos : Is not that the moon?
And is not the spring the same
Spring of the old days?
My body is the same body—
Yet everything seems different.(3)

Miner : Is there no moon?

Can it be this spring is not the same
As that remembered spring,
While this alone, my mortal body,
Remains as ever without change?(4)

B. & M. : What now is real?
This moon, this spring, are altered
From their former being—
While this alone, my mortal body, remains
As ever changed by love beyond all change.

B. & Th. : Can it be that the moon has changed ?
Can it be that the spring
Is not the spring of old times?
Is it my body alone
That is the same?

Bonneau : Oui, c'est la même lune,
Et ce printemps est bien de jadis
Le printemps:
Mais en moi il n'est plus que le corps

Qui soit encore le corps d'antan…
—Un seul être vous manque

Petit : Se peut-il que la lune
Ne soit point celle d'autrefois,
Ni le printemps,
Celui des jours enfuis,
Alors que, seul, je demeure semblable à moi-même?
—Au Pavillon de l'ouest

Siefert : La lune n'est plus,
Le printemps n'est plus
Le printemps de jadis!
Moi seul suis encore
Tel qu'autrefois je fus.

この歌には、再び、自然と人間との対照ということが入ってくるから問題は多少複雑になる。ただこれも、筆者には非常にわかりやすい歌に思えるのだが、満足な翻訳がひとつもない。この歌はあまりにも有名だから、翻訳者の知識や研究不足ということは考えられず、フェノロサ&パウンドの謡曲の訳文にあるもの以外は、勝手な意訳をしている向きも見られないが、それだけに、数ある翻訳のうちボノーのものを除いた全てが、「月やあらぬ、春や昔の春ならぬ」という部分を、自然は変わってしまった、あるいは、変わってしまったように見える、という方向で訳出しているのは、実に驚くべきことである。

もっとも、それを明らかな誤訳と呼ぶことはできないだろう。月や花が前の年のものと同じように感じられたかと言えば、たしかにそうは感じられなかったに相違なく、日本の学者も、古くからその方向の解説を施している。したがって翻訳を解説として見れば、誤っているとは言えないだろう。しかしその解説は、もともと、上の句を反語としてとることとは矛盾していないはずだが、翻訳者たちが上の句を反語として訳していないのは、内容が分かってその上で解説的に訳したというよりは、それが反語だということの意味が分かっていないためのように筆者には思えるのである。

この歌は内容の理屈を考え始めるとだんだんわけの分からないものになるらしく、つじつまを合わせるためには上の句は反語であってはならないとする説もあるようである。岩波古典文学大系の『古今集』では、校注者佐伯梅友氏はそういう考え方をしたらしく、この歌に関する注には、「これを反語として、月は昔のままの月だ、春は昔のままの春だ、というように意味をとると、もとのままなのはわが身ひとつではなくなるから、第四、五句が筋のたたないことになるであろう。身ひとつが昔のままであることは、本人としてははっきりしている。月も花も昔と変らないはずでいて、まるで違うように感じられるのは、去年の人が居ないためであるが、歌では周囲のものがみな違って感じられるその気持を云っているのである」とある。この説明を読むと、ほとんどの翻訳者がこれと同じ理屈でこの歌を訳したのだろうということが分かる。

しかしこの考え方は、歌の内容を、歌を構成している言葉から切り離してつじつまを合わせようとした時だけにしか成り立たないのではないか。上の句をそれだけ読んで、それが反語として響く、それは大きなことである。どうせ理屈合わせを考えるなら、言葉の調子の求める方向で合わせようとしなければならない。言いかえれば、月や花が「わが身」と対照されているという解釈のほうこそ改められるべきである。「月や花は昔と同じではないか。（それなのにここでは）もとのままなのは私だけで（あの人もいないし、家もすっかり荒れ、変わり果ててしまった)」と素直にとって何故悪いのだろう。「わが身ひとつはもとの身にして」と終わり切っていない言い方は、詞書と相まって、かっこの中に補った内容を十分に感じさせる。「ありはらのなりひらは、その心あまりて、ことば足らず」と貫之は「古今集序」で言って、しかもその例としてこの歌を挙げているではないか。それをあえて、そこにある言葉の中だけでつじつまを合わせた解釈をする必要はない。しかもこの歌の場合、自分だけが昔のとおりで……とまで言って字数が足りなくなったのは、もうそれ以上は言葉もつまって言うこともできない心とそのまま一致しているようで、肝心なことを言っていない所がよいとさえ言えるのだ。そういう、せきこんで口もきけなくなるような心がなまに出ている点で、この歌はいわゆる古今的とは趣が異なるのだが、しかし、自然と人間との対照はやはり古今の枠の中のもので、それにおのずと、この歌の落ち着きもあるのである。月や花はたしかに異なって見えたかもしれなかった。しかし、業平の言っているのは、それらが昔と同じだということ、それなのに、人間に関することのほうは変わってしまった、ということなのだ。「わが身ひとつはもとの身にして」という言葉は自分の不変を強調する言葉ではなく、相手の人の不在や家の荒れ具合を言おうとする言葉である。したがって、それが不変の自然に対照されても何ら矛盾は生じない。

月や花も変わった、と言っているのだという考え方は、そのように、言葉の上からも、古今集の歌としての体裁からもおかしいのだが、翻訳者をその考えに導いた原因のひとつは、どうやら『伊勢物語』の第四段にあるらしい。現に、ヴォスやボーナス&スウェイトの訳は『伊勢物語』の中のものだが、おそらく、多くの翻訳者にとってこの歌は、『古今集』の中の一首としてよりは、『伊勢物語』の中のものとして親しまれているに相違なく、そこには「(又の年の正月に、梅の花盛に、去年を思ひて、かの西の対に行きて、立ち見居たれど)去年に似るべくもあらず」と、『古今集』の詞書にはない説明が入っている。そこから、すべてが変わって見えるということを強調するあまり、変わったものの中に月や花までを含めるという考え方が固定してしまったのではないだろうか。

しかし、自然と人間との対照においてその関係が逆になっていることや、自然は変わって見えて自分だけが変わらない、という言葉に含まれている意図がすぐには伝わりにくい点に不思議を感じなかった翻訳者がいなかったわけではなく、ブラウワー&マイナーの何とも説明的な翻訳は、その点で苦労して作りあげた力作だったという次第なのである。つまり、彼らの“Japanese Court Poetry”の中では、この歌に関して一頁あまりの解説を施しているが、この歌の内容として述べていることの要旨は「月や春は、昔と変わることによって、自然の法則に背いたらしい。しかし自然が法則に背くわけはないから、変わったのは私だろう。ところが、私の体はむかしと同じで変わっていない。しかし、時がたつにつれて人間は変わるものだから、私も実は昔と同じものではあり得まい。とすれば、もう何が現実か分からない。結局、体は昔と同じでも、月や春が変わったと思わせる何ごとかが、私の心の中に起こったに相違ない」ということで、解説としては、業平の愛の強さが、自然と人間との関係をまったく逆にした、というのだ。

筆者にはそういうふうに言った理屈はよく分かるが、それが、業平のもとの歌の字句やその属する文学史的時代等を無視しなければ成り立たない理屈だということも分かると言わざるを得ない。

そこには「わが身」という言葉のとり方の問題も入っている。それを「身の上」などを含んだ自分を表わす言葉ととらず、「からだ」として、精神的なものと分離対照させることで、レックスロスやシフェールを除いたほとんどの翻訳者たちは歌の内容を混乱させた。あるいは、月や花と「わが身」とが対比されていると考えることから生じる論理上の矛盾を、精神とからだとを分離させて考えることによって解決しようとした。それは、上の句を反語として訳したボノーも用いた考え方で、その点から見れば、ボノーの訳も、他の翻訳者によるものと、それほど差があるわけではない。

この業平の歌が、これほど解釈そのものに難航するまず第一の理由は、言葉の勢いを読まないからだろう。だから後に続くべき内容が読めず、その結果、字句の上だけでつじつまを合わせようとすることになる。しかしそこまで外国人に求めることは無理だとすれば、つぎの問題は、「わが身ひとつはもとの身にして」と自分について述べた部分の中に、詩人の自我をあまりにも用意よく認めすぎるという所にあると思う。だからそこに自分の身の上についての深い考察があるものとしてしまって、何が現実か分からないという、あまりにも現代的な意識や、自分の心とからだとは違うといった自己分析を読みとってしまうのである。

しかし実際は、この歌も、情けないことをそのまま認めて言い得る心の習慣に支えられた単純な歌だったのである。「自然は変わらないのに、ここでは、あたりを見まわしてみれば、変わっていないのは自分だけではないか……」と、その切ない事実をそのまま認めて歌にしたのであって、それ以上、自分のことを考えたり主張したりする気持ちは、この歌にはない。

以上、ふたつの歌で検討した問題点は、歌の心の取り方ということで、いわば翻訳以前の問題だといえるかもしれない。ただ、現在の段階では、翻訳の問題のうち半分以上は、歌の心の取り方にあると言えるのではないかということを筆者は言いたいのだ。逆に言えば、心をとらえることができれば、それを表現するための言葉はかなりの程度まで見つかるものである、少なくとも見つけ得るだけのすぐれた詩人がいるだろうということを筆者は考えるのである。「おいらくのこむとしりせば」という歌でも、ボーナス&スウェイトのように正しい訳が与えられていれば、それ以上何が望めるのか筆者には分からないし、また業平の歌にしても、もし

The moon, the plum-blossoms,
Aren't they just the same
As in the year past?
But here I, I alone
Remaining the same…

というような訳があるとすれば、それ以上は、純粋に、言葉の技量の問題であろう。前述第1、2節では、ヨーロッパ語そのものの制約ということも考えたが、そこでもやはり、翻訳者自身の感受性の制約にいきつくことが多かった。次の小野小町の歌の翻訳なども、翻訳者に歌の心が伝われば、一通りの翻訳はできるものだという感じを特に強く抱かせると思う。その簡単な検討をもってこの節の結びとする。

《参考8　五五二（巻第十二　恋歌二）》

思ひつゝぬればや人のみえつらん夢としりせばさめざらましを

Keene：

Thinking about him
I slept, only to have him
Appear before me—
Had I known it was a dream,
I should never have wakened.

B. & Th.：

Was it that I went to sleep
Thinking of him,
That he came in my dreams?
Had I known it a dream
I should never have wakened.

Bonneau : Je pensais tant à lui, sans doute,
Qu'en mon sommeil son image
M'est apparue:
Si j'avais su que c'était un rêve,
Jamais je ne me fusse réveillée ?

Petit : En pensent à lui,
Je me suis endormie,
Mais je l'ai vu aussitôt.
Ah ! si j'avais su que c'était un rêve,
Jamais je ne me fusse réveillée !

この歌はさいわい、雑な翻訳がない。内容的にも混乱する所がないから、翻訳された歌の中では最も問題を感ずる所の少ない部に属する。ボーナス&スウェイトの訳など、これ以上のことは、日本人の側として特に注文することはできないだろう。いつかまた、別の詩人が別のように訳して、そのほうがよいということがあるかもしれないと思うだけである。そこで注目したいのは、彼らの訳し方は、特殊の技巧をこらした所はひとつもなく、むしろ本当の直訳だ、ということである。というのは、例えば最後の行で "I would" ともいえなくはなかった所を "I should" といったように、こまかい点で読みの裏付けを得た表現の選択がなされていれば、直訳ができさえすれば一応の翻訳はできるものではないか、ということである。

ボノーの訳などはもっとよいと言えるかもしれない。もしそう言えるとすれば、この場合、それはスウェイトとボノーの二人の詩人の読解力の差というよりは、純粋に個性差の問題であり、あるいは英語とフランス語の差の問題であるように思われる。英語には、どこか言葉の肌ざわりの粗さ、もとの歌には似ない線の太さがあるが、仏訳の言葉には、絹糸を織りなしたようなあや目の細かさがある。上の句の訳し方など、あくまでもとの歌の五七五の順序を守るというボノーの徹底した方針の所産で、その意味では、ボノーのものはボーナス&スウェイトのものに比べてはるかに技巧の点で工夫されているものであり、しかもそれが成功しているということは、ボノーの並々ならぬ技量を示すものに相違ない。彼がフランスの詩人の中で、サマンを最も愛した詩人だったことを、もう一度思い出すべきである。この訳詩で、筆者がこのように直して欲しいと自信をもって言い得るのは、最後の感嘆詞を取り除いて欲しいということだけだ。(何故かボノーは、どの歌の訳にもそれを付ける習慣がある。たいていの場合ないほうがよいのだが。)ただ、“son image m'est apparue” などという表現が、重苦しい響きも伴わずに使用され得るということなどは、明らかに英語に比較した場合のフランス語の利点だと思う。

ここで、筆者が満足を示せない残りのふたつの訳詩を見てみると、キーンやプチの何が不満かと言えば、それは、彼らの言葉の選び方ではない。たとえばキーンが上の句を直訳しなかったのは、もちろん、“Was it that” というややぎこちない表現に満足しなかったからに相違なく、その意味でたしかに、彼はよい英語にするための工夫をこらしていると言えよう。しかし、その結果は、プチの場合と同様、上の句の効果をこわしてしまっていると筆者は思う。上の句は文字どおり、「考えながら寝たから夢で人の姿を見たのだろうか」ということだが、それは、原因結果の関係を示しているだけでなく、それを作者が推量しているという事実が大切だ。というのは、その推量の裏には、「ああ、だから彼のことを考えていたのかなあ」という気持ちが感じられるからである。その点で、直訳ではないのにそれがはっきり表現されているボノーの訳し方に感心するのだが、キーンやプチは、「考えながら寝ました。そして夢にまで見てしまいました」ということになって、歌の感じがまったく違ってしまう。どうやら不幸な恋ではあるらしいが、やはりせっせと想い続けているようだ。しかし、歌の心はそうではあるまい。夢の中で人に逢うという古今の時代にはむしろ流行だった着想を使って、さかしく恋の分析をするような知的態度の中にも、もう悲しい恋のことはあえて考えようとしないのに、やはり考えているらしい、と、夢から目覚めて、額ににじんだ汗を、もうろうとした思いで拭うような、そういう諦めた恋の残酷な切なさが感じられるのではないだろうか。そうでないなら、キーンやプチの訳詩もよい。そのあたりは、主観の問題かもしれない。ただここでは、人が歌は訳しにくいと言い、それが純粋に言語差か技術の問題であるかのように言うけれども、実は、歌の心のとり方という出発点に問題がある場合が意外に多いということを、指摘したかったのである。

やや蛇足だが、キーンの "Had I known it was a dream" という行を、ボーナス&スウェイトの "Had I known it a dream" という行と比較した場合、この歌だけでは何とも判断し難いが、他の訳例と合わせて考えれば、それを、キーンの、何とはなしに俗な日常生活に引きつける訳し方の表われとして指摘することができると思う。歌の翻訳を、そのように純粋に技術的な面で検討できれば楽しいが、大まかな問題点を概観しようとしている現在、ただ先を急がねばならない。

四

もちろん、明らかに、技術的に見て翻訳の困難な歌もある。それは主に懸詞、縁語などを多用した技巧的な歌の場合である。それらの歌をめぐっても翻訳の努力はなされてきたわけで、その例として、ここに小野小町の歌をふたつ挙げて最後の考察とする。

《参考9　一一三（巻第二　春歌下）》

花の色はうつりにけりないたづらに我身世にふるながめせしまに

Dickins : Thy love hath passed away from me
Left desolate, forlorn—
In winter-rains how wearily
Thy summer past I mourn?

MacCauley : Color of the flower
Has already passed away
While on trivial things
Vainly I have set my gaze,
In my journey through the world.
—Vanity of Vanities

Noguchi : The flowers and my love
Passed away under the rain,
While I idly looked upon them:
Where is my yester-love?

Page : The fairest flowers most quickly fall,
Beaten with rain···

And yet more vain,
My beauty fadeth once for all
And will not bloom again.
—Finality

Miyamori : Alas! the colors of the flowers
Have faded in the long continued rain;
My beauty aging, too, as in this world
I gazed, engrossed, on things that were but vain.
—The Colours of Flowers

Rexroth : As certain as color
Passes from the petal,
Irrevocable as flesh,
The gazing eye falls through the world.

Keene : The flowers withered,
Their color faded away,
While meaninglessly
I spent my days in the world
And the long rains were falling.

B. & M. :

The color of these flowers
No longer has allure, and I am left
To ponder unavailingly
The desire that my beauty once aroused
Before it fell in this long rain of time.

B. & Th. :

The lustre of the flowers
Has faded and passed,
While on idle things
I have spent my body
In the world's long rains.

Gautier :

Pendant que rêvant,
Pleine de mélancolie,
J'ai laissé souvent
L'heure fuir avec le vent
La fleur est déjà pâlie !
(*Saionji*: Pendant que je laissais passer le temps
avec mélancolie, l'éclat des fleures se flétrissait.)

Revon :

La couleur de la fleur
S'est évanouie,
Tandis que je contemplais
Vainement
Le passage de ma personne en ce monde.

Bonneau :

La couleur des fleures
Hélas, a passé : tandis
Qu'en vain
Sur mon corp vieillissant je lamentais
Une plainte pluvieuse !
—Plainte Pluvieuse

Petit :

La couleur des fleurs,
Hélas! s'est évanouie,
Tandis que, vainement,
Sur mon corp vieillissant,
Je lisais mon passage en ce monde.

Chanoch :

Die Blumenfarben sind wahrlich
verblüht im lange fallenden Regen,

Während ich in melancholische
Gedanken versunken war über
mein zweckloses in dieser Welt
Dahinleben.

この歌には、「ながめ」という懸詞で遊んでいる宮廷遊戯的な面がたしかに強い。したがって内容的にあまり深く考え過ぎると見当外れになりかねないが、しかし「ながめ」という言葉に「わが身世にふる」という序詞をつけたことは、懸詞をうまく使ったという以上の内容的重みを伴っていることも認めねばならず、この歌では、その重みが歌全体を支配するほどになっている。小野小町の歌では、明らかな技巧的工夫も、どこか必ず、彼女の心の嘆きを伝える内容を持っている。四季の歌の中には、厳密に言えば別の部に入れられるべき歌も多いが、この歌もそういったもののひとつで、この花は「わが身世にふる」という序詞のために、明らかに象徴的意味合いを持たされている。一応、花の歌ではあっても、そこに自分の人生を見ているわけで、その点では、西欧人には内容的にとりつきやすく、しかも、そういう西欧人によく分かる感覚でそのまま訳しても、大してひどい訳も生じない歌である。したがって、この歌においていちばん興味を引かれるのは、「ながめ」という懸詞を訳すに当たってどのような工夫がなされているかという技術面のことになる。

すっかり飛躍しているものは別として、翻訳は、「ながめ」の訳し方をめぐって、だいたい三つのグループに分けることができる。まず雨という意味をまったく表わしていないもので、マコーリー、ルヴォン、プチなどがこのグループに属するが、決して奔放な訳を志向したわけではない彼らが懸詞を訳す努力をしなかったのは、やはり無責任と言う他ない。第二はふたつの意味を分けて並列するもので、ペイジ、宮森、キーン、ハノッホらがこれに属する。宮森氏の訳によって代表されるように、この方法は最も良心的ではあるが、工夫があるものとは言えない。よどみのない口調を得意とするキーンも、この歌の最後の行などは、思い切り悪く付け加えられているような感じをまぬがれない。原則としてこの方法はどうしても散文的で多弁になるはずであり、技巧の上では興味を引くものではない。

第三のグループは、ふたつの意味を並列以外の方法で盛り込もうとする努力がなされているもので、当然、これが、現在の関心の対象となるものである。そこには、ブラウワー&マイナーや、ボーナス&スウェイト、ボノーを数えることができるが、彼らは、皆、長雨を、女から若さや美を奪ったこの世の心労を象徴するものとして置くことによって二重の意味を一応解決した。

この中で出色なのは、やはり“une plainte pluvieuse”という表現を思い付いたボノーである。どうせ雨を物理現象として直接出さないならば、この表現は巧みだと言わざるを得ない。ブラウワー&マイナーのような訳し方は、業平のところで挙げた例と同様、解説ならともかくも、なぜ今どきこのような訳が改めて出なければならないのか不思議だと思うだけで、それ以上あえて問題にしない。その点、方向としては似ていても、さすが詩人の手を経ているだけあって、ボーナス&スウェイトの訳はすっきりしていて、英訳の中ではいちばんよいと言えるだろう。

ここで筆者が面白いと思うのは、「ながめ」の二重の意味のうち、もの思いのほうの意味を抜いた訳語はないということである。両方の意味を並列して訳出していない場合は、実は、すべての翻訳者が、下の句を「私が空しくものを思いにふけっている間に」と読んでいるのだ。第三のグループに属する翻訳の中の象徴的な雨は、たしかに実際に降って来て花を滅ぼす物理現象としての雨を感じさせはするが、もとの歌では雨によってたちまち色あせてしまう花、その全体がひとつの象徴になっているのに、これらの歌では、最初の「花が色あせた」という現象はそれ自体で独立して後半の人生的内容の象徴として扱われ、後半では、花の縁語として雨という言葉が使われる、という関係になっている。つまり、そこでは、「いたづらに」以下は、すべて人生的内容をめぐっての表現が先立っていて、「花の色は移りにけりな」とその後の部分は、花の象徴性によってのみつながれているのである。さらに言いかえれば、ボノーらは、もし「ながめ」という都合のよい言葉がなかったら、ながい雨ではなくもの思いに当たる言葉がこの部分に入るものとして扱っている。実際にはそう思わなかったかもしれないが、訳詩の上の扱いはそうなっている。

「ながい雨が降っている間に花は空しく散ってしまった」などという平凡な内容は書きにくいかもしれず、また、そう書いてしまったら、「わが身世にふるながめ」の部分は並列する他ないかもしれない。たしかに、ボノーの表現などは、形こそ違え、もとの歌の言葉の工夫をそのまま感じさせると言えるほどのよい出来だ。だから結局、それ以上求めるのは、こやかましさに過ぎないかもしれないが、少なくもと筆者には、「いたづらに」も「ながめせしまに」も、まず、直接花につなげて意味を通して、そのあとで、「わが身世にふる」という言葉の効果で、全体が、甲斐のない苦労をしているうちに若さも美も失った悲しみを感じさせるものになっている、という順序をとらないと、この歌は半分もよくなくなってしまうと思う。何故なら、自分のことを直接に述べ立てないで、花にかこつけてほのめかすに止めているところに、当時の人の苦しみ方の型が分かるように感じるからである。あるいは自分のことをほのめかそうとする意図すらなく、才気ばしった技巧をこらしただけかもしれないが、それならいっそう、そこにはからずも心の歎きが反映されていることで、直接歎きを歌ってみせたものとは別の、人の心の遠い意識されない部分に哀れを催させるものがあるはずである。

これだけ言ったあとでは、もはや些細な問題に過ぎないように思われるが、ボノーとボーナス&スウェイトが共に、“corp”とか“body”とかいう言葉で「わが身」という字句を置きかえていることは注意しておいてよい。業平の歌の場合のことなども考え合わせると、「身」という言葉は、もしかしたら、翻訳者にとって、最もむずかしい言葉のひとつかもしれない。花が色あせるということと女性の肉体的美しさの衰えということは容易に結びつくが、あまりにも容易に結びつけ過ぎているところに咎があると言わなければならない。前に述べたこととも関連するが、この歌の場合、美の衰えということが「わが身世にふる」という序詞を誘ったということよりも、何もかも空しくなってしまう、という感慨がそれを誘った感じのある所である。ハノッホの“Dahinleben”とは便利な言葉があったものだが、現代詩の感覚から言えばより詩的でなくなるかもしれなくとも、過去の生活へのこもごもの思いが感じられるその言葉のほうが、“corp”とか“body”とかいう言葉よりは、伝えるものが多いと筆者には思われる。

この歌の翻訳は、内容的なこととは別に、翻訳の系統ということを考察するにも都合がよい。それは言語別にかなりはっきりしているからである。翻訳者は、多少とも勉強家であれば自分以前の翻訳を言語の別を問わず参考にするだろうが、同じ言語による翻訳はやはり影響が大きいことが明らかにされている。したがって、同時に言語別に年代順に読み比べてみると、翻訳者の技量がはっきりするということがある。そのよい例はルヴォンからボノー、ボノーからプチとつながる仏語訳で、みな似通っている。これらを互いに独立してでき上がったと見做せるほど、言葉というものは狭くはないだろう。ボノーは下の句の他に、“de la fleur”を“des fleurs”に、“s'est évanouie”を“a passé”にするなど、ルヴォンの訳を改良した。後から出るものが前者をしのぐのはむしろ当然だが、その両者の訳を読んだに相違ないプチの訳を見ると、ボノーと変わっている所は、すべてが改悪になっているではないか。要するにプチには、ボノーには分かっていたことが何も分かっていなかったのだと思うより他ないのである。技量とは別に、前の翻訳によって方向が限定されてしまう傾向は、止むをえないといえばそうだろうが、たしかに残念なことではある。業平の歌の場合でも、前例がなかったら、月や花が変わらないことにした翻訳の数ももう少し多かったのではないかと思える。

その意味で、この歌では、系統から独立しているヨネ・ノグチ、レックスロス、ゴーチェらの訳が注目を惹く。まずヨネ・ノグチだが、彼は、もとの歌の日本的な心をまったく無視してしまって、はじめから英詩の発想法で勝手に詩を作ってしまっている向きは否めないし、レックスロスの訳も、抒情的な歌というより、マクシムか謎々のように響いて、筆者にはさしてよいとは思えない。そのことは《参考4》の歌の所ですでに触れたが、このレックスロスの訳にも、何か日本の歌が西洋詩のように言葉を費やさない、という点を意識するあまり、短歌の、三十一音節つながって流れる言葉の響きが生み出す抒情性がまったく見失われてしまう傾向を認めざるを得ない。驚くべきはゴーチェの訳で、筆者には偉業とすら思われる。もちろん彼女の訳の中には、先ほど問題にした懸詞に関しては何の配慮もなく、また彼女は西園寺の散文訳にまったく頼り切っていたことも確かだ。しかし、韻を含んでいて、しかもそれが多弁にも不自然にもならず、綾目の細かいフランス語になっており、さらに、雰囲気としては、他のどの翻訳よりも歌の世界らしいものを伝えている事実は、歌の翻訳の可能性に関して早まった絶望をする必要はないと忠告しているかのようだ。

《参考10　九三八（巻第十八　雑歌下）》

文屋のやすひでがみかはのぞうになりて、あがたみにはえいでたゝじやと、いひやれりける返事によめる

わびぬれば身をうき草のねをたえてさそふ水あらばいなんとぞ思ふ

Waley：I that am lonely,
Like a reed root-cut,
Should a stream entice me,
Would go, I think (5)

Keene：So lonely am I
My body is a floating weed

Severed at the roots.
Were there water to entice me,
I would follow it, I think.

B. & Th. : How helpless my heart !
Were the stream to tempt,
My body, like a reed
Severed at the roots,
Would drift along, I think.

Bonneau : Voyez-vous, c'est si triste
D'être l'herbe flottante
Aux racines coupées,
Qu' au premier courant qui m'invite
Je n'ai qu'à m'abandonner!

この歌は言葉のあやが実に複雑である。「うき草」のうきは、「身を」といった時にそれを「憂し」と思うところからくる懸詞であり、「うき草」は枕詞であり「水」は「うき草」の縁語となっている、というこまかい点はひとつひとつ明らかだが、全体として何となく明晰でない。小町の歌は、概して語順が入りくんでいるようで、この歌の場合も、それがよりいっそう複雑な感じを強めているということはある。だがその点に関しては、「身」を「さそふ」の目的語とし、「ねをたえて」は、後の「いなむ」の連用修飾句として語順を正せば、「わびぬれば

（浮草のように憂きものと思ひなしているこの）身をさそふ水あらば（浮草のように）根をたえていなんとぞ思ふ」ということになって、文脈の上で筋の通らないことはひとつもない。ただ、内容をつかむのが難しい語彙、懸詞、返歌であること（詞書）など、翻訳に当たって技術的にも困難な条件があまりにも多く重なっていることは事実である。

そのせいか、この歌の翻訳を読んでみると、どれも必ずしも誤っているとはいえず、一応、それぞれ尊敬すべき努力は見られるのに、結局は何が何だかはっきりしない歌になっている。まず英訳から見てゆくと、ウェイリーとキーンの訳は、内容的には同じようだ。まず自分の淋しさを言い、それを根を絶たれた浮草にたとえ、その浮草の縁語として水を持ち出し、水が誘ったら行くでしょう、という結末になっている。これらは、一般に、水に押し流されてあてもなくただよっている浮草のような淋しい存在を述べた歌としても読めるし、同時に、自分を誘ってくれる人があったら、誰でもよいから頼ってしまいたいような、頼りない女心も感じられる。特に“lonely”などという言葉は、自分の心の在り方を示すだけというよりは、淋しさを他人に訴え、何かを求めたがっている感じのある言葉だし、最後の“I think”などという、この不確かで曖昧な気持ちを表現した言葉も、誘われれば単純に大喜びでついていくわけではないということを示した抵抗ではあるとしても、それだけいっそう、結局は誘うものに逆らいきれない女心の悲しさのようなものを感じさせることになっていると思うのである。

もっとも、これらふたつの訳詩は、そこまで読み込まれるべきかどうかは、分からないと言える。ところが、ボーナス&スウェイトでは、再び「身」という言葉のいたずらであろうか。「心」と「からだ」が分離対照されていることによって、はっきりと、淋しさの故に抵抗し得ない女の悲しさを述べた詩になっているようだ。“drift along”などいう言葉は、キーンのやや俗な“follow it”などよりも、流されていってしまう悲しさを伝えるようで、味わいのある表現だが、詩全体は、「心が頼りないから体が流れるでしょう」という言い方をとっているから、純粋な存在の悲しみの歌ととれる可能性はウェイリーやキーンの場合よりもかなり薄らいで、あてがあるわけでもないのに何かを頼らずにいられない心の悲しみがまず感じとられるように思う。しかしそれもまた、読む人によって感じ方はいくらでも変わるだろう。

ボノーの訳も、何とも解釈の仕方に困るが、解釈の可能性としてはだいたい英訳の場合と似たようなものだ。さらに読み方によっては自嘲的な感じすら受け取れないこともない。結局、これらの翻訳は、すべて、ひとつの解釈を要求できないものになっている。

しかし歌というものは、どんなに、複雑な意味合いが混ざり合っていても、現代詩とはちがって、わけの分からなさ、というものはないものだ。この歌の翻訳にはその歌のやりとりされた時の情況をぴったりと想像させるものがない、ということが、筆者には、歌の翻訳としてまず成功していないと思えるし、第二に、訳詩の中に揺れ動く女心が感じられる点が、この歌を内容の点からも歪めていると思う。

ところで、この歌の言わんとしていることは、日本語でも、必ずしも分かりよいわけではない。再び岩波古典文学大系中の注をみると「わたしはもう弱り切っているので、今のところを離れて、もし誘って下さるお方があるなら、誘われるままに行こうと思っていますという意を浮き草の関係の言葉をまぜて表現したもの」とある。これだけではまだなお分からない所があるが、翻訳も一応その方向でなされているわけだ。だとすれば、この歌の技巧の勝った面と、内容のくじけた感じとは、あまりに矛盾しはしまいか。歌全体の感じから言っても、才女のなれの果て、という感じのものではない。それに、「誘われるままに行こうと思う」というのであれば、小野小町は文屋康秀について田舎に下ったはずになるのではないかと思うが、そうとは考えられない。あるいは「本当に誘って下さるのなら行きたいが」などと色気を見せてすっぽかしたということかもしれないが、それでは、現代の気取っていて心根はいやしい才女の話になってしまう。この歌は、そんな感じのするものではあるまい。どこかくねくねした才たけた歌であるには違いないが、このような歌によってわずかに自己を主張した作者の心の痛ましさを感じる歌である。

もちろん、文屋康秀とて、本気で誘ったわけではあるまい。そして、この返事を受け取ったとき、彼は、小町の才気衰えず、の感を抱いたのだろうと思う。彼は「さそふ水あらば」という部分には、「あなたは水ではないからだめですよ」と言われているのを感じたはずなのだ。つまり、この「水」という言葉は、単に「人」とか「物」とかを不特定に指しているわけではなく、わびしい自分の生を結末へと導くものとして他から区別されていて、相手の心やすい調子に合わせながら、相手をあしらい去っている意味があるはずなのだ。謡曲「卒都婆小町」には、シテ老婆小町の「身は浮き草を誘ふ水、身は浮き草を誘ふ水、なきこそ悲しかりけれ」というせりふがあって、そこではどうしても「誘ふ水」は「誘ってくれる人」という以外の意味はないが、謡曲の中に出てくる人物は、小野小町に限らず、常に伝説化されたものである以上、その中の歌の解釈は、必ずしも正しいものとして受け取る必要はないだろう。返歌であれば、相手に伝えた内容は明らかでなければならないが、この歌は、文学的価値は別として、受け取った相手を、なるほど、と感心させるような才気ばしった歌ととるべきものだと思う。そして、この歌が技巧や才気倒れに終わっていないのは、前の「花の色は」の場合と同様、「身をうきくさの」とつなげた懸詞の効果で、歌全体に、自分の存在を空しく感じる思いが盛り込まれているからである。とりすました芸術の裏に、どんなにつらい人の心が押し込まれているかを想像すると、『古今集』の歌の多くは、ずっと内容が豊かになるし、その表面があまりに平和であるだけに、残酷物語の色合さえ帯びることもある。

「身をうき（ものと思いなす）」ということは、世俗のことは諦めたいという気持ちにつながるもので、したがって、流されるままに生きるということとはつながらない。だからこの歌の心は、この懸詞の部分が決定するとも言えるので、翻訳者たちは、少なくとも訳詩に表われた限りでは、この部分の重みを、「わびぬれば」の部分と重複する内容にしかとっていない所から、まず第一に、彼らの訳詩がはっきりしなくなったのである。

英訳者がそれに“lonely”という言葉を当てたのもよくない。もうひとつ、英訳に関して問題のある所は、「いなんとぞ思ふ」の「思ふ」という言葉の取り方である。三人とも、"I think" と文末に記して、不確かな、ないしは思わせぶりな表現にしているが、これははっきり誤りだといえるだろう。この歌の場合、「もし水が誘ったらいきましょうよ」ということか、「水が誘ったらいってしまいたいぐらいの状態なのですから」と言って、相手の誘いは受けられないという言外の意味の前置きになっているのか、どちらとも決めがたいが、心の不確かさを表わしているのではないことは明らかだ。この部分は翻訳としてすぐ改めることのできる部分である。しかし全体としてどう訳せるかは、何とも難しいのである。そして結局このような歌は、字句を追ったのでは訳しようがないのではないかという考えに達するのだ。それでも筆者は、よりよい翻訳が出現する可能性を否定しようとは思わない。もしゴーチェがこの歌を訳していたら、何か、ここに引用したものとは別の、見るべきもののある詩ができていたのではないか、と考えるし、たとえそれが過去に関しての空しい仮定であるとしても、やがてまた、いつか、新しい試みがなされるはずだと信じる。何故なら、せめて信じることによってでも、可能性を招きよせたいからだ。

*

歌の翻訳は、その長い歴史と、かなりの分量とにもかかわらず、わずかに着手された段階にあるに過ぎない。しかし、それがあながち不可能ではないことの確証を、筆者は得たような気がする。つまり、言語差は、歌のようなものにおいても致命的ではないということの確証を。ただ、たとえすぐれた翻訳者が出現したとしても、それが広く西欧の読者を得るということとは別だろう。西欧には、しっかりした内容のない短い叙情詩は詩の中でも文学的に価値の低いものと見做す伝統があるし、また或る意味では、量の問題でもあって、西欧人の中に日本的感情を養うだけの日本文学の量的攻勢が、歌の読者を獲得するために必要だということもある。そして、その点に関しては、よくよくのことがない限り、日本人ですら次第に忘れていきつつある日本的な文学が、外国人に広く理解されるようになるだろうとは、容易には信じ難い。実生活ではあまりに限られている人間の経験に、文学を通して少しでも広く触れたいという意欲は不滅のものであり、少なくともその意味では、常に前進はあるだろう。しかし同時に、忘れられていくものもあるはずで、そこに、歌に表わされたような世界、その中に生きた人の心も入るのではないかという危惧は覚える。それが、おそらく、大文学でないものの共通した運命なのであろう。しかし、文学も、大文学だけだったら案外つまらないものだと思う。何故なら、人間は、全体として、根本の心理を追求して歩むものであるが、また、人の生活も、外部からは、そのおよその筋書の発展においてとらえられるものだが、一個人の生活は、その本人にとっては、感情の動きの連続に過ぎないようなもので、その中で、人間全般から見て典型的なものだけが大切だということはないはずだからである。

ある文学が、訳され得ないとか、読まれなくなるということは、したがって、結局は人間の経験の限界という所に結びついていくはずで、短歌の翻訳の検討は、生まれて消えた無数の文学、特にそれらの文学を創った人々に対する哀惜感、時の流れと土地の拡がりは、人間に無駄なことをさせるものだという感じと、それにもかかわらず伝達され得ない文学というものはないはずだという信念へと、筆者を導いたのだった。

「小町伝説」英訳の世界

1

筆者が『古今集』の歌の翻訳の歴史と実態とを調査し、言語の構造・機能・語彙、その時代の習慣、自然に対する感受性、作詩上の約束ごと、さらに、それらすべてを支える根底的な精神構造など、原作の姿をそのまま訳出することを困難にしている諸要素の絡み合いを分析してみたのは、五年余り以前のことになる。それは、『古今集』を日本文学のうちでもっとも日本的な要素が集約されている書物と見做し、したがってその歌が西欧の言葉に翻訳された場合に示す変貌を分析・検討することによって日本文学のもっとも日本的な部分を浮彫りにすることができるはずだという考えに立って、翻訳例の多い歌にそって問題点を抽出する作業だった。もしそれと同時に、一人の歌人が翻訳を経ていかに変貌するかをたどり、その結果を突き合わせてみることができるならば、問題点はいっそう明らかになるだろうという考えは当時からあったが、そのためには乏しすぎる資料を前にためらわざるをえなかった。今回の小論は、その後僅かながら英訳の数が増えているのをたよりに、懸案に着手する第一歩である。

しかし実際のところは、翻訳の数が増えたというのは名目的に増えているという程度のもので、むしろ今後もそれほど急に増える見込みもないので、乏しい資料でも試みてみようと考えたというほうが正しいのかもしれない。俳句や能がどうにか西欧語の読者を得ているのに比べて、和歌がその世界で市民権を得られない不幸をかこっているのは相変わらずだし、そのなかでも『古今集』が、『万葉集』や『新古今集』に挾み打ちされた形で立場を得にくい現実も変わっていない。『古今集』という名の響きにつられて意外に数多くの翻訳が出たのは、まだ翻訳者の側に独自の選択能力のない時代だけのことだったと言うべきであろう。その理由は、「『万葉集』がわれわれにはいちばん理解しやすい。……『古今集』にもわれわれの心を動かす作品はあるが、言いまわしや母音のハーモニーの傑作ということでもっとも名高い歌も、そのうちの幾つかは、残念ながら西欧の読者にはまったく伝達不可能である。……これらの歌人たちの技量は十分すぐれてはいるが、その技量をもって表現した主題はしばしばもの足りないものだった」(1)というドナルド・キーンの『アンソロジー』のなかの解説が、明快に解き明かしている。あまりにも限られた貴族社会における言葉やイメージなどをめぐる遊戯や、激情や怨念をも知的操作のもとに統御して、そこはかとない美意識に一致させるような態度が、西欧の読者の目に、一種、技巧ないしエネルギーの、不当かつ無用な浪費と映ったとしてもそれは止むを得まい。

その事情は「分かりやすい」とする『万葉集』がどのように訳されているかを見ればおのずと理解されよう。同じ『アンソロジー』の万葉の部で採用されているのは、相聞歌を中心に、憶良の貧困の嘆きの歌、人麻呂でも妻の死を悼む歌など、愛、苦しみ、悲しみ、離別等の人間の原体験を直截的に吐露した歌で、自然をうたった歌は一首も見当たらない。「分かりやすい」というのは、『万葉集』全体がという意味ではなく、そのなかに文学を解しようと解しまいと、日本文学を知ろうと知るまいと、文化的背景に何らかかわりなく、人間である限り理解できるような要素を見出すのは容易だ、という意味で言われているのである。そしてそれは事実だろう。一方、

『新古今集』になると、逆に「むずかしい」ということが強調されるが、ここまでいたれば、技巧の完成そのもの、あるいは禅とか能とかに結びつけうる神秘性を帯びた美の概念等が、芸術好きな人びとの無条件的な憧憬をかきたてる可能性を持っている。『古今集』はその両者の中間にあって、どちらの側から近づこうとしてみても、西欧の眼には物足りなさが残ることになるのは、この歌集の持つ不幸だが、また当然の運命なのである。

とはいえ、第二次世界大戦後アメリカを中心に急速に発達した海外における日本文学研究のなかでも、つまり研究者ないし翻訳者の側の主体的な選択が確立されたなかでも、さすが『古今集』が死に絶えることはなかった。むしろその苦しい立場からすれば、相応以上の数の翻訳が存在すると言うべきかもしれない。しかし、複数の訳例を必要とする筆者の立場からすれば乏しさは否定しようもなく、筆者は筆者の小論のテーマとなるべき歌人を選ぶために、まず、翻訳の数を数えることから始めなければならないのである。

『古今集』の歌人のうちで、では誰がいちばん多く訳されてきたか。再びキーンの『アンソロジー』に戻れば（というのはこの本が少なくとも日本文学を学ぼうとするアメリカ人学生にとって必読書であり、ひとつの大きな道標となっているからだが）、その『古今集』の部分には「もっともよい歌としてかぞえうるものの多くが作者不明であるのは面白い」と解説があって、事実、十九首訳詩が取り上げられているうち、七首までがよみ人しらずの歌になっている。ただしその「よい」とする基準は同意見の、たとえば折口信夫などのものとは異なっていて、七首のうち五首までが恋、他の二首は老い、および世の中をはかなむこころを主題にした歌である。採用に当たっては、よしあしの判断に翻訳にたえうるものという大きな制約が加えられるのは当然理解されるとしても、ここでも『万葉集』の場合と同様の「分かりやすさ」が選択の基準になっているのは事実である。

そこから推量を進めれば、名の知られた歌人のなかで誰がもっとも多く訳されているかはまず見当のつくところで、事実それは「情熱の歌人」在原業平ということになる。しかし業平の翻訳は、その大半が『伊勢物語』の翻訳である。現に『古今集』の歌を含むふたつの主要な英語のアンソロジー、前出キーンのものと英国のペンギン版[2]では、いずれの場合も業平の歌は『伊勢物語』の訳のなかに含まれた形でしか出てこない。つまり翻訳の世界では、業平は『古今』の歌人である以上に『伊勢物語』の主人公なのである。そこに数の多さを第一条件とする筆者としても、業平を今回の題材として選ぶのをためらう理由があった。

かくして小野小町がその業平に次ぐ翻訳数をそなえる歌人として浮かび上がった。彼女の歌はキーンの『アンソロジー』のなかでは五首採られていて、次点の『伊勢』二首を圧倒的に引き離し(ただし、キーン自身による訳は四首)、ペンギンでは四首で貫之の六首に次ぎ、王朝和歌の研究として最大の権威を誇るブラウワーとマイナー共著の研究書[3]では七首、その後マイナーが単独で著わし、その簡明さの故に、事実上、前掲の書物よりはるかに広く読まれている王朝和歌入門書[4]においては、五首が訳され論じられていて、貫之、業平とほぼ並んでいる。戦後に出た翻訳書ないし研究書のうちで『古今集』の歌を総合的に含んでいるのは以上の四書で、そのうちマイナーの入門書が前回の筆者の考察の後に出たものだが、ほかに小町の歌を含んでいる書物としては、それとほぼ時を同じくして出版された次の二冊を数えることができる。ひとつはヘレン・マッカロフによる『伊勢物語』の翻訳書[5]で、その巻末に『古今集』に収録されているいわゆる六歌仙の歌の全訳が付録として載せられている。数首を除いてはマッカロフ自身によって訳されていて、小町としてはここで初めて同一訳者による全訳を得たわけで、その点貴重な資料と言える。他のひとつはトロント大学教授の上田真氏(現在はスタンフォード大学教授)の『日本における文学＝芸術理論』[6]で、その第一章が紀貫之の『古今集』序の紹介に当てられているが、そこで小町も取りあげられている。二首の訳詩と半ページに満たない解説がその全てだが、マイナーによって代表される解釈とは著しい対照をなしているので、いずれ後に紹介することになるだろう。

「花のいろは」という『百人一首』に含まれた歌を除けば、小町の翻訳の大部分が以上の書物によって提供されている。右の一首については以前かなり詳しく論じたことではあり、今回扱おうとする歌についてはその他の翻訳に特別取り立てて論じるべきものもないところから、筆者は、右に挙げた翻訳のみを対象として論を進めることになろう。そしてそのなかでも、例えばキーンの『アンソロジー』は相対的に多量の訳を小町に捧げており、またマッカロフも全訳してはいるが、打ち出されている小町像の鮮明さからすればマイナーの右に出るものはなく、したがって筆者の「英語版小町伝説」は、「マイナー版小町伝説」と題したほうがよいほどの性格に傾くのは避けられないかもしれない。

ところで、問題の小野小町に関しては、その伝記はようとして分からない。たとえば民俗学研究を重んじる立場からは采女だったとされているし、ほかに、女房とする説、更衣だったとする説、さらに小野姓の更衣の妹だったとする説など、一応の論拠のもとに組み立てられているが、いずれもそうだった可能性があると言えるだけで、まず確実と見做せるのは、在原業平とほぼ同世代の、宮仕えの経験のある女性ということだけである。『後撰集』の時代に早くもその伝記は不明になっていたと言われ、彼女はたちまちのうちに、数々の小町物の中へとその実の姿を消してゆく。

とすれば後世に確実なものとして残されているのは彼女の作品だけということになるが、それもまことに少量である。『三十六人集』の一角を占める『小町集』には一一七首が収録されているが、そのなかには内容的にも客観的情況（たとえば『古今集』に別人名で収録されている歌がいくつも含まれているなど）からいっても、彼女のものとは信じ難い歌が多くあることから、結論的には、『古今集』に彼女の名のもとに収められている十七首（墨滅哥を除く）が、現在我々の知る小町の出発点であり、帰着点なのである。

逆に言えば、その十七首が『小町集』や無数の小町物の成立を促すほどに個性的だったということにもなる。たとえば老いさらばえ、おちぶれ果てた老女小野小町を語る諸伝説にしても、その成立過程には『玉造小町壮衰書』という彼女自身とは関係のない老女の話が混同されていると言われているが、しかし同時に、彼女自身の歌がおよそそれにあずかり知らぬこととも言い切れまい。いわば当時の文学大衆は、彼女の歌を現存するような諸伝記を作り上げるような方向に読むことを好んだのだろうと考えられる。実際のところ、その後の研究者も、態度や好みこそ異なるが、この女流歌人について語る時には多かれ少なかれおのれの小町伝説を作成してきた。英語圏の研究者とて同様で、彼らはやはり彼ら独自の伝記をつくり出した。さらにそれを論じようとする筆者自身も、自らの伝記に従って筆を進める以外ない。

2

「小町の歌は何よりもまず情熱的である。……が同時に技法的にも実に巧みで、故にその情熱がまざまざとうたいあげられている」(7)と定義したマイナーは、その証明を次の歌の紹介から始めた。

人にあはん月のなきには思ひをきてむねはしり火に心やけをり　（雑体・一〇三〇）

Miner：On such a night as this
When no moon lights your way to me,
I wake, my passion blazing,
My breast a-fire raging, exploding flame
While within me my heart chars.

Brower & Miner：On such a night as this
When the lack of moonlight shades your way to me,
I wake from sleep my passion blazing,
（以下マイナーと同じ）

Keene：

This night of no moon
There is no way to meet him.
I rise in longing—
My breast pounds, a leaping flame,
My heart is consumed in fire.

マイナーはこの歌のなかで、恋が絶望的であればあるほど、果てしもなくかきたてられる恋のほむらの狂奔がいかに巧みに表現されているかを説く。月のない夜は懸詞の効果によってそのまま闇（暗い局面）であり、闇こそが炎をかきたてるという逆説的な真理がその歌に浮き彫りにされている。また、「火」を内示する三つもの懸詞（思ひと火、起きと熾、胸はしりとはしり火）が、その炎の抑えるに抑えられぬほとばしりをそのまま写し出している——。

以上のようなエクスプリカシオンの当然の帰結として（あるいは出発点であったと言うほうが正しいだろうか）、マイナーは小町に「激烈な情熱の（女性）」（of intense passion）という称号を贈り、この歌がその姿を余すところなく伝えているという解釈をとるわけである。ブラウワー＝マイナー共著の研究でももちろん同じ解釈がなされており、キーンの『アンソロジー』で全五首のうちにこの歌が含まれているのも、同様の解釈に基づいたうえでのことだと思われる。マッカロフの場合、この歌はブラウワー＝マイナーのものをそのまま採用しているが、その事実からも、また彼女が彼女の翻訳書（『伊勢物語』）の序文のなかで小町に触れた部分で、この女流歌人を「男性および彼らの掻き立てるうつぼつたる情念に捕えられていた、情熱的でコケティッシュな、強烈に女性的な女性」(8)と紹介している事実からも、マッカロフもまた似た解釈をとったと考えてよいだろう。まったくのところ“passionate”“intense”という言葉は、英語圏において小町を語るための必要不可欠の修飾語と見受けられる。

たしかにそれを当然だと言わなければならないほどに、小野小町は恋の歌ばかりを書いた。『古今集』の十七首の内訳は、四季（春）1、恋13、雑2、雑体1、となっていて、しかも現に問題にしている雑体の歌はもちろん、春、雑に分類されている歌も、もし『古今集』の編者に和歌が「いろごのみのいへにむもれ」てしまうべき性質のものではないと示そうとする配慮がなかったならば、あるいは恋の部に採られていても差し支えない性質のものである。ただその根底にあるものが「激烈な情熱」というような言葉で描きうるものだったのかどうか。

問題の「人にあはん」の一首に戻って、はたしてこれは本当に右に紹介したような読み方がふさわしい歌なのであろうか。筆者はこの歌の英訳をキーンのもので初めて読んだのだが、正直のところ、この歌をよく知っていたにもかかわらず、訳詩のあとにコマチの名を見た時に、「小町もこのような歌を作ったのか、私はいったいどうしてこの歌を読み落としてしまったのか」という驚きと当惑とを禁じえなかった。一夜とて逢わずにいることに耐えかねる激しい恋のもだえ――、初めの二行が叙述的な点からは、ぽつねんと一人でおかれて「どうしたらいいの」と当惑しているような可憐さもうかがわれ、それがどっと性急な恋情のなかになだれ込んでいく感じ、その内省も屈折も気取りもない真情の吐露を、筆者は筆者自身の伝説のなかの小野小町と結びつけることができなかったのである。

その後、ブラウワー＝マイナーの訳に出会った時、なるほど、これはあの歌の訳だと感嘆したものである。それほどにこの訳は、執拗なまでにもとの歌に忠実かつ説明的であろうとしている。上二行は独立した叙述ではなく一夜限りのものではない条件として提示されているし（マイナーは、「つきのなき」の部分が、どうして月がないと恋人が来ないかの説明にかたより過ぎていると感じてこの部分を改訳したのだろう）、「火」に関する懸詞もすべて訳出しようとしている。しかし筆者がなるほどと思ったのは、そのためである以上に、ひとつの詩のなかにこうまで同系列の意味の言葉が並べたてられている不恰好さに笑いを誘われたからである。

というのは、もとの歌のなかにもイメージのくどい積み重ねが目立っているということに他ならない。まず第一に、ひとつの歌の中に合計四つもの懸詞が用いられていることは、その使用そのものが目的化されている印象を与えるし、なかでも、そのうちの三個所までが同じ「火」をめぐる内容をかけている重複は、当時の美的感覚とはおよそ相容れないもののように思われる。しかも、その「火」は懸詞を考えなくても「むねはしり火に」とはっきり表にあらわされているだけに、その感はいっそう強い。第二に、それら火に関する懸詞のはじめのふたつはともに「隠し言葉」的で、語句から語句への流れのなかでの有効な意味の二重性を持たされていない。上の句自体は語句の自然な流れを持っているが、「思ひをきて」の部分の「思ひ」に「火」、「起き」に「熾」をかけていることは（これは下の句を読んで初めて分かるわけだが）、巧妙さもさることながら過剰を思わせる。そもそも懸詞とは、短い詩型のなかに豊かな内容を盛るために、あるいは直接には表現できないものをほのめかすために考案された技巧のひとつであり、したがって同じイメージの積み重ねを懸け詞の多用によって目指すということは、そこに含まれている内容を切実に訴えようとする態度からは、むしろ有りえない性質のものではないだろうか。小野小町の歌は懸詞や縁語に関する発達した感覚と才能とをうかがわせるものが多く、それが彼女の特徴のひとつに数えられているのは事実として、だからこそいっそう、そのような達人がくどさをも顧りみず同一のイメージをたたみかけて心情の吐露を目指したとは考えにくいのではないだろうか。

この疑惑は、下の句の「はしり火」に至って氷解するはずである。炭火が不意にパチーンとはぜると、そこにこらえ性なくいら立つ女性の散文的な姿が浮かび上がって、ふと諧謔的な笑いを誘う。上の句の「火」「熾」のいかにもくすぶった重複は、そのおかしさを助長するものとしてにわかに生きてきている。小町がどのような折にこの歌を作成したかは知るよしもないが、これを俳諧哥として分類した『古今集』編者の眼には確かなものがあったと筆者は思う。テーマは来ぬ男に焦がれる女心であっても、またそれが小町の体験に基づいたものであったとしても、この歌はそれを切実に訴えようとした歌であるよりは、むしろそれを突き放して眺めて言葉の遊びの種にすることのできた才気の歌だったと考えなければなるまい。

この遊びの要素を見ないところから、英語の世界の「激烈なる情熱」の詩人小町の伝記が始まっている。ところが実は、それは英語伝説に固有の見解ではない。例えば「(この)一首には、この女人のひたむきな情熱がほむらのごとく輝いている」とし、「ヴァイタリティー」という言葉まで当てはめている立場(9)はキーンの訳詩に通じるものだろうし、また「抑えるにもすべなく胸のうちにほむらと燃える情念ののたうちを、ことばの秩序の世界に繊細にかたどり得ているということだろう」(10)という文は、まさにブラウワーやマイナーが書いたとしても不思議ではないであろう。この歌に関する限り「情念ののたうち」とか「ことばの秩序」とかいう表現が筆者にとっていかに場違いに響くかはすでに述べたところだが、遊びの要素を見る見ないの是非はこの歌ひとつからは決められないわけで、マイナーらがその「激烈なる情念」の歌人としての小町像をどのように裏づけていくかを、いましばらくみていかなくてはならないだろう。

3

小町には恋二、恋三に各三首ずつ収録されている、夢を鍵にした連作がある。「思ひつつ」「うたゝねに」「いとせめて」と続く第一グループと、「うつゝには」「かぎりなき」「ゆめぢには」と続く第二のグループとの間にははっきりとムードの差があって、前者ではたしかに恋に悩まされている趣はありながら、さりとてその想いはさほど切迫していないのに対し、後者はどこかいらだったような、性急で断定的な表現法が目立つ。マイナーが小町のしかるべき姿の証として、第一のグループの歌には目もくれず、第二のグループから二首まで引用したのは、おそらくそれを確実に感じとってのことだったのだろう。

ゆめじにはあしもやすめずかよへどもうつゝにひとめみしごとはあらず　（恋三・六五八）

Miner：
Although my feet
Never cease running to you
On the path of dreams,
Such nights of love are never worth
One glimpse of you in your reality.

McCullough：
Though I visit him
Ceaselessly
In my dreams,
The sum of all those meetings
Is less than a single waking glimpse.

この歌は「みしごとはあらず」の「ごと」を「こと」と読むという説もあるが、「まだ逢ったことがない」というのでは恋三に分類されていることが不当になるし、他の二首との釣り合いもとれない。英訳者たちは当然「ごと」と濁る読み方に従っているわけだが、マイナーの訳にまず認められるのは感情の高ぶりの強調である。それはもとの歌の言葉からは必ずしも要求されていない **never** を二回も繰り返して使用していること、**never** cease *running* to you という表現の選択などにはっきりうかがわれる。そして夢の中のいわば止むに止まれぬ行為が、最後の行の one glimpse of you in *your reality* という「現実」の強調にいたって、抑えるに抑えられぬ

「逢いたい」という願望になって爆発している。いわば夢とは恋の悶えの悪夢の世界であって、それはままならぬ現実をさらに苛酷に認識させ、現実に逢いたいという想いをいっそう募らせる媒体、あるいは、その募った想いを表現するひとつの手段となっている。かくしてマイナーはこの歌もまぎれもなく彼の小町の作品であることを証明した。

しかしマッカロフの訳では、夢と現実との対比のさせかたをめぐって歌の雰囲気に微妙な差が生じている。彼女の訳詩は、マイナーがこの歌に賦与した「夢とは悪夢、悪夢とは挫折した現実のなかでの死にものぐるいのあがき」といったニュアンスを取り払い、結局意味することは同じかもしれないが、夢と現実の対比を簡潔に浮き立たせることによって「逢いたい」とばかりに悶え狂う情念よりは、「逢えない」現実を悲しむムードを感じさせるものになっている。この差は微小ではあってもこのさい看過してはならないだろう。というのは、マッカロフは、ブラウワー＝マイナー共著の研究書に含まれている小町の訳詩計七首のうち、四首までをそのまま採用していて、したがって、自らの訳をつけるにはそれだけの理由があるはずだからだ。もっとも、すでに述べたように「人にあはん」ではブラウアー＝マイナーの訳に従い、次に挙げる歌でも同じ訳をとっている点から、この歌の訳がどれほどはっきりした彼女自身の小町像に基づいているかは安易には論じられないが、少なくとも彼女が正確な訳を志向しているということだけは言えるし、その結果がマイナーの訳詩とはムードの異なるものになっているのは、マイナーの「証明」が実は単にひとつの解釈にすぎない可能性を暗示してはいないだろうか。

うつゝにはさもこそあらめ夢にさへ人めをもるとみるがわびしさ　（恋三・六五六）

Miner：
In waking daylight,
Then, oh then, it can be understood;

But when I see you
Shrinking from those hostile eyes
Even in my dreams: that is misery itself.

マイナーはさらにこの歌を小町の燃えたぎる恋の証として示す。then, oh then とこの歌人は夢の中でさえ人目を忍ぶという恋の相手に食いさがる。人目を配慮するのを拒否したほどに彼女の情熱が彼女を駆り立てていたのだとマイナーは説く。「人にあはん」で始められた小町像は、以上二首を経て完全に裏付けられたことになる。だが、それなら、「ゆめぢには」のマッカロフの訳は何事も語っていないことになるのだろうか。

そもそもこの二首を含む三連作については、はばまれた恋という印象は否定すべくもなく、その相手が誰であったかということが、小町がはたしてどのような立場の人物であったかということと絡み合わせて、さまざまに論じられているところである。それほどまでに人目を忍ばなければならないとすれば、その相手は親王であったとする説、あるいは時の帝であったろうとする説まで成り立ちうる。しかし実は、これらの歌にはそれが誰であったかは問題にならないような面がある。たしかに引用したふたつの歌のなかにはつれない現実に対する恨みの根深さはあるが、恨みが深ければ深いだけに、それが絶望を経て自分の側からの恋の拒否に通じているところがありはしまいか。

「ゆめぢには」の歌を時を変え再三再四読み返して最後に定着する印象は、この歌には夢路には足も休めず通う自分を凝視する眼があって、そういう自分に愛想づかしをして強引に自らに断念をせまる衝動と、しかもその苦しさに耐えかねる悶えの叫びを自らに許容しようとする欲望との間で、心が激しく揺れ動いている感じである。「みしごとはあらず」という字余りの、しかも断定的な口調は、「何とばかばかしいことをしていることよ」とも「この苦しみをいかにせん」ともきくことができる。「うつゝには」の文脈もほぼ同様で、「みるがわびしさ」とほとんど吐き棄てるかのような、あるいは反面消え入るかのような体言止めは、その両様の心を想起させる。つまりこの二首を含む三連作は、恋を現実に成就させたいという願望を自らに禁じ、拒否したところから始まる絶望と、いまひとつその絶望に流され切っていない矜持との間の葛藤のあやなす叫びなのではあるまいか。これらの歌がマイナーの言うあくまで現実での成就を志向する情念、障害になりふりかまわず抵抗しようとする情念とはまったく逆の、障害に会うや否や絶望を選ぶ傷つきやすさと矜持と、その自分の選んだ絶望のなかでなお麻痺することを知らない、切実にも哀れで抗し難く、不可思議でさえあるような恋の心の叫びであってこそ、小町の歌の、たとえば和泉式部のものなどとは異なった不思議な魅力と哀れさがあるのではないか。恋の相手が誰であったかはさほど問題になりえない面があると言ったのは、そのような小町の情念の在り方からみれば、障害が社会的にいかなる強烈な意志をもってしても乗り込えられないほど大きい必要はまったくないからである。マッカロフのより誠実であろうとする訳が、彼女自身のその歌の解釈には不明な所があるとはいえ、とにかくも字面においてマイナーの強調する現実での成就へのあくことなき志向を消し去っていることも、僅かながら筆者の小町伝説を支援しているように見える。

しかしマイナーにとっては、恋三に収録された夢の歌は、まぎれもなく、「激烈なる情念」の歌人であってこその所産だったのである。

4

だがもし、マイナーが恋二の冒頭を占める三首を避けて通ることができなかったとしたら、彼はどのようにして、例えば次の歌を彼の小町像と結びつけることができたのだろうか。

思ひつつぬればや人のみえつらん夢としりせば覚めざらましを　（恋二・五五二）

Keene :
Thinking about him
I slept, only to have him
Appear before me—
Had I known it was a dream,
I should never have wakened.

Bownas & Thwaite :
Was it that I went to sleep
Thinking of him,
That he came in my dreams?
Had I known it a dream
I should never have wakened.

Brower & Miner :
Perhaps from longing,
From yearning for him I fell asleep
To see him by my side:
Had I been told it was a dream
Nothing would have torn me out of sleep.

McCullough :
Was it because I fell asleep

Tormented by longing
That you appeared to me?
Had I but known I dreamt
I should have wished never to awaken.

Thinking of my lover
I went to sleep whereupon
He appeared before me.
If only I had known it was a dream
I would never have awakened.

Ueda :

折口信夫はこの歌およびそれに続くふたつの夢の歌（「うたゝねにこひしき人をみてしよりゆめてふ物はたのみそめてき」「いとせめてこひしき時はむば玉の夜の衣をかへしてぞきる」）を、「まじないの歌みたいだ」と一蹴し去った[11]。たしかにこれらの歌には当時の夢についての俗言に頼ったところがあるのは否定できず、第二、第三の歌に、せめて夢をでも頼もうとする想いがひたすらに切に哀れではあっても、それ以上の心のひだの葛藤を想起させない物足りなさがあるのも、着想に頼った安易さのなさしめる業かも知れない。しかし引用した第一首「思ひつゝ」には着想の過程はどうであったにせよ、「まじないの歌みたいだ」と一蹴するにはあまりにも味わい深い内容が盛り込まれている。

　この歌は古来研究者の注目を惹き、とにかくも小町の代表作として数えられてきた。解釈はさまざまだが、その魅力を「夢としりせば覚めざらましを」という下の句のいかんとも哀切きわまる表現に求める向きが強いようだ。夢の世界まで頼ろうとするそのひたすらな女の恋心を研究者は好んだようにすら見える。

しかし筆者にとって、この歌の魅力を構成しているのはむしろ上の句なのである。おそらくこの歌の解釈を左右するのは、第一句の「思ひつゝぬればや」の「や」という疑問をどのようにとらえるかという問題だと考える。もしそれを単に原因結果の関係を示していると考えるなら、思いつつ寝たということは、夢に恋しい相手が出てきたということと同様に、恋する心の激しさに由来する現実として受け取ることができる。それを既成の事実として直叙しているキーンの訳ではその解釈が最も明確に打ち出されているが、「や」の疑問を残した翻訳のなかでも、例えばブラウアー＝マイナーのものやマッカロフのものは、思いつつ寝たということをやはり自覚された事実としてとらえている。それは前者の場合、第四・五行目、後者の場合第二行目に恋心の執念ないしその苦しみを強調する表現がとられていることからも裏付けられると思う。

しかし、「や」という言葉のそのような扱いには、小町の歌の調子からいっても、技巧の巧拙という点からいっても再検討の余地があるのではないだろうか。上の句のなかにまず認めなければならないのは、はたと目覚めて「夢だったか」と思う心と、「なぜ夢に見たのだろう」というう考えが交錯した状態である。その上で初めて作者は「想いながら寝たからだろうか」との推量にいたるわけで、その場合、もし考えながら寝たということがすでに紹介したような解釈におけるほどに歴然とした事実だったとしたら、この推量はあまりにも平板な作為に終わっている。ここはやはり、「思いながら寝ると夢に見ると言われているから、夢に見たということは、思いながら寝たということなのでしょう」と読んでこそ、その因果関係をめぐる推量は、技巧としても古今独特の軽妙な理屈っぽさとして生きてくるのではないだろうか。言いかえれば、想う心を述べるに当たってさえ約束ごとにのっとった推量の遊びなどをしてみせる知性がないとすれば、この歌はさほどに出来がよいとは言えないのではなかろうか。

しかもその巧まざる知性を駆使して見せるなかで、悲しい現実を図らずも垣間見させるところにこの歌の魅力の根源がある。せめて夢にでもすがろうとする心の底には、現実にはすでに思い離れざるをえない情況があるはずである。この歌が現実での絶望を踏まえているという、現在の日本の研究者の大勢を占める見解に筆者は賛成する。しかし、したがって小町は、夢を現実から区分してそれ独自の頼むことのできる世界を構築したとする部分に至ると、賛同することはできない。もし現実と離れることができたならば、なぜ夢から覚めた時の心境をうたうのだろうか。小町は現実の絶望を土台として、その現実と逆の夢の世界を構築したのではない。同じ土台から、さらに大きな絶望を構築したのである。思い離れざるをえないゆえに思い離れたはずの恋が、実はまだ心の奥底に巣喰って永らえていることをいやおうなしに彼女自身に知らせるのが夢なのだ。『古今集』の仮名序が「をののこまちは……あはれなるようにて、つよからず。いはば、よきをうなの、なやめるところあるににたり」と述べているのはやはり無視できない。小町は自らの情念の駆り立てるままにしゃにむに突進する強さも、かといって現実と遮断された自分ひとりの世界の中でその満足をはかる強さも持っていなかった。しかし、その苦しみをじっと掌握する内省の深さが彼女にはあった。

ここでひとこと問題にしておかなければならないのは上田氏の翻訳である。一見キーンの訳と似ているようにみえるが、僅かな語彙や表現法の差がこれほどまでに雰囲気を変えるものなのだろうか。詩としてのしまりがまったくかき消されて、何やら気の抜けた愚かな女が恋をしているみたいな歌になってしまっている。小町すなわち激烈なる情念、という公式に逆らおうとする筆者としても、彼女をこのような愚鈍な姿で紹介されてはたまらない思いだが、どうやらこれも上田氏の小町伝説から言えば当然の訳し方であるらしい。というのはこの訳詩のあとに以下のような解説が付されているからだ。

この女性歌人は、恋人にこがれながらも、自分の方から断乎ふみ出すには余りにも受動的だった。彼女はただ夢の世界へと逃避するだけである。また、これらの詩には（「思ひつつ」と「うたゝねに」＝筆者）何らひらめくような機知や知的なメタファーも用いられていないことにも読者は気づくだろう。……小町には古代の歌人たちのたくましさは全くなかった。しかし彼女はその事実を修辞法や機知などでおおい隠そうとはしなかったので均整のとれた印象（主義）的な形式を確立した(12)。

なるほどこれでは退屈な歌を作っただろうと思わざるをえず、最後の部分はわけの分からないこじつけの評価としか聞こえない。上田氏がおおかたの趨勢に逆らってどういう過程でこのような小町像を抱くに至ったかは知るよしもないが、無気力、無技巧でも正直でありさえすればよい歌ができると信じているかのような文章は、どういう拍子の所産なのだろう。「情念の人」という先入主に取りつかれなかった点は稀少価値があるとしても、それがもし『万葉』と『古今』の対比という別の先入主だけによって決定されているとすれば、なぜ小町の歌がよいのか自らの解釈を確立する努力が現実的には不在なだけ、ありうるひとつの小町伝説として認めることはできない。

先入主なく、とにかく言葉の忠実な再現を志していて、この歌の場合、筆者の目には成功をおさめているように思われるのは、ボーナス&スウェイトの訳である。マッカロフの場合、忠実であろうとしながら解釈に支配された。もし恋しい相手に対する想いが自覚された不断の現実として解釈されていないならば、彼女が当然参照したはずのキーンの訳の thinking of him という部分をあえて tormented by longing という強い表現に置きかえる根拠はないはずだ。それに対してボーナス&スウェイトは、そのような強い表現も用いず Was it that…と、「そういうことだったのだろうか」と過去を推量する感じを再現している。ボーナス&スウェイトの訳はつねに原語に忠実であろうとする行儀よさが目立ち、したがって一方、個々の歌についてどれだけ独自の確信ある解釈に基づいていたか疑問に思われる場合も多いのだが、この歌の場合、いわば辞書や参考書をいくらひっくり返そうとも、とにかく言葉に虚心に取り組む努力が歌の解釈ないし翻訳の基本条件であることを証明しているのではないだろうか。そしてもし、もとの言葉が翻訳者の詩的感受性を的確にとらえることがあるとすれば、訳された歌がその新しい言語に、過去からの伝統にはなかった感受性を与えうるかもしれないという期待をも、ほのかに抱かせているのではないだろうか。

以上筆者は、筆者自身の小町伝説を主張するのにいささか専心し過ぎたが、とにかくマイナーは、この一首を彼の著書には紹介しなかった。ブラウワー&マイナーの書物ではすでに明らかなとおり収録されているが、それも実は小町を直接論じた個所ではなく、『新古今』の世界に入って体言がいかに多用されるに至ったかを説明する段階で引き合いに出されているだけだ、ということは明示しておかなければならないかもしれない。それは、「恋する相手に首ったけ」のようにこの歌を解釈しながらもなお、その全体を支配している諦念のムードのゆえに、ブラウワー&マイナーも、この歌を小町の代表作として彼らの小町像のなかに的確に位置づけることができなかった証になるだろう。それは彼らの嗅覚の正しさと、彼らの小町像の強引さとを同時に物語っていることになるのではないだろうか。

5

このように見てくるとき、いわゆる小町伝説はおおかた、彼女の駆使した言葉よりも、なんらかの過程を経て、とにかくも先入的に形成された小町像を土台としていることに思いいたるが、それはある文学作品を読む場合、その作品の世界を自らのなかに再現しようとする過程で、用いられている言葉に虚心に取り組むという基本的な操作をないがしろにする結果だと言えるのではなかろうか。

しかし対象があくまで文学作品であってみれば、だからいけないと断じうるほど問題は簡単ではないだろう。作品はひとたび作者の手を離れれば読者の所有するところとなって、作者自身が面はゆいような意味合いを賦与され、価値あるものとして存続することもありうるし、なんらの共感を覚えない読者の前では、その作品は無に等しいし、とにかくも作品は読者との出逢いを待つ運命にあるからである。

そしてひとたび読者が出逢ったと信じれば、それが読者の側のかなり強引な思い込みであっても、すぐれた文学作品は、その思い込みに相当の程度まで耐えてゆく幅と奥行の深さと柔軟性とを示すものである。またその出逢いがなければ、いかに誠実であろうともそこに曖昧さと迫力のなさが残るのは、ボーナス&スウェイトの翻訳がさまざまな期待を抱かせつつ、なお自らの伝説を作り上げてはいない事実がひとつの例証だろう。

かくして、英語の世界のマイナーを代表とする主流的小町伝説は、とどこおりなく確立される。前記の歌のほか、「花の色はうつりにけりないたづらに我身世にふるながめせしまに」(春哥下、一一三)、「わびぬれば身をうき草のねをたえてさそふ水あらばいなんとぞ思ふ」(雑哥下、九三八)など、以前に詳しく論じたので、ここで改めて論ずるいとまはないが、「花の色は」は女体の美を失った慚愧の歌となり、「わびぬれば」は、さらに落ちぶれた後でもなお想いを断ち切れぬ怨念の歌となって、とにかくも専心「男」に対する情念にとらわれきった小町像がゆるぎない城砦のごとく構築されている。

ただ彼らが小町の技巧の極致を「人にあはん」の一首に求めて、情念がもの狂おしく激しければそれだけ技巧も複雑に駆使してその激しさを歌い上げるという方向で評価している点(13)には、あくまで疑問の余地が残る。それは、これでもかこれでもかとばかり絵具をつみ重ねる油絵の技巧であって、平安和歌の技巧ではありえないし、またいかなる技巧でもそれが「複雑」である以上、思考なり心情なりの屈折を伴うものなのではないだろうか。やみくもに直進する情念の化身であるような女性が同時に「複雑」な技巧を駆使したとするならば、そういうことがありうるということが説明されなければならない。塗りたくるのは「複雑」な技巧ではないし、また懸詞などの多用も、平安和歌の常識からして、それだけで「複雑」と形容するには値しない。結局のところ、マイナーらが強調する小町の技巧の卓越性とは、英語ならば何十行もかけてうたいあげる恋情の狂乱を、三十一音節にはめこんだというに過ぎないことになるのではないか。

このような解釈に従うとすれば、たとえば「見るめなきわが身をうらとしらねばやかれなであまのあしたゆくくる」（恋三、六二三）、および「あまのすむさとのしるべにあらなくにうらみんとのみ人のいふらん」（恋四、七二七）の二首などはどう解釈され得るのだろうか。これらの歌はマイナーらの伝説のなかではなんらの位置づけを得ることができないはずだし、事実、存在すらしていない。

この二首はおそらく深草少将の百夜通いの伝説の土台であって、小町が彼女に慕い寄る男性に対していかに冷酷非情かつ高慢であり得たかを示している。とくに七二七「あまのすむ」は字面上の解釈の差があるはずもなく、「いくらなんでも見当違いにもほどがある」と言ったような、相手を見くだして笑いものにする風情があまりにも明白である。これを自らの小町伝説のなかにいかに位置づけるかについては、あっさり無視したマイナーらのみならず、日本の研究者もかなりの困難を覚えたらしく、これを小町の作品ではなかったと信じたい意向を明示した研究者もあった(14)。

この歌の小町像と結びつけた解釈の難しさは、六二三「みるめなき」の解釈の多様性となって現われている。この歌では「みるめ」という海藻と「浦」との縁語の遊び、海藻と「見る目」、「浦」と「憂」との懸詞についてはおおかた衆目の一致するところながら、「みるめなき」とは「恋が実るべくもない」という意味か、「容色に見どころがない」というような意味か、「わが身」とは作者自身のことか、相手のことか、「憂」れわしいのはこの歌人が相手と結ばれないからなのか、それよりも潜在的に憂れわしいのか、それとも相手がばかばかしく気の毒な存在だという意味なのか等々をめぐって、さまざまな組合わせの見解が存在していることは、ここにその詳細を紹介するまでもなかろう。

しかし、もしこの歌のなかに、すでに論じた「人にあはん」の歌に通じる諧謔性を見つけることができるとすれば、解釈の多様性は実はひとつの結論に達する手続きに過ぎないと筆者は思う。懸詞と緑語との多用が歌全体をいかにも才気走ったものにしているのに対し、「あまのあしたゆく」と打ち出された恋する男性のイメージの愚鈍さ、この点、これは理智と言葉の遊びの技巧が勝った立派な俳諧哥であり得るのではないだろうか。とすれば、まず「みるめもない私の容色」などという、いじけたと同時に媚びを含んだようなさもしい自虐はあり得ようもないのではないか。また「わが身」という言葉が相手を指すという見方は、「花の色はうつりにけりないたづらに我身世にふるながめせしまに」、「今はとてわが身時雨にふりぬれば言のはさへにうつろひにけり」、「秋かぜにあふたのみこそかなしけれわが身むなしくなりぬとおもへば」とうたった小町の用例からして、単なる論理的可能性にすぎない。

もっともこの歌の解釈の多様性には、『伊勢物語』が一枚加わっている。その第二十五段に「あはじともいはざりける女の、さすがなりけるがもとに、いひやりける。……色好みなる女、返し」としてこの一首が用いられていて、たしかにこのコンテクストからいくと、「みるめなき」は媚びを含んだ思わせぶりな自己卑下でなければならなくなる。この歌の翻訳は小町の全訳を試みたマッカロフのものを数えるだけだが、そこに詳細に記されている註は、その『伊勢物語』のコンテクストに忠実に従っている。ちなみに本文「色好みなる女、返し」の部分は The coquettish lady responded となっており、第二章で紹介したマッカロフの小町評に passionate と並んで coquettish という言葉が用いられているのは、おそらくこの歌をはっきり意識した上でのことであろう。筆者は再三再四、マッカロフ自身の小町像については断定しかねる表現をとったが、それは彼女が翻訳するに当たって彼女の誠実さに従ってどのような表現を選ぶにせよ、彼女の解釈は、ブラウワー&マイナーから引き継いだ黒い港ともいえるような of intense passion と『伊勢物語』の coquettish lady とをつき混ぜるところに固執しているように思えるからである。

「みるめなき」の解釈に戻って、しかしながら、その歌を流用した『伊勢物語』の著者が個々の歌の解釈に誠心誠意を尽くしたわけではないのは、誰しもが認めるところである。

技巧の諧謔性と華やかさに比べて、この歌の雰囲気は哀しい。そう見るのは筆者が自分の先入的小町伝説に支配されているからではないはずである。「わが身」と言うとき、つねに内省の苦悩をほのめかした小町ではなかったか。また「わびぬれば身をうき草の」と詠んだ小町ではなかったか。「みるめなき」の歌で「浦」に「憂」を隠し言葉的に懸けた懸詞は、技巧達者な作者の得意の遊びを思わせるが、遊びながらなお「わが身をう」と言わねばならなかった小町にとって、わがみとは自分自身以外ではあり得なかっただろう。それは一面「私は哀しい」とばかりにうなだれてみせる一種のてらいではあったとしても、他方、たくましい理性と機知の統御からなぜかまったくはずれた絶望と悲しみが、この一宮廷女性の心にいかに深く巣喰っていたかを表わしているのではないだろうか。

ふりかえって、「あまのすむ」の一首も、それほどに痛快な嘲りの歌ではなかったはずだ。「うらみんとのみ人のいふらん」はもちろん一面、蔑視に満ちたそらとぼけの疑問だ。しかしそれを先導する上の句「あまのすむさとのしるべにあらなくに」という表現のなかには、たんに馬鹿々々しいとばかりはねつける冷笑としては、いまひとつおかしさをたたえる余裕がないと人は思わないだろうか。下の句の空とぼけと嘲笑は、実は技巧にカモフラージュされたなまの絶望の声ではなかったのだろうか。

この女流歌人の出発点には、自分の美貌や才能に対する自信があったのは紛れもない事実だとしても、同時におそらくある恋における不如意とそれにもかかわらぬ執着とが、これとまた紛れもなく存在していた。それに加えて、そのような己れの現実を掌握しうる強靭な批評眼と判断力とを彼女はそなえていた。その結果、彼女はある決定的な恋に身を滅ぼすことはなかった一方、胸の奥に巣喰う絶望という一文字から解放されることもなかった。来ぬ男にじれていらだつ女を笑いの種にした小町には、待ってもじれても来ないものは来ないという自分の苦い経験を踏まえた内省があった。「みるめなき」情況下で「あしたゆく」通う男への嘲りには、そのような彼女自身の経験を察知すべくもない次元で恋をしている男に対するいらだちがあった。そこには「私は違う」とばかりに相手をふりはらう自尊心が歴然と存在しているとしても、自らの体験を見すえて、無効のあがきよりも絶望を選ばねばならなかった小町の苦しい宿命を垣間見ることができるのではないだろうか。

小町の歌の魅力を構成しているのは、けっして「激烈なる情念」そのものではない。むしろそれを横からじっと眺めて突き放すことのできた卓抜な知性と批評眼であり、さらに、それにもかかわらず自らの失意からあっさりと立ち直ることができず、かなしい笑いと絶望との間で言葉の遊びのあやのなかに自分の苦しみを織り込み、そこに自らの存在理由をきわどくも確認した一女性の心のゆらぎではなかったか。言いかえれば、平安の宮廷の世界に生きた小町は、突き放しながら、鋭く見抜きながら、無効のあがきよりも絶望を選びながら、自己と現実との間の完全な断絶を表現するほどまでにその態度を徹底させる術は知らなかった。その気位の高い、技巧達者にもかかわらず、小町の歌がつねに「あはれなるやうにて、つよからず」読者の心に訴えるのは、小町がなま身だった小さな部分に才女でもなんでもない女性の哀れさが集約されていて、それが彼女の使う言葉のなかにそこはかとなく、しかし否定し難い重みをもってにじみ出ているからではないだろうか。

*

マイナーらの小町像が、彼らの採用した歌の範囲内ではそれなりの一貫性を持っていることは否定できない。しかし筆者が最後に取りあげた二首などは、彼らの小町像のなかには占める場所がないのも、また事実ではないだろうか。とすれば、彼らの小町像の構成に当たって「思い込み」が先立っていることも今や否定できなくなるが、では、「思い込み」にもさまざまな選択の余地があるなかで、なぜ彼らは「激烈なる情念」を選んだのであろうか。それとも選んだわけではなかったのだろうか。実はそれこそが本質的な問題だが、彼らが、彼らの書物で扱っていない歌をどのように解釈するのか不明な現在、多くを論じることはできない。しかし、目下のところ、彼らの小町像は、筆者が以前に他の歌の翻訳のさまざまなケースから抽出した「英語的思い込み」の諸例に単純明快に一致している。今ここでそれを反覆することはしないが、恋の歌人といい、すぐれた女流歌人というとき、自我、執念、ヴァイタリティ、哲学的自覚（これはここでは扱ういとまがなかったが、マイナーの「いろみえで」の一首の解説で強調されている）といった強い要素を、まず「分かりやすい」ものとして期待する英語の世界の習慣に、マイナーらはそのまま従っている。とすれば、翻訳例の多い歌人という基準で小町をこの論文の主題に選んだ時点から、すでにその基準自体が結論として決定されていた、という愚かなことにもなってしまうのである。

有島武郎とウォルト・ホイットマン

一九〇三年八月二十五日、アメリカ合衆国へ向けてむこう四年間の旅に立った二十五歳の有島武郎の中には、暗い野心が渦巻いていた。札幌農学校という異邦的な土地で得た激しいピューリタニズムの信仰は、卒業後一年間の兵営生活、及びさらに一年の留学準備期を経て早くも混乱をきわめたものになっていた。何か妄想を覚まされた時の悲しみにも似た想いと、海の向こうに何ものかを得ずにはいないという心意気とは、彼の良家の子息らしいおとなしい瞳に不思議な眼光を与えていた。その留学第二年目に有島武郎とウォルト・ホイットマン詩集との運命の出会いが行なわれたのである。彼はその後ホイットマンによって彼自身のキリスト教からの脱出を理論付け、詩集"Leaves of Grass"は彼がことあるたびに立ち戻る地点となった。

死後十三年を経てドイツやフランスではその翻訳も少しずつ進み始めた頃、本国においては"Leaves of Grass"は古書店の片隅で社会主義の本やエロ本と共にほこりにまみれ、知己を中心とするごく少数の間でしか読まれていなかった。ハーヴァード大学院に通うかたわら雑役をするという条件で同居することになった弁護士が涙とともに読みあげるのを聞いたのが、有島がホイットマンに触れた最初だったという事実(1)は、有島とホイットマンとの出会いが本当の出会いにふさわしく、例外的な偶然の恩恵をこうむっていることを物語っている。

有島はたちまち弁護士と、争って"Leaves of Grass"を朗読し、涙を流すようになるが、最初は彼自身その強い感動をどうとらえてよいのか分からなかった。

弁護士と同居したのが一九〇五年一月、本を手に入れたのが三月、弁護士と別れたのが六月。その後、農場で働き、森本と同居し、ワシントン図書館に通った頃、どれだけホイットマンに親しんだかは不明である。むしろホイットマンより他のロシア文学やイプセンなどを新しく読みあさる方に忙しかったと思われる。ちなみに彼がアメリカ在住中に書いたものは皆、ケムブリッジからワシントン時代のもので、

「露国革命党の老女」(プレシコフスキイ女史)　(一九〇五、毎日新聞)(2)
「かんかん虫」
「ブラント」　(一九〇五—六、文武会報)
「イブセン雑感」　(一九〇八、文武会報)(3)

の四篇があるが、創作「かんかん虫」はゴーリキーの明らかな影響下にあることは言うまでもなく、他三篇の評論もいずれもロシア、及びイプセンへの関心を示している。「ブラント」が中でも量も多く力作である。イプセンは有島がホイットマンに次いでしばしば評論の対象としたものであるが、イプセンを語る時、彼は常に神にこだわり、霊と肉、芸術と愛の対立に悩む自分の心を語った。初期の多くのこの系統の思想表現から、有島がホイットマンを知って数年後も、あくまで背反しようとする二元の対立という考えに強くとらえられていたということを知ることができる。ホイットマンは、それと対照的に、二元対立の思想からひとつの自然となった自己を中心とする一元思想へと有島を導いた。しかしそれが有島の中で根づくまでには時間がかかった。ホイットマンの詩がはじめて有島の文に現われたのは、一九〇七年帰国の年、『文武会報』第五十四号誌上である。「日記より」

という在外中の日記から抜萃加工した断章の冒頭にエピグラムとして付け加えられた。しかし、「日記より」そのものは逆に二元対立論の発端となって「二つの道」その他の評論がその後に続くのである。

一九一一年、信望を集めてその中心となっていた教会を有島はついに脱退した。そして丸二年思想発表をしなかったあげくに出したのが「ワルト・ホヰットマンの一断面」と「草の葉」である。思想発表をしなかった二年間というのは、ちょうど「或る女のグリンプス」を『白樺』に掲載していた期間であったが、その期間を通してホイットマンは有島の中でにわかにイプセンを退けて勢力を握った。「ヘッダ・ガーブラーになるのはいやだ。……しかし、人としての最上の道は、ヘッダになる外ない様だ」と書いた彼は、「或る女のグリンプス」で彼自身のヘッダを書こうとしたようだ。ヘッダは勇敢ではあったが滅びた。ヘッダになってしかも生きようとした時、流れる河のようなホイットマンが有島の関心を奪ったのだろう。そしてその時はじめて、自分がかつてホイットマンの詩に触れた時なぜ涙を流したのかを理解したのであろう。ヘッダは自己の尊重を教えたが、彼女の自己は生活の型からは自由ではなかった。その自由を彼に暗示したのがホイットマンだったのだろう。自由な魂。何ものにも捕らえられず、共感に満ち、どこまでも拡がってゆく魂。過去に縛られず、未来の不安に苦しめられず、常にその現在に徹した自由な魂。「或る女のグリンプス」を書き終えた有島は、その間にこうむった変化を「草の葉」で示した。

「草の葉」ではそれ以前のものに比べて歴史の知識をごたごたと引き合いに出して文化論ふうの意見を展開することが少なくなり、一個の存在における時間の推移の観念が初めて加わっている。この観点こそが多面的なものを含んでいる魂を分裂に悩む状態としてではなく、発展途上にある自由な状態として捕らえようとするその後の努力を可能ならしめたのである。何故急にそのような観点を得たか、その原因は次の手紙がきわめて明瞭に説き明かす。

……近頃会心の思ひを以て読みたる書は Bergson の 'Time and Free Will' に候。

(手紙一九一二・五・二十二　木村徳蔵宛)

この "Time and Free Will" というのは 'Essais sur les données immediates de la conscience' の英訳本である。有島というのはだいたい学問的緻密さを持った頭の人ではないので、書物も決して分析的には読まなかった。字を追っている間にそこから暗示されるものを読んだ。このベルグソンの論文では、

…Il faudra donc l'opérer encore, mais au profit de la durée, quand on étudiera les phénomènes internes, non pas phénomènes internes à l'état achevé, sans doute, ni après que l'intelligence discursive, pour s'en rendre compte. les a séparés et déroulés dans un milieu homogène, mais les phénomènes internes en voie de formation, et en tant que constituant, par leur pénétration mutuelle, le développement continu d'une personne libre. La durée, ainsi rendue à sa pureté originelle, apparaîtra comme une multiplicité toute qualitative, une hétérogenéité absolue d'éléments qui viennent se fondre les uns dans les autres.…

De quelque manière, en un mot, qu'on envisage la liberté, on ne la nie qu'à la condition d'identifier le temps avec l'espace,…(Conclusion)

このような言葉を彼流に用いて、その手でホイットマンを解釈する事によって、ホイットマンに何故か引きつけられて止まない自分の心の在り方を積極的に肯定する可能性を見出したのであった。

彼がここで引き合いに出しているホイットマンの諸側面は、意外なほど全人的な深みにおいてとらえられたものである。それは有島が、分析はしなかったけれどもいかに深く感じ取ったかということを示している。ここで

取りあえず注目しておいてよいのは、イプセンの場合と同じく、いかなる意味でも政治的社会的にはとらえられていないということである。日本において初期にホイットマンに親しんだ人びとのうち、内村鑑三や岩野泡鳴については留保しなければならないものがあると思うが、民衆派の人たちがホイットマンの中に社会派詩人を見、白樺派の人たちが、ただ自由に大手を振って歩きまわっている男を見た時に、有島はホイットマンの豊かさはすべてとらえられなかったとしても、生存の神秘の前に果てしなく拡がる、しかも孤独な魂を宿したひとつの人間像を見ていた。しかし初期の二篇のホイットマン論の要点は、ホイットマンが何であるかを言うことにはなく、ホイットマンが有島に何を教えたかを言うことにあった。彼が感動しながら強調しているのは以下のことである。

私は危くも、凡ての物事に対しては寛大の徳を認めながら、魂に対してだけは、容赦も情けもない振舞ひを死ぬまで続ける所だつた。……私でない私が一体何んの役に立たう。危いところだつたのだ。
(「草の葉」)

私の心の領土は今でも混乱の限りを盡して居る。……略……然し私は慰藉なしではない。……略……私は段々最後の climax の方に進みつつある事を知つて居るからである。健全であれ不健全であれ、私の脈は地球の脈と同じ打ち方をし始めた事を知つて居るからである。……略……こんな衝動と慰藉を感じさせてくれた事を私はホヰットマンに感謝しなければならない。
(「ワルト・ホヰットマンの一断面」)

有島は、初めてホイットマンを知った頃愛誦した詩のうちに “Out of the Cradle Endlessly Rocking” を挙げている。この愛と死のうた。二羽つがいで飛んで来た幸福な鳥。そして突然雌鳥を見失ってしまった時の雄鳥の悲しみ。そして失われた伴侶を永久に呼び求めさまよう鳥。幼い少年であったホイットマンはその鳥に呼びかける。

O you singer solitary, singing by yourself projecting, me,
O solitary me listening, never more shall I cease perpetuating you,
Never more shall I escape, never more the reverberations,
Never more the cries of unsatisfied love be absent from me,
Never again leave me to be the peaceful child I was before what there in the night,
By the sea under the yellow and sagging moon,
The messenger there arous'd, the fire the sweet hell within,
The unknown want, the destiny of me. (line 50–58)

有島においては本来一緒に在るべきものから切り離されてしまった孤独感は常に実在的なものであった。しかし人間はその悲しみを前にして大人にならなければならないのである。

Never again leave me to be the peaceful child…

は、「エホバを見た者は死す」というあの人間としての自覚ではないのか。が、そこでホイットマンが続けて言うのは、"Woe is me!" ではなくて、

Afoot and light-hearted I take to the open road,

Healthy, free, the world before me,
The long brown path before me leading wherever I choose.
Henceforth I ask not good-fortune, I myself a good fortune,…(“Song of Open Road” line 1-4)

である。自らの運命を受身に受け取らず自らが道になること、それは有島にとって啓示であった。何かあるものから切り離されてしまっているその相手を求めて神、神と言った有島は、それによって untold want を満たされたいという意図があった。この世の救いのなさを知ったところからこそ宗教が始まるというのに、有島は現実に彼を満たすものとして神を求めたのであった。鳥のうたは、その untold want があるのが人間の存在の本源的な悲しみなのであり、それを人は背負って生きていくのだということを暗示した。そして、

Come lovely and soothing death,
Undulating round the world, serenely arriving, arriving,
In the day, in the night, to all, to each,
Sooner or later delicate death.
Approach strong deliveress…
(When Lilacs Last in the Doory and Bloom’d, line 28-40, section 14)

このように死を救主・慰安者として歌った詩は、有島に、死こそが源への帰還なのだという事を感じさせた。現実生活の中には行きつくものはないのだと。そして彼は、神を錯視することによって、今すぐ満たされようとしてあがく努力の無理と無意味さとを感じた。そういう彼に神を信じる必要と理由はもうなかった。有島はその後、自分の存在を untold want を探しつつある状態でとらえていく。そしてその有島の変化に伴って、ホイット

マンもまた彼の中で変貌していくのである。

アメリカで有島の肩を叩いたのは、やはり何といっても華やかな色彩を持ったホイットマンだ。しかし、晩年、特に彼がホイットマンの詩を訳してぼつぼつ雑誌や新聞に載せるようになった頃から、ホイットマンは加速度的に華やかな多彩さを失った。有島の五篇のホイットマン論のうち、いちばん最後の「ホキットマンに対する一英国婦人の批評」というのは、アン・ギルクリスト夫人のホイットマン論の紹介の小文であって特に注目すべきものとは思われないが、残り四篇のうちすでに挙げたはじめの二篇を邂逅記とすれば、あとの二篇はすぐれたホイットマン総論となっている。そしてそこではホイットマンの肩を叩く動作ではなく、心の状態が彫り出されている。二篇の評論とは一九二〇年十月新人会の講演と、一九二二年一月訳詩集の第二輯のあとにつけた伝記で、その間には一年二ヵ月ほどの期間しかないが、その内容の違いを見ることは実に興味深い。どちらにおいてもホイットマンは全人的にとらえられ、その生涯と死とについて論じられている。(しかし彼は決して性格の分析まではしなかった。それができたら有島もまた変わり得たのであろうが。有島はホイットマンの欠点を見逃さなかったが、意図はとらえるべきものをとらえるところにあった。)とらえるべきものとして主張した所のものは変わりはしなかったであろう。しかし二篇の文においてトーンが何と違っていることか。

彼は一九一七年頃から自宅に一高・東大生らを集め、『草の葉』を読む会をしていた。それはやがて「『草の葉』会」と呼ばれるようになり、そのメンバーには八木沢善次・谷川徹三・蠟山政道、その他多くを数えた。新人会における講演は、その会で常日ごろ語っていたことの要旨だったと思われる。彼はその二百二十枚(ただし、引用がその大半を占めている)にのぼる原稿案のために、

Symonds, John Adington: Walt Whitman, A Study and Later Edition
Perry, Bliss: Walt Whitman

Noyes, Carlton: An Approach to Walt Whitman
Ingersoll, Robert: Walt Whitman; Liberty in Literature
Carpenter, Edwad: Days with Walt Whitman

などの書物のメモをとっているが、以前から読んでいた本のメモを改めて取り直したことなども有島のホイットマン論総括の意図をうかがわせる。

この論文を彼は、ホイットマンを理想家に対するloaferとして性格づけることから始めている。政治思想的には社会主義に対する無政府主義の立場だとして、その立場を擁護するために多くの頁を費やしているのは、有島の関心の在り方を示すとともに「『草の葉』会」で政治がしばしば熱論の主題になった事情を物語っているのであろう。彼は伝記の部分では、新聞記者時代の体験、"Leaves of Grass"に"Children of Adam"をつけ加えたこと、戦争中の看護夫の仕事などを強調している。先祖・家族のことを語って、

つまりホヰットマン家はその外に何等の業績も挙げ得ずに散り〳〵ばら〳〵になつてしまつてゐます。つまりホヰットマン家は一人のワルトを生み出す為めに幾代といふ血統を持ち続けて来た観がないではありません。

と言ったのはふだんの有島とはちょっと異質の観があるが、こういう偉人主義はカーライルの読書以来彼の中に潜んでいたのかもしれない。詩人になった動機をホイットマンが「私が何か後世まで残るやうなものを書きたいとの希望を起した最初は、一ぱいに帆を挙げて走る船を見た時だつた。私は見たまゝをその通り表現してみたい欲求を感じた」と語っているのに対して、有島は次のように語っている。

恐らく学校の講師をしてゐる時分に、散歩の序にでも海岸でその船を見たのでせう。大きな海原を一ぱいに帆を挙げて走つて行く一隻の船、それはそのまゝ一つの神秘であります。象徴であります。一人のloaferなるワルトに取つては、その船の陸地から遠ざかつて行く姿は、或る屈竟な暗示を彼の魂に刻んだに相違ありません。ワルトの詩の中殊に晩年の詩の中には海に乗り出して行く船を歌つたものが数篇ありますが、それらは何れも塩風の匂ひを嗅ぎ得るやうな、生々とした力強い暗示を含んだ立派な詩であつて、真に後世まで残るべきものであります。

また、したがって遺作 "Joy, Shipmate, Joy!" についても、

彼は現世の桎梏から放されて、永遠の旅程にのぼると共に私共の懐ろに近々と帰つて来たのです。

と言い、伝記の終りも、

Loaferは悪くゆくとデカダン、フィリスティンとなるが、ホヰットマンは立派にそれを逃れてゐる。

と結んで、あくまでホイットマンを、衰えることを知らない、常に働きかけて来る生命としてとらえることに重点をおいている。

後半では伝記から離れてホイットマンの詩の特徴を五つあげている。カーペンターの言ったものとして、

一、個性に対する非常に確かな認識

二、具象

有島自身がそれに加えるものとして、

三、健全性
四、心・愛
五、神秘主義・象徴主義

をあげ、有島はそれらの特徴について、いちいち多くの例を引き、ホイットマンを完全な詩人ではないが一人の先覚者であり、詩の改造者であるとした。
そして有島は"Song of Myself"の最後の句でこの講演を結んでいる。

Failing to fetch me at first keep encouraged,
Missing me one place search another
I stop somewhere waiting for you.

『ホヰットマン詩集』第一輯の巻末の伝記「ワルト・ホヰットマン」では事情は違っている。それは五十枚の小文で、前のに比べれば四分の一にも満たないが、詩の引用はほとんどなく、非常に充実した文である。書き出しでホイットマンをloaferと規定しているところは同じだ。しかし叙述の調子は変わる。

……彼の性格の基本的の基盤はそこに（＝自然）大根を張つたのだ。後年彼はいかに種々なる人間生活の諸相に当面したらう。しかもそれを表現する彼の言葉の後ろには、大自然の中に悠遊するパンの懶惰な姿が滲み出る。結局太陽の光と離れ住むことの出来ない自然、結局自分の制約以外のものには絶えず反抗して倦むことのない自然、默つて憎み叫んで愛する自然、それ自身以外には誰にも本当に理解され得ない自然、それが死に至るまでの彼の基調をなした。

さうだ。彼は常に自分自身にまで奪ひかへす男だつた。それにも拘らず、彼は常に詩人たる自分から離れてさまよひ出ようとした。新聞記者として立身しようといふ欲望は可なり強く……

読み始めから気づくことは、ホイットマンが、魂とか個性とか心とかいったものから、非常に実在的なものへと移ったということである。ごく初期の十九歳の時からの詩作についても有島は言う。

彼のそれらの詩中に現はれる姿は感傷的で悒鬱だつた。それは凡ての青年にあり勝ちのものだろう。生に対する何とはなき不安、死に対する朧ろげな憧れ、やりどころなき愛の悶え、……略……死も亦彼の詩題にふさはしかつた。西行法師と同様に、彼は死を人なき自然の一隅に選んだ。……（詩の引用略）……かゝる詩は彼の心の声ではない。凡ての青年がその捕へ得ざる幻影の上に築く蜃気楼だ。

ここでホイットマンは突如として感傷的な青年となった。彼が不安を抱いたり蜃気楼を築いたりする青年だったということを人ははじめて知らされた。

このあとホイットマンの恋愛についての観察は有島がはじめて出した見解であり、この文の中でも相当の重みを占めている。

「幸薄きわが愛欲はまだ見ぬ人にこがれ寄る」と悲しく歌ひながら、まだ見ぬ人を見窮めようとはしなかつた。同時に愛欲の鎖はローファーなる彼には重過ぎたのかも知れない。恋愛はやがて生涯を繋縛して解放しない家庭生活を予想する。この予想は彼にとつては由々しい警戒であつたらう。それ故に彼は不思議な空隙を胸に感じつつも、美しい夢を冥想の中に描くのを選んだのかも知れない。

その代わりに彼は同性間の友情の熱烈な讃美者であり実行家であったことを有島は強く指摘して、女への愛を歌ったものは友情を称えたものよりも非人格的で抽象的だったと言っている。それは、公娼制度の廃止と正しい性関係のために歌われたものだろうとまで言っている。新人会の講演で同性間の愛を同性愛の興味から指摘しているのとはだいぶ違う。それから有島はホイットマンの恋の体験を語り、"Out of the Cradle Endlessly Rocking"を、情人を得てそれから去る時の悲しみを歌った詩として紹介し、"Out of the Rolling Ocean Crowd"についても、詩人がある有夫の婦人に手紙を書き、それを夫が見つけ、衆人の中でホイットマンを詰問した事件から生まれたものだということなどを、妙に熱心に数頁を費やして語っている。

……その悲恋は、彼にとつて優れた多数の詩の母胎をなした、……略……彼は底深い孤独の寂寥の中にあつたのだ。

ホイットマンの、愛するけれども結婚すまいとする態度、したがって情人には常に有夫の女を選んだという事実、アン・ギルクリストとの結婚を拒んだという事実等を指摘して、有島は突如としてホイットマンとは関係のない自分の意見を差しはさむ。

男と女と子供とが結婚といふ重荷から解放される時のやがて到来するのを私は予感せずにはゐられない。而して私としても要求せずには居られない。

この考えは、よき家庭の父の心あふれるものとされている「小さき者へ」の中にすでに見られる有島の考えである。それをはっきりと言葉で主張したことは注目すべきことである。有夫の婦人との恋の書き方などは、それが彼自身に起こり得ることと考えていたことを思わせる。「併し……秋子とも永く同棲すると岐度倦怠すると思ふよ。倦怠しさうに考へられる女だよ。……倦怠する時の淋しさを思ふと……」（『泉』終刊号）と彼が心中の前に足助に言った言葉として伝えられるこの言葉も思い当たる。

この最後のホイットマン論になって有島はホイットマンとホイットマンの詩を、にわかに伝記的にとらえた。そこではじめて、現実に求めながら現実に求めることをあえて意識的に避けた孤独な人間像がとらえられている。海を開拓し、はせめぐる者の姿は、突如として、決して満たされぬ愛を胸に秘めて歩く傷ついた旅人の姿になった。

悠久な人類の生活の間に一人の彼が現はれたといふのはいゝ。全然彼の現はれ出ないのを考へるのは、やはり私を淋しくさせる。……略……何といつてもそれは無類に見事な一つの男の典型だ。いつでも静かに、いつでも深く、見えをしないで凡てを受け入れながら嘗て自分を失はず、一歩一歩大地を踏みしめて、この大男は自然に老いながら大道を遙かに遠く旅していく。

常に天然色でクローズアップされていた逞しい男は、ここではじめて遠景の老人となった。

彼は生まれたまゝに育ち、育つまゝに老い、老いたまゝに死んだ。

ホイットマンが老いて死んだのだということはここではじめて聞かされた。また、ホイットマンが実際、何か立派なことをしたわけではなかったのかも知れないこともはじめて聞かされた。そしてホイットマンは、〈悠久の人類の生活の間に一人の彼が現はれたといふのはいゝ〉という、そのなした事ではなく、ただ在った事が、他の一人の人間にとって意味を持つ、そういう一人とされたのである。

彼の時代には彼が出なければならなかつた。而して今の時代には、それにふさわしい詩人が要求されてゐる。人は常に生きつゝ、常に死につつあらねばならぬ。而して常に死につゝ、生きつゝあらねばならぬ。彼をして彼の道を行かしめよ。それを妨げるな。私達は私達の道を行かう。彼をしてそれを妨げしめるな。

この結びの句で、ホイットマン自身の、

O living always, always dying !
… (a few lines' omission)…
O to disengage myself from those corpses of me, which I turn and look at where I cast them,
To pass on, (O living, always living) and leave the corpses behind.
—— (O Living Always, Always Dying)

×

For all is useless without that which you may guess at many times and not hit, that which I hinted at;
Therefore release me and depart on your way.
——(Wherever You Are Holding Me Now in Hand)

などの初期の歌、そして新人会の講演では有島自身、ホイットマンが個性を伸ばすために勇ましく歩くその宣言として引用したこれらの歌は、決別の言葉となったのである。新人会の講演を「私を探せ」と結んだ有島は、ここで「私を去れ」と結んだ。

ホイットマンは雑多な要素を含んでいる。有島は彼の中に、同時に、生と死とを、外へ拡っていくものと内で発展していくものとを、肉と霊とを、具象と象徴とを見た。それらのいわば対立する二要素を、いかに早くから認め、しかもふたつのものをいかにひとつのものとしてとらえ得たかは『草の葉』が十分証明している。新人会の講演でも五つの特徴を数えあげて並列したように、初めからとらえていた多面をかたよりなく紹介したと言える。そこで引用されている詩は決してかたよりを示していない。ところが『ホヰットマン詩集』第二輯の付録の伝記では、たしかに何かが変わった。

その文中にはほとんど詩の引用がないが、詩集の後ろにおくという性質上当然のことで、詩集に選ばれた詩そのものが有島の文中で思い起こされるべき詩だと言えよう。そこで第二輯におさめられた詩を、第一輯及び新人会の講演の際の引用の詩と対比することは重要な事と思われる。年代を確認すると次のとおりである。

新人会講演　一九二〇年十月
第一輯　一九二一年十月
第二輯　一九二二年一月

まず、新人会講演で公平に平均的に引用された十六の詩のうち、訳詩集に載せられなかったのは三篇あるが(Carol of Words, Marches Now the War is Over, I sing the Body Electric)、残り十三の詩のうち、十二までは第一輯におさめられていて、第二輯に入っているのはたった一篇である。それは "Song of Myself" で、前から翻訳は進んでいたが、長詩ゆえに完成が手間取り、分量の関係もあって第二輯にまわされたものである。それに第一輯の中にはその他、前の『草の葉』で引用された詩もおさめられているが、第二輯には "Song of Myself" を除いて前の論文で引用された詩はない。"Sometimes with one I love" の一篇の詩が『惜しみなく愛は奪う』のエピグラムとして用いられているだけである。それらのことから、第一輯と第二輯との間には三ヵ月の開きしかないが、第一輯は以前からの関心によるものが主になり、第二輯には新しい関心によるものが主に収められていると見做すことができる。つまり、第一輯のうち前に引用されたことのない詩のうちの幾つかと、第二輯のうち長詩 "Song of Myself" を除いたものが、伝記を書いた時の有島の特別の関心を惹いた詩だということができる。

第一輯の中では、一度も引用されたことがないものでも、多分に雑多な傾向を示している。(Faces, This Moment Yearning and Thoughtful, I saw in Louisiana a Love-oak Growing)。それは以前から関心のあったもので偶然一度も引用されることのなかった詩と最近関心を惹かれたものとが混じっているためだろう。今ここで第一輯はさておいて、一応、一冊の訳詩集を出してしまった後に新たに翻訳したものとして第二輯のみに注目する。

するとそこに驚くべき明らかな結果が出てくる。何度も言うとおり、"Song of Myself" は例外とするが、それを除いた他の全十八の詩には共通性があり、そのすべてが内面の孤独を象徴したものである。そして、一人の人間、一人の自分の likeness、自分を理解する者への身を裂くような悲しい憧れをうたったものが数の大半を占める (I Heard You Solemn-Sweet Pipes of Organ, O You Whom I Often and Silently Come, Sometimes with One

I Love, Earth My Likeness, When I Perused the Conquer'd Fame, We Two Boys together Clinging, I am He That Aches with Love)。そしてその他のもの（Thought, To a Certain Cantatrice, To One Shortly to Die, Mother and Babe, The Runner, To a Pupil, The Singer in The Prison, This Compost, Beautiful Woman）は孤独の自覚か、孤独なものへの同情、自己移入である。それらはすべて死を含んでいる。そして“A Noiseless Patient Spider”に現われる不気味な死の影は、この訳詩集において、もはや“Come, lovely and soothing death”というあの死ではない。有島の訳詩に原詩から特に伝えられた音のない糸の動きとその細い粘着力。この詩を短歌化した時には次のような表現となった。

おのがつむましろき糸の中にして
蚕の如くにもわれは死なまし

（手紙一九二〇・九・一五　浅井みつゐ宛）

有島がホイットマンの伝記を書いた時には本当に自分の死に向かい合っていた。……まゆは陽の光をあびて白くとも、光をさえぎられたその中は闇である。黒・黒い世界。紫の光を帯びたどよめく黒い世界である。有島はやがてこの黒いうねりに身を任せ、冥府まで走って行こうとするのである。

以上のように有島の変化にともなって変化していった有島におけるホイットマン像の研究は、当然有島の思想発展の研究にもなるのであって、これは、一人の人間が他の人間から受けた影響であると簡単に言い切ってしまうには、あまりにも奥深い所で交わったひとつの興味深い例であろう。

ラファイエット夫人の『クレーヴの奥方』

その表裏

1

『クレーヴの奥方』*La Princesse de Clèves* に対して、事実上フランス小説史における最初の傑作としての評価を惜しむ文学史はない。「古典主義小説の傑作」「心理分析小説の祖」などその表現はさまざまだが、傑作という高い評価とその占めている位置の確かさにはほとんど信じがたいものがある。『ドン・キホーテ』はすでに古典になりつつあったとしても、近代小説の発達の早かったイギリスにおいてすら、傑作と呼ばれ得るような作品の出現のためにはまだ半世紀ほども待たなければならなかった一六七八年という時代に、フランスにおいて、祖としての評価と傑作としての評価を合わせ保ち続ける作品が書かれたということは、実に驚くに値すると言わねばなるまい。一般の小説史的観点から言えば、かりにフランスの十七世紀の小説が、その代表的作品として『ロマン・コミーク』や『ロマン・ブルジョワ』のような、いかにも新ジャンルの先駆らしい作品しか所有していなかったとしても、むしろそのほうが自然だったようにすら思われるほどである。しかし現実には二百ページにも満たない中篇小説『クレーヴの奥方』が、それらの存在を消し去らんばかりの名声をもって生き続けているのである。

しかも文学史がこの作品に与える評価には疑問をさしはさむ余地がない。その文体の確実さにはたしかに傑作の名に恥じないものがあるし、その後のフランスの小説の発展を見れば、祖としての位置もあまりに明瞭である。どの国の例をとってみても、ひとつの古典作品が、『クレーヴの奥方』ほどはっきりとそれに直結する系列の作品を永い期間にわたって従えている例は見当たらない。しかも一世紀余りを隔てて、その間、十八世紀的合理主義のもとに一時的に貶められていたこの作品に絶大な賛辞を与えたのがスタンダールであったという事実に象徴されているように、系列ということをもう少し広義に考えるならば、この作品はフランス的要素を宣言するものとして、その後のフランス小説を睥睨しているとさえ言えよう。一九二七年にフォード・マドックス・フォードの『善き兵士』が発表された時、ジョン・ロドカーは "it is the finest French novel in the English language" という警句を発した。その時、彼が比較対照すべき作品として具体的に指摘したのは、モーパッサンの『死の如く強し』であったが、その「フランス小説」という言葉の中には、心理分析の明晰さ、数学的と言ってよいほどの均整、決して乱れることのない表面の硬さといった特色が了解されていたはずである。一方フランスにおいても、一九一三年にジイドがあるアンケートに寄せた回答の中で、フランスはモラリストの国ではあるが小説家の国ではないという意味のことを言っているが、それはロドカーの了解事項を裏返したものに過ぎまい。そこに独特な美しさを認めるにしても、弱味を認めるにしても、フランスの小説の最もフランス的な特徴は『クレーヴの奥方』に連なる伝統にあることは、自他ともに認めていることなのである。

しかしその伝統はもちろん、『クレーヴの奥方』という作品がたまたま書かれたということによって決定されたというものではない。『ロマン・クルトワ』のフランス、『バラ物語』のフランス、『アストレ』のフランスが近代小説の時代になって心理分析をその特徴とするためには、必ずしも『クレーヴの奥方』の存在に頼る必要はなかったであろう。この作品の祖としての重みは、その独自性にあるよりは、むしろフランス文学における十七世紀の重みと重なり合った性質にあると言わなければなるまい。ランソンは彼の『フランス文学史』の中で、この作品を、宗教を取り去ったコルネイユの『ポリュークト』と定義し、さらに、情熱の解釈においてはラシーヌ的であるとし、彼がラファイエット夫人独自のものとして語ったのは、全体の雰囲気の中に彼が認めたもの哀しさをラ・ロシュフコーとの恋の体験に結びつけた点だけであった。そしてそれは少しずつニュアンスを変えながらも、解釈のひとつの基本的図式として今日まで受け継がれてきている。

もちろん、その図式に対する挑戦が試みられなかったわけではない。一九五八年に出たM・ターネルの『フランスの小説』をはじめとして、その後のS・ドゥブロスキー、C・ヴィジュらの小説は、クレーヴの奥方が最後までヌムール公を拒否した事実を、コルネイユ的な義務の概念と結びつけるかわりに、多かれ少なかれ人生の全面的拒否に結びつけている。それは、あるいは当時崩壊しつつあった貴族社会という背景の中で、あるいは《人間の条件》という二十世紀的な概念の中でとらえられているが、そのような観点は今日において当然出てきてよいものなのだろう。それがすべて奥方の《拒否》をめぐって論じられている点も、この作品の問題点を浮彫りにしていると筆者は思うのだが、しかし筆者には、それらの新解釈によって《拒否》の内容が説明されたようにも思えないのである。ランソンの解釈が今もってくつがえされ得ないのは、それが十七世紀という枠の中に止まることを知っていたからではなかろうか。クレーヴの奥方の《拒否》にまつわる信じ難しさに何らかの光を当てるものがあるとすれば、ランソンの図式の外にではなく、図式の意味を吟味するところに、つまりあくまで著者ラファイエット夫人とその時代の中に、求められなければならないと筆者は思う。

2

『クレーヴの奥方』は史実に題材をとった小説だという点で、当時の流行の中から生まれたものである。十六世紀の末から十七世紀の半ばまでは、サロンを背景に全盛を誇った、騎士道物語と総称される読み物の時代であった。それが一六六〇年代を境に衰え始める。そしてその時、異国ないし大昔を舞台に冒険奇譚が繰り拡げられる長い小説、あるいはその中の騎士道的な愛の概念にようやく倦み始めた読者層をとらえたのは、ほぼ一世紀ほど昔のヴァロア王朝の宮廷を舞台にした、より現実味のある短い小説であった。その舞台の選択はもちろん偶然ではない。アンリ四世から始まって、ルイ十三世、アンヌ・ドートリッシュの摂政時代を経て、中央集権が確立しつつあった時代は、自国の最近の歴史に対する興味を刺激し、実際に多くの歴史書が出版され始めていた。それとルイ十四世の宮廷とが合わさって、新しく流行し始める小説の舞台の好みが決定されたのである。

一六六一年三月マザランの死によって二十二歳のルイ十四世の親政が始まった当初は、フランスの宮廷は上流階級の社交の場としてはまだサロンに一歩遅れをとっていた。宮廷は社交の中心になるべき人物を欠いていたが、それは同年、王弟フィリップ・ドルレアンがイギリスのチャールズ一世の王女アンヌ・アンリエットを妃に迎えることによって満たされることになる。父王が清教徒革命で処刑された時以来フランスで育ち、アンリ四世の孫でもあったこの王女は、一度フランス宮廷の一員になると、その洗練された教養と魅力とで直ちに宮廷を取り囲む上流社交界の中心人物となった。よい好みに支えられた快くかつ活気ある会話の楽しさ、優雅さと儀礼などをフランス宮廷に導入し、ギャラントリーをより洗練された、それだけにスリルも、隠された悲しみも、より大きいものに変質させたのは彼女だったと言われている。その宮廷が社交の中心としてサロンにとってかわるようになるには、国王が彼女の魅力に屈していたこともひとつの理由だったはずだが、一方、国王自身が派手な催しに熱を入れるようになった事情もそれを助長したといえよう。このようにして宮廷をめぐる世界が確立すると、そこにおける生活および王族、貴族に対する興味が、その世界の中心人物ではないが関係なくもない人々の間にかき立てられるのは当然の成行きである。当時の小説の主な読者層はある程度身分のある貴婦人であったから、高名な貴族の名がふんだんに見受けられ、歴史書によって垣間見た彼らの生活が詳しく語られているかのようにみえるロマン・イストリークと総称される小説の流行は、ごく自然の展開であった。

実際問題として、この新しい型の小説の流行はルイ十四世の宮廷の安定とともに決定的となる。ロマン・イストリークと言えばまずヴィルディユー夫人の名があげられるが、一六六一年、ルイ十四世親政開始の時から一六七〇年までの十年間の間に彼女がたどった足どりは、このジャンルの成長過程を象徴的に表わしている。彼女は一六六一年に旧来の趣味そのままの騎士道物語を発表することから出発し、やがて六〇年代の後半に至って、内容は相変わらずロマネスクで史実にも忠実ではなかったが、とにかく人物と背景とをほぼ一世紀昔のヴァロワ王朝に求め始め、さらに一六七〇年になって、史実の知識に基づき、しかもそれにかなりの程度忠実な小説を書くようになる。そしてその一六七〇年の作品『アナル・ギャラント』をもってロマン・イストリークという新ジャンルが確立し、その後の流行が決定づけられた、と今日の文学史家は見做しているわけである。

ラファイエット夫人はヴィルディユー夫人に一年遅れて処女作を発表した。彼女の場合、彼女が終始自分の著作に署名しなかったことや、他の人々との共作の関係や、数少ない小説のうちのひとつ『タンド伯爵夫人』（*La Comtesse de Tende*）が遺稿で年代が不明なことなど、彼女の小説の形式の発展を裏付けるのには困難が伴うが、はっきり言えることは、処女作『モンパンシェ公爵夫人』（*La Princesse de Montpensier*）がシャルル九世の時代に背景と人物とを求めてはいるが、人物の行動に関しては何ら史実を問題にしてはいないということ、つまりロマン・イストリークのごく初歩的な形態のものだったということである。その点では彼女はヴィルディユー夫人より早くこのジャンルを手がけたわけであり、また後の『クレーヴの奥方』において史実を重視するようになっている点では、やはりヴィルディュー夫人と同じ発展過程をたどったわけである。ちょうどそのふたつの作品の中間を占める時期に『ザイード』(*Zaide*)が書かれて居り、それは少なくとも外面的には明らかに一時代前の小説に属するものであるが、これを彼女の小説の形態の発展と矛盾するものとは筆者は思わない。『ザイード』は夫人の手によって成ったというよりは、スグレ、メナージュ、ユエ、ラ・ロシュフコーとの協力において書かれたことがはっきりしているものだからである。そしてそのことは逆に、『モンパンシェ公爵夫人』や『クレーヴの奥方』が、かりに幾らかは他の人々の手が入っているとしても、ほとんどは夫人の手によって書かれたものだということを証拠立てることにもなるはずである。

いずれにしても、『クレーヴの奥方』が出版された一六七八年頃は、史実の調査を踏まえたロマン・イストリークの全盛時代であった。出版当時、史実の誤りなどが指摘されたことが記録されているが、それは多くの人々がこの小説を歴史ものとして受け取っていたことの証拠でもある。実際問題として、ラファイエット夫人がメナージュなどの援助のもとに多くの歴史書に精通していたことは確かめられており、小説中の史上の人物の描写について、どの部分が誰の書いた歴史に基づいているかということも、すでに綿密に調べ尽くされている。この歴史ものとしての面は決してないがしろにしてはなるまい。たとえば皇太子妃マリー・スチュアートなどは、当時の人々にとっては、我々が皇女和宮に対して抱いているほどの身近さと、しかもなお史上の人物であるが故に充分には満たし切れない興味とを感じさせる人物だったということを考えねばならない。彼女はシラーの戯曲やツヴァイクの伝記などを通して、今日においても我々にとって親しい、興味をそそる人物になっているが、当時においてもすでに文学の中にその座を確保していた。彼女の夫が、アンリ二世の死後、母后カトリーヌ・ド・メディチの摂政のもとにフランソワ二世として王位についたのは一五五九年、そしてその翌年、彼が十六歳の若さで夭折すると、さらにその翌年、母后の迫害に耐えかねたように、十七歳の若さを白い喪服に包んで、マリー・スチュアートは生国スコットランドへと帰っていく。そのマリーの姿をロンサールが当時すでにエレジーの中にうたい上げているし、また、『クレーヴの奥方』より三、四年前にボワギルベールによる『マリー・スチュアート』という本が出版されたことも記録されている。つまり『クレーヴの奥方』の背景になっている舞台は、当時すでに人々の関心が集中していたものであり、ラファイエット夫人がひとつの目的としてその正確な描写をねらい、さらにそこに、ある自負を感じていただろうことは否定できない。この小説が出てから約一ヶ月ほど後の一六七八年四月十三日付、レシュレーヌ宛てのよく引用される手紙の中で、夫人はこの作品を次のように語っている——

……c'est une parfaite imitation du monde de la cour et de la manière dont on y vit. Il n'y a rien de romanesque, ni de grimpé; aussi n'est-ce pas un roman, c'est proprement des mémoires et c'était, à ce que l'on m'a dit, le title du livre, mais on l'a changé.

（それは宮廷社交界とそこにおける人々の生活様式とを完璧に写し出したものです。そこにはロマネスクなものも誇張されたものもありません。ですからそれは小説ではなく、回想録と言ったほうが適切でしょう。最初この本はそういう題だったそうですが、変えたのだそうです。）

これはもちろん夫人が自分が著者だということをあくまで隠した上でのひとつの讃辞だが——夫人は自分の作品に関して終始著者としての名乗りを上げなかったが、この小説については晩年メナージュに宛てた手紙の中で著者であることを認めている——、それは単なるそらとぼけである以上に、そういうものとして認めてもらいたいという夫人の希望の表明であろう。

ところがこの手紙は、歴史の描写が必ずしも歴史の再現ではないことも語っている。《une parfaite imitation du monde de la cour》という時、その宮廷は必ずしもアンリ二世のものとは限定されない。それは言外の了解として人々の意識にありうるとしても、限定されるのは人名や個々の事件であって、宮廷の在り方ではない。宮廷は宮廷であって、誰の時代のものかによる質の差は意識されないか、あるいは少なくとも追求の対象になってはいないのである。

『クレーヴの奥方』の背景になっているアンリ二世の宮廷生活は、完全にルイ十四世の時代を写したものだということは繰り返し言い尽くされている。そこに描かれているギャラントリーの性格ばかりでなく、馬上試合や、サン・タンドレ大将の催す盛大な舞踏会や、シャルトル侯の手紙事件その他のエピソードなどのモデルがルイ十四世の時代の歴史に求められているし、また当時のことを記したメモワールや歴史の中には、この小説の冒頭部と入れ替えても差し支えないような表現が多く見当たる。そしてこういう性格が、広くロマン・イストリークの属性だったのである。そのジャンルの流行が歴史書の普及やルイ十四世の宮廷の確立に裏付られているという事実そのものが、その舞台として描かれている一世紀前のヴァロア朝の宮廷は実はルイ十四世の時代のものであった、ということに必然的に通じるはずである。また同時に、歴史に題材を取ることは、過去に対する関心もさることながら、実際のモデルをカモフラージュし、想像力の自由を確保する手段でもあったであろう。これらの事情は、日本の平安時代の王朝文化の確立、『大鏡』『増鏡』などの歴史ものの出現、それを追うようにして栄えた王朝物語、そしてその中の代表的作品が、書かれた時代よりほぼ一世紀前の源氏の全盛時代を舞台に取りながら、実は藤原氏の時代を描くにいたった事情と、見事な符合をなしているではないか。

しかし歴史が正確に写し出されていないからと言って、『クレーヴの奥方』の歴史に関する部分は無視して読んでよいという考え方に筆者は組みすることはできない。小説は読者あってのものだとすれば、この小説の登場人物たちがどれだけ当時の読者の関心と興味の対象になっていたかを考えなければならないし、我々にとってすら、その中の多くがその名だけでじゅうぶん興味をそそる存在である。しかも歴史の部分は小説の本筋と関係ない飾り物としてのみ面白いのではなく、たとえばマルグリート皇女の結婚に関する話は身分の高い女性の結婚難を、エリザベート皇女のそれは政略結婚の残酷さを、ヴァランチノア夫人の身の上、特にアンリ二世死後の彼女の身分の転落には正式の手続きによらぬ関係の不安定さを暗示して、それがすべて物語の筋の発展を助けているのである。現代小説の基準から言って、それらのエピソードがどれほど邪魔に見えようと、その効用を否定することはできないし、何よりも、エピソードによって満たされるような宮廷に対する興味や、歴史上の人物の名を借りながら実在の人物をモデルにとるなどというロマン・イストリークの特性に、この小説のひとつの大きな鍵があると筆者は思うのである。

3

『クレーヴの奥方』の中心はあくまで三人の主人公の織りなす悲劇にあるのはもちろんだが、少なくともラファイエット夫人にとって、マリー・スチュアート抜きにこの小説は成り立ち得なかっただろうと筆者は考える。まず筆者は、この小説の成立は*“Vie de la Princesse d'Angleterre”*ないし*“Histoire de Madame Henriette d'Angleterre”*という題のもとに死後出版された王弟妃アンリエットの伝記と密接なつながりを持っていると考える。宮廷の描写やエピソードなどに関して、この作品と『クレーヴの奥方』との間に見られる類似はすでに指摘されているが、その関係はおそらく同一作者によるものだから似ているというだけのものではあるまい。ラファイエット夫人がアンリエットの伝記を書いたのは彼女の要望に応じてであった。(アンリエットは打ち明け話を聞かせたばかりでなく、自ら筆をとることもあったと序文に書かれている。)主な執筆年代が一六六四年と一六六九年だったということはその文章から推定されるが、おそらく王弟妃にとってもラファイエット夫人にとっても楽しかっただろうその伝記の執筆は、一六七〇年六月二十九日、前者の急死によって中断される。現在残されているものは、王弟妃の存命中に書かれた部分を中心に、おそらく死の時からあまり隔たってはいない時期に書き足された彼女の末期《まつご》の事情報告と、著者が晩年になって（それが一六八四年以降だということは文中の人名から推定される）付け加えた序の部分とから成り立っているが、ラファイエット夫人にとって二十五歳という若さのアンリエットの急死が、その奇怪な事情も交えてどれほど大きなショックであったかは、その序部にも表明されている。

Cette perte est de celles dont on ne se console jamais et qui laisse une amertume dans tout le reste de la vie, La mort de cette princesse ne me laissa ny le dessein ny le gout de continuer cette histoire, et j' écrivis seulement les circonstances de sa mort dont je fus temoin.

（この喪失は決して慰められることのない、終生にがい悲しみを残す性質のものである。この王女の死後、私にはこの伝記を書き継ぐ意図も気持ちも残らなかった。そこで私は、ちょうど私が居合わせた彼女の死の際の情況を書き足すに止めた。）

最上級的表現を濫用しないわけでは決してなかったラファイエット夫人のものであるとしても、この文は文字どおり受け取るべきだろう。夫人は二十歳のとき、当時まだ十歳に満たなかったアンリエットに逢い、彼女の信頼をかちえている。それ以前に夫人はほんの僅かの期間、摂政皇太后マリー・ドートリッシュに仕えたことがあるが、彼女が本当に宮廷に出入りするようになったのはアンリエットの結婚後、その友人としての資格においてであった。彼女の所属した宮廷の社会はアンリエットを中心とした宮廷だった。アンリエットの死後夫人はすでにかちえていた王の信頼をますます深め、宮廷社交界における地位を固めていくが、少なくとも彼女の生前は、夫人の地位は何よりも王弟妃の友として確立されていたはずである。夫人にとってアンリエットは、その生涯の大半を親しく知っていた王女であったばかりでなく、宮廷の栄華の象徴であり、さらにその栄華に自分自身を参加させる手だてでもあったのである。夫人の処女作『モンパンシェ公爵夫人』がはっきりとアンリエットをモデルにしていることはもちろん偶然ではないし、また、夫人の遺稿 *Mémoires de la Cour de France pour les Années 1688 & 1689* の一六八八、八九年という時期がアンリエットの甥にあたる英王ジェイムズ二世が名誉革命に追われてフランス宮廷に逃れてきた時だったということ、さらにアンリエットの長女、時のスペイン王妃が、母親と同じような若さで毒殺された時だったということなども、筆者にはラファイエット夫人においてアンリエットが占めた位置の重みと関係がないとは思えない。

『モンパンシェ公爵夫人』を書いた時点におけるラファイエット夫人は、小説を書くという好奇心と、王弟妃の恋のアヴァンチュールに対する小説家らしい、しかし平凡な批評に立脚しているように思える。密会が夫に発見された後、恋人を裏切らせ、恋の手引きをした男をカトリークの軍隊に殺させ、女主人公自身を病死させたのは、ラファイエット夫人の思想であった。しかし小説はその思想以上にアヴァンチュールそのものを浮かび上がらせているし、さらに、王弟妃が自分がモデルになっていることに気がつかなくてよかった、などと手紙に書いたりしたことからも推測されるように、ラファイエット夫人が彼女の生涯とさして真剣に取り組んでいるようには見受けられない。宮廷に入ってから一年という時の経過も、それ以上のことを夫人に考えさせる時間は与えなかったであろう。しかしその二年後の伝記になると、ラファイエット夫人の筆致は変わってくる。種々の事件の成行きのこと細かな説明は、もちろん誤った噂に対するアンリエット自身の弁明の必要から来ているのだろうが、王弟オルレアン公フィリップの愛を欠いた性格や嫉妬の異常さの、控え目ではあるが皮肉で鋭い描写や、王弟妃の若さ（結婚したのは十六歳）に対する同情ないし寛容などが見られるのは、必ずしも書くそばからそれをアンリエットに見せたというだけの理由からではあるまい。さらに伝記の中心部の後半、つまり一六六九年に書かれた部分になると、ラファイエット夫人の筆ばかりでなく、アンリエット自身がその若さから脱却しつつある。彼女のアヴァンチュールの相手のギッシュ伯と永遠の別れを告げる日がきた時、彼女は彼が逢いに来るのを好まなかった。

"(parce) qu'elle n'étoit plus dans cet âge où ce qui étoit périlleux lui paroissoit plus agréable; …depuis ce temps, M^{e} ne l'a point reveu,"

そして彼女のアヴァンチュールに関する伝記はここで終わることになった。ギッシュ伯が去ったからではない。その先に取りかかる時が来る前に死が女主人公を襲ったからである。

"M^{e} estoit revenue d'Angleterre avec toute la gloire…" という文で彼女の死を語る部分は始まっている。彼女は英仏両国間のある和平の取り引きのために、ルイ十四世の使者として実兄チャールズ二世の許に赴き、見事に使命を果たして栄光に包まれて帰国したところだった。彼女のその成功がどのように高く評価され讃えられたかは、ボシュエの『オレゾン・フュネーブル』などを通してもじゅうぶんうかがえるところだが、一方、彼女自身もまったく満足して幸せそうだったことも伝記に記録されている。おそらく彼女はその時、フィリップ・ドルレアンとの結婚生活に入ってから最も幸福なひと時を持ったのだった。それが一週間後には、彼女がラファイエット夫人に向かって「自分をとり囲んでいる人たちにつくづくうんざりしてもう我慢できない」と訴えざるを得ないような夫婦間の不和につながり、その不幸の中で、彼女は九時間ほど激しい腹痛に苦しんだあと、あえなくこの世を去るのである。アンリエット自身も周囲にいた人々も、事態のあまりの異常さに毒殺を疑った。それがそうではなかったらしいということは、ヴォルテールが『ルイ十四世の世紀』の中で立証を試みており、そしてラファイエット夫人自身も、毒が入っていたのかもしれないと疑われた飲物の残りを侍女が飲んでも何事も起こらなかったことを目撃しているが、毒殺の噂は広まったし、またそれが広まるだけの周囲の条件があったわけである。アンリエットが栄光と幸福の絶頂から不幸のどん底へと突き落とされ、急速に死へ向かう一連の事件を、そして死に直面したとき勇敢かつ敬虔にそれを受け容れたアンリエットの姿を、ラファイエット夫人は急テンポの文章で劇的に書き記している。執筆者が、苦痛を訴えるアンリエットの目に涙があるのを見て驚くさま、彼女が、毒殺された、と叫ぶあたりの事情、死を覚悟した後の彼女の冷静さと王女らしい数々のやさしい配慮など、ラファイエット夫人の書いたものの中で人の心をぐいぐいと惹きつける文があるとすれば、この部分であることを筆者は疑わない。だからこそ筆者はすでに引用した、この死が夫人に与えたショックの大きさを語る文を文字どおり信じるのである。

だからこそ、その七年後に書き上げられた『クレーヴの奥方』は、夫人が何らかの形でアンリエットの生涯を自分の中で整理しようとする過程から生まれたものだろうと筆者は考えるのだ。『ザイード』の第一部が発表されたのは、この王弟妃の死より一年前のことだった。その第二部が死の一年後に発表されている事実は、それが王弟妃とは直接関係のないロマネスクな小説であるだけに夫人の精神の逞しさを想わせはするが、それはこの死が夫人の心に及ぼした影響の大きさを否定するものとはならないだろう。『ザイード』の第二部は新しい着手ではなく、すでにできかかっていたものを完成したにすぎないし、そもそもはっきりとスグレの名義で発表されていて夫人が直接筆をとったものではないし、何よりも、アンリエットの生涯は、早急に整理がつけられるにはあまりに大きいテーマだったはずだからである。

問題になるのはむしろ、『ザイード』の第二部が出た年の暮、一六七一年十二月十八日にバルバン書店が *Le Prince de Clèves* なる小説の発刊を予告しているところにある。こういう題の小説はついに日の目を見ることはなかったが、これがラファイエット夫人の書くはずの小説だったということはすでに割り出されている。ということは、夫人がアンリエットの死後一年半たった頃にすでに、後に『クレーヴの奥方』として完成する小説を計画していたということであり、しかもその題が *La Princesse* ではなく、*Le Prince* だったということである。その時の小説の構想がどのようなものであったかは知るよしもないが、筆者に考えられることは、夫人が『モンパンシェ公爵夫人』の時ほどでなくとも、かなり直接の形でアンリエットをモデルにした構想を描いていたのではないかということである。そして彼女の悲劇を恋のアヴァンチュールに対する低俗な好奇心の中に埋没させないために、夫の異常な性格や嫉妬に焦点を合わせようとしたところから、*Le Prince* という題が選ばれたのではあるまいか。夫ないし恋する男の嫉妬は『ザイード』も含めてラファイエット夫人のすべての小説に共通する主要なテーマであり、中でもそれほど丹念に構想を練り直すことはなかっただろうと思われる『モンパンシェ公爵夫人』や『タンド伯爵夫人』など短い小説においては、結婚したまま妻にほとんど関心を示さず、嫉妬だけを爆発させるモンパンシェ公や、結婚後ないがしろにした妻に対する愛が再び芽生えはするものの、恋人の死のショックと後悔の念にさいなまれて死んでいく妻の死に快感を覚えるタンド伯などには、かなりはっきりとフィリップ・ドルレアンの姿が認められる。それにすでに述べたように、夫の、愛を欠いた、そのくせ異常に嫉妬深い性格を描くことによってその妻のアヴァンチュールに向けられるべき批判を和らげようとする傾向は、アンリエットの伝記の中にすでに見られる。アンリエットの死後二年も経たない時にラファイエット夫人が新しい小説を計画したとすれば、それがアンリエットと無関係だとは筆者には思えないし、関係があるとすれば *Le Prince* という題は「伝記」との直接のつながりにおいて説明がつくと思うのである。そのような理由から *Le Prince de Clèves* というついに書かれることのなかった小説は、ラファイエット夫人がアンリエットの生涯をまだじゅうぶんあたためないまま小説にしようとした時に抱いた計画だったのだろうと筆者は信じる。

では何故、ラファイエット夫人はその小説を書かなかったのだろうか。彼女の伝記は彼女の執筆を妨げるような事件が引き続いて起こったことを記録している。それを見れば、なるほど小説などを書いているゆとりがあろうはずがないとも思われるが、しかしそのような外的な事件はひとりの小説を書くことの好きな女性が、すでに計画した小説を七年間も放置する理由としてはじゅうぶんではない。その七年という年月にはあくまで題が変わったという事実に象徴される事柄、つまり著者が書こうとする内容が昇華されていった過程を認めねばなるまい。夫人はおそらく初めは、『モンパンシェ公爵夫人』を書くのと同じような容易さで、こんどは夫の嫉妬のほうに焦点を合わせることによって、女主人公を貶めることのない小説が書けると信じたかもしれない。おそらくそう信じたからこそ、バルバン書店に原稿を約束したのであろう。しかしそれができなかった。それは一方には、ロマン・イストリークが『モンパンシェ公爵夫人』の頃から変質して、歴史の裏付の要求が厳しくなっていたということもあろう。しかしそれよりも何よりも、夫人の心が、ないし夫人の心が受け止めたアンリエットの記憶が、多かれ少なかれ生の形でのモデル小説を書くことに満足できなかったのではあるまいか。

生前発表されることのなかった『タンド伯爵夫人』は、おそらくラファイエット夫人が *Le Prince de Clèves* の筆が進まないと知った時手がけた習作だったのであろう。『モンパンシェ公爵夫人』の女主人公が完全にアンリエットをモデルにしていたのに比べて、『タンド伯爵夫人』の女主人公はそうではない。だがタンド伯爵夫人は歴史の伝えるところとはまったく別の性格を負わされているところから、彼女がモンパンシェ夫人と同様、ラファイエット夫人の創作した人物だったということが分かる。そして彼女は、モンパンシェ夫人のようにみじめな死に方はせず、むしろ英雄的に死んでゆく。夫に不当な相続人を与えないで済むという理由で不義の子の死を喜びつつ、その出産の床で自らの死を待つ女主人公の姿には、読者をおじけづかせるほどの凄ましい誇りと諦念とが感じられるが、それはどこかアンリエットの劇的な死の場面を思わせるものがある。『モンパンシェ公爵夫人』でラファイエット夫人がアンリエットの生活を単純に批評したのだとすれば、『タンド伯爵夫人』では、夫人は彼女の死に方によって彼女を少しでも救おうとしているのではあるまいか。それが筆者がタンド夫人もひとつのアンリエットの像だったと考える理由である。また、『タンド伯爵夫人』を『クレーヴの奥方』より前の時期に置くことに関しては、女主人公の死の場面の印象が強いという点が大きな理由となり得るだろう。さらに『クレーヴの奥方』における devoir の概念は『タンド伯爵夫人』において打ち出されており、有名な《告白》も、夫に不義を手紙で告白するという形でその骨格が見られるが、どちらもその強さからいって『クレーヴの奥方』以後のものとは思えない。

以上の考察から、『タンド伯爵夫人』は少なくとも現在我々の目に入るものとしては、アンリエットの死後ラファイエット夫人がはじめて彼女の生涯と取り組んだ小説だったと思われる。しかしこの小説も夫人を満足させなかった。そして『クレーヴの奥方』に執着し、それをついに完成させた。ふたつの小説の構想の決定的な差は、『クレーヴの奥方』においてはアンリエットをマリー・スチュアートと女主人公に分割する便宜を得たということである。小説の中のマリー・スチュアートを中心とする宮廷が、アンリエットのそれと重なり合っていることは指摘を待つまでもない。しかし二人の女性の類似は、フランスの宮廷において占めた地位ばかりではない。スコットランドの女王とイギリスの王女という差は、共にフランス人を母としフランスで教育を受けた英国系の王族という類似の前にはないに等しいし、ごく若くしてフランスの宮廷から姿を消すことや、さらに悲劇的な死に見舞われたことまでが二人に共通している。つまり筆者が言いたいのは、『クレーヴの奥方』におけるマリー・スチュアートは、もちろん物語の中心から言えば背景を構成する人物に過ぎないが、少なくとも著者にとってはひとつのアンリエット像としてこの上なく重要な人物だったのではないか、ということである。マリーの姿がいかにも美しく、しかも痛々しく書き上げられているのはそういう理由があってこそのことであろう。そしてこのような形でアンリエットを描き得たからには、女主人公のほうは現実の彼女とはかけ離れる自由を持って差し支えないことになる。しかしシャルトル姫には、やはりアンリエットの面影が残っている。特別の美しさや身分の高さなどは当時の小説において、共通点と言うにはあまりにありふれたものだが、ごく幼少の頃に父を失い、母によって育てられたこと、その母が娘一人の教育に心を打ち込んでいたこと、身分の点から望んだ相手(アンリエットの場合はルイ十四世)とは結婚できなかったこと、十六歳で結構な縁組相手ではあるが愛は感じない相手と結婚したことなどは、すべて二人に共通している。これは著者がこの小説を着想した時、その女主人公にはアンリエットを据えていたことをほのめかしてはいないだろうか。マリー・スチュアートが実はあるがままのアンリエットの姿を美しく描いたものだとすれば、シャルトル姫は、伝記的に僅かながらアンリエットの面影を留めつつ、行動においてはラファイエット夫人が軽挙と判断したような行為からは救出され、ラファイエット夫人の人生観との関係において理想化されたものなのだ。

夫人が、先に引用したレシュレーヌ宛ての手紙の中でこの小説を《c'est proprement des mêmoires……》と言ったのは、たしかにそのとおりであった。夫人はアンリエットの宮廷のメモワールを書こうとする。しかも彼女はその天性において小説家だったから、小説という形でそれを書こうとする。モデルをカモフラージュするために、ロマン・イストリークの形式をとり、マリー・スチュアートのいた宮廷という絶好の時代を舞台にする。ギュイーズ公の妻、アンヌ・デストに久しく恋し、公の死後相手の躊躇を押し切ってついに彼女と結婚したヌムール公のエピソードに興味を持つ。しかし夫人は、アンヌ・デストが再婚しなかったことを望む。何故ならラファイエット夫人にとっては、そのような形で再婚して幸せになるということは考えられなかった。歴史はその後の話は伝えていないから、幸せにならなかったほうを選ぶ権利が夫人にはあったとしても、自分の小説の女主人公をそういう種類の不幸に追い込むことに夫人はもう満足していられなかった。夫人にとってアンリエットの悲劇的な生涯の記憶は、自分の小説の女主人公を世間なみの不幸の中へ陥し入れることを拒む性質のものだったに違いない。そこで夫人はアンヌ・デストを避けて、実在が確かめられない仮空のシャルトル姫を登場させる。その夫として若死したことだけしか分かっていないクレーヴ公を選ぶ。そしてそれらの人物にアンリエットやオルレアン公フィリップの面影を僅かずつ与えつつ、しかもそれらの人物の性格や行為を女主人公の名誉にふさわしいように変形させつつ、さらにしかも悲劇性だけは保ちつつ、物語を構成していく。自分の見たことを報告しようとする過程でまったくの虚構の世界を作り上げていくラファイエット夫人は真の小説家であった。しかし、はたしてこの理想化された女主人公はアンリエットの悲劇的生涯を贖い得たであろうか——。

4

一六七八年三月、『クレーヴの奥方』がバルバン書店から出版された時、それは大変な売れ行きを示した。そしてその成功に、いわば《『クレーヴの奥方』論争》とも呼ぶべきものが続いた。ありそうもない幾つかのエピソード、文法の誤り、その他多くのことを指摘されたが、何といっても論争の的になったのは告白のシーンであった。論争の内容は大別すると二点に分かれる。ひとつは、クレーヴの奥方が夫に対してしたような告白が良いか悪いか、ないし有り得るかどうかをめぐるもので、たとえば『ル・メルキュール・ギャラン』が告白の是非に関してアンケートを取ったりする。その結果も、その後の大勢としても、この点に関して人々の見解は非とするほうに強く傾いていた。第二の論点は告白のシーンのモデルに関してである。それはこの小説が出た年の暮れにヴァランクールが "Lettres à Mme la marquise…sur le sujet de la Princesse de Clèves" と題する匿名の『クレーヴの奥方』論の中で、そのようなシーンが一六七五年に出たヴィルディュー夫人の『デゾルドル・ド・ラムール』の中にあること、しかもそこではもっと迫力をもって描かれていることを指摘したことから始まる。それに対する反論が翌年の五月、ジャン＝アントワーヌ・ド・シャルヌの名で発表される。その "Conversations sur la critique de la Princesse de Clèves" という文は、あくまで著者としての名を明かさなかったラファイエット夫人が書かせたものとされているが、それは『クレーヴの奥方』の著者がヴィルディュー夫人の小説が出る以前に告白のシーンを着想していたこと、ヒントはむしろコルネイユの『ポリュークト』だったことを主張している。しかし、かりにそれらのことが事実だったとしても、ヴィルディュー夫人の『デゾルドル・ド・ラムール』を真似なかったとは言い切れない。何故なら『デゾルドル・ド・ラムール』はバルバン書店の出した本で、すでに『ザイード』をバルバンから出し、*Le Prince de Clèves* なる本を約束したりしていたラファイエット夫人の許へは出版当時書店から送り届けられていたと推定されるから、おそらく夫人はそれを読んだだろうし、第一、シチュエーションが『ポリュークト』よりは『デゾルドル・ド・ラムール』の方にはるかに似ているからである。

しかし我々にとって、この論争で問題にすべきことは、告白の是非でもモデルの有無でもない。たしかに告白のシーンのモデルになり得るものは『ポリュークト』にしろ『デゾルドル・ド・ラムール』にしろ存在していた。さらに出版の日付から言って『クレーヴの奥方』にヒントを与えたことは有り得ないが、一六七八年一月、つまり『クレーヴの奥方』より二ヶ月ほど前に出版された『ラ・ヴェルチュ・マルールーズ』という著者不明の小説は、告白のシーンが『クレーヴの奥方』そっくりで、夫が嫉妬の余り死ぬ所まで同じだという。問題は《告白》が当時それほどまでに珍しくないものでありながら、何故『クレーヴの奥方』の場合に限ってあのような論争が起こったかということである。

第一に考えられるのは、『クレーヴの奥方』が優れた小説だったからということである。優れたものが人々の姑根性を刺激するのは今も昔も変わらない。それだけなら問題とする必要はないが、しかし本当にそれだけなのだろうか。筆者には理由がもう一つあるように思われる。人々が告白をそれほどに問題にしたのは、告白だけの問題というよりは、夫が死んだ後もあくまで「感心しないことと言えば、最もよくできた最も美貌の上流紳士であるということ」だけの恋人ヌムール公を拒否するその頑固さに、どこか信じられないものがあったからではないだろうか。それはラファイエット夫人の恋愛を信じない人生観から解釈すれば一貫した理論で、クレーヴの奥方がアンヌ・デストのようについに屈するということはあってはならないし、また屈しなかったところにこそ、良かれ悪しかれこの小説の特色があることは確かだが、正直に言って筆者にも、奥方の頑固さにはどこか納得しかねるものがある。それは、初めにも言ったように、現在多くの批評家が苦労して新説を試みているのが、おおかたこの《拒否》の点をめぐってであるという事実とも関係してくるだろう。したがって、実際のところ《告白》にしても《拒否》にしても、それ自体に対しては、我々は当時の『ル・メルキュール・ギャラン』で騒ぎ立てていた人々のように、「そんなばかな告白を夫に対してする妻はあり得ない」とか、ないしはベイルのように「愛しあっているのに何も言わないような男女がいたらお目にかかりたい」というようなことは言うまい。その代わり、《告白》や《拒否》の分析をしたあとで最後まで問題にされなければならないのは、作品中におけるそれらの説得性ということになるのではあるまいか。

『クレーヴの奥方』を読むにあたって、筆者は、まず小説中の事件の年譜をはっきりさせておく必要があると思う。自然描写がないため時の推移がつかみにくいからである。だが王の即位とか崩御とかいう、勝手に動かせない史実があるために、それは意外に容易である。シャルトル嬢が十六歳になって宮廷に登場するのが一五五八年十一月、エリザベス女王の即位後間もない頃、ヌムール公との出逢いが翌五九年二月に挙式が予定されているクロード王女の婚約披露の席（これは史実とは食い違っていて、歴史によれば一五五八年）、クレーヴ公の死が同年六月アンリ二世崩御後間もない頃、つまりクレーヴ公の死後ヌムール公を拒否しきるまでに何ヶ月かの時間を与えるにしても、この物語は一年に満たない間に起こったことの記録である。クロード王女の婚約披露をかりに一月末にしてみると、前年十一月からその時まで最大限三ヶ月に満たない月日は、シャルトル嬢が宮廷に登場しモンパンシェ公との縁組を邪魔されるなどの紆余曲折を経てクレーヴ公と結婚してしまっているには短すぎるように思えるが、彼女の登場が、ヌムール公が即位したばかりのエリザベス女王と結婚する目的でブリュッセルに去った後のことでないと、二人が一月に初めて逢うところの辻つまが合わなくなる。このあたりの月日の計算はラファイエット夫人の考慮になかったのかとも思うが、いずれにしても著者は女主人公が事件の進行中、十七歳に満たないものとして物語を書いていたのだろう。

しかし、この若さは、夫への義務を説き、危険を避けるためにはどんなに異常に見える手段でも取るようにと諭した母の言葉や、友人サンセールのエピソードを語る中で、かりに他の男に心を移しても正直であってくれさえすれば自分としても責める気はない、と言った夫の言葉などを一途に思いつめて、告白という手段をとるクレーヴの奥方の行為を説明するには役立っている。しかしそれは、筆者がその行為の性急さに何とか説明をつけようとする結果思いつくことであって、著者はその行為をいかなる意味でも未熟さに結びつくものととってはいない。クレーヴの奥方は自分の行為に自ら驚きはするが、我々には驚いたという記述が信じられないくらい、それは奥方自身の理論にはっきり基づいており、また彼女はそれに対して絶対の自信を持っている。だからこそ、宮廷から遠ざかるという当面の目的を達するために必要でないこと——恋の相手の名——は断固として口外しないし、のみならずそれを聞き出そうとする夫を逆に責めるのである。

Vous m'en pressiez inutilement, …j'ay de la force pour taire ce que je crois ne pas devoir dire. L'aveu que je vous ay fait n'a pas esté par foiblesse, et il faut plus de courage pour avouer cette vérité que pour entreprendre de la cacher. … Il me semble … que vous devez estre content de ma sincérité ; ne m'en demandez pas davantage et ne donnez point lieu de me repentir de ce que je viens de faire.

（いくらそれを言えとおっしゃっても無駄ですわ……私は言うべきではないことは黙っている力は持っていますもの。私がした告白も弱さからしたのではありません。このような真実は隠そうとするより告白するほうが勇気がいるのなのです……あなたは私の誠意で満足して下さってよいはずだと思います。それ以上お尋ねにならないで下さい。私のしたことを後悔させるようなことはなさらないで下さい。）

言わない決心をしたら言わないのだからいくら責めたてても無駄だ、と夫の質問をはねつけるこの強烈さは《告白》を盗み聴きしていたヌムール公がもらした話の出所をめぐって夫と言い争う時、もっと強い形で表現される。つまり、《告白》は自分以外の女にはできない、とまで断ずるのだ。（"…il n'y a pas dans le monde une autre avanture pareille à la mienne ; il n'y a point une autre femme capable de la mesme chose"）、自分の誠意に満足してもよさそうなものだ、と夫に自分の価値判断を押しつけようとするこの強引さ、これはいったいどう解釈すべきものなのだろうか。そのようなことを言えば夫が相手が誰かを気にするのは必然なのに、それを問い質されれば初めの部分を言ったことも後悔しなければならないような告白が、どうして夫が満足できるだけの客観的誠実さをそなえていよう。しかしそれは誠実に関する奥方の理論なのである。

Je vous demande mille pardons, si j'ay des sentimens qui vous déplaisent, du moins je ne vous déplairay jamais par mes octions. Songez que pour faire ce que je fais, il faut avoir plus d'amitié et plus d'estime pour un mari que l'on n'en a jamais eu…

（どうか本当にお許し下さい。かりに私があなたのお気に召さないような感情を抱いておりましても、少なくとも行為の上でお気に召さないようなことは決して致しません。私のしたようなことは、夫に対して他に例がないほどの友情と尊敬を持っていなければできないということを、どうか考えて下さい。）

他の男を愛してしまったのはまったく申し訳ないが、それはそれで仕方がないから、とそれを告げて、しかし行為においては裏切らないと誓うのが、奥方の夫に対する友情と尊敬の表明である。しかし目的はたしかに夫に対して行為において忠実であるためとはいえ、その告白が夫に対して及ぼすだろう影響について何らの思いやりもない、押しつけがましい、ないし恩きせがましいとさえ言えるこのもの言いは、はたして友情と尊敬に基づいたものなのだろうか。著者は《amour》という言葉を慎重に避けているが、いずれにしても奥方の行為の中に夫に対する思いやりを感じとることはできない。奥方が「私を可哀相に思って下さい」と言ったのに対し、夫が「あなたこそ私を可哀相と思って下さい」と言い返したのはまったくもっともなことだ。

…Ayez pitié de moy, vous-mesme, madame…Vous m'avez donné de la passion dès le premier moment que je vous ay veue: vos rigueurs et votre possession n'ont pu l'esteindre: elle dure encore: je n'ay jamais pu vous donner de l'amour, et je vois que vous craignez d'en avoir pour un autre. …Quel chemin a-t'il trouvé pour aller à votre cœur ? Je m'estois consolé en quelque sorte de ne l'avoir pas touché par la pensée qu'il estoit incapable de l'estre. Cependant un autre fait ce que je n'ay pu faire. J'ay tout ensemble la jalousie d'un mari et celle d'un amant; mais il est impossible d'avoir celle d'un mari aprez un procédé comme le votre. Il est trop noble pour ne me pas donner une seureté entière ; il me console mesme comme votre amant. La confiance et la sincérité que vous avez pour moy sont d'un prix infini: vous m'estimez assez pour croire que je n'abuseray pas de cet aveu. Vous avez raison, madame, je n'en abuseray pas et je ne vous en aimeray pas moins. Vous me rendez malheureux par la plus grande marque de fidélité que jamais une femme ait donnée à son mari. Mais, madame, achevez et apprenez-moy qui est celuy que vous voulez éviter.

（あなたのほうこそ私を気の毒に思って下さい。……あなたは初めて逢った時から私の中に恋の炎を燃え立たせてしまった。あなたの厳格な身の振舞いもそれを消すことはなかったし、あなたを自分のものにしてもまだ燃え続けている。私は今までどうしてもあなたに恋の気持ちを抱かせることができなかった。だのにいま、あなたが他の男に対してそれを抱きそうだと心配しているのを知らされる……いったい彼はどんな道を見つけてあなたの心に入って行ったのでしょう。私はあなたの心は誰にも動かされ得ないのだと思って、自分にそれができないのを何とか慰めてきたのです。それなのに私にできなかったことを他の男がしているとは。私は夫としての嫉妬と、恋人としての嫉妬を二重に感じる。けれどもあなたがこのような態度を示して下さったあとでは、夫として嫉妬するのは不可能です。あなたのなさったことは高貴で、私に不安を与えようもありません。恋人としての私ですら慰められるほどです。あなたが私に対して示して下さった信頼と誠実さはこの上なく高価なものです。あなたは私があなたの告白を悪用しないと信用して下さった。そのとおりです、私は悪用などしないし、そのためにあなたに対する愛情を失うこともない。ただあなたは、妻が夫に示しうる最大の忠誠のしるしでもって私を不幸にしているのです。いずれにしても、話をおしまいまでして、あなたの避けたい人の名を教えて下さい。)

クレーヴ公が自分の心理を説明するこの言葉は非常に興味深い。嫉妬せざるをえない気持ちを説明したあと、彼は妻の行為を高く評価する。この的確さと公正さはしかし、ショックの大きさのあまりかえって冷静になったというような、そういう性格のものである。それが証拠に彼の話は再度相手の名を問いつめることに終わっている。彼は今や彼の言葉とは裏腹に、やがてそれが原因で死ぬほどにまで昂じる嫉妬の虜になっているのである。その点の著者の分析は確かだったが、だからといって著者は奥方の行為の価値を弱めることはしない。夫が告白を悪用したりしないと信じたことは、夫の信頼を至上のものとする奥方の理論から言えばたしかに夫の人柄を高く評価しなければできない行為だったからである。また行為において裏切らないということは、この宮廷貴族である夫にとってたしかにひとつの救いではあったからである。だからこそ奥方が後で一人になって自らの行為に驚きを感じるとき反省の形で思い当たるのは、夫の愛と信頼を失って自らの立場を損なったという懸念であり、またクレーヴ公のほうも、世間体のために、むげに田舎に引きこもらないよう妻に命じ、"ayez du pouvoir sur vous-mesme" と励ます。夫に対してこの上ない尊敬と友情とを持っていると宣言する妻であってみれば、《告白》後の反省に、夫の信頼を失って自らの立場を危うくしたということだけでなく、夫を苦しめたということについての苦痛もあってよいはずだと思うが、奥方の十六歳という若さや他の男を恋している立場などを考えれば、そこまで思いやるゆとりがないのは無理もないかもしれない。問題は、奥方自身が思いやりを欠いていることではなく、その思いやりの欠如を著者が問題にしていないことである。妻が夫の心を思いやることを知らなくても、夫はその点でことさら愛されていない我が身の不幸を思い知らされる様子はない。彼の悲劇は妻に愛されていないところからは始まらず、嫉妬によって初めて決定づけられる。妻が自らの貞淑な妻としての立場を守ろうとする意図から出た告白という行為を、彼も誠実と信頼の証だと認め、評価している。ということは、結局、著者自身の価値体系がその次元に置かれているということに他なるまい。つまりこの小説において愛には嫉妬や転落に通じる熱病としての位置しか認められていず、したがって愛の欠如には咎が負わされようもない一方、奥方の《誠実さ》には絶対的価値が与えられているのであって、その点に関する奥方の自信は奥方自身のものである以上に著者のものだったと言えよう。

しかしこの《誠実》も不合理な情熱の前では無力であった。悲劇はクレーヴ公が奥方を恋したこと、ヌムール公と奥方とが互いに相手に対して恋の気持ちを抱き合うようになったことによって準備され、クレーヴ公が嫉妬のあまり死に至ることで完結する。その間、奥方の《誠実さ》は何ら役に立たなかったばかりではなく、むしろ夫の死を助長したにすぎない。そして重要なことは、理性よりも《誠実さ》よりも強い恋もまた、悲劇を誘発する以外何の役割も果たさなかったということである。クレーヴ公の妻に対する恋は、彼自身にとって自らが嫉妬の虜になる準備をしただけであった。それに比べればヌムール公は恋によって人柄が高貴にされる面はあった。彼は英国王になる野望を惜しげもなく捨てたし、奥方の心を思いやることも知っていた。たとえば《告白》のエピソードを口外し、奥方に避けられているのを自覚した時、ヌムール公はこう思うことも知っていた——

Je perds par mon imprudence le bonheur et la gloire d'estre aimé de la plus aimable et de la plus estimable personne du monde; mais, si j'avois perdu ce bonheur sans qu'elle en eust souffert et sans luy avoir donné une douleur mortelle, ce me seroit une consolation; et je sens plus dans ce moment le mal que je luy ay fait que je me suis fait auprès d'elle.

（自分の無分別から、この世で最も美しくて立派な人に愛される幸福と栄光とを失ってしまった。だがそれも、彼女が苦しまず、自分が彼女にひどい苦痛を与えたということなしにならば、それがひとつの慰めにはなったろうに。今の自分には自分が彼女から受けた苦痛よりも、自分が彼女に与えた苦痛のほうがこたえる。)

まったくのところ恋する相手の苦しみを自らの苦しみとする心を持ち続けているのは、この小説中ヌムール公だけである。さらに彼は奥方に逢うためにどんな冒険も無駄もいとわない。しかしそれも奥方を手に入れる可能性のあるうちだけで、それが失われそうになると、未練がましく友人や王妃(皇太子妃)の力に頼ったり、奥方の引きこもっている修道院に訪ねて行って、逢えないとただ泣くだけだったりし、しかもその後については、"Enfin, des années entières s'estant passées, le temps et l'absence ralentirent sa douleur et éteignirent sa passion." とだけ書かれている。彼にとっても恋は、かからなくて済むならばそのほうが好ましい熱病にすぎなかったのである。

そして最後に奥方はどうだったろうか。恋は彼女にとって、それに対する闘いの歴史でしかなかった。僅かばかりの幸福感(シャルトル侯の落とした手紙を偽造する時や、クロミエでヌムール公を想いつつ黄色いリボンをいじっていた時など)も、自覚されるや否や大いなる警戒心に変質しなければならなかったし、相手に対するやさしい感情を習得することもなかった。そして《誠実さ》によって夫の死を招き、さらにその同じ《誠実さ》の理論を恋する相手の男にまで認めさせようとするのである。"Puisque vous voulez que je vous parle et que je m'y résous, … je le feray avec une sincérité que vous trouverez malaisément dans les personnes de mon sexe." という言葉でヌムール公に話を始める調子の中には、夫に対して告白をした時と同じ自信が込められている。そしてヌムール公が彼女の亡夫に対する義務という理論に、"quel fantôme de devoir opposez-vous à mon bonheur?" と反論すると、彼女はさらに説明する——

…la certitude de n'estre plus aimée de vous, comme je le suis, me paroist un si horrible malheur que, quand je n'aurois point de raisons de devoir insurmontables, je doute si je pourrois me résoudre à m'exposer à ce malheur, … Ce que je crois devoir à la mémoire de M. de Clèves seroit foible s'il n'estoit soutenu par l'intérest de mon repos ; et les raisons de mon repos ont besoin d'estre soutenues de celles de mon devoir.

（私がきっといつか、今のようにはあなたから愛されなくなるだろうということ、それは本当に恐ろしい不幸に思えるのです。ですから動かせない義務というものがなかったとしても、そのような不幸に身をさらす決心がつくかどうか分からないほどです。……私が亡くなった夫に対する義務だと信じているものも、自分の平穏な生活を求め気持ちに支えられていなかったら弱いものだったかもしれません。また平穏を求める気持ちも、義務感に支えられていなければじゅうぶん強くはありません。）

もはや愛されなくなるという予測されうる不幸を避けたい気持ちが亡夫に対する義務感を支えていることを、彼女は認める。そしてまったくのところ彼女は、「たしかに私は自分の想像の中にしかない義務のために大きなことを犠牲にしているのですわ」とまで言って、その義務の観念が自分の主観が作り出したものだということを認めてさえいる。しかしそれは、主観的ではあっても、ターネルなどが好んで指摘するような、恋愛を拒否するためにのみ着想された単なる心理的幻影ではない。なるほどクレーヴ公の死以前においても奥方がヌムール公を避けようと改めて決心を繰り返す際には常に嫉妬に陥ることへの恐れがあった。しかしそれは同時に、道を踏み誤って夫の信頼を失い、ひいては社会的信望を失う恐れと常に重なり合っていた。シャルトル侯の手紙の事件のあと、奥方はヌムール公と関係を持てば自分もやがては裏切られるだろうと思い至り、それに続いて、もしずっと愛し続けてもらえるとしたらどうするつもりか、夫に義務を欠き、自分自身に対しても義務を欠くつもりなのか（Veux-je manquer à M. de Cleves ? Veux-je me manquer à moy-mesme?）と自問自答し、その結果《告白》をする決心をするのである。この義務を欠く、という反省は、母親が死の床で残した“Songez ce que vous devez à votre mari ; songez ce que vous devez à vous-mesme, et pensez que vous allez perdre cette réputation que vous vous estes acquise…”という言葉と重なり合っている。“veux-je me manquer à moy-mesme?”という反省は、自らの信望を失わないことを自らへの義務と心得たところから出てきた表現なのである。つまり奥方自身が正しく説明したように、嫉妬しなければならない状態に陥る恐れは義務感と互いに支え合っている。その両者を総動員して、奥方は恋から生じる不幸と、そしておそらくそこから生じるであろう不名誉から自らを救出したのであった。

しかしその後は、奥方にはもはや何も残されていない。やがてひそかに死んでいくだけである。愛は三人の主人公たちの生涯を無残に踏みにじり、しかも女主人公が愛の代わりに信じた《誠実さ》も《義務》も、何も生み出しはしなかった。この小説が恋の情熱の解釈に関してはラシーヌ風と言われているのは、ごく表面においてに過ぎない。そこからフェードルのテゼに対するような人の胸を打つ行為は何ひとつ生まれなかったからである。またコルネイユにおけるように理性が勝利したと言うのも同じく表面的である。コルネイユにおける理性の勝利は、愛の否認にはつながらなかったし、必ず新しい価値を創造した。しかしクレーヴの奥方が得たのは孤独と死だけであった。それが著者独特のペシミズムだったのだろうか。

しかしこれは自然主義小説ではない。“…et sa vie, qui fut assez courte, laissa des exemples de vertu inimitable.”という結びの文章には、反語的な響きはなく、むしろ女主人公が著者の理想どおりに振舞ったということ、そしてその価値を著者が讃えているということを示している。そこに、この小説には著者のラ・ロシュフコーとの恋の体験が悲しく折り込まれているというのははたして本当だろうか、という疑問が生ずる。もしも人が恋をし、意のままに思いがかなわないのを悲しんでいるとしたら、人ははたして自分の小説の女主人公にこんなにも断固とした恋の否定をさせ得るものだろうか。奥方の「なぜ私がまだ自由だった時にあなたのことを聞き、婚約する前にお会いしなかったのでしょう」という歎きも、相手に対して抱いている自分の気持ちが変わり得ぬことも、どうして愛を受け容れてはいけないのかという自らに対する執拗な問いもふんだんに述べられている。しかしこの小説には、不思議なことにかなわぬ恋の悲しみが不在なのである。我々はポルトガルの尼僧のために泣くようにクレーヴの奥方のために泣くことはしない。それはおそらく奥方が恋に、ないし恋の幻想にすら一度も身を委ねることがなかったからであろう。そして幻想を抱かなかったばかりでなく、ヌムール公を何にもかえて切望する心も描かれておらず、ただ彼に関心が向くのに困り果てているだけのように見える。したがって結局のところ、そのような熱病を克服する。つまり公との恋を否定することは困難だったろうが、拒否できさえすれば惜しむものが多くあるようには、我々には思えないのである。同じ幻想を拒否する態度にしても、たとえば「宇治十帖」の大君の場合、薫との身分の差とか自分の年齢とかいった根拠がある。そして大君にはそういう我が身をふとしみじみ歎く哀れさがあるから我々は彼女を哀れに美しいものと感ずる。しかし夫を失った後のクレーヴの奥方にとって、ヌムール公はすべての点で奥方にふさわしい理想的な恋人である。それを拒否するということは、《恋》そのものの拒否以外の何ものでもありえない。結局のところ彼女にとって、恋は不名誉や苦痛の回避という名目の前には、それ以上の価値を持ち得ないものだったのである。

　これは決して実現し得えなかった恋を悲しむ小説ではない。著者とラ・ロシュフコーとの関係も特に恋を理想化したり悲劇化してみたりする必要のあるものではなかったはずだと筆者は考えざるを得ないし、それは立証され得るであろう。恋はあくまで人間を悲劇に追い込むためだけにしか役立たない熱病として研究されているように見える。クレーヴ公の死後、奥方は「あたかもそうしようと思えばできたかのように、夫に対して恋の情熱を抱かなかった自分を責めた」と我々は伝えられるが、そこにおいても我々は、彼女が問題にしているのは愛だということは感じない。彼女はそこで夫を恋し得なかった不幸をかみしめているのではない。夫に対して完璧な妻であり得なかったことを悲しんでいるのだ。「あたかもそうしようと思えばできたかのように」というコメントも単に分析的であるだけで、そこに著者の苦い悲しみが込められているとも思えない。その点では、愛とは関係のない次元において取り決められる結婚に対する疑問すら提出されていないと言える。むしろそれを認めた上で、それと抵触する情熱を病として扱っている。そしてそれに相対するものとして《誠実さ》とか《義務感》などが価値を与えられている。奥方には、夫に対する義務が夫の死によって解消したと思われないのは、それが常に自分に対する義務と裏腹のものだからだ。夫の生前は夫を裏切る行為をして夫の信用を失ってはならないということ、そして夫の死後は、再婚して新しい夫に顧みられなくなる、などという立場に自らをさらしてはいけないということ——。

大切に育てられた身分の高い十六歳の女性、その美しさがこの上なくもてはやされ、それまで特に恋愛において不幸な体験をしたことのない若い女性が、申し分のない男性との初恋において、はたしてこれほどに恋を否定し得るものだろうか。はたしてこうも《義務》を重大視するものだろうか。たとえば母の教え、その他の理由をあげて一度は納得するとしても、考えめぐらすうちに疑問は再度ここに帰着せざるを得ない。恋を知らない十六歳の少女が恋を悪いもののように信じることはじゅうぶん可能である。しかし恋を体験して、しかも裏切られることは体験せずに（誤解に基づく嫉妬の体験が彼女には与えられているが、それはむしろ恋を強めている。）恋を却下する、しかも恋する相手を前にその理論を堂々と弁ずることに対しては、あくまで不自然さを感じずにはいられない。また《義務》ということも、それを果たさなければ失脚することへの恐れがその根底にあるわけだが、こうも身分の高い少女がそれほどまでに自らの失脚を恐れるのも不自然に思われる。たしかに身分の高い女性でもそのようなことで名誉を失ったかもしれなかった。しかし生まれた時から自らにそなわっている特権はそれが脅かされない限り特に努力して守る必要を感じないものだし、宮廷に出入りするようになって半年ほどしか経たない十六歳の少女が、その間たとえ何を見たにしても、自らがもてはやされている限り、それを我が身の危険として認識したかどうか。アンリエットはそうではなかった。あげくの果てに裏切られるためにローザンにすべてを捧げ尽くしたグランド・マドモアゼルの例もある。だがもちろん、性格による個人差はありうる。『クレーヴの奥方』が性格悲劇の嚆矢として指摘されることがあるのもそのためだろう。ただその性格自体に説得性がないと、筆者は言いたいのである。クレーヴの奥方の中に潜んでいる不名誉を拒否する逞しい意志の力、その逞しさは若さによる一徹な純情さにも、身分の高さによる傲慢さにも結びつきうる性質のものではない。それはむしろ、名誉を自力で守っている者の逞しさに通ずる。クレーヴの奥方の行為にどこか信じられなさを感じさせるものがあるとすれば、それこそが原因であろう。

5

一六五三年、まだマリ＝マドレーヌ・ピオシュという名だったラファイエット夫人は、メナージュに

"Je suis ravie que vous n'avez point de caprice. Je suis si persuadée que l'amour est une chose incommode que j'ai de la joie que mes amis et moi en soyons exempts."

（私はあなたが浮いた気持ちを持っていらっしゃらないのは本当に素晴らしいと思います。私は恋というものはまったく具合の悪いものだと確信しています。ですから、私のお友達や私がそのようなことから除外されているのを嬉しく思います。）

と書き送った。夫人は十九歳ではっきり恋を否定する思想を持っていたわけである。しかしそのような彼女自身ですら、恋の幻想に裏切られる体験を持っていた。伝記は彼女が十五歳で父を失って間もなく、母のサロンに出入りしたシュヴァリエ・ド・セヴィニエを自分の求婚者だと思ったところ、母と結婚してしまった際の、彼女の失意を伝えている。それは恋というほどのものではなかったかもしれない。しかし、すぐれた才能をそなえ、父

の愛と期待を担い、貴族と結婚することを目指した少女にとって、十六歳になって初めて現われたと思われた求婚者が自分のものではないと知ったことは少なからぬショックだっただろう。しかもその後、母親が彼女の妹二人を修道院に入れて彼女の持参金を大きくしたりした配慮にもかかわらず、二十一歳になるまで彼女には一人の求婚者も現われなかった。その屈辱感が恋を敵視する思想につながり、さらにそういう目でみた宮廷の生活がそれを強めることになるのであろう。その間メナージュが彼女のもとに出入りするようになり、彼女を讃える詩を量産することはあったが、メナージュは貴族ではないから彼女にとって結婚の対象ではなかった。そしてやがてラファイエット伯が登場し、彼女を熱愛し、彼女は、はるかに年長で妻と死別した、初めての求婚者と一六五五年に結婚する。そしてパリを去り、夫の領地に引きこもるが、翌年二月母の死に際してパリに戻り、半年ほどパリに一人で留まるうちにメナージュとの旧交をあたためる。しかし夏には再び夫の許へ帰る。その後夫人は二人の男子をもうけ、夫の財産をめぐる訴訟などで夫を精力的に助け、やがて夫と離れ、パリに定住するようになるものの、夫との仲は悪いことはなかった。ラファイエット夫人の父は小貴族に列しうる身分だったとはいえ、結婚によって歴とした称号のある貴族に自分の力でなったということは、彼女にとってどれほど大切だったことか。夫人があくまでも自分の著書に署名しなかったのは、そんなことは身分の高い婦人にはあるまじきものだからだ、と晩年手紙で説明している。夫の死後、自分がその財産の唯一の相続者だとして、二人の息子を相手どって起こした訴訟があると伝えられているが、息子の出世のために奔走した母親の行為としては一見不可解なこの事実も、おそらく、あまり期待には添わなかった息子たちに財産を任せてラファイエット家の凋落を早めたくないといったような配慮があったと見れば、夫人の態度は一貫しているといえるだろう。

シャルトル嬢は身分の高い貴族の一人娘ではない。彼女はまさにこのマリ=マドレーヌ・ピオシュではなかったか。夫が自分に貴族としての身分を保証するものだったからこそ、彼に対する義務に徹し得たラファイエット夫人ではなかったか。そして貴族ではないメナージュに恋の無用を説いた態度でこそ、クレーヴの奥方はヌムール公を拒み得たのではなかったか。ラファイエット夫人は、おそらくアンリエットを理想化する過程で自分自身に似せたのである。そしてその際、立場ないし身分の差による思想の変化を配慮することを忘れたのである。男性の恋心をそそる女性に、そのようなことのなかった女性がいつの間にか形作った思想を与えたのだ。《告白》が有り得るか否かが問題とされたのも、その問題の立て方自体は幼稚であったとしても、当時の読者が美しくたおやかなシャルトル嬢と、その思考の根底にある、いわば体面維持至上主義的意志の似つかわしくなさを案外敏感にとらえたものだったからではないだろうか。

結婚と恋愛というテーマを扱い、部分的な心理の分析においては正確で鋭くありながら、『クレーヴの奥方』という小説が結婚に関しても恋愛に関しても深い真実を語ろうとしないのは、以上のような女主人公の性格に説得性が欠けているからだろう。アンリエットを愛し、惜しむ心は真実だったにもかかわらず、ラファイエット夫人は結局のところ彼女の在り方を誤ったものとしか解釈し得なかったのである。フェードルの呪われた血を暴き、彼女のエゴイズムを摘発しながらもそこに人間性の美と真理とを感じさせ得たラシーヌとは違って、ラファイエット夫人は自らの女主人公を理想化しようとして、そして実際『モンパンシェ伯爵夫人』におけるみじめな死や『タンド伯爵夫人』における壮烈な死から救出し得たとしても、その救出の仕方において、彼女の真の生命を圧し潰してしまったのだ。『モンパンシェ公爵夫人』『タンド伯爵夫人』『クレーヴの奥方』の順を追ってラファイエット夫人の小説の女主人公は不名誉から救い出されて行ったが、本質的には人間らしさからも逃れていったのではあるまいか。あたかも人間にとって生きるということが、当時の宮廷を中心とした文化の枠の中で最も賢明に身を保持すること以外ではあり得なかったかのように、ラファイエット夫人は女主人公に不名誉を拒否させる。おそらく彼女にとって、宮廷はひとつの呪文のようなものだったのだろう。彼女はこの作品において、恋愛心理ばかりでなく、宮廷を中心とした社会の中で人々が浮き身を費やす恋の遊戯、政治的野心や陰謀のからくりなど、宮廷文化の実態をも鋭く写し出しているが、ルイ十四世の時代にぴったり囲い込まれた宮廷という枠の中に踏み留まることを至上命令とした彼女にとって、彼女の鋭い目が見抜いたその閉ざされた社会の実態は、それがいかに矛盾を含んでいようと告発すべきものではなかったのだろう。彼女はそれをする代わりに、恋愛を断罪したのである。そこには狭い社会の中であくまで生きぬこうとする意志の逞しさと誇りとともに凄まじいまでの諦念の存在が感じられる。そしてそれは恋の否定であるばかりでなく、またターネルの言う「人生の全面的拒否」であるばかりでなく、ほとんど人間性の拒否につながるものがありさえしまいか、という危倶を筆者は覚えるのである。

それにもかかわらず、『クレーヴの奥方』が傑作としての評価を保ち続けているのは何故だろうか。"C'est par la peinture bouleversante qu'elle nous donne de trois vies ravagées par l'amour." とA・アダムは言っている。しかし少なくとも女主人公は恋の犠牲者である以上に名誉への意志の犠牲者なのだ。この作品の価値はもっと単純に、心理小説の祖としての鋭さとまとまりとの中にあるに違いない。ラファイエット夫人にとって恋は陥らぬに越したことはない熱病だったとしても、彼女は道心堅固な自らの理想の女主人公をその熱病にかからせる術を知っていた。ヌムール公に出逢う前に何か特別素晴らしい人としてその噂を語り聞かされ、好奇心をそそられているという設定、印象的な出逢いとその時に相手が示した自分に対する率直な賛嘆、正式には相手の名も確認し合わずに踊る二人に向けられる周囲の人びとの讃美など、すべての細かい事柄が女主人公を恋に陥らせるように精巧に配置され、さらに小さな誤解とその氷解の繰り返しによって恋情を強めていくなど、その進行はあたかもスタンダールが後に示す公式を手本にしているかのように、一糸の乱れも不自然さも感じさせない。後半の《告白》も《拒否》も、何故彼女がそれらを支える思想を持っていたかということを問いさえしなければ、からくりはすべて計算し尽くされている。筆者としては、その公式が見事だからこそ、いっそう前半の公式と後半の公式との間の、いわば公理の差をかぎつけずにはいられないわけだが、その筆者にすら、女主人公の性格に実際にはあり得ないような矛盾があるという証拠を容易に与えようとしない筆の運びの強靭さが、この小説にはある。

だが、本当にそれだけでこの作品は今日まで生きながらえて来たのだろうか。筆者は思うのである、おそらくそれに加えて、三人の主人公の構成する悲劇以外の部分、特にマリー・スチュアートの像や、その母や、アン・ボレインに関する特に意味を思想化しようとしていないエピソードの中に、ふとやさしみのある哀惜の情を促すものがあって、それが、この作品に人間の血を流れさせているのではないかと。アンリエットは理想化される過程においてマリ=マドレーヌに席を明け渡してしまい、その点では、ラファイエット夫人は彼女の生涯を贖う能力の不足を露呈したわけだが、『クレーヴの奥方』を生み出したのも、生かしているのも、ラファイエット夫人の心に刻み込まれたアンリエットの記憶だったのではなかろうか。

（テキスト引用は左記の版による）

"La Princesse de Clèves," *Romanciers du XVII*e *siècle*, Pléiade.

Vie de la Princesse d'Angleterre, éd. par M. T. Hipp, Librairie Minard, 1967.

ウィリアム・フォークナーの『アブサロム、アブサロム！』

その主題の二重性

1　はじめに

『アブサロム、アブサロム！』においてフォークナー得意の手法、語り手の活用と極端なまでの情報の留保によって読者を思う存分じらす手法は、その頂点に達しているかの観がある。この小説の半分まで読み進んでも、読者は肝心なことは結局何ひとつ知らされないままだし、後半になって徐々に提供される新情報やどんでん返しも、語り手たちの声が入り乱れる中で、いわば順不同に、勝手に出没する。

フォークナーは、すでに『むなしい騒音』(*)や『死の床に横たわりて』において、視点に関する大胆な実験を行ない、かつじゅうぶんな成功をおさめた。フォークナー研究の中で、視点を問題とする論文の多くがそれらの作品に集中しているのも、それらの作品において手法の画期性とその結果としての作品の成功とが一致しているからに他ならないだろう。読者は異なった視点から提供される複数の事実をひとつの現実に総合していく楽しみを得るし、しかもその過程において、著者の手によって確実に導かれているという安心感を覚えることができる。特に『むなしい騒音』における四人の視点的人物がコムプソン家の崩壊という主題の中で占めている位置の確かさは、四つの章の区分けの明確さや釣合いのよさなどと相まって、作品にゆるぎのない形式美を与えている。

『アブサロム、アブサロム!』は、その成功をひっさげたフォークナーが、力をこめて書きあげた大作であった。そこでさらに新しい実験を試みた結果だろうか、この作品における視点や人物の配置は、前二作に比べてひどく入り組んでいる。小説はほとんど全篇が語り手たちによって語られる話から構成されているが、地の文もあり、また語り手たちも、語られている物語の同時的参与者に限られてはいない。むしろ彼らの大半は、実際の物語とは直接関係のない単なる情報提供者、あるいは情報に惑わされる聞き手、あるいは事態の解明者として登場しており、したがって、彼らが語る部分の性質も、それが物語全体の中で占める役割も、彼ら自身がこの小説の中で占める位置も、また彼らの主観が問題にされる条件も度合いも、すべてまちまちである。

もちろん語り手たちの役割の多様性や視点の複雑さそのものに難点があろうはずはない。ただ問題は、その結果、この作品の主題がやや分裂の症状を呈しているということである。つまり物語の直接の参与者ではない人々が語り手になり、時に最も重要な視点的人物になることによって、この小説の主題が語られている物語と語り手たち、つまり過去と現在との間を往復するのである。率直にいって、すなおな読者はこの小説の主人公がサトペンなのだか、クウェンティンなのだか分からなくなるのではあるまいか。

これはあるいは、主題が分裂してしまっているというよりも、著者が意図的に目指した主題の二重性として認めるべきことなのかもしれない。しばしばそう論じられているように、フォークナーが南部の過去と現在とを同時に写し出し、パノラマ的展望を繰り拡げようとしたということは、まったくのところ疑問の余地がないからである。けれども、もしそうだとすれば、現在の問題を担うはずの語り手たちが、物語の進行係としてあまりにも便宜的役割を振り当てられているのではないだろうか? 要するに筆者には、この小説では、語り手の活用という手法が堂に入った自在さを示しているにもかかわらず、その手法こそが、物語の主役たち、語り手たち、語られる《話》の中での視点的人物たちなどの錯綜した関係をめぐって、主題に関する問題点を構成しているように思われるのである。

2　語り手たち

この小説の四人の語り手たち――ローザ、コムプソン氏、シュリーヴ、クウェンティン――は、それぞれどのような役割を負わされ、あるいは受け持っているのか。

まず彼らのうち、彼らによって語られている物語に直接参与しているのはローザ一人である。彼女はその当然の権利として一番手の語り手として登場する。しかし、また一番手に登場する者の当然の義務として、後の解き明かしやどんでん返しを必要、ないし可能とする話し方をする。彼女はオブセッションに満ちた南部の老嬢である。彼女はくどくどと、やや古風で雄弁でさえあるような話し方をする。しかし彼女の話は、あくまで断片的、かつ主観的である。彼女はクウェンティンという聞き手に対して語っているのだから独白者ではないが、彼女の《話》はむしろ独白に似ている。彼女は事実を語るよりも、その事実の体験者として、心の中にわだかまり、こびりついている思いを吐露する。しかし事実はすでに遠い過去になっているために、そして吐露されるものは永い間心の中におし包まれ反復され、その過程でほとんど評釈の形にまで整理されているために、彼女の《話》は決して感情を爆発させるような形はとらない。むしろ、これでもかこれでもかとたたみかけるような、こと細かな説明の口調を取るのだが、しかしその評釈はあくまで主観的な執念に化したものだ。したがって読者は、彼女の《話》を筋道立ててつかむことができない。彼女の《話》は、いわば幻燈機のように、あるいはサトペンという悪魔を、あるいはジョーンズが彼の上に振りかざした鎌を、次から次へと大写しに写し出して、そのイメージを読者の脳裏に焼きつけるのである。

その点でローザの《話》は、『むなしい騒音』のベンジーの独白と似ている。どちらも小説の一番手の情報提供者である彼らは、読者に何が起こったかを知らせる前に、事柄に関する強烈なイメージを植えつける。事柄の脈絡の欠如（これはベンジーが白痴だということによって正当化され得るように、ローザの場合も、彼女のこり固った執念や、聞き手が事柄に関してすでにある程度の予備知識を持っているということで、正当化され得るように計算がいきとどいているが）もさることながら、それを語る彼らの文体もまた、事実よりもイメージを醸し出すのに役立っている。ベンジーの場合は極度に断片的であり、ローザの場合は極度にこみ入っているという対照をなしているが、どちらも的確な伝達の役目は果たしてはいない。

だが、物語全体の中でローザが占める位置は、ベンジーのそれとは異なっている。ベンジーがコムプソン家の崩壊の歴史の中で必要不可欠な人物、つまり主題となっている現実の重要な構成人物であるのに対し、ローザは、その話し方において、一見「この小説はローザの内面ないし存在をあがなうための物語か？」と思わせるだけの主観性と執念とを帯びながら、サトペン一族の歴史という見地から眺めると、その参与者としての存在は意外に弱く、まったくのところ、彼女が全然存在しなかったとしても、過去の事件が大して変化したとは思われない。彼女は過去に演じられたドラマの本当の参与者だったというよりは、過去の記憶を内包しているひとつの意識に過ぎない。しかもその意識は、同じ南部の老嬢、たとえば、ミス・エミリーの場合のような親切な扱いは受けていないのである。著者は彼女を第一の語り手として採用することによって、南部の過去の生活を象徴的に描き出し、さらに情報を確実に把握してサスペンスを高める手段を得たのだが、同様の働きをしたベンジーを人物として生かしたようには、ローザを生かしてはいない。つまりサトペンの歴史に関する限り、彼女は単なる《便利》な語り手、後に解明するための謎の提供者に過ぎない。そしてもし彼女がかりそめにも人物としての重みを持つとすれば、それは彼女の《話》の聞き手、クウェンティンとの関連においてである。彼女はサトペンやボンの意識や行動に一度も影響を与えたことがないのに対し、クウェンティンの意識には重くのしかかっているからだ。とすれば彼女が過去の物語の参与者だったというのは一応の建て前であって、実際に存在しているのは、現在においてのみである。

次の語り手、コムプソン氏の場合は、話は単純明快だ。ローザの《話》はいきなり解き明かすことはできない。イメージはまず筋のある話に組み立てられなければならないからである。彼はこの役割を果たすために登場する。彼はクウェンティンが直接に知り得なかったことについて、ローザの話を補う。彼は彼なりに主観的だったとしても、建て前上も直接の参与者でないという点において、またローザよりも一世代若い点や、一応安定した知性の持ち主であるという点において、読者が事柄のあらましを筋道立てて把握できるような話し方をする。彼は彼自身が自分の父親から聞いた話を、自分が直接見たり聞いたりしたことを混ぜ合わせつつ彼独自の運命論的観点から再構成して、自分の息子に語り聞かせるわけだが、その《話》は、他ならぬ彼によって語られなければならない必然性はまったくない。彼の《話》はただローザの話にひとつの物語らしい枠組みと、いま一歩現実らしい照明とを与えさえすれば、それで完全に用済みなのである。彼はローザのように、クウェンティンの意識にのしかかることもしていない。ヨクナパトーファの世界に興味を持ち、コムプソン氏ともすでに顔なじみになっている読者の側としては、彼の語り口などからさらに彼との面識を深めようとするのは確かだが、その点でも大した成果は期待できないし、とにかくもこの小説においては、彼はクウェンティンとシュリーヴによる解き明かしを準備するひとつの駒に過ぎないのだ。

他ならぬ彼が語り手になる必然性はまったくなくとも、コムプソン氏は少なくとも新情報の提供者であった。ところが次の語り手、シュリーヴは、情報提供者としてすら必要とされていない。単純に図式化すれば、この物語の真相は、ローザ──→コムプソン氏──→クウェンティン──→シュリーヴという順を追って掘り下げられていくわけだが、シュリーヴは彼の《話》の情報を、すべてクウェンティンに負っている。クウェンティンが彼にどのように話して聞かせたかは読者は知らされていないわけだが、おそらく彼が友人にこまごまと事の次第を語り伝える口調の中には、その友人の《話》の中に見られる解釈がすでに含まれていたに違いない。シュリーヴの《話》はクウェンティンがしたとしても同じ性質のものだということは、著者自身がしばしば地の文でコメントしていることなのである。

つまりシュリーヴは、クウェンティンが彼なりに再構成した物語に表現を与えていく。彼が南部出身の友人から切り離された人物になるのは、彼の《話》のところどころにはさむ語気鋭いコメントで、相手の沈んだ「イエス」や「ノー」を誘う時だけである。彼は南部に対して真に関心を抱いた人間だが、南部に属する人間ではないから、クウェンティンがふと口ごもらざるを得ない事柄に関しても、容赦ない解剖を施し、時には茶化すようなポーズを取ることもできる。そしてそのやりとりの過程で、彼はクウェンティンの重くよどんだ意識に言葉を与えていく。それは、クウェンティンの解釈が彼独自の力ですでに形成されていたのではなく、友人に語り聞かせる過程で、いわば止むを得ず形成されていったのだということを暗示していることにもなるだろう。しかし、いずれにしても明白なのは、シュリーヴがあくまでクウェンティンの助手だということである。非南部出身者としての彼の心の中にいかなるドラマがあったとしても、それは『アブサロム、アブサロム！』という小説に含まれる余地はまったくないし、現に含まれてはいない。

それでは最後に、クウェンティンはこの小説の中で何をしているのか。よくよく見ると、体裁上そうとされている限りでは（その体裁は一応そのまま受け取らねばなるまいが）、彼が語り手になるのは、第二部で父コムプソン氏の《話》を繰り返す時だけである。その意味では、彼は語り手としては、父コムプソン氏の単純な反復役に過ぎない。ところが彼には、すでに見てきたように、結局は単なる便利な語り手に過ぎないローザを人物に昇格させるかのような雰囲気が与えられ、この小説の中には記録されていない彼の主観的な《話》を解明的な態度で反復してくれるシュリーヴという友人が配されている。しかも彼は、聞き手として常に溜息や呻き声を発する特権を有し、地の文も彼をめぐってのみ存在する。

つまり四人の語り手たちのうち、彼だけが小説全体を通じてその内面が問題とされるべく配置されていて、しかもそれが探られ得るのは、彼が語る《話》においてではないわけなのだ。たとえば、同じコムプソン氏の話でも、第一部で彼がじかに語る部分と、第二部でクウェンティンの口を通して語られる部分とでは、後者の方が物語の主人公たちの内面の追求になっていて、そこにクウェンティンらしさが表明されているということは言えるかもしれないが、それは第二部が第一部の解き明かしになっている形式からくる当然の結果だとも言える。いずれにしても、彼の主観ないし内面がはっきりと表明されているのは、むしろシュリーヴの語る部分、あるいはその彼の鋭いコメントに対する短い受け答えの中においてなのである。要するに彼は、彼の《話》においては他の三人の語り手たちほどにも視点的人物にはなっていない反面、小説全体では明らかな視点的人物として存在しているのである。

ここでひとつのことを結論することができる。語り手たちがそれぞれの話の中で示す主観性は、いままで意味深いものとしてさまざまに論じられてきたが、実際問題としては、彼らは人物としてじゅうぶんな待遇を受けてはいない、と。彼らの立場や性格は巧みに利用されているが、それはあくまで利用されているだけであって、読者が彼らの《話》の中で追求していくのはサトペンの物語なのである。語り手たちに対するこのような扱い方、彼らの存在をサスペンスの維持や謎解きの面白さに従属させるような扱い方は、それがいかに巧みであろうとも、視点的人物たちが複雑な現実を確実に構成していた『むなしい騒音』等の前作から比べて、一歩後退を示しているのではないだろうか？　その上、語り手としては他の三人と同列ないしそれ以下の扱いしか受けていないクウェンティンが、別の面からいろいろな特権を与えられて、あたかもこの小説の主人公のような扱いを受けているのも全体のバランスを崩している。

そこで筆者は、フォークナーはこの小説において、語り手の採用、およびクウェンティンの扱いに関して、いまひとつ計算が行きとどいていなかったに違いない、と結論するのである。そしてなにゆえ技法の達人の手から水がもれたかに興味を抱くのである。

3　構成の妙と矛盾

フォークナーがクウェンティンをこの小説の視点的人物としてははっきりと計算を立てていたということは、構成の面からもはっきり裏づけることができる。

フォークナー自身は章分けの労しかとっていないが、この小説が対照的なふたつの部分から成り立っているのは明白である。第一部（第一章—第五章）は、一九〇九年夏のある日、クウェンティンがローザの話を聞いているという設定のもとにあって、第一章の冒頭で彼がローザの《オフィス》に座っている所から、やがてローザが話し始め（第一章後半）、彼女の《話》が継続されて、サトペンの死の場面に至り、それを語り終わった彼女が突如「今、誰かがあのサトペン屋敷に隠れている」と叫ぶ個所（第五章）までは、継続した数時間内の出来事である。第一章の一部分と、第二、第三、第四章には、時間的にそれより少し後の場面が挿入されている。それはローザの所で話を聞いて一応帰宅したクウェンティンが、誰が隠れているのかを確かめにサトペン屋敷へ出向くローザに同行するために（この理由は第二部ではじめて明らかにされるのだが）彼女の所へと出直す前に、父親から話を聞く場面である。だから厳密に言えば、第一部はふたつの場面から成り立っていることになるが、このコムプソン家の場面は、前者と並列的であるよりは従属的である。コムプソン氏の《話》の内容は、語り手の役割の検討の中ですでに見たように、ローザの主観的な《話》に筋書を与え、ある程度までの客観性を帯びさせる、いわば補助的な役割を果たしているだけだし、第一部の初めと終りに、ローザの《オフィス》で彼女とクウェンティンとが向かい合っている図が配置されていることで、この場面こそが第一部を支配すべく計画されていることは明瞭だからである。

第二部（第六章―第九章）が継続したひとつの場面の支配下にあるということは、第一部の場合よりいっそう明白である。それは第一部の時から約半年後、一九一〇年の年頭、ハーヴァード大学の寮の一室で、クウェンティンがその同室の学友シュリーヴと話している場面だ。ローザの死を告げるコムプソン氏の手紙の前半が第六章の初めに、その後半が第九章の終りに置かれているのは、第一部におけるローザの《オフィス》の場面に対応する、全体をひとつの場面に絞り上げるための工夫である。

このように、第一部と第二部とは、各々ある日の数時間のうちに語られた《話》であるという類似した設定のもとに展開されている。そしてそれぞれの日と時間とに、藤の香りの立ちこめる、すべてが微動だにしない暑気に満ちた南部の昼と、生気も出口も入口も拒否するような、冷たく硬いニュー・イングランドの凍りつく夜、という対比が与えられている。そこに形式に対する著者フォークナーの意欲と工夫とが並々ならぬものだったことがじゅうぶんうかがわれるのだが、今ここで確認しておかなければならないのは、その部分け、および対比がクウェンティンをめぐってなされていることである。つまり、故郷の南部のある一室で老嬢の話を聞いている彼と、異邦の地ニュー・イングランドで、同世代の友人と語る彼と。語り手たちの検討の中で、彼だけがその内面を問題とされるべく設定された人物として浮かび上がったように、最も外郭的な形式上の区分も彼をめぐってなされているわけである。

ここに至って、著者のクウェンティンに対する特別待遇が、計算不足どころか、逆に念入りな構想に基づいていることには疑問の余地がなくなる。しかし彼が視点的人物であることが明白だといっても、ある研究者が発表したように、第一部全部をクウェンティンがシュリーヴに語り聞かせたものと考えるのは行き過ぎだ。もちろんクウェンティンはその内容を伝えたに違いないが、それは第一部に表わされているままのものではないはずである。さもなければ、シュリーヴの《話》は存在し得ないのだから。クウェンティン＝視点的人物という図式にこだわるあまり、第一部を第二部に従属させてしまうのは、少なくともふたつの部の鮮やかな対照の美を無視することになるし、そして何よりも、この小説の主題にかかわる対比をもぼかしてしまうことになるだろう。第一部における話がサトペンの死の時点で一応完結し、ローザの“Something living in it. Hidden in it.”という現在へのつながりを喚起する言葉で結ばれていること、そして第二部がローザの死の宣言とサトペンの死の再確認とで始まっていること、それはサトペンの物語が過去の問題から現在の問題へと移ったことを明白に示している。第一部はクウェンティンの溜息にもかかわらず、本質的には現在からは切り離された神話としてのサトペン一代記だったとすれば、第二部は年代的にはもっと古い情報がもたらされるにもかかわらず、本質的には、その後のサトペン一族の歴史を通じて、またサトペンやボンの性格や行為の中に人間性の普遍的な真理を探り当てる操作を通じて、それが現在の人間クウェンティンに直接かかわる問題になって来ているのである。

このような形式的部立てにおいてフォークナーがめぐらした計算は、まったくのところ寸分の狂いもない見事なものである。ただ問題は、具体的な内容の面から見て、そのあくまで対照的な部立てがどれだけの妥当性をそなえているかということだ。

物語は第一部、第二部とを通じて、語り手が交替する毎に少しずつ新しい情報を加えて反復され、同じ語り手による話でもこまかい年代はしばしば前後するが、各章の中心テーマを取ってみると、第七章と第八章以外は一応の編年体になっている。第一章と第二章はサトペンのミシシッピーへの出現から、エレンとの結婚、さらに二人の子供の出生とその幼時期まで、第三章はローザに焦点を合わせ、彼女の出生（サトペンの二子の幼時期）からボンが殺されるまで、第四章は第三章の終りの部分をサトペンの子供たち―ボン、ヘンリー、ジュディス―に焦点を合わせたもの、第五章はボンが殺されてからサトペンが殺されるまで、第六章はサトペンの死から、サン＝ヴァレリー・ボンの一代記を経て、ローザとクウェンティンがサトペン屋敷へ赴くまで、第九章はそこで彼らがヘンリーを発見し、ジム・ボンドが屋敷に火を放つまで―、以上でサトペンとその後の三世代の記録が、年代を追って完結している。そしてその中にあって、第七章と第八章とは、それぞれ、ミシシッピーへ来る前の生活を中心としたサトペンの一代記と、その生い立ちと戦場での異母兄弟のドラマを中心としたボンの一代記となっていて、この部分だけがはっきりと編年体にそぐわない。

ここで生じる疑問は、編年体に属している各章のうち、第九章はクウェンティン自身が直接体験したことであるし、小説全体のデヌマンとして最後に来るのは当然として、何故第六章のサン＝ヴァレリー・ボンの一代記が第二部に繰り込まれているのかということである。第二部において語り手がローザとコムプソン氏からクウェンティンとシュリーヴに交替したということは、取りもなおさず物語を見る角度の転換を意味するはずであるが、それならば、サトペン劇の主役たちの秘められた内面の追求という形で繰り広げられる第七章と第八章とが、それ以前の章から区別されるべきなのではないだろうか？　それにはもちろん、一応のつじつまが合わされているとは言える。第一部がミシシッピーにおけるサトペンの一代記だったとすれば、第二部は時間的、ないし地理的にその枠からはみ出るものを扱っているからである。しかし何故サン＝ヴァレリー・ボンの一生をクウェンティンが語らなければならなかったかという点での疑問は相変わらず残るし、語り手の適否ということになれば、実は第七章も疑問の対象になる。

まず第一に、第六章のサトペン一代その後の記は形式上クウェンティンの回想の中に含まれているものの、実際はほとんどコムプソン氏による《話》から成り立っている。つまり第六章の中心話題の語り手は実はコムプソン氏なのである。第七章も形式上の語り手はクウェンティンだが、彼はそこでは父親の《話》をただ反復しているのだ。とすれば、第二部のうち、クウェンティンが直接体験したサトペン屋敷行きの記録（第六章の一部分と第九章）を除けば、語り手が他ならぬクウェンティン（ないしシュリーヴ）でなければならないのは、第八章のボンの一代記の部分だけということになる。つまりその章だけが、サトペン物語に関して第二部の語り手たちの主観が強く働いている章である。第一部で与えられた情報のどんでん返し（戦場で負傷したのはボンではなくへンリーだったこと、ジュディスの手に握られていたのは彼女自身の写真ではなく、ボンの愛人と子供のものだったことなど）が起こり、あくまで隠されていた決定的な情報（ボンがニグロの血を受けていること）が与えられるのも、すべてこの章においてである。最初の一見では、中心人物の年代記という形と、物語全体の解き明かし的な性格とによって、はっきりと他から区別された互いの共通性を持っている第七章と第八章は、語り手の主観の反映の度合いにおいて大差がある。

まったくのところ、これらの一見似たふたつの章の共通性と差異とを考えるのは興味深いことである。ともにフラッシュ・バックの手法で各章の中心人物の生い立ちが語られているのは、そしてそこに精神分析的なアプローチが強く認められるのは、著者フォークナーが人間の内面を集中的に探ろうとする際に用いる常套的手法と言えようが、ふたつの章の成功度はまったく異なっているのではあるまいか。ボンに関しては、その生い立ちの記の記述が象徴的で、説話的に構成されている物語全体ともマッチして成功をおさめているが、サトペンに関しては、あまりに traumatic experience を強調し過ぎ、innocence—experience の図式を追い求め過ぎて、その提示の仕方が公式的かつ観念的になり、物語の説話性とじゅうぶん融け合っていないばかりでなく、それ自体としても成功しているとは思われない。筆者には、『八月の光』の中のジョー・クリスマスに関する長いフラッシュ・バックの部分についても共通に感じられることだが、そもそもフォークナーは、人間形成に関して写実的な解釈的描写を試みた場所では、どこか取ってつけたような深刻さばかりが先行し、まず不成功に終わっているのではあるまいか。フォークナーにとっては人間は形成されるものである以上に、存在するもの、ないしあるオブセッションに取りつかれた存在であるようだ。そして彼は、そういう人々の主観に立って書く時、最も筆の冴えを見せるのである。

それは彼が、結局、写実小説家ではなく、アメリカの批評家たちが定義するところのいわゆるロマンスの作家だったといわれるところに結びついていく問題だろうが、論点を語り手の選択の必然性の有無という点に戻せば、第七章と第八章の説得力の差は、前者が実はクウェンティンによって語られる必然性はない、つまりそれは本来的に彼の《話》ではないことを裏付けることにもなるのではあるまいか。第七章には視点を度外視した情報提供の意味があり、それに加えて、サトペンという人間の実態を観念的な理論から割り出したような向きがあるのは、それが本来の《解説者》コムプソン氏の話であるためではないだろうか。その部分が『アブサロム、アブサロム！』という神話的に構成された物語の中で場所を得ていない感じがあるのに比べて、一方、第八章は、第一部の雰囲気をそのまま引き継いだクライマックスを形成している。そしてそれは、この章がまさしくクウェンティンとシュリーヴの主観を通して語られている—ほとんど創作されている—からである。第一部でローザに主観的に語らせた部分において、フォークナーは彼独自の、それ自体ほとんど自律的な生命を有する筆力を発揮したように（しかしそのローザの主観はそのまま放置されているのが問題なのだが）、第二部でクウェンティンの主観に頼り切った時、彼の文章は息づまる迫力を帯びている。たとえば問題の第六章においても、墓を見に行く場面には不思議ななまなましさがあるのも、また第九章を支配する緊迫した筆の勢いも、そこに描かれている事実が他の人の語ったことの単なる反復ではなく、クウェンティン自身によって正真正銘体験された事実の回想であるということに由来している。

ここで第二部における語り手の選択に関しては、それが部分け上の計算とはじゅうぶん一致していないことが明白になる。クウェンティンが、本来コムプソン氏の《話》であるものを不当に受け持たされているのである。たしかにコムプソン氏の《話》でもクウェンティンの頭を通せば、そこに内容の取捨選択はありえよう。しかし読者はそこまで読み取ることを期待されているようには見えないし、とにかくそれらがクウェンティンの中継を経なくても同じ内容だったということは認めなければならない。それらは単に、ただ筋の運びの上から第一部からはみ出しており、さらに第二部にはケムブリッジにおける数時間というシーンの制約があるためにクウェンティンの口を経ているのであって、特にほかならぬクウェンティンが再生しなければならない必然性は存在しない。

以上考察してきたように、『アブサロム、アブサロム！』における章の構成、部分け、語り手の選択などに関して緻密な計算や理由づけがあるにもかかわらず、それが形だけの整頓に追従している面があるために、第二部は必ずしも外形ほどに現在、ないしクウェンティンの問題に集中してはいないことが分かる。そしてそれこそが、著者によってはっきりと目的とされていると見受けられるこの小説の主題の二重性を、どこかはっきりしない分裂症状のように思わせてしまう原因なのである。

4　クウェンティン、クウェンティン！

『アブサロム、アブサロム！』はいったい何についての話なのか。誰についての話なのか。第一章から第五章まで読み進んでいくとき、読者はそれを、その昔サトペンという男がどこからともなくミシシッピーに現われて、そこにプランテーションを築き、それが彼の原則とするところの理念や彼個人の歴史に内在する矛盾と、その矛盾の外界的具象でもあり、結果でもあるところの南北戦争によってすっかり崩壊してしまった、という南部の伝説的な物語として受け取る。それを語るローザに対しては物語中の人物として関心を抱くが、同じ語り手でもコムプソン氏については、彼という人物がこの小説の主題にかかわり合っているとは感じず、クウェンティンという青年がそれを聞いていることも、たとえ彼の溜息がいたる所に挿入されていたとしても、特別の関心の対象にはならない。ところが第五章の終りで、このクウェンティンが直接参加すべき何事かが起こるらしいことがほのめかされた後、第六章に入ると、それまで語り手たちを包んでいた南部の熱い空気はニュー・イングランドの冷気と入れ換わり、そこにさらに、それまで単なる同情にあふれた聞き手に過ぎないかに見えたクウェンティンの重い意識が前面に押し出される。そして最後の "I don't hate it !" という彼の叫び声によって、読者はほとんど暴力的に《話》そのものではなく、それを聞いたり語ったりしたクウェンティンの内面の問題を押しつけられる。

　押しつけられる、と筆者はあえていう。何故なら、この小説の中でクウェンティンが意図的に重視されていることはすでに多方面から確かめ得たことだが、実際問題として彼はサトペン一族に対抗して現在の問題を担うだけの人物としては、その存在があまりに稀薄だからである。彼はサトペンと親しかった祖父を持ち、その祖父から彼に関する話をかなり詳しく聞いている父親を持ち、ある日ローザの《話》を聞き、彼女と共にサトペン屋敷へ行き、そこでサトペンの子孫の末路を目撃し、そして現在（彼の主舞台である第二部において）ハーヴァード大学の寮にいる、ということだけで成り立っていて、彼独自の生活がまったくない。つまり彼は人物であるよりは、南部の過去と取り組んでいる感受性の束でしかない。

　もっとも読者は彼に関してそれ以上のことを知っているのは事実である。彼が単純な聞き手に止まっている作品は別としても、『むなしい騒音』や「あの夕日」などを通して、我々は彼の性向や幼年時代や家族構成についてかなり詳しく知っているし、彼が『アブサロム、アブサロム！』の中でシュリーヴと対話してから半年後には、自殺して果てることも知っている。しかしそれらの知識はこの作品の中では特に役に立たないし、また必要とされるようであってはなるまい。

　たとえば、クウェンティンがボンとジュディスの間に起こりうる近親相姦に対して、もう少し厳密に言えばヘンリーの中にひそんでいる妹に対する近親相姦的な感情に対して強い関心を示している事実は、我々がすでに知っている彼とたしかに矛盾しない。しかしそれは矛盾しないだけで、『アブサロム、アブサロム！』の中での彼の問題は、彼にキャディという妹がいてもいなくても、それには関係のない性質のものであるはずなのだ。実際問題として、話の中ではヘンリーの意識下的感情が特別クウェンティンとかかわりのあることとしては扱われていない。それをはじめに指摘したのは第四章におけるコムプソン氏だった。それに、第八章で同じ主題に関するクウェンティンの話に表現を与えているシュリーヴは、それを特に目立つほどには問題にしていない。

おかしなことにそれがクウェンティンにとって重要な関心事項だったということが強調されているのは、地の文においてだけなのである。しかもそれが特別目立つ場所に配置されている。つまり第一部の聞き手としてのクウェンティンの描写は、ボンとヘンリーとジュディスの間のドラマに心を奪われてしまってその後のローザの話を聞いていなかった、という記述で締めくくられており、第二部の初めでもそのことが繰り返し述べられている。それなのにそのことは、作品全体を通して見るとそれだけのことに止まっているのである。

したがって、クウェンティンは、彼が彼独自の生活に関わりのある心の問題を抱えているらしく強調的に描写されている場所で、かえって小説全体の必要からはみ出してしまっていることにさえなる。兄弟のドラマを扱った第八章がこの作品の中で特徴的な解き明かしの章になっているのは一応確かだから、フォークナーの意図からすれば、近親相姦のオブセッションにとらえられたクウェンティンの苦悩の中から、南部の人間に負わされた普遍的な宿命を抽出する役割をシュリーヴが担っているという図式をとって、この問題を扱っていることになるかもしれない。しかし、これはどう考えても筆者のこじつけ過ぎだろうし、実際問題として、もしこの作品に登場するクウェンティンしか知らなければ、この点に関する彼の心の問題を探り当てるのはほとんど不可能ではないかと思われる。

これは当然、フォークナーのヨクナパトーファ小説全体が形成している小宇宙に住む人物たちの、個々の小説の世界への回帰などの分析と併せて論じられるべき問題であろう。いずれにしても読者は、いかなる小説に関しても、それが独立した作品であるかぎり、他の作品の知識を前提とすべき義務を負わされてはいないはずなのだが、フォークナーは、クウェンティンの、どこに現われても現われただけで人物として存在するという錯覚にまどわされたのかもしれない。

フォークナーは、あるいはクウェンティンに、ギリシャ悲劇のコーラスのような役割を負わせたつもりかもしれなかった。しかしそれにしては彼はひどく耳ざわりな、やかましいコーラスである。むなしい騒音のための鎮魂歌を歌うディルシーの低音とは似ても似つかない。彼の溜息はややそれに通じるが、一方、彼はむやみと息苦しい声を張りあげて、我々読者の読み方を指図しているのである。

たとえば一八六〇年クリスマスの夜、馬に乗ってサトペン屋敷を出て行ったのはヘンリーとボンだった。ところがそれは彼ら二人にクウェンティンとシュリーヴを加えた四人だった、という記述がある。そしてやがて後には、二人の対話者が各々ヘンリーとボンの両人になるから計六人だった、と言い直されている。(これは地の文であるからクウェンティンに全責任を負わせるのは気の毒だが、そもそも地の文は彼をめぐってのみあるのだから、彼には我慢してもらわなくてはならない。)この第一の記述に対して、モダン・ライブラリー版の解説者はきわめて素直に熱中して、いや、馬に乗って行ったのは四人ではない、読者も加わるから五人だった、と言っているが、筆者はそのようには感じない。クウェンティンやシュリーヴはじゅうぶんな人物ではないから、彼らがヘンリーとボンに同行するということに感動は覚えない。同行するのは読者、筆者なのだ。それを彼らはむやみと特権的に先取りし、読者に向かって、お前も当然ついてくるだろう、というような、指図がましい顔をする。結びの部分でも、読者は自分で自分に"Why do you hate the South ?"と訊き、"I don't hate it !"と自分で叫ぼうとするのに、そこでも再び二人の青年が先廻りしてしまっている。

最後のページなどは間違いなく読者に補充させる力がこの作品にはあるのに、フォークナーはそれでもなおクウェンティンにけたたましく叫ばせてしまっている。そして彼の叫びはその騒々しさから言っても、また作品全体の構成から言っても、明らかにこの作品の中で自己の位置を主張しているのである。その結果、この小説の主題は著者が意図したように完全に二重になっているのだが、クウェンティンがただ声だけの存在で、人物としての厚みを身につけていないために、その主題の二重性は、むしろ分裂とか逸脱とかと呼ぶほうがふさわしいものになってしまっている。この作品を論じた批評家たちが、時には南部の歴史を重視し、時にはクウェンティンの意識を重視するが、その両者の融合、ないし総合性を説得力をもって語り得た人がいないのはそのためである。

この小説は、本質的にサトペンの話である。それは住む家を求め、子孫を求め、その繁栄を求めるという、人間の最も根源的な欲望を現実によって拒否されなければならなかった者の悲劇、しかもその悲劇を招致する要因が、彼自身の罪の中に、そして南部そのものの罪の中に根ざしているために、末の末の子孫までをも徹底的に呪いつくす悲劇の書なのである。フォークナーはそこで、信念と失意の王者ドン・キホーテの残酷なパロディーに、あるいは旧約聖書やギリシャ悲劇の世界のアメリカへの移植に、見事な成功をおさめているのである。

これだけ重量感のあるサトペン一族顚末記に、いくら "I have heard too much!" とあえごうとも、むしろひ弱な一青年の意識が対等の地位を要求できるはずはない。見た、聞いた、知った、ということから生じる苦悩の絶大さは古来から強調され、現代の知識人の宿命的重荷となっているが、聞いたり、語ったり、うめいたりするだけの人生が、生まれ、蹴飛ばされ、闘い、殺し、殺される人生と対等の重みを要求できるわけがない。小説の世界でも、直接のドラマの参与者ではない人間が、聞き、語り、うめくことによって主人公になろうとするのは、しょせん無理だったのである。

5　おわりに

この作品は間違いなくフォークナーの代表作のひとつである。サトペン一族のドラマの迫力に満ちた悲劇性といい、そのスケールの大きさといい、さらに作品全体の丹念な企画性といい、語ろうとする内容を自分の息の根をつめて叫ぶなりふりかまわなさといい、これはフォークナーの最大の力作だと筆者は思う。しかしそれにもかかわらず、計算の根底に大きな破綻が生じているのは何故だろうか。

技巧の上から考えれば、それは物語中の《人物》と解明者との関係の混乱の結果である。クウェンティンは解明者として止まるべきで存在でありながら《人物》としての地位を主張し、そこに別の小説になるべき主題が持ち込まれてしまったのである。しかし、その後の作品ではその関係をじゅうぶん整理しているフォークナーが（たとえば、ギャヴィン・スティヴンスは解明者であるべき作品の中ではっきりその枠の中に止まることを知っている）、この作品においてクウェンティンをもう少し遠慮深い聞き手、ないし語り手に止めることができなかったことは、単なる技法上の不注意などではあり得なかったと筆者は思う。

むしろそれはフォークナーの作品の中で、クウェンティンが占める特別な位置と考え合わせるべき問題なのではないだろうか。ヨクナパトーファの若いインテリのうちで彼だけがまったく喜劇性を持っていないこと、そして彼が苦しみ抜いてすでに自殺してしまっている事実などは、この小説の中で彼が受けているありとあらゆる特別待遇と無縁ではあるまい。また、たとえば第八章でクウェンティンとシュリーヴが作りあげるボンの姿が感傷的なまでに人間味を持たされていることも。つまりクウェンティンはフォークナーの出口のない苦悩と感傷の担い手なのである。

筆者には、『アブサロム、アブサロム！』が一応フォークナーの前期に属する最後の大作であるところから、彼は、それまでとは別の世界へ踏み出すための地歩固めとして、もう一度南部の過去と真正面から取り組んだ作品の中で、彼のクウェンティン、南部で時と戦って敗れたクウェンティンへの愛着を思う存分表現し、彼の死を心から弔うとともに、もう一度彼の死を確認する必要があったのではないかと思われるのである。フォークナーにとってその必要が大だったからこそ、彼は結局は矛盾を免かれえないこの作品の構成に、とにかくあれだけの熱心な工夫を凝らしたのではなかっただろうか。いずれにしても『アブサロム！　アブサロム！』という作品にクウェンティンがあのような形で登場することは、あの時点で著者にとって是非とも必要だったのだろうし、またそうしたからこそ、その後のクウェンティンは、他の生きのび得た人びとに解明者としての席を譲り、自らは静かに眠ることができたのだろう。

III 付録

『ウルフの部屋』を読んで

ヴァージニア・ウルフは評価の定めにくい作家だ。作品の技法や部分についてはあらゆる分析や、芸術的・哲学的評語がおのずと誘い出されて、それはそれなりに把え甲斐があり、そこが魅力でウルフ論はあとを断たないのだと思うが、どのように決めてみても次に一息入れると、「だからつまりどうなのだ？」という、まだどこにも行き着いて居ないような焦燥感が残る。ウルフという作家は、彼女を一つのカンバスに収めようとした場合、彼女の作中人物たちと同様に、画面を一つの総体にまとめ上げるのがむずかしいのだ。賛否とさまざまな切り込み方の間を揺れ動くウルフ評論の歴史は、『燈台へ』のリリー・ブリスコウが最後に一本の線を引いて彼女の絵を完成したという、その一本の線の入れ方をめぐっての争いと挑戦の歴史だと言える。

宮田恭子氏の『ウルフの部屋』（みすず書房、一九九二年）は、氏のあとがきによれば、「意地悪な？　ウルフが少しばかり開けてくれた小窓からのぞいた彼女の人生という部屋のスケッチ」である。この「意地悪な？」という形容詞から、氏もまた「だからつまりどうなのだ？」という焦燥感の持ち主であることが知られるが、「スケッチ」という控え目な自己申告は多分本書の着想の経験を説明するものだろう。本書はウルフゆかりの三つの土地――セント・アイヴス、チャールストン、ロドメル――と、そこでかつてウルフの生活を目撃した三つの家を舞台にした三部構成になっているが、それぞれが著者が実際に見た土地の紀行文的な描写を伴なっており、三枚の風景画という意匠が感じられる。しかし著者は、それぞれのモティフをそなえた風景画に人物を配するに当たって、最近、特に一九八〇年代後半になってから続々と新たな刊行物が付け加えられ充実して来たウルフの身辺に開する厖大な資料から得た目新しいデータを、びっしりと描き込んだ。それに作品解釈を加え、ウルフの内面的人生と作品との関係を解き明かすことに挑戦した著者は、なまじ編年体よりも「つまりこうなのだ」という回答の示唆に富むウルフ伝を編み上げていると言えると思う。

第一部「見えざる存在」の背景はセント・アイヴスである。この海辺の町にあるスティーヴン家の別荘におけるヴァージニアの母ジュリアの姿は、『燈台へ』の中でラムジー夫人として永遠化されているが、この海と母はウルフのいわば原体験である。著者はその原体験、特に母ジュリアの存在が彼女にとってどのようなものであったかを語るのにこの第一部を当てている。題名は十三歳で母を失い、その後母の声や姿に憑きまとわれたというウルフが、その母を呼んだことば（invisible presence）に由来する。第一章はセント・アイヴスの風光の描写と、その芸術家たちの国際色豊かなコロニーとしての歴史。第二章では、母ジュリアが子供の頃出入りしていた伯母セアラとその夫ヘンリ・プリンセプ家の、当時ロンドン有数と言われたサロンの光景が、そこに出入りしていた文人、芸術家、ジュリアや彼女の伯母たちに求婚した男たち、ジュリアの美貌の質に至るまで、こと細かに説明されている。第三章ではジュリアの血統や生い立ちに始まって、幸せな結婚、三年半後の夫の急死、人生に対する絶望と不信、それから七年半後のレズリー・スティーヴンとの再婚、二人の家庭生活、近親者や貧者への過度とも思える奉仕、四十九歳で死に至るまでのジュリア像。第四章からようやくヴァージニアが主役になるが、「非在の存在」と題したこの章が母子関係論の中心で、それをまとめると以下のようになる。――子供が合計八人の大家族だったスティーヴン家の下から二番目の子供であったヴァージニアにとって、母ジュリアは生活の輪の中心だったが、母は同時に多くの訪問者、病人、貧者らの中心でもあり、母子の接触は十分ではなかった。母の死の翌日ヴァージニアを襲った第一回目の狂気の発作は彼女が受けたショックの大きさを物語るが、その後彼女の中に残った母との関係の不全感が、一方ではその後の彼女の対人関係で相手に母性を求める強い傾向となり、一方では振り払おうとしても振り払えない母の声や姿に憑きまとわれることになった。――第五章では、そのウルフが『燈台へ』を書いて、それまでの、死体の冷たさなどと結びついたおぞましい母でもなく、それを打ち消すために美化した母でもない実際の母の姿を把え、自分の中に母が生きていることを確認して解放を得たとし、最終章ではジュリアが旧式ではあったが、主体性によって生きる女性だったと見做すことのできる事実をあげ、この母親の中にウルフのフェミニズムにつながる側面があったのではないか、としている。

第一部全体について言えば、宮田氏は、自らが提供したデータをぎりぎり一杯に分析して独自の説を立てることを目的とはしていないように見える。部分部分の解釈や立論には多少統一が欠けているように思えた。たとえば母ジュリアの晩年の美貌の衰えを力説し、晩年の写真には「酷薄と言ってもよい表情」があると丹念に書き、彼女の高飛車な性格を強調して論じる批評家が多い、とも述べているが、そのことは母子関係を語る時ほとんど考慮に入っていない。また、ヴァージニアが母の死の枕辺へ連れて行かれた時、笑いの衝動を覚えたという有名な話についても、それをあっさり、過度の衝撃から来る「一種のヒステリー症状であると心理学は教えている」と説明して終ってしまっているのも、もの足りない。この件は、それが記されている日記の前後から見て、通常は違うように説明されるのではないだろうか。それにこのことは、彼女が母の遺体から逃げたことや、少くとも死が近くなった頃もしかしたら母を大切に思っていなかったことなどと合わさって、彼女の罪の意識となり、それが彼女が母の姿に憑きまとわれる原因になったと考えてみることはできないだろうか。著者はこのあと第二、第三部で、ウルフにつきまとう罪の意識に再三言及しているし、少くとも『ダロウェイ夫人』のセプティマスは、自分を愛してくれた上官の死を悲しむことができなかったことに罪の意識を感じている。そして著者も第三部のセプティマスの幻覚や行動はウルフ自身の体験から割り出したものとする『ダロウェイ夫人』論の中で、そのことに言及している。その他、細部の「解釈」はその部分だけで完結してしまって、本書全体が与える圧倒的な印象（後述）とは嚙み合わない点が目立つように思った。

第二部「姉妹の芸術」の舞台の、チャールストンにあるチャールストン・ハウスは、ヴァージニアの姉ヴァネッサ・ベルが一九一六年以降仮住まいや別荘として用い、一九三九年以降は常住した家である。ヴァージニアがレナード・ウルフと結婚したあと、別荘とし、また、時と所を移し常住した二つの家のどちらからも自転車で行ける距離にあって、ヴァージニアもしばしば訪問したのだが、決して本人がそこで生活したわけではないこの家を宮田氏が本書の中心の部の背景に持って来たのは、この家がいわば田舎に移動したブルームズベリー・グループの城であり、現在目に見える形で残っているその象徴とも言えるものであることによるだろう。第一章の、姉ヴァネッサとその愛人ダンカン・グラントの手によって壁といわず扉といわず、所せましと絵が描かれているチャールストン・ハウス（現在公開されている）の室内の描写は印象的だ。それは、現在ヴァネッサの子供も孫も回想録を書くようになっていて、その彼女たちが、問題が無かったわけではないとしながらも、「地上の楽園」とか「決して空っぽにならない宝石箱」とか呼ぶ、色彩豊かで創作活動の熱気がしのばれる世界である。著者はその熱気を肌で感じて、ウルフの芸術がそれとどうかかわり合ったかに思いを馳せたに違いない。続く第二、三、四章、「ブルームズベリーの恋愛」「ヴァージニアの恋愛」「ヴァネッサの恋愛」では、その知的雰囲気や因襲にとらわれない自由な恋愛は漠然と知っていると思っている読者をも驚かせるかもしれない、ブルームズベリー・グループのメンバーたちの目のくらむような恋愛模様がことこまかに紹介されている。いわば皆が、同性、異性を問わず、誰か他の人を追っている人を追っているという、回転木馬さながらの追いかけっこで、そのきわめつきは、ヴァネッサ・ベル夫婦の家には、ヴァネッサの愛人ダンカン・グラントと、グラントの男性の愛人デイヴィド・ガーネットが同居し、ガーネットがヴァネッサに言い寄り、そのガーネットが後にヴァネッサとグラントとの間に生まれた娘と結婚するという話である。その家へ昔グラントを追っていたリットン・ストレイチーやヴァネッサに見捨てられた昔の愛人ロジャー・フライも訪れて来てお茶を飲み、「楽園」を形成しているのだから、改めて、最低限よほどの知的強靭さを必要とする世界だったろうという思いを強くした。と同時に、そのようなグループを当時のイギリスの社会構造と心理学の観点から研究してみるのは面白いはずだと思った。

　ウルフが評論「ベネット氏とブラウン氏」の冒頭で、「一九一〇年十二月もしくはその前後に人間の性格が変った」と述べているその特定の時期とは、一九一〇年の十一月から翌年の一月にわたって開かれた第一次「後期印象派展」のことを意味しているだろうことは、つとに指摘されている。この展覧会に焦点をしぼってウルフの芸術に光を当てようとした第四章から第八章までは、「ウルフの文学は、つまりこうなのだ」という示唆に富んだものである。まず姉ヴァネッサは画家として、もろにその展覧会の影響を受け、特にセザンヌやマチスに似た絵を描き始めたという。また、彼女の作品中、見るべき絵のほとんどは、一九一一年以降の制作だという。しかし彼女の絵は一九二〇年代後半から三十年代にかけて変化し、写実性が復活する。それは彼女が「本来写実派である」（フライ）からだ。それに対して、「生得的に印象派的手法を持っていた」ウルフにとってこの展覧会の意味は何だったか。その影響は、厳密に言えば絵そのものよりも、その企画者だったロジャー・フライの芸術論に対する強い関心となって残った。フライの主張の要点は（少くともウルフの芸術に関係する限り）、「最もすぐれた芸術は堅固さを我々に確信させる形態の創造に関与する」、「（画家が）目ざすことは、現実の外見の青白い反射を示すことではなくて、新しい確固とした実在《リアリティ》についての確信を喚起することである」というもので、つまり印象派の手法を否定するわけではない彼が、セザンヌらを敢えて「後期印象派」と命名して区別したのは、その「堅固で永続的な」性格を強調する意図からだった。

　宮田氏は「現代小説論」と併せ読まれるべきものとして、その前年に書かれた「ヴィジョンの瞬間」という書評をあげ、そこで表明されている〝ヴィジョンの瞬間〟という思想には、瞬間の印象を鋭く把えると同時に、その全体に統一、つまり「堅固なるもの」を与える必要性の主張が含まれていると言う。しかし「現代小説論」の理論を長篇小説において実践する意図で書かれた『ジェイコブの部屋』では統一は得られておらず、むしろ混沌と言うべき様相を呈している。ウルフの感受性は「この今という瞬間が呈する外界の相に強く反応して、その瞬間の一つ一つの前に立ち止まる」からだ。そして著者は「〝ヴィジョンの瞬間〟の思想の中に含まれるはずの二つの側面、瞬間を〝捕捉すること〟と、現象の背後の意味をつなぎ合わせて〝統一をつくり出すこと〟、この後者がより明確に意識され、実践されるためには、それを促す別の力が必要であった。ロジャー・フライの存在をそのように作用した力と見なすことができる」と結論する。著者はさらに、短篇「壁のしみ」を、後期印象派についてのフライの理論の文学への翻訳であるとして分析し、最終章「堅固なるもの」では、その名も'Solid Objects'という短篇の解釈を中心に、ウルフ文学に対する見解をはっきりと表明している。その小説の主人公はある日砂浜でガラスのかけらを見付け、それを持ち帰って眺めているうちに「固い物体」の魅力に取り憑かれ、ついに政界進出の野望も捨てて、それを探すことに熱中するが、その主人公は、想像力がしばしば昂進して幻覚に至りがちな、現実に対して不確かな感覚に苦しむウルフの心理をそのまま表明したものだろう、と。つまりウルフの「堅固なるもの」へのこだわりは、フライの影響や文学理論上のものである以上に、彼女の感覚の質に由来するものだろう、ということである。この章の最後で、つまり第二部の最後にもなるが、宮田氏がこの短篇の結びを、「久し振りに彼（主人公）を訪れた友人は、彼の目が日常を遠く離れたところしか見て居らず、部屋は荒れてただならぬ気配を漂わせているのを知る」と紹介し、「このような主人公の姿にウルフ自身が投影されているように感じられる」と述べているのは、ウルフ文学が後期印象派的手法を確立したか否かは言っていないが、それが彼女にとって易しい課題ではなかったと主張していることは確かだろう。

本書全体について言えることだが、他の事実や作品に関する言及がふんだんにあふれ、それはそれなりに貴重なのは勿論だが、「であろう」や、それに類する表現が多く、その上、しばらくしたあとで「しかしそうとも言い切れないであろう」と転じてゆく論の運びは余りにゆっくりとし過ぎているように思われる。また各章ごとに同趣旨のことが分散され、重複していることも多く、論旨を摑もうとするには焦《じ》れったく思えたが、この第二部の後半の内容は説得力があり、非常に面白かった。ウルフの文学をかねがねこのようなものだと思い、体質に合わないとして勉強していない私は、自分の独断が認められたような気がして嬉しかった。その私が、言うべきではないと思うが、著者に対する敬意の表明として敢えて言うなら、これらの章はウルフ研究に「一本の線を引く」その引きかたを示唆するものである。

　第三部「狂気の代償」の舞台はロドメルのマンクス・ハウスである。夫レナードとの結婚生活を中心に、前部の結びから当然進む先である筈の、ウルフの「病気」を主題とし、第一章「ヴァージニアの病い」、第二章「狂気のパラドックス」、第三章「『夜と昼』、『ダロウェイ夫人』」、第四章「マンクス・ハウスの修道士」（ヴァージニアを支えた夫レナードのこと）、第五章「死の想念」の題名から推定できる内容を扱っている。夫レナードがよく保護したために、ウルフの生前、彼女の精神の不安定さは誰の目にも歴然としていたとしても、むしろ陽気な印象を与え、彼女の「病気」を知らなかった人が多いという。しかしウルフは、幻覚を見て暴力的になり、そのうちに喋り始め、やがて言っている内容が支離滅裂になる、その初期症状が数日にわたって推移し、治療には長期間を要する本格的「病気」を五回繰り返している。夫レナードと甥とクウェンティン・ベルはそれを'mad'と呼び、著者もそれを器質的狂気と見ているようだ。各章とも貴重な情報に満ちているが、ここで内容を紹介することは不要だろう。「ものを書きそれを世に問うことがウルフの天命ならば、崩れやすい〝神経〟は彼女の宿命であって、この二つの運命のバランスの上にウルフの作家生活は成り立っていた」、「ウルフの場合、天才は狂気に近い状態でもっとも働いたように思われる」という著者のことばを引用するにとどめたい。

　この部は第三章の作品解釈を除くと、情報の力は圧倒的だが、「解釈」は全般的に部分的なように思えた。たとえばウルフが自作の批評を待つ時の異常なこだわり方にしても、見栄ではなく「それが彼女の芸術家としての良心の姿であったのだろうし、自分の感情を抑制できない所に彼女の神経の病的傾向もあったのだろう」と著者は述べているが、それはむしろ彼女の生来の現実に対する不確実感、つまり自分が「把え」、かつ「統一」できなかったのではないかという不安の大きさに起因すると考えられるのではないだろうか。その方が第二部から盛り上がって第三部へと必然の勢いとばかりにつないでいった著者の趣旨にも合っていると思う。

本書を全体としてふり返ると、提供されるデータの力が圧倒的だ。その力が著者の「天才作家が生きた生を読み解いてみる」という目的意識と、「ウルフの場合、病気は避ける事の出来ないテーマである」という視点と合わさって、ウルフの人生と芸術はこのようなものだ、と否応なしに印象付ける量感を生んでいる。著者自身が確かめ、理解しようとする記述の運びが、本書の読者の心の中に、著者と同じ好奇心を喚び起こし、読者に多くの示唆を与える力になっているのである。

また、三部構成も、第一部が扱い方としては（主題としてではない）、続く第二、三部から遊離してしまっているように思えるが、全体としては成功している。この構成の結果、ウルフの人生や作品について知られている無数の事実の中から、彼女の内面と文学のつながりを理解するために有用なものを重点的に抽出することができたからだ。母ジュリアが娘時代に出入りしたサロン、ブルームズベリー・グループの恋愛、この人物あの人物の血筋など、それ自体では単に表面的な事実に過ぎないことも、配置された場所で読者の想像力を有効に刺激している。ウルフという作家は、互いに血縁者の多い、そして知的エリート階層に属すること自体プレッシャーと危険を含む、そういうイギリスの知的エリート社会と時代が、もし「父が長生きしていたら書かなかったでしょう」というような数々の否定の条件をかいくぐり、最後に「レナード・ウルフと結婚する」という天運までを味方にして、世に送り出した天才だという印象を改めて強くした。それは単に環境の産物という意味ではなく、ウルフが自ら「狂気」と呼ぶ自分の病気と闘い、その体験からすくい取った美、ないし真理を、形ある芸術にしてゆく、感動的なまでの執念と忍耐と努力を私は認識することができた、ということを含めてのことである。

訪英記

出かける

昨年の夏わずか六週間ほどだったが、何の義務も帯びずに英国を訪れる機会を得て、私は思いもかけず大旅行をした。調べたいこと、観たいもの、行ってみたい所など多くの目的を携えての旅立ちだったが、特定のスケジュールもなくロンドンのテームズ河南岸の、漱石が下宿していたと聞く方面に宿を定めた時には、とにかくそこに住みついて時々旅に出ようという気分だった。が、十年以上も昔、ほんの短期間滞在した時の記憶を取り戻しながら、未知の地域に足を踏み入れたり、カンタベリーやドーヴァーまで遠出したりするうちに、たちまち片雲の風に誘われて、一週間後には電話帳ほどもある英国鉄道の時刻表や地図などを取り揃え、本格的にロンドンの宿を引き払ってしまっていた。そしてその後の四週間を、憑かれたように汽車やバスや船を乗り継ぎ、そして何よりも日に十キロも二十キロも足で歩きまくって（靴のかかとは二回修理した）、イングランドの西半分から北ウェールズ、国境を渡ってアイルランド、そこからスコットランドへ抜けてイングランドの東半分へと、休むことなく動き回ったのだった。

訪れた都市や町村の数は四十近く、そのうちダブリンやヨークシャーなど、自分の研究の関係で何日も足を留めた土地もあったのだが、三分の二ほどの土地は宿泊すらしていない。それでも今振り返ってみると、ほんの

二、三時間ばかりで文字通り走り抜けたような町についても、その街並、建物の細部、公園、街頭でふと言葉を交わした人びとの顔など、記憶は不思議に鮮明だ。まるでイギリスの過去と現在の大叙事詩のページを何枚も重ねたままどんどん繰って、そこかしこの一行一行を拾い読みした如くだが、そんな断片の中ですら主役や脇役はそれぞれ忘れ難い個性と表情とを帯びて私の脳裏に刻みつけられた。

ロンドン

七月下旬のロンドンは海外からの観光客であふれていた。街中どこへ行ってもぞろぞろ、あるいはぺたぺたと歩いている外国人の渦に巻き込まれた。英国が自国へのツーリズムを奨励していることは明白で、全国いたる所に設けられた旅行案内所は、たとえばロンドンでは市街地図を七、八ヶ国語で取り揃えて無料配布したり、地下鉄やバスのありとあらゆるたぐいのパスを発行するなどしてサービスの限りを尽くしている。が、観光対策は新奇な知恵も必要としているらしかった。美術館や寺院の入口の"NO Icecream !"という警告をはじめて目にした時には、しんからぎょっとしたものだ。キョロキョロするとそのすぐ横にソフトクリーム・コーンの絵を太い斜線で消した立札も立っている。気付いてみれば、道や広場を占領したツーリストは、なるほどその大半がソフトクリームをかじっているのだった。

それは多かれ少なかれ夏のヨーロッパの都会に共通する悩みなのだろうが、ロンドンの事態を悪化させていたのは、いわゆる買物観光客の多いことだ。折からのポンドの安値のため、親戚、知り合い、隣近所などから注文を集めてカーフェリーで海峡を渡り、電気製品や家具などを大量に買って帰れば、旅費ぐらいは浮くのだという。いろいろな国語が入り乱れていたが、はっきりそれと目立ったのはスペイン語を喋る人たちだった。彼らは大体いくつかの家族で、とにかく、幼児や赤ん坊の多さが目立つ大集団を組んで移動して回る。だからしばしば広場のベンチや、時には列車までが、あっという間に彼らと彼らの言葉の天下になるのだった。彼らは善良だし、美術館などは決して侵略しないというつつましさも持ち合わせていたが、ロンドン市民を多分に不幸にしているようだった。彼らが英語を分からないのをよいことにして、ブツブツと悪態をつぶやき続ける青年店員や老婦人を何回も見かけたし、またスペイン語を喋る人びとに限らずとも、アイスクリーム・コーンを斜線で消して見せた立札の中に、私は異民族の大侵入に喘ぐ全市のひそかな苦悩を見たような気がした。

とはいえ市民は基本的には誇り高く自己のペースを守り抜いていた。私にはロンドンではいっさいが分かり易く秩序立っているように思えたが、その秩序を、市民は、決して取り乱すことのない非能率な確実性といったもので運営していた。切符一枚買うのにも、一人平均二分はかかっているのではないかと思われるようなゆっくりしたペースや、小さな食料品店などでも客が二人以上いればすぐ列を作って順番を守ることなどには、旅行者もすぐ慣らされる。そしてとにかくも待っていれば、いつか必ず自分の番が来るのである。商店もいくら大儲けできそうでも、開閉店の時間をずらそうとはしない。夕方の五時を過ぎると、ロンドン子と一目でわかる特徴的な歩き方で黙々と家路を急ぐ人びとが目立つ。私はその中に、公私の区分線をはっきりと引いて、自分の城の中でだけポストのような口が耳元までパックリ開いたというウェミック氏にそっくりな顔をたくさん見たように思った。

もちろん中心街の石で固めた巨大な建物はあくまで威風堂々としていて、旅行者の喧騒にも微動だにしない。道の曲線に沿って両側にびっしりと隙間なく背の高い建物が続く時などは、道はオープンスペースというよりは壁に囲まれた迷路のように思われ、逃げ道を封じられた泥棒のように怯えた気分に襲われたことさえあった。そんな時私は、外国や植民地ばかりでなく、ロンドン市民も大英帝国の威容に圧迫され、自らの無力さを思い知らされて来たのだと信じた。

広場や道の中央などにそびえる数おびただしい立像や、寺院に重々しく横たわる故人の等身大の仰臥像や、国立肖像美術館におさめられた無数の肖像画などをつくづくと眺めるにつけ、ひとたび生存した身分の高い人、あるいは国に功績のあった人びとの身体の保存に対する異様な執念を感じた。それらは重々しく荘厳な石の建物と連合して、いたる所で過去の権力の威力を何かなまなましい形で発散していて、その結果、平凡な市民は何となく脇へ押しやられて、自分に残された領域の中でつつましく生きていかざるをえないのだ、という印象を私は持った。毎朝バッキンガム宮殿前での交替に往復する衛兵の行進のたびごとに、赤い二階建てのバスや、黒くいかついタクシーが目抜き通りにびっしりとつまって、ゆっくりとそのあとをついてゆく光景は象徴的だった。

しかしそれは、多分に見解の相違の問題だろうか。折しもエリザベス女王の結婚二十五周年で、イギリス全土はその記念の行事や催しで賑わっていたし、本屋には女王の美しい笑顔を表紙にしたペーパーバックが何種類も並んでいた。過去も権威も市民の生活の中に滲み込んで、彼らの誇りと自信の一部にすらなっているのだろう。あれほどゆっくりしている市民の歩行者用信号無視には、むかし体験したドイツ人の無意味な信号遵奉にくらべて晴れやかなものがあった。また日曜日ともなれば、あくまで広々していた緑一杯のあちこちの公園で、裸の上半身を真赤にして思う存分球を打ったり蹴ったり走り回ったりしている少年などは、かりそめにも圧迫などという言葉を知っているようには思われなかった。つまり庶民に残された領域は広大なのだろう。ただそれにもかかわらず、私はポンド安とか、ビートルズやパンクスなどが英国産だということに納得した。

要するにロンドンはたくさんの顔を持っていた。威圧的な石の建物と何とものびやかな公園。また、道幅が極度に狭く、ぴったりとその両側を封じた建物の二階には鉄の懸橋が渡っている旧ボロ（自由都市）の、もの恐ろしい廃墟を夕闇の中で通り抜け、薄汚れた教会に辿り着いたと思ったらそれがサザーク大聖堂だった時のことなど、つぶさに描写するスペースがないのが残念だが、ひとたび中心街を離れると、特にロンドン橋の周辺では、廃墟と近代ビルが雑居している。大英帝国の栄光を背景に石で固めた文明、しかし世界で一番早く議会政治を持った国の歴史は、結局数々の矛盾をはらみながら決して急速に変わらない厚みを持っていて、それでもなお変貌を強いる波に逆らってはいないのだ。

古都

旅の先々ではロンドンが備えている諸性格を単純化された姿で見ることができる。第二次世界大戦中空襲で破壊されたコヴェントリーは街の中心部がすっかり装いを新たにし、有名な教会やその尖塔、その他古い建築物を点々と含みながらきわめて現代的かつ開放的な姿を示していたし、ロンドンに次ぐ大都市バーミンガムでも、道路計画を中心に大規模な近代化が進んでいた。ニューカスルのように完全な近代化を目ざして街中に工事の音がやかましい所もあったし、一方、ダーラムのように、河で囲まれた小高い丘の頂点に大聖堂と城と大学とを抱いて、厳しくおさまりかえっている町もあった。どこも、汚いと言われるリヴァプールやリーズやグラスゴーなどの大商工業都市や港町さえも、過去と現在と土地柄とをゆっくりと調和させた個性ある街づくりにいそしんでいて、足を一歩進めるたびに思うことが多かったが、あくまでイギリス的な魅力をそなえていたのは、イングランド中西部のワーリック、ケニルワースなど、昔日の面影がよく保存された人口二万足らずのつつましい町だった。

へんぴなバス停から右手に広大な緑の公園を望んで一マイルほども歩き、やがて急な坂を経てついに得たケニルワースの城からの眺めはこの世のものとも思われなかった。すっかり廃墟と化した丈高い赤い砂岩の城は、スコットの描くエリザベス一世の恋や哀れなエイミーの物語からその苦さを取り除き、ひたすらロマンチックな世界を偲ばせた。フランス風の庭園は楚々としてあくまで美しく、城の背後にはうねうねとのびやかに果てしなく拡がる牧草地帯。その彼方には森また森。右方の豊かに生い繁った樹木の深い緑と赤レンガ（砂岩か？）の家々は、時ならぬ、しかも晴れやかな紅葉と見まがう色鮮やかさだった。その中にくっきりと目立つ一本の尖塔。折しも教会の鐘という鐘が本当に天上から降り注いでくる音楽を奏で、のどかに響き渡っていつ止むとも知れなかった。そしてその鐘の音に合わせて、真っ青に澄み渡った空に浮かぶちぎれ雲の黄金色のまばゆい光が、ちらちらと天使のように飛び交うのだった。タウンセンターははじめのバス停とは別方向に十五分ぐらい歩いた所に近代的なたたずまいを見せていた。城がセンターから離れて別世界を形成しているのは私の見た限りむしろ例外的だったが、庶民が遺産の重みから解放されているらしく見えるのが美しく、それでもなお遺産を持っているのが美しく、何よりも見晴らしが美しかった。

それらの町を、更に完成された美にまとめあげているのがチェスターやシュルーズベリだ。どちらも州の首府で人口六万前後。その中心部が河に囲まれた高台に位置しているという立地条件や、古くはウェールズに対する国境防備の要所である点、清教徒革命の時にはチャールズ一世の拠点になるなどの歴史も似ている。何百年も昔（時には中世）を偲ばせる家並はあくまで清潔で、立派ながらもつつましく、美観をことごとく計算しつくしたように随所に美しい教会が配置され、何よりも素晴らしいのは豊かでなだらかな河岸の緑地が広大な公園になっていることだった。

セヴァン河に囲われたシュルーズベリの中心街は一番長い所で直径一キロ。半島のつけ根は三百メートルもない。鉄道の駅のたもとにある赤い城はよく保存されていて、一階ではシュロップシャーの女流作家メアリー・ウェッブの展示会が行なわれていた。私の見た限り、城と市民会館のようなものとが結びついている唯一の例だった。一応興味を持って写真などに見入る私に、ウェッブの伝記を書いたという女性と、もう一人上品な中年の婦人がこと細かな解説をほどこしてくれた。シティ・ウォールはチェスターやヨークほどに保存されてはいないが、美しく華麗な教会が街を引き締めている。公園は一見広いだけのようだったが、そうではない。樹に囲まれた所に入ってみれば円形のスタジアムのようになった見事な花園。ふと管弦楽が聴こえてくるのでその方へ足を向けてみれば、セヴァンの流れを背景にしたあずまやの下で軍楽隊の演奏。さらに緑草を踏んで進めば遊園地、プール。対岸も芝生と森。私が休みに行った水際の近くでは、寝そべるコリー犬の肩に左手を置いて、金髪の少女がスケッチに余念がなかった。

この少女はもしかしたらあまりに整った街の中で窮屈な思いをしていて、いつか大都会へ出ることを夢見ているのかもしれない、とふと思った。何とも素晴らしいが固定的で拘束的だということは、特に大聖堂などを見る時いつも感じたことだが、とにかくセヴァンの河べりに腰をおろした私は、小さな白波をたてて流れる澄みきった水と対岸の緑を、ただうっとりと眺め入るばかりだった。

古　城

城は合計十八見た。スコットランドのアラン島のブロディック城のようにもっぱら華麗な生活ぶりだけをしのばせるものもあったが、多くは石を重ねに重ね、きわめて軍事的防衛的（しばしば攻撃的にさえ見えた）な外観を持っていた。ドーヴァー城、スカーボロ城など海の荒波のしぶきを浴びるようにして高台にそびえる城では、外敵に備える緊迫感がそのまま伝わってくる思いがした。

中でも一番忘れられないのは北ウェールズのコンウェイ城だ。十三世紀末エドワード一世がウェールズを征服し、その統治の拠点として建てた六つの城のうちのひとつで、同名の河の広大な河口がくびれた所に、中庭を長方形に囲んでその四隅と各辺に巨大な塔を計八本も備えた城が、水路を見張るようにそびえている。外壁には、私は数え切れなかったが二十一本もの塔があるという。

塔の上からの眺めが絶品だった。暮れ始めながらもすき透るように光るのを一向にやめない青い空と、白い雲の下にのびのびと拡がる河口は、海のようだが荒々しさは全くなく、水面には金色の、時にはピンクの波が小さく踊っている。無数に浮かぶヨットの色とりどりの帆、遠い岸の緑、城の近くだけせり出した岸辺で可憐に風と戯れる花。のどかで楽しげで平和で、そのくせ限りなく切ない。

城の内装はすっかりなくなって居り、ある塔が武器庫だったとか台所だったとかはプレートの解説でしのぶだけだったが（同じエドワード一世の六つの城のうち、カナーボン城は今でも英国皇太子の立太子式がそこで行なわれることから内装の細部にいたるまでみごとに修復されていて、一番有名で立派でもあった）、何故か飽きもせずに崩れかけた狭い螺旋状の石段を八回も登り降りしながら、私は歴史の世界に迷い込んでいった。リチャード二世はこの城からおびき出されて結局捕われの身となり、ヘンリー・オブ・ボリンブルックに王位を奪われてロンドン塔で殺される。この城がその後のプランタジネット王朝の血で血を洗うバラ戦争の中で、またその間ひっきりなしに起こったウェールズの叛乱の中でどのような役割を果たしたか知らないが、こうまで何かの執念のように強大な塔を重ねて守りを固めたこと、結局それにもかかわらず人は決して運命の手からは逃れられずに滅びること、そして自然は人間とはかかわりなくあくまで美しくあり続けることを思って、しばし茫然とするのだった。

城は悲しい。そして城の悲しさは武器展示場や地下牢を見る時に極まる。指の一本一本までうろこ状の金属で被って、カニのように体の細部まですべて甲羅で守る造りの鎧など知らないわけではなかったが、目のあたりに見るほどに生命に対する執念の強さを思い知らされる。すでに触れた寺院に収められた仰臥像などと合わせて、身体保存の執念には日本人をたじろがせるすさまじさがある。

地下牢はその裏がえしの表現だろうか。つぶさに入って見たのはソールトウッドとワーリックだったが、ワーリック城のそれは天井も高い豪華版。人間の胴と腕と大腿とを支える鉄の輪をつなげたようなものが宙にぶら下がっていた。拷問具ということで、生身を腐るまで宙にさらしたという。その奥にはさらに洞穴があった。足腰をまるめてやっと一人入れる大きさで、極悪の敵をやはり腐るまで投じたという。むかし鎌倉八幡の土牢を見てしばし思うことがあったが、西欧は敵を苦しめる術においてはるかに長けていたようだ。

唐突だが関連して触れたいのは肉屋のこと。私はどこへ行っても市が立っていることを知れば必ず見物に行ったが、人の賑わう市場の肉屋の土間に、豚の頭などがゴロゴロころがっているのにはほとほと閉口した。多分敵の腐敗した体も、人間の食物になる豚の頭も、神の恵みとして人の目に美しく映じるのではないかと思ったりした。

それは単なる習慣の相違だけのことと考えてみたが、とにかく城は人間の怨念と力の争いの歴史を如実に語り伝えていた。石だから、鉄だから残ってはいるが、諸行無常だけは東西変わらないと教えているようだった。

エディンバラ

エディンバラは東西に走る谷底の鉄道を境に、旧市街と新市街とがはっきり分かれている。南側の旧市街の中心には、城からホーリールード宮殿までの約一マイルを直線に結ぶロイヤル・マイルと呼ばれる石畳の道が通っていて、歴史的な建物が目白押しに並んでいる。大胆な構想と決断と機動力をもって一七六七年に開発されたという新市街は、高台の上に碁盤目にまっすぐ通る広い道、それに面して立ち並ぶ豪華な公共の建物や記念碑やホテルや店、城を背景にしたプリンセス・ストリートの大公園など、まさに夢の都と呼ばれるにふさわしい華麗さだった。

それにもかかわらずエディンバラは悲しい土地として私の記憶に残っている。観光客しか目に入らず、市民はどこに押し込められているのだろう、というのが第一印象だった。次には喧伝されているプリンセス・ストリート公園が気に入らなかった。われながら今回の旅の目的は比較公園学研究だったかと思われるほど私は公園訪問には熱心だったが、この公園はあれだけ広大な部分を全体が見事な図案になるように花で飾り立ててある点では天下一品かもしれない。が、それが谷底にあるのが大きな欠点だった。道からビルにすれば五階分ぐらい（逆の側の城はその三倍ぐらい高い）の石段を下っていって、中央や急斜面の花につくづく見入ったが、他の公園におけるような快感や安らぎを覚えることができなかった。何もかも首が痛くなるほど見上げるばかりだから、解放感が得られないのだ。もっとも谷底は、そこを放置したり人を住まわせたりするよりは花で飾った方がよいのかもしれない。同じ谷底利用法がやはり起伏のはげしいアバディーンでも採用されていた。その大漁業都市のほうは市民の醸し出す活気があって私は明るい気分で街を歩き回ったが、公園は上から眺めただけで降りて行こうとは思わなかった。人は原則として、憩うために四方がそそり立った谷底へは入って行きたがらないものなのである。

その公園から出て次に迷い込んだ谷底、グラス・マーケットという広場の恐ろしさは忘れられない。私は城を北に見て、なるべく面白そうな裏道を進んでいた。と、急な下り坂にさしかかったあたりから家屋がボロボロになり始め、いきなり長方形の広場に出た。そこがグラス・マーケットだったのだが、名の示すとおりむかしは市が立った所なのだろう。だが周囲をびっしりと取り囲んでいる巨大な建物は崩れてこそいなかったが、とことん黒ずんでいて、ひとつだけ今でもそこで朝には卸の市が立つのではないかと思われる（確かめ得なかった）ガレージのような建物以外は、ほとんど使用されているようには見えなかった。堂々たる構えのブラック・フライアーズ・ホテルというのがあったが、宿探しもかねて歩いている私としても近づく気になれなかった。営業中にしても客は亡霊だけのように思えたし、何しろ通行人は人っ子一人いない中で、広場の中央のベンチに労働者風の男性が三人だらりと座っていて、私をジロジロ眺めていたからだ。

それにしても何故こんなすり鉢の底みたいな所に市が立ったのだろう。霧雨まじりの天候のせいもあったが、真昼なのにじめじめと暗く、背後から荒々しくそびえる崖とその上の城に見おろされ、長方形の四隅に亀が小さな手足を伸ばしたようについている細い登り坂以外建物の間に隙間がないのも、人びとを穴蔵に陥し入れ、退路をふさぐための設計のようにさえ思えて来た。私は自分が入っていったのと対角にある小道から息をつめて脱走したが、別に逮捕され絞首台にぶら下げられることもなく（実際そんなことが起こりそうな感じだった）、ぐるぐる迂回している急な坂をよじ登り切ってみれば、その左手はもうロイヤル・マイルで、目の前にはセント・ジャイルズ教会がそびえ、観光客が賑やかに往来しているのだった。

だが何となくむかしのエディンバラ市民に転生したような気分の私には、ロイヤル・マイルもただ典雅には見えなかった。セント・ジャイルズのすぐ傍はマーカット・クロスで、むかし公開絞首刑の行なわれた場所だ。市の立つ所や、御触れなどが読み上げられる所、つまり一番人びとの賑わう場所で絞首刑が行なわれたということは、不覚ながら今回の旅ではじめて知った。そこから東へだらだらと下ってジョン・ノックスの家などをへて宮殿に近づく。そのあたりは貴族的な界隈だということだが、その真只中にトルブース（監獄）があった。そしてその裏手の道はギャロウ・クロース（絞首台小路）という名であった。

私は、昔の市民は城と教会と宮殿とに見張られ谷底に押し込められ威されて生活して来たのだ、という印象に圧倒されたが、スコットランドの民族と国の歴史も悲しい。攻めたり攻められたり、事実上イングランドに統合された後でも名誉革命で廃位になったスチュアート家の血統の王位復帰に固執してあまたの血を流したりした過去。そして宮殿に入れば今でも、「スコットランド人の女王」と形容されるメアリー・スチュアートのものだったという寝室がいかにもひなびていて、そこに展示されていた彼女が最後に書いたという手紙（義弟フランス王シャルル九世宛）がフランス語で書かれていることなどを見て、私は何をどう考えたら心が鎮まるのか分らなかった。

戻る

カレンダーをにらみながら無念の思いでロンドンに帰り着いた時、私を襲ったのは予期に反した安堵感だった。それは多分もう宿や汽車の時間を心配しなくてもよいという単純な安心から来た部分が大きかっただろう。だがそれだけではなかった。今回の旅で私は行く先々で、想像の中でではあるがその土地の住民になって過去にさかのぼったりして、感受性を酷使したのだ。あまりにも端正な町やあまりにも過去を引きずり過ぎている町では特にくたびれた。考えてみればリヴァプール、グラスゴーなどの、観光的には軽んじられる大商工業都市で一番のんびりした。

ロンドンの街は相変わらず観光客や二階建てバスでごった返していたが、それも苦にならず、着いたその日に早くもわが家に住みついた感じだった。その後わずかに残された滞在期間を書店、図書館、航空会社、商店などを駆けずり回る間に、ショアディッチ方面に早朝出かけた時、取引きの済んだマーケットで、落ちているジャガイモや桃を袋を片手によぼよぼと拾っている老人の姿を見かけた。また水鳥が無数に遊ぶ公園で、「お前は俺が酔っていると思うんだろう。だが俺は酔っちゃいないんだ」と私にからみながら、別に私の返事も必要とせずにウイスキーを罎からがぶ飲みにしている労働者風の中年男性にも出逢った。だがロンドンには活気があった。そして緑あふれる広々とした（決してへこんではいない）公園があった。

帰国まぎわの日曜日、私はハイゲイト墓地の見学もかねてハムステッド・ヒースまで足を延ばした。見渡す限り広い緑の丘の上では凧が二、三踊っている。子供が走っている。ボールを蹴っている。馬で通って行く人もいる。ロンドン市を見おろせばセント・ポール寺院や電信塔などがはっきりと見分けられる。今この旅行記を書きながらすべてが目に見えるようだ。私は自分が研究上の目的を持って訪れ、その分だけ長く足をとどめた土地については本稿では何も触れなかったが、それは私の大旅行の総体が、研究目的を果たしたということ以上に、タイムトンネルをくぐり抜けた体験に似ていたからだ。

寒椿

東洋大学には、図書館の傍のグラウンドに寒椿の木が何本もあって、今年も、早くも明るい紅色の花を溢れるように咲かせている。

「この木はよほどバカな木ですね、いくらでも花がつく」と、ある日、その寒椿をさして先輩の教授がつくづくと感心したように言われたことがあった。私は吹き出しながら、なるほど考えていてはこの寒さの中でこんなに咲いては居られないと思ったが、「でも、バカは可哀想ですよ」と思わず口にしたものだ。というのも、その花のおかげで、私は一月からの繁忙期を、かろうじて切り抜けることができるからなのだ。

私がいつ頃から季節の花に敏感になり、それをこよなく愛し始めたのか、定かではない。簡単に言えば齢のせいなのだろうが、汽車に乗ってのんびりと旅をすることが無くなったこととも関係があるかもしれない。東京に生まれ育ち、今なお同じ都会の中であくせく働いている私は、大自然に囲まれて育つということがどういうことか知らないが、ただ自然から切り離されて生活する人間がどこか不遜になり、人間にとって大切な何かを決定的に失ってしまっていることを、常に感じている。だから昔は、まめに旅をしたものだ。

私には、そのような旅先で見た忘れられない風景というものが数え切れないほどある。それは忘れられない音楽や絵などと同じように、その時覚えた、ほとんど掌握し切れない感動と一体になって、折にふれて記憶の中に甦ってくる。たとえば八ヶ岳のふもとにある飯盛山という山の姿の変貌。急に鳴り響き始めた雷の音の下で、黒ずんだ山の上に幾筋もの金色の稲妻が乱れ飛ぶ。一ときおくと山はまるで何事も無かったように全身に陽光を浴びて、新鮮な緑色に輝き渡り、と見る間に、中央にぽっかりと黒ずんだ斑点ができていて、その上では、小さな雲がゆっくりと流れてゆく。やがて夕刻になると山は今や真赤に染まる。――その一部始終を眺めつくしていた私は、動と静、生と死、輝きも愁いもすべて内蔵して刻々と変貌する自然の姿に、慄然として、かつ謹然として、人間の卑小さと、しかるが故の人間の命の尊厳というものを、若い頭がはち切れそうになるまで想ったものだ。あるいはまた、どこまで行っても緑また緑の中をバスでひた走っていた時、突然視界が開けて、山あいから急にぽっかりと遠くに見おろした小さな村の姿のこと。その絵画的な美しさ、そして、こんな所にも慎ましく寄りそって生きている人間の営みが、何と感動的に感じられたことだろうか。

その他日本でも外国でも、悲しい歴史のまつわりついている土地の逆説的な美しさなど、今このように書き始めてみると、感動とともに甦える思い出の風景は、とどまることを知らない。いずれにしても、自然を前にした時の一様の想いは人間の卑小さだ。そしてそのような条件の中で生きる人間の愛らしさである。人間が一人一人の命の単位で考えてみれば、いかにはかなく、時には何とも酷い存在であることを痛感するには、都会の中にどっぷり浸かっていればこと足りる。しかし都会の中、文明の中では、その想いは絶望や不満につながりがちだ。すべてを人間同志の関わりで考えるから、自分の考えや命が、実際以上に肥大して感じ取られるのだ。しかし自然は人間の卑小さを教えてくれる。そしてそのように卑小だからこそ、与えられている限りの命を精一杯生きる姿が美しくいとおしいものだと感じさせてくれる。

季節の花が私にとって、この頃触れることの少ない大自然の象徴なのか、あるいは儚い人間の命の象徴なのか、私にはどちらとも言えない。しかしいずれにしても、寒気の中、色鮮かに咲き誇るグラウンドの寒椿は、今年もまた、せかせか、ばたばたしながらも、この地球上の与えられた場所で、誠実に前向きに生きてゆこうという私の決意を、そこはかとなく促してくれるのである。

年譜

昭和10年7月20日 東京都品川区に生まれる。父は岡田正衞、母はとわ子、兄は正一郎（三歳年上）
16年4月 私立十文字高等女学校附属幼稚園入園
17年4月 東京市仰高北国民学校入学
19年9月 静岡県駿東郡に疎開
20年4月 戦災により、父正衞と死別
23年4月 私立立教女学院中学校入学
26年4月 同高等学校進学
29年4月 東京大学教養学部文科II類入学
33年3月 同文学部仏文科卒業
4月 東京大学大学院人文科学研究科比較文学比較文化専門課程修士課程入学
35年3月 同課程修了、文学修士号取得
35年4月 同博士課程進学
36年9月 フルブライト奨学金を得て米国イリノイ州南イリノイ大学大学院英米文学科修士課程に留学
37年9月 ひきつづき米国マサチューセッツ州ハーヴァード大学大学院比較文学科に留学。修士課程を修了し、博士課程に1年間在学
39年9月 帰国。東京大学の前記大学院博士課程に復学
41年3月 同課程単位取得後満期退学
41年4月 立教大学文学部専任講師（フランス語、フランス文学）
41年4月 東京大学教養学部非常勤講師（英語　平成元年3月まで継続）
43年4月 立教大学文学部助教授
45年9月 米国カリフォルニア州スタンフォード大学日本文学科客員教授（1年間）
48年4月 東洋大学文学部助教授（英米文学）
55年4月 東洋大学文学部教授
平成7年2月15日　逝去

注

エミリ・ブロンテの『嵐ヶ丘』成立

(1) ロー・ヒルへは一八三七年七月に出かけたことははっきりしている。そこにどれだけの期間止まったかが問題だが、シャーロットの友人やブランウェルの知人の証言はともに六ヶ月。ただ明らかにロー・ヒルで書いたと思われる強い郷愁を表わす優れた詩がふたつまで一八三八年秋の日付を持っているので、一年半説も捨て切れない。

(2) エミリは家に不在勝ちの姉や妹の受け取った遺産の管理を一手に引き受けて、鉄道の株を買っていた。

(3) ついでながら、しばしば問題になる老アンショーの養い子に対する偏愛の不思議さも、このモデルの存在が解き明かすと思う。この偏愛の動機付けがあまりにも不充分なため、ネリーが再三彼の出生不明を力説し、彼の経歴を"It's cuckoo's."と明言しているのに、そして彼女は嘘はつかない語り手であるのに、ヒースクリフは実は老アンショーの隠し子だったというような有害無益な説が厳かに唱えられる結果を招いている。私自身も、ヒースクリフは嵐ヶ丘の霊的な存在としてその家の主人の心を把えたのだろうか、などと考え、解釈に苦しんだものだが、ジャック・シャープの話（そこでは老ウォーカーの甥に対する偏愛の動機はじゅうぶんだ、実の息子は学問の世界へ行ってしまったのだし、彼は跡取りが是非とも必要な商人だったのだから）に親しんでいたエミリにとっては、嵐ヶ丘にかっこう鳥の雛がかえれば充分で、いずれすぐに舞台から姿を消させる予定の老アンショーの動機づけに説得力を持たせる必要には気付かなかった、というだけのことだったのだろう。

『嵐ヶ丘』を読み返す

(1) "I suppose there is no true home of genius haunted by the ghosts of so many deceased theories as Haworth Parsonage." (*Brontë Society Transactions*, vol. 13, 1957.)

(2) "Ellis the 'man of uncommon parts, but dogged, brutal, and morose', sat leaning back in his easy chair drawing his impeded breath as he best could...he smiled half amused and half in scorn as he listened." (Charlotte Brontë. Letter to Mr. Williams, 22 Nov. 1848.)（「尋常ならぬ才能の持主ではあるが、頑固で野蛮で陰気な」エリスは安楽椅子に身を沈めて、途切れがちな息を一生懸命吸っていました……彼は聴きながら、半ば面白そうに、半ば軽蔑するように微笑みました。）

(3)『嵐ヶ丘』を出版したトマス・コートレー・ニュービー（Thomas Cautley Newby）は、そのあくどく小ずるい商法で悪名高く、彼が『ジェイン・エア』の成功を利用しようとして、カラー、エリス、アクトンの三人のベルを同一人物であるかのように印象付けようとしたことは事実である。しかし『嵐ヶ丘』の著者がアクトン・ベルとされたことはない。

(4) "The anguish of Heathcliff on the death of Catherine approaches to sublimity."

(5) "A more natural unnatural story we do not remember to have read... Inconceivable as are the combinations of human degradation which are here to be found moving within the circle of few miles, the *vraisembrance* is so admirably preserved; ..."

(6)『嵐ヶ丘』の初版本は、おそらく出版者ニュービーが『ジェイン・エア』の突然の成功に乗るチャンスを逃したくなかったばかりに、すでにその年の八月にはできていた著者の手による校正を無視して、初校の誤植をそのまま再生したひどい版本であった。しかしシャーロットは時に句読点なども修正し、意図的にせよ、そうでないにせよ、エミリの文意を曲げている所がある。

(7) "...a man's shape animated by demon life—a Ghoul—an Afreet./Whether it is right or advisable to create beings like Heathcliff, I do not know: I scarcely think it is."

(8) 後世から見て、シャーロットの必死の弁明は姉妹両者のために痛ましい。一八四八年九月から四九年五月までの間に子供時代を生きのびた三人の弟妹を次から次へとことごとく失ったシャーロットにとって、明らかにエミリの死が一番大きな打撃だった。

Her [Anne's] quiet, Christian death did not rend my heart as Emily's stern, simple, undemonstrative end did. I let Anne go to God, and felt He had a right to her. I could hardly let Emily go. I wanted to hold her back then, and want her back now. Anne... seemed preparing for an early death. Emily's spirit seemed strong enough to bear her to fulness of years. (Letter to Mr. Williams, 4 June 1849.)

（アンの静かでキリスト教徒らしい死は、エミリの厳格かつ単純で、感情を表わさない最期ほどに私の心を引き裂くことはありませんでした。私はアンを神のみもとへ行かせました。そして神様は彼女を持つ権利があると感じました。けれどもエミリを行かせることはできなかったのです。私はエミリを取り戻したかった、そして今でも取り戻したいのです。アンは早く世を去る準備をして来たように思えました。エミリの精神は彼女に生涯を全うさせるに足るだけ逞しく思えました。）

アンの死の直後、彼女は右のように述懐しており、他の手紙でも、エミリの死が「時を得ず」「幸福な生活から彼女を奪い去った」ことを繰り返し強調している。ということは、シャーロットの目から見て、エミリは死の準備ができていなかったということだ。さらに言うなら、エミリの死がキリスト教徒らしからぬ死だったことを、シャーロットは苦にしていたことになる。他の三人の弟妹にくらべてエミリの遺稿の目立った欠落が、シャーロットが破棄したためではないかと思われる（エミリ自身が破棄した可能性も大きい）理由もここにある。

『嵐ヶ丘』第二版の序文以前にも、シャーロットはその第二版の出版者であるW・ウィリアムズ氏に宛ててこう書いている。

... 〔in *Wuthering Height*〕 every beam of sunshine is poured down through black bars of threatening cloud; every page is surcharged with a sort of moral electricity; and the writer was unconcious of all this—nothing could make her conscious of it. (Letter, 29 September 1850.)

（〔『嵐ヶ丘』の中では〕太陽の光線はことごとく険悪な雲の黒い格子越しに注がれています。どのページも一種の道徳的緊張のようなものが充満し過ぎています。そして著者はこのことをいっさい自覚していなかったのでした——何事も彼女にそれを自覚させることはできませんでした。）

また彼女がエミリの「そうであった筈の姿」を描こうとしたと言っている小説『シャーリー』の女主人公も、自然との交感の中で素晴らしいヴィジョンに浸ることがあるが、その稀有の価値に無自覚だった、と描写されている。（第二十二章）

(9) *The Structure of Wuthering Heights.* 1926.

(10) "detached and normal" (Lord David Cecil. *Early Victorian Novelists.* 1934.)

(11) "one of the consummate villains in English literature". (James Hafley. *The Villain in Wuthering Heights.* 1958.)

(12) "[Nelly] takes up her station automatically in the battle." (V. S. Pritchett. *Implacable, Belligerent People of Emily Brontë's Novel, Wuthering Heights.* 1946.) プリチェットは、この論文でも、また一九五六年ボストン版の『嵐ヶ丘』の序文でも、ネリーの裏切行為を指摘してハフリー氏を刺戟するのに一役買ったようだが、彼はネリーを「親切でおしゃべり好き」と言い、そのいかにも見事に生々と描かれた人物像と、彼女の英文学中の乳母の伝統を外れたヨークシャー的個性を楽しんでいるのであって、ネリーに悲劇の原因を求めるようなことはしていない。

(13) "it might be mentioned in passing that a person as fiercely reticent and aloof as Emily Brontë would no doubt have disliked such a gregarious gossip" (Hafley. op. cit.)

(14) Winifred Gérin. *Emily Brontë.* Clarendon Press, Oxford, 1971. p.7.

(15) "I am exceedingly glad to hear that you still keep Tabby—it is an act of charity to her, and I do not think it will be unrewarded, for she is very faithful, and will always serve you, when she has occasion, to the best of her abilities; besides, she will be company for Emily, who, without her—would be very lonely."

（Letter, 2 June 1843.）ついでながらタビーは、その後、終生ブロンテ家にとどまり、七十八歳でエミリの死の門出を見送り、一八五五年二月半ば、八十五歳で世を去った。シャーロットに先立つことわずか一ヶ月半だった。

(16) "a specimen of true benevolence and homely fidelity" ("Preface" to the 2nd edition of *Wuthering Heights*. 1850.)

(17) "Stronger than a man, simpler than a child, her nature stood alone. The awful point was, that while full of ruth for others, on herself she had no pity." (Charlotte Brontë. "Biographical Notice of Ellis & Acton Bell," attached to the 2nd edition of *Wuthering Heights*.)

小説家ジョージ・エリオットの誕生

〈省略書名〉

Cross　*George Eliot's Life as Related in Her Letters and Journals*. Arranged and Edited by Her Husband. J. B. Cross. 1885 3vols., Boston: Estes and Lauriat, 1895.

Haight　Gordon S. Haight. *George Eliot, a Biography*. Oxford University Press, 1968.

Letters　Gordon S. Haight, ed. *The George Eliot Letters*, 7vols. Oxford University Press, 1954-56.

Pinney　Thomas Pinney, ed., *Essays of George Eliot*. Routledge and Kegan Paul, 1963.

(1) ジョージ・エリオット自身の "How I Came to Write Fiction" には九月二十二日と書かれているが、ハイト氏は、日記（未刊）には「九月二十二日火曜日」に開始とあるが、火曜日は二十三日で、二十二日には他のことをしているから、正確には二十三日だろう、と推定している。(cf. *Letters* II, p. 407)　(2) 一月号は無署名、二月号からこのペンネームを採用するようになる。

(3) "How I Came to Write Fiction," 6 December, 1857, *Letters* II pp. 406–410.　(4) 〔Edward Neville〕, Haight, pp. 554–560.

(5) *Letters* II, p. 214.　(6) Ibid. p. 227.　(7) Ibid. p. 229.　(8) Ibid. p. 202. (Letter to Charles Bray. 17 June 1855.)

(9) John Ruskin, *Modern Painters* III (1856), George Allen, Library Edition, 1904, p. 58.

(10) *Westminster Review*, LXVI (April 1855). p . 626.　(11) *Letters* II, p. 252. (To Charles Bray.)

(12) Ibid. p. 254. (To Barbara Smith.)　(13) 〔Haight. p. 200〕より借用。現物はエール大学所蔵。

(14) "The Natural History of German Life," Pinney. pp. 266–299/p. 286. なお「自然史」という言葉は、リール自身が使っている言葉 (Naturgeschichte) だが、批評文中で、社会科学のうち複雑な社会生活の諸条件をそっくり包含しなければならない政治、法律学などは、科学の領域からはみ出して、自然史に属する、というコントの分類法に従った説明が与えられている。

(15) Ibid. p. 269. (16) Ibid. p. 299.

(17) 「よい翻訳者はよい原作を生み出す人よりは限りなく劣る存在だが、中味のない原作を生み出す人よりは、限りなく上の存在だ。翻訳者に特に要求される精神的資質は、忍耐、厳密な忠実さ、そして他の人の考えを理解して伝える責任感……」

("Translations and Translators," Pinney. pp. 207-211/p. 211. originally in Leader. 20 October, 1855.)

(18) Pinney. p. 270. (19) [Haight. p. 281] より借用。バーバラ・ポディションの手紙。W・E・ストックハウゼン所蔵。

(20) "Heine's Grave," 1.100. ハイネ論は "Heinrich Heine," 1864. オックスフォード大学での講義録が『コーンヒル』誌に掲載されたもので、すぐ仏訳もされ、広く読まれた。 (21) "Evangelical Teaching: Dr. Cumming," Pinney. pp. 158-189/pp. 159～160.

(22) Ibid. p. 179. (23) Ibid. pp. 187-188.

(24) メアリ・アンが雑誌類に書いた文はすべて無署名である。このカミング論は大きな反響を呼び、チャールズ・ブレイは筆者を看破してすぐ称賛の手紙を送ったが、彼女はそれに対して事実を認めながらも、執筆者が女性と知れると評価が落ちるかもしれないから誰にも口外しないでくれ、と十月十五日付の手紙で頼んでいる。

(25) Cross II. p. 277. (26) Ibid. p. 278.

(27) *Letters* IV. pp. 103-4. (To Sara Hennel, 23 August 1863.) (28) *Letters* III, pp. 335-336. (To John Blackwood, 30 January 1877.

(29) *Adam Bede*. Penguin Books, p. 229. (30) Ibid. p. 223. (31) "Of the True Ideal : Grotesque," *Moderm Painters* III.

(32) Pinney. p. 271. (33) "The Natural History of German Life." Pinney. pp. 270-271. (34) *Middlemarch*. Penguin Books. p. 41.

(35) Charles Christian Hennel. セアラの兄。この時は個人。

(36) *Letters* II. p. 256. (37) "How I Came to Write Fiction," *Letters* II. p. 407. (38) Cross I. p. 311. (39) *Letters* II. p. 258.

(40) "Recollections of Ilfracombe". *Letters* II. p. 251. (41) Pinney. p. 316. (42) Ibid. p. 317. (43) Ibid. p. 318.

(44) "The Sad Fortunes of the Rev. Amos Barton" は初めから Scenes of Clerical Life という総合タイトルを持ち、そのシリーズのうちの一篇として売り込まれた。 (45) *Letters* II, p. 276.

(46) Ibid. p. 272. ブラックウッドは再読後、こんな素晴らしい作品に接したのは実に久々のことだとして、厳密にこの文章ではないが、批判を撤回し、心をこめて五十ギニーの原稿料を支払っている。(Cf. Letter to George Eliot, 29 December 1856. *Letters* II. pp. 283-4.) (47) Ibid. p. 275-6. (48) Ibid. p. 276. (49) Ibid. p. 278. (50) *Scenes of Clerical Life*. Penguin Books. p. 152.

(51) Ibid. p. 145.

省略書名

Letters　Gordon S. Haight, ed. *The George Eliot Letters*, 7vols. Oxford University Press, 1968.

Scenes　David Lodge, ed. *Scenes of Clerical Life*. Penguin Books.

(1) *Letters* II. p. 502.　(2) Ibid. p. 381.　(3) Ibid. p. 251.　(4) Ibid. p. 269.

(5) 一八五九年六月二十五日付。ジョージ・エリオットの署名の手紙だが、リギンスのことを繰り返し "imposter" とか "swindler" と呼んでいるなど、ルイスが書いたと思う方がふさわしい。(*Letters* III. pp. 92-93.)

(6) *Letters* III. pp. 83-84.　(7) Olcott, Charles S., *George Eliot, Scenes and People in Her Novels*. Cassell and Company, Ltd., 1911.

(8) *Letters* II. p. 269.　(9) Ibid. pp. 275-6.

(10) Eliot, G., *Impressions of Theophrastus Such, Miscellaneous Essays*. Estes and Lauriat, 1894, pp. 277-8.

(11) *Letters* II. p. 254.　(12) *Scenes*. p. 45.　(13) Ibid. p. 50.　(14) Ibid. p. 93.　(15) Ibid. p. 46.　(16) Ibid. p. 80.　(17) Ibid. p. 97.

(18) *Letters* III. p. 156.

(19) Eliot, G., *Scenes of Clerical Life*, vol. II, *Essays*, Estes and Lauriat, 1894, p. 196.

(20) Ibid. p. 221.　(21) *Scenes*, p. 97.

(22) Ruskin, John. *Modern Painters* III (1856), George Allen, Library Edition, 1904, p. 58.

(23) *Scenes*, p. 80.　(24) Ibid. p. 99.　(25) Ibid. p. 83.　(26) Ibid. p. 96.　(27) *Letters* II. p. 408.　(28) *Letters* III. p. 156.　(29) *Scenes*. p. 61.

(30) Ibid. p. 96.　(31) *Letters* II. p. 269.　(32) *Scenes* p. 111.　(33) Ibid. p. 113.　(34) *Letters* II. p. 298.

(35) Ibid. p. 299.　(36) *Scenes*. p. 145.　(37) *Letters* II. p. 308.　(38) Ibid. p. 309.

ウィリアム・トレヴァーの世界

(1) *A Biographical Dictionary of Irish Writers.* The Lilliput Press, Co. Westmeath, 1985.

(2) 'Introduction,' p. xii, *The Oxford Book of Irish Short Stories.* 1989.

(3) 大半がペンギン版で入手可能で、書名はそのペンギン版の著者略歴に載っている。載っていない二冊についてのみ、書名と筆者の所有している版名を記しておく。

A Standard of Behavior. a novel, 1956 (Abacus, London, 1982.)

Nights at the Alexandra. a short novel, Harper & Row, New York, 1987.

(4) 短編の引用はすべて *The Stories of William Trevor* (Penguin Books,1983) による。註の煩雑さを避けるために、以下そのページのみを記す。なお、この本は第一から第五までの短編集（*The Day We Got Drunk on Cake and Other Stories.* 1967；*The Ballroom of Romance and Other Stories.* 1972；*Angels at the Ritz and Other Stories.* 1975；*Lovers of Their Time and Other Stories.* 1978；*Beyond the Pale and Other Stories*, 1981.）を合本にして、そのすべてを収録したもの。

(5) 牛肉の薄切りを野菜で巻いた蒸し煮料理。

(6) 'Funny...how these things go in threes.' (To Mrs Rachels, p. 466)

(7) 原文では 'six years' だが、'four years' の誤りと思われる。他の箇所では一貫して、子供を引き取ったのは四年前で、子供の年齢も四歳。 (8) ピンクと黄色の細長い芯をアーモンドと砂糖で包んだスポンジケーキ。

ウィリアム・トレヴァーの『卒業生』

(1) 次作 *The Boarding-House* (1965) の中で用いられている表現（Penguin Books. p. 161）。上司の出張のお伴を仰せつかった若い女性が、自分は何の仕事もなく、愛されているわけでもなく、ただ彼のおしゃべりの聴き手として連れ歩かれているのを悟って 'I am a listening box to you. A wireless in reverse.' と叫んだ。自分の話の従順な聴き手を要求することは、それ自体孤独の証ではあるが、トレヴァーはそれを無神経なエゴイズムとして描いている。

(2) 本文中に言及したこと以外に、単純なせりふだけでも『リア王』を想起させるものは数多くある。筆者はそれらのせりふを、トレヴァー自身がパロディーとして意図的に用いているのだと思う。確実にそれと断言できるものの例は以下のとおり——。

a）(Trevor) Shall we take breakfast at noon...? (Mrs Jaraby. 188)

(Shakespeare) We'll go to supper i' the morning... (Lear) And I'll go to bed at noon. (Fool. III-vi)

この類似性は余りにも明白だろう。

b）(T) Did you say—did you put Monmouth in a dustbin? (Mr Jaraby, 128)

(S)Who put my man i' the stocks? (Lear. II-iv)

これは同じ趣旨の質問が数回繰り返されている点がそっくり同じだという意味である。リアが 'my man' と呼んで、彼を足枷にかけた責任者を繰り返し問うているその下僕は、実は変装したケント伯で、彼は第一幕の愚かなリアに直言をはばからなかった、本当に王を愛した家臣だったが、ジャラビー氏がその死体をゴミ箱に捨てたと聞いてこだわりを示しているのは、彼自身の醜い本性を丸出しにした猫モンマスである。

c）(T) You are a foolish old man. (Mrs Jaraby. 187)

(S) (forget and forgive:) I am old and foolish. (Lear. IV-vii)

リアは自分の過去の愚かさをつくづく悟ってコーデリアに許しを求めているのだが、ジャラビー氏は夫人にこう指摘されなければならないし、指摘されても自分が 'a foolish old man' なのだという自覚には至らないのである。

d）(T) Surely you know that we must take our medicine? (Mrs Jaraby. 198)

(S) Take physic, pomp,... (Lear III-iv)

リアはゴネリルとリーガンに拒絶されて嵐の荒野をさ迷う中で、自分が追従されることだけしか知らない王だったということ、世の中にはいま王冠を手放してしまった自分と同じ苦しみと悲しみに喘ぐ人たちが多いことを悟って、自戒の意味をこめての祈りの中で「傲れる者」に対する勧告を発した。それに対し、再度ジャラビー氏は妻にそう勧告されなければならない。そして再度、彼はその勧告の本意を理解することができない。

e）(T) We have not monopoly of suffering in this affair. We are bystanders, as befits people of our age. Others bear the burden of suffering. (Mrs Jaraby. 170)

(S) The oldest have borne most: we that are young shall never see so much, nor live so long. (Albany. V-iii)

オルバニーが悲劇を締めくくることばをトレヴァーは老若を逆にしている。

(3)

実際寄宿学校における生活はトレヴァーがその後他の長編小説（*A Standard of Behavior, Fools of Fortune*）や短編（'A

School Story,' 'Mr McNamara,' 'Torridge,' etc.）でかなり繰り返し扱っていて、作品を通して伝記を窺い知ることが困難なトレヴァーにおいて、唯一何らかの自らの体験を土台にしていると推量できる題材である。ちなみにジャラビー氏の学校のチャペルで歌われたとして回想されている歌詞 'Hills of the North, rejoice'（23）は、'Mr McNamara' の主人公が寄宿学校で歌った歌詞（*The stories of William Trevor*. Penguin Books, p. 428）と同じである。

(4) Eliot, G. *Felix Holt*. Penguin Books, p. 581.

ウィリアム・トレヴァーの「青いドレス」

(1) 「ウィリアム・トレヴァーの世界—心のための鎮魂歌—」（『白山英文学』16号、一九九一年三月）

(2) Schirmer, Gregory A. *William Trevor—A study of his fiction*. Routledge, 1990.

(3) W. Trevor. *The Stories of William Trevor*. Penguin, 1983. p. 712. 以下このテストからの引用はページ数のみ記す。

(4) Schirmer. op. cit. pp. 117-118.

(5) シャーマー氏がこう述べているのは、トレヴァーが後期になって歴史の流れにもてあそばれる人生を描き、政治的社会的事件が個人の運命に与える影響に目を向けるようになった、その傾向がこの作品にも見える、という意味である。

(6) *Mrs Eckdorf in O'Neill's Hotel*. 1969. *Miss Gomez and the Brethren*. 1971.

(7) 'Matilda's England' というのは同じマチルダを主人公とした短編の連作、'The Tennis Court,' 'The Summer-house,' 'The Drawing-room' を三部作としてまとめて呼ぶ題名である。三篇のうち最後の作品の中の Matilda だけが、精神に異常を来たしている。

『古今集』の英・仏・独訳の世界

書誌

Adler, Paul. *Japanische Literatur*. Frankfurt am Main: Frankfurter Verlags-Anstalt, 1925.

Aston, W. G. *Japanese Literature*. London: William Heinemann, 1899.

Benl, Oscar. *Die Entwicklung der Japanischen Poetik bis zum 16 Jahrhundert*, Universität Hamburg, *Abhandlungen*, LVI, No. 31

(1951).

Bethge, Hans. *Japanischer Frühling*. Leipzig: Insel, 1923.

Bonneau, Georges. *Le Monument Poétique de Héian: le Kokinshû*. 3 vols. (I. *Priéface de Ki no Tsurayuki*, II. *Chefs-d'Oeuvre*, III. *Texte Intégrale*) Paris: Paul Geuthner, 1933—1935.

____. *Le Problèm de la Poésie Japonaise: Technique et Traduction*. Paris: Paul Geuthner, 1938.

Bownas, G. &. Thwaite, A. *The Penguin Book of Japanese Verse*. Penguin Books, 1964.

Brower, R. H. & Miner, E. *Japanese Court Poetry*. Stanford University Press, 1961.

Chamberlain, B. H. *The Classical Poetry of the Japanese*. London: Trübner, 1880.

____. *Japanese Poctry*. London: John Murray, 1910.

Chanoch, Alexander. "Die Japanische Jahreszeitenpoesie." *Asia Major*, IV (1927), pp. 240—376.

____. *Die Altjapanische Jahreszeitenpoesie aus dem Kokinshū. Leipzig*, 1928.

____. "Altjapanische Liebespoesie aus dem Kokinshū." *Asia Major*, IV (1930), pp. 1—29.

Dicikns, F. V. *Hyak nin is'shiu*. London: Smith, Elder, 1866.

____. *Primitive and Medieval Japanese Texts*. 2 vols. Oxford: Clarendon Press, 1906.

Fenollosa, E. & Pound, E. "*Noh*," *or Accomplishment*. New York: Alfred A. Knopf, 1917.

Florenz, Karl. *Dichtergrüβe aus dem Osten: Japanische Dichtungen*. Leipzig: C. F. Amelangs, 1894.

____. *Geschichte der Japanischen Literatur*. Leipzig: C. F. Amelangs, 1909.

Gautier, Judith. *Poèmes de la Libellule*. Paris: Gillot, 1884.

Hauser, Otto. *Die Japanische Dichtung*. Berlin: Brandussche, 1904.

Keene, Donald, ed. *Anthology of Japanese Literature*. New York: Grove Press, 1955.

Keene, Donald. *Japanese Literature*. Tokyo: Tuttle, 1955.

Lange, Rudolf von. *Altjapanische Frühlingslieder aus der Sammlung Kokinwakashū*. Berlin, 1884.

MacCauley, Clay. *Hyaknin-isshu*. Tokyo: Asiatic Society of Japan, 1899.

Miner, Earl. *The japanese Tradition in British and American Literature*. Princeton University Press, 1958.

Miyamori, Asatarō. *Masterpieces of Japanese Poetry*: Ancient and Modern. 2 vols. Tokyo: Maruzen, 1936.

Noguchi, Yone. *The Spirit of Japanese Poetry*. London: John Murray, 1914.
Page, Curtis Hidden. *Japanese Poetry*. Boston: Houghton Mifflin Co., 1923.
Petit, Karl. *La Poèsie Japonaise: Anthologie des origines à nos jours*. Editions Seghers. 1959.
Phizmaier, August. *Die Japanischen Werke aus den Sammlungen der Häuser*. Wien: Carl Gerold, 1881.
Porter, William. *A Hundred Verses from Old Japan*. Oxford: Clarendon Press, 1909.
Revon, Michel. *Anthologie de la littèrature japonaise*. Paris: Delagrave, 1910.
Rexroth, Kenneth. *One Hundred Poems from the Japanese*. New York: New Directions, 1955.
Rosny, Lêon de. *Anthologie japonaise: Poèsies anciennes et modernes des insulaires du Nippon*. Paris: Maisonneuve et Cie, 1871.
Sieffert, René. *La littérature japonaise*. Armand Colin, 1961.
Wakameda, Takeji. *Early Japanese Poets*: Complete Translation of the Kokinshiu. London: The Eastern Press, 1922.
Waley, Arthur. *Japanese Poetry*: The "Uta." Oxford: Clarendon Press, 1919.
——. *The Nō Plays of Japan*. London, 1921.
日本語で引用したテキストは、左記の版によった。
『古今和歌集』佐伯梅友校註、日本古典文学大系8、岩波書店、一九五八年
『謡曲集』上巻、横道万里雄、表章校註、日本古典文学大系40、岩波書店、一九六〇年
『契沖全集』第五巻、佐々木信綱他編、朝日新聞社、一九二六年
本居宣長『古今集遠鏡』大阪（石田忠兵衛）、一八九三年

(1) *Le Problème de la poèsie japonaise* にあるもの。*Chefs-d'Oeuvre* には第一行目が "Aux *profondeurs* de la montagne" とある。それに比べて、"Au *cœur*…" は「奥山に」という言葉の音を移すための変更だと思われるので、この方を採用した。
(2) **F. & P** ＝ Fenollossa and Pound. 彼らの、謡曲「かきつばた」中にあるもの。
(3) キーンの『アンソロジー』の中の、『伊勢物語』中にあるもの。
(4) マイナー単独訳で、ブラウワーとの共訳よりは年代が早い。
(5) *The No Plays* 中の "Sotoba Komachi" の解説中にあるもの。

(1) "The '*Man'yōshū*' is the easiest collection for us to appreciate. The '*Kokinshū*' also has poems which move us, but some of the most famous ones, masterpieces of diction and vowel harmonies, must unfortunately remain beyond communication to Western readers. ……The skill of some of these poets is quite remarkable, but the subjects to which they applied their skill were often inadequate." (Donald Keene, ed. *Anthology of Japanese Literature*. Grove Press, 1955, p. 25.)

(2) G. Bownas & A. Thwaite, tr. *Japanese Verse*. Penguin Books, 1964.

(3) R. H. Brower & E. Miner. *Japanese Court Poetry*. Stanford University Press, 1961.

(4) Earl Miner. *An Introduction to Japanese Court Poetry*. Stanford University Press, 1968.

(5) Helen Craig McCullough, tr. *Tales of Ise*, Stanford University Press, 1968.

(6) Makoto Ueda. *Literary and Art Theories in Japan*. The Press of Western Reserve University, 1967.

(7) "The poetry of Komachi is above all passionate, ……but it is also so technically skillful that passion is made real." (Miner. op. cit. p. 81.)

(8) "a passionate, coquettish, intensely feminine woman, preoccupied with men and the emotion they arouse." (McCullough. op. cit. p. 39.)

(9) 北山茂夫『日本の歴史』第四巻「平安京」(中央公論社、昭和四十年)、三〇〇ページ

(10) 秋山虔『王朝女流文学の形成』(塙書房、昭和四十二年)、六〇ページ参照

(11) 『折口信夫全集』ノート編第十二巻(中央公論社、昭和四十六年)、二八〇ページ参照

(12) "The poetess, longing for her lover, is too passive to take a resolute step forward; she simply escapes into dreaming. One will also note that the poems have no sparkling wit or intellectual metaphor; ……Komachi has no such vigor as ancient poets had, but since she does not try to conceal it by rhetoric or wit she has achieved a well-ballanced impressional form." (Ueda. op. cit. p. 14.)

(13) cf. "What is individual about Komachi is that her strongest passions seem to bring forth her most complex techniques." (Miner. op. cit. p. 83); "The most complex of her poems employing the technique (= the use of pivot-words), Which is to say the most complex of all poems employing it, is one in which she moves from emotional calm to frenzied passions within the compass of five

lines." (Brower & Miner. op. cit. p. 205.)

⒁ 秋山虔、前掲書、六十二ページ参照

〔付記〕歌の引用は佐伯梅友校注、日本古典文学大系『古今和歌集』(岩波書店、昭和三十三年)による

有島武郎とウォルト・ホイットマン

(1) 有島は日本にいるとき高山樗牛及び内村鑑三のものを読んだが、特に関心は起こさなかった、と「ワルト・ホヰットマンの一断面」にあるが、そのふたつの文は、

内村鑑三「ウォルト・ホヰットマン」(パンフレット『月曜講習』)一八九八・三

高山樗牛(ワルト・ホヰットマン)(『太陽』)一八九八・六・五

(2) 『国文学』学燈社 一九五九・六参照。

(3) この文は一九〇六年四月に書かれたことになっているが、この点は疑問である。これはイブセンの死の報せに接して捧げたオマージュといわれるべきものであるが、一九〇六年四月にはまだイブセンは存命していた。死去は同年五月二十二日であるから、それ以後のものか、少なくともその後大きな加筆・改筆のあったものである。

ウィリアム・フォークナーの『アブサロム、アブサロム!』

*論文中に『むなしい騒音』という題名で示されている作品は *The Sound and The Fury* であり、日本では『響きと怒り』という書名で通っているが、その作品名の元になったシェイクスピアの『マクベス』の中のせりふの意味から見ても、それを採り入れたフォークナーの意図から見ても、『むなしい騒音』とするのが適切であると岡田さんは考えたと思われる。(編者注)

初出一覧

『嵐ヶ丘』再考―エレン・ディーン　『白山英米文学』2号　昭和52年3月
『嵐ヶ丘』の成立過程　『白山英米文学』5号　昭和55年3月
小説家ジョージ・エリオットの誕生　『白山英米文学』13号　昭和63年3月
ジョージ・エリオットの『牧師の生活の諸風景』―風景の描写家から長編小説家への歩み　『白山英米文学』15号　平成1年3月
ウィリアム・トレヴァーの世界―魂のための鎮魂歌　『白山英米文学』16号　平成3年3月
ウィリアム・トレヴァーの『卒業生』　『白山英米文学』17号　平成4年3月
ウィリアム・トレヴァーの'The Blue Dress'―裏に隠された本当の恐怖　『白山英米文学』18号　平成5年3月
『古今集』の英仏独訳をめぐって　『比較文學研究』12号　昭和42年3月
英語世界の小町伝説　『世界の中の日本文学』東大出版会　昭和48年1月
有島武郎とウォルト・ホイットマン　『白樺派の文学』有精堂　昭和49年
フォークナーの『アブサロム、アブサロム!』　『白山英米文学』1号　昭和51年3月
『クレーヴの奥方』とその周辺　『東洋の詩・西洋の詩』朝日出版社　昭和44年11月
〔書評〕宮田恭子著「ウルフの部屋」『比較文學研究』63号　平成5年6月
訪英記　『比較文學研究』34号　昭和53年12月
寒椿　未詳

岡田愛子さんを偲んで

大久保直幹

岡田愛子さんは、一九九五年二月四日午後五時過ぎ、東洋大学英米文学科の卒業論文口述試験を終えた後、研究室で倒れ、救急車で順天堂病院に入院した。蜘蛛膜下出血であることが判明、直ちに手術が施されたが、意識を回復することなく、二月十五日朝、不帰の客となった。享年五十九歳。

岡田さんは一九五八年に東京大学仏文科を卒業し（卒業論文ではロマン・ロランに取り組む）、大学院比較文学比較文化課程に進学、島田謹二教授の指導を受け、修士論文では有島武郎とホイットマンを研究した。米国に留学し、ハーバード大学大学院のハリー・レヴィン教授のもとで比較文学を修めた。立教大学に勤めるようになり、フランス語・フランス文学を担当したが、のち東洋大学英米文学科に移り、英文学・比較文学を担当することになった。

私が始めて接した岡田さんの論文は、『比較文學研究』第十二号に掲載された「『古今集』の英・仏・独訳をめぐって」である。この号は「東洋の詩と西洋の詩」というテーマを中心にしていて、富士川英郎教授の「李太白とドイツ近代詩」が巻頭を飾り、拙稿「イエイツと能」も掲載された。それだけに岡田さんの論文も興味深く読んだ思い出がある。今、その論文を改めて読んでみて、やはり非常に優れた論文だという感を深くする。それは単に翻訳の上手、下手や適訳、誤訳を指摘するだけの翻訳論ではなく、原典の意味、翻訳のあり方を緻密に検討した上で、『古今集』に見られる日本人の物の感じ方、考え方や伝統的な習慣と西欧人のそれとの相違から来る原典と翻訳との食い違いを鋭く追求している。自然と人間とが対照された歌が訳される場合、「西欧では、自然は人間と同格に立つことはなく、常に人間との関係に於いて眺められ」、「常に何か人間的な価値のシンボルやアレゴリーや代償になっている」ことが翻訳に作用すること、「いつの間にか詩人も自然にとけ込んでいて」、「自然と人間の区別はない」ような和歌を訳すときも、「自然と人間とがいかに近づいても、決して主体と客体であることを止めない」西洋詩の世界が入り込んでしまうことなど、自然と人間をめぐる考察が特に印象深い。

一九七三年に出た『講座比較文学1　世界の中の日本文学』に執筆した論文「英語の世界の小町伝説」は小野小町の和歌の英訳を論じたもので、やはり原典とその英訳に対する細やかなエクスプリカシオンが実にすばらしく、そのエクスプリカシオンを通じて、英訳において確立された小町伝説、「激烈なる情念」の歌人としての小町、「とにかくも専心『男』に対する情念にとらわれきった小町像」を指摘し、それと対比的に岡田さんの洞察するまことに魅力的な小町像を浮き彫りにする。それは「苦しみをじっと掌握する内省の深さ」を持つ小町、「激烈なる情念」を「横からじっと眺めてつき放すことのできた卓抜な知性と批評眼」の持ち主、「かなしい笑いと絶望との間で言葉の遊びのあやのなかに自らの苦しみを折り込み、そこに自らの存在理由をきわどくも確認した一女性の心のゆらぎ」を歌う小町である。私はこの小町像に納得し、岡田さんの洞察の鋭さ、深さ、細やかさに魅せられる。

これより前、一九六九年に出版された富士川英郎教授還暦記念論文集『東洋の詩・西洋の詩』に、岡田さんは『クレーヴの奥方』の表裏」を執筆した。英王チャールズ一世の王女で仏王弟フィリップ・ドルレアンの妃となり、二十五歳の若さで悲劇的な死を遂げたアンヌ・アンリエットに親しく接しその伝記をも書いたラファイエット夫人のその小説は、「夫人が何らかの形でアンリエットの生涯を自分の中で整理しようとする過程から生まれたものだろう」と推測し、アンリエットがマリー・スチュアートと女主人公とに分割されて現れていることを考察していく。更に女主人公のヌムール公への恋と夫への態度、そして夫の死後における恋人への拒否の行為を子細に分析し、ラファイエット夫人がアンリエットを理想化する過程で自分自身に似せ」、彼女を「愛し惜しむ心は真実だったにも拘わらず」、「結局のところ彼女の在り方を誤ったものとしか」解釈し得ず、「女主人公は不名誉から救い出され」はしたが、「本質的には人間らしさからも逃れていった」こと、女主人公は「恋の犠牲者である以上に名誉への意志の犠牲者」であることを説く。精緻な分析が示すこの女主人公（及びラファイエット夫人）の人間像は、あの見事な小野小町像といかにも対照的である。だが、岡田さんの思い入れを感じさせるのはアンリエットであり、その点で小町と並べるべきはむしろこの賢く悲しい貴婦人なのかもしれない。

岡田さんの日本古典の比較文学的研究は、まことに魅力的だったが、以後姿を消してしまい、仏文学の研究も打ち止めとなる。代わって力を込めて取り組んだのがイギリスの小説である。その殆どの論文が東洋大学の紀要『白山英米文学』に発表された。先ず注目されるのが『嵐が丘』の研究である。一九七七年に発表した「『嵐が丘』再考」はこの小説の語り手であるネリー（エレン・ディーン）の意義と魅力とを余す所なく掘り起こし、彼女の存在がこの作品の成功の鍵であることを示す。岡田さんはネリーの観察眼の確かさを説き、彼女を優れたモラリストと呼び、「ある程度の教養もあり、心広く慈愛に富んだ性格の、健康で素朴な生活人であるため、強い主観的な解釈で事実をねじ曲げたりすることもなく、そのつど泣いたり憤ったりしながら、一切をあるがままに受け容れ、全体を流れとして捉え流れとして語ることができる」として、ギリシャ悲劇におけるすぐれたコーラスにもたとえている。更に、作者がネリーに読者の感傷を惹くことをあくまでも拒否させ、このようなネリーを活用して「爆発しようとする激情を抑えに抑え、ついにほとんどベートーヴェンのカルテットを想わせるような効果を最後的にかもし出した」と述べている。このネリー論を読むことによって『嵐が丘』の味わいは倍加するはずである。そして小町にせよ、クレーヴの奥方にせよ、ネリーにせよ、女性像を表現する岡田さんの言葉の味わい深い豊かさに打たれる。

一九八〇年には「『嵐が丘』の成立過程」を発表。この論文では先ず、エミリが小説を書く迄の社会への挑戦と挫折の繰り返しを丹念に追った後、小説の成立過程とそれに伴う諸問題を扱う。詩として断片的に残っているゴンダル物語との関連を考え、その詩と『嵐が丘』とを同一のヴィジョンの産物として捉える。この小説はヨークシャーにどっかりと腰を据えたもう一つのゴンダル年代記なのである。そして主人公キャサリンとヒースクリフを考察し、キャサリンの苦悩は「著者が家を離れるごとに味わった苦しみそのものであり、彼女の裏切りとそれによる死は著者がかりそめにも社会やら学問やらに色気を出して付き合い続けようとした自分自身に対する痛恨の断罪なのである」と説く。エミリの人生についての初めの丹念な考察がここに生きてくる。一方、ヒースクリフについては、「エミリ自身の闘いを闘い抜く役割」と、「彼女の善悪との闘いの理論を表明する役割」とを託されているとし、それを詳しく分析していくが、彼は人間として実体が把えにくく、『嵐が丘』は「多く問題を謎のまま放置する結果に終っている」とする。だが、「これだけ深い愛と離別、生と死のヴィジョンを鮮やかに描き出している小説はほかに見当らない」と結んでいる。創見に富む力強い論文だ。

次に岡田さんが取組んだのは十九世紀英国の今一人の偉大な女性作家ジョージ・エリオットであった。その第一論文「小説家ジョージ・エリオットの誕生」では、エリオットが賢明に逞しく生活を乗切りつつ、小説の在り方を注意深く考え抜き、処女作でそれを実践に移していく迄を詳細に追求し、次の論文では、その処女作をシリーズの第一作として収めている『牧師の生活の諸風景』を綿密に分析している。いずれも百枚以上に及ぶ両論文を語る余裕が今はないが、それを読むと、エリオットと岡田さん、その二人の並々ならぬ逞しい知性が互いに照らし合い、生き生きと対話を交わしているといった印象を抱かずにはいられない。そしてこれは岡田さんの総ての論文について言えることだが、文章が非常に明晰であることを特筆しておきたい。

一九九〇年の夏、岡田さんはイギリスとアイルランドに旅をしたが、この頃からアイルランドの小説に傾斜してゆき、アイルランド出身の現代作家ウィリアム・トレヴァーを精力的に読み、次々に論文を発表していく。「ウィリアム・トレヴァーの世界」、「W・トレヴァーの『卒業生』」、「W・トレヴァーの "The Blue Dress"」がそれである。この作家は本当に面白いと私にも熱を込めて語っていたが、最初の論文で、トレヴァーの淡々としていて明確な文体、事実の選択の確かさ、内容の発展の意外性とその結果到達される高度な真実性、作者の心の介在と作品の奥底に漂っている「音楽のようなもの」、といったトレヴァーの特質をあげ、作品を紹介しながら、それを例証していく。この作家が日本では未だ殆ど読まれていないことに鑑み、岡田さんは内容をていねいに紹介し、エクスプリカシオンを施し、作品の本質的な狙いというべき所を的確に指摘する。「トレヴァーは一見そう見えるものを、読者の『常識』を利用してそう思わせるように描く」、しかし「その『常識』にゆさぶりをかけ、その彼方にひそむ真実を曝いて見せるために書く」と述べているが、そのような特質が見られる箇所には特に細やかな解釈が施され、それを読む私はあたかも精神分析に立ち会っているような、あるいは推理小説や映画のどんでん返しを見るような興奮を覚えると共に、また、作品に秘められた人生の真実が指摘されて粛然たる気持になる。有限で脆い人間の個々の美しさ、それがあっけなく害われる事実を限りなく哀惜する心がトレヴァーの作品に漂っているとして、それを岡田さんは「音楽のようなもの」と呼び、ジョイスの「死者たち」を思い起こしているが、これを論ずる部分も非常に印象的である。岡田さんが逝去されて程なく『白山英米文学』の二十号が刊行され、そこには岡田さんの翻訳になるトレヴァーの作品「柵の外」が掲載されている。トレヴァーの味わいを見事に伝える美しい翻訳である。恐らく岡田さんが発表した最後の文章ではないだろうか。

アイルランドの小説に寄せる岡田さんの関心は非常に強く、近年はエリザベス・ボウエンを読むことにも情熱を傾け、アイルランドの血筋からブロンテを論じてみたいという意欲も示していた。これからますます実り豊かな季節を迎えようとしていた矢先の岡田さんの時ならぬ永眠は誠に痛恨の極みである。

たしか一九七二年の頃と思うが、岡田さんの提唱で十七世紀の英詩を中心に読む読書研究会が始められ、亀井俊介、倉智恒夫、井村君江、川本皓嗣、滝田佳子の諸氏が参集した。私も参加し、その後、高村忠明、川西瑛子、斎藤恵子、加納孝代、中村ちよ、池田美紀子の諸氏も加わって二十数年続けられてきたが、岡田さんは常に優れた読解力を発揮し、的確な解釈を示した。最後に読んでいたコングリーヴの *The Way of the World* では、あの複雑に絡み合った筋書きと人間模様、そしてウィット、皮肉、ソフィスティケーションに富んだ会話をものの見事に解き明かしていく読解力に私は驚きを覚えたが、それは特にトレヴァーの作品を解釈する技の冴えとも共通している。大学では学生の指導に熱意を傾け、行届いた指導を行って慕われ、学内の諸々の事柄にも持前の正義感と率直な態度を以て積極的に取組んだ。そして暖かな思いやりを忘れない人でもあった。岡田さんの御冥福を心からお祈りする次第です。

（追記）

本稿は東大比較文學會編『比較文學研究』第六十号（一九九六年四月三十日）に掲載された文章に若干の改訂を加えたものである。

妹岡田愛子のこと

岡田正一郎

月日のたつのは早いもので、私と三歳違いの妹岡田愛子が他界して、五年半が過ぎようとしています。

妹は、中学生時代迄は、身体も小柄で、体力的にも弱く、よく熱を出したりしていました。しかし小さい時から精神的には、しっかりしたところがあったように思います。

昭和二十年四月、豊島区で戦災に遭った時のこと、夜更けにかけて、ますます空爆が激しくなり、周囲に火災が多発し、夜中過ぎには、我家の庭にも、火の粉がどんどん降りかかってきた時も、妹は、少しもおびえる様子もなく、竹箒を水にぬらして、一人で消していました。ほどなく、身の危険を感じる状態になり、父母と兄妹の一家四人は、自宅を離れて、火の少ない所を求めて歩くことになりました。その時、超低空から焼夷弾の束が落とされ、あたり一面火の海となり、父は即死、母と私は火傷を負いました。妹も柔かい頬を火にあぶられて、顔に大やけどをしました。それから二ケ月余り、目と口の部分を除いて、顔を包帯でぐるぐる巻きにして、毎日のように、片道三キロも歩いて、病院に通い、治療を受けました。通院途中は頬を風に当てないようにということで、防空頭巾を逆さにし、前からかぶったりして、母と私で、両手を引いたり、おぶったりして通いました。結果は、奇跡とも言えるほどの快癒でした。三年ほどの間は冬、寒い風に当たったりすると、頬が赤く隈取ったりすることもありましたが、高校へ進学する頃には、それもなくなりました。

また、見かけによらず、ストレートで情熱的なところがありました。自宅の庭には、わずかながらも草花を育てており、我家では、それを眺めて楽しむ習慣がありました。妹は、まだ小学生の頃、ラジオで戦災孤児のニュースやドラマを聞いて、ある日、友人と相談し、その花を売って資金を作り、それを孤児救済のため寄贈するという案を固め、近くの駅まで出向いて、駅で花を売ってもよいか確認に行きました。駅員から電話で照会をうけた母は、本当にびっくりしたと言っていました。また、朝鮮動乱のニュースが伝わった時は、ショックの余り風呂場で、大声で泣き出しました。心の深層で、自分の戦災体験と重なったのでしょう。

自分の興味に対しては、非常に忠実なところがあり、集中力がありました。中学（立教女学院中学校）へ入ったばかりの頃、トルストイの『戦争と平和』全五巻を買い込んできました。年齢からいって、どこまで、どう受け止めたか分りませんが、紙質も印刷も悪い部厚い本を、炬燵に入って、殆んど夜を徹して、短時日のうちに読破したのには、私も驚きました。元来、多感な性格でしたが、このあたりに、後に文学の道へ進む素地が現われていたのかとも思います。

高校（立教女学院高校）進学の頃から、体格も人並に良くなり、健康も増進し、友人にも恵まれ、自分が住む世界も確実に拡がったように思います。その流れをそのまゝに、大学（東京大学）では、教養学部から文学部を経て、大学院の比較文学比較文化専門課程に進学しました。この間、文学のサークルに属し、自治会活動にも興味を持ち、旅行をしたり、時には学園祭で「人形の家」のノラを演じたり、さまざまな体験を積んで成長しました。丁度この頃、私が土産に買ってきた子犬のぬいぐるみをとても気に入って、「トンチャン」と命名し、母性愛まる出しの可愛がりようでした。母もこれを見て、人間的に一節越えたようだと言って喜びました。妹は、自らの手編みで帽子や服を編み、着せたりしていました。フルブライトから奨学金を頂き、ハーバード大学で学んだ時も、後にスタンフォード大学で交換教授をつとめた時も、米国まで連れて行きました。そして、他界した時も、一緒に行ってもらいました。今も妹にとっては心安らぐ良きペットなのではないかと思います。

昭和四十一年博士課程を修了し、立教大学の教壇に立ちました。また昭和四十八年には島田謹二先生のお世話で、東洋大学に移り、東京大学でも非常勤で教えるなど、次第に勉強が進むにつれて、ビジネスマンの私とは、社会人としては、全く別の世界に進みました。

しかし妹は昭和四十四年に代田の家を出て、久我山に居を構えてからも、私どもの住む代田との家族的付き合いは、精神的にはほとんど変りなく、私の家内とも折り合いが良く、また、三人の子供達に対しては、時としてまるで自分の子のように心にかけていました。忙しい合い間をぬってセーターを編んでくれたりしましたが、その出来ばえは天下逸品とも言えるほどでした。毎年暮から正月にかけては、代田へやってきて、私の家族と共に過ごすのが恒例でした。それ以外は、勉強の邪魔をしたくなかったため、私の方で遠慮して、時たま、私の家族と食事を共にするぐらいにしていました。平成七年二月四日夕刻、たまたまうなぎの到来ものが沢山あったので、一緒に食事しようと思って久我山に電話しましたが、ベルが鳴るだけでした。また会議でもあるのかと思っていたところ、東洋大学の大久保先生から電話を頂きました。妹は、大学の研究室で先生方と打合せ中に、突如崩れ落ちるように倒れ、救急車に乗せられ、先生方に付き添われて、今入院したところだとの知らせを頂いたのです。私と家内は、とるものもとりあえず、順天堂大学病院に急行しました。くも膜下出血とのことで、意識の無いまま、翌朝にかけて手術をうけました。先生方の懸命の治療と看護にも拘らず、また親族の祈りも空しく、一度も意識を回復することなく、二月十五日早朝他界しました。

それから十九日の通夜の前日まで、妹が昭和二十年から四十四年まで住んでいた代田の自宅で、当時の寝顔そのままに、安らかに眠っていました。私もその間ずっと、隣りで寝起きをしましたが、過ぎ去った久我山の二十五年の歳月をほとんど感じさせないくらい、その表情は活き活きとしたものでした。多分その間、妹の夢は、ライフワークとしたアイルランドの地をかけめぐったことでしょう。

還暦まで六ヶ月も残す若さで、何故そんなに旅立ちを急いだのか、知る由もありません。事前に何の兆候もなかっただけに、正直残念です。

振り返ると、昭和二十年に小学校四年生で、早々と父を失ったせいでしょうか、私としては、兄というよりは、半分、父親のような気持で接してきたのではなかったかと、ふと思います。というのは、私どもの子供たち三人は、妹のことをタッタン、私のことをパパと呼んでいますが、妹も家内も私のことをパパと呼び、家中何の異和感もありませんでした。その上、私と妹と、電話で、二人だけで話すときも、お互いに、タッタン、パパと呼び合っていたことを思い出し、何か、ハッとします。万感の思いで、別離というものの厳粛さと、言いしれぬ淋しさが身にしみます。それからというものは、私は、パスポートに妹の写真をはさんで持ち歩いております。平成八年夏には、妹の足跡の一端をたどる意味もこめて、家内と一緒に、北イングランドと南アイルランドを旅しました。ヨークシャ州ハワースのブロンテ家の記念館の前にある小さな教会では、しばらく坐って写真と対話しました。めめしい話ですが、涙が止まらなくて往生しました。

今ここに、東大比較文学ゆかりの先生方のお力添えをいたゞき、ことに、亀井俊介先生、大久保直幹先生、加納孝代先生の格別の御尽力により、妹の論文集を刊行できる運びになりましたことに対し、あらためて、厚く御礼申上げます。

とりとめもなく駄文を並べましたが、文学とは別の視点から、妹と私ども家族との関わりの中から、妹の生いたちの一端を申し上げて、この冊子をお読み頂く際の一助になればと願う次第です。

あとがき

加納孝代

岡田愛子さんが亡くなられて二年が経ったある日、それは一九九七年三月九日であったが、東大大学院の比較文学比較文化研究室関係の友人十名ほどが表参道のあるレストランに集まって、岡田さんを偲ぶ会をもった。その席で岡田さんの論文をまとめた本を作りたいという話が持ち上がった。その場におられた愛子さんのお兄さんの岡田正一郎氏も同意をされ、東洋大学の大久保直幹さんと青山学院女子短大の加納孝代がこの件に関する諸連絡を引き受けることになった。大久保さんと私は、駒場の比較文学研究室の友人を中心に続いていた英詩の研究会で、ミルトンやマーロウやジョン・ダンなどの作品を読む勉強を、岡田愛子さんといっしょに続けてきた友人である。ことに東洋大学の同僚であった大久保さんは、大学で岡田さんが大学院学生の修士論文審査を終えた直後に倒れられた時、病院への緊急入院の手配に始まり、御葬儀関係から、岡田さんの大学の研究室図書の整理に至るまでの、多岐にわたることがらのお世話をしてこられた。また私は、前述の英詩研究会のほかに、十九世紀末の英国の作家エリザベス・ボウエンの小説を読む会で岡田さんといっしょだった。これは岡田さんの呼びかけで一九九四年二月頃から始まったものだが、斎藤恵子さん（当時は共立女子大、現在は大妻女子大）と岡田さんと私の三人だけの小さな読書会であり、そのため月に一度ほど岡田さんの久我山の自宅に通っては、いつも三、四時間も長居をするなど、晩年の岡田さんと親しく接する機会が増えていたのである。

さて大久保さんと私は、岡田愛子さんが生前に書かれたものの中から、どれを選んで一冊の本にしようかと話し合った末、岡田さんの研究が、それに近い分野に関心を持っている人々にとってできるだけ役に立つものとなるように、という方針をとることにした。そうしてみると、岡田さんの研究の中心は東洋大学文学部紀要の英米文学科篇である『白山英米文学』に昭和六十三年から平成五年まで、ほとんど毎年のように発表されていた英国の小説論、具体的にはジョージ・エリオットとウィリアム・トレヴァー論であるように思われた。昭和五十年代には二篇のエミリ・ブロンテの『嵐が丘』論が、同じく『白山英米文学』に発表されていたが、それもこの英国小説研究のさきがけのように見えた。こうして本書の第一部の構成が決まった。

また岡田愛子さんは、東大の大学院である比較文学比較文化研究室で学ばれた、比較文学的視野と手法をもつ研究者でもあった。岡田さんは同大学院の六期生であったが、その頃の研究室は、主任教授島田謹二先生の熱気あふれる指導のもとに芳賀徹、平川祐弘、亀井俊介、小堀桂一郎の諸氏をはじめ、指が十本や二十本では数えきれないほどの優れた比較文学研究のリーダーたちが次々に育ちつつある、じつに活発で自由で愉しい場所であった。こうした雰囲気の研究室を愛し、また指導教授、先輩、同級生、後輩たちからも愛された岡田愛子さんの比較文学の分野における研究も、ぜひともこの論文集に収めたいと私たちは考えた。さらに岡田さんは留学生として昭和三十六年から三年間、客員研究員として昭和四十五年から四十六年にかけての一年間をアメリカで過ごしておられた。そのアメリカ滞在の経験が生かされたアメリカ文学研究も本書には収めたかった。そういう考えから第二部の構成も固まったのであった。

そのほか、岡田愛子さんのパーソナルな部分がほのかに見えるような文章がいくつかあり、これらも岡田さんを個人的に知る方々にはよい記念となるであろうと思い、付録めいた形ではあるが、あわせて収めることにした。

実際に編集にとりかかってみると本書所収の論文のうち、書かれた時期が最も早いものは昭和四十二年(古今集の英・仏・独訳を論じたもの)で、晩年のものは平成五年(トレヴァーの The Blue Dress 論)というように、二十七年の幅があった。また比較文学と英米文学では論じ方のスタイルにも違いがあり、表記も必ずしも統一されていなかった。そこで東大大学院比較文学比較文化研究室の研究誌『比較文學研究』の出版を長年手がけてくれた元朝日出版社の和久利栄一氏の助けを得て、最小限の統一をはかることにした。そのほかにも編者の判断で字句を修正・訂正した部分がある。また論文のタイトルや副題についても本書の書名との関係上、発表当時のものとは少し変えた点がある。それらも含めて一切の責任は編者である大久保直幹さんと加納孝代が負うものである。

岡田愛子さんが亡くなられて五年余、岡田さんの論文を集めた本を作ろうという計画がもちあがってからも四年近くが経過してしまった。岡田さんは私にとっては約十年の先輩にあたる。私が大学院に入った時、岡田さんはすでに大学院を卒業され、立教大学の助教授であった。しかし前述の英詩を読む会に始めて参加してミルトンの『楽園喪失』を読み始めた一九八一年以来、ボウエンの小説を読む会が、一九九六年の岡田さんの突然の死で中断されるまで、数えてみれば十六年、月に一度ないし二度は私たちは一緒に英文学を読んできたのだった。私が岡田さんから教えられたことは二つある。英詩にあっては、あくまでもテクストの一行一行に密着して、決して離れずにその意味を正確に把握しようとする粘り強さ、一方小説にあっては、俗に「行間を読む」というが、文章全体から伝わってくる雰囲気や気持ちを受けとめつつ、自分の世界を想像で豊かにふくらませながら読む楽しさであった。今振り返ってみれば、土曜日の午後、人気のない駒場の八号館の三階の教室で、あるいはまた久我山の駅から歩いて十分ばかりの閑静な岡田さんの一人住まいのお宅で、毎回暗くなるまで詩や戯曲や小説を読んでいたあの時間が、ほんとうに得難い、有難いひとときであったことに思い至る。あのような日々が今も続いていたらどんなによいだろう。

岡田愛子さんが亡くなられた二月というのは、大学で教師をしている者にとっては、学生の成績を出さねばならない季節、また入学試験や卒業試験の季節であって、一年でも多忙をきわめる時期である。その季節がめぐってくるたびに、この忙しさの中で岡田さんが倒れられたのだったとの感慨を深くするとともに、編者の遅々たる歩みのゆえに論文集が未だ刊行できないでいる申し訳なさを繰り返し感じていた。したがって漸く本書が英米文学研究の代表的な出版社の一つである南雲堂から刊行されるところまで辿り着くことができて、本当に嬉しい。南雲堂へ紹介の労をとって下さったのは亀井俊介氏である。亀井氏からは本書の題名や所収論文のタイトルについても多くの示唆を頂いた。南雲堂の原信雄氏にも最初から最後まで大変お世話になった。本書を飾るカバーの写真は岡田愛子さんのお兄さんの岡田正一郎氏が、愛子さんの研究対象であったイングランド、スコットランド、アイルランド各地を訪ねる旅の途上で撮影されたものである。この本の刊行の陰の推進役が実は正一郎氏であったこともあわせてここに記しておきたい。

魂と風景のイギリス小説

二〇〇一年五月十五日　第一刷発行

著　者　岡田愛子
発行者　南雲一範
装幀者　岡孝治（戸田事務所）
発行所　株式会社南雲堂
東京都新宿区山吹町三六一　郵便番号一六二―〇八〇一
電話東京｛（〇三）三二六八―二三八四（営業部）
（〇三）三二六八―二三八七（編集部）
振替口座　〇〇一六〇―〇―四六八六三
ファクシミリ（〇三）三二六〇―五四二五
印刷所　日本ハイコム株式会社
製本所　長山製本
乱丁・落丁本は、小社通販係宛御送付下さい。
送料小社負担にて御取替えいたします。
〈IB-263〉〈検印廃止〉
© Okada Aiko 2001
Printed in Japan

ISBN4-523-29263-9　C3098

フランス派英文学研究

上・下全2巻

島田謹二

A5判上製函入
揃価30、000円
分売不可

文化功労者島田博士の七〇年に及ぶ愛着と辛苦の結晶が、いまその全貌を明らかにする！　日本人の外国文学研究はいかにあるべきか？すべてのヒントはここにある！

上巻
第一部　アレクサンドル・ベルジャムの英語文献学
第二部　オーギュスト・アンジェリエの英詩の解明
●島田謹二先生とフランス派英文学研究（川本皓嗣）
下巻
第三部　エミール・ルグイの英文学史講義
●複眼の学者詩人、島田謹二先生（平川祐弘）

孤独の遠近法 シェイクスピア・ロマン派・女　野島秀勝

シェイクスピアから現代にいたる多様なテクストを精緻に読み解き近代の本質を探求する。　９５１５円

子午線の祀り〔英文版〕　木下順二作　ブライアン・パウエル　ジェイソン・ダニエル訳

人間同士の織りなす壮絶な葛藤が緊密に組みたてられた木下順二の代表作の英訳。　６０００円

風景のブロンテ姉妹　アーサー・ポラード　山脇百合子訳

写真と文で読むブロンテ姉妹の世界。姉妹の姿が鮮やかに浮かび上る。　７５７３円

続ジョージ・ハーバート詩集 教会のポーチ・闘う教会　鬼塚敬一訳

『聖堂』の中の二編。作品解題、訳注、略年譜、『聖堂について』も付けた。　４８５４円

ワーズワスの自然神秘思想　原田俊孝

詩人の精神の成長を自然観に重点をおきながら考察する。　９５１５円

十九世紀のイギリス小説
ピエール・クースティアス、他
小池滋・臼田昭訳
13の代表的な作家と作品について、講義ふうに論述する。
3883円

チョーサー 曖昧・悪戯・敬虔
斎藤　勇
テキストにひそむ気配りと真面目な宗教性を豊富な文献を駆使して検証する。
3800円

フィロロジスト 言葉・歴史・テクスト
小野　茂
フィロロジストとして活躍中の著者の全体像を表わす論考とエッセイ。
2800円

古英語散文史研究 英文版
小川　浩
わが国におけるOE研究の世界的成果。本格的な古英語研究。
7143円

世界は劇場
磯野守彦
世界は劇場、人間は役者、比較演劇についての秀逸の論考9編を収録。
2718円

世紀末の知の風景

ダーウィンからロレンスまで

四六判上製
3800円

度會好一

イギリスの世紀末をよむ。ダーウィンをよむ。そして、世界の終末とユートピアをよむ。世紀末＝世界の終末という今日的主題を追求する野心的労作！

好評再版発売中！

朝日新聞（森毅氏評）　百年前に提起された課題…世紀末の風景が浮かびあがる。

読売新聞　独創的な世紀末文学・文明論。従来のワイルド中心の世紀末の概念を一変させて衝撃的。

東京新聞（小池滋氏評）　コンラッドにおける人肉喰い、ロレンスにおける肛門性交の指摘は、単なる猟奇、グロテスク漁りではない。ヨーロッパ文明の終末を容赦なく見すえて、さらにその近代西欧思想を安直拙劣に模倣した近代日本をも問い直そうという、著者の厳しい姿勢のあらわれの一つなのだ。ユニークな本で注目にあたいする。

週刊読書人（大神田丈二氏評）　本書の最大の成功は「終末の意識」を内に抱えながら、それに耽美的に惑溺することなく、かえってそれを発条として、自己を否定的に乗り越えていこうとしていた作家たちのテクストの精緻にしてダイナミックな読解にあるといえるだろう。